HEYNE
BÜCHER

Das Buch

Mit ihren einfühlsamen Schicksalsromanen hat sich Catherine Cookson einen großen Kreis an Stammleserinnen erobert. In diesem Roman erzählt die beliebte englische Autorin die ergreifende Geschichte zweier außergewöhnlicher Frauengestalten im England der Jahrhundertwende.

Die junge und temperamentvolle Marie Anne Lawson wird von ihrer gefühlskalten Mutter aus Northumberland zum Musikstudium nach London geschickt. Dort gerät die ungestüme und eigenwillige Tochter aus gutem Hause bald in eine mißliche Lage. Sie verdankt es Sarah, der ehemaligen Haushälterin ihrer Tante, daß sie Unterschlupf findet, wenn auch in einer zwielichtigen, ärmlichen Gegend Londons. Ausgerechnet dort werden die beiden ungleichen Frauen von Don McAlister, der ebenfalls aus Northumberland stammt, gesehen. Einst hatte der »Mann mit der Maske« Marie Anne einen tiefen Schrecken eingejagt, doch nun ist er es, der dafür sorgt, daß sie – zusammen mit Sarah – wieder auf das Landgut ihrer Familie zurückkehren darf. Eine Zeit schicksalhafter Wendungen nimmt ihren Lauf …

Der Autor

Catherine Cookson wurde 1906 in ärmlichen Verhältnissen als uneheliches Kind geboren. Seit sie mit 16 Jahren Kurzgeschichten zu schreiben begann, hat sie rund 80 Romane verfaßt und gehört zu den erfolgreichsten Schriftstellerinnen der Welt. 1993 wurde ihr der Titel »Dame of the British Empire« verliehen. Im Wilhelm Heyne sind einige ihrer Romane erschienen.

CATHERINE COOKSON

HEIMKEHR INS HERRENHAUS

Roman

Aus dem Englischen
von Elisabeth Schulte-Randt

Deutsche Erstausgabe

WILHELM HEYNE VERLAG
MÜNCHEN

HEYNE ALLGEMEINE REIHE
Nr. 01/10878

Titel der Originalausgabe
THE BRANDED MAN

Umwelthinweis:
Dieses Buch wurde auf
chlor- und säurefreiem Papier gedruckt.

Redaktion: Verlagsbüro Dr. Andreas Gößling und
Oliver Neumann GbR

Printed in Germany 1999
Umschlagillustration: Enno Kleinert, München
Umschlaggestaltung: Atelier Ingrid Schütz, München
Satz: Buch-Werkstatt GmbH, Bad Aibling
Druck und Bindung: Pressedruck, Augsburg

ISBN 3-453-15196-8

http://www.heyne.de

ERSTER TEIL

1. Kapitel

Marie Anne konnte nicht glauben, was sie da beobachtete. Von ihrem Platz im tiefen Schatten der Eibenhecke blickte sie über die schmale Rasenfläche auf die beiden Gestalten, die vom hochstehenden Sommermond beschienen wurden. Sie lehnten an einem alten Weidenbaum, dessen rauhe Borke sich schartig im Gegenlicht abzeichnete, als wäre das Muster mit einem Taschenmesser hineingeritzt worden. Die Frau war ihre Schwester Evelyn, das wußte Marie Anne. Und sie wußte auch, daß sie Evelyn zutiefst haßte und daß dies auf Gegenseitigkeit beruhte. Und dann der Mann, der bei ihr war … ausgerechnet dieser. Das durfte nicht wahr sein! Robert Cranford! Er gehörte zu The Grange und war ein Cousin zweiten Grades von Mrs. Cranford, wie es hieß. Nach seiner Rückkehr von einem Auslandsaufenthalt erholte er sich derzeit auf dem Wohnsitz der Familie von einem Fieber. Robert sah gut aus, und wenn er sprach, klang das so angenehm, daß Marie Anne ihm gerne zuhörte. Sie hatte ihn einmal getroffen, und bei diesem Anlaß hatte er sich mit ihr unterhalten und war sehr nett gewesen. Anschließend dachte sie nächtelang an Robert. O ja, ganze Nächte war er ihr nicht mehr aus dem Kopf gegangen. Und erst recht nicht, seit er am vergangenen Samstag beim Familienpicknick auf dem Gelände von The Grange ihr Haar berührt und gesagt hatte, es sehe aus wie poliertes Kupfer. Evelyn war auch dabei gewesen; aber mit ihr hatte Robert kaum gesprochen, und dennoch – die Worte hallten noch immer in ihrem Kopf wider – hatten beide Marie Anne nur benutzt. Evelyn hatte ihrer Mutter gesagt, es wäre gefährlich für Marie Anne, das Gelände von The Grange zu verlassen und zum Fluß hinunterzugehen, denn auf dem Feld von Farmer Harding lagerten Zigeuner.

In letzter Zeit war es bereits dreimal vorgekommen, daß Marie Anne etwas mit Evelyn unternahm und plötzlich Robert Cranford auftauchte. Bei einem dieser Zusammentreffen war Marie Anne zur Grenzmauer gerannt, um zum Zigeunerlager hinüberzuschauen, und als sie zurückkehrte, standen die beiden dicht beieinander und lachten.

Marie Anne blieb der Mund offenstehen, als sie beobachtete, wie ihre Schwester die Hände ausstreckte und das Gesicht des Mannes umfaßte. Dann bog Evelyn ruckartig den Körper vor, während Robert sie fest an sich riß. Ihre Gesichter verschmolzen miteinander, und Marie Anne schloß die Augen, da sie den Anblick nicht ertrug. Das war zuviel für sie. Robert war so nett zu ihr und Evelyn gewesen. Und jetzt? Oh, wie sie Evelyn haßte und verachtete. Evelyn, die von ihrer Mutter immer als leuchtendes Vorbild hingestellt wurde.

Als Marie Anne die Augen wieder öffnete, standen die beiden nicht mehr gegen den Baum gelehnt, sondern ein Stück davon entfernt, und Evelyns hatte den Kopf zurückgelegt, als würde sie vor Robert zurückweichen. Gleichzeitig aber ließ ihre Schwester zu, daß er sie berührte. Oh, lieber Gott! Gott im Himmel! Was sollte Marie Anne nur machen? Sollte sie sich auf die beiden stürzen? Das durfte er nicht tun! Es war schlecht, eine schlimme Sünde. Er hatte seine Hände unter die Sommerbluse ihrer Schwester geschoben, die nahezu aufgeknöpft war. Wieder schloß Marie Anne die Augen und krallte die Hände in der Eibenhecke, bis die zerdrückten Blätter in ihre Handflächen stachen. Sie mußte fort von hier, zurück zum Haus rennen und jemandem davon erzählen.

Sei nicht albern, blamiere dich nicht, hörte Marie Anne eine innere Stimme. Sie kannte dieses Gefühl, das sie oft in ihrem Drang bremste, einfach loszulaufen. Besonders, wenn sie müde war und noch immer das Bedürfnis verspürte, einfach davonzustürmen. Nur in The Little Manor, dem Kleinen Herrenhaus, das ganz in der Nähe lag und der Wohnsitz ihres Großvaters war, genoß sie uneingeschränkte Freiheit.

Als Marie Anne die Augen wieder öffnete und zu dem Paar hinüberblickte, standen die beiden nicht mehr aufrecht.

Im nächsten Augenblick – und nur für eine Minute – sah Marie Anne einen Mann ohne Unterhose, und die Beine ihrer Schwester waren bis zu den Oberschenkeln entblößt, während beide sich verhielten, als wären sie Tiere auf der Weide oder ungenierte Hofhunde.

Den Saum ihres Kleides hochhebend, fuhr Marie Anne auf dem Absatz herum und rannte durch die kurze Eibenallee in den Wald.

Aber sie schlug nicht den Weg zu den Gärten des Herrenhauses ein, sondern schlüpfte durch ein Loch in der Grenzmauer und floh über die Felder, bis sie den Fluß erreicht hatte. Dort überkam sie ein großes Verlangen, sich ins Wasser zu stürzen und überall zu waschen, ohne dabei ihren Körper anzusehen. Nie wieder wollte sie einen Blick auf ihren Körper werfen, niemals im Leben. Atemlos keuchend blieb Marie Anne stehen. In ihrer Brust spürte sie einen heftigen Schmerz. Und in einem weiteren Punkt war sie sich sicher: Die Gegend um das Baumhaus würde sie nie wieder betreten. Früher einmal hatte es oben in den Ästen ein schönes Baumhaus gegeben, bis Pat herunterfiel und sich den Arm brach. Vincent hatte Marie Anne die Leiter hinaufgetragen und sie oben mit brutaler Gewalt auf einen Ast geschoben. Damals war sie sechs Jahre alt gewesen, und ihr kam es vor, als hätte sie ihr Leben lang mit ihrem Bruder gekämpft. Es hatte jedesmal damit begonnen, daß er sie kitzelte, bevor er sie vom Boden hochhob, ihr ins Gesicht starrte und sie als elendes Balg beschimpfte. Aber an jenem Tag hatte Marie Anne geschrien, daß es durch den ganzen Wald hallte, und ihr Großvater hatte daraufhin angeordnet, das Baumhaus abzureißen.

Von da an schien, von ihr selbst abgesehen, niemand mehr das kleine Rasenstück und den einsam stehenden Baum aufzusuchen. Wann immer Marie Anne vermißt wurde, nahm man an, sie würde irgendwo auf dem Gelände umherrennen. Und das, obwohl man sie meist auf dem Boden sitzend fand, mit dem Rücken an den Baum gelehnt, während sie bizarre Skizzen von Vögeln und Tieren anfertigte.

Später, als sie auf die Schule von Miß Taggert in Hexham geschickt wurde, endete auch diese Zeit, weil Marie Anne fortlief. Sie war nicht wirklich ausgerissen, sondern einfach in einen Zug gestiegen und nach Hause zurückgefahren.

Danach berieten sie wieder darüber, Marie Anne wegzuschicken, doch es war noch nicht beschlossen, wohin. Ihre Mutter sprach sich für Tante Martha in London aus, wo Marie Anne ihre musikalische Ausbildung fortsetzen sollte, denn wenn sie etwas gut konnte, dann war es Klavier spielen. Bereits als kleines Kind hatte sie Melodien spielen gelernt, ohne die Noten zu kennen.

Marie Anne wollte sich eben an das Flußufer setzen, als sie durch ein Rascheln im Unterholz hinter sich aufgeschreckt wurde. Da sie tatsächlich Schritte hörte und eine große Gestalt entdeckte, die sich langsam vom Gebüsch ablöste und ins Mondlicht trat, stieß das junge Mädchen einen Schrei aus, der wie das Kreischen eines Tieres klang, das in der Falle saß. Wieder rannte Marie Anne blindlings und mit gesenktem Kopf davon.

Sie erinnerte sich nicht mehr, daß sie gestolpert war, sondern nur noch daran, wie etwas gegen ihren Kopf schlug.

Als sie wieder zu sich kam, öffnete Marie Anne nicht sofort die Augen. Sie spürte lediglich, daß sie auf hartem Untergrund lag. Bei dem Versuch, sich zu bewegen, stöhnte sie auf, da ihr Fuß schmerzte, doch erst das unheimliche Gesicht, das sich plötzlich über sie beugte, ließ sie laut aufschreien. Als die Person zu sprechen begann, verlor Marie Anne erneut das Bewußtsein.

Als nächstes nahm sie erst wieder wahr, wie sie sanft von einer Seite auf die andere bewegt wurde. Sie hätte es als angenehm empfunden, wäre nicht der Schmerz in ihrem Kopf gewesen, der jetzt bis in ihren Fuß hinunter ausstrahlte.

Es war beinahe zehn Uhr, und das Haus befand sich noch immer in Aufruhr, als Robert Green, der Lakai und Hausdiener, dem zweiten Hausmädchen Fanny Carter erzählte, wie er gerade die Eingangshalle durchquert hatte, als er ein lautes Klopfen an der Vordertür vernahm. Er öffnete, doch niemand war zu sehen. Aber auf der Stufe lag ein Blatt Papier. Und obwohl die Zufahrt vor dem Haus in Mondlicht getaucht und taghell war, konnte er niemanden entdecken. Wer immer die Nachricht abgeliefert hatte, war anscheinend in den Büschen verschwunden. »Nun, auf dem Papier stand etwas gekritzelt«, sagte Green. »Aber ich konnte nichts Genaues erkennen.« Niemals hätte er zugegeben, daß er nicht lesen konnte. »Mr. Pickford«, fuhr er fort, »war bereits schlafen gegangen, da heute sein freier Tag war. Aber ich mußte ihn trotzdem wecken, worüber er sich nicht gerade erfreut zeigte. Nun, wieso auch? Er hatte einen ziemlich schweren Kopf, wie immer an seinem freien Tag, denn da betrinkt er sich jedesmal. Auf alle Fälle sagte er, daß er die Schrift auch nicht entziffern könne. Das war zu erwarten, nicht wahr?«

»Ja, natürlich«, bestätigte Fanny und fügte belehrend hinzu: »Ich kann dir sagen, was das beste gewesen wäre, Robert. Als nächstes hättest du hinausgehen und Peter Crouch wekken sollen, damit er den Zettel liest. Es ist zum Lachen, wenn man darüber nachdenkt. Crouch ist nur ein einfacher Hofgehilfe und trotzdem der einzige von uns, der lesen kann.«

»Nun«, sagte Robert Green, »das kann er auch nur, weil er in einem Heim aufgewachsen ist, das gerade mal ein wenig besser war als ein Arbeitshaus, und dort hat man es ihm eingeprügelt, wenn du mich fragst.«

»Ja, mag sein. Und deshalb laßt ihr noch heute jeden Ärger an ihm aus. Aber erzähl weiter, was als nächstes passiert ist.«

»Nun, er las den Zettel, und wir wollten kaum glauben, was darauf geschrieben stand. ›Ihre Tochter liegt verletzt unten an der Mauer am Fluß. Sie braucht Hilfe.‹«

»Peter hatte Angst, dem Herrn die Nachricht zu überbringen«, fuhr Robert fort. »Wir mußten Mrs. Piggott holen, die leise nach oben ging, um nachzusehen, welche der beiden Töchter zu Hause war. Miß Evelyn entkleidete sich gerade für die Nacht, aber Marie Annes Zimmer war leer. Ich dachte, der Herr würde einen Anfall bekommen, denn es sah wirklich danach aus. Die Stimme der Herrin hörte ich nur einmal, als sie sagte: ›Das reicht jetzt. Dieses Mal muß etwas geschehen, hörst du? Und zwar schnell!‹ Er antwortete halblaut: ›Was ist mit Vater?‹ Worauf sie entgegnete: ›Was soll schon mit Vater sein? Diesem Kind müssen unbedingt Zügel angelegt werden.‹«

»Arme Miß *Mary* Anne.«

»Du paßt besser auf mit deinem *Mary* Anne. Was die Herrin von *Mary* Anne hält, weißt du.«

»Ja, das weiß ich. Und ich weiß auch, was ich von dieser Frau halte.«

»Sei still! Dir ist doch klar, was passiert, wenn du eines Tages zuviel sagst.«

»Nun, den Weltuntergang würde es nicht bedeuten, und wenn du etwas schlauer wärst, wüßtest du das auch.«

»Und wenn du ein bißchen mehr Verstand hättest, meine Kleine, dann wäre dir klar, daß du nirgends besser lebst als bei uns, was Essen, Kleidung, Ausgang oder dergleichen angeht.«

»Ausgang? Erzähl mir bloß nichts von Ausgang! Ein Tag pro Monat, und das erst ab ein Uhr Mittag, und vor dem Dunkelwerden müssen wir wieder zurück sein. Also komm mir nicht damit.«

Robert stieß Fanny in die Seite und sagte: »Verschwinde in deine Kammer.«

Als Antwort fuhr Fanny ihn spitz an: »Schubs mich nicht, Robert Green«, dann wandte sie sich um und stob davon.

Robert blieb einen Augenblick stehen und sah ihr nach, während er den Kopf schüttelte und sich fragte, warum er sich überhaupt etwas aus Fanny machte. Sie war nur das zweite Hausmädchen und würde kaum aufsteigen, solange Carrie Jones Dienst im Haus tat.

Mrs. Lena Piggott, die Haushälterin, sagte zu Carrie Jones: »Geh rasch nach unten und sag Bill Winters Bescheid, daß der Arzt Holzstäbe zum Schienen braucht.«

»Holz?« fragte Carrie.

»Ja, ich sagte Holzstäbe.«

»Aber in welcher Größe denn, Mrs. Piggott? Es gibt dicke, dünne, lange und kurze Holzstäbe.«

»Warte.« Die Haushälterin wiegte den Kopf hin und her, während sie nachdachte. »Sag ihm, daß damit ein gebrochener Knöchel geschient werden soll. Und jetzt beeil dich!«

Wieder im Schlafzimmer vor ihrer Herrin stehend, verwandelte sich die befehlsgewohnte Haushälterin in ein Bild untertänigster Ergebenheit. Sie flüsterte: »Ihr Auftrag wird ausgeführt, Madam.«

Veronica Lawson antwortete nicht. Sie fixierte den Arzt, der sich über ihre nervenaufreibende und andauernd für Ärger sorgende Tochter gebeugt hatte, und fragte mit gesenkter Stimme: »Was sagt sie?«

Doktor Ridley streckte den Rücken, ohne den Blick von dem jungen Mädchen im Bett zu wenden, als er der Hausherrin kurz angebunden antwortete: »Ich kann es nicht verstehen.« Zur gleichen Zeit fragte sich Ridley, wen dieses Mädchen mit ihren Beschimpfungen meinte. Anscheinend haßte sie die Person zutiefst. »Du bist dreckig und verkommen!« murmelte die jüngste Tochter der Lawsons immer wieder vor sich hin.

»Was ist los mit ihr ... ich meine, außer dem gebrochenen Knöchel?«

Nun wandte der Arzt seine ganze Aufmerksamkeit der Hausherrin zu. Er mochte die Frau nicht und war froh, daß sie nicht zu seinen Patientinnen gehörte. Man hatte ihn gerufen, weil es sich um einen Notfall handelte. Normalerweise war er nur der Arzt des alten Lawson, der The Little Manor bewohnte, das Kleine Herrenhaus am anderen Ende der Ländereien. Mit ihm verstand er sich gut. Der alte Herr unterschied sich völlig von der Familie seines Sohnes, die das größere Herrenhaus, The Manor, bewohnte. Und das, obwohl die eigentliche Macht noch immer in den Händen von Emanuel Lawson lag, soweit der Arzt wußte. »Sie hat eine Gehirnerschütterung«, erklärte Doktor Ridley. »Und an der linken Kopfseite hat sich eine dicke Beule gebildet. Während der nächsten zwei bis drei Tage wird Ihre Tochter die meiste Zeit schlafen, aber der Knöchel macht ihr mit Sicherheit große Schmerzen. Es wird einige Zeit dauern, bis der Bruch verheilt ist, und ich schlage vor ...« An dieser Stelle hielt der Arzt für einen Augenblick inne und blickte Mrs. Lawson direkt in die Augen, bevor er weitersprach. »Sie sorgen dafür, daß Ihre Tochter nicht noch weiterer Aufregung ausgesetzt wird. Ich will damit sagen, man sollte ihr Ruhe gönnen.«

Veronica erwiderte den Blick des jungen Arztes mit derselben starren Miene und wiederholte: »Man sollte ihr Ruhe gönnen.« O ja, Ruhe würde ihre Tochter schon bekommen. Aber sie selbst würde sich keine gönnen, sondern alles daran setzen, daß der Stein des Anstoßes möglichst bald aus ihrem Leben verschwand. Es war merkwürdig, gestand Veronica sich ein, daß sie das Kind vom Tag seiner Geburt an nicht gemocht hatte. Und mit den Jahren war ihre Abneigung noch gewachsen. Außerdem hatte sie einen guten Grund für ihren Widerwillen, denn wenn es tatsächlich Wechselbälger geben sollte, dann war ihre jüngste Tochter, ihr letztes Kind, das sie durch rohe Gewalt empfangen hatte, ganz bestimmt einer. Schon früher hatte Veronica ihren Mann abgewehrt, aber nie zuvor mit der Heftigkeit wie in jener Nacht. Neben zwei Totgeburten sollten fünf Kinder als Gegenleistung dafür genügen, daß James Lawson sie zur Herrin des Hauses erhoben hatte, fand Veronica. Aber dann hatte er ihr das sechste Kind gemacht. Nachdem die Zwillinge nach Kanada ausgewandert waren, hatte Veronica sich erleichtert gefühlt, als wäre ihr eine schwere Bürde genommen, denn die beiden Jungen waren ebenfalls Wildfänge gewesen. Mit Vincent, Pat und Evelyn wäre ihr Leben erträglich gewesen, und tatsächlich verlief es eine Zeitlang in einigermaßen angenehmen Bahnen. Die Einladungen nach The Grange waren zahlreicher geworden, und zuletzt verkehrten sie sogar in The Hall selbst. Die gesellschaftlichen Kontakte hatten Veronicas Hoffnungen, was Evelyns Zukunft anbelangte, neu erblühen lassen.

Oh, was war nur mit Evelyn schiefgegangen? Es fing an, als sie achtzehn wurde und sich in jenen verarmten jungen Leutnant verliebte. Natürlich hatte Veronica der Angelegenheit ein Ende bereitet. Aber jetzt, mit fünfundzwanzig, war ihre älteste Tochter noch immer nicht verheiratet. Außerdem war da Vincent. Oh, Vincent ließ sich nichts vorschreiben, sondern tat nur, was ihm in den Sinn kam. Veronica fragte sich, ob er jemals heiraten würde. Sie hoffte es, denn durch ihn würde sich die männliche Linie ihrer Familie fortpflanzen. Dem alten Lawson lag sehr viel daran, auch wenn er

Vincent nicht mochte. Nein, in dieser Hinsicht zeigte der Alte seine Gefühle nur zu deutlich. Wenn es sich um Pat gehandelt hätte ... Pat schien von allen geliebt zu werden, und er kam gut mit seinem Großvater zurecht.

Veronica wandte sich um und blickte auf das weiße Mädchengesicht in den Kissen. Wie fremd es ihr erschien. Alles darin war zu groß geraten, die Augen, der Mund und sogar die Nase. Aber die Haut sah weich und samtig aus. Die Gesichtszüge waren elfenhaft, verblüffend und ungewöhnlich, vor allem wegen ihrer Augen. Wenn sie es dürfte, würde Marie Anne am liebsten im Freien leben. Im Haus gab es nichts, was sie zufriedenstellte. Mit einer Ausnahme, mußte Veronica zugeben – wenn Marie Anne am Klavier saß. War es nicht seltsam, daß das Mädchen so gut spielte? Selbst als sie in der Schule nur schlechte Zensuren erhielt, betonten die Lehrer ausdrücklich, daß Marie Annes Leistungen in Musik hervorragend waren. Nun, möglicherweise bot das Klavierspiel die rettende Lösung für alle. Vielleicht gelang es Veronica, Martha in London zu überreden, Marie Anne bei sich aufzunehmen, was mehr als wahrscheinlich war, das wußte Veronica, denn für Geld tat Martha alles.

Welch eine Erleichterung, wenn Marie Anne erst einmal weg wäre. Dann bräuchte Veronica nicht länger die Launen ihrer Tochter zu ertragen. Oh, diese furchtbaren, wilden Ausbrüche ...

Als sich der Arzt an Mrs. Piggott wandte, fuhr die Haushälterin ebenso wie die Hausherrin zusammen. »Haben Sie veranlaßt, daß diese Holzschienen besorgt werden?« fragte er scharf. »Ich brauche nur kurze Holzstäbe, keine Baumstämme.« In kaum verändertem Ton richtete er dann das Wort an Veronica Lawson. »Würden Sie bitte Ihren Ehemann holen? Ich benötige seine Hilfe!«

Was auch immer Veronica antworten wollte, es wurde durch einen kurzen Hustenanfall erstickt, den eine warnende innere Stimme ihr eingab. Besser, wenn sie dem Mann keine Beleidigungen an den Kopf warf, sondern sich bei Doktor Sutton-Moore über ihn beschwerte.

Veronica fand den jungen Mann als Arzt völlig ungeeignet. Nicht nur mangelte es ihm ihr gegenüber an Respekt, auch seine Stimme klang grob. Überhaupt, er war ein ungehobelter Mensch, der sich nicht im geringsten wie ein Gentleman benahm.

James Lawson betrat im gleichen Augenblick das Schlafzimmer, als auch das Holz zum Schienen gebracht wurde.

Während der junge Arzt die flachen Holzstücke überprüfte, schien er nicht auf den gereizten Ton des Hausherrn zu achten, der zu wissen verlangte, warum er gebraucht wurde. Schließlich erwiderte er knapp, begleitet von einem direkten Blick in das dickliche Gesicht von James Lawson: »Ich werde ihr etwas Chloroform geben, und dann benötige ich Hilfe.«

»Chloroform? Warum Chloroform? Ich dachte, das Holz würde für einen verstauchten Knöchel gebraucht.«

»Wenn Sie das geglaubt haben, Sir, sind Sie falsch unterrichtet. Ihre Tochter hat eine Pottsche Fraktur erlitten.«

»Eine was? James Lawson verzog das Gesicht. »Wie sagten Sie?«

»Es handelt sich um eine Pottsche Fraktur. Ein komplizierter, schwerer Bruch, um es deutlich zu sagen, und Sie können sich vorstellen, daß es sehr schmerzhaft sein wird, wenn ich versuche, die Knochen wieder an ihren richtigen Platz zu bringen. Außerdem«, Doktor Ridley wandte sich nun zur Haushälterin, »habe ich nicht genügend Verbandszeug bei mir. Reißen Sie einige Leinentücher in Streifen von zehn Zentimeter Breite, und beeilen Sie sich bitte.«

James Lawson starrte den eingebildeten jungen Arzt an. Was glaubte dieser Grünschnabel, mit wem er sprach, daß er sich anmaßte, einfach Befehle zu erteilen? Veronica hatte recht gehabt. Der Mann kannte seine Grenzen nicht. Und indem er die Haushälterin von The Manor, die bereits auf dem Weg zur Tür war, förmlich anherrschte: »Nehmen Sie frisches Leinen von den Ballen im Nähzimmer«, entschied James Lawson, daß einzig er in seinem Haus Befehle erteilen durfte und daher die Initiative an sich reißen sollte. Dann neigte er den Kopf in John Ridleys Richtung und sagte: »Nun gut! Worauf warten Sie noch? Lassen Sie uns anfangen.«

Eine gute halbe Stunde später stand der junge Arzt vor dem Waschtisch in der Zimmerecke und tauchte die Hände in eine Schüssel mit warmem Wasser.

Patrick Lawson saß am Kopfende des Bettes und strich sanft über die schlaffe weiße Hand seiner Schwester, die auf dem Federbett ruhte, und sah dabei in das für ihn wunderschöne Gesicht mit den kindlichen, engelgleichen Zügen. Allerdings wußte er, daß Marie Annes Charakter diese Eigenschaften nicht aufwies, denn im Herzen war sie ein kleiner Kobold. Bei diesem Gedanken lächelte Pat Lawson vor sich hin. Ja, das war sie, ein lebhaftes kleines Mädchen. Warum begriffen die anderen das nicht? Als der Arzt seinen Mantel anzog und noch einmal zum Sprechen ansetzte, wandte Pat sich um. »Ich habe einige Laudanum-Tropfen hiergelassen«, erklärte Doktor Ridley und wies auf eine Flasche auf dem Beistelltisch. »Wenn sie aufwacht, wird sie starke Schmerzen haben. Das wird zwar nicht vor morgen früh sein, aber sie braucht dann etwas zur Schmerzlinderung. Wer wird bei ihr bleiben?«

»Oh …« Pat schüttelte den Kopf. »Ich weiß noch nicht, aber wahrscheinlich eines der Zimmermädchen.« Er musterte den jungen Mann genauer, der jetzt seine Tasche hochnahm. »Ja, ganz bestimmt.«

Pats Stimme klang, als zweifelte er daran, daß sich jemand um seine Schwester kümmerte, deshalb fügte er zur Beruhigung des Arztes rasch hinzu: »Im Haus gibt es genügend Personal. Es wird Tag und Nacht jemand bei ihr wachen.«

»Sorgen Sie dafür?«

»Nein.« Pat sprach mit hoher Stimme und klang etwas steif. »Das ist Sache der Haushälterin, die ihre Anweisungen von meinen Eltern erhält. Wie kommen Sie auf den Gedanken, daß man meine Schwester nicht ausreichend betreuen könnte?«

»Keine Spur. Ich wollte nur sichergehen. Außerdem werde ich morgen früh wieder vorbeischauen. Und jetzt wünsche ich Ihnen eine gute Nacht.«

»Gute Nacht.« Pats Antwort war knapp ausgefallen, und nun starrte er auf die geschlossene Tür, während er sich in

Gedanken mit der Andeutung des Arztes beschäftigte, man könnte Marie Anne tatsächlich unversorgt lassen. Wie war er auf diese Idee gekommen? Natürlich. Patrick blickte wieder auf das Gesicht in den Kissen. Wenn seine Mutter wie üblich auf ihrem hohen Roß gesessen und sein Vater sich kaum besser verhalten hatte, dürften sie bei dem jungen Mann kaum den Eindruck fürsorglicher Eltern hinterlassen haben. Wahrscheinlich war er deshalb mißtrauisch.

Als die Tür sich erneut öffnete, stand seine Mutter auf der Schwelle, und ohne sich auch nur die Mühe zu machen, die Stimme zu senken, sagte sie: »Du kommst spät. Man hat den Einspänner schon vor über einer Stunde zum Bahnhof geschickt.«

»Der Zug hatte unterwegs einen längeren Aufenthalt und ist mit Verspätung eingetroffen, Mutter.«

Veronica Lawson trat ans Fußende des Bettes und umfaßte den Messingknauf mit der Hand, bevor sie auf ihre Tochter herabblickte. »Eine schöne Bescherung. Wieder eine ihrer Eskapaden. Das muß aufhören.« Dann, ohne eine Pause, wechselte sie das Thema: »Wie lief es in London?«

»Sehr gut, geschäftlich und gesellschaftlich.«

»Gesellschaftlich? Was meinst du damit?«

»Genau, wie ich es sage, Mutter. Ich war zu einer Gartenparty bei Lord Dilly eingeladen und zu einem Hausball bei den Admirals.«

»Oh.«

»Ja, Mutter. Bei beiden Anlässen mußte ich an dich denken. Du wärst beeindruckt gewesen.«

Für einen Moment entspannten sich Veronicas Gesichtszüge, doch dann verkrampfte sie sich erneut: »Versuchst du gehässig zu sein?«

»Ich hatte nicht die Absicht, so zu wirken, Mutter, aber ich weiß, daß du solche Anlässe liebst und welche Hoffnungen du damit verbindest. Wäre Evelyn dort gewesen, hättest du bereits die Hochzeitsglocken läuten hören. Wie die Dinge standen«, Pat lächelte, »konnte ich sie auch hören, aber sie kamen aus so vielen Richtungen, daß ich mich nicht entscheiden konnte, welchen ich folgen sollte.«

Seine Mutter wandte sich vom Bett ab. »Du hattest schon immer eine geringe Meinung von dir selbst, Pat«, entgegnete Veronica und hätte beinahe hinzugefügt: Und du wirst deinem Großvater jeden Tag ähnlicher. Was hoffentlich nicht bedeutete, daß sie Pat bald ebenso hassen würde wie den Alten.

»Wer wird sich um sie kümmern?« fragte Pat.

»Was meinst du damit?«

»Wie ich es sage, Mutter. Der junge Arzt hat mir die gleiche Frage gestellt, und ich gebe sie jetzt an dich weiter: Wer wird sich um Marie Anne kümmern?«

»Der junge Mann kennt seine Grenzen nicht. Ich werde mich über ihn beschweren.«

Pat lachte kurz auf, bevor er weitersprach. »Wie ich ihn einschätze, wird ihn das nicht im geringsten beeindrucken. Aber zurück zu Marie Anne. Wen aus der Dienerschaft wirst du ihr zuteilen?«

Er beobachtete, wie seine Mutter einen Augenblick nachdachte. »Nachts wird sie niemanden brauchen, denn dann schläft sie«, antwortete sie schließlich. »Ich werde Mrs. Piggott anweisen, Fanny Carter, das zweite Hausmädchen, zu schicken. Fanny kann sich tagsüber um Marie Anne kümmern. Das heißt, solange sie im Bett liegen muß.«

»Nun, das wird einige Zeit dauern, glaubst du nicht auch?«

»Was meinst du mit einige Zeit?«

»Der Arzt sprach von drei Monaten.«

»Was!« Der Ausruf war so laut, daß Pat warnend zischte: »Ruhig, Mutter! Du könntest sie aufwecken, und dann wird Marie Anne große Schmerzen haben.« Er wies auf den Tisch. »Der Arzt hat Laudanum für sie hiergelassen. Bist du ihm nicht begegnet, als er ging?«

»Nein, und ich habe auch keine Lust, ihn noch einmal zu sehen.«

Pat beobachtete seine Mutter, die mit beiden Händen das Messinggeländer des Bettgestells umklammerte und wiederholte: »Drei Monate! Drei Monate!«

In scharfem Ton und mit Blick auf das Tischchen fragte er: »Wie oft wird sie diese Tropfen brauchen?«

»Ich weiß es nicht, aber Mrs. Piggott wird sich auskennen. Ich habe mitbekommen, daß der Arzt mit ihr gesprochen hat, bevor er ging.«

»Übrigens«, sagte Pat, »was ist eigentlich mit Evelyn? Sie sollte diejenige sein, die bei Marie Anne sitzt.«

»Sei nicht albern, Pat. Die beiden sind wie Feuer und Wasser. Je weniger sie miteinander zu tun haben, desto besser für beide. So war es immer, und das weißt du genau.«

»So genau weiß ich das nicht, zumindest nicht in deinem Sinn. Ich weiß nur, daß Evelyn zehn Jahre älter als ihre Schwester ist und auf ihre Art Marie Anne ebenso zurückgestoßen hat wie du, Mutter.«

»Patrick! Du wagst es, so zu mir zu sprechen!« Sie sprach in einem zischenden Flüsterton, und jetzt hastete sie zur Tür, wobei sie sagte: »Ich werde mit deinem Vater über dein Benehmen sprechen.«

»Oh, sei nicht albern, Mutter. Du sprichst mit mir, als wäre ich ein kleiner Junge. Ich bin ein Mann von sechsundzwanzig Jahren. Vergiß das nicht, Mutter.« Pat trat näher zu ihr, und seine Worte klangen leise, aber bestimmt. »Und denke daran: Es ist immer noch Großvater, der hier das Sagen hat. Vater mag sich als Familienvorstand aufführen, zusammen mit Vincent, der sich groß aufspielt, und erst dann komme ich. Aber ich bin es, der dafür sorgt, daß die Geschäfte laufen, denn keiner der beiden hat je ein Geschäft in der Reederei erfolgreich zu Ende gebracht. Sie wissen nicht, wie man mit dem Personal umgeht, und erst recht nicht, wie sie mit der Konkurrenz umzugehen haben. Das wollte ich schon lange einmal loswerden, und es ist schlimm genug, daß ich ausgerechnet an diesem Ort«, er blickte zum Krankenbett hinüber, »für klare Verhältnisse sorgen muß, aber jetzt ist es heraus. In Zukunft wirst du daran denken, wie alt ich bin, Mutter. Und jetzt kannst du gehen und Vater, und auch Vincent, Wort für Wort berichten, was ich gesagt habe. Wenn sie die Wahrheit abstreiten, werde ich es einzurichten wissen, daß sie den nächsten Geschäftstermin selbst wahrnehmen müssen. Dann werden wir sehen, was geschieht. Die Situation ist nicht neu, Mutter, nicht wahr? Ihr habt ein großes Problem in diesem

Haus, du weißt das. Denn alles, was hier geschieht, hat fast ausschließlich mit Prestigefragen zu tun. Du und Vincent, ihr beide bringt euch beinahe dafür um, daß unser Name in den richtigen Kreisen genannt wird. Und wozu das Ganze? Und noch ein Letztes, und ich bedaure, das sagen zu müssen. Aber vergiß nicht, daß Großvater noch nicht tot ist und jederzeit einschreiten kann. Es könnte Veränderungen geben. Große Veränderungen. Veränderungen, die dieses von Gott heimgesuchte Haus in seinen Grundfesten erschüttern würden.«

Als Pat sich von seiner Mutter abwandte und wieder zum Bett ging, rührte diese sich nicht. Sie hatte eine Hand in ihr Kleid gekrallt, die andere bedeckte die untere Gesichtshälfte und umklammerte das Kinn, als wollte sie verhindern, daß es zitterte. Starr erwiderte Veronica den Blick ihres Sohnes und wußte, daß sie ihn in diesem Augenblick mehr haßte als ihren Schwiegervater, denn der alte Lawson hatte nie offen mit ihr über diese Angelegenheit gesprochen. Zwar mochte er hin und wieder in polterndem Ton Andeutungen gemacht haben, aber damit hatte er sie nie wirklich getroffen. Beinahe stolpernd verließ Veronica das Zimmer.

Um neun Uhr am nächsten Morgen stürmte Emanuel Lawson buchstäblich in Marie Annes Schlafzimmer. Doch beim Anblick ihres totenbleichen Gesichts, über das die Tränen strömten, hielt er abrupt inne. Der Atem seiner Enkelin ging stoßweise, während sie zu sprechen versuchte: »Oh, Großpapa. Großpapa!«

Als er die Arme um Marie Annes Schultern legte, um sie zu trösten, stieß sie einen spitzen Schrei aus, so daß er zurückwich.

»Sie hat große Schmerzen, Sir.«

»War der Doktor schon da?« fragte der alte Lawson und blickte über das Bett zu Fanny Carter.

»Nicht heute morgen, aber er kommt später, Sir. Gestern blieb er bis tief in die Nacht. Der Bruch ist geschient.« Fanny wies auf den Hocker, der neben das Bett gerückt worden war, um die Decken von dem gebrochenen Knöchel fernzuhalten, und fügte hinzu: »Diese Konstruktion taugt nicht viel, Sir. Das Bein sollte durch einen Drahtkäfig geschützt sein.«

»Ja, Mädchen. Du hast recht. Ich werde das veranlassen. Aber mein Liebling, oh, mein armer Liebling!« Emanuel strich über Marie Annes feuchtes Gesicht. »Immer wieder passieren dir solche Geschichten. Was war dieses Mal der Grund? Sie hätten mir noch gestern abend Bescheid geben sollen.«

»Nein, Großpapa. Ich bin gestürzt, weil ich Angst hatte. Ich hatte jemanden gesehen und dachte, sie wären hinter mir her. Deshalb bin ich losgerannt und dabei hingefallen.«

»Aber du warst ganz unten beim Fluß, an der Grenzmauer.«

»Ja, das stimmt. Und ich hatte solche Angst, Großpapa. Ich ... muß geträumt haben, daß ein Ungeheuer hinter mir her war.«

»Ein Ungeheuer?«

»Ja, denn als ich nach einem Schlag auf meinen Kopf wieder zu mir kam, sah ich sein Gesicht. Es war das Gesicht eines Ungeheuers. Aber wahrscheinlich habe ich mir das nur eingebildet. Sie sagen, ich hätte eine Gehirnerschütterung. Was ist das, Großpapa?«

»Oh, das bedeutet nur, daß du ein paar Tage ruhig liegen bleiben mußt. Eine Gehirnerschütterung wird durch einen Schlag gegen den Kopf verursacht. Aber du blutest nicht.« Emanuel fuhr mit dem Finger durch ihr Haar am Hinterkopf und strich sanft darüber, bevor er wiederholte: »Nein, du blutest nicht.«

»Großpapa.«

»Ja, mein Kind, was ist?«

»Es ist furchtbar – diese Schmerzen. Ich ... kann nicht anders und beginne immer wieder zu weinen, und sie sagen, ich müßte lange Zeit das Bett hüten. Lieber sterbe ich, Großpapa. Lieber will ich sterben.«

»Nein, mein Kind, das wirst du nicht. Ganz bestimmt nicht. Ich werde so oft bei dir sein, wie es mir möglich ist, und dieses nette Mädchen hier kümmert sich ebenfalls um dich. Nicht wahr, meine Liebe?«

Fanny zögerte einen Augenblick, bevor sie antwortete, denn sie war einigermaßen überrascht, daß der alte Lawson sie ›meine Liebe‹ nannte, wo er doch als Tyrann verschrien war. »Ja, ich werde sie pflegen, Sir. Meine Mutter habe ich jahrelang versorgt, als sie Wassersucht hatte. Und … darf ich frei sprechen, Sir?«

»Ja, Mädchen, sprich weiter.«

»Nun, im Haus wurde davon gesprochen, eine Krankenschwester einzustellen, aber ich könnte mich ebensogut um Miß Marie Anne kümmern, da ich ja schon meine Mutter gepflegt habe, und damals war ich noch sehr jung. Sie lag viele Jahre mit Wassersucht im Bett, und außer mir hatte sie niemanden, der ihr beistand. Wissen Sie, mein Vater und die beiden Jungen haben unter Tage in der Grube gearbeitet und sind dabei ums Leben gekommen. Ich hatte noch einen weiteren Bruder, aber der starb zu Hause, und dann kümmerte ich mich jahrelang um meine Mutter, bevor ich hierher kam. Deshalb könnte ich die Miß sehr gut pflegen, Sir. Ja, wirklich.«

Fannys tragische kleine Geschichte, die sie so wortreich erzählte, hatte Marie Annes Tränen zum Versiegen gebracht. »Oh! Du armes Ding, Fanny. Wie leid du mir tust«, stieß sie heftig atmend hervor.

»O nein, Miß.« Fanny lächelte nun über das ganze Gesicht. »Das ist Vergangenheit. Ich bin froh, hier sein zu dürfen und …« Sie blickte zu dem alten Lawson herüber, als wollte sie noch etwas sagen, fügte aber nur hinzu: »Ich werde mich um Sie kümmern.«

»Hörst du das, mein kleiner Liebling? Wenn das keine gute Neuigkeit ist! Du bekommst in Fanny nicht nur eine Krankenschwester, sondern auch eine Geschichtenerzählerin, jemanden, der die tragischen Ereignisse seines Lebens in lebendige Worte kleiden kann. Das ist eine Kunst.«

Fanny wußte nicht genau, was der alte Herr meinte, aber sie verstand, daß er ihr ein Kompliment gemacht hatte. Sie lächelte ihm zu und sagte dann taktvoll: »Ich lasse Sie jetzt allein, Sir. Aber ich bleibe im Zimmer nebenan. Wenn Sie mich brauchen, rufen Sie einfach.«

»Das mache ich, Mädchen. Und ich danke dir.« Emanuel Lawson nickte ihr lächelnd zu, und als sich die Tür hinter Fanny geschlossen hatte, blickte er auf seine Enkelin herunter. »Nun, meine liebe Marie Anne, das nenne ich Treue«, sagte er. »Dieses Mädchen wird dir nicht nur eine gute Betreuerin, sondern auch eine Freundin sein, und gerade zur rechten Zeit.«

»Ja, Großpapa. Ich mochte Fanny schon immer. Sie war stets nett zu mir. Aber Großpapa, ich fühle mich furchtbar, richtig krank, und ich habe Angst. Sie sagen, ich muß wochenlang liegenbleiben. Das überlebe ich nicht, bestimmt nicht.«

»Jetzt hör aber auf damit. Du wirst nicht sterben, und wenn du wieder bei Kräften bist und dich aufrichten kannst, werden wir dich in den fahrbaren Rohrstuhl setzen und über das Anwesen schieben. Das würde dir gefallen, nicht wahr?«

Marie Anne versuchte zu lächeln und entgegnete: »Nein, Großpapa, ich würde es verabscheuen. Du weißt, wie es mir geht, wenn ich nach draußen komme. Ich kann nicht langsam umhergehen, sondern muß rennen.«

»Ja, mein Liebling, du mußt laufen, immer laufen. Aber warum? Damit beginnt der ganze Ärger jedesmal. Wenn irgend etwas geschieht, das dir nicht gefällt, rennst du los. Wovor läufst du davon?«

Marie Anne dachte einen Augenblick nach, dann schniefte sie laut, bevor sie antwortete: »Ich glaube, Großpapa, ich renne, weil ich weg möchte von den Menschen, die mich nicht mögen.«

»Aber jetzt übertreibst du! Es ist albern zu behaupten, die Menschen würden dich nicht mögen. Jeder ...«

»Bitte, Großvater! Nicht! Du weißt es, und ich weiß es ... Wir haben darüber gesprochen, oder etwa nicht? Daß niemand von allen geliebt werden kann, oder so ähnlich.«

Emanuels Hand lag wieder auf ihrem Haar und strich eine Strähne aus ihrem Gesicht. Dann sagte er sanft: »Du hast recht. Ich schimpfe mit dir wie mit einem dummen Kind, dabei bist du keines mehr. Du bist ein kluges junges Mädchen. Aber kannst du mir sagen, warum du spät abends bis zu Hardings Mauer am Fluß hinunterrennen mußtest?«

Da wandte Marie Anne den Blick von ihm ab und sah auf das Fußende hinunter, wo sich die Decken zu einem Hügel zusammenschoben. Ihre Stimme klang leise, als sie entgegnete: »Nein, Großpapa.«

»Nein? Aber etwas muß dich veranlaßt haben, so weit wegzulaufen. Hat das, was dich dorthin trieb, etwas mit diesem Haus zu tun?«

»Ja, Großpapa«, flüsterte sie.

»Und du kannst mir nicht sagen, was es war? Aber beantworte mir wenigstens eine Frage. Betrifft es eine Person in diesem Haus?«

Marie Anne zögerte, bevor sie erwiderte: »Ja, Großpapa.«

Er wollte fragen: War es ein Mann? Oder eine Frau? Aber es gab nur eine Frau, die sich spät abends draußen aufhalten könnte, vielleicht um einen Spaziergang zu machen, und das war Evelyn. Aber Evelyn sah es überhaupt nicht ähnlich, querfeldein zu gehen. Schließlich könnte sie sich die Füße schmutzig machen. Oder war es eines der Hausmädchen gewesen? Doch wenn es sich nur um eine Angestellte handelte, würde Marie Anne nicht so hartnäckig über das Vorgefallene schweigen, dessen war Emanuel sich sicher. Oder betraf es vielleicht Vincent? Er hätte den Scherzen dieses jungen Mannes schon vor Jahren ein Ende setzen müssen, als er die wahre Bedeutung und den Hintergrund seiner Angriffe entdeckte, die Marie Annes Großvater gleichermaßen erzürnten und schockierten. Denkbar, daß es Vincent war. Aber soweit Emanuel wußte, hatte er sich gestern abend mit seinem Freund Harry Stockfield hier im Haus aufgehalten, und früher am Abend waren sie zusammen draußen auf dem Tennisplatz gewesen, und anschließend hatten sie eine Partie Billard gespielt. Nun, es bestand kein Zweifel, daß er der Sache eines Tages auf den Grund kommen würde. Als Marie Annes Großvater war er ihr Vertrauter gewesen, seit sie auf seine Knie krabbeln konnte, immer auf der Suche nach Liebe, vielleicht als Ausgleich für den Haß, den ihre Mutter dem Kind entgegenbrachte. Emanuel hatte Marie Anne geliebt und sie ihr ganzes junges Leben lang verhätschelt. Doch wie war er auf den Gedanken gekommen, daß Veronica ihre eigene

Tochter haßte? Vielleicht war das Wort zu hart, womöglich traf »Abneigung« eher zu – zumindest hoffte er es. Dennoch waren Haß und Abneigung enge Verwandte. Und das Schlimmste an der Sache war, daß das Kind die Gefühle seiner Mutter spürte, seit diese es zum ersten Mal von ihren Knien gestoßen hatte. Emanuel selbst war Zeuge dieser Szene gewesen, und es hatte sich um keinen sanften Schubs gehandelt, sondern um einen Stoß, der die Dreijährige zu Boden warf, so daß sie zu weinen begann.

Jetzt weinte sie wieder, und Emanuel zog sein großes seidenes Taschentuch aus der Brusttasche und trocknete sanft Marie Annes Tränen. Noch während er damit beschäftigt war, erhielt er die Antwort, von der er erwartet hatte, daß er lange danach forschen müßte. Sie kam, als er sich erkundigte: »War Evelyn schon bei dir im …« Emanuel hatte den Satz noch nicht beendet, als Marie Annes gesamter Körper wie unter einer Erschütterung zu beben begann. »… im Zimmer und hat dich besucht?« Marie Anne stieß einen lauten Schmerzensschrei aus und rief: »Nein! Und ich will sie auch nicht sehen. Auf keinen Fall!«

»Schon gut, mein Liebling. Alles in Ordnung. Wenn du sie nicht sehen willst, brauchst du es auch nicht.«

Aha! Evelyn also. Und das spät abends. Warum wohl sollte sich seine andere Enkelin um diese Zeit draußen aufhalten, und was hatte das junge Mädchen hier veranlaßt, so schnell davonzurennen, daß es mit dem Kopf gegen eine Wand prallte? Nun gut. Er würde den Grund herausbekommen, aber er mußte unauffällig vorgehen. Ja, sehr unauffällig. Mit wem traf sich Evelyn derzeit? Seit der Geschichte vor einigen Jahren, als sie mit aller Gewalt heiraten wollte und ihre Mutter der Sache ein Ende setzte, hatte es ein oder zwei Männer gegeben, die sie näher interessierten, aber es war nichts dabei herausgekommen. Evelyn war von sehr abweisender Art. Sie spielte zu oft die große Dame, ähnlich wie ihre Mutter. O ja, sie schlug sehr nach Veronica. Vincent ebenso, sogar noch stärker als seine Schwester. Die drei bildeten eine Art Kleeblatt in Emanuels Augen, und sie standen sich sehr nah, was ihre Persönlichkeiten wie auch ihre Bestrebungen betraf.

Doch welche Rolle spielte dabei sein eigener Sohn, ihr Vater? Oh, Emanuel hatte schon längst eingesehen, daß er in ihm einen Mann voll prahlerischer Eitelkeit und ohne Rückgrat herangezogen hatte. Andererseits war durch ihn Pat in sein Leben getreten, und Pat stand seinem Großvater so nah, wie er es von einem Menschen kaum zu erhoffen gewagt hatte. Und dann war da noch dieser kleine Kobold. Die Ungewollte. Der Wechselbalg. Sie glich in allem ihm selbst, in ihren Idealen und auch in ihrem Temperament. Marie Annes Gefühle schossen wie seine eigenen in heftigen Schüben hoch, explodierten und ließen die Funken fliegen. Und ihre Ideale? Schon ein paarmal hatte sie bewiesen, daß sie wie ihr Großvater empfand. Sie war für Fairneß, den Menschen wie auch den Tieren gegenüber. Ein Beispiel dafür war die Geschichte mit Simon Pinner, dem sie einen Schlag mit der Reitgerte verpaßte, weil er einen seiner Hunde bestraft hatte. Der Hund hatte eine Reihe mit frisch in die Erde gebrachtem Saatgut aufgewühlt, worauf Pinner ihm die Peitsche überzog, so daß der Hund aufjaulte. Marie Anne zögerte nicht lange. Sie rannte in die Sattelkammer und holte eine zweite Reitgerte. Es hätte wenig Sinn gehabt, auf Pinners Beine zu zielen, denn er trug Stiefel und eine dicke Kordhose. Aber er hatte die Ärmel bis zu den Ellenbogen hochgerollt, und dorthin schlug Marie Anne. Anschließend beschwerte Pinner sich im Haus, und Marie Anne wurde für drei Tage bei magerer Kost in ihrem Zimmer eingesperrt. Der Vorfall spaltete die Dienerschaft in zwei Lager. Als nächstes passierte die Sache mit Peter Crouch und dem Pferdetrog. Dieses Mal galten die Sympathien zu neunzig Prozent Marie Anne, denn Crouch war bekannt für seine harte Hand gegenüber Pferden, besonders wenn es darum ging, sie einzureiten. An diesem Tag hatte Marie Anne auf dem Hof gesehen, wie Crouch einem Pferd mit der Peitsche auf die Flanken schlug, so daß sich das Tier wütend aufbäumte. Das Pferd hatte laut protestierend gewiehert, als Crouch es am Wassertrog vorbeizerrte und ihm nicht zu saufen erlaubte. Also schrie Marie Anne den Stallgehilfen an. Unglücklicherweise stand er mit dem Gesicht zu Marie Anne, und der Trog befand sich hinter ihm, so daß es für das Mädchen ein Leichtes gewesen war, auf ihn zuzulaufen und ihn rückwärts ins Wasser zu stoßen. Auf dem Hof erzählte man sich später, sogar die Pferde hätten gelacht. Aber durch diese Tat hatte Marie Anne den Bogen überspannt, weshalb sie ins Internat gesteckt wurde. Damit begann der Ärger jedoch erst richtig. Wie oft war sie davongelaufen? Und wie oft hatte Emanuel sie heimlich bei sich aufgenommen? Wahrscheinlich war Marie Anne nicht zuletzt wegen ihm so aufsässig, denn wann immer sie zu ihm kam, brachte er ihr Verständnis und Zuneigung entgegen. »Tut es sehr weh, mein Liebling?« fragte er gedankenverloren.

»Furchtbar, Großpapa. Ganz schrecklich. Ich habe noch nie im Leben solche Schmerzen gehabt.«

»Der junge Arzt müßte bald hier sein, und er wird dir etwas geben, das deine Schmerzen lindert. Soll ich dir in der Zwischenzeit etwas vorlesen?«

»Nein, Großpapa.«

»Nein?«

»Nein. Setz dich neben mich und halte meine Hand.«

»Oh, das tue ich gern, mein Liebling. Natürlich mache ich das.«

»Ich bin noch immer sehr müde. Am liebsten möchte ich wieder einschlafen, wenn du nichts dagegen hast.«

»Nun, es wäre sicher das beste für dich, mein Liebling. Ich halte deine Hand, während du wieder einschläfst, und ich erzähle dir dabei eine lustige Geschichte, die ich kürzlich gelesen habe. Sie handelt von einem Känguruh, das nicht mehr springen konnte und ein Baby in seinem Brustbeutel hatte, weißt du, so wie es in den Bilderbüchern zu sehen ist. Na ja, das Baby mußte seiner Mutter beibringen, daß sie wieder springen konnte. Jetzt schließt du die Augen, und ich erzähle dir, wie alles anfing und wie die Geschichte endete.«

Emanuel erzählte, und Marie Anne schlief ein. Während der ganzen Zeit, in der er seine Geschichte über das Känguruh erfand, das wieder springen lernen mußte, beschäftigte sich ein Teil in ihm damit, was Evelyn zu jener späten Stunde draußen zu suchen und wodurch sie dieses Kind zu Tode erschreckt hatte.

2. Kapitel

Zehn Tage später saß Marie Anne aufrecht im Bett. Fanny hatte soeben das Frühstückstablett entfernt und stellte fest: »Wirklich! Heute morgen sehen Sie deutlich besser aus, Miß. Fast wieder wie früher. Haben die Schmerzen nachgelassen?«

»Ja, Fanny. Sie sind längst nicht mehr so stark. Das heißt, solange ich das Bein nicht bewege.« Marie Anne lächelte das Mädchen an. »Du mußt mein Gejammer langsam leid sein, aber es tat einfach so weh.«

»Aber natürlich, Miß. Ich wette, ich hätte Sie im Jammern übertroffen, wenn ich an Ihrer Stelle gewesen wäre. Ganz bestimmt. Oh ...« Die Tür wurde geöffnet, und Fanny strich sich über den Schürzenlatz. »Da kommt Master Patrick.«

»Guten Morgen, Fanny.«

»Guten Morgen, Sir.«

»Wie geht es unserer Patientin?« Er sah absichtlich nicht zu Marie Anne, sondern fuhr fort: »Hat sie sich gut benommen?«

»O ja. Sie war sehr folgsam.«

Lachend wandte Patrick sich zu Marie Anne: »Was sagst du dazu? Sehr folgsam, wirklich. Das ist das erste Mal, daß ich von jemandem höre, du wärst brav gewesen. Aber wie geht es dir?«

»Oh, ich fühle mich viel besser, Pat. Mein Kopf tut nicht mehr weh, und er fühlt sich auch nicht mehr benebelt an. Deshalb möchte ich heute etwas zeichnen.«

»Das ist eine gute Idee.«

»Fanny wollte gerade nach oben laufen, um mein Tagebuch zusammen mit den Malsachen aus dem Schrank im Schulzimmer zu holen.«

»Soll ich jetzt gehen, Miß?«

»Ja, Fanny. Das wäre nett.«

»Gut. Dann hole ich die Sachen.«

Als sie allein im Zimmer waren, sagte Marie Anne aufgeregt: »Setz dich eine Minute, Pat. Das heißt, wenn du Zeit hast. Ich möchte, daß du mir etwas von dem neuen Schiff erzählst, das bald auf die Reise geht.«

»Oh, du meinst das neue gebrauchte Schiff, das wir gekauft haben?«

»Läuft es heute aus?«

»Ja, mit der Nachmittagsflut um drei Uhr.«

»Und es heißt Annabella?«

»Ja, Annabella. Und unter uns gesagt, die Dame ist bildhübsch.«

»Was für eine Ladung verschifft ihr?«

»Oh, sehr wenig auf dieser Reise. Nur Leinenballen, Spitze und andere Waren, die auf den Inseln gebraucht werden. Vor allem transportieren wir lebende Fracht, und ich hoffe, daß wir sie auch heil zurückbringen. Das ist das wichtigste.«

»Ja«, nickte Marie Anne ihm zu. »Die Gäste. Es muß wunderbar für sie sein.«

»Bestimmt, vor allem, solange das Schiff sicher vertäut am Kai liegt. Sorgen bereitet mir, was geschieht, wenn unterwegs ein Sturm aufkommt. Drei der mitfahrenden Paare waren noch nie auf See. Ich bedaure sie bereits jetzt, die Ärmsten, denn ich selbst war schon so seekrank, daß ich gebetet habe, sterben zu dürfen.«

»Großpapa sagte, es wäre deine Idee gewesen. Er fand die Vorstellung, Passagiere mitzunehmen, sehr lustig und meinte, sie bräuchten wenigstens nicht mit der Schaufel aufs Schiff befördert zu werden und würden noch dafür bezahlen, von Wind und Seegang gebeutelt zu werden. Kehren sie mit dem gleichen Schiff zurück? Ich meine, machen sie die ganze Reise mit?«

»Ich hoffe es, kleine Schwester. Schließlich möchte ich, daß alle die Fahrt lebend überstehen.« Patrick lachte leise, als er hinzufügte: »Oh, man wird sich gut um sie kümmern. Kapitän Armitage ist ein hervorragender Mann, und er hat zwei ebenso gute Offiziere unter seinem Kommando. Die Mannschaft besteht fast nur aus altgedienten Leuten, die schon seit Jahren für unsere Reederei arbeiten. Einer von ihnen wurde zum Steward ernannt, ein anderer zum Hilfskoch und Kellner. Es hat großen Spaß gemacht, alles vorzubereiten.«

»Du hast gerne mit Schiffen zu tun, nicht wahr Pat?«

»Ja, kleine Schwester. Aber unter uns gesagt«, er beugte

sich näher zu ihr, »ich fände es gräßlich, selbst mitfahren zu müssen.«

»Ach, wirklich?«

»Ja. Ganz ehrlich. Wie ich schon sagte, ich werde immer seekrank.« Pat wiegte den Kopf hin und her. »Andererseits gibt es kaum etwas Wissenswertes über Schiffe, das ich nicht wüßte. Seit sieben Jahren klettere ich nun schon über steile Schiffsleitern, und davor schon während der Schulferien. Meist waren sie aus Eisen, und ich ging tief in den Schiffsbauch hinein, um Maschinenräume, Mannschaftsunterkünfte, Lagerräume und, nicht zu vergessen, die Kapitänskajüte zu überprüfen. O ja, man muß darauf achten, daß der Kapitän die besten Sessel und die dicksten Teppiche bekommt und eine Koje, die zum Schlafen einlädt.«

Marie Anne mußte lachen, als sie weiterfragte: »Und was ist mit den Segelschiffen? Wir haben doch noch eines, oder? Wie steht es mit einer Kletterpartie den Mast hinauf?«

»Oh, das ist nicht fair von dir, Marie Anne. Wenn du von Segelschiffen und Masten anfängst, fragst du mich als nächstes, ob ich auch schon oben im Ausguck war.«

»Ja.« Marie Anne stupste ihn mit dem Kopf und lachte laut. »Genau das wollte ich als nächstes von dir wissen.«

Nervös wehrte Patrick sie mit der Hand ab. »Nun ja, jetzt hast du mich erwischt.«

»Du warst noch nicht einmal oben, wenn das Schiff im Hafen lag?«

»Nein, selbst im Hafen bin ich niemals dort hinaufgeklettert. Gott allein weiß, wie diese jungen Kerle es fertigbringen, bei rauher See wie Affen in den Masten zu hängen. Und das mit Gott meine ich ehrlich, denn diese Arbeit muß entsetzlich sein, obwohl ich weiß, daß manche Matrosen sehr stolz auf ihre Kletterkünste sind. Aber jetzt fällt mir ein ... Großvater ist oben im Ausguck gewesen, sogar auf See. Sein Vater hat ihn drei Jahre auf große Fahrt geschickt. Hat er dir nie davon erzählt?«

Marie Anne schüttelte den Kopf.

»Sein Vater, unser Urgroßvater, sagte, wenn er sein Geld mit Schiffen verdienen wolle, müsse er auch praktische Erfahrungen sammeln. Nach drei Jahren hatte er genug von der Seefahrt, aber anscheinend reichte das Gelernte aus, denn danach verdoppelte er den Umsatz.« Patrick hätte noch hinzufügen können, daß es eine Enttäuschung für ihn gewesen sei, mitansehen zu müssen, wie sein eigener Sohn nur durch den Einsatz altgedienter Angestellter die Firma halten konnte.

Als Fanny das Zimmer betrat, bemerkte Marie Anne, daß sie die Schachtel mit den Malsachen nicht bei sich trug, und fragte rasch: »Du konntest sie nicht finden? Es stand alles auf dem oberen Regalbrett.«

»Ja, Miß. Ich hatte die Sachen auch schon und war auf dem Weg nach unten, als ich der gnädigen Frau begegnet bin. Sie fragte mich, was ich in der Hand hätte, und ich sagte ihr, es sei Ihr Tagebuch und die Schachtel mit den Malsachen. Sie befahl mir, alles zurückzubringen.«

Pat war aufgesprungen. »Mach dir keine Sorgen«, sagte er. »Ich werde selbst gehen und alles holen. Ist das Kästchen abgeschlossen?«

»Ja, aber der Schlüssel liegt dort drüben.« Marie Anne wies zum Ankleidetisch. »Er ist in der Schublade mit den Taschentüchern, in der kleinen oben im Aufsatz.«

Als Fanny zum Ankleidetisch ging, sagte Pat: »Keine Angst, Fanny. Ich bringe die Sachen, und Marie Anne kann das Schloß selbst öffnen.« Wieder Marie Anne zugewandt, flüsterte er laut: »Du möchtest doch sicher nicht, daß ich alle deine Geheimnisse lese, oder?« Sie antwortete in dem gleichen lauten Flüsterton: »Das würde mir gar nichts ausmachen, überhaupt nichts. Nicht bei dir. Und ich sage dir etwas. Wenn du das Kästchen herbringst und ich es geöffnet habe, verrate ich dir eines meiner Geheimnisse, mein einziges, um genau zu sein.«

»Das willst du tun? In deiner Schatulle gibt es ein Geheimnis?«

»Ja, und es ist wirklich ein Geheimnis.«

»Etwas, das du getan hast?«

»Ja. Etwas, das ich getan habe.«

»Bist du stolz darauf, es getan zu haben?«

»Nun ja, schon.« Marie Anne wandte den Kopf von Patrick ab. »Einerseits bin ich stolz, und dann wieder finde ich es grausam.«

»Grausam? Du willst mir ein grausames Geheimnis verraten? Da bin ich wirklich neugierig. Und ich eile sofort los, um die Büchse der Pandora zu holen.« Er sprang einen Schritt zur Seite, als wollte er einen Tanz aufführen, was Fanny zum Kichern brachte. Als sich die Tür hinter Patrick geschlossen hatte, sagte sie zu Marie Anne: »Master Patrick ist ein toller Bursche. Na ja, ich meine …« Sie warf den Kopf in den Nakken. »Zu Ihnen kann ich es schließlich sagen. Ich finde, er ist der beste von allen.«

»Das finde ich auch, Fanny. Darin bin ich mit dir einer Meinung.«

Der Bursche, von dem die Rede war, rannte die Hintertreppe hinauf, und durcheilte, noch immer im Laufschritt, den oberen Korridor, bevor er die Tür zum Schulzimmer aufstieß, wo er seine Mutter überraschte, die vor dem langen, tintenverschmierten Tisch stand, die offene braune Schatulle vor sich. Daneben lagen einige Zeichnungen auf dem Tisch verstreut, und in der Hand hielt sie ein aufgeklapptes Tagebuch. Indem sie das Buch zuschlug und an ihre Brust drückte, fragte sie: »Was willst du?«

Pat ging langsam auf sie zu. Er blickte auf die Schatulle, schloß sie und betastete den aufgebrochenen Verschluß. Dann sah er seine Mutter an. »Natürlich, du konntest nicht abwarten, sondern mußtest es mit Gewalt erzwingen.«

Auf dem Tisch sah er den vielbenutzten scharfkantigen Schürhaken liegen. Ihn interessierte nur eines: »Warum? Es lag ein Kindertagebuch darin, neben ein paar …« Patrick schob die Zeichnungen zur Seite, zögerte, hob ein Blatt hoch und starrte einen Augenblick darauf, bevor er Veronica ansah. Auf seinen Blick hin entgegnete sie: »Ja, sieh die Zeichnung ruhig an. Hast du jemals etwas derart Scheußliches und Unmenschliches gesehen?«

Patrick breitete die restlichen Blätter aus. Nachdem er sie betrachtet hatte, wandte er sich wieder an seine Mutter. »Unmenschlich? Erkennst du nicht, was das ist?«

»Ja, ich sehe, was das ist. Das sind Zeichnungen von uns, scheußliche Bilder.«

»Mutter, es handelt sich um Karikaturen. Wirklich wunderbare Skizzen. Sie hat uns alle mit wenigen Strichen getroffen. Ein Künstler würde sagen, daß diese Zeichnungen für ein vierzehnjähriges Mädchen genial sind.«

»Genial!« Sie streckte die Hand aus, packte eine Zeichnung und hielt sie ihm vor die Nase. »Sieh dir das an! Das soll ich sein!«

Bei der Frau auf der Zeichnung handelte es sich zweifelsfrei um seine Mutter, aber mit verzerrten Konturen. Der Körper war lang und dürr, das Gesicht hager und hängend, aber erst die scharf gezeichneten Züge zeigten die häßliche Härte, die Marie Anne in dieser Frau sah. Ihre Augen traten stechend wie zwei Nadelspitzen hervor, die Nase ähnelte einem scharfen Schnabel, und ihr Mund erinnerte an das Maul eines Hundes, der die Zähne fletschte. Ein wirklich abstoßendes Porträt. Pat schwieg einen Augenblick, bevor er sich wieder an seine Mutter wandte: »Du bist selbst schuld, daß deine Tochter das in dir sieht.« Als Veronica nichts sagte, fügte Pat hinzu: »Warum empfindest du nur diese Ablehnung für sie?«

Veronica umklammerte das Buch, das sie noch immer in den Händen hielt, als wollte sie es zerdrücken. Dann murmelte sie: »Ich bin machtlos dagegen. Sie war nie wie ein normales Kind. Irgendwie nicht menschlich. Viel zu wild. Du weißt, wie schwer sie zu bändigen war, und immer wieder lief sie davon. Und dann ihr Aussehen.«

»Nun, in der Familie sagen alle, daß sie den Zwillingen ähnelt, und soweit ich mich erinnere, waren die beiden Jungen auch von ungestümer Art. Richtige Wildfänge. Sie sind dir auf die Nerven gegangen, stimmt's? Und du mußt zugeben, Mutter, daß du sehr erleichtert warst, als die beiden beschlossen, ihr Glück in Kanada zu suchen. Für Vater kam die Nachricht wie ein Donnerschlag, ebenso für Großvater. Aber du nahmst den Entschluß gelassen hin, nicht wahr? Du warst froh, die Zwillinge los zu sein. Ihre dauernden Streiche wurden dir zuviel. Du bist nie mit ihnen zurechtgekommen, vor allem, weil es zwei Jungen waren. Aber mit Marie Anne ist es anders. Sie war ein süßes, kleines Mädchen. Ein Baby.«

Veronica baute sich vor ihm auf. Sie preßte die Worte zwischen den Zähnen hervor, als sie ihn anschrie: »Ein Baby, das ich niemals wollte! Ein Baby, das durch körperliche Gewalt gezeugt wurde. Ich hatte fünf Kinder, sehr schnell hintereinander, und zwei Fehlgeburten. Mehr wollte ich nicht. Evelyn war damals bereits zehn Jahre alt, vergiß das nicht. Für meinen Teil hatte ich mit dem Kinderkriegen abgeschlossen, und er wußte das. Dennoch kam er noch immer in mein Bett. Ich ließ unsere Räume in den Ostflügel verlegen, so daß ihr Kinder die Auseinandersetzungen nicht mit anhören mußtet, wenn er seinen Willen nicht bekam.«

In eher traurigem Ton bemerkte Pat: »Oh, wir haben alles sehr gut gehört, Mutter, zumindest das Geschrei, wenngleich wir nicht verstanden, worum es ging, abgesehen von Marie Anne.«

»Das ist unmöglich. Sie schlief im anderen Flügel.«

»Nicht immer. Erinnerst du dich an die Aufregung, als man sie eines Abends oben in der Linde hockend entdeckte?« Pat wies zum Fenster. »Nachdem du angeordnet hattest, daß sie wegen irgendwelcher Ungezogenheiten im Haus bleiben mußte, kam sie zu allen möglichen Zeiten hier herauf und kletterte durch das Fenster auf einen Ast, um ganz oben im Baum zu sitzen, dort, wo der Stamm sich gabelt. Das tat sie, bis Vincent dahinterkam und so heftig an einem Ast rüttelte, daß sie sich festklammern mußte, um nicht zu Tode zu stürzen. Dabei schrie sie aus Leibeskräften, und man konnte sie bis zum Kleinen Herrenhaus hören, weshalb Großvater Hals über Kopf herbeieilte. Anschließend hast du veranlaßt, die Fenster im Großen Herrenhaus fest zu verriegeln, und als weitere Strafe wurde Marie Anne wieder in ein Internat geschickt. Aber was geschah mit Vincent? Was hast du mit ihm gemacht? Nichts, gar nichts. Dafür Großvater. Er hat ihm die Hölle heiß gemacht und damit gedroht, ihn zur See zu schicken. Natürlich bist du damals eingeschritten und hast deinen Sohn sogar verteidigt. Es sei nur ein harmloser Spaß gewesen. Aber das alles hielt Marie Annie nicht davon ab, wann immer sie zu Hause war, wieder hier herauf zu kommen und heimlich zu zeichnen. Eines Nachts hörte sie dort drüben Stimmen.« Pat wies zum leeren Kamin mit dem hohen Eisengitter.

Seine Mutter drehte sich um und fragte: »Und woher hätten diese Stimmen kommen sollen?«

»Durch den Abzug, Mutter. Du wußtest nicht, daß die Schächte verbunden sind. Dieser hier ist eine Verzweigung des Kaminabzugs in eurem Schlafzimmer. Alle Kamine im Haus sind miteinander verbunden. Die Geschichte von dem Kaminkehrerjungen, der in einem dieser Schächte steckenblieb und umkam, ist nicht erfunden. Auf jeden Fall hat Marie Anne deutlich mitbekommen, wie Vater und du aufeinander losgegangen seid. Auch ich selbst habe es gehört.«

Pat sah, daß seiner Mutter der Mund offenstand, und nickte ihr zu: »Ich wußte von ihren nächtlichen Besuchen im Schulzimmer, und ich wußte auch, daß ihr lieber Bruder Vincent es herausbekommen hatte und etwas tun wollte, um sie in Schwierigkeiten zu bringen. Also ging ich an diesem Abend nach oben und fand Marie Anne, wie sie auf dem Kamingitter saß und lauschte. Ich setzte mich zu ihr und hörte ebenfalls zu, zumindest für eine Minute. Dann zog ich sie weg und nahm sie mit nach unten in mein Zimmer, wo sie sich fast die Augen ausweinte. Ich versuchte ihr zu erklären, daß es nichts zu bedeuten hätte und Eltern immer miteinander stritten, aber es war nicht der Streit, der sie zum Weinen gebracht hatte. Der Grund war, daß du über sie gesprochen hattest. Du nanntest sie eine Verrückte und sagtest, daß sie dir nur Unglück brächte. Marie Anne wiederholte beinahe wörtlich, was du kurz vorher ausgesprochen hattest. Sie sei mit Gewalt gezeugt und in Bitterkeit empfangen worden, und sie habe seit ihrer Geburt nichts als Ärger gemacht.«

»Du lieber Gott.« Es war nur ein Murmeln, und weil Pat meinte, daß die Stimme seiner Mutter plötzlich weicher klang, sagte er ruhig:

»Kannst du nicht versuchen, sie zu lieben? Oder ihr zumindest ein wenig Wärme und Zuneigung entgegenzubringen?« Ihre Antwort stimmte ihn noch trauriger, denn sie schüttelte langsam den Kopf und antwortete:

»Nein. Das kann ich nicht. Denn sie hat etwas an sich, das mich abstößt. Schon ihr Anblick widert mich an. Ich kann mir nicht vorstellen, sie zur Welt gebracht zu haben. Glaub mir, Pat, ich habe es versucht, jahrelang habe ich mich darum bemüht. Aber dann mußte ich mir eingestehen, daß es sinnlos war. Sie schien sich mir jedesmal zu widersetzen. Wir sind Feinde, nichts anderes, und wir waren es von Anfang an.«

»Oh, Mutter.« Pat trat zu ihr und legte einen Arm um ihre Schultern. »Es tut mir leid, furchtbar leid, daß du so empfindest, denn wenn du die andere Seite an ihr kennen würdest, und es gibt eine andere Seite … sie ist ein liebenswertes Mädchen, glaube mir …«

»Oh, Pat!« Veronicas Stimme klang höhnisch. »Liebenswert, sagst du, und deshalb fertigt sie Zeichnungen wie diese an?« Sie wies auf die Blätter, die auf dem Tisch verstreut lagen.

Pat hob eine andere Skizze auf und mußte lachen. »Hier, schau dir das an! Das bin ich. Mein Haar steht auf einer Seite hoch, weil ich immer mit den Fingern hindurchfahre. Ich habe die Augen geschlossen, mein Mund steht weit offen, und alle meine Zähne sind sichtbar. So muß ich aussehen, wenn ich lache, wahrscheinlich aus vollem Hals, so wie sie mich gezeichnet hat. Erkennst du das nicht?«

»Nein, ich erkenne es nicht.« Veronica zuckte mit den Schultern. Dann öffnete sie das Buch, das sie noch immer in den Händen hielt. »Dieses Geschreibe, das ist ganz sie, richtig ungebührlich. Es sollte verbrannt werden. Ich werde es ins Feuer werfen.«

»Du wirst nichts dergleichen tun, Mutter.« Pat rang regelrecht mit ihr. »Gib mir das Buch!«

Zwischen ihnen war nun ein Abstand, und als Pat das Buch in Händen hielt, sagte er: »Wenn irgend etwas Schlimmes darin steht, zerstöre ich es selbst, aber in der Zwischenzeit braucht Marie Anne eine Beschäftigung. Sie muß zeichnen und schreiben können, denn sie wird noch einige Wochen im Bett bleiben müssen.«

Veronica starrte ihren Sohn an, und ihr Blick blieb hart. Dann ging sie zur Tür. Auf halbem Weg fuhr sie noch einmal herum: »Eines sage ich dir. Sobald sie das Bett verlassen kann, fährt sie nach London zu Tante Martha. Ich werde alles veranlassen.«

»Wie bitte?«

»Ich sagte, sie fährt nach London zu Tante Martha. Dort kann sie Musik studieren. Ich gebe zu, daß sie eine Gabe dafür besitzt. Tante Martha möchte jemanden zur Gesellschaft, und sie ist einverstanden, daß wir über die Angelegenheit sprechen. Nächste Woche fahre ich zu ihr.«

Pat entgegnete nichts. Was sollte er dem auch hinzufügen? Ausgerechnet Tante Martha mit ihrem düsteren Haus in einer der langweiligsten Gegenden Londons. Während einer seiner Aufenthalte in der Hauptstadt hatte er Tante Martha besucht, aber nur ein einziges Mal. Arme Marie Anne. Doch wenn sie Musik studieren sollte, würde sie nicht allzuviel Zeit im Haus ihrer Tante verbringen, sondern auf irgendeine Schule gehen. Und alles war besser als das Leben, das sie hier führte. Arme Marie Anne.

Während er die Zeichnungen zusammensuchte, staunte er erneut über die verblüffende Treffsicherheit, mit der seine Schwester die Charaktere festgehalten hatte. In Pats Augen war das ein Beweis für Marie Annes Menschenkenntnis. Es gelang ihr, hinter die Fassaden zu blicken. Unter den Skizzen fand er auch eine furchterregende Zeichnung, die Vincent darstellte. Sein Gesicht sah sehr böse aus, doch es wurde beinahe verdeckt durch zwei Hände, deren dicke wulstige Finger in schrecklichen Klauen endeten. Staunend schüttelte Pat den Kopf. Marie Anne wußte alles über Vincents Hände, mit denen er sie ständig drangsaliert hatte. Es war kein einfaches Tätscheln, wie er immer behauptete, vielmehr kniff er sie regelrecht, und alles unter dem Vorwand, nur Spaß zu machen. Manchmal dachte Pat, wenn jemand geläutert werden mußte, dann sein Bruder Vincent.

Als er die letzte Zeichnung aufhob, hielt er inne. Es war eine Karikatur seines Großvaters. Marie Anne hatte ihm einen kleinen Körper gegeben, auf dem ein großer Kopf mit schelmisch blickenden Augen saß. Zwei ausgestreckte Arme schienen regelrecht aus der Zeichnung hervorzutreten, als wollten sie jemanden umschließen. O ja, dieses Kind, oder besser das junge Mädchen, das sie heute war, besaß, wie Pat zugeben mußte und wie seine Mutter offen eingestand, eine ungewöhnliche Begabung – und sie erweckte Liebe und Haß gleichermaßen. Pat war sich sicher, daß man ihr in den Redaktionen von Spectator oder Punch die Skizzen aus der Hand reißen würden. Diese Zeichnungen konnten sich durchaus mit den Werken einiger berühmter Karikaturisten messen lassen. Was ihnen fehlte, waren lediglich die treffenden Untertitel. Seufzend schüttelte Pat den Kopf. Was würde aus Marie Anne noch werden?

Vorsichtig schob er die Zeichnungen unten in die Schatulle, legte das Tagebuch darauf und schloß den Deckel. Anstatt den Kasten gleich an sich zu nehmen, blieb er stehen und betrachtete ihn. Wie sollte er das aufgebrochene Schloß erklären? Ihm blieb nur zu sagen übrig, daß er die Schatulle schon in diesem Zustand vorgefunden hatte. Natürlich würde Marie Anne sofort wissen, wer der Schuldige war, zumal ihre Mutter Fanny daran gehindert hatte, ihr die Sachen nach unten zu bringen. Nun, es half nichts. Pat blieb keine Zeit mehr, denn er mußte in die Reederei.

Er nahm die Schatulle und eilte aus dem Raum. Im Schlafzimmer reichte er Marie Anne den Kasten mit den Worten: »Ich habe ihn so vorgefunden. Aber jetzt muß ich gehen. Die Kutsche wartet.« Er fügte hinzu: »Kutschen warten, Züge nicht. Bis bald, meine Kleine.« Dann beugte er sich zu ihr herunter, um sie auf die Braue zu küssen, doch mit der Hand hielt sie sein Gesicht fest, und ihre großen braunen Augen in den ovalen Höhlen fixierten ihn an, ehe sie fragte: »Kann ich denn nichts für mich allein haben?«

»Es gehört dir allein, kleine Schwester, und ich möchte mit dir reden, vor allem über die Zeichnungen. Sie sind wunderbar.«

»Findest du, Pat?«

»Ja, das finde ich, meine Kleine. Du besitzt großes Talent. Wie gesagt, wir werden darüber sprechen, wenn ich zurück bin.« Er küßte sie auf die Braue und tätschelte ihr die Wange, bevor er aus dem Zimmer eilte.

Fanny Carter stand neben dem Bett und blickte auf den Deckel der Schatulle. Dabei murmelte sie: »Ich konnte es nicht verhindern, Miß. Ich mußte die Kassette zurückstellen.«

»Natürlich, Fanny. Es ist nicht deine Schuld.«

»Sie werden ein neues Schloß dafür brauchen.«

»Das ist nicht mehr wichtig. Ich brauche die Kassette nicht mehr für mein Tagebuch.«

Aber wo sollte sie es in Zukunft aufbewahren? Denn sie wollte das Tagebuch unbedingt weiterführen. Es war die einzige Möglichkeit, Ordnung in ihre Gedanken und Gefühle zu bringen.

Ob ihre Mutter Zeit genug gehabt hatte, zu lesen, was Marie Anne über sie geschrieben hatte? Oh, sie hoffte nicht. Marie Anne mochte ein aufsässiges Kind sein, aber sie wollte ihre Mutter nicht verletzen. Worte trafen Menschen manchmal schlimmer als Schläge. Das wußte sie nur zu gut, denn sie hatte es ein Leben lang erfahren, ebenso wie den Schmerz, der durch die entbehrte Liebe entstanden war. Ihre Mutter hatte ihre Liebe nur Evelyn, Vincent und Pat geschenkt. Niemals ihr. Niemals. Auch ihr Vater hatte ihr keine Zuneigung entgegengebracht. Marie Anne erinnerte sich nicht, jemals ein freundliches Wort von ihm gehört zu haben. Nur Schweigen und lange, seltsame Blicke waren von ihm ausgegangen. Nur selten sprach er mit ihr. Einmal hätte es eine Gelegenheit gegeben, als sie am Klavier saß und bemerkte, daß er ihr zugehört hatte. In der Hoffnung auf ein Lob hatte sie sich zu ihm gedreht. Sein Gesichtsausdruck und die Art, wie er den Kopf bewegte, hatten Bewunderung verraten. Doch dann hatte ihr Vater sie einfach nur angelächelt.

Marie Anne blätterte in ihrem Tagebuch, bis sie zu einer Seite mit dem Titel »Hände« kam. Darunter hatte sie geschrieben:

Hände können sprechen, auf vielerlei Weise.

Mister Smith im Dorf kann zwar nicht hören, aber er redet mit seinen Händen.

Die Hände von Großpapa können reden: Wenn er über mein Haar streicht oder mich fest an sich drückt, wenn die anderen laut werden. Pats Hände sprechen. Es sind lächelnde Hände. Sie bringen einen zum Lachen. Aber die Hände von Vincent sind entsetzlich, und Evelyn hat kalte Hände. Mutters Hände stoßen zurück, sie stoßen mich nach hinten, an den Schultern, an meiner Brust; meistens schiebt sie mich mit zwei gegen meine Brust gerichteten Fingern von sich weg. Immer stoßen sie mich weg, schubsen und zerren. Nein, nicht zerren. Sie zieht mich niemals zu sich hin. Aber das spielt keine Rolle. Es ist unwichtig, denn wenn ich wegrenne, vergesse ich alles andere.

Marie Anne unterbrach die Lektüre und blickte zum Fußende des Bettes, wo ein Drahtkäfig ihren verletzten Fuß und das Bein schützte. Beinahe hätte sie sich selbst bemitleidet. Ob sie jemals wieder laufen könnte? Doktor Sutton-Moore hatte gesagt, daß sie bald wieder herumspringen würde wie ein junges Reh, doch er war ein Arzt, der gern Süßholz raspelte und sich auf zartbesaitete wohlhabende Damen verstand. Die Armen dagegen sollten sich selbst kurieren.

Er hatte Marie Anne zum Lachen gebracht, als er so redete. Manchmal sagte er wirklich lustige Dinge. Aber sie wußte, was er in diesem Fall dachte. Außerdem hatte ihr Großvater erklärt, daß der andere Arzt, Doktor Ridley, in bestimmten Häusern nicht so beliebt war, weil er sich zu direkt ausdrückte. Aber wenn er die Wahl hätte, würde er Doktor Ridley jederzeit vorziehen.

Ja, Marie Anne konnte ihm nur zustimmen. Sie mochte den jungen Arzt, obwohl er nur selten lächelte. Aber gestern, als er ihren Fuß geraderückte und sie den Mund verzog, ohne laut zu klagen, hatte er gelächelt und gesagt: »Das machen Sie sehr gut, kleines Fräulein.« Marie Anne hätte gern mit ihm geredet, doch Mrs. Piggott war im Zimmer gewesen. Mrs. Piggott schien immer beschäftigt zu sein. Sie zog glatte Tagesdecken noch einmal zurecht, hob bereits aufgeräumte Gegenstände auf dem Toilettentisch ein zweites Mal hoch und stellte sie wieder hin, befeuchtete zwei Finger im Mund und strich über die bereits gerade herabfallenden Falten der

Vorhänge. Aber eines tat sie nicht: sich mit Marie Anne zu unterhalten. Irgendwie hatte Marie Anne das Gefühl, daß die kleine Person sich davor fürchtete, mit ihr zu reden. Auch über dieses Thema machte Marie Anne sich Gedanken. Manche der Hausangestellten sprachen nie mit ihr, außer wenn sie eine Anordnung ihrer Herrin an Marie Anne weitergaben. Sie waren anders als Fanny Carter, Carrie oder die Männer draußen im Hof, und anders als der Hausdiener, der auch nett war. Er hatte Marie Anne einmal einen kleinen Springinsfeld genannt. Sie fand, daß der Name lustig klang: kleiner Springinsfeld. Damals hatte sie niemanden gefragt, was er damit meinte, aber sie wußte, es war nichts Böses, denn er hatte dabei gelächelt.

Nun sagte Fanny wieder etwas. »Ich könnte die Kassette zum Schreiner bringen lassen, Miß. Er oder einer seiner Gesellen können das Schloß bestimmt reparieren.«

Marie Anne dachte einen Augenblick nach, bevor sie antwortete: »Oh, das ist nicht nötig, Fanny. Ich brauche die Kassette nicht mehr.«

»Aber wohin wollen Sie dann Ihr Tagebuch legen, Miß?« In Fannys Stimme schwang ein verschwörerischer Ton mit. »Es gibt keinen sicheren Platz, wo Sie es verstecken können.«

Ruhig antwortete Marie Anne: »Keine Sorge, Fanny. Ich weiß, was ich tun werde. Ich gebe das Tagebuch meinem Großvater zur Verwahrung, und er schließt es in seinem Safe ein.« Marie Anne war sicher, daß er in seinem Safe Platz für sie schaffen würde, wenn sie ihm erklärte, wie viele Dinge sie sonst mit den Jahren vergessen würde. Und sie wollte nichts vergessen, denn in ihrem Tagebuch schrieb sie alles über das Leben mit den Menschen in diesem Haus auf. Dieses Haus hätte eigentlich ihr Zuhause sein sollen, aber manchmal fühlte sie sich eher wie in einen Käfig gesperrt. An einer Stelle in ihrem Tagebuch hatte sie einmal geschrieben, daß in diesem Käfig die unterschiedlichsten Vögel lebten, von denen die großen meist grausam seien.

3. Kapitel

»Du mußt hineingehen und sie besuchen. Die Hausangestellten fangen schon an zu reden, verstehst du? Wenn Vincent zu ihr gegangen ist, kannst du es auch.«

»Was hat sie zu Vincent gesagt?«

»Sie war sehr höflich und nett. Als er sie fragte, wie es ihr gehe, antwortete sie: ›Sehr gut.‹ Dann fragte er, ob ihr Bein sehr weh tue, und sie antwortete: ›Nur wenn ich es bewege.‹ Und nicht einmal, als er meinte: ›Damit dir die Flügel gestutzt werden, mußt du dir zuerst das Bein brechen‹, griff sie ihn an, wie sie es früher getan hätte. Ja, wirklich. Sie war ausgesprochen höflich. Wir müssen der Tatsache ins Auge sehen, daß er Marie Anne jahrelang furchtbar geärgert hat. Damit möchte ich nicht behaupten, er wäre grob zu ihr gewesen. Eher hat sie ihn grob behandelt.«

»Ja, das glaube ich auch.« Evelyn nickte ihrer Mutter zu. »Denn die beiden Kratzer stammten sicher nicht von der Katze, wie er damals behauptet hat.«

»Mag sein. Aber all das ist lange her. Heute seid ihr keine Kinder mehr, keiner von euch. Nicht einmal sie, denn in Kürze wird sie fünfzehn. Also, kommst du jetzt? Du brauchst sie nur zu fragen, wie es ihr geht. Das wird die dummen Geister unten im Haus zum Schweigen bringen. Nimm dich zusammen, meine Tochter, und bring es hinter dich.«

An dieser Stelle verstummte Veronica und wandte sich zu Evelyn um. »Und wenn ich schon dabei bin, kann ich dir auch sagen, daß dein Vater über dich verärgert ist, weil du in letzter Zeit so oft verspätet zum Frühstück erscheinst. Dreimal warst du in der letzten Woche unpünktlich.«

»Ich hatte eine Erkältung, Mutter. Das weißt du.«

»Am Sonntag, als du den Gottesdienst versäumt hast, warst du nicht erkältet, und auch nicht am Sonntag davor. Es ist nicht viel, was er von dir verlangt. Diesen einen Gefallen könntest du ihm wirklich tun.«

Während Evelyn ihre Mutter anstarrte, dachte sie, wie so oft, was für eine erstaunliche Frau Veronica Lawson war. Ihre Mutter schien sich niemals selbst zu sehen. Wie konnte sie sonst von Evelyn verlangen, ihrem Vater zu Gefallen zu sein? Lieber sollte Veronica sich fragen, was sie eigentlich tat, um ihrem Mann gefällig zu sein. Einmal hatte Evelyn gehört, wie ihr Großvater ihren Vater anschrie: »Warum hast du deine Geliebte nicht behalten, du Dummkopf?« Die Antwort ihres Vaters hatte Evelyn nicht mitbekommen, nur die Entgegnung ihres Großvaters darauf: »Oh, komm mir nicht damit. Schlecht fürs Geschäft, wenn die Sache bekannt wird! Flannagan und Harris haben seit Jahren Mätressen, und keiner von ihnen beklagt sich, den Respekt der Büroangestellten oder Arbeiter verloren zu haben. Im Gegenteil. Man achtet sie als Männer. Du hast keinen Schneid, mein Sohn. Dir fehlt der Durchsetzungswille.«

Evelyn hatte immer Mitleid mit ihrem Vater gehabt. Im Laufe der Jahre, als sie mehr über Männer erfuhr, begriff sie, daß er seine männlichen Bedürfnisse durch Essen befriedigte. Und jetzt mußte er ein Korsett tragen, um den Bauch in Form zu halten.

Gehorsam folgte Evelyn ihrer Mutter in Marie Annes Zimmer. Dort fand sie ihre Schwester aufrecht im Bett sitzend und lachend vor. Offenbar hatte eine Bemerkung des Zimmermädchens sie so erheitert.

Die Schwestern starrten sich an. In stehender Position befand sich Evelyn beinahe in Augenhöhe von Marie Anne, die vom Bett aus zu ihr herüberblickte.

»Geht es dir wieder besser?« Evelyns Stimme klang tonlos, und sie bekam keine Antwort. Marie Anne sah ihre Schwester nicht, wie sie im Augenblick vor ihr stand, sondern auf dem Boden liegend und mit entblößten Schenkeln.

»Oh, haben wir wieder die Sprache verloren?« Evelyn drehte sich um und sah ihre Mutter an, als wollte sie ausdrücken: »Was habe ich dir gesagt?«

»Nun, du wirst sie schon wiederfinden, zusammen mit deinen Beinen, wenn du das nächste Mal wie ein verrückt gewordener Hase davonspringst und gegen Steinmauern rennst.« Auf Evelyns Gesicht erschien ein schwaches Lächeln, als sie hinzufügte: »Es grenzt an ein Wunder, daß du dir nicht das Genick gebrochen hast.«

Marie Annes Arm holte weit aus, und mit der flachen Hand traf sie Evelyns Gesicht von der Seite, so daß sie mit einem Schrei zurücktaumelte.

Im Zimmer brach ein Tumult aus. Marie Annes Stimme tönte: »Du bist dreckig und verkommen! Und es ist deine Schuld, daß ich mir das Bein gebrochen habe! Ich habe dich gesehen ...« In diesem Augenblick wurde sie von ihrer Mutter unterbrochen, die noch schriller zu schreien begann:

»Sei still, Mädchen! Wirst du wohl still sein! Und du machst, daß du aus dem Zimmer kommst! Raus hier!« Das galt Fanny Carter, die von Veronica gepackt und nach draußen auf den Korridor gestoßen wurde. Nachdem Veronica die Tür zugeschlagen hatte, wandte sie sich an Evelyn, die sich schwer gegen das Messinggeländer am Fußende von Marie Annes Bett stützte, die Augen in Panik auf ihre jüngere Schwester gerichtet, die nun in die Kissen zurückgelehnt lag und keuchte, als wäre sie tatsächlich gerannt.

Auch Veronica Lawson starrte Marie Anne ins Gesicht. Sie verspürte das Bedürfnis, ihre Tochter bei den Schultern zu packen und ihr das Leben aus dem Leib zu schütteln. Aber es gab etwas, dem sie auf den Grund gehen mußte. Sich leicht zu Marie Anne herüberbeugend, zischte sie leise: »Wie kannst du es wagen, deine Schwester zu schlagen und derart fürchterliche Dinge zu sagen! Was meinst du nur damit? Du bist verrückt, Mädchen, wirklich verrückt!«

Marie Anne wich vor dem Gesicht zurück, das sie aus nächster Nähe anstarrte, und obwohl ihre Stimme zitterte, zeigte sie keine Furcht vor ihrer Mutter, als sie zurückspie: »Ich bin weder verrückt noch dumm, Mutter. Frag sie doch selbst, was ich damit meine, und dann kannst du sie noch fragen, warum du sie zwingen mußtest, in mein Zimmer zu kommen und mit mir zu sprechen. Seit Wochen liege ich hier im Bett, und sie wagte es nicht, mir gegenüberzutreten, weil sie sich nicht sicher war, ob ich es herausgefunden hatte oder nicht, denn bisher hatte ich geschwiegen. Nun weiß ich, warum du mich haßt, und wegen dieser Sache hasse ich dich auch. Hörst du, was ich sage? Ich hasse dich.« Marie Anne schlug mit beiden Fäusten auf das Federbett, und die

Tränen quollen aus ihren Augen, als sie sagte: »Es ist ihre Schuld, daß ich mir an diesem Abend den Knöchel gebrochen habe, aber ich hätte nie darüber gesprochen. Nein, kein Wort hätte ich gesagt, wäre sie heute morgen hier hereingekommen und hätte in freundlichem Ton mit mir gesprochen. Aber nein, sie ist wie immer hochmütig und herablassend, als gehörte ich nicht hierher. Ich weiß nicht, wie oft in all diesen Jahren sie deine eigenen Worte benutzt hat, um mir zu sagen, daß ich im Erziehungsheim landen werde. Nun, jetzt kann ich es euch beiden sagen: Es gab Zeiten, da hätte ich jedes Heim diesem Zuhause vorgezogen. Und wären nicht Großvater gewesen und Pat, hätte ich tatsächlich verrückt werden können, denn ich wußte immer, daß ich unerwünscht war, von Anfang an. Ich stand außerhalb dieser Familie und war jemand, mit dem man sich abfinden und den man ertragen mußte.«

Wie vom Schlag getroffen starrte Veronica Lawson ihre jüngste Tochter an. So hatte dieses Mädchen noch nie gesprochen. Bis jetzt hatte ihre Reaktion auf die Behandlung in diesem Haus aus Wutanfällen bestanden und dazu geführt, daß sie weglief. Immer wieder war sie weggelaufen. Doch nun mußte Veronica erkennen, daß sie es mit einem Menschen zu tun hatte, der eigenständig dachte, und dadurch würde Marie Anne im Laufe der Jahre immer schwieriger zu lenken sein. Die Auseinandersetzungen würden härter werden als mit dem sonderbaren, widerspenstigen Kind von früher. Es wurde höchste Zeit, daß Marie Anne zu Tante Martha kam. O ja. Und was für eine Sache war das mit Evelyn? Lieber Gott! Was steckte nur dahinter? Sie war in etwas verwickelt. Nein, nicht Evelyn, das war doch nicht möglich.

Ohne ein weiteres Wort zu Marie Anne wandte Veronica sich vom Bett ab und sah Evelyn ins Gesicht. »Komm mit.«

Evelyn hielt sich mit einer Hand die Wange. Der Schlag war heftig gewesen und würde Spuren hinterlassen. Aber welche Rolle spielte das noch? Wenn ihre Mutter der Sache nachging, wußte nur Gott allein, was mit ihr geschehen würde. Nur eines wußte Evelyn genau: Sobald Roger einen Weg fand, sie mitzunehmen, würde sie gehen. Aber Evelyn hatte ihn seit beinahe einer Woche nicht mehr gesehen und begann sich Sorgen zu machen.

Als ihre Mutter sie am Arm packte, murmelte sie: »Schon gut. Schon gut.« Doch auf dem Weg zur Tür, während sie von ihrer Mutter fortgeschleppt wurde, warf sie einen letzten Blick auf Marie Anne, der ihre Schwester tödlich getroffen hätte, wäre dies möglich gewesen …

In Veronicas Schlafzimmer angekommen, stieß ihre Mutter Evelyn unsanft in einen Sessel und rief: »Was hat das alles zu bedeuten? Sie hat dich mit einem Mann gesehen, nicht wahr? Wer war es? Wer? Ich kann es einfach nicht glauben. Soweit ich weiß, warst du gar nicht draußen. Es muß also nach Einbruch der Dunkelheit geschehen sein. Sieh mich an. Und sprich. Was geht hier vor?«

Offensichtlich vollständig erholt, stieß Evelyn ihre Mutter weg und erhob sich. »Ja, Mutter. Ich war mit einem Mann zusammen, und es war dunkel. Denn verrate mir eines. Welche Tageszeit bliebe mir sonst, mich mit einem Mann zu treffen, den du mißbilligst und durch deine mißtrauischen Fragen nach seinen ernsten Absichten verscheuchst, bevor er ganz zur Tür hereingekommen ist? Ja, es stimmt. Ich habe mich ohne deine Zustimmung mit einem Mann getroffen«, erklärte Evelyn und betonte: »Mit einem Mann, den ich selbst gewählt habe, verstehst du? Abends, im Dunkeln. Ich bin schon lange kein kleines Mädchen mehr, Mutter, sondern beinahe fünfundzwanzig. Ich sollte seit fünf Jahre verheiratet sein und eine Familie haben, also spare dir deinen strengen Ton. Ich mag Marie Anne nicht. Ich habe sie nie als meine Schwester betrachtet, und wer ist schuld daran?«

Veronica Lawson war erstaunt und entsetzt über den Angriff, denn wenn sie einem ihrer Kinder Liebe und Zuneigung entgegengebracht hatte, dann dieser Tochter, die ihr in vielem ähnelte. Evelyns Handlungsweise verwunderte sie nicht im geringsten, denn sie selbst hätte sich unter vergleichbaren Umständen ebenso verhalten. Dennoch fuhr sie ihre Tochter an: »Wie kannst du es wagen, so mit mir zu sprechen, Evelyn? Ausgerechnet du! Selbst dein Vater hat nie …«

»Oh, bitte! Fange jetzt nicht von Vater an, oder ich sage

noch etwas, das ich später wirklich bereuen würde. Jetzt weißt du es also. Ich treffe mich mit einem Mann ...«

Weiter kam sie nicht, denn ihre Mutter ging erneut auf sie los, mit einer Stimme, die nur ein heiseres Flüstern war: »Nach dem zu urteilen, was deine Schwester hat verlauten lassen, triffst du dich nicht nur mit ihm, sondern hast auch mit ihm geschlafen.«

Als Evelyn hierauf nicht antwortete, sondern sich voller Verachtung wegdrehte und aus dem Fenster starrte, verfiel Veronica in einen beinahe klagenden Ton: »Mein Gott! Mein Gott, Mädchen!« Sie fuhr sich mit der Hand an den Kopf. »Dieses Dienstmädchen, sie hat jedes Wort gehört. Man muß sie zum Schweigen bringen. Sieh mich an. Hörst du, was ich sage? Dieses Dienstmädchen hat alles mitbekommen!«

»Ja, Mutter, ich habe gehört, was du gesagt hast, und auch das Dienstmädchen hat dich gehört. Genauso wie sie mitbekommen hat, was Marie Anne gesagt und getan hat. Wahrscheinlich ist sie jetzt unten und verbreitet die Neuigkeit unter dem Personal.«

»Ist dir nicht klar, welche Folgen das haben könnte?«

»Deiner üblichen Taktik entsprechend, Mutter, wirst du jetzt mit dem Mädchen reden und ihr drohen, sie als Lügnerin hinzustellen, sollte sie über irgend etwas reden, das sie gesehen oder gehört hat. Entlassen wirst du sie nicht. O nein. So dumm würdest du nicht sein.«

Veronica traute ihren Ohren nicht, und wollte nicht glauben, daß es sich bei der jungen Frau dort am Fenster, die sie beinahe mit Verachtung anblickte – und es war wirklich eine junge Frau –, um ihre Tochter handelte. Doch was das Dienstmädchen anging, hatte sie recht. Um Himmels willen! Sie mußte sich um die Angelegenheit kümmern. Beinahe im Laufschritt verließ Veronica das Zimmer. Im nächsten Augenblick zog sie an der Klingelschnur in ihrem Salon, um die Haushälterin zu rufen.

Zu diesem Zeitpunkt stand Fanny Carter im Anrichteraum des Butlers und nickte Robert Green zu, während sie ihre Erzählung beendete. »Und ob du es glaubst oder nicht, das waren ihre Worte: ›Du bist dreckig! Völlig verkommen!

Es ist deine Schuld, daß ich mir den Knöchel gebrochen habe. Ich habe dich gesehen.‹ Und dann hob sie die Hand und verpaßte Miß Evelyn eine Ohrfeige, so daß die beinahe das Gleichgewicht verlor. O je, du hättest den Tumult hören sollen, das Geschrei und die Aufregung. Ich wußte, daß die gnädige Frau fürchtete, ich könnte noch mehr mitbekommen, denn sie hat mich regelrecht aus dem Zimmer geworfen. Ich sage dir, Marie Anne hat etwas gesehen, das ihr einen furchtbaren Schreck eingejagt hat. Daraufhin stürmte sie davon, wie auf der Flucht, und rannte gegen die Steinmauer. Armes Mädchen. Sie tat mir schon immer leid.«

Robert Green beugte sich zu Fanny und sagte: »Nun paß gut auf. Du solltest die Geschichte besser für dich behalten, denn falls du den Mund aufmachst, riskierst du deine Stellung. Solche Leute sind zu allem fähig, um einen Skandal zu vertuschen. Und noch etwas sage ich dir, Fanny, du kennst doch Katie Roberts drüben in The Little Manor, nicht wahr? Soweit ich weiß, hat Maggie Makepeace ihr gesagt, wenn sie nicht den Mund hält, kann sie ihre Sachen packen. Denn Katie behauptet, Miß Evelyn zweimal innerhalb einer Woche gesehen zu haben, wie sie zum Wald hinüberspazierte. Weißt du, Katie geht mit dem Flußwart. Wahrscheinlich hat sie sich heimlich zu ihm geschlichen, und die alte Maggie Makepeace bekam Wind davon und hat ihr die Ohren langgezogen. Nicht, weil Katie heimlich das Haus verließ, sondern wegen ihrer Behauptung, Miß Evelyn gesehen zu haben, wie sie zum Wald hinüberging. Aber Katie war schlagfertig und gab zurück, Miß Evelyn das zweite Mal sogar mit einem Mann gesehen zu haben. Und obwohl sie nicht erkannte, wer es war, meinte Katie, wenn sie die beiden gesehen habe, dann müsse Bobby Talbot unten am Fluß auch Bescheid wissen. Ich würde dir deshalb wirklich raten, den Mund zu halten, denn wenn es eine schlechte Nachricht zu überbringen gibt, dann soll sie aus dem Kleinen Herrenhaus, von The Little Manor, kommen und nicht von hier.«

»Sei nicht albern.« Fanny stieß Robert an. »Was habe ich dir schon erzählt? Miß Marie Anne hat längst alles in die Welt hinausposaunt.«

»Ja, mag sein. Aber jetzt mach, daß du fortkommst. Ich treffe dich heute abend, falls ich es einrichten kann. Und laß dich hier besser nicht von unserem Hausdrachen erwischen.«

Fanny hatte eben den hinteren Teil der Dienstbotenunterkünfte erreicht, als die Haushälterin persönlich erschien und sich erkundigte: »Was machst du hier? Du solltest oben sein.«

»Ich ... habe Carrie gesucht, Mrs. Piggott.«

»Nun, um diese Zeit morgens wirst du Carrie kaum hier unten finden, Mädchen. Außerdem will dich die gnädige Frau augenblicklich sprechen, und zwar nicht in ihrem Schlafzimmer, sondern im Büro. Was hast du angestellt?«

»Nichts, Mrs. Piggott. Die gnädige Frau hat mich selbst aus dem Krankenzimmer geschickt.

»Wieso? Warum hat sie dich fortgeschickt? Du solltest dich doch um Miß Marie Anne kümmern.«

»Ich ... glaube, sie wollten sich ungestört unterhalten.«

Die Haushälterin starrte Fanny an und sagte: »Sieh zu, daß du fortkommst.« Als Fanny sich auf den Weg machen wollte, packte Mrs. Piggott sie bei den Schürzenbändern und zog sie zu sich zurück. »Und erstatte mir Bericht, bevor du wieder ins Krankenzimmer zurückgehst. Verstanden?«

»Ja, Mrs. Piggott. Das werde ich tun.«

Die Herrin des Hauses saß hinter einem langen, mit Leder verzierten Schreibtisch, als Fanny sie aufsuchte. Sie war dabei, einen Brief zu schreiben, hielt aber sofort in ihrer Tätigkeit inne, sobald sie Fanny erblickte. »Hast du mit irgend jemandem gesprochen, seit du das Zimmer meiner Tochter verlassen hast?«

Fanny gab vor, einen Augenblick nachzudenken, bis sie schließlich sagte: »Ja, Madam. Ich habe mit Mrs. Piggott gesprochen.«

»Und sonst mit niemandem?«

Wieder machte das Mädchen eine Pause, bevor sie ihrer Herrin direkt ins Gesicht sah. »Nein, Madam.«

»Dann höre mir jetzt gut zu, Mädchen. Was du heute morgen von Miß Marie Anne mitbekamst, war ein hysterischer Anfall. Du weißt, was Hysterie bedeutet?«

»Nein, Madam.«

»Nun.« Veronica Lawson befeuchtete die Lippen und suchte im Geist nach Worten. Wie sollte sie einem einfachen Mädchen den Begriff »Hysterie« erklären? Schließlich konnte sie kaum sagen, Hysterie sei eine Art von Wahnsinn. Das würde die Gerüchteküche erst recht zum Brodeln bringen. Doch dann fiel ihr die richtige Beschreibung ein: »Zur Hysterie kommt es, wenn Menschen die Beherrschung verlieren und alle möglichen Dinge von sich geben, die ihnen gerade in den Kopf kommen. Aber nichts von all dem entspricht der Wahrheit. Es sind alles Lügen und Erfindungen. Du verstehst, was ich meine, Mädchen?«

»Ja, Madam. Sie wollen sagen, daß Miß Marie Anne Lügen erzählt hat. Alles erfundenes Zeug, wegen ihrer Launen.«

»Ja, das ist richtig. Sie hat sich einfach zu sehr aufgeregt.«

»Ja, Madam. Es war die Aufregung.«

»Du wirst also nichts über den Vorfall im Krankenzimmer weitererzählen. Kein Sterbenswort. Zu keinem unter der Dienerschaft. Verstehst du, was ich von dir erwarte?«

»Ja, Madam. Ich soll nicht über das reden, was Marie Anne gesagt hat.«

»So ist es.« Veronica starrte das Mädchen an. Tat sie nur so unschuldig, oder war sie wirklich so ein treuherziger Charakter? Sie wußte es nicht. Es war schwer zu ergründen, was in Dienstboten wirklich vor sich ging.

»Du kannst jetzt gehen.«

»Danke, Madam.« Fanny machte einen Knicks, trat einen Schritt zurück, wandte sich um und verließ das Zimmer.

Hinter der Biegung des Korridors wartete die Haushälterin auf Fanny und begrüßte sie mit der knappen Frage: »Nun?«

Mit leiser Stimme antwortete Fanny: »Oh, es war nichts. Die Herrin möchte nur nicht, daß ich über Miß Marie Annes hysterische Anfälle rede und darüber, daß sie manchmal die Beherrschung verliert.«

Mrs. Piggott blickte das Mädchen mit zusammengekniffenen Augen an, bevor sie rasch weiterfragte: »Ach ja? Warum sollte sie denn hysterische Anfälle haben?«

»Ich weiß es nicht, Mrs. Piggott. Sie schrie und schimpfte wie Leute, die hysterisch sind. Und jetzt muß ich gehen, zurück zu Miß Marie Anne, und ich glaube, die gnädige Frau verläßt gerade ihr Büro.«

Fanny wußte nicht, ob es der Wahrheit entsprach, doch die Bemerkung veranlaßte die Haushälterin, sich abrupt umzudrehen und in die Halle zu eilen. Sie ließ Fanny stehen, die sogleich zu Marie Anne hinaufging. Auf dem Weg nach oben arbeitete es in ihr: Du liebe Güte! Die gnädige Frau mußte wirklich Angst haben.

4. Kapitel

Seit zwei Tagen litt Marie Anne an Zahnschmerzen, und vor einer knappen Stunde hatte Doktor Ridley ihr einen Saft gegeben, der sie schläfrig machte. Aber obwohl ihre Augen geschlossen waren und sie sich entspannter fühlte, weil die Zahnschmerzen nachgelassen hatten, schlief sie nicht ein. Deshalb hörte sie, wie Carrie Jones das Zimmer betrat und atemlos sagte: »Sie sitzen alle im Speisezimmer und reden sich die Köpfe heiß. Ich wollte dir die jüngste Neuigkeit mitteilen. Sie stammt von Bill Winter. Du weißt, daß die Zigeuner in jener Nacht draußen auf dem Feld kampierten, als Miß …« Carrie blickte zum Bett und fragte: »Bist du sicher, daß sie schläft?«

»Ja, natürlich. Sie schläft schon eine ganze Weile. Sprich weiter. Was war mit den Zigeunern?«

»Nun, sie sind am nächsten Tag weitergezogen. Bill Winter glaubt, sie hatten Angst, in die Sache mit Marie Annes Unfall hineingezogen zu werden. Jedenfalls sind sie inzwischen zurückgekehrt. Seit Marie Anne den Schlag gegen den Kopf erhielt, sind sieben Tage vergangen, und einer der Zigeuner erzählte Bill, daß es der Mann mit dem Gesichtsmal war, der Miß Marie Anne gefunden und den Zettel geschrieben hat.«

»Der Gebrandmarkte? Ich dachte, er wäre aus der Gegend verschwunden.«

»Nein, nicht endgültig. Bill Winter sagt, er würde von Zeit zu Zeit sein Haus verlassen, um nach London zu fahren. Jedenfalls war er es, der Miß Marie Anne entdeckte. Aber das ist Schnee von gestern, sag mir lieber, was du von der jüngsten Neuigkeit hältst! Du weißt doch, daß Katie Brown eine Schwester hat, die oben in The Grange arbeitet. Sie ist ein Jahr jünger als Katie und sehr hübsch. O ja, ich habe sie einmal gesehen. Hochgewachsen, mit einer wunderbaren Haut und großen blauen Augen. Nun, man hat sie vor die Tür gesetzt.«

»Katies Schwester wurde hinausgeworfen?

»Ja, das erzählt man sich. Und dreimal darfst du raten, weswegen dem Mädchen gekündigt wurde.«

»Nein!«

»Doch. Und wessen Namen, glaubst du, hat sie genannt?«

»Den des Butlers?«

»Oh, wo denkst du hin! Nie würde sie sich soweit herablassen. Es mußte schon der Cousin der Baronin sein, Mister Roger Cranford.«

»Unmöglich! Mister Cranford? Immerhin, er war schon einmal hier. Zusammen mit anderen Gästen von The Grange. Besonders groß war er nicht, aber er sieht gut aus. Ja, wirklich. Das muß man ihm lassen. Er soll krank gewesen sein, drüben in Indien, wenn ich mich recht entsinne. Nun …« An dieser Stelle lachte Carrie. »Jedenfalls ist er wie der Blitz nach Indien zurückgekehrt oder anderswohin in die Kolonien entschwunden. Offensichtlich hat der Baron ihn zur Rede gestellt, und Cranford versuchte alles zu leugnen, was ihm aber nichts nützte. Die Baronin dagegen glaubte ihm. Immerhin ist er ihr Cousin. Das muß man verstehen. Letztendlich packte er seine Sachen und verließ The Grange, und das alles innerhalb von vierundzwanzig Stunden. Vorher kam es noch zu einer lautstarken Szene mit Winnie, dem betroffenen Mädchen, Katies Schwester. Anscheinend hatte Cranford ihr versprochen, sie mitzunehmen. Sie muß wirklich dumm gewesen sein, oder total verrückt, denn wo hätte es das schon gegeben, daß ein feiner Herr eine Küchenmagd heiratet? Manche hoffen es trotzdem.«

»Wo ist das Mädchen jetzt? Ist sie bei Katie?«

»O nein. Ihr bleibt sicher nur die Möglichkeit, ins Arbeitshaus zu gehen. Einen anderen Platz gibt es nicht für sie. Die Mädchen sind Waisen, weißt du. Sie lebten bei ihrer Großmutter in Gateshead, bis diese starb. Deshalb wird sie keine andere Wahl haben, als ins Arbeitshaus zu gehen. He! Miß Marie Anne bewegt sich.«

»Schon gut«, beruhigte Fanny sie. »Die Dosis, die sie vom Arzt bekommen hat, wird geraume Zeit wirken. Miß Marie Anne schläft immer sehr unruhig. Das liegt an dem gebrochenen Knöchel.«

»Glaubst du, sie kann jemals wieder laufen?«

»O ja. Doktor Ridley ist sich ganz sicher. Hätte sie keine Zahnschmerzen gehabt, hätte er ihr heute erlaubt, aufzustehen und sich in den großen Korbstuhl zu setzen. Weißt du, ich muß Miß Marie Anne immer die Beine und die Hüften massieren – er hat mir gezeigt, wie das geht –, denn sonst würden die Muskeln steif, sagt er. Die Massage hilft ihr, später das Gehen wieder schneller zu lernen.«

Carrie senkte die Stimme und fragte: »Stimmt es, daß sie nach London soll?«

»Ja, nach allem, was ich gehört habe. Sobald sie wieder auf den Beinen ist, soll sie abreisen. Aber dort wird sie es allemal besser haben als hier, denn in diesem Haus führte sie nie ein angenehmes Leben.«

»Sieh nur, sie bewegt sich schon wieder. Ich werde jetzt gehen, ich dachte nur, du möchtest sicher auch die allerneuesten Neuigkeiten hören, neben den vielen Gerüchten, die im Umlauf sind. Also, bis bald.«

»Bis bald, Carrie. Und danke, daß du gekommen bist.«

»Keine Ursache. Ich vermisse dich unten und wäre froh, wenn du bald wieder bei uns wärst.«

Die beiden Dienstmädchen lächelten sich an, dann schloß sich die Tür hinter Carrie, und Marie Anne drehte sich so weit auf die rechte Seite, wie ihr linkes Bein es zuließ. Unter dem Schutz der Bettdecke preßte sie die Hand vor den Mund, während sie an Evelyn dachte. Evelyn. Roger Cranford war ohne sie abgereist, und ihre Schwester hatte sich ihm hingegeben. O ja, sie und auch dieses andere Mädchen, das jetzt ein Kind von ihm bekam. Aber vielleicht hatte er Evelyn doch mitgenommen ... Nein, das war unmöglich. Marie Anne bewegte sich unruhig. Sie erinnerte sich, daß Pat heute morgen davon gesprochen hatte, Evelyn eines der Schiffe zeigen zu wollen, doch sie liege mit Unwohlsein im Bett. Aber wie er Evelyn kannte, hatte ihr Bruder dann gesagt, werde sie sich weigern, den Arzt holen zu lassen. Es sei nur eine Erkältung, meinte sie.

Nur eine Erkältung. Ob Menschen auch das Bett hüteten, wenn sie an gebrochenem Herzen litten? Denn daran litten Frauen, die von ihrem Geliebten verlassen wurden. Zumindest in den Geschichten, die Marie Anne las. Und sie konnte sich vorstellen, daß dies der Wirklichkeit entsprach. Sie spürte, wie sie von plötzlicher Reue ergriffen wurde. Mit einem Mal tat ihr leid, was sie zu ihrer Schwester gesagt hatte, und sie hätte sie auch nicht ohrfeigen sollen, denn Evelyn mußte Roger Cranford wirklich geliebt haben. Keine Frau tat Dinge wie Evelyn in jener Nacht, wenn sie nicht wirkliche Liebe empfand. Doch im selben Moment stieg die Erinnerung an die Stimmen in ihr auf, die aus dem Kamin gedrungen waren, zusammen mit Geräuschen, die nach Kampf und Gewalt klangen. Früher einmal hatte Marie Anne sich vorgestellt, man brauchte nur miteinander verheiratet sein, und dann würde man sich lieben, für immer und ewig. Inzwischen hatte sie erkannt, wie albern das war. Wie so viele ihrer Gedanken. Es gab einen Teil in ihr, der war so kindisch, daß sie ihn verachtete, und doch hielt sie weiter daran fest.

Zum ersten Mal in ihrem Leben dachte Marie Anne zärtlich an ihre Schwester; dabei wußte sie, daß sie niemals Worte finden würde, um ihre Schwester zu trösten. Denn selbst wenn sie es versuchte, würde sie zurückgewiesen werden. Dessen war sie sicher. Evelyn würde sie immer hassen, schließlich hatte Marie Anne mitangesehen, wie sie entwürdigt wurde.

Marie Anne wünschte, daß die Wochen rascher vergingen, damit sie endlich wieder gehen und nach London reisen konnte. Denn sie wußte, ganz gleich, was sie dort erwartete, alles wäre besser als das Leben, das sie in diesem Haus führte. Bedauern empfand sie nur bei der Vorstellung, ihren Großvater und Pat verlassen zu müssen. Ja, sie würde die beiden sehr vermissen. Aber Pat hatte manchmal in London zu tun, und vielleicht würde er sie dort besuchen. Der Gedanke ließ sie ein wenig Hoffnung schöpfen. Und außerdem gab es Briefe. Sie konnte ihrem Großvater täglich schreiben ... nun, vielleicht nicht jeden Tag, aber jede Woche. Ja, jede Woche einmal.

London. Der Name der Stadt erstrahlte wie ein leuchtender Stern in der engen Welt ihres Schlafzimmers.

Über diesen Gedanken schlief Marie Anne allmählich ein. Auf der Schwelle zwischen Wachen und Träumen tauchte ein Gesicht über ihr auf, das sie kannte. Der Mond schien sein Licht darauf zu werfen, und es sah furchterregend aus. Es war schwarz und hatte nur ein Auge. Dann, im nächsten Augenblick, trat ein durchschnittliches Gesicht an dessen Stelle, ein lächelndes Gesicht, und gleichzeitig vernahm sie eine Stimme, die ebenfalls freundlich klang. »Alles wird gut. Es wird dir bald wieder bessergehen.« Eine der beiden Gestalten war der Mann mit dem Gesichtsmal gewesen. Sie hatte schon früher von ihm gehört, obwohl er nie ins Dorf ging. Marie Anne fiel ein, daß ihr Großvater gesagt hatte, die Dorfleute seien dumme Bauerntrottel, denn der Mann sei in London ein anerkannter Bildhauer, der wunderbare Werke schaffe. Undeutlich erinnerte Marie Anne sich auch daran, daß er ihr erklärt hatte, der Mann mit dem Gesichtsmal sei bei den Mönchen aufgewachsen, und das Bauernhaus, das er bewohnte, habe er von einer Verwandten geerbt.

Die verblüffende Vision von dem sich wandelnden Gesicht kehrte in Abständen immer wieder zurück. Dabei war Marie Anne mittlerweile davon überzeugt, daß sich in jener Nacht zwei Menschen über sie gebeugt hatten, der Gebrandmarkte und noch ein weiterer Mann.

Aber welche Bedeutung hatte das jetzt noch für sie? Jene Ereignisse gehörten längst der Vergangenheit an. Inzwischen wartete London auf sie. Bei diesem Gedanken überwältigte Marie Anne endgültig der Schlaf.

ZWEITER TEIL

1. Kapitel

Marie Anne erschien es, als hätte sie Jahre in dem Zug zugebracht. Die Bewegung der Räder mit ihrem unablässig stampfenden Rhythmus und die Schwaden von Ruß, die fortwährend ins Innere drangen und sie einhüllten, sobald sie das Fenster öffnete, machten sie schläfrig.

Marie Anne saß in einem Wagen der Ersten Klasse, und bis York hatte sie das Abteil für sich allein.

Der Schaffner, mit dem sich Pat vor der Abfahrt ausgiebig unterhielt, hatte versichert, sich um Marie Anne zu kümmern. Und er hatte sein Wort gehalten. Zweimal brachte er ihr eine Tasse Tee mit Keksen, und als in York ein älteres Paar das Abteil betrat, hatte er rasch erklärt, Marie Anne befinde sich in seiner Obhut. Die beiden waren ebenfalls sehr freundlich gewesen und fragten interessiert nach, als sie erfuhren, daß Marie Anne auf dem Weg nach London war, um dort ihre musikalische Ausbildung fortzusetzen. Dennoch hatte sie die meiste Zeit der Reise mit geschlossenen Augen und zurückgelehnt in der Wagenecke verbracht, während sie im Geist den Abschied von ihrem Großvater noch einmal durchlebte. Marie Anne hatte geweint, und auch er hatte Tränen in den Augen gehabt, die ihm über seine runzligen Wangen liefen. Ihr Großvater hatte sie eng an sich gezogen und mit der Zusicherung getröstet, daß sie jederzeit nach Hause zurückkehren könne, falls es ihr in London nicht gefiel, ganz gleich, was die restliche Familie dazu sagte. Und in der Zwischenzeit sollte sie sich keine Sorgen um ihn machen, denn er würde den Vorschlag von Pat befolgen und wieder seine frühere Wohnung in The Manor, dem Großen Herrenhaus, beziehen, da er hin und wieder etwas Pflege brauchte – und Maggie Makepeace kam in die Jahre. Trotzdem beabsichtigte er, The Little Manor weiterhin bewohnbar zu halten und Maggie, Barnie und Katie dort nach dem Rechten sehen zu lassen. Deshalb habe Marie Anne keinen Grund, beunruhigt zu sein. Sie konnte jederzeit zurückkehren, wenn sie wollte.

Marie Anne wußte, daß er ihrer Mutter ins Gewissen geredet hatte, sie solle ihre Tochter persönlich nach London begleiten, um sich zu vergewissern, daß Marie Anne in ihrer neuen Umgebung gut aufgehoben war. Zu dumm, daß auch Pat nicht mitkommen konnte, denn er war im Geschäft unabkömmlich. Eine der Schiffsbesatzungen machte Ärger, Ärger, in den auch ostindische Matrosen verwickelt waren, und weder ihr Vater noch Vincent waren imstande, eine derartige Situation unter Kontrolle zu bekommen.

Deshalb half am 19. Oktober 1899 der Schaffner Marie Anne aus dem Zugabteil und herunter auf den mit Gaslaternen beleuchteten Bahnsteig von King's Cross in London, mitten in das Gedränge des Großstadtbahnhofs hinein. Der Schaffner, der seine Anweisungen peinlich genau ausführte, geleitete Marie Anne zur Sperre und hielt dort ein Schild für sie hoch, auf dem mit Kreide in großen Buchstaben geschrieben stand: »Miß Sarah Foggerty«.

Das löste auf der anderen Seite des Eisengitters eine Bewegung aus. Eine Frau von ungefähr dreißig Jahren stürmte aus der Menge der Wartenden hervor und erklärte: »Ich bin Miß Foggerty.«

Der Schaffner entgegnete: »Gut, ich habe hier Ihren Schützling, Miß Foggerty. Die junge Dame war ein sehr, sehr braves Mädchen.«

Nachdem sie einen Blick auf die Frau geworfen hatte, die jetzt neben ihr stand, streckte Marie Anne dem Schaffner die Hand entgegen. »Ich danke Ihnen recht herzlich. Sie waren sehr freundlich zu mir. Wenn ich meinem Großvater schreibe, werde ich ihm über Sie berichten.«

»Oh, das ist wirklich nett von Ihnen, Miß. Es war mir eine große Freude, Ihnen helfen zu dürfen. Und jetzt wünsche ich einen guten Tag. Leben Sie wohl.«

Anschließend ging Marie Anne an der Seite dieser Frau, die sie bis jetzt noch nicht richtig angesehen hatte, durch die belebte Bahnhofshalle. Erst draußen auf dem Bürgersteig, als sie unter einer Straßenlaterne standen und Sarah Foggerty sich mit ihrer schmalen Gestalt zu ihr beugte, konnte Marie Anne ihre Begleiterin genauer betrachten. »Zuerst wird Ihnen alles sehr merkwürdig vorkommen, meine Liebe«, erklärte Sarah. »Aber ich hoffe, Sie werden sich daran gewöhnen. Ist Ihnen im Zug schlecht geworden?«

»Nein. Übel ist mir nicht geworden. Aber ich bin sehr müde. Es war eine lange Reise, und obendrein meine erste.«

»Nun, wir werden bald zu Hause sein. Oh, hier ist der Träger mit Ihren Koffern. Haben Sie nur die zwei mitgebracht?«

»Ja, nur die zwei.«

Nachdem der Träger die Koffer von der Sackkarre gehoben hatte, blickte er Marie Annes ältere Begleiterin vielsagend an. Sarah kramte in ihrer Tasche, zog eine Börse heraus und nahm eine Kupfermünze, die sie dem Träger reichte. Er starrte das Geldstück an und wandte sich um, ohne ein Wort zu sagen.

Als wäre sie unentschlossen, blieb Sarah Foggerty stehen und blickte auf die beiden Koffer, bevor sie sagte: »Ja, wir werden uns ein Taxi nehmen. Das machen wir.«

Mit einer Hand an Marie Annes Hinterteil und einem sanften Schubs stieß Sarah ihren Schützling in das erste freie Taxi. Dann wuchtete sie die beiden Koffer nacheinander auf den freien Platz am Boden. Nachdem sie dem Fahrer zugerufen hatte: »Blake Terrace siebzehn, bitte«, sprang sie auf das hohe Trittbrett, zog die Tür hinter sich ins Schloß und ließ sich neben Marie Anne auf den Sitz fallen. Dabei sagte sie den rätselhaften Satz: »So, das hätten wir. Kein Pferdebus heute.«

Marie Anne lächelte der Frau mit dem gewöhnlichen Gesicht und der billigen Kleidung, die aber offenbar gut Bescheid wußte, trübselig zu. Bis jetzt hatte sie nur wenig über ihre Begleiterin erfahren, außer daß sie nett wirkte und eine angenehme Stimme besaß. Dann machte Sarah Foggerty eine noch geheimnisvollere Bemerkung: »Von nun an, meine Liebe, achten Sie nicht mehr darauf, was ich sage, sondern nur auf das, was ich tue. Es wird Sie sicher verwirren, aber wie schon in der Bibel geschrieben steht, werden alle Dinge offenbar, wenn die rechte Zeit gekommen ist.«

Einen Augenblick nachdem das Taxi angehalten hatte, öffnete der Fahrer die Tür, nahm die Koffer von Miß Foggerty entgegen und half dann Sarah und anschließend Marie Anne das Trittbrett herunter auf die Straße.

»Wieviel schulde ich Ihnen?« fragte Sarah Foggerty.

»Einen Schilling, einen Penny, Miß.«

»Oh.«

Marie Anne beobachtete, wie Sarah Foggerty zuerst einen Silberschilling und dann einen Penny aus ihrer Börse nahm, gefolgt von einem weiteren Penny, den sie nach kurzem Zögern neben das Fahrgeld legte. Als der Fahrer das Geld betrachtete, sagte er: »Schönen Dank, Miß, für die Freundlichkeit. Auch kleine Gaben sind willkommen.« Worauf Sarah entgegnete: »Bei mir auch. Oh, bei mir auch. Noch einen schönen Tag. Und jetzt kommen Sie weiter, meine Liebe.« Sarah nahm die beiden Koffer in die Hand und schritt zum Eisentor, dem sie einen kurzen Tritt mit ihrem geknöpften Stiefel versetzte, so daß es aufsprang. Anschließend ging sie den kurzen Pfad bis zu einer schlichten Eingangstür, und mit einem Kopfnicken in Richtung der Hauswand trug sie Marie Anne auf: »Läuten Sie die Glocke, meine Liebe.«

Marie Anne tat, wie ihr befohlen. Nach ungefähr einer Minute wurde die Tür von einem Dienstmädchen geöffnet, das sagte: »Da sind Sie also, Miß.« Sarah Foggerty gab zur Antwort: »Ja, Clara, hier sind wir, in Person.«

Sarah stellte die beiden Koffer auf den Boden und wandte sich an Marie Anne: »Das hier ist Clara Emery, unser bestes und einziges« – sie legte eine Pause ein – »Hausmädchen.« Dann senkte sie die Stimme zu einem Flüstern, während sie sich dem Mädchen zuneigte: »Wo ist sie, die Gnädige?«

Die Antwort kam ebenfalls im Flüsterton. »Im Salon. Sie wartet. Aber sie ist erst vor kurzem heruntergekommen.«

Als hätte sie das neue Mitglied der Hausgemeinschaft für einen Augenblick vergessen gehabt, wandte sich Sarah Foggerty nun an Marie Anne, während sie noch immer mit dem Hausmädchen sprach. »Das ist Miß Marie Anne Lawson, die neue Gesellschafterin der Herrin.« Die kleine Hausangestellte machte einen Knicks: »Willkommen, Miß.«

Mehr als ein knappes »Danke« brachte Marie Anne in diesem Augenblick nicht hervor, da das Wort ›Gesellschafterin‹ sie noch beschäftigte. Das also sollte ihre zukünftige Aufgabe in diesem Haus sein, Gesellschafterin ihrer Tante. Was genau tat eine Gesellschafterin? Marie Anne würde es herausfinden.

Sie fuhr leicht zusammen, als sie ihren Hut abnehmen wollte, denn Miß Foggerty sagte: »Behalten Sie den Hut auf, und legen Sie auch Ihren Mantel nicht ab. Sie will Sie wahrscheinlich ganz angezogen sehen. Kommen Sie, bringen wir die Sache hinter uns.«

Sie standen in einer kleinen Eingangshalle, die eher einem langen Korridor ähnelte, so erschien es Marie Anne, und am Ende befand sich eine Treppe, die im Zwielicht nur schemenhaft sichtbar war. Das gesamte Haus machte einen zwar nicht dunklen, aber düsteren Eindruck.

Nach einem kurzen Klopfen an die Salontür stieß Sarah mit einer Hand dagegen und zog mit der anderen Marie Anne hinter sich ins Zimmer. Sofort bemerkte Marie Anne, daß dieser Raum sehr viel heller war, doch auch hier fehlte es an Farben. Die Einrichtung schien nur aus schwerem, dunklem Holz zu bestehen, aber am entgegengesetzten Raumende befand sich ein langes Fenster, durch das Marie Anne etwas Grün schimmern sah. Zwischen dem Fenster und der Stelle, wo Marie Anne mit Sarah Foggerty standen, saß eine Frau in einem Stuhl mit gerader Lehne. Sie hatte graues Haar, das ihr straff aus dem vollen Gesicht gekämmt war, und trug ein tiefschwarzes Kleid.

Die Frau sagte nichts, bis Marie Anne unmittelbar vor ihr stand. Sie sprach erst, nachdem sie ihre Nichte mit schmalen Augen gründlich begutachtet hatte. »Du bist viel größer, als ich angenommen hatte. Wie alt bist du jetzt?«

»Am zweiten August bin ich fünfzehn geworden, Madam.«

»Ich bin deine Tante. Sprich mich auch so an, Kind.«

Marie Anne kam es seltsam vor, sich diese Frau als ihre Tante vorzustellen, und in Wirklichkeit war sie auch nur eine

Halbschwester ihrer Mutter, die zudem deutlich älter war. Obwohl ihr Gesicht nicht runzlig war, wirkte die Tante alt und verbissen. Ja, sie hatte verkniffene Züge, dachte Marie Anne, während sie sich gehorsam antworten hörte: »Ja, Tante.«

»Du weißt, warum du hier bist, nicht wahr?«

»Ja, Tante. Um meine musikalische Ausbildung fortzusetzen.«

»Nun, dann wollen wir das beste hoffen. Wir alle müssen uns den Lebensunterhalt verdienen.«

Als Marie Anne Miß Foggertys Husten wahrnahm und sich nach ihr umdrehen wollte, hörte sie ihre Tante sagen: »Ich warne dich besser gleich. Hier gibt es keine Möglichkeit für deine verrückten Ausflüge. Wenn du weglaufen willst, bist du gleich auf der Straße und schneller von einem Pferd niedergetrampelt, als du es dir vorstellen kannst, oder die Polizei greift dich auf. Hast du verstanden?«

Ja. Marie Anne verstand nur allzu deutlich jedes Wort. Sarah Foggerty hustete erneut, als die Hausherrin sich an sie wandte: »Bringen Sie das Mädchen nach oben, und erklären Sie ihm die Hausordnung.« Den Blick wieder in Marie Annes Richtung gewandt, fügte sie hinzu: »In diesem Haus hat man sich an Regeln zu halten. Verstanden?«

Marie Anne begriff vor allem zwei Dinge. Sie mochte diese Frau nicht und dieses Haus genausowenig.

Als Sarah Foggerty sie am Ellenbogen faßte, mußte sie Marie Anne beinahe mit sich ziehen, damit diese sich zum Gehen wandte. Nachdem sie wieder in der Halle standen und Sarah Foggerty die Tür zum Salon hinter sich schließen wollte, hörten sie noch einmal Martha Culmill, die hinter ihnen herrief: »Foggerty!«

Sarah Foggerty kehrte in das Zimmer zurück, während Marie Anne weiter in die Halle ging, aber noch immer in Hörweite war, um das Gespräch zwischen Sarah und ihrer Tante mitzubekommen. »Sie sind mit der Droschke gekommen?« fragte ihre Tante. »Warum nicht mit dem Pferdebus?«

»Wir haben ihn verpaßt, Madam, und hätten eine Stunde auf den nächsten warten müssen.«

»Was hat der Kutscher verlangt?«

»Einen Schilling und drei Pence, Madam.«

Marie Annes Augen weiteten sich. Der Fahrpreis betrug einen Schilling und einen Penny.

Wieder ertönte die Stimme ihrer Tante, die sagte: »Einen Schilling und drei Pence! Sie verlangen nie mehr als einen Schilling. Sie haben ihm hoffentlich kein Trinkgeld gegeben?«

»Natürlich nicht, Madam.«

»Nun, von jetzt an nehmen Sie keine Droschke mehr.«

»Nein, Madam.«

Sarah Foggerty schloß die Tür zum Salon, dann wandte sie sich um und sah Marie Anne an. Die starrte zurück, während sie in Gedanken zurückverfolgte, wie Sarah es geschafft hatte, einen Penny Trinkgeld für den Gepäckträger und den Droschkenkutscher abzuzweigen. Sie konnte nicht anders als den Einfallsreichtum der Irin zu bewundern und lächelte. Mit einem Nicken erwiderte Sarah das Lächeln, wie um Marie Anne für ihre Hilfe zu danken, dann wandte sie sich um und ging mit raschen Schritten zu den Koffern, die noch immer am Eingang standen.

Sie hob einen Koffer hoch und wies auf den zweiten. »Sie tragen den anderen, meine Liebe. Geteilte Arbeit ist halbe Arbeit.«

Die Treppe war ungewöhnlich breit, bis sie den oberen Absatz erreichten, der wieder sehr schmal war, wie der Flur, von dem aus man zu vier Türen gelangte. Sarah Foggerty stieß die hinterste auf, die in ein kleines Schlafzimmer führte, in dem ein einzelnes Bett, ein Waschtisch, ein Schrank und ein Holzsessel standen. Sarah ließ den Koffer auf das Bett sinken. Dabei stellte sie fest: »Das einzig gute an diesem Zimmer ist der Blick in den Garten hinunter, aber schlagen Sie sich gleich aus dem Kopf, durch das Fenster oder über die Regenrinne zu entkommen, denn es ist viel zu hoch.«

In diesem Augenblick starrte Marie Anne mit offenem Mund zu Miß Foggerty herüber, die mit einem breiten Lächeln antwortete und sagte: »Oh, ich weiß alles über Sie und Ihre übermütigen Streiche. Ich kenne jeden einzelnen, denn ich lese der alten Dame alle Briefe vor. Ich muß ihr alles vorlesen, da sie die Buchstaben nicht mehr erkennen kann. Ansonsten aber sieht sie noch sehr gut. Oh, wirklich. Der Arzt sagt, es habe mit dem Alter zu tun. Daher gibt es kein Mittel dagegen, und ihr bleibt nichts anderes übrig, als sich die Briefe von mir vorlesen zu lassen. Oh, Mädchen, ich sage Ihnen! Manchmal hätte ich mich krank lachen können, denn Sie sind genau wie ich, als ich noch jünger war. Damals sprang ich auch wie ein Hase durch das Moor. Und Sie sehen, was mir das Weglaufen eingebracht hat. Man schickte mich nach England, in Stellung. Aber immerhin hatte ich Glück. Ich war auf der höheren Schule und lernte schnell. Aber Sie, wohin haben Ihre Eskapaden Sie gebracht? In dieses düstere Haus. Ich sehe es Ihnen an, Sie haben bereits alles begriffen. Und Sie mögen Ihre Tante nicht, stimmt's? Nun, Sie haben die Wahl. Entweder finden Sie sich mit ihr ab und verspotten sie hinter ihrem Rücken, oder Sie sehen zu, wie Sie auf schnellstem Weg nach Hause zurückkommen. Aber wie die Dinge stehen, sind Sie dort ungefähr so willkommen wie die Orangemen, die Mitglieder einer antikatholischen Ordensverbindung, in der Falls Road. Wenn Sie mich fragen«, Sarah neigte sich vertraulich zu Marie Anne herunter, die jetzt auf der Bettkante saß, »ganz ehrlich, und ich glaube kaum, daß ich Ihnen etwas Neues sage, aber ich glaube, Ihre Mutter ist eine hartherzige Person.«

Es war deutlich sichtbar, daß Sarahs Offenheit Marie Anne verblüffte, aber es war ein befreiendes Gefühl. In diesem Moment wußte Marie Anne, daß sie die irische Hausangestellte nicht nur mögen würde, sondern daß sie beide Freundinnen werden konnten. Sie ähnelte Maggie Makepeace sehr, außer daß Maggie keine Irin war. Spontan streckte Marie Anne die Hände aus und umfaßte die der kleingewachsenen Frau mit den schlichten Gesichtszügen, bevor sie, den Tränen nahe, sagte: »Danke, daß Sie so freundlich zu mir sind. Ich bin so froh, bei Ihnen sein zu dürfen.«

Es dauerte einige Sekunden, bis Sarah Foggerty antwortete: »Nun, das ist nett zu wissen, Miß, und in der Küche werden auch alle erleichtert sein. Das kann ich im Namen von Agnes und Clara sagen. Die kleine Clara haben Sie schon gesehen, und Agnes ist die Köchin. Hauptköchin wird sie genannt. Wir sind hier alle Oberhäupter. Ich bin die Hauptnachtschwester, Haupttagesschwester, Erste Sekretärin, und was bringt es mir ein? Ich koste nicht viel. Für die Öffentlichkeit bin ich die Hausdame der Gnädigen, obwohl ich nicht als Dame geboren und erzogen wurde, wie Sie vielleicht schon vermutet haben. Aber die Damen der besseren Kreise, die sich um die Stelle bewarben, verlangten doppelt soviel Geld, wie Madam zu zahlen bereit war. Also hat sie mich genommen, zum Sonderpreis, ohne Umtauschgarantie. Das ist meine Geschichte, und jetzt lächeln Sie, mein Mädchen. Sie sind ein hübsches Ding, aber mit einem ungewöhnlichen Gesicht. Ihre Augen sind etwas zu groß geraten, würde ich sagen, aber wenn Sie lächeln, sind Sie ganz bezaubernd. Also gut, jetzt zur Hausordnung, wie die Gnädige befohlen hat.

Die Köchin und Clara stehen um halb sieben auf, obwohl offiziell sechs Uhr angeordnet ist. Ich stehe um sieben Uhr auf. Daran läßt sich nichts ändern, denn ich schlafe direkt neben dem Zimmer der gnädigen Frau. Sie müssen um halb acht aus den Federn. Gefrühstückt wird um acht. Meist gibt es Porridge. Zweimal die Woche bekommen wir durchwachsenen Schinken und einmal die Woche ein Ei. Um zwölf Uhr wird zu Mittag gegessen, was immer die Köchin aus den billigen Zutaten zu zaubern vermag, die uns von oben zugeteilt werden. Um fünf Uhr ist Teezeit. Dazu gibt es Brot, Butter, Marmelade, meist Apfelgelee und Pflaumenmus. Einmal in der Woche darf die Köchin einen Kuchen backen, den wir meist am Wochenende essen. Um acht Uhr bekommen wir noch eine Tasse Kakao. Das ist der Speiseplan. Zumindest, wie er von oben vorgeschrieben wird.« Sarah hob den Blick zum Himmel. »Meine Aufgabe besteht darin, die Zutaten abzuwiegen, und ...« Wieder beugte sie sich zu Marie Anne. »Sie würden es nicht glauben, Miß, wie falsch diese Waagen manchmal gehen. Also brauchen Sie sich keine Sorgen zu machen. Es wird immer ein Stück Kuchen aus der geheimen Dose geben, wenn Sie Appetit darauf haben. Und sollten Sie irgendwann Hunger bekommen, füllt gebutterter Toast mit Aufschnitt den Magen auch ganz gut.«

»Oh, Miß Foggerty!« Marie Anne preßte die Hand auf den Mund. Sie spürte ein unbändiges Verlangen, in Lachen auszubrechen, doch im gleichen Moment wußte sie, daß der Gefühlsausbruch auch in hysterischem Weinen enden könnte, denn sie war noch immer innerlich aufgewühlt.

»Nennen Sie mich Sarah. Das würde mir gefallen.«

»In Ordnung. Sarah.«

»Nun zu Ihren Pflichten. Es wird von Ihnen erwartet, daß Sie Ihr Zimmer selbst sauberhalten. Jeden Morgen lesen Sie Ihrer Tante eine Stunde lang vor, während ich mich um ihre Post kümmere. Die Gnädige bekommt reichlich viele Briefe, beinahe alle geschäftlicher Art, denn sie mischt bei vielen Organisationen mit. Die meisten haben mit der Kirche zu tun. Oh, da wäre ich bereits bei einem besonderen Thema. Sonntagmorgens und Sonntagabends gehen die Köchin Agnes und das Hausmädchen Clara in den Gottesdienst. Sie haben Glück, auf diese Weise Ausgang zu bekommen. Aber nun zum eigentlichen Grund, weshalb Sie hier sind. Sofort nach dem Mittagessen werde ich Sie zur Akademie von Professor Carlos Alvarez bringen ... so nennt sich die Einrichtung«, fügte Sarah mit erhobenem Kopf hinzu. »Sie besteht nur aus einem Haus, aber es ist keines wie dieses hier, sondern ein viel helleres und luftigeres, soviel kann ich Ihnen versprechen. Obwohl es am Ende einer kurzen Straße liegt, deren andere Gebäude mittlerweile Hutfabriken sind. Das ist im übrigen praktisch, denn so beklagen sich die Anwohner nicht über das ständige Klaviergeklimper. Wie dem auch sei, nach allem, was ich gesehen habe, ist das Haus hübsch eingerichtet. Aber es wohnen auch nur der Professor und seine Frau darin. Die Räume der Dame liegen im oberen Stockwerk. Ich traf sie bei meinem letzten Besuch, am vergangenen Donnerstag, als ich eine Nachricht überbrachte. Wenn sie redet, klingt sie nicht gerade wie die Frau eines Professors. Aber was bedeutet es schon, wie ein Mensch spricht, nicht wahr? Da hat sich etwas Cockney in ihre Sprache gemischt, würde ich sagen. Ich hörte, wie sie auf ihn losging, während ich unten in der Halle wartete. Aber als er die Treppe herunterkam, lächelte er über das ganze Gesicht. Er ist wirklich ein netter Mann. Freundlich, wenn Sie mich fragen. Jedenfalls unterrichtet er Sie montags, mittwochs und freitags für je zwei Stunden, immer in der Zeit zwischen halb zwei und halb vier Uhr. An den Dienstagen und Donnerstagen hat er nur eine Stunde Zeit für Sie. In Ihrer gesamten Freizeit erwartet Mrs. Culmill von Ihnen, daß Sie üben.«

Wieder beugte sich Sarah vertraulich zu ihr herüber, wie immer, wenn Sie etwas Außerordentliches zu berichten hatte. Soviel hatte Marie Anne schon begriffen. Jetzt sagte sie: »In einem ihrer Briefe hat Ihre Mutter ausdrücklich betont, daß Sie zum Üben angehalten werden müssen. Sie meinte, schließlich würde sie gutes Geld bezahlen, und deshalb wolle sie nicht, daß Sie Ihre Zeit in London mit Spazierengehen und Besichtigungstouren vergeudeten.«

»Gutes Geld?«

»Ja, so drückte sie sich aus.«

»Mutter bezahlt dafür, daß ich hier bin?«

»Ja, sie wird die Summe immer in bar schicken. Ich weiß nicht, woher das Geld stammt. Wahrscheinlich von Ihrem Vater. Aber sie bezahlt für Ihren Aufenthalt hier. O ja!« Sarah formte übertrieben die Lippen und sagte noch einmal: »O ja! Man kann schließlich nicht erwarten, daß die gnädige Frau ihre Tür jedem öffnet, ganz gleich, ob es sich um Verwandte, Arme oder Bedürftige handelt, verstehen Sie? Sie müssen noch viel lernen, meine Liebe. Eines jedoch weiß ich. Sicher können Sie nicht den ganzen Tag am Klavier sitzen, aber ich an Ihrer Stelle würde mich dort so lange wie möglich aufhalten. Wir werden bestimmt unsere Freude daran haben, Agnes, Clara und ich. Es wäre der gleiche Genuß, als würde die Blaskapelle spielen, die jeden Sonntag morgen hier auf dem Weg zur katholischen Kirche vorbeikommt. Ein Trommler und Flötenspieler. Wunderbare Musik. Oh, wie gerne würde ich einfach mitmarschieren. Und noch etwas. Sie müssen sich darauf einstellen, ihr aus der Bibel vorzulesen oder aus Zeitschriften, die beinahe denselben Heiligenschein haben. Aber ich gebe Ihnen eine Tip. Wenn es Ihnen zuviel wird, werden Sie einfach frech. Denn eines ist sicher: Martha Culmill wird nicht riskieren, das Unterhaltsgeld zu verlieren und die abgezweigte Summe, die sie beim Honorar für Ihren Musiklehrer einspart. Eine halbe Krone pro Stunde hat er verlangt. Das macht ein Pfund die Woche. Tatsächlich aber hat sie Professor Alvarez auf sechzehn Schillinge heruntergehandelt. Mit der Begründung, Sie seien eine Langzeitschülerin.«

Der Klang einer in der Ferne ertönenden Glocke ließ Sarah zur Tür springen. »Das ist für mich!« rief sie. »Beeilen Sie sich. Sie müssen sich frisch machen und Ihre Sachen auspacken, anschließend kommen Sie nach unten, denn eines ist gewiß: Heute wird unsere gnädige Frau zum Tee unten im Salon bleiben. Sie macht den Weg über die Treppe nicht sehr oft.«

Nachdem sich die Tür mit einem dumpfen Schlag geschlossen hatte, setzte sich Marie Anne wieder auf die Bettkante. In ihrem Kopf wirbelten die Gedanken durcheinander. Ihr erschien es ungeheuerlich, daß ihre Tante den Preis für den Musikunterricht heruntergehandelt hatte, und das auch noch zu ihrem persönlichen Vorteil. Martha Culmill mußte wirklich eine geizige Frau sein, und Marie Anne stellte sich darauf ein, weitere Auswüchse dieses Geizes zu erleben. Hinzu kam, daß ihre Mutter Geld bezahlte, damit Marie Anne in diesem Haus bleiben durfte. Ihr Großvater, das wußte sie, nahm an, daß seine Enkelin hier zu Gast war, als Gesellschafterin ihrer Tante. Marie Anne erinnerte sich sogar gehört zu haben, wie er sagte, Martha Culmill sei in Gelddingen recht spendabel.

Während Marie Anne ruhig dasaß und über ihre Lage nachdachte, wurde ihr klar, daß sie niemals ohne Miß Foggerty, die sie herbegleitet und über die Gepflogenheiten aufgeklärt hatte, in diesem Haus geblieben wäre. Allein die düstere Eintönigkeit, die hier herrschte, hätte Marie Anne sofort wieder fortgetrieben. Doch wohin hätte sie laufen sollen? Wäre sie wirklich von Pferdehufen niedergetrampelt oder von der Polizei aufgegriffen worden, wie ihre schwarz gekleidete Tante behauptete? Nein, Marie Anne hätte ein Telegramm an ihren Großvater zu Hause geschickt, ihre Rückkehr angekündigt und den zu erwartenden Empfang durch ihre Mutter, Evelyn und Vincent riskiert.

Marie Anne war mit dem Auspacken fertig und wusch sich Hände und Gesicht mit kaltem Wasser aus dem Krug auf dem Waschtisch. Sie war noch damit beschäftigt, auch ihre Zöpfe neu zu flechten, als ein Klopfen an der Tür ertönte und Clara eintrat. »Der Tee ist im Salon serviert, Miß, und sie ... Madam wartet auf Sie.«

»Clara, in diesem Zimmer gibt es keinen Spiegel. Finde ich einen im Zimmer nebenan?«

»O nein, Miß. Madam hat etwas gegen Spiegel. Sie würden die Eitelkeit fördern, meint sie.« Das Mädchen lächelte und flüsterte verschwörerisch: »Aber die Köchin hat einen in ihrer Handtasche. Sie erlaubt Ihnen sicher, einen Blick hineinzuwerfen, wenn Sie sie darum bitten. Doch jetzt kommen Sie besser nach unten, denn Madam mag es nicht, wenn man sie warten läßt. Sonst läutet sie die Glocke.«

Marie Anne hätte am liebsten über die drollige Redeweise des Mädchens gelacht, und als sie gemeinsam das Zimmer verließen, fragte sie: »Woher kommst du?«

»Aus Wales, Miß. Und ich wünschte, ich könnte dorthin zurück, denn in diesem Haus ist alles anders als in unserem Dorf. Hier muß man immer nur fromm sein und aufpassen, daß man nicht vom rechten Kurs abkommt, wie mein Dad sagen würde, der zur See gefahren ist, als er noch jung war. Und ich werde mich nie an die Art gewöhnen, wie die Leute hier reden.«

Marie Anne hätte am liebsten laut losgelacht, und sie lächelte noch immer, als das junge Mädchen an der Tür zum Salon anklopfte, ehe sie ohne große Umstände die Tür aufstieß und den Raum betrat.

Ihre Tante, denn so wollte sie genannt werden, saß noch immer auf demselben Stuhl mit der geraden Lehne, und Sarah Foggerty stand, mit dem Rücken zu Marie Anne, vor einem Beistelltisch und schenkte Tee ein. Zögernd, da sie nicht wußte, was sie als nächstes tun sollte, trat Marie Anne neben Sarah und überlegte, daß sie die Teetassen herumreichen könnte, doch die Tante befahl bereits: »Setz dich, Mädchen!«

Marie Anne ließ sich auf dem Platz nieder, den die Tante ihr anwies. Der Sessel stand neben einem weiteren kleinen

Tisch, wo auf einem Teller Butterbrote angerichtet waren – drei bestrichene halbe Scheiben auf jeder Seite. Daneben stand eine kleinere Schale, in der zwei Stücke Ingwerkuchen lagen.

Sarah Foggerty stellte eine Tasse Tee auf den Tisch vor Martha Culmill und servierte eine weitere Tasse für Marie Anne. Dann kehrte sie zum Tisch zurück, nahm das dritte Gedeck und setzte sich in einigem Abstand ebenfalls hin.

»Nun trink deinen Tee, Mädchen.«

Marie Anne beobachtete, wie sich der in einem schwarzen Ärmel steckende Arm vorstreckte und ihre Tante die drei halben gebutterten Brotscheiben von der Servierplatte nahm. Hungrig, wie sie war, tat Marie Anne es ihr augenblicklich nach. Einmal sah sie zu Sarah Foggerty hinüber, denn es war ihr peinlich, daß Sarah nichts aß. Für sie gab es keinen Teller mit gebutterten Brotscheiben.

Der Tee war stark, mit nur wenig Milch, doch Marie Anne leerte ihre Tasse rasch. Dann fragte sie mit einem Blick zu Sarah höflich: »Könnte ich noch eine Tasse Tee haben, bitte?«

Sarah zögerte, sich aus ihrem Sessel zu erheben. Sie blickte zu Marie Annes Tante, und als diese, nach einer Pause, durch ein Nicken ihr Einverständnis gab, schenkte Sarah noch eine Tasse Tee ein und brachte sie Marie Anne.

Nun nahm Marie Anne ein Stück Ingwerkuchen aus der Schale. Während sie aß, begann sie sich unter dem starren Blick, mit dem ihre Tante sie fixierte, unbehaglich zu fühlen, so daß sie sagte: »Der Ingwerkuchen ist sehr gut.« Um das Gespräch in Gang zu halten, fügte sie noch hinzu: »Er ist besser, als unsere Köchin ihn macht. Ihrer ist immer viel zu süß.«

»Hast du deinen Tee getrunken?«

»Ja, danke.«

»Dann gehe zum Klavier und fange an zu spielen. Ich möchte hören, was so viel Getue wert ist.«

Beinahe begierig eilte Marie Anne nun zum Klavier, das in der entgegengesetzten Ecke des Zimmers stand. Über den Tasten war das Klavier mit einem durchbrochenem Muster verziert, hinter dem grüner Stoff schimmerte. Bevor Marie Anne den Deckel hob, blickte sie in den Hohlraum unter dem

Polster des Klavierhockers und suchte nach Noten. Aber sie fand nur zwei Gesangbücher und ein Album mit dem Titel »Beliebte Balladen für den gepflegten Salon«. Während sie dastand und die Noten durchblätterte, hörte sie hinter sich eine Stimme, die ziemlich laut sagte: »Sie können sicher auch ohne Noten etwas spielen!«

»Ja, natürlich kann ich das«, entgegnete Marie Anne eifrig, ließ sich auf den Sitz fallen und hob den Klavierdeckel. Eine Reihe vergilbter Tasten wurde sichtbar.

Nachdem sie eine Tonleiter zu spielen versucht hatte, unterbrach Marie Anne ihr Spiel, wandte sich auf dem Hocker herum und sagte: »Ich kann auf diesem Instrument nicht spielen. Es ist verstimmt.«

»Was meinst du damit, es ist verstimmt?«

Marie Anne war aufgestanden und trat auf die empörte Gestalt im Sessel zu. Ganz plötzlich spürte sie, daß sie diese Person nicht fürchtete, und wiederholte: »Es ist so verstimmt, daß sicher seit Jahren niemand darauf gespielt hat.«

»Sei nicht albern, Mädchen.«

»Ich bin nicht albern, Tante. Das Klavier muß gestimmt werden, bevor ich darauf üben kann. Warum hast du keinen Klavierstimmer bestellt, damit er das Instrument in Ordnung bringt?«

Offensichtlich hatte Martha Culmill vor Verblüffung die Sprache verloren, denn Marie Anne konnte ungestört fortfahren. »Klaviere müssen mindestens zweimal im Jahr gestimmt werden, wenn das Üben überhaupt einen Sinn haben soll.«

Das plötzliche Husten von Sarah Foggerty ließ Marie Annes Stimme verebben, und Martha Culmills Aufmerksamkeit richtete sich auf Sarah. »Verlassen Sie das Zimmer, Foggerty! Und räumen Sie das Geschirr weg. Hinaus mit Ihnen!«

Hastig räumte Sarah das Teegeschirr zusammen. Aber erst als sich die Tür hinter ihr und dem Teewagen geschlossen hatte, fand Marie Annes Tante ihre normale Stimme wieder und sagte: »Und wer, wenn ich fragen darf, soll den Klavierstimmer bezahlen?«

Es schien, als würde Marie Anne über diese Frage einen Augenblick nachdenken, aber vielleicht sagte sie sich auch, daß sie mit dieser Frau noch eine Zeitlang unter einem Dach leben mußte. Sollte sie also um den heißen Brei herumreden, wie ihr Großvater es ausgedrückt hätte, oder offen und direkt sein? Sie entschied sich für Letzteres und antwortete knapp: »Sie könnten die Rechnung meiner Mutter schicken, und sie würde den Betrag mit der übrigen Zahlung begleichen.« Im nächsten Moment hätte sich Marie Anne die Zunge herausreißen können, denn woher sollte sie wissen, daß ihre Mutter für den Aufenthalt bei ihrer Tante bezahlte und sie nicht Gast in diesem Haus war? Martha Culmill wartete nicht lange und hakte genau an dieser Stelle nach: »Was meinst du damit?«

»Nun, nach allem, was ich zu Hause gehört habe, obwohl meine Mutter mir nichts darüber gesagt hat, bezahlt sie dafür, daß Sie mich bei sich aufnehmen.« Marie Anne stieß einen schweren Seufzer aus. Beinahe hätte sie Sarah in Schwierigkeiten gebracht, in große Schwierigkeiten.

»Du scheinst eine ganze Menge zu wissen, kleines Fräulein, nicht?«

Das war keine Frage, sondern eine Feststellung, wie Marie Anne erkannte, und daher wartete sie ab. »Deine Zunge ist zu flink, das wird dir nicht immer zum besten gereichen. Verstehst du, was ich damit sagen will? Wenn ich nun deiner Mutter schreibe und ihr berichte, welchen Ton du mir gegenüber anschlägst?«

»Tu das, Tante. Meine Mutter und ich verstehen einander sehr gut, und sie wird sagen, daß es nicht anders zu erwarten war.«

Nun fiel Martha Culmill tatsächlich keine Antwort mehr ein, und sie brachte nur noch heraus: »Laß mich allein, Mädchen! Ich werde morgen früh mit dir sprechen.«

Marie Anne glaubte beinahe, in dem Augenblick, als sie die Tür öffnete, Sarah Foggerty zur Seite springen zu sehen. Ganz sicher hatte sie nicht weit entfernt gestanden, denn der Teewagen befand sich noch in Reichweite. Sarah zog Marie Anne in die Küche und sagte: »Köstlich! Wirklich köstlich! Sie sind ihr ebenbürtig und können ihr die Stirn bieten. Weiter so.« In diesem Augenblick wußte Marie Anne, daß ihre Vermutung stimmte und Sarah tatsächlich gelauscht hatte.

Sarah berührte sanft Marie Annes Wange. »Oh, Sie werden doch nicht zu weinen anfangen? Schauen Sie, das hier ist unsere Köchin.« Die dicke Frau betrachtete Marie Anne mit einem freundlichen Lächeln: »Willkommen, Miß.«

»Haben Sie noch ein süßes Brötchen in Ihrer Dose, Agnes? Ich weiß, daß diese junge Dame nicht nein sagen würde. Sie sind noch immer hungrig, nicht wahr, meine Liebe? Nein, keine Tränen. Sie haben sich wirklich gut geschlagen.«

Die Köchin wickelte etwas in eine Serviette und sagte: »Gehen Sie hinauf auf Ihr Zimmer, dort können Sie die Sachen in Ruhe essen. Und wenn Sie zum Essen nach unten kommen, sorge ich dafür, daß Ihr Teller gut gefüllt ist. Bei uns in der Küche gibt es Brotpudding. Der macht wirklich satt. Wenn ich noch eines sagen darf, Miß, wir sind wirklich froh, Sie bei uns zu haben. Wie wir gehört haben, sollen Sie auch auf dem Klavier spielen. Das wäre wirklich eine angenehme Abwechslung.«

»Auf dem Klavier im Salon werde ich nie spielen können.«

»Zerbrechen Sie sich darüber nicht den Kopf, meine Liebe«, schaltete sich Sarah ein. »Ich werde noch nicht zur Tür hereingekommen sein, da wird sie mich schon fragen, wo man einen Klavierstimmer auftreiben kann.«

»Könnten Sie sofort einen Klavierstimmer finden?«

»Ja, ich denke schon. In der Zeitung haben einige in den Kleinanzeigen annonciert – Klavierlehrer, Klavierstimmer; auch Klaviere und alle Musikinstrumente, die Sie sich nur denken können, standen darin. Alles aus zweiter Hand.«

Die kleine Clara kicherte gepreßt und witzelte: »Die Klavierlehrer und Klavierstimmer aber nicht. Sie sind nicht aus zweiter Hand.« Worauf die Köchin das Dienstmädchen in die Seite knuffte und meinte: »Jetzt kommt wieder ihr walisischer Humor zum Vorschein. Eines Tages wird sie sich daran totlachen.«

»Oh, ganz bestimmt, wenn ihr nicht vorher jemand das walisische Mundwerk stopft«, sagte Sarah. »Aber da wir gerade von Zeitungen reden, wo haben Sie das letzte Exemplar?«

»Ich habe es heute morgen zum Feuermachen verwendet.«

»Alle Seiten?«

»Ja, alle. Aber morgen früh kommt der Milchmann.«

Während sie sich an Marie Anne wandte, sagte Sarah Foggerty: »Sie dürfen sich ruhig wundern, Miß, aber in diesem Haus gibt es nie eine Zeitung, es sei denn, wir legen unser eigenes Geld dafür auf den Tisch. Da ist es praktisch, wenn der Milchmann kommt, denn er läßt uns immer die Ausgaben vom Vortag hier. Er weiß übrigens alles über sie ...« Sarah hob vielsagend den Kopf und blickte an die Decke. »... ich meine, über die Gnädige dort oben. Er hat ihr schon immer die Milch geliefert und kann Geschichten erzählen ... von Bullen und Kühen, bei denen unsere Alte rot anläuft.«

»Die wird sich nicht mehr ändern. Und wenn der Bulle persönlich ins Haus kommt!«

Als Claras Kichern verebbt war und die drei Köpfe noch immer eng zusammensteckten, wußte Marie Anne nicht mehr, wie sie in die Runde hineingeraten war, aber nun stand sie hier, einen Arm um die Schultern des kleinen walisischen Mädchens gelegt und den anderen um Sarah Foggertys Taille geschlungen, während sie, wie die beiden anderen Frauen, krampfhaft das Lachen unterdrückte.

Doch die Glocke beendete die fröhliche Verschwörung. Sie stoben auseinander, sich noch immer vor Heiterkeit biegend, und Sarah Foggerty ging zur Tür. Bevor sie die Küche verließ, strich sie ihr Haar zurück, zog den Kragen an ihrem dunkelbraunen Dienstkleid gerade und schritt leichtfüßig zum Salon.

Als Marie Anne sich ebenfalls zur Tür wandte, sagte die Köchin: »Lassen Sie es sich schmecken, meine Liebe.«

»Ganz bestimmt, Agnes. Vielen Dank.«

In ihrem Zimmer schlug ihr schneidende Kälte entgegen. Marie Anne zündete die einzige Kerze an, die in einem Kerzenhalter aus Zinn steckte, holte sich die Federdecke vom Bett und legte sie um ihre Schultern, bevor sie die Serviette öffnete und das Korinthenbrötchen und die beiden Kokosplätzchen aß, die darin eingewickelt waren.

Anschließend nahm sie ihr Schreibzeug aus der oberen Schublade und hockte sich, so bequem es ging, in den hölzernen Lehnstuhl.

Die Fersen um die Holzverstrebung zwischen den vorderen Stuhlbeinen geschlungen, bildeten ihre hochgezogenen Knie eine Art Tisch für ihre Schreibmappe, und so begann sie den ersten Brief an ihren Großvater:

Lieber, lieber Großvater,
o wie ich Dich vermisse, Dich und Pat. Und weißt Du was? Ich bin erst seit wenigen Stunden in diesem Haus, und schon wäre ich am liebsten wieder auf dem Rückweg zu Dir, gäbe es nicht die netten Dienstmädchen. Eine davon ist eine freundliche irische Frau, eine Art Mädchen für alles, die sich um Tante Marthas Angelegenheiten kümmert. Sie heißt Sarah Foggerty. Klingt das nicht warmherzig? Dann gibt es eine Köchin, eine Frau aus London, und ein walisisches Hausmädchen, das Clara heißt. Sie sind alle nett und haben mich in ihr Herz geschlossen. Sonst wäre ich ganz bestimmt, ja ganz sicher, längst wieder auf dem Weg zum Bahnhof. Und ich möchte Dir für die Pfundnoten danken, die Maggie auf Deinen Wunsch in meine Unterrocktasche genäht hat.

Was die vor mir liegenden Tage bringen werden, weiß ich nicht, nur eines, ich verabscheue dieses Haus und noch mehr die Frau, zu der ich Tante sagen muß. In meinen Augen ist sie eine harte, engstirnige Person und eine Pfennigfuchserin. O ja, Großpapa, eine Pfennigfuchserin. Ich danke Dir auch für das Tagebuch mit dem Sicherheitsschloß. Niemand käme auf die Idee, den Schlüssel dort zu suchen, wo er steckt, in dem kleinen Geheimfach am Rücken, nicht wahr? Das ist wirklich ein genialer Einfall!

O Großpapa! Ich bin so traurig, überaus traurig. In der Küche habe ich mit den Mädchen gelacht, bis mir die Tränen kamen. Aber sogar dort mußte ich achtgeben, nicht zu sehr die Beherrschung zu verlieren, sonst hätte ich laut losgeheult. Wie dieser arme Whippethund, den wir einmal im Moor gefunden haben. Erinnerst Du Dich, Großpapa? Er heulte die ganze Nacht, und dann starb er. Wenn Du nicht wärst und Pat, würde ich auch am liebsten sterben.

Ich weiß nicht, ob ich Dir diesen Brief wirklich schicke. Er ist so traurig, und vielleicht machst Du Dir dann Sorgen. Aber ich habe das Gefühl, wenn erst der Klavierunterricht begonnen hat, werde ich dieses Haus vergessen, ebenso meine Tante und alles andere, denn so ist es mir immer ergangen, sobald ich die Tasten berührte. Wenn das Klavier spielen mir geholfen hat, mein Zuhause zu vergessen und alle, die dort wohnten, mit Ausnahme von Pat, dann kann ich ganz sicher auch Miß Martha Culmill darüber vergessen.

2. Kapitel

Drei Tage später ergänzte Marie Anne ihren Brief um eine zweite Seite:

Lieber, lieber Großpapa,
seit meiner Ankunft sind drei Tage vergangen, und ich habe gelernt, was es bedeutet, entsetzliche Langeweile zu ertragen, obwohl ich einige Pflichten zu erfüllen habe. Jeden Morgen muß ich meiner Tante eine Stunde lang vorlesen, was das reinste Fegefeuer für mich ist, denn es sind immer nur Geschichten aus der Bibel. Lustig, nicht wahr? Die Bibel als Fegefeuer. Mir scheint, ich werde dem kleinen walisischen Dienstmädchen hier immer ähnlicher. Sie verdreht dauernd den Sinn der Worte und macht Witze damit. Aber sie hat trotzdem genug Arbeit im Haus zu tun, genau wie die Köchin. Und die arme Miß Foggerty muß den ganzen Tag wie ein Hase umherspringen. Das einzig Gute ist, daß ich Sarah etwas entlasten kann durch die Aufgaben, die mir meine Tante übertragen hat. Ich bin froh, daß Tante Martha die meiste Zeit im Bett verbringt. Bei meiner Ankunft war sie nach unten in den Salon gekommen, um mich zu begrüßen. Eine schöne Begrüßung, sage ich Dir! Egal, das alles ist vorbei, so hoffe ich wenigstens, denn heute nachmittag kam der Klavierstimmer ins Haus. Er sagte, das Klavier sei nicht mehr gestimmt worden, seit das Instrument geliefert wurde. Er brauchte ziemlich lang, und als er fertig war, habe ich ein Stück von Beethoven gespielt, ganz laut, mit viel Schwung. Du nanntest das immer deutsche Marschmusik. Und weißt Du, was der Klavierstimmer sagte, als ich fertig war? ›Du meine Güte! Wirklich beeindruckend!‹ Das waren seine Worte, Großpapa. Aber in seinen Augen konnte ich erkennen, daß er staunte und ihm meine Musik gefiel. Er forderte mich auf, ein weiteres Stück zu spie-

len. Und das Dienstpersonal, die Köchin und die kleine Waliserin, unterbrachen ihre Arbeit und gesellten sich zu uns in den Salon. Aber nach kurzer Zeit kam Miß Foggerty, Sarah, die Treppe heruntergelaufen. Sie hatte die Anweisung bekommen, die Schlafzimmertür offenzulassen und mir auszurichten, daß ich weiterspielen solle. In diesem Haus gibt es keine Bitten, Großpapa, alles wird angeordnet und befohlen. Da habe ich immer weitergespielt. Ich spielte Chopin und Bach, Stücke, die ich auswendig kenne. Ich brauche unbedingt Noten. Wie gut ich jetzt Dein Geld gebrauchen kann, Großpapa. Was würde ich nur tun, wenn ich es nicht hätte? Überhaupt, was würde ich ohne Dich anfangen? Dabei überkommt mich wieder tiefe Traurigkeit. Ich vermisse Dich.

Gute Nacht, mein lieber, lieber Großpapa.

Deine Marie Anne

PS: Morgen werde ich meinen Musikprofessor Carlos Alvarez kennenlernen. Wie sein Name vermuten läßt, ist er Spanier, und nach Sarahs Beschreibung handelt es sich um einen netten Herrn in mittlerem Alter, der sehr gut Englisch spricht und in einem großen Haus wohnt, mit Übungsräumen im Erdgeschoß, und oben wohnt seine Frau. Aber das werde ich morgen alles mit eigenen Augen sehen. Noch einmal gute Nacht, lieber Großpapa.

Marie Anne und Sarah Foggerty standen zusammen vor Martha Culmill. Ihre Tante sah auf Marie Annes Füße und sagte: »Das Kleid, das du trägst, ist viel zu kurz.«

Marie Anne blickte auf den Saum ihres braunen Kleids und sagte: »Das denke ich nicht.«

»Es geht nicht um das, was du denkst, sondern darum, was ich meine.«

Sarah Foggerty hustete erneut. Es schien ein warnendes Husten zu sein, aber Marie Anne achtete nicht darauf. Sie brannte darauf, die erste Unterrichtsstunde bei Professor Alvarez zu nehmen. Seit einer geschlagenen Stunde mußte sie sich heute morgen bereits anhören, was sie zu tun und zu lassen hatte. Und auf keinen Fall dürfe sie mit dem Professor

Konversation machen, denn sie sei ausschließlich dort, um Musik zu studieren. Außerdem konnte ihre Tante Marie Annes Begleitperson nicht erlauben, dreimal in der Woche volle zwei Stunden untätig auf das Ende des Unterrichts zu warten. Deshalb werde Marie Anne vorsichtig sein müssen, mit wem sie sich anfreundete. Ganz besonders bei den anderen Musikern im Haus solle sie sich vorsehen, denn Künstler besäßen im allgemeinen einen liederlichen Charakter. Und zu Hause müsse sie mehr Choräle üben, nicht dieses Herumgehämmere auf den Tasten, sondern ruhige, getragene religiöse Musik.

Als Sarah Foggerty wieder vom Husten gequält schien, sagte Marie Anne, mit einem Blick auf die Uhr an ihrem Hals und an ihre Tante gewandt: »Wenn ich nicht pünktlich in der Akademie erscheine, könnte man das Geld ebensogut zum Fenster hinauswerfen. Und das wäre nicht in deinem Sinne, Tante, oder? Können wir also gehen?«

»Du möchtest unverschämt werden, Mädchen, wie? Jetzt beginne ich zu verstehen, warum zwei Schulen dich hinausgeworfen haben.«

»Ich wurde nicht hinausgeworfen, Tante, sondern bin freiwillig gegangen. Und ich möchte auch nicht unverschämt sein. Ich habe nur deine kleinlichen Vorschriften einfach satt.«

»Eines sage ich dir, Mädchen.« Jetzt brüllte Martha Culmill ihre Nichte beinahe an. »In Zukunft wirst du sie noch mehr leid sein, denn solange du unter meinem Dach lebst, in meiner Obhut, wirst du tun, was ich von dir verlange. Oder ich schreibe deiner Mutter und frage, was sie von deinem Betragen hält.«

Marie Anne Stimme zitterte und war leise, als sie antwortete. »Ich glaube, Sie wissen bereits, was meine Mutter über mich denkt. Schließlich bin ich deshalb hier.«

»Foggerty, bringen Sie dieses unverschämte Ding hinaus, damit ich sie nicht mehr sehen muß. Ich … hätte niemals gedacht, daß ich mir in meinem Alter und in meinem eigenen Haus eine solche Frechheit bieten lassen müßte.«

Also ließen sie Martha Culmill allein und sprachen erst

auf der Straße wieder miteinander. Dort stellte Sarah fest: »Sie haben Mut, das muß man sagen. Auch wenn Sie sonst nichts besitzen sollten, an Courage mangelt es Ihnen nicht. Und damit kommen Sie durchs Leben, soviel ist sicher.« Mit einem Lachen fügte sie hinzu: »Das heißt, wenn Sie nicht vorher von jemandem erschossen werden.«

»O Sarah. Sie regt mich fürchterlich auf. Sie ist furchtbar, einfach entsetzlich.«

»Ich bin vollkommen Ihrer Meinung, aber jetzt sind Sie hier und müssen sich mit der Situation abfinden. Also beeilen wir uns und nehmen unsere Beine in die Hand. Schließlich wollen wir nicht zu spät in der Akademie ankommen, oder? Und bevor wir dort sind, sage ich Ihnen besser gleich, daß Sie enttäuscht sein werden. Viel weiß ich nicht über den Leiter dieser Schule – obwohl er mir nett vorkam –, aber es hat mich verwundert, wie leicht er sich von Ihrer Tante bei den Unterrichtsgebühren herunterhandeln ließ. Ich glaube kaum, daß er ohne Geldsorgen dazu bereit gewesen wäre.«

»Sie sagten, es sei ein Haus, aber meinten Sie damit, daß es das Wohnhaus des Professors ist und die Schule sich im gleichen Gebäude befindet?«

»Mädchen, das werden Sie in zehn Minuten selbst sehen. Eigentlich handelt es sich um keine richtige Schule. Das kommt häufiger vor. Institute nennen sich Schule oder gar Akademie, obwohl sie nicht viel mehr sind als gewöhnliche Häuser, in denen Privatstunden gegeben werden.«

»O Sarah, hoffentlich wollen Sie damit nicht sagen, es würde mir bei Professor Alvarez nicht gefallen.«

»Nun, das liegt ganz bei Ihnen, Miß. Jedenfalls sind es genau fünfzehn Minuten Fußweg von Tür zu Tür, und ich kann Sie auf drei verschiedenen Routen hinbringen. Auf diese Weise sehen Sie auch ein wenig von London. Sie werden kaum eine andere Gelegenheit dazu haben, denn Sonntagsausflüge gibt es nicht für Sie. Ihre Sonntage werden angefüllt sein mit Kirchgang und Gebeten.«

»O nein. Sicher nicht. Ich werde nicht hingehen.«

»Gut, aber das müssen Sie sich selbst erkämpfen. Wir alle haben unsere Kämpfe zu bestehen. Ich ringe in meinem Innern jeden Tag mit dieser Frau, und das sage ich Ihnen, wenn ich morgen eine anständige Arbeit fände, wäre ich wie der Blitz aus diesem Haus verschwunden.«

»O Sarah. Bitte … bitte gehen Sie nicht fort. Daran dürfen Sie nicht einmal denken. Ich kann mir nicht vorstellen, wie ich ohne Sie dort leben sollte.«

»Vielleicht kommt es eines Tages soweit, meine Liebe, wenn ich keine andere Wahl habe. Aber machen Sie sich um die Zukunft keine Sorgen. Nur die Gegenwart ist wichtig. Also kommen Sie, und beeilen wir uns.« Beinahe im selben Augenblick fragte Sarah: »Tut Ihnen der Fuß weh?«

»Ein wenig, wenn ich schnell gehe. Es ist der Knöchel, der gebrochen war.«

»Oh, das tut mir leid, meine Liebe. Dann gehen wir jetzt gemütlich. Was spielt es schon für eine Rolle, wenn wir fünf Minuten zu spät kommen.«

Sie kamen nicht zu spät. Als sie das Haus erreichten, betraten sie den Eingangskorridor und gingen in ein kleines Zimmer. Dort nahmen sie auf Korbstühlen Platz und warteten. Weder Sarah noch Marie Anne sagte etwas. Sie blickten nur gelegentlich zur Seite und sahen sich an.

Plötzlich wurde die Tür aufgerissen, eine ältere Frau trat herein und sagte: »Ah! Da sind Sie ja.« Sarah und Marie Anne sprangen auf.

»Ich bin Mrs. Liza Alvarez, und Sie«, dabei blickte sie Marie Anne ins Gesicht, »Sie müssen Miß Lawson sein.«

»Richtig«, schaltete sich Sarah Foggerty ein, was die Dame zu überraschen schien, denn sie hob die Augenbrauen und sagte ohne Grund: »Ja«, bevor sie hinzufügte: »Kommen Sie hier entlang. Der Professor wartet schon auf Sie.«

Marie Anne folgte der gutbürgerlich gekleideten Frau nicht sofort. Es überraschte sie, daß die Ehefrau eines Professors gar nichts Außergewöhnliches an sich hatte.

Zu Sarah sagte sie dann: »Wir sehen uns um drei Uhr wieder, Sarah.«

»Ja, Miß. Um drei Uhr werde ich hier sein, um Sie abzuholen.«

An der Tür drückten sich zwei kleine Mädchen an ihnen

vorbei, beide mit Noten unter dem Arm, marschierten lachend in das Wartezimmer und setzten sich auf die beiden Stühle, auf denen vorher Marie Anne und Sarah gesessen hatten.

Die Frau des Professors schob Marie Anne in ein anderes Zimmer und sagte: »Hier hinein. Er wird in einem Augenblick bei Ihnen sein.«

Marie Anne blickte sich um. Sie befand sich in einem großen, kahlen Raum. In der Mitte stand ein Tisch, auf dem kleine Stapel mit Notenheften lagen, und an der Wand, gegenüber dem Kamin, befand sich ein Flügel mit aufgeklapptem Deckel. Es war ein wunderbares Instrument und dem Klavier sehr ähnlich, das bei Marie Anne zu Hause stand, aus Rosenholz gearbeitet.

Marie Anne trat auf das Instrument zu, und als sie mit den Fingern über die Innenseite des Klavierdeckels strich, schrak sie zusammen, als sie eine Stimme hinter sich sagen hörte: »Ein schöner Flügel, das finden Sie auch, nicht wahr?«

Sie standen sich gegenüber und musterten einander. Er war ein Mann von mittlerer Statur, kräftig gebaut, aber nicht dick. Sein Haar war ebenfalls schwarz, doch anders als bei seiner Frau wirkte die Farbe bei ihm echt. Sein Gesicht war gebräunt, und er besaß runde, fröhlich blickende Augen. Marie Anne hätte den Gesichtsausdruck von Professor Alvarez als freundlich beschrieben. Als er ihr die Hand entgegenstreckte, bemerkte sie, daß er eher kurze, plumpe Finger hatte, doch sein Händedruck fühlte sich warm und fest an. So schätzte sie auch beim ersten Eindruck seinen Charakter ein. Er war ein warmherziger, netter Mann. Und Marie Anne erkannte sofort, daß er jünger war als seine Frau. Wahrscheinlich hatte er die Vierzig noch nicht erreicht, überlegte sie, obwohl sie sich nicht zutraute, das Alter von Männern zuverlässig zu schätzen. Aber er besaß eine wunderbare Stimme, das bemerkte Marie Anne sofort, als Professor Alvarez sagte: »Nun, wollen wir anfangen? Wie ich hörte, spielen Sie bereits gut, aber das werden wir ja merken, nicht wahr? Was meinen Sie?«

Bei seinen letzten Worten neigte sich Professor Alvarez

mit dem Körper leicht zu Marie Anne und lächelte. Seine Zähne wirkten sehr weiß gegen die gebräunte Haut.

Nachdem Professor Alvarez den Klavierhocker auf Marie Annes Körpergröße eingestellt hatte, bemerkte er offenbar ihre Nervosität, denn er sagte: »Jetzt vergessen Sie einfach, daß ich da bin, und spielen drauflos. Ein Stück, das Sie auswendig können, wollen Sie?«

Nach unten blickend, legte Marie Anne die Hände auf die Tasten, und begann zu spielen. Während der ganzen Zeit war ihr bewußt, daß Professor Alvarez im Zimmer umherging. Nur einmal blieb er neben ihr stehen, um festzustellen: »Beethovens Sonate in G. Ein leichtes Stück, nicht wahr?«

»Ja, aber … mir gefällt es.«

»Mir gefällt es auch. Ja, wirklich. Aber sagen Sie mir, warum spielen Sie gern Klavier? Es ist nicht zu überhören, daß Sie Beethoven lieben, aber was ist mit Bach, Mozart oder Liszt?«

»Oh …« Marie Anne lächelte zu ihm hinauf. »Ich mag Liszt, aber seine Stücke sind sehr schwer zu spielen. Und dann das Tempo …«

»Finden Sie?«

»Ja. Obwohl ich weiß, daß ich viele Stücke zu schnell spiele, habe ich immer das Gefühl, bei Liszt zu langsam zu sein.«

»Dann müssen wir wohl dafür sorgen, daß Sie seine Stükke üben. Was ist mit Bach?«

»Ich … Kirchenmusik mag ich nicht sehr gern.«

Jetzt lachte der Professor schallend. »Sie finden seinen Stil zu kirchlich? Nun, vielleicht, weil er die Orgel liebte.«

Wie zur Entschuldigung entgegnete Marie Anne: »Wahrscheinlich liegt es daran, daß ich Choräle nicht ausstehen kann.«

Wieder lachte der Professor. Dann beugte er sich zu ihr herunter und flüsterte: »Ich verrate Ihnen ein erstes Geheimnis, das wir miteinander teilen. Ich mag Choräle auch nicht, überhaupt nicht.«

Marie Anne lächelte ihn an, doch am liebsten hätte auch sie laut gelacht, weil der Professor eine komische Aussprache hatte. Aber seine Stimme klang nett. Dann änderte er seinen

Ton und wurde sachlich: »Lassen wir die Komponisten für heute schlafen und befassen uns statt dessen mit Tonleitern. Einverstanden? Tonleitern, Tonleitern und immer wieder Tonleitern.«

Als Marie Anne ein überraschtes Gesicht machte, sagte er: »Tonleitern können sehr schön klingen, wenn sie gut gespielt werden, finden Sie nicht?«

Marie Anne hatte nicht erwartet, daß sie wieder Tonleitern üben müßte, doch auf diese Weise vergingen die beiden folgenden Stunden. Erst zehn Minuten vor Unterrichtsschluß hörte der Professor auf, im Zimmer umherzuspazieren und ihr seine Korrekturen zuzurufen. »Sie können jetzt Schluß machen«, sagte er. »Der Unterricht muß sehr ermüdend für Sie gewesen sein, denke ich mir.«

»Nein«, log Marie Anne, »nicht wirklich, aber es ist schon eine Weile her, seit ich … seit ich Tonleitern geübt habe.«

»Oh, das scheint so, ganz offensichtlich.« Er lächelte. »Möchten Sie noch etwas für mich spielen. Ein anderes Stück, das Sie mögen?«

Tief durchatmend blickte Marie Anne auf die Tasten hinunter und entgegnete dann ruhig: »Lieber würde ich Ihnen zuhören, wenn ich darf.«

»Oh, nur zu gern.« Sein Gesicht begann zu strahlen. »Sie schmeicheln mir, und ich werde Ihre Bitte mit Freuden erfüllen. Was möchten Sie hören?«

Beinahe unmerklich zog Marie Anne die Schultern hoch, und auf ihrem Gesicht erschien ein schelmischer Ausdruck. »Liszt«, sagte sie.

Das Lachen des Professors schallte noch durch den Raum, als er wiederholte: »Also spielen wir Liszt, nur ein wenig. Und schon geht es los.«

Marie Anne glitt vom Hocker, so daß Professor Alvarez sich hinsetzen konnte, und während der nächsten fünf Minuten blieb sie neben ihm stehen, gebannt seinem Spiel lauschend. Das war wirklich meisterlich. Sie hatte Liszt erst einmal zuvor gehört, in einem Konzert, in das Pat sie mitgenommen hatte. Als der Professor das Stück beendet hatte, fragte er: »Und was habe ich gespielt?«

Ratlos schüttelte Marie Anne den Kopf. Sie wußte nur, daß sie niemals so würde spielen können, und das sagte sie ihm auch. »Das war wunderbar. Was … wie heißt das Stück?«

Alvarez antwortete: »Es war nur ein Teil aus Liszts Konzert in e-Moll.«

Marie Anne wiederholte noch einmal: »Es war wunderbar.«

»Nun, in kurzer Zeit hören Sie bestimmt auch von mir: ›Das war wunderbar, Miß Lawson. Einfach wunderbar.‹«

Sie sahen einander wortlos an, bis der Professor schließlich fortfuhr: »Alles, was man dafür braucht, ist Übung, Übung und nochmals Übung. Und soviel ich weiß, haben Sie Fülle in Zeit …« Er stockte und schlug sich mit der flachen Hand gegen die Stirn, dazu lachte er und sagte: »Zeit in Fülle, Professor Alvarez.«

Beide lächelten, als er Marie Anne die Tür öffnete. Zum Abschied sagte er: »Und morgen bringen Sie Ihre Noten mit, egal welche Sie haben.«

»Ich habe keine.«

Er bewegte ruckartig den Kopf. »Dann werden Sie wohl welche kaufen müssen, fürchte ich.«

»Ja«, wiederholte Marie Anne, seinen Akzent imitierend, »ich werde wohl welche kaufen müssen.«

Im Wartezimmer stand ein Junge von ungefähr zehn Jahren auf Krücken gestützt. Marie Anne wollte stehenbleiben und ihn ansprechen, denn sie wußte, wie man sich fühlte, wenn man an Krücken gehen mußte. Aber in einer der Türen stand die Frau des Professors, und in der anderen wartete Sarah Foggerty.

»He? Wie ging es denn?« fragte Sarah, als sie auf die Straße hinaustraten.

»Sehr gut. Er ist wirklich ein guter Lehrer, jedenfalls glaube ich, daß er es sein wird. Aber heute hat er mich die ganze Zeit Tonleitern üben lassen. Morgen soll ich Noten mitbringen, obwohl ich gar keine habe.«

»In diesem Fall, meine Liebe, müssen Sie unserer Mrs. Culmill einfach sagen, daß Sie Geld brauchen, um Noten zu kaufen.«

»Oh, ich weiß, was sie antworten würde, und dann muß ich sicher nur noch mehr Choräle kaufen. Nein, ich habe eigenes Geld, das mein …«

»Sie besitzen eigenes Geld? Wo haben Sie es versteckt? Denn ich weiß, unsere Gnädige hat alle Ihre Sachen durchsucht.«

»Aber das kann sie doch nicht machen!«

»O doch. Sie kann. Es ist erstaunlich, wie rasch Martha Culmill mit ihren rheumatischen Beinen laufen kann, wenn sie nur will. In Ihrer Börse hat sie nur drei Schillinge gefunden. Wo ist der Rest?«

»In meinem Unterrock.«

Sarah lachte hell auf, dann sagte sie: »Gut für Sie. Ein wirklich gutes Versteck. Lassen Sie das Geld dort. Ist es viel?«

»Ein paar Pfund.«

»Haha! Auf das Versteck käme unsere Gnädige nie. Nun, jedenfalls gibt es in der High Street eine Musikalienhandlung. Dort finden Sie alles, was Ihr Herz begehrt. Wir können morgen auf dem Weg zur Schule dort vorbeigehen. Und jetzt muß ich, sobald wir zurück sind, nach oben gehen und ihr Bericht erstatten, wie der Unterricht verlaufen ist. Ich wette, unsere Gnädige wird nicht gerade erfreut sein, wenn sie hört, daß Sie für vier Schillinge den ganzen Nachmittag Tonleitern geübt haben, selbst wenn sie das Geld nicht aus eigener Tasche zahlen muß. Übrigens, was halten Sie von der Frau des Professors?«

Es dauerte einen Moment, bis Marie Anne antwortete, und dann sagte sie die Wahrheit: »Ich habe überhaupt nicht mehr an sie gedacht.« Und so verliefen auch die folgenden Monate. Liza Alvarez hatte im Übungsraum nichts zu suchen, außer, wenn sie Marie Anne zu den Unterrichtsstunden hereinführte.

Aber die Monate vergehen, und die Zeiten ändern sich.

3. Kapitel

Liebster Großpapa,
die Weihnachtstage sind vorüber, und ich bin so froh, daß morgen die Schule wieder beginnt. Über den Flanellmantel, den Du mir geschickt hast, freue ich mich jeden Tag mehr, und auch über die Mütze und die Handschuhe von Pat, denn die Kälte hier ist anders als zu Hause. Sie kriecht einem bis in die Knochen, und der Nebel ist schrecklich, einfach furchtbar. Aber vor kurzem ist auch etwas Schönes passiert. Es hat mich darüber hinweggetröstet, daß Pat mich nicht besuchen konnte. Ich kann mir gar nicht vorstellen, wie er in den Frachtraum eines Schiffes fallen konnte. Er ist doch daran gewöhnt, Schiffe zu inspizieren. Doch ich bin froh, daß er wieder aufstehen und umhergehen kann, selbst wenn er sich noch auf einen Stock stützen muß. Gestern habe ich ihm einen langen Brief geschrieben. Ich habe ihm von Sarah berichtet, von den schönen Erlebnissen, die uns gemeinsam widerfahren, und von den lustigen Dingen, die sie immer sagt. Wahrscheinlich hat er dir schon davon erzählt, aber egal, der Professor hatte einen Schnupfen oder so, und da Sarah ihren halben freien Tag hatte, was wie gerufen kam, zeigte sie mir kurz entschlossen London. Ich habe den Buckingham-Palast gesehen, was sagst Du dazu, Großpapa?

Wir standen davor und spähten durch das Eisengitter. Viele andere Menschen taten das gleiche, und alle sprachen von der Königin, obwohl sie sich die Hoffnung sonstwo … nun ja, Du weißt, wie Sarah sich immer ausdrückt. Jedenfalls meinte sie, wir würden die alte Viktoria doch nicht zu sehen bekommen, und das wäre kein Verlust. Ich glaube nicht, daß sie die Königin mag, denn sie sagt, es gebe schon genug Tyrannen auf der Welt. Aber den Prinzgemahl scheint sie zu mögen, obwohl es eine Menge Skandalgeschichten über ihn gibt.

Der Höhepunkt unseres Ausflugs bestand darin, daß wir mit einem Schiff auf der Themse fuhren. Die Sonne schien, und ein Mann spielte auf dem Akkordeon. Oh, es war wunderbar, Großpapa. Und zum Schluß, was glaubst Du, Großpapa, taten wir da? Wir gingen in einen richtigen Tearoom, ins Corner House, und nahmen dort den High Tea ein. Anschließend machten wir uns auf den Heimweg und kamen zehn Minuten zu spät, aber das war nicht schlimm, denn wir hatten uns eine Ausrede einfallen lassen. Ich werde Sarah Foggerty niemals genug für alles danken können, was sie für mich tut. Wie wünschte ich, Du könntest sie kennenlernen oder zumindest hören, wie sie spricht, Großpapa. Sie bringt einen zum Lachen, auch wenn man ernst bleiben möchte.

Mit den Klavierstunden geht es gut voran. Ich merke, daß ich Fortschritte mache, und der Professor ist ein sehr guter Lehrer, so geduldig. Ich finde, er ist ein wirklich netter Mann. Du würdest ihn auch mögen, Großpapa.

Jetzt muß ich schließen, Großpapa, aber nachdem ich Dir so viel erzählt habe, merke ich, wie sehr ich Dich und Pat vermisse ... und die Hunde, den Garten und das offene Land. Oh, wie gern würde ich wieder herumrennen, Großpapa, aber ich frage mich, ob ich jemals wieder so springen kann wie früher, auch wenn ich heimkäme, denn mein Fuß schmerzt manchmal noch sehr.

Wie Clara sich auf ihre deftige Art auszudrücken pflegt, sind wir alle verdammt elende Kreaturen. Eines wirst Du sicher bemerkt haben, Großpapa. Meine Sprache ist nicht gepflegter geworden. Aber die Reden der Mädchen sind der einzige Lichtblick in diesem Haus. Ich sage Mädchen zu ihnen, weil sie für mich keine Angestellten oder Dienstboten sind, sondern Freundinnen. Zum Schluß noch eine Antwort auf eine deiner Fragen. Nein, sonst habe ich hier keine neuen Freunde gefunden, denn ins Haus kommt nie Besuch, und in der Akademie scheinen die Schüler und Schülerinnen alle sehr jung zu sein. Bis auf eine erwachsene Frau bin ich die älteste dort.

Gute Nacht, mein von Herzen geliebter Großpapa.

»Wir sind so traurig heute, meine kleine Infanta. Was ist los?«

»Nichts. Ich glaube, ich bekomme einen Schnupfen.«

»Dann gehen Sie mit der Mode. Jeder in diesem Land scheint Frühjahrsschnupfen zu bekommen. Es ist April, die Blumen blühen, und die Vögel singen. Gestern summten sogar schon die Hummeln im Park. Das Leben erwacht wieder. Also, meine kleine Infanta, wollen wir auch die Tasten zum Leben erwecken?« Professor Alvarez legte seinen Arm um Marie Annes Schultern und zog sie zu dem Drehstuhl. Nachdem sie sich hingesetzt hatte, drehte er sie sanft herum, so daß sie ihn ansah, und beugte sein Gesicht zu ihr herunter. »Bedrückt Sie etwas, Infanta?« fragte er.

Er hatte wunderbare Augen, dachte Marie Anne, und sein Mund wirkte so freundlich. Manchmal, wenn er wie jetzt nah an sie herankam, hätte sie am liebsten den Kopf an seine Schulter gelegt, denn irgendwie ähnelte der Professor ihrem Großvater. Nein, er war sehr viel jünger. Er könnte eher Pat ähnlich sein, und er hatte ein hübsches Gesicht und roch angenehm. Ja, er roch immer gut. Es war ein warmer Geruch. Marie Anne verglich ihn mit dem Duft, der abends vom Garten in ihr Zimmer strömte. Es war ein Duft, den sie nicht in Worte fassen konnte, denn er kam nicht von einer bestimmten Blumenart.

Marie Anne antwortete dem Professor: »Ich sehne mich nach Bewegung.« Impulsiv breitete sie die Arme aus. »Ich möchte weiten Raum um mich spüren und dann einfach nur laufen und laufen, zu meinem Großvater und zu meinem Bruder. Ich habe Ihnen von den beiden erzählt, nicht wahr? Es sind wunderbare Menschen.«

»Und Ihre Mama?«

Undeutlich murmelnd, drehte Marie Anne den Kopf von ihm weg. »Meine Mutter will mich nicht zu Hause haben. Ich war ihr immer nur lästig.«

»Nein, sicher nicht!«

»Doch. Es ist so.« Marie Anne blickte ihren Lehrer wieder an. »Verstehen Sie, ich weiß, daß ich impulsiv bin. Manchmal, wenn ich mich aufrege, tue ich Dinge … nun, als ich noch zu Hause lebte und wenn mich etwas ärgerte, rannte ich einfach weg, meilenweit fort.« Jetzt lächelte sie. Es war ein wehmütiges Lächeln. »Wissen Sie, Professor, ich konnte über weite Strecken schnell laufen, ohne zu ermüden, aber hier gibt es keinen Ort, wo ich richtig rennen kann, oder?«

»O doch. Den gibt es. Auf Ihrem Rückweg nach Hause könnten Sie mit Ihrer Begleiterin durch den Park gehen. Für die Strecke brauchen Sie nur fünf Minuten länger, und Sie könnten von einem Tor zum anderen rennen.«

Mittlerweile lächelte Marie Anne über das ganze Gesicht. »Das ist wirklich eine gute Idee«, sagte sie. »Komisch, daß Sarah noch nicht selbst darauf gekommen ist. Aber es gibt ein

Problem. Ich würde zu spät nach Hause kommen, und das brächte Sarah in Schwierigkeiten. Verstehen Sie, das Problem ist meine Tante.«

Der Professor richtete sich auf und sagte mit ernster Miene: »Das kann ich mir vorstellen. Ihre Tante ist eine fürchterliche, nein, wie sagt man, furchteinflößende Person. Also, was müssen Sie tun?« Er beugte sich wieder zu Marie Anne herunter. »Sie müssen Ihre Tante überlisten. Sie verstehen?«

Marie Anne erwiderte sein Lächeln, als sie antwortete: »Das versuche ich immer, doch meine Taktiken sind nicht durchtrieben genug.«

Professor Alvarez neigte den Kopf zur Seite und fragte: »Durchtrieben?«

»Ja, gerissen, scharfsinnig«, erklärte Marie Anne.

»Ah ja, gerissen oder scharfsinnig. Es gibt manche Wörter, die ich nicht oft höre, aber durchtrieben werde ich mir merken. Und nun wenden wir uns Chopin zu. Was wollen wir als erstes versuchen? Eine Mazurka? Und ich versichere Ihnen, daß wir uns in einer Stunde beide besser fühlen, denn, und damit verrate ich Ihnen ein Geheimnis …« Seine Lippen waren plötzlich sehr nah an ihrem Ohr, als er murmelte: »Der Mann hinter dem Professor ist auch sehr traurig und hat großes Heimweh.«

In dem Augenblick, als Marie Anne sagte: »Oh, das tut mir aber leid«, spürte sie tiefes Mitgefühl für diesen Mann in sich aufsteigen. Er war anders als alle, die sie jemals kennengelernt hatte, und ihre Zuneigung wuchs mit jedem Tag mehr. Das Verlangen, die Arme um ihn zu schlingen, wie sie es bei ihrem Großvater und Pat tat, wurde sehr stark, doch Marie Anne wußte, daß sie es nicht tun durfte, denn Professor Alvarez war kein Verwandter.

Er streckte die Hand nach ihr aus, ließ sie dann plötzlich fallen und wandte sich von Marie Anne ab. Dabei sagte er in verändertem Ton: »Wieder ist ein Tag vergangen. Morgen üben wir weiter und bringen Ihren Händen bei, nicht mehr wegzurennen, wenn sie über die Tasten eilen sollen.«

Obwohl er am Schluß heiterer gesprochen hatte, lächelte Marie Anne nicht über den sanften Tadel. Sie wußte, daß sie seit langem bei den Musikstücken den vorgegebenen Takt einhielt.

An der Tür verabschiedete Marie Anne sich nicht auf die gewohnte Weise von Professor Alvarez, und auch er sagte nichts zu ihr, sondern machte ihr nur auf, damit sie an ihm vorbei in den Korridor treten konnte. Auf dem Weg zu dem kleinen Wartezimmer wurde Marie Anne seltsam bewußt, daß sich etwas zwischen ihnen verändert hatte, aber sie hätte nicht sagen können, was es war. Sie wußte nur, daß es an der Art lag, wie er seine Hand zurückgezogen und anschließend mit ihr gesprochen hatte.

Nachdem sie wieder in der Obhut von Sarah Foggerty war, dauerte es nur wenige Minuten, bis diese intuitiv fragte: »Stimmt etwas nicht?«

»Oh, alles in Ordnung.«

»Nun, das überrascht mich. Normalerweise kommen Sie mit strahlendem Gesicht aus diesem Zimmer. Aber heute wäre das Leuchten ohnehin aus Ihren Augen verschwunden, denn mit der zweiten Post ist ein Brief Ihrer Mutter eingetroffen. Ihre Mutter möchte nicht, daß Sie in den Ferien nach Hause zurückkehren, und das, obwohl sie und Ihre Schwester nach Schottland verreisen, wie es scheint. Zwischen den Zeilen war zu lesen, wie gut es in ihre Pläne paßt, in eine Familie eingeladen worden zu sein, die sehr dublinerisch ist.«

Marie Anne zögerte im Schritt und blickte Sarah fragend an: »Was meinen Sie mit dublinerisch?«

»Nun ja, bei uns sagt man: ›Rede wie ein Dubliner, und man lädt dich zum Tee in den Buckingham-Palast.‹ Steinreich, verstehen Sie, aber ohne Kultur. So wie die Amerikaner. Mein Cousin Shane war drüben. Er sagte, es sei ein Land, in dem nur das Geld zählt, und diese Sprache habe er nicht lernen können.«

Nun lachte Sarah herzhaft, und auch Marie Anne wirkte etwas aufgeheitert. Immer noch beim Thema, fuhr Sarah fort: »Ich verstehe nicht, was dagegen spricht, daß Sie nach Hause fahren, wenn Ihre Mutter und Ihre Schwester ohnehin in den Ferien verreist sind. Warum ist Ihre Mutter so entschlossen, Sie von zu Hause fernzuhalten? Ich begreife das nicht. Sie haben doch in Ihrer wilden Zeit dort niemanden ermordet, oder?«

»Nein, Sarah, das habe ich nicht, obwohl ich manchmal Lust dazu gehabt hätte. Nein, ich bin einfach nicht erwünscht in meiner Familie. Aber es schmerzt mich nicht länger, müssen Sie wissen, denn so ist dieser Teil der Familie, mein Vater, meine Mutter, Vincent und Evelyn. Meine wirkliche Familie besteht nur aus zwei Menschen, meinem Großvater und meinem Bruder Pat.«

»Mag schon sein, aber Ihre Mutter scheint das Regiment zu führen.«

Entschlossen wandte Marie Anne sich um. »Nein, das stimmt nicht, nicht in Wirklichkeit. Großvater ist noch immer der Herr in beiden Häusern.«

»In beiden Häusern? Sie haben also zwei?«

»Ja, The Manor und The Little Manor, das Große Herrenhaus und das Kleine Herrenhaus.«

»Mein Gott! Zwei Häuser, und trotzdem will Ihre Mutter nicht, daß Sie in einem davon wohnen. Es stimmt schon, was immer gesagt wird. Engländer sind die merkwürdigsten Menschen auf der Welt. Was einen Engländer in der Tiefe bewegt, kann man nie wissen. Egal, wieviel man von der Oberfläche wegkratzt, es kommt immer wieder ein neues Gesicht zum Vorschein. Was uns Iren angeht, werden wir meist als gewöhnlich und unwissend bezeichnet, und als nicht übertrieben reinlich. Man verachtet uns, weil wir Schweine lieben. Aber sagen Sie mir, Miß Marie Anne, ist das Schwein nicht ein sehr reinliches Tier? Es würde seinen Dreck nie liegenlassen, sondern scharrt sich ein Loch dafür. Das ist mehr, als man von manchen Engländern behaupten kann, wenn man sich manche Straßen ansieht, durch die wir laufen. Stimmt das etwa nicht?«

Marie Anne wußte nichts zu erwidern, denn manche Straßen waren wirklich sehr schmutzig. Männer spien ihren Speichel aus, wo immer sie gingen. Die saubersten Orte Londons waren die Pubs, wie die kleine Clara einmal zutreffend bemerkte, denn dort wurde Sägemehl auf die Böden gestreut, und die Gäste mußten Spucknäpfe benutzen.

Marie Anne wollte vom Gehsteig auf die Straße treten, doch Sarah packte sie am Arm. »Ich würde nicht auf diese Weise sterben wollen. Das tut verdammt weh.« Sarah wies auf den langen flachen Rollwagen mit den beiden im Gleichschritt trabenden Zugpferden, der vorbeirumpelte, und sagte: »Ach herrje! Wenn ich nur soviel Geld hätte, wie eines dieser Fässer wert ist, wäre ich schon morgen auf und davon.«

Sie überquerten die Straße, indem sie sich zwischen Droschken und zahllosen Jungen mit Handkarren hindurchschlängelten, bevor Marie Anne entgegnete: »Oh, ich wünschte, Sie würden nicht so reden, Sarah. Sie müssen wissen, wenn Sie wirklich weggingen, hielte ich es in diesem Haus keine Sekunde länger aus, selbst wenn ich immer noch den Professor und mein Klavier spielen hätte. Ich würde es nicht ertragen.«

»Nein, bitte nicht, Miß! Sie dürfen auf mein Geplapper gar nicht achten. So rede ich schon seit Jahren. Ich sage dauernd, wenn ich dieses oder jenes hätte, würde ich dies und das tun. Tatsächlich würde ich, vorausgesetzt ich hätte ein paar Schillinge übrig, mit meiner Schwester Annie und ihrer Familie zusammenwohnen. Annie hätte wirklich einmal etwas Glück verdient. Wissen Sie, eigentlich möchte ich kein Mann sein, aber immer wenn ich Arthur Pollock sehe, den Kerl, mit dem meine Schwester verheiratet ist, wünsche ich mir, ich wäre einer. Dann trüge ich Stiefel mit genagelten Sohlen und verpaßte ihm einen Tritt in den Hintern, damit er sich geradewegs zum Teufel schwert. Oh! Verfl..!« Hastig hielt Sarah sich die Hand vor den Mund und sagte zu Marie Anne: »Tut mir leid, so bin ich, Miß! Solche Sachen kommen einfach aus meinem Mund. Ich rede nie wieder so, nein … wenigstens nicht in Ihrer Gegenwart.«

Marie Anne prustete mittlerweile vor Vergnügen. »Oh, Sarah, machen Sie sich deswegen keine Sorgen. Ich höre solche Ausdrücke nicht zum ersten Mal. Wenn mein Großvater die Stallburschen ausschimpfte, sagte er immer – um es höflich auszudrücken –, sie sollten nicht faul auf diesem bestimmten Körperteil herumsitzen, wenn es Arbeit für sie zu tun gab.«

Die beiden Frauen gingen dicht nebeneinander und bogen

sich beinahe vor Lachen. Als sie sich dem Haus näherten, blieb Sarah Foggerty plötzlich stehen und meinte: »Wissen Sie, was ich jetzt am liebsten täte, Miß?«

»Ja«, entgegnete Marie Anne lachend. »Eine gewisse Person in den ... Sie wissen schon ... treten.«

»Nein! Das nicht. Nicht jetzt. Ich würde gern dieses Haus betreten und dabei aus voller Kehle singen. Stellen Sie sich vor, wenn wir trällernd zur Tür hereinkämen. Was glauben Sie, würde dann passieren?«

»O je!« Marie Anne hätte sich vor Lachen biegen können, als sie sich an die hinreißende Sarah lehnte. »Ich wette, Sie würden wirklich mit einem Lied auf den Lippen hineingehen.«

»Ich tue es. Unter einer Bedingung. Wenn ich meine Kündigung bekomme, müssen Sie mit mir weggehen.«

Ihr Gelächter verebbte langsam. Sie blickten sich an, und Sarah sagte: »Wischen Sie sich dieses Lächeln vom Gesicht, Miß. Es sieht aus, als wäre es dort festgeklebt. Denken Sie daran, es geht Ihnen sehr schlecht. Und nun los. Treten wir der gemeinsten Person in diesem gottverlassenen Land unter die Augen.«

4. Kapitel

Es war ein drückender Tag. Schwüle Luft lastete schwer auf der Stadt. Sarah Foggerty betrat ohne Mantel die Straße, in Mißachtung aller Befehle, wie sie sagte, und zeigte sich der ganzen Welt in ihrer Dienstbotentracht.

Marie Anne trug ein Kleid aus zartem Blütendruck. Es war übersät mit kleinen blauen Vergißmeinnicht auf weißem Grund. Die Ärmel reichten bis zum Ellenbogen, und es hatte einen tiefen rechteckigen Ausschnitt, der von einem kurzen, dazu passenden Jäckchen hätte verdeckt sein sollen, das Marie Anne in ihrer Hand schwenkte.

Vor dem Haus des Professors lieferte Sarah Marie Anne ab: »Also schwitzen Sie gut. Ich für meinen Teil springe in den Serpentine-Graben, samt Schuhen und Hut«, verabschiedete sie sich.

»Das würde mich nicht wundern, Sarah.«

Lachend trennten sie sich.

Das Wartezimmer war leer, aber die Tür, die zum Korridor führte, ging sofort auf, und schon stand der Professor vor Marie Anne. »Ich dachte, Sie hätten es wie meine anderen Schüler gemacht und wären ans Meer gefahren. Ganz London muß sich heute in die Zugabteile gezwängt haben ... Sogar Liza ist fort. Sie nimmt an der Versammlung irgendeiner Frauengruppe teil, der sie sich angeschlossen hat. Ich glaube, sie wollen, daß in der Welt endlich Gerechtigkeit herrscht. Und das bedeutet, die Männer müssen abgeschafft werden.«

Laut lachend schob der Professor Marie Anne in das Musikzimmer. Dann sah er ihr ins Gesicht und sagte: »Geben Sie mir Ihren Hut. Sie sehen aus, als wäre Ihnen sehr warm.« Statt zu warten, daß sie ihre Noten ablegte und den Hut selbst abnahm, beugte er sich rasch zu ihr herab und zog die lange Nadel heraus, die den Strohhut hinten in ihrer Frisur festhielt. Dann nahm er den Hut und steckte die Nadel in das Strohgeflecht. »Ziemlich gefährlich, diese spitzen Nadeln«, sagte er. »Ein Mann, der mit einer solchen Waffe erwischt würde, käme mit dem Gesetz in Konflikt.« Nach einer Pause kam er wieder näher und blickte Marie Anne ins Gesicht. »Wollen Sie jetzt üben?«

»Ja, bitte.«

»Nun, Sie bezahlen für den Unterricht. Es ist Ihre Stunde.«

Also setzte Marie Anne sich und spielte, wie immer, zuerst eine Reihe von Tonleitern. Anschließend schlug sie ihr Notenheft auf, die Seite mit dem Stück, das sie während des Wochenendes geübt hatte. Doch als Marie Annes Finger zögernd die Tasten berührten, unterbrach der Professor sie. »Oh, meine Liebe, Sie sind ganz schwitzig, verschwitzt meine ich natürlich. Kommen Sie, das genügt für den Augenblick. Lassen Sie uns nach nebenan gehen. Dort ist es angenehmer. Durch das hohe Fenster dringt kühle Luft herein, aus unserem kleinen Garten, der zwischen Backsteinmauern liegt. Und das Klavier dort gefällt Ihnen bestimmt auch besser.«

Marie Anne hatte bereits vermutet, daß der andere Raum als Wohnzimmer genutzt wurde, denn es stand eine mit weichem Leder bezogene Sitzgarnitur darin. Das Sofa und die beiden Sessel waren ziemlich tief.

»Nehmen Sie Platz, auf dem Sofa«, sagte der Professor. »Ich gehe und mache uns ein Erfrischungsgetränk. Was meinen Sie?« Er lächelte zu ihr herab. Marie Anne lehnte sich zurück und schloß die Augen.

Innerlich fühlte sie sich erhitzt und traurig. Ähnliches sagte die Stimme zu ihr, bei deren Klang sie die Augen aufriß. »Wenn Sie entspannt sind, sieht Ihr Gesicht sehr traurig aus. Sind Sie betrübt?«

Marie Anne setzte sich aufrecht, mit geradem Rücken, und nahm ein Glas Limonade aus der Hand von Professor Alvarez. »Ja, ich vermute, das stimmt«, antwortete sie.

Der Professor nahm neben ihr Platz. Auch er hielt ein Glas in der Hand. »Umfassen Sie das Glas nicht mit beiden Händen«, sagte er, »sonst wird die Limonade warm, bevor Sie sie ausgetrunken haben. Trinken Sie. Es ist Limonade aus frischen Zitronen.«

Der Getränk war kühl und würde sie sicher erfrischen. Marie Anne wandte sich lächelnd dem Professor zu und sagte: »Die Limonade ist herrlich. Im Haus meiner Tante gibt es selten frisches Obst und nie Zitronen. Ich kann mich nicht erinnern, Zitronen gesehen zu haben, seit ich nach London gekommen bin, außer natürlich in den Läden.«

Als sie ihre Limonade zur Hälfte getrunken hatte, nahm der Professor ihr das Glas aus der Hand und stellte es neben seines auf den Boden. Dann schob er Marie Anne sanft wieder gegen die Sofalehne und lehnte sich selbst ebenfalls zurück, den Abstand zwischen ihnen einhaltend. »Was hat Sie so traurig gemacht?« fragte er jetzt.

»Nun, der Brief, den ich heute morgen erhalten habe. Darin stand, daß mein Bruder vergangene Woche ins Krankenhaus gebracht wurde. Sein Rücken hat sich verschlimmert. Und dabei machte er so gute Fortschritte. In der nächsten Woche sollte er eine Geschäftsreise nach London antreten. Das macht er mindestens zweimal im Jahr, wegen der Reederei, wissen Sie? Er wollte in einem Hotel wohnen. Die Zimmer waren bereits vorbestellt, auch für mich, und meine Tante konnte nichts dagegen einwenden. Ich war so aufgeregt. Aber offensichtlich sind die Schmerzen im Rücken wieder sehr stark geworden. Er wird wohl ein Korsett bekommen, damit er laufen kann. Mein Bruder wollte eine Woche in London bleiben.«

Marie Annes Stimme brach plötzlich, und sie biß sich auf die Lippen. In diesem Moment rückte der Professor auf dem Sofa näher und legte seinen Arm um ihre Schulter. »Aber, aber«, tröstete er sie. »Meine liebe Marie Anne. Sie dürfen doch nicht weinen. Bitte, nicht weinen. Ich kann es nicht ertragen, Sie weinen zu sehen. Gerade Sie nicht. Sie sind wie der helle Sonnenschein für mich.«

Blinzelnd blickte sie in sein Gesicht, das dem ihren nahe war, lächelte schwach und sagte: »Sie reden die verrücktesten Sachen, Professor.«

»Mein Name ist Carlos.«

»Carlos«, wiederholte sie.

»Ja, Carlos. Jetzt haben Sie es gesagt, und es klang gut. Carlos Alvarez, ein Spanier in einem fremden Land. Obwohl ich schon einige Jahre hier lebe, ist es immer noch ein ungewohntes Land für mich. Und es war alles so düster und trübsinnig, so furchtbar trist und traurig, bevor eines Tages ein Drache zu mir kam und sagte: ›Ich habe eine Nichte, die möchte Unterricht bei Ihnen nehmen, sie will Klavier spielen lernen, aber Sie verlangen zuviel Honorar. Ich werde Ihnen keine zwei Schillinge und Sixpence die Stunde zahlen. Zwei Schillinge sind genug.‹ Und weil ich leben muß, willigte ich ein. Dann … ja, dann …«, Carlos Alvarez hob den Zeigefinger, als wollte er Schweigen gebieten, bevor er mit leiser Stimme weitersprach, »kam die Schülerin. Seit dem Augenblick, als ich dieses Mädchen zum ersten Mal sah, wußte ich, daß ich sie mit dem größten Vergnügen in allem unterrichtet hätte, was ich weiß, ohne das geringste zu verlangen, denn sie war schön, ungewöhnlich und wunderschön.« Sein Finger berührte Marie Annes Wange, dann fuhr er ihr Kinn herunter und den anderen Wangenknochen hinauf, während sie reglos dasaß. Er legte die Hände zusammen und preßte sie auf die Haut unter dem geöffneten Kragen seines weißen Hemds. Als er weitersprach, zitterte die tiefe Stimme von Professor Alvarez: »Sie war die Infanta meiner Träume. Von Träumen, die ein Mann nachts hat, um die Trübseligkeit seiner Tage auszulöschen, und ich dachte mir, wenn ich diese Infanta zu meiner Freundin machen kann, werde ich glücklich sein. Sie sind doch meine Freundin, Marie Anne?«

Marie Anne war unfähig zu sprechen. Sie wußte, so wie er nachts an sie gedacht hatte, hatte auch sie an ihn gedacht. Sie hatte sich vorgestellt, daß er ihr Gesicht berührte, wie gerade eben. Dann hatte ihr Kopf auf seiner Schulter geruht. In ihren Träumen war sie sogar soweit gegangen, sich vorzustellen, wie er ihre Lippen küßte. Aber Professor Alvarez war ihr Lehrer und ein verheirateter Mann. Es war falsch, wenn sie auf diese Weise an ihn dachte. Doch seine Freundin konnte sie sein. Ja, das war möglich. Und das sagte sie ihm auch, mit einer Stimme, die beinahe schmerzerfüllt klang: »Ihre Freundin wäre ich gern. Dann hätte ich jemanden, mit dem ich reden kann … über alles, vor allem über Musik. Sie wissen so viel.« Eine innere Stimme sagte Marie Anne, über Musik konnte sie mit ihm sprechen. Das wäre das beste Thema. Und sie sollte ihn nach den Prüfungen fragen. »Übrigens«, begann sie jetzt, »wollte ich Sie längst nach den Prüfungen fragen.«

Marie Anne beobachtete, wie er die Augen fest zusammenpreßte. Dann blinzelte er kurz, zog ein Taschentuch aus seiner hinteren Hosentasche und wischte sich das runde, feuchte Gesicht ab. »Prüfungen«, wiederholte er.

»Ja. Ich werde Prüfungen ablegen müssen und vorher dafür üben, so ist es doch, oder?«

Leicht von ihr abrückend, antwortete der Professor: »Ja, natürlich. Aber das hat noch eine ganze Weile Zeit.«

»Ich bin fast ein ganzes Jahr bei Ihnen, und soweit ich weiß, sind eine Reihe von Prüfungen notwendig, bevor ich selbst Unterricht geben darf.«

Indem er sich nach vorn beugte, legte der Professor die Ellenbogen auf die Knie. Dann bewegte er seine aneinander gepreßten Hände zwischen den Beinen hin und her, bevor er schließlich in geschäftsmäßigem Ton sagte: »Ja, es stimmt. Sie müssen verschiedene Prüfungen ablegen, bevor Sie als anerkannte Musiklehrerin gelten. Aber wenn Sie soweit sind, werden Sie auf eine Akademie gehen.«

»Warum? Das verstehe ich nicht.« Marie Anne beugte sich zu ihm herüber, wobei sie eine Hand auf seinen Arm legte. »Können Sie mich denn nicht prüfen?«

Der Professor setzte sich aufrecht und blickte sie an, während er mit ihr sprach: »Nein, meine Liebe. Es tut mir leid, Ihnen das sagen zu müssen, und ich bitte Sie, diese Sache für sich zu behalten. Aber es ist mir nicht möglich, Sie durch das Examen zu begleiten. Ich kann Sie vorbereiten, soweit wie jeder Lehrer, aber eine Musikprüfung kann ich nicht für Sie durchführen.«

Marie Anne rückte ein Stück von ihm ab, wie um den Professor besser anzusehen. »Warum nicht, um alles in der Welt? Sie sind ein hervorragender Lehrer. Ich weiß, ich habe weitaus größere Fortschritte gemacht, als ich jemals für möglich gehalten hätte.«

Professor Alvarez wandte sich wieder zu ihr. Ihre Knie berührten sich, und in seiner Stimme lag eine tiefe Traurigkeit. Er sagte: »Das hier ist keine richtige Akademie. Ich bin nur einer von vielen in diesem Geschäft. Ihnen gegenüber gestehe ich es ein. Ich bin kein Musikprofessor. Ich habe die Prüfungen dafür nie abgelegt, obwohl ich weiß, daß ich besser ausgebildet bin als viele, die eine offizielle Lehrerlaubnis besitzen. Auch weiß ich, daß ich großes Talent besitze, aber ich bin – wie würden Sie sagen – ein oberflächlicher Mensch. Vielleicht urteile ich zu hart über mich, denn ich hatte nie wirklich eine Chance. Eines Tages erzähle ich Ihnen meine ganze Lebensgeschichte, und dann werden Sie verstehen. Aber dennoch, meine Liebste, meine allerliebste Infanta«, nun umfaßte er mit der Hand ihr Kinn, »der Tag wird kommen, an dem Sie mich verlassen. Von dem Augenblick an wird mein Leben nicht mehr dasselbe sein. Doch Sie müssen gehen. Wenn dieses Jahr vorüber ist, schreibe ich persönlich an Ihren Großvater und erkläre ihm, wie die Sache steht. Ihr Onkel, oder wer sonst für Sie verantwortlich ist, wird dafür sorgen, daß Sie in einem guten

Haus unterkommen und in eine richtige Akademie eintreten. Ja, glaube Sie mir, das können Sie, meine liebe Marie Anne.« Jetzt hielt Carlos Alvarez ihr Gesicht zwischen beiden Händen, und seine Stimme brach, als er sagte: »Sie besitzen ein bemerkenswertes Talent. Aber Sie hätten schon in Ihrer Kindheit mit dem Üben anfangen müssen. Sie brauchen Disziplin. Darin stimmen Sie mir doch zu, oder?«

Marie Anne konnte weder Ja noch Nein antworten. In diesem Augenblick wußte sie nur, daß sie ebenso verzweifelt wie er sein würde, wenn sie sich von ihm trennen mußte. Den Tränen nahe sagte sie: »Die Prüfungen sind mir egal. Das ist nicht wichtig. Aber ich möchte von niemandem sonst unterrichtet werden, nur von Ihnen.«

»O meine Liebe, meine Allerliebste.«

Noch bevor die Hände des Professors ihre Schultern umfaßten, lag Marie Anne an ihn gelehnt, und als seine Lippen ihren Hals berührten, direkt über der Ausschnittkante ihres Kleids, erbebte sie von Kopf bis Fuß. Dann erreichte er ihren Mund, und sie sank in seine Arme. Im nächsten Moment lagen sie nebeneinander auf dem Boden, während seine Hände über ihren Körper glitten. Marie Anne spürte, wie seine Stimme sie einhüllte und in einen ekstatischen Zustand versetzte. Obwohl ihr Lehrer nun Spanisch sprach, wußte sie, daß es Worte der Liebe waren, die er murmelte.

Schließlich lag er mit seinem ganzen Gewicht auf ihr, und Marie Anne durchlebte für einen Augenblick die Ereignisse im Park, damals, als sie sich den Knöchel brach. Ihre Augen waren vor Entsetzen weit aufgerissen. Sie sah das Bild ihrer Schwester vor sich, die entblößten Schenkel. Angst überfiel sie, bis schließlich die Vernunft wieder die Oberhand gewann. »Nein! Nein! Bitte, nicht!« schrie Marie Anne auf, doch die Stimme von Carlos Alvarez klang schwerfällig, beinahe betrunken.

»Es ist alles in Ordnung, mein Liebling. Alles ist gut, meine Infanta. Ich würde dir niemals weh tun, niemals. Alles ist gut, meine Liebste.«

Wieder war sein Mund auf ihrem. Trotzdem versuchte Marie Anne sich aufzurichten. Später erinnerte sie sich, daß sie die Hände gegen die Brust ihres Lehrers gestemmt hatte und den Körper nach oben bog, während sie versuchte, sich aus seiner Umarmung zu lösen, um im nächsten Moment entsetzt festzustellen, daß er beinahe mit ihr kämpfte. Irgendwann verließen sie die Kräfte der Gegenwehr, und es war geschehen.

»Was ist los, meine Liebe? Haben Sie geweint?«

Marie Anne antwortete nicht, sondern ging weiter, bis Sarah sie abrupt zum Stehenbleiben zwang und ihr ins Gesicht blickte. »Was hat er getan? War er grob zu Ihnen? Sagen Sie mir, was geschehen ist!« Das war ein Befehl.

»Nein, nein.« Die Worte sprudelten aus Marie Annes Mund. »Es war … ich war nur etwas traurig, weil … wegen Pat … weil er nicht kommen kann. Dabei habe ich mich … ich habe mich so auf den Besuch gefreut, das wissen Sie doch. Ich habe dem Professor alles erzählt.« Marie Anne ließ den Kopf sinken. Voller Verständnis entgegnete Sarah: »Und als er Mitleid mit Ihnen hatte, sind Ihre Gefühle übergesprudelt, wie eben.«

Den Kopf noch immer gesenkt, nickte Marie Anne.

»Nun ja, man muß schon sagen, er ist ein netter Mann, so nachdenklich und einfühlsam. Ich denke, jeder Mensch hätte Mitgefühl, würde er Ihre Tante kennen. Und jetzt kommen Sie weiter. Unsere Köchin Agnes hat einen Kuchen gebacken, für Ihren Geburtstag morgen. Es ist eine Überraschung, und ich sollte Ihnen nichts verraten, aber der Kuchen ist wunderbar geworden. Die Köchin hat die Zutaten heimlich abgezweigt und auch ein paar Kupfermünzen von ihrem eigenen Geld beigesteuert, damit er besonders gut wird. Ich bin sicher, Sie werden das gebührend zu würdigen wissen.«

»O ja, natürlich.« Im Weitergehen bewegte Marie Anne gedankenvoll den Kopf. Ja, sie würde der Köchin ihre Anerkennung zeigen. Und Professor Alvarez, Carlos, war ein netter Mann, so verständnisvoll … bis auf diesen einen Teil, der fürchterlich gewesen war, zumindest eine Zeitlang. O mein Gott! Sie wünschte, sie wäre schon in ihrem Schlafzimmer und hätte eine Schüssel mit kaltem Wasser, um sich zu waschen. Das also hatte Evelyn in jener Nacht erlebt, und deshalb war sie selbst weggerannt. Mit dem Ergebnis, daß man sie anschließend nach London schickte, zu dieser fürchterlichen Frau, die ihre Tante war. Und was tat Marie Anne hier? Das gleiche, das ihr zu Hause diesen entsetzlichen Schrecken eingejagt hatte! Aber sie hatte versucht, sich zu wehren. Sie hatte versucht, den Professor davon abzuhalten. Und hinterher war er so zerknirscht gewesen und besorgt, weil sie nicht mehr zu weinen aufhörte. Marie Anne wußte nicht, ob sie ihrem Lehrer morgen unter die Augen treten konnte. Aber sie mußte. Mochte sie ihn noch immer? Es gelang ihr nicht, diese Frage zu beantworten, noch nicht. Nein, es ging nicht. Zuerst mußte sie sich waschen. Später am Abend, wenn sie allein in ihrem Zimmer wäre und Zeit zum Nachdenken hätte, würde sie vielleicht die Antwort herausfinden.

Marie Anne wußte die Antwort, nachdem sie zu Bett gegangen war. Ja, sie mochte ihn noch immer, aber ob sie ihn liebte wie in der letzten Nacht, als sie an ihn gedacht hatte, konnte sie nicht sagen. Eines war sicher: Was er heute getan hatte, durfte sich nicht wiederholen. Niemals. Aber die Schuld traf ihn nicht gänzlich allein. Marie Anne hatte sich an ihn gelehnt. Sie gestand sich ein, sich nach seiner Umarmung gesehnt zu haben, auch nach seinen Küssen. Aber jenes andere hatte sie nicht gewollt. Nein! Nicht wirklich. Soweit hatte sie nicht gedacht. Wäre ihr das Bild von Evelyn früher eingefallen, hätte es sie vielleicht gewarnt, vorsichtiger zu sein.

Wenn sie am Ende des Jahres die Schule von Professor Alvarez verließ, würde ihr der Abschied nicht mehr so schwerfallen, das wußte Marie Anne jetzt. Und in diesem Moment wurde ihr auch bewußt, daß es falsch gewesen war, Evelyn ins Gesicht zu schlagen. Das hätte sie niemals tun sollen. Auch tat ihr leid, ihre Schwester als dreckig und verkommen bezeichnet zu haben. Evelyn war das gleiche widerfahren, was heute mit ihr selbst geschehen war. Teilweise hatte sie es schön gefunden, doch der andere Teil war scheußlich gewesen.

»Was ist los mit dir, Mädchen? Du übst gar nicht wie sonst, und wenn du spielst, dann hämmerst du auf die Tasten, als wolltest du das Klavier zertrümmern. Peng! Peng! Peng!«

»Ich sagte dir bereits, daß ich eine Erkältung habe, Tante.«

»Deine Erkältung hattest du schon vor Wochen, Mädchen. Seitdem bist du bereits zweimal einen ganzen Tag nicht aufgestanden. Mit einer Erkältung bleibt man nicht im Bett.«

»Nun, wenn es keine Erkältung ist, Tante, dann muß ich wohl etwas anderes haben, das mir Unwohlsein bereitet.«

»Sprich nicht in diesem Ton mit mir, Mädchen. Das habe ich dir schon oft gesagt. Und noch eines muß ich bemerken. In letzter Zeit kann ich bei deinem Klavierspiel keine Fortschritte mehr erkennen. Dieser Mann verdient sein Geld zu leicht. Beaufsichtigt er deine Übungen überhaupt, wenn du zu ihm kommst?«

»Ja, er beaufsichtigt meine Übungen, Tante. Jede Minute, die ich dort bin, spiele ich Klavier. Ohne Pause.«

Martha Culmill starrte das Mädchen an, das unter ihren Augen während der vergangenen Monate um Jahre gereift schien. Wenn sie ihre Ausdrucksweise hörte, war es ihr unmöglich, sich vorzustellen, daß ihre Nichte erst sechzehn Jahre alt war und bis zu dem Zeitpunkt, als sie in ihr Haus gekommen war, ihr ganzes Leben auf dem Land verbracht hatte, in völliger Abgeschiedenheit. Inzwischen sprach und handelte sie wie eine Frau aus der Stadt. Ja, wie eine junge Frau, nicht wie ein Mädchen. Ob Foggerty die Schuld daran trug? Nein, nein. Martha Culmill durfte nicht vergessen, daß dieses Mädchen von Anfang an aufsässig gewesen war. Das lag in ihrer Natur. Wenn Martha Culmill ihre Halbschwester nicht besser kennen würde, hätte sie angenommen, daß dieses Kind das Ergebnis eines Fehltritts war, denn das Mädchen sah seltsam aus. Manche Menschen würden sie schön nennen, aber in Martha Culmills Augen und für jeden, der ihre Züge genauer betrachtete, wirkte sie befremdlich.

Als Marie Anne sich zur Tür wandte, rief ihre Tante: »Geh nach unten und sag Emery, daß ich mehr Kohle für den Kamin brauche. Und falls Foggerty noch nicht von ihrem Ausgang zurückgekehrt ist, und das nehme ich nicht an, bringst du mir das Tablett mit dem Mittagessen nach oben.«

Kein ›bitte‹ oder ›würdest du‹. Marie Anne fuhr an der

Tür noch einmal herum und sah zum Bett. Nun, warum erwartete sie das? Auch sie war niemals höflich zu ihrer Tante.

Doch bevor Marie Anne den Auftrag ausführte, ging sie auf ihr eigenes Zimmer und tat etwas Seltsames. Als sie die Tür hinter sich geschlossen hatte, blieb sie stehen, die Stirn gegen die Tür gepreßt, und breitete die Arme aus. »Lieber Gott! Was soll ich nur tun?« rief sie in tiefster Verzweiflung. Es waren jetzt neun Wochen. Als ihre Periode zum ersten Mal ausblieb, hatte sie sich nichts dabei gedacht, doch dann war auch der zweite Termin verstrichen und die Übelkeit hatte begonnen. Sarah hatte Marie Anne im Waschraum gefunden, wie das Bad genannt wurde, als sie sich dort in die Klosettschüssel erbrach. Die Hände vor das Gesicht geschlagen, bis ihr Mund ganz verzerrt aussah, war Sarah an der Tür stehengeblieben und hatte gemurmelt: »O Allmächtiger! Nicht doch, Mädchen!« Dann hatte sie ein Handtuch genommen, das neben einer Wasserschüssel lag, es angefeuchtet, und während sie über Marie Annes Gesicht wischte, hatte sie wiederholt gesagt: »Nein! Nicht du, Mädchen! Nicht du!« Schließlich hatte sie den Sitz der Klosettschüssel heruntergeklappt, Marie Anne daraufgedrückt, damit sie sich hinsetzte, und gefragt: »Wie lange?«

Marie Anne hatte Sarah nur mit starrem Blick ansehen und den Kopf schütteln können, so daß Sarah sie bei den Schultern gepackt und geschüttelt hatte, bis sie stammelte: »Neun … neun Wochen über die Zeit.«

Sarah Foggerty hatte ein paar Schritte nach hinten gemacht, als wollte sie die Zeit mit den Füßen zurückverfolgen. Dann rief sie plötzlich: »An diesem heißen Sommertag, als Sie mit rotgeweinten Augen aus dem Musikzimmer kamen. Da ist es geschehen, nicht wahr?«

Marie Anne ließ den Kopf hängen und dachte: Ja, das war der Tag, an dem es geschah. Eine wunderschöne und eine scheußliche Erfahrung.

Später, als sie in die Küche kam, wußte sie, daß Sarah die Neuigkeit bereits kundgetan hatte, denn alle blickten sie mit äußerstem Erstaunen an. Sie glaubten es nicht. Nein, nicht sie. Marie Anne war noch so jung und naiv. Nun ja, es passierte immer den Naiven und Leichtgläubigen. Das hatte Clara gesagt und dabei ihre Mutter zitiert: »Wenn du keine Schlüpfer trägst, kann dir mehr als der Wind unter die Röcke fahren.«

In diesem Augenblick lachte niemand darüber. Es war eine furchtbare Geschichte, und sie hatte eben erst begonnen.

Als die Frau des Professors das Wartezimmer betrat, sagte Sarah Foggerty: »Miß Lawson ist bettlägerig. Es geht ihr nicht gut. Sie wird diese Woche nicht kommen. Aber ich möchte in der Angelegenheit ein Gespräch mit dem Professor führen. Außerdem bin ich gekommen, um die monatliche Rechnung zu begleichen, und möchte eine Quittung. Würden Sie das Geld bitte in Empfang nehmen?«

»Ja. Und ich lege die Quittung hier auf den Tisch. Sie können sie mitnehmen, wenn Sie wieder gehen. Dort, diese Tür«, sagte die Frau und wies ihr die Richtung.

Sarah klopfte an und betrat den Raum, ohne eine Aufforderung abzuwarten. Sie traf einen überraschten Professor an.

Einen Augenblick starrten beide sich an, bevor Sarah sagte: »Sie werden sich bestimmt fragen, warum ich komme und nicht Ihre Schülerin.«

»Ja, mag sein.«

»Nun, sie wird diese Woche nicht zu Ihnen kommen. Sie liegt im Bett.«

»Oh, das tut mir leid. Ist sie krank?«

»So könnten Sie es auch nennen. Ja, sie ist krank. Aber es wird ihr noch schlimmer ergehen, bevor alles vorüber ist.«

Der Professor sah aus, als würde er Sarah nicht ganz verstehen. Dann sagte er: »Schon in der letzten Woche war sie nicht ganz munter. Sie sah sehr blaß aus.«

In diesem Moment trafen Sarahs Fäuste ihn unsanft an der Schulter. Er sprang zurück, während sie ihn anbrüllte: »Blaß! Sie sagen blaß! Natürlich ist sie blaß. Dafür haben Sie gesorgt, nicht wahr?«

»Was ist los mit Ihnen, liebe Frau?«

»Es geht nicht darum, was mit mir los ist, Herr Professor, sondern darum, was nicht stimmt zwischen Ihnen und dem

Mädchen. Sie haben Marie Anne ein Kind gemacht. Und jetzt stehen Sie hier und reden davon, daß sie blaß aussieht!«

Carlos Alvarez stand der Mund offen. »Ein Kind?«

»Ja, ein Kind ... ein Baby!«

»Nein! O nein! Ich habe nie gewollt ...«

»Nun, was haben Sie erwartet, als Sie sich mit ihr einließen? Sie ist noch ein halbes Kind. Und Sie sind ein verheirateter Mann.«

Wieder schüttelte er den Kopf. Dann streckte er die Hand nach einem Stuhl aus. Sarah anblickend, sagte er: »Bitte, nehmen Sie Platz.«

»Ich möchte mich nicht setzen, sondern nur wissen, was Sie jetzt zu tun gedenken.«

»Bitte! Ich flehe Sie an, erlauben Sie wenigstens, daß ich mich hinsetze. Nehmen Sie sich auch einen Stuhl, und hören Sie mir zu.«

Sarah setzte sich auf den Klavierhocker und sah Carlos Alvarez mit feindseliger Miene an. »Sie hat Ihnen vertraut. Sie hielt große Stücke auf Sie und Ihre schäbige sogenannte Musikakademie. Soweit ich sehen kann, ist Marie Anne die älteste Ihrer Schülerinnen. Die anderen sind Kinder. Nun, ich frage Sie noch einmal. Was gedenken Sie jetzt zu tun?«

Carlos Alvarez saß mit den Ellenbogen auf die Knie gestützt und hielt den Kopf zwischen den Händen. Es war eine jämmerliche Pose, doch plötzlich richtete er sich auf und knurrte Sarah an: »Was kann ich denn für sie tun?« Einen Arm weit ausgestreckt, als wollte er nicht nur die Schule, sondern sein gesamtes Leben umfassen, fügte er hinzu: »Im Augenblick habe ich nur eine schäbige Existenz, wie Sie es ausdrücken, und mehr besitze ich nicht. Aber eines sage ich Ihnen. Ich liebe dieses Mädchen. Das Alter setzt der Fähigkeit zu lieben keine Grenzen.«

»Liebe! Ach wirklich! Und wohin hat diese Liebe Marie Anne gebracht?«

In mitleidigem Ton fragte er darauf: »Was soll ich tun? Und was wird sie machen?«

»Sie haben genug getan. Mehr ist nicht möglich. Und sie wird dieses Haus nicht mehr betreten. Außerdem bin ich sicher, daß sie nicht nach Hause zu ihrer Mutter zurückkehrt, denn dort ist sie nicht willkommen. Soviel weiß ich. Aber ihr Großvater und ihr Bruder werden etwas unternehmen. Deshalb sollten Sie sich darauf gefaßt machen, Besuch von diesen beiden Herren zu bekommen.«

Sarah beobachtete, wie Carlos Alvarez tief Luft holte und seine Schultern straffte, als bereitete er sich schon jetzt auf einen Angriff vor, und dann sagte sie, halb entschuldigend: »Ich bin sicher, sie werden der Sache auf den Grund gehen.«

»Wann beabsichtigen Sie es ihrer Tante zu erzählen?«

»Ich für meinen Teil glaube, daß es am besten ist, wenn sie es selbst herausfindet. Und das wird nicht mehr lange dauern.«

Als wollte er das Bild ausblenden, das Sarah ihm ausmalte, schloß der Spanier die Augen.

Dann erhob sich Sarah und sagte zu ihrem eigenen Erstaunen: »Sie mögen es nicht glauben, aber in diesem Augenblick tun Sie mir leid. Doch vergessen Sie nicht: Das war anders, als ich hier hereinkam.« Alvarez schüttelte nur den Kopf, wie in völliger Verwirrung.

Er sagte auch nichts, als er Sarah die Tür öffnete, aber er hob den Kopf, um der Frau nachzusehen, die durch den Korridor davoneilte.

Draußen auf der Straße blieb Sarah einen Moment stehen, um durchzuatmen, bevor sie im stillen zu sich selbst sagte: Und jetzt zu Annie. Mal sehen, was sie und ihre Gören machen.

5. Kapitel

Während der nächsten vierzehn Tage verließen Marie Anne und Sarah das Haus, als ob sie zu den täglichen Musikstunden gingen. Aber jedesmal kehrten sie auf der anderen Straßenseite zurück und betraten durch die Hintertür wieder das Haus. Eine Zeitlang blieben sie in der Küche, bis Sarah normalerweise wieder an der Haustür eingetroffen wäre.

Manchmal ruhte sich Marie Anne in der Kammer der Köchin auf dem Bett aus. Die freundliche Agnes kochte ihr Tee und versorgte sie mit Butterbroten, einem Stück Kuchen oder was sonst gerade verfügbar war, denn wie Marie Anne feststellen mußte, war sie in letzter Zeit immer hungrig.

Es bedeutete für alle ein Glück, daß Martha Culmill den Winter über die meiste Zeit in ihrem Schlafzimmer verbrachte, doch wie lange dieses Versteckspiel noch weitergehen konnte, wußte niemand. Bis jetzt war es Marie Anne gelungen, ihren nur leicht gewölbten Bauch unter einem lockeren, untaillierten Trägerkleid zu verbergen. An diesem Tag jedoch bekamen sie Besuch. Die kleine Clara Emery öffnete die Vordertür, und die Besucherin sagte: »Ich möchte Ihre Missis sprechen.« Clara setzte einen nach ihren Maßstäben würdigen Gesichtsausdruck auf und fragte: »Dürfte ich Ihren Namen erfahren, Madam?«

»Ja, Miß, das dürfen Sie. Ich heiße Liza Alvarez. Und ich habe nicht die Absicht, hier draußen in der Kälte stehenzubleiben und zu warten, bis ich angemeldet werde.«

Eine Stimme aus dem Korridor rief: »Was gibt es, Clara? Wer ist da?«

Als Sarah Foggerty zur Tür trat und die Besucherin erkannte, wurde sie von stummem Entsetzen gepackt. O mein Gott! Nun kam die alles entscheidende Kraftprobe. Aber sie hielt ihre Stimme in Zaum und fragte ruhig: »Sie möchten jemanden aus dem Haus sprechen?«

»Sie wissen ganz genau, wen ich zu sprechen wünsche, und bei diesem Jemand handelt es sich um die Tante … dieser kleinen Schlampe!«

»Was erlauben Sie sich! In diesem Haus sprechen Sie nicht in diesem Ton, Madam … Missis.«

»Ich bin weder Madam noch Missis, und ich wähle den Ton, der mir paßt. Nun gehen Sie schon. Holen Sie Ihre gnädige Frau, und sagen Sie ihr, daß ich mit ihr reden möchte. Und reden werde ich, oder ich hämmere so lange gegen Ihre Eingangstür, bis alle Nachbarn Bescheid wissen.«

Mit einer Handbewegung schob Sarah Clara beiseite, die dem Wortwechsel mit offenem Mund gefolgt war, und ließ die Frau eintreten. Ihre Stimme war so steif wie ihre Miene, als sie der Besucherin befahl: »Setzen Sie sich hier hin! Ich werde Miß Culmill Bescheid sagen, daß Sie hier sind und sie sprechen wollen. Und Miß Culmill entscheidet, ob sie Ihren Besuch empfängt oder nicht. Verstanden?«

Sarah wartete keine Antwort ab, sondern eilte die Treppe hinauf.

Bevor sie die Schlafzimmertür öffnete, blieb sie einen Moment stehen, faßte sich mit der Hand an die Stirn und fragte sich, wie sie die Angelegenheit am besten angehen sollte. Doch es half nichts. In diesem Fall gab es keine beste Lösung. Sie mußte einfach standhalten und den Ereignissen freien Lauf lassen.

Sarah stieß die Tür auf. In einem Ton, bei dem Martha Culmill die Augen aufriß, sagte sie: »Unten ist eine Frau, die Sie sprechen will, und sie läßt sich nicht abweisen, denn sie hat eine schlechte Nachricht zu überbringen. Wollen Sie die Dame empfangen?«

»Eine Dame will mich sprechen? Welche Dame?«

»Die Frau des Musiklehrers, wenn sie überhaupt seine Frau ist, was ich mittlerweile bezweifle.«

»Wovon reden Sie bloß, Foggerty? Warum will sie mich sprechen?«

»Sie möchte Ihnen etwas mitteilen, Miß.«

Die Augen von Martha Culmill verengten sich, als sie ihre Dienstmagd anblickte. Dann sagte sie, wie in einem plötzlichen Entschluß: »Zeigen Sie der Dame den Weg nach oben. Und dann bleiben Sie in diesem Zimmer. Ich wünsche eine Zeugin zu haben, was immer sie zu sagen hat.«

»Oh, Sie werden auch ohne meine Anwesenheit Zeugen genug haben, Miß. Aber ich bleibe trotzdem.«

Die Tür schloß sich hinter Sarah, und Martha Culmill starrte ihr verwirrt hinterher. Was war nun schon wieder los? Was hatte das Mädchen angestellt, daß die Frau des Musiklehrers sie zu sprechen wünschte?

Nachdem die Besucherin in den Raum geführt worden war, blieb sie stehen und starrte auf die im Bett liegende Martha Culmill. Dann warf sie einen Blick in das behaglich eingerichtete Zimmer, worauf die Kranke sie beinahe anbrüllte: »Darf ich fragen, Madam, was Sie von mir wollen?«

»Das dürfen Sie, und ich werde es Ihnen mitteilen. Ihre Nichte hat mein Leben zerstört. Alles lief gut. Bis sie kam und sich an ihn heranmachte, dieses unverschämte kleine Flittchen. Aber das hätte mir nichts ausgemacht. Ich war daran gewöhnt, daß sich Mädchen und andere Frauen in ihn verliebten. Aber diese hier hat ihn von mir fortgetrieben. Er ist weg.«

»Weg, der Professor? Bitte erklären Sie mir das. Was hat sein Verschwinden mit meiner Nichte zu tun?«

Die Frau wandte sich um und blickte zu Sarah Foggerty. Sie sah ihr direkt ins Gesicht, als wollte sie fragen, ob diese bettlägerige Kranke schwer von Begriff war oder sich verstellte. Bei ihrer nächsten Frage zuckte Sarah innerlich zusammen: »Sie haben Ihrer Herrin also nichts gesagt?«

»Mir was gesagt?«

Martha Culmill saß nun aufrecht im Bett. »Drücken Sie sich deutlich aus, gute Frau, und zwar sofort.«

»Also gut, Madam. Ich werde es Ihnen in klaren Worten sagen. Er ist abgehauen, zurück nach Spanien. Ich wette, weil er Ihre Nichte geschwängert hat. Wahrscheinlich hatte er Angst vor den Folgen.«

Die Besucherin und Sarah beobachteten, wie Martha Culmill langsam auf die Kissen zurücksank. Sie riß den Mund weit auf, wie um nach Luft zu schnappen, während sie mit einer Hand ihre Kehle umklammerte, als kämpfte sie gegen das Ersticken. Als Sarah Foggerty dies sah, hastete sie zum Toilettentisch, griff nach einer Medizinflasche und kehrte zum Bett zurück. Dort wedelte sie mit der geöffneten Flasche unter Miß Culmills Nase und murmelte: »Das war knapp. Dieses Mal hat sie nicht Theater gespielt, damit ich mich um sie kümmere.« Sarah zog an der Klingelschnur neben dem Bett, worauf Clara ins Zimmer eilte. »Bleib eine Minute bei ihr, Clara«, wies Sarah sie an. »Wenn sie wieder ohnmächtig zu werden droht, halte ihr die Flasche ein paarmal unter die Nase.« An die Besucherin gewandt erklärte sie: »Ich denke, damit haben Sie alles gesagt, nicht wahr? Und jetzt kommen Sie! Raus hier!«

Wortlos folgte die Frau Sarah auf den Treppenabsatz und

die Treppe hinunter in die Halle. Aber als Sarah ihr die Haustür öffnen wollte, sagte sie: »Warten Sie einen Augenblick. Meinen Sie, ich dürfte mich kurz hinsetzen? Ich könnte auch etwas Riechsalz gebrauchen. Es überkommt mich richtig. Auch für mich war die Angelegenheit ein Schock.«

Sie hatte sich auf den Stuhl in der Halle gesetzt und keuchte schwer, während sie zu Sarah hochblickte. »Wäre er nicht weggegangen, hätte ich mir nicht das geringste aus der Affäre gemacht. Ich mochte ihn.«

»Sie sind nicht mit ihm verheiratet?«

»Nein, verheiratet bin ich nicht mit ihm, aber ich habe ihm geholfen. Ja, das allerdings. Ich habe ihn zu dem gemacht, was er darstellte, und er konnte sich seinen Lebensunterhalt verdienen. Sicher war es kein großartiges Leben, aber bestimmt besser, als für Getränke und Kleingeld in Kneipen zu spielen, wie er es früher getan hat. Wissen Sie«, jetzt blickte die Lebensgefährtin von Professor Alvarez zu Sarah empor, »ich verstehe ein wenig von Musik. Meine Mutter spielte Klavier und mein Vater Violine. Als ich jünger war, bin ich mit meinen Eltern in Konzerte gegangen, in viele Konzerte, aber nie habe ich jemanden so spielen gehört, wie er es konnte. Oh, er spielte nicht immer so, nein. Nur wenn das Lokal beinahe leer war und niemand wirklich zuhörte. Dann hämmerte er keine Gassenhauer mehr, wie »Won't You Go Home, Bill Bailey« oder »Down at The Old Bull und Bush«. Nein, dann machte er wirkliche Musik. Und ich habe viele Betrüger kennengelernt, die sich Musikprofessor nannten. Deshalb wußte ich, was aus ihm werden konnte, wenn er ein richtiges Zuhause besaß und jemanden, der sich um ihn kümmerte. Und deshalb nahm ich ihn vor sechs Jahren bei der Hand. Jetzt sehen Sie, welchen Lohn ich dafür bekommen habe.«

Ihre Stimme wurde plötzlich zu einem Flüstern, und wieder sagte sie: »Nein, die Sache hätte mir überhaupt nichts ausgemacht, wäre er nur dageblieben. Verstehen Sie, er war ein Genie. O ja, ein echtes Genie. Er erzählte mir, daß er, als er mit acht Jahren in Spanien seine erste Stellung in einem herrschaftlichen Haus antrat, jede freie Minute an einem alten Spinett verbrachte, das man in den Dienstbotentrakt gestellt hatte. Später, als die Familie monatelang auf Reisen war und nur der Verwalter mit dem Personal zurückblieb, erlaubte ihm dieser, auf dem Flügel in der großen Halle zu spielen. Nach seinen Erzählungen muß er ungefähr vierzehn Jahre alt gewesen sein, als der Hausherr ihn zum ersten Mal spielen hörte. Sein Herr sorgte dafür, daß er Musikunterricht erhielt. Dabei blieb es, bis der Familienvorstand starb und das Haus verkauft wurde. Die Familie zerstreute sich in alle Winde. Carlos Alvarez hatte als kleiner Stiefelputzer angefangen und war bis zum Lakai, wie man hier sagen würde, aufgestiegen, aber er konnte keine neue Stellung finden. Die Zeiten waren damals für alle schlecht. Und aus irgendeinem Grund beschloß er, nach England zu gehen. Doch hier waren die Zustände noch schlimmer. In dieser Situation begegnete ich Alvarez. Ich erklärte ihm, daß es in England Tausende angeblicher Musiklehrer, Sprachlehrer und sonstiger Lehrer gab und jeder in irgendeiner Weise vom Unterrichten lebte. Eine Zeitlang fand Alvarez eine Anstellung in einem herrschaftlichen Haus, aber er ertrug das Zusammenleben mit den anderen Dienstboten nicht.«

In diesem Moment erhob sich die Frau von ihrem Stuhl, rückte den Hut zurecht, schlug den Kragen ihres eleganten Velourmantels hoch und kam zum Ende: »Aber obwohl er keinen Penny mehr verdiente, wußte er, daß er bei mir seinen Platz hatte, denn ich bin keine arme Frau. Das Haus gehört mir, ich habe es aus eigener Tasche bezahlt. Sie müssen wissen, ich verdiene mein Geld in der Bekleidungsbranche und habe es zu einem gewissen Wohlstand gebracht.«

Sarah hielt die Haustür für sie geöffnet, und nachdem die Frau über die Schwelle getreten war, drehte sie sich noch einmal um, für eine letzte, bitter klingende Bemerkung: »Ich könnte das kleine Flittchen umbringen, wirklich …«

Oben im Schlafzimmer schien sich Martha Culmill wieder erholt zu haben, denn ihre Worte glichen einem Angriff: »Sie … wußten es!«

»Erst seit gestern oder vorgestern, und ich wollte Ihnen die Nachricht auch überbringen, aber ich wußte nicht recht, wie ich es angehen sollte.«

Sarah beobachtete ihre Dienstherrin, wie sie sich mit der Faust an die Brust schlug und dabei wiederholte: »Nur wußte ich nicht recht, wie!« Dann begann sie erneut: »Sie kann nicht hierbleiben, ganz gleich, was Veronica dazu sagt. Bringen Sie mir Schreibzeug. Nein, warten Sie. Wie weit ist diese ...« Martha mußte schlucken und sich zwingen, den Sachverhalt irgendwie in Worte zu kleiden. »... Sache fortgeschritten?«

»Sie meinen, in welchem Monat das Mädchen schwanger ist, Madam? Nach meiner Einschätzung würde ich sagen, ungefähr im dritten Monat.«

»Dritter Monat!« wiederholte Martha Culmill mit erstickter Stimme. »Und Sie behaupten, nichts davon gewußt zu haben?«

»Nun«, Sarahs Stimme klang gelassen, »Sie selbst haben ja auch nichts bemerkt, Madam. So ist es doch, oder?«

»Ich verbringe nicht soviel Zeit mit ihr wie Sie. Sie muß doch irgendwie ... besorgt gewirkt haben.«

Clara und Sarah wechselten einen raschen Blick, bevor Sarah mit der gleichen Ruhe weiterlog. »Nicht, daß es sonderlich aufgefallen wäre, Madam. Ein bißchen mißmutig um die Mundwinkel vielleicht, aber so sieht sie beinahe immer aus, denn sie möchte am liebsten wieder nach Hause.«

»Nach Hause! Nun, das kann sie haben. Denn dorthin schicke ich sie zurück. Mit dieser Sache will ich nichts zu tun haben. Nein, nicht in meinem Haus.« Jetzt sah Martha Culmill zu Clara und befahl: »Mach, daß du an die Arbeit kommst, Mädchen.«

Clara verließ auf der Stelle das Zimmer und ging auf direktem Weg in die Küche, wo Marie Anne wartete. Sie saß am Tisch und spielte mit den Fingern auf der Tischplatte, als säße sie vor ihrem Klavier. Sofort beim Hereinkommen sprudelte Clara los: »Sie wurde fast ohnmächtig. Ich mußte ihr das Riechsalz unter die Nase halten. Aber inzwischen hat sie sich wieder erholt. Sie hat Sarah zu sich beordert und läßt einen Brief schreiben. Und was diese Besucherin anbelangt, ich denke, sie ist nicht seine Frau, nach allem, was sie sagte. Aber sagt, was geschah, nachdem sie wieder nach unten kam.«

Marie Anne antwortete nicht, aber die Köchin sagte: »Ich habe genug gehört, und jeder draußen auf der Straße, der gerade vorbeikam, auch, möchte ich meinen. So, wie die loslegte. Das war eine Enthüllung, und ich glaube, auch für Miß Sarah und die anderen im Haus.« Dann wandte sich Agnes direkt an Marie Anne: »Und für Sie auch, Miß, nicht wahr?«

Marie Anne hörte auf, mit den Fingern auf die Tischplatte zu trommeln, und ihre Stimme klang leise, als sie antwortete: »Ja, Agnes, auch für mich.«

Wenige Minuten später stürmte Sarah in die Küche. Sie hielt einen Brief in der Hand und streckte ihn Marie Anne hin. »Sie schickt Sie nach Hause, auf der Stelle. Die Gnädige hat mir aufgetragen, den Brief umgehend zum Hauptpostamt zu bringen und ihn dort aufzugeben.«

Marie Anne war aufgesprungen. »Ich gehe nicht. Ich werde nicht nach Hause zurückgehen! Ich … das kann ich einfach nicht.«

»Mädchen, Mädchen! Wir müssen über die Sache reden. Hören Sie, Sie setzen jetzt Ihren Hut auf, ziehen Ihren Mantel an, wickeln sich warm ein und begleiten mich. Der Spaziergang wird Ihnen guttun.«

Erst als sie draußen auf der Straße standen, begann Marie Anne wieder zu sprechen. »Ich werde nicht nach Hause zurückkehren. Ich kann nicht. Es geht einfach nicht. Wollen Sie das denn nicht verstehen?«

»O doch. Ich verstehe es sehr gut. Aber wohin wollen Sie sonst gehen, meine Liebe, wenn nicht nach Hause? Die Gnädige will Sie unter keinen Umständen hierbehalten. Soviel ist sicher. Auch wenn Ihre Mutter ein Heidengeld dafür böte. Also müssen wir über die Sache reden, Mädchen, und eine Lösung finden.«

Sie redeten bis spät in die Nacht, obwohl beide immer wieder nur wiederholten, was sie bereits vorher gesagt hatten. Sarah sah keinen anderen Ausweg, als daß Marie Anne nach Hause zurückkehrte, während Marie Anne entschlossen war, keinesfalls dorthin zurückzugehen. Auch wollte sie nichts davon hören, sich in ihrem gegenwärtigen Zustand dem geliebten Großvater anzuvertrauen, sondern wiederholte unablässig: »Ich würde sterben, und er ebenfalls, wenn er mich so sähe. Nein, ich kehre nicht nach Hause zurück.«

Und noch etwas geschah an jenem denkwürdigen Tag. Martha Culmill verlangte erstmals nicht nach Marie Annes Gesellschaft.

Am späten Nachmittag des folgenden Tages traf ein Telegramm ein. Sarah brachte es nach oben und wollte es der gnädigen Frau aushändigen, doch diese brüllte sie an: »Öffnen Sie es, und lesen Sie den Text vor, Foggerty.«

Die telegraphierte Nachricht war entsprechend kurz. Sarah las:

AUF KEINEN FALL RÜCKKEHR MARIE ANNE MÖGLICH STOP ENTSCHEIDUNG ENDGÜLTIG STOP BRIEF UND ZUSÄTZLICHER UNTERHALT FOLGEN.

Martha Culmill hätte das Extrageld mit Freuden akzeptiert und dafür auch in Kauf genommen, die Tochter ihrer Halbschwester bei sich aufzunehmen, aber nicht als Sündenkind. Nein, niemals. Und daran ließ sie keinen Zweifel. Sie schrie Sarah an: »Nein! Niemals!« Dann fügte sie hinzu: »Auf keinen Fall! Ich werde dieses Mädchen keinen Augenblick länger in meinem Haus dulden als unbedingt nötig. Sie muß fort von hier und woanders untergebracht werden. Wenn schon ihre Mutter sie nicht haben will, kann niemand erwarten, daß ich die Verantwortung für sie übernehme. Lieber Himmel! Nein! Nicht diese Art von Verantwortung. Laster und Verdorbenheit. Niemals werde ich diesen Schmutz in meinem Haus zulassen. Sie muß fort. – Foggerty!« rief sie Sarah, die sich in der anderen Zimmerhälfte um das offene Feuer kümmerte.

»Ja, Madam?«

»Gehen Sie sofort zur Kirche, und teilen Sie Reverend Trackman mit, daß ich ihn so schnell wie möglich zu sprechen wünsche. Betonen Sie das! Verstanden? So schnell wie möglich. Sagen Sie ihm, die Angelegenheit sei dringend und von großer Wichtigkeit.«

»Ja, Madam.«

»Nun! Dann stehen Sie nicht länger hier herum, Foggerty!«

Dennoch beeilte sich Sarah Foggerty nicht, als sie das Zimmer verließ, sondern trat ruhig und gelassen auf den Korridor hinaus. In der Küche, auf dem Weg zum Schlafzimmer der Köchin, wo sie Marie Anne kurze Zeit zuvor zurückgelassen hatte, fragte Agnes nur: »Schlimm?«

Sarah antwortete ebenso knapp: »Schlimmer.«

Im Schlafzimmer saß Marie Anne in einem alten Korbsessel. Sie trug ihren Wintermantel. Er war nicht zugeknöpft, aber sie hatte eine Mantelseite über die andere geschlagen und die Arme darüber gelegt, als würde sie sich selbst umarmen.

»Warum haben Sie das Gaslicht nicht angezündet?« fragte Sarah. »Hier im Dunkeln herumzusitzen, ändert auch nichts.« Sie hielt ein Streichholz an die Gasleuchte an der Wand, und der schäbige Raum war plötzlich in weiches, behagliches Licht getaucht, obwohl der Glühstrumpf fehlte. In Sarahs Zimmer gab es kein Gaslicht. Bei Clara fehlte es ebenfalls. Und auch die Köchin hätte kein Gaslicht besessen, hätte sie nicht selbst für eine Lampe gesorgt. Sarah zog die Vorhänge vor das Fenster, bevor sie sich am Fußende des Bettes niedersetzte und mit dem Zeigefinger auf Marie Anne wies. »Und jetzt hören Sie mir zu«, sagte sie. »Die Dinge stehen schlecht. Sie könnten nicht schlechter sein. Ihre Mutter hat ein Telegramm geschickt, und Sie werden jetzt von mir erfahren, was darin steht. Veronica Lawson will auf keinen Fall, daß Sie nach Hause zurückkommen. Ihre Mutter bietet Ihrer Tante sogar höheres Kostgeld, damit diese Sie hierbehält. Aber selbst mehr Geld kann das Herz der Gnädigen Ihnen gegenüber nicht erweichen. Sie will Sie aus dem Haus haben, und zwar sobald wie möglich. Ich bin bereits unterwegs zu Reverend James Trackman, zumindest glaubt sie das, und ich werde bald losgehen müssen. Nun, Sie kennen diesen Mann und wissen, wie er ist. Aber vor allem kennen Sie seine Frau Delia mit ihren Reden und ihrem verkniffenen Gesicht. Die Frau des Reverends ist keine Spur besser als die Alte dort oben. Nun zu dem, was Sie erwartet. Sie müssen von hier weg, und zwar bald. Wahrscheinlich werden Sie in ein Heim gesteckt.«

»O nein! Das geht nicht! Das werden sie nicht tun!«

»Wohin glauben Sie, könnten Sie sonst gehen? Zurück zu Ihrer Familie wollen Sie schließlich auch nicht.«

Marie Anne war aufgestanden, aber ihre Stimme klang kläglich: »Ich weiß es nicht, Sarah. Ich weiß es nicht. Aber ich werde mich nicht in ein Heim stecken und nachts einschließen lassen, wie Clara es mir prophezeit hat.«

»Clara redet viel. Sie hat ein flinkes Mundwerk und eine blühende Fantasie. Es gibt viele Heime, und nicht alle sind gleich. Marie Anne, Sie sind schwanger. Wahrscheinlich werden Sie in ein Haus kommen, wo man sich um Frauen wie Sie kümmert.«

»Aber dann bin ich nicht mehr mit Ihnen zusammen.«

»Nein, ich werde nicht mehr bei Ihnen sein. Das müssen Sie sich aus dem Kopf schlagen. Wie sollte ich bei Ihnen sein können? Oh, meine Liebe, wie sollte ich?« Sarah schlang die Arme um Marie Annes zitternden Körper und zog sie nah an sich. »Ich wünschte, ich könnte mit Ihnen gehen. Es gibt niemanden, dem ich lieber dienen würde als Ihnen. Und hätte ich ein Zuhause, wohin ich zurückkehren könnte, würde ich Sie mitnehmen. Auf der Stelle. Natürlich habe ich meine Schwester, aber mit ihrer Familie, dieser Rasselbande, könnten Sie nicht unter einem Dach leben. Außerdem ist dieses Viertel nichts für Sie. Obwohl es schlimmere gibt. Ganz bestimmt. Und meine Schwester macht das beste aus ihrer Situation, das muß ich anerkennen. Aber wenn ich die Wahl hätte, möchte ich nicht einmal dort begraben sein. So sieht es aus, meine Liebe. Ich sitze hier fest, und Sie müssen in ein Heim. Es sei denn, Sie schlucken Ihren Stolz herunter und wenden sich an Ihren Großvater.«

Marie Anne entzog sich Sarahs Umarmung und schüttelte den Kopf. »Eher noch würde ich … meiner Mutter entgegentreten, als ihm in meinem gegenwärtigen Zustand ins zu Gesicht sehen. Großpapa hält große Stücke auf mich, und ich habe Angst, daß der Schock ihn umbringen würde.«

»Um Männer zu Fall zu bringen, ganz gleich ob alt oder

jung, ist mehr als ein Schock nötig. Und der Bruder, den Sie haben, der mit dem kranken Rücken, scheint ein anständiger Kerl zu sein. Könnten Sie ihm nicht schreiben?«

»O nein! Das geht auch nicht. Mit ihm ist es genauso wie mit meinem Großvater. Aber was immer ich tun muß oder wohin ich gehe, ich werde beiden vorher einen Brief schreiben.«

»Sie schreiben ihnen und erzählen alles?

»O nein! Natürlich nicht.« Marie Anne wand sich hin und her. »Nein, wie könnte ich? Ich teile ihnen nur mit, daß ich nicht länger bei meiner Tante wohnen kann und umziehe, oder etwas in der Art. Ich muß mir eine Erklärung einfallen lassen, die sie zufriedenstellt. Und außerdem, wenn ich in The Little Manor einziehen würde, käme heraus, was meine Mutter getan hat, und Großpapa würde sie noch weniger mögen.«

Mit einem tiefen Seufzer sagte Sarah Foggerty: »Dann lasse ich Sie nun allein. Denken Sie darüber nach, was Sie tun wollen. Ich für meinen Teil bin am Ende mit meinem Latein. Außerdem muß ich jetzt zu diesem Reverend gehen. Aber meine Seele bringe ich nicht in Gefahr. In seine Kirche setze ich keinen Fuß. Wenn er dort ist, wird er herauskommen müssen, um mit mir zu reden, denn ich habe auch meinen Stolz. Ich bin Katholikin, vielleicht eine nachlässige, aber katholisch will ich bleiben. Und Sie befolgen meinen Rat und denken noch einmal gut über alles nach. Ich muß jetzt los.«

Schon eine Stunde, nachdem Sarah ihre Nachricht überbracht hatte, kamen Reverend James Trackman und seine Frau Delia ins Haus. Clara führte sie nach oben in das Schlafzimmer der gnädigen Frau, und als sie wieder unten war, erzählte sie der Köchin, daß die beiden wie zwei schwarze Giftspinnen ausgesehen hätten.

Sarah befand sich im Zimmer, als die Besucher eintraten, doch bevor Martha Culmill ein Wort mit ihnen gewechselt hatte, schickte sie ihre Hausdame nach draußen.

Nachdem sie ins Erdgeschoß zurückgekehrt war, ging Sarah in die Küche, wo Marie Anne mittlerweile am Tisch saß und langsam kauend einen Teller leerte. Die Köchin begrüßte Sarah mit einem freundlichen Nicken und wies dabei auf Clara: »Die Kleine meint, die beiden sähen aus wie zwei schwarze Giftspinnen. Und so falsch liegt sie damit sicher nicht, oder? Ich habe mich oft gefragt, woran mich der Reverend und seine Frau erinnern, aber Clara hat wie üblich den Nagel auf den Kopf getroffen.«

Marie Anne hatte zu essen aufgehört und blickte zu Sarah, die ihr erklärte: »Ich mußte leider das Zimmer verlassen. Bevor die Alte ein Wort mit den beiden sprach, hat sie mich nach draußen geschickt.«

»Sarah, ich werde nicht mit dem Reverend und seiner Frau gehen. Das habe ich Ihnen schon gesagt.«

»Meine Liebe, ich glaube nicht, daß Sie in dieser Angelegenheit eine Wahl haben. Man wird Sie kaum nach Ihrer Meinung fragen. Wenn die Gnädige Sie aus dem Haus haben will, werden die beiden Trackmans nicht gerade freundlich mit Ihnen umspringen. Wie dem auch sei, solange dort oben die großen Entscheidungen fallen, würde ich gern einen Bissen essen. Dieser Tag hat meinen Nerven zugesetzt. Ehrlich gesagt bin ich das Leben in diesem Haus gründlich leid.«

Die Köchin trat zum Backofen und holte eine Schüssel heraus. »Mittlerweile wird alles trocken sein«, meinte sie.

»Egal, ich glaube, im Augenblick könnte ich selbst ein Pferd verspeisen, das zwischen zwei Fußmatten gegrillt wurde.«

Clara reagierte mit einem Kichern und fragte lachend: »Mit oder ohne Senf?«

Sarah lächelte der kleinen Waliserin zu. »Eines weiß ich wenigstens, Clara«, sagte sie. »Dir wird das Leben niemals höhnisch ins Gesicht lachen, denn du gibst ihm gar nicht erst die Gelegenheit dazu. Auch wenn deine Familie dir nichts anderes als deinen Humor mitgegeben hat, um durchs Leben zu kommen, hat sie dich reich beschenkt.«

Bei dem ungewohnten Kompliment senkte Clara den Blick und errötete. Marie Anne, die von der anderen Tischseite zu ihr herübersah, spürte einen Anflug von Neid auf das kleine Dienstmädchen, denn Sarahs Kompliment drückte Anerkennung aus, während Marie Anne leer ausging und auch für sich selbst im Augenblick keinen Respekt empfand.

Mit einer plötzlichen Bewegung sprang Marie Anne auf und schrie mit verzweifelter Stimme: »Ich will nicht in ein Heim gesteckt werden, Sarah. Von niemanden! Ich habe Ihnen gesagt, daß ich mich mit Händen und Füßen dagegen zur Wehr setzen werde, ganz gleich, was meine Tante gesagt hat oder dieser Reverend tut. Ich weigere mich. In ein Heim gehe ich nicht! Ich weiß, was ich zu tun habe. Mein Entschluß steht fest. Ich habe noch immer mein Weihnachtsgeld von Großpapa und das Geld, das Pat mir geschickt hat. Ich nehme mir ein Zimmer, und dann verdiene ich mir Geld mit Schreiben und Zeichnen. Sie haben meine Skizzen gesehen, und Sie fanden sie originell. Ich gehe damit zu einer Zeitungsredaktion, und dort wird man sie mir sicher abkaufen. Bei Punch oder einer anderen Zeitung.«

»Seien Sie nicht albern, Mädchen.« Sarah erhob sich von ihrem Platz am Tisch und ging zu Marie Anne. Indem sie beide Hände auf ihre Schultern legte, sagte sie: »Setzen Sie sich wieder hin, und beruhigen Sie sich.«

»Nein, das werde ich nicht, Sarah. Die Zeiten, als ich mir sagen ließ, was ich zu tun habe, sind vorbei.«

»Ja, schon gut! Schon gut!« besänftigte Sarah. »Ich schreibe Ihnen nichts vor, und ich gebe Ihnen auch keine Ratschläge mehr. Sobald Sie wissen, was Ihre Tante mit Ihnen vorhat«, sie hob den Kopf zur Küchendecke, »können Sie Ihrer Wege gehen. Niemand wird Sie aufhalten.«

Als die Glocke dreimal läutete, hastete Sarah in die Halle und hinauf ins Schlafzimmer, wo ihr aufgetragen wurde, die Besucher zu verabschieden.

Als der Geistliche seinen schwarzen Filzhut aufsetzte, blickte er auf Sarah herab und sagte: »Sie werden das Mädchen morgen wegbringen. Die gnädige Frau teilt Ihnen die näheren Einzelheiten mit. Vielleicht bedeutet es ihre Rettung, denn Gott ist gut.«

Sarah Foggerty konnte nicht widerstehen, im Brustton der Überzeugung zu erwidern: »Und der Teufel ist gut zu den Seinen.«

»Was haben Sie gesagt?« fragte die Frau des Geistlichen.

»Sie haben gehört, was ich sagte, Missis. Ich sagte: ›Und der Teufel ist gut zu den Seinen.‹ Und ich sage noch etwas. Auf welcher Seite ich in dieser Angelegenheit stehe, weiß ich.«

Der schwarz gekleidete Mann warf Sarah einen mißtrauischen Blick zu. »Sie sind Katholikin?«

»Ja, das bin ich.«

»Oh, du meine Güte! Der Himmel helfe uns! Komm, meine Liebe.«

Der Reverend trug seine Frau buchstäblich zur Haustür hinaus, als wollte er sie vor den finsteren Machenschaften des Bösen in Sicherheit bringen. Aber Mrs. Trackman hatte kaum den Fuß wieder auf das Pflaster gesetzt, als die Tür mit einem Knall hinter ihr ins Schloß fiel.

»Gott ist gut!« Sarah stampfte die Treppenstufen hinauf. Pfarrer, Priester, Päpste, Geistliche, sie waren alle gleich.

Sarah hatte kaum wieder das Schlafzimmer betreten, als sie mit dem Satz begrüßt wurde: »Sie sagen dem Mädchen, daß es seine Sachen bis morgen früh fertig gepackt hat. Es ist alles geregelt. Sie wird in ein Heim eingewiesen. Und sie kann sich glücklich schätzen, dort aufgenommen zu werden. Die Frau des Reverends besitzt einen gewissen Einfluß. Sonst hätte sie in ein anderes Haus gemußt.«

»Dürfte ich fragen, wo dieses Heim ist und wie es heißt?«

»Ja, das dürfen Sie. Denn Sie werden meine Nichte dort abliefern. Es ist das Mary Ping's, ein Heim für in Not geratene Frauen.«

»Für wen?«

»Sie haben gehört, was ich sagte, Foggerty. Für in Not geratene Frauen. Und man kann wohl behaupten, daß dieses Mädchen sich in höchster Not befindet. Oder sehen Sie das anders?«

»Was ist, wenn Ihre Nichte nicht in dieses Heim für in Not geratene Frauen gehen möchte? Haben Sie schon einmal an diese Möglichkeit gedacht?«

»Ihr bleibt keine Wahl. Ihre Mutter wird auf keinen Fall erlauben, daß sie nach Hause zurückkehrt. Das wissen Sie. Haben Sie nicht mitbekommen, was in dem Telegramm stand?«

»O doch, Madam. Das habe ich. Und eines sage ich Ihnen. An einer Frau wie der Mutter Ihrer Nichte würde ich mir nicht einmal meine schmutzigen Füße abtreten.«

»Seien Sie still! Und ersparen Sie mir Ihre irischen Grobheiten. Und jetzt gehen Sie und teilen meiner Nichte mit, was ihr bevorsteht.«

»Möchten Sie es ihr nicht lieber selbst sagen?«

Martha Culmill begann heftig zu atmen, legte ihre Hand an die Kehle und sprach: »Ich werde mit ihr reden, bevor sie uns verläßt. Mehr Umgang brauche ich mit ihr nicht zu pflegen.«

Die Hausherrin und ihre Dienstmagd wechselten einen langen Blick, bevor Sarah sich umwandte und das Zimmer verließ, wobei sie die Tür ziemlich unsanft ins Schloß zog.

In der Küche sagte Sarah zu Marie Anne, die dicht neben dem Ofen saß: »Sie gehen jetzt besser nach oben und packen Ihre Sachen. Denn morgen müssen Sie das Haus verlassen. Wohin Sie dann gehen, weiß ich nicht. Das hängt vor allem von Ihnen ab.«

Marie Anne stand auf, und wieder sagte sie: »Ich werde nicht in dieses …«

»Schon gut. Schon gut«, unterbrach Sarah. Beinahe hätte sie die Geduld verloren und Marie Anne geohrfeigt. »Ich habe Ihre Litanei nun oft genug gehört. Dann gehen Sie eben nicht ins Heim. Immerhin können Sie noch bis morgen früh darüber nachdenken. Dann sagen Sie mir Bescheid, wohin Sie wollen. Entweder zum Bahnhof oder … wohin sonst, weiß ich auch nicht. Aber jetzt verschwinden Sie nach oben.«

Nachdem Marie Anne beinahe fluchtartig die Küche verlassen hatte, fragte die Köchin Sarah in ruhigem Ton: »Sie soll tatsächlich in ein Heim?«

»Ja. Ich habe noch nie von diesem Heim gehört, aber morgen muß ich es aufsuchen und sie hinbringen. Die Frau des Reverends hat dort Einfluß und etwas arrangiert.«

»Wie heißt das Heim?«

»Irgendein hochtrabender Name. Und es wird wohl richtig sein für eine Frau in ihrem Zustand. Ich meine den Zustand von Marie Anne. Das Haus heißt Mary Ping's Heim für in Not geratene Frauen.«

»*Wie bitte?*« Die Worte kamen schrill aus dem Mund der Köchin. »Mary Ping's? O mein Gott, nein!«

»Was ist? Wo ist dieses Heim?«

»Das dürfen Sie ruhig fragen. Haben Sie denn tatsächlich noch nie von Mary Ping's gehört? Schließlich leben Sie inzwischen lange genug in diesem Teil Londons.«

»Nein, ich weiß nichts von diesem Haus.«

»Es ist ein bekanntes Heim für gefallene Frauen, und nach allem, was ich bisher erfuhr, handelt es sich bei den Insassinnen meist um Mädchen von der Straße, mit einem Bauch, der so prall ist, daß keine Engelmacherin sie mehr davon befreien kann. Die meisten sind Huren. Oh, sicher wird hin und wieder auch ein Mädchen darunter sein, das anständig ist und lieber zu Mary Ping's geht als ins Arbeitshaus, aber nach allem, was ich gehört habe, würde ich das Arbeitshaus vorziehen. Mary Ping's! Und Sie haben noch nie davon gehört. Es gibt eine zynische Redensart, mit der Mädchen ermahnt werden: ›Du wirst noch bei Mary Ping's landen.‹«

Sarah sank auf einen Stuhl, und ihre Stimme klang leise und müde, als sie sagte: »Sie würde es nicht tun, wenn sie wüßte, was für ein Heim das in Wirklichkeit ist. Das würde sie doch nicht. Ich meine, die Gnädige dort oben.«

»Nun, offenbar hat sie es getan, und sogar mit Hilfe der Kirche. Oh, Mrs. Delia ist bekannt für ihre guten Werke. Hin und wieder veranstaltet sie Kollekten für die Armen, aber ob diese jemals etwas von dem Geld zu sehen bekommen, weiß ich nicht und auch sonst niemand. Nur an Weihnachten holt sie einige zerlumpte Gestalten von der Straße zu sich ins Haus und kleidet sie mit abgelegten Sachen anderer Leute neu ein.« Die Köchin beugte sich über den Tisch und berührte Sarah am Arm. Ihre Stimme klang beinahe flehend, als sie sagte: »Sie dürfen nicht zulassen, daß sie dorthin kommt.«

Als Sarah nichts entgegnete, fuhr die Köchin fort: »Statten Sie dem Heim morgen in der Frühe einen Besuch ab und überzeugen sich selbst. Es ist ein großes Haus hinter einem Eisentor, von einem hohen Zaun umgeben. Wahrscheinlich wird man Sie hereinlassen, wenn Sie sagen, daß Sie gekommen sind, um über die Einweisung des Mädchens zu sprechen.«

Sarah sah die Köchin an, wobei sie tonlos sagte: »Ich bin krank vor Sorge um das Mädchen. Wenn sie nur zurück nach Hause gehen wollte, um ihrer Mutter die Stirn zu bieten. Aber das ist das letzte, was sie tun wird, und sie glaubt, ihr Großvater und ihr Bruder würden vor Scham sterben, sollten sie erfahren, was ihr zugestoßen ist. Dabei scheinen beide liebenswerte Menschen zu sein, und ich bin sicher, sie würden die Nachricht mit Fassung aufnehmen. Aber Marie Anne weigert sich. Sie hat einen starken Willen, wissen Sie? O ja, manchmal ist sie wirklich ein Dickkopf, und ich traue ihr zu, daß sie morgen auf eigene Faust das Haus verläßt und in einem billigen Hotel Zuflucht sucht. Doch wie geht es dann mit ihr weiter? Das weiß nur Gott.«

»Sie kann unmöglich ohne Sie gehen, Sarah, und das weiß sie genau. Sie hält viel von Ihnen, und das zu Recht, denn Sie sind mehr als eine Freundin für Marie Anne gewesen. Am Ende wird sie ihrem Rat folgen.«

»O nein. Das bestimmt nicht, zumindest wenn es darum geht, nach Hause zurückzukehren. Nein, in diese Richtung kann ich Marie Anne nicht lenken.«

»Könnte Ihre Schwester sie nicht eine Weile bei sich aufnehmen?« Als sich die kleine Waliserin in das Gespräch einmischte, wandten sich Sarah und die Köchin zu Clara, die vor dem niedrigen Spülstein stand und in einer Schüssel das Geschirr abwusch.

»O je.« Sarah lächelte dem jungen Mädchen zu. »Clara, meine Schwester hat zehn eigene Schreihälse, und der älteste ist erst elf. Sie wohnen in einer Mietskaserne, in einer Hinterhofsiedlung. Das Haus hat vier Stockwerke, und Annie wohnt in der dritten Etage. Immerhin, sie kann sich glücklich schätzen, denn sie bewohnen vier Zimmer, von denen allerdings zwei kaum größer als ein Schuhkarton sind. Aber jeder Tropfen Wasser muß über die Treppe nach oben geschleppt werden, denn der Wasserhahn befindet sich unten im Hof. Dort unten gibt es auch vier Wasserklosetts, die sich alle Bewohner der Hinterhöfe teilen. Das sind die Zustände, unter denen meine Schwester lebt, aber es war nett von Ihnen, daran gedacht zu haben.«

»Ich werde Miß Marie Anne vermissen!« Clara hatte sich von der Spüle abgewandt, und Sarah und die Köchin wechselten einen warmherzigen Blick. Dann sagten beide beinahe gleichzeitig: »Wir auch, Mädchen. Wir auch.«

»Sie ist nicht eingebildet, wie manche aus ihrer Schicht, und sie hat mir neue Ausdrücke beigebracht.«

Nachdem die beiden Frauen erneut einen Blick gewechselt hatten, erhob sich Sarah rasch von ihrem Stuhl: »Ich bin oben bei ihr«, sagte sie.

Als sie zur Tür ging, sagte die Köchin: »Bringen Sie das Mädchen mit nach unten, damit sie zu Abend ißt. Ich habe heute vier frische Heringe bei der Fischfrau bekommen.«

Oben angekommen öffnete Sarah die Tür und betrat das Zimmer. Marie Anne, die einen Koffer vom Bett hob und auf den Boden stellte, wandte sich um und sagte ruhig: »Ich bin fertig mit dem Packen.« Sie ging auf Sarah zu und blickte ihr ins Gesicht. »Ich habe nachgedacht, Sarah. Wenn Sie mir helfen, eine Unterkunft zu finden, ein möbliertes Zimmer, könnte ich vielleicht eine Arbeit annehmen. Zusammen mit dem Geld, das ich habe, käme ich schon zurecht.«

»Kommen Sie, und setzen Sie sich hin.« Sarah zog Marie Anne auf die Bettkante und legte einen Arm um ihre Schultern, bevor sie ruhig entgegnete: »Das ist eine gute Idee, eine sehr gute Idee. Aber dafür braucht man Geld. Wieviel haben Sie?«

»Alles zusammen achtzehn Pfund und fünf Schillinge.«

»Soviel!« Sarahs Arm sank von Marie Annes Schultern. »Achtzehn Pfund und fünf Schillinge? Ich dachte, Sie besäßen höchstens fünf Pfund.«

»Ja, aber Großpapa hat in seinem letzten Brief einige Scheine beigelegt, und Pat auch. Ich habe Ihnen nichts davon gesagt, weil es ein Geheimnis bleiben sollte. Na ja …« – Marie Anne senkte den Kopf –, »… ich wollte ein Geschenk für Sie kaufen, aber dafür mußte ich zuerst herausfinden, was Sie sich am meisten wünschten.«

»Oh, mein liebes Kind!« Sarah zog sie wieder in die Arme und drückte sie fest an sich. »Der liebe Gott möge Sie segnen für diesen Gedanken. Aber achtzehn Pfund und fünf Schillinge! Das ist eine Menge Geld. Nebenan die Gnädige, weiß sie davon?«

»Nein, natürlich nicht. Als ich ins Haus kam, sagte sie mir, falls mein Großvater Geld schicken würde, müßte ich es ihr in Verwahrung geben, denn sie behauptete, die meisten Dienstboten seien Diebe.«

»Ach, tatsächlich? Was Sie nicht sagen! Der Dieb, der ihr etwas aus der Tasche stehlen kann, muß schon sehr begabt sein. Egal, warten Sie mit Ihrer Entscheidung bis morgen. Es könnte sein, daß ich in der Frühe eine Besorgung machen muß, aber ich werde rechtzeitig zurückkommen, und danach … nun, wir werden einen Weg finden. Und jetzt kommen Sie mit mir nach unten und essen Ihre letzte richtige Mahlzeit in diesem Haus. Die Köchin hat frischen Hering. Und eines möchte ich Ihnen noch sagen.« Sarah blickte Marie Anne ins Gesicht und nickte dazu. »Wir unten werden Sie vermissen, vor allem Clara, denn neben ihr waren Sie die einzige junge Person in diesem Haus. Ja, Clara werden Sie fehlen, und uns anderen auch.«

»Oh, Sarah, bitte.«

»Aber jetzt Schluß damit für heute abend. Warten Sie bis morgen früh. Und nun kommen Sie.«

Mary Ping's Heim für in Not geratene Frauen lag am Ende einer langen Straße, an der früher einmal wohlhabende Händler ihre Niederlassungen hatten. Es war ein flaches, langgestrecktes Gebäude aus grauem Stein, und weder Bäume noch Rasen verschönerten den tristen Anblick.

Die Frau an der Pforte, die Sarah durch das Eisentor hereingelassen hatte, führte sie nun in eine große Halle. Der Fußboden war gefliest, und an jedem Ende rutschten zwei Frauen auf den Knien und schrubbten. Als sie zu Sarah aufblickten, stand in beiden Gesichtern der gleiche Ausdruck völliger Hoffnungslosigkeit.

Sarah folgte der Pförtnerin durch einen langen Korridor. Unterwegs wandte sich die Frau zu ihr um und fragte: »Wen wollten Sie sprechen?«

»Die Heimleiterin, die Hausmutter oder wie sie genannt wird.«

»Die Hausmutter?« wiederholte die Frau und lachte schallend. »Ihren Namen kennen Sie nicht?«

»Nein. Ich weiß nur, daß sie für heute morgen einen Neuzugang erwartet.«

»Oh, wieder eine von der Sorte. Sie sind die Mutter?«

»Nein, ich bin nicht ihre Mutter«, entgegnete Sarah beinahe schroff.

Die Frau drehte sich zu ihr um. »Nicht in diesem Ton, Missis. Oder Sie kriegen es mit mir zu tun.«

Sie starrten einander an. Dann ging die Frau weiter, bis sie am Ende des Gangs eine Tür aufstieß. Sie schrie: »Betty! Bring die Frau ins Wartezimmer. Sie will zu Miß Frank.« Ohne ein weiteres Wort machte sie auf dem Absatz kehrt und verschwand wieder durch den Korridor.

Die besagte Betty stand nun vor Sarah, ein breites Grinsen auf dem Gesicht und mit einem Bauch, der so weit herausragte, daß es aussah, als würde sie im nächsten Moment das Gleichgewicht verlieren. »Oh, hallo«, sagte sie. »Sie wollen also Miß Frank sprechen? Na, dann kommen Sie rein. Kommen Sie rein. Und besuchen Sie unseren exklusiven Klub.«

An dem grinsenden Mädchen vorbei trat Sarah in einen Raum, in dem mindestens zehn Frauen arbeiteten. Als sie die Besucherin hereinkommen sahen, unterbrachen sie sofort ihre Unterhaltung, und Sarah sah, daß sie alle schwanger waren. Vier von ihnen saßen an einem Tisch und waren emsig damit beschäftigt, etwas zusammenzustecken. Sarah erkannte nicht, was sie herstellten. Sie sah nur, daß es etwas Flaches war und aus Papier zu bestehen schien. Eine andere Frau hockte vor einer Tretnähmaschine, und wieder eine andere stichelte an etwas, das aussah wie eine Schürze aus Sackleinen. Weitere Frauen säumten Babywindeln, aber die meisten saßen zu weit weg, so daß Sarah nicht sah, welche Arbeit sie verrichteten. Die meisten grinsten sie an.

»Was gibt's Neues in der Welt da draußen, Missis?« rief eine, und ein anderes hochschwangeres Mädchen lachte und sagte: »Sie sind neu, nicht wahr? Zu welcher Bruderschaft vom heiligen Josef gehören Sie denn?« Eine weitere Frau am Tisch wandte sich an ihr Gegenüber: »Hast du schon mal eine mit so viel Flachland gesehen? Nicht ein kleines Brötchen hat sie im Ofen.«

Sarah war im Begriff, der lachenden Betty weiter durch den Raum zu folgen, als sie hörte, wie eine Frau auf übelste Weise zu fluchen begann. Die Frau war höchstens achtzehn Jahre alt, und die Worte wirkten aus ihrem Mund schockierend.

Sarah Foggerty war unter Männern aufgewachsen und selbst nicht prüde. An den Gebrauch von ›Verdammt‹, ›Verflucht‹, ›zum Teufel‹ war sie gewöhnt. Solche Kraftausdrücke würzten die täglichen Unterhaltungen. Aber als dieses junge Mädchen Jesus Christus, das Heilige Kreuz und die Mutter Gottes in einem einzigen Fluch in den Schmutz zog und die Frauen ringsherum in Kichern und Gelächter ausbrachen, war Sarahs Geduld am Ende. Sie fuhr zu dem Mädchen herum, das nur einen halben Meter von ihr entfernt stand, und schrie: »Halt dein dreckiges Mundwerk! Du Flittchen, du!« Ihren zornigen Blick auf die anderen Frauen im Raum werfend, rief sie: »Als ich hier hereinkam, glaubte ich noch, ich hätte Mitleid mit euch. Aber nun merke ich, daß ihr genau dort seid, wohin ihr gehört. Ihr verdient es nicht besser.« Dann drehte sie sich wieder zu Betty, die erstaunlicherweise aufgehört hatte zu lachen, und erklärte: »Sie brauchen mich nicht mehr ins Wartezimmer zu führen. Ich gehe.«

»Auch gut, Missis.« Betty führte Sarah zur Tür zurück, blieb dort einen Augenblick stehen und blickte ihr ins Gesicht. »Aber in einer Sache irren Sie sich, Missis«, sagte sie nun. »Wir sind nicht alle dort, wohin wir gehören, sondern haben nur das beste aus einer Zwangslage gemacht. Sicher, Phyllis hat ein richtiges Lästermaul, und das ist eine Schande. Aber nur so kann sie ihren Gefühlen Luft machen. Das Fluchen hilft ihr, es leichter zu ertragen, daß man sie immer herumgestoßen hat, schlimmer als einen Hund.«

Sarah hatte das unbehagliche Gefühl, von diesem jungen Mädchen eine Lektion erteilt bekommen zu haben, und senkte die Stimme, als sie sich entschuldigte: »Es tut mir leid. Was ich gesehen habe, hat mich sehr schockiert. Sie müssen verstehen, ich sollte ein junges Mädchen herbringen, dessen Familie nichts mit ihr zu tun haben will, aber nun kann ich es nicht mehr, selbst wenn sie kommen wollte.«

Die junge Frau blickte Sarah einen Augenblick eindringlich an. »Ja, ich verstehe. Ist sie verlassen worden? Oh, was für eine dumme Frage, nicht wahr? Warum sollten Sie sonst gekommen sein, wenn nicht aus diesem Grund? Auf jeden Fall ...« – jetzt kehrte das Lächeln in ihr Gesicht zurück –, »wünsche ich ihr viel Glück, wo immer sie landet. Wir sind ohnehin überfüllt. Es ist eigentlich nur Platz für dreißig Frauen, und wir sind schon zweiunddreißig.«

»Leben Sie wohl«, sagte Sarah. »Leben Sie wohl, Missis.«

Missis. Es tat gut, Missis genannt zu werden, obwohl Sarah niemals diesen Status erreichen würde.

Als hätte sie geahnt, daß die Besucherin sehr bald wieder gehen würde, war die Frau, die Sarah hereingelassen hatte, an der Haustür stehengeblieben und ging ihr über den Kiesweg voraus, schloß das Tor auf und ließ sie wieder auf die Straße. Keine der beiden Frauen sagte ein Wort des Abschieds.

Statt direkt zum Haus zurückzukehren, bestieg Sarah einen Pferdebus, der sie weiter ins East End brachte, den Ostteil der Stadt, und als der Fahrer »The Priory« rief, erhob sie sich.

Ein Stück weiter die Straße hinunter kam sie an den Eisentoren vorbei, die in die Klosterumfriedung der Brothers-of-St-Peter-the-Rock führten, und passierte dann die Church-of-The-Blue-Virgin, die katholische Marienkirche. Sarah amüsierte sich immer wieder über den Beinamen ›Heilige Meile‹, den die Bevölkerung dieser Straße gegeben hatte, denn am Ende befand sich das Nonnenkloster.

Ein schmaler Durchgang führte in ein dichtbebautes Areal. Dieses Viertel war als The Courts bekannt.

Als Sarah den Hof von Ramsay Court überquerte, beobachtete sie einen Mann, der Asche von einem hohen Berg in der Hofecke auf einen Lastkarren schaufelte, und eine Frau, die auf Händen und Knien den Steinboden vor den Wasserklosetthäuschen schrubbte. Sie drehte sich um, erblickte die Besucherin, ging in die Hocke und rief: »Hallo, Sie sind's! Früh dran heute.«

»Ja, Mrs. Barnes«, gab Sarah zurück. »Ich war schon aus den Federn, bevor ich wach wurde.«

Beide lachten, und dann trat Sarah durch die zweite einer Reihe von Haustüren, um gleich darauf zwei Kindern auszuweichen, die in dem engen, dämmrigen Korridor spielten. Sie beugte sich zu den beiden herunter und sagte: »Ihr solltet nicht hinter der Tür spielen.«

Zwei Treppen höher stand sie vor der Wohnung ihrer Schwester und stieß atemlos die Tür von Nummer drei auf. Bei ihrem Eintreten wurde sie jubelnd von einer zahlreichen Kinderschar begrüßt, und ihre Schwester Annie rief: »Du liebe Zeit! So früh am Morgen?«

»Oh, diese Treppen!«

»Ist etwas passiert?«

»Ja, das kannst du sagen, Annie. Es ist wirklich etwas passiert. Hast du einen Schluck Tee für mich auf dem Herd?«

»Ja, aber er wird schwarz wie Tinte sein. Doch so magst du ihn ja. Bediene dich und erzähl mir, warum du um zehn Uhr in der Frühe hier erscheinst. Ist sie gestorben?«

»Nein, aber ich wünschte, es wäre so. Hast du jemals von Mary Ping's gehört, einem Heim für in Not geratene Frauen?«

»O je! Wer hätte das nicht? Es ist ein Heim für Straßenmädchen, ein übler Ort. Erzähl mir nicht, daß du dort hinkommst. Wir haben früher unsere Witze darüber gemacht. Pater Weir versuchte einmal, dort eingelassen zu werden, um die jungen Katholikinnen herauszuholen, und es hieß, die Mädchen hätten ihm beinahe die Kleider vom Leib gerissen. Nun, was hast du damit zu schaffen?«

»Du wirst es nicht glauben, aber genau dahin will die alte Hexe unsere Miß stecken. Sie ließ gestern abend ihren Reverend und seine Frau kommen, und dann haben sie das beschlossen. Nachdem die Köchin das gleiche über das Heim gesagt hat wie du eben, bin ich selbst hingegangen. Ich habe nur einen Raum voller Mädchen gesehen, aber das reichte.

Du lieber Himmel! Ich habe genug gesehen. Obwohl ein junges Mädchen erklärte, sie wären nicht alle schlecht, manche hätten einfach Pech gehabt, oder die Verhältnisse seien schuld. Aber der Gedanke, daß Miß Marie Anne dort leben soll, ließ mir die Haare zu Berge stehen. Eigentlich bräuchte ich mir deshalb keine Gedanken machen, denn sie will lieber in ein möbliertes Zimmer ziehen und sich Arbeit suchen. Aber Annie, verstehst du? Man wird sie bei lebendigem Leib auffressen, denn sie ist schön, auf ungewöhnliche Weise schön. Da ist etwas in ihrem Gesicht und auch in ihrem Wesen, das fasziniert die Menschen. Sie ist einfach ein wunderbares Mädchen. Dickköpfig, ja. Und sie kann sehr heftig werden. Aber wer hat keine Launen? Auf jeden Fall habe ich nachgedacht. Sind die beiden Zimmer im Dachgeschoß noch immer zu vermieten?«

»Ja, und ich habe den Schlüssel. Der Hauseigentümer läßt mir jede Woche Sixpence von der Miete dafür nach, daß ich Interessenten hinaufführe. Die Räume standen den ganzen letzten Monat leer, nur ein junger Kerl kam, um sie sich anzusehen. Aber als er sah, daß das Wasser den ganzen Weg, vom Hof bis nach oben, getragen werden mußte, meinte er, für diese zwei schäbigen Kammern würde er kein halbes Pfund die Woche hinlegen.«

»Kann ich nach oben gehen und die Zimmer sehen?«

»Hol dir den Schlüssel. Er liegt auf dem Kaminsims. Aber bei allem, was recht ist, Sarah, dieses Mädchen kann dort oben nicht wohnen. Das hält sie nicht aus. Jeder Tropfen Wasser muß heraufgebracht werden, und jede Schaufel mit Kohlen.«

»Nun, sie würde nicht allein sein, Annie, denn ich würde mit ihr einziehen. Von Martha Culmill und ihren Gemeinheiten habe ich wirklich genug. Ich glaube im Ernst, Miß Marie Anne würde sogar Kohlen in der Hölle schaufeln, solange ich bei ihr bin, denn sie vertraut mir. Außerdem tut sie mir leid, ehrlich, und ich fühle mich für sie verantwortlich. Langsam wird das zu einer Bürde, das kann ich dir sagen.«

»Du meinst, du willst hierher in dieses Viertel ziehen und in der Wohnung über uns leben?« fragte Annie mit aufgeregter Stimme.

»Nur vorübergehend. Aber wir brauchen Möbel für die Zimmer.«

»Ach, das wird nicht allzuviel kosten, wenn ihr nicht zu wählerisch seid. Wie du weißt, kannst du in Paddy's Emporium alles kaufen, vom Klavier bis zum Ruderboot. Geh hin und überzeuge dich selbst.

Sarah stand in der Mitte des großen Zimmers und begutachtete die Dachschräge. Auf dem Fußboden lag ein Linoleumbelag, dessen Muster kaum mehr zu erkennen war. Es gab einen Kamin, der nicht viel mehr als ein offener Rauchfang war, mit einem Herd an einer Seite und einem Kesselhaken an der anderen. Sonst war das Zimmer leer. Sarah durchschritt den Raum und stieß die Tür am anderen Ende auf. In diesem Raum fiel ihr Blick sofort auf das spärliche Mobiliar: ein großes Doppelbettgestell aus Messing, ohne Matratzen, aber mit intakten Sprungfedern. Auch hier lag Linoleum auf dem Boden, und am anderen Raumende gab es ein richtiges Fenster, das so groß war wie das Fenster im Wohnzimmer. Bevor Sarah den Raum verließ, betastete sie die Messingknöpfe an den Bettpfosten. Ja, sie saßen fest. Es war ein gutes Bett.

Als sie wieder unten war, erklärte Sarah: »Sag deinem Hausbesitzer, daß wir die Wohnung nehmen.«

»Nein! Einfach so? Hast du auch darüber nachgedacht, daß ihr alles hochschleppen müßt – Kohlen, Wasser? Und die Wäsche müßt ihr unten im Zuber waschen. Denk an deine Beine, wie schwer sie jeden Abend sein werden. Meine bringen mich fast um wegen des ewigen Treppensteigens.«

»Ja, damit liegst du mir schon jahrelang in den Ohren, aber wir müssen es versuchen. Ich lasse nicht zu, daß Miß Marie Anne allein und auf sich gestellt dieser Stadt ausgeliefert wird. Schließlich muß ich mit meinem Gewissen weiterleben.«

»Aber Sarah«, gab Annie zu bedenken, »für Sixpence oder einen Schilling könntet ihr eine wirklich anständige Wohnung im Parterre mieten und euch die ganze Schlepperei ersparen.«

»Meinst du, daran hätte ich nicht auch schon gedacht, Annie? Aber Miß Marie Anne hat nicht soviel Geld, und ich auch nicht. Unsere Reserven werden ohnehin nicht allzu lange reichen, und ich werde mir bald wieder irgendeine Arbeit suchen müssen. Außerdem ist es mir lieber, Miß Marie Anne in der Nähe von jemanden zu wissen, dem ich vertrauen kann, wenn ich sie allein lassen muß. Denn sie ist mittlerweile über den vierten Monat hinaus, und sie hat wenig Aussichten, mit Klavier spielen selbst Geld zu verdienen, obwohl man nie weiß, denn sie spielt wunderbar.«

»Ich kann dich gut verstehen, Sarah, nach allem, was du erzählt hast, aber laß uns der Sache nüchtern ins Gesicht sehen. Wie wird sie die ganzen Treppen bis nach oben schaffen?«

»Oh, sie ist jung. Sie schafft die Stufen sicher besser als ich.«

»Du klingst wie eine alte Frau.«

»So fühle ich mich auch, Annie. Aber jetzt muß ich zurück. Die Zeit läuft mir davon, wenn wir heute abend einen Ort zum Schlafen haben wollen. Übrigens, wo ist dein Mann?«

»Oh, er ist im Augenblick mit seiner Kolonne in Brighton. Sie brechen ein großes Hotel ab. Eine Woche bleiben sie sicher noch, denke ich.«

»Dem Himmel sei Dank.«

»Ach, Sarah. Er kann doch nichts dafür.«

Mit langsamem Kopfschütteln sagte Sarah: »Du gibst mir Rätsel auf, liebe Annie. Er ist es nicht wert, daß du mit ihm lebst, und doch hältst du zu ihm.«

Jetzt meldete sich eine leise Stimme, die krähte: »Du gehst schon wieder weg, Tante Sarah?« Sarah beugte sich über den Vierjährigen. »Ich bin bald zurück, mein Kleiner. Und du, Callum«, sagte sie, während sie dem Dreijährigen über die Lokken strich, »wirst jede Woche größer.« Dann wandte sie sich wieder an ihre Schwester. »Wo sind Kathleen und Joseph?«

»Sie haben auf der neuen Schule angefangen, beide in der sechsten Klasse. Ich weiß, ich hätte sie bei den Nonnen lassen sollen, aber dort lernten sie nichts. Nur Choräle und irische Lieder, den Katechismus, den Rosenkranz, ein bißchen Zeichnen und mit Knetgummi modellieren. Billy besucht die Schule bereits seit einem Jahr und ist ihnen weit voraus. Er kann lesen, schreiben und rechnen. Aber Michael macht mir

Sorgen. Er verabscheut es, den ganzen Tag in der Schule zu sitzen. Lieber schwänzt er den Unterricht, wie Shane. Aber an manchem Tag bin ich froh, wenn der Junge nicht zur Schule geht, denn so kann er bis zu zwei Schillinge beim Einsacken von Kohlenbruch verdienen. Natürlich muß ich ihn abends in die Wanne stecken und den schwarzen Dreck von ihm abschrubben. Das heißt, wenn sein Vater zu Hause ist. An den anderen Abenden springt er draußen im Hof unter den Wasserhahn. Wenn Pater Weir Wind davon bekommt, daß meine beiden jüngsten Söhne auf die protestantische Schule gehen, wird er mir aufs Dach steigen. Es hat keinen Zweck, ihn daran zu erinnern, daß sie alle Protestanten sind, wegen ihres Vaters. Oh, Pater Weir meint, ich sei Katholikin, und als ihre Mutter müßte ich notfalls das Höllenfeuer auch mit Lampenöl löschen, um ihre Seelen zu retten.«

»Ich muß los, Annie. Ich muß wirklich los.« Lachend verließ Sarah die Wohnung. Das Höllenfeuer mit Lampenöl löschen, hatte man jemals solchen Blödsinn gehört? Irgendwie war Sarah froh, wieder in Annies Nähe zu wohnen. Es würde so sein wie früher, bevor sie über die irische See gekommen waren, um in England ihr Glück zu machen, so Gott wollte.

Sie standen beide in einiger Entfernung vom Bett und starrten auf die Kranke, die nun Marie Anne ansprach: »Mädchen, ich ertrage es nicht, dich anzusehen. Du bist schmutzig, verkommen und böse!«

Marie Anne preßte die Kiefer aufeinander, doch während sie ihrer Tante zuhörte, hallten in ihrem Kopf die Worte wider, die sie einmal Evelyn entgegengeschleudert hatte. Drekkig, verkommen, schmutzig. Wieder tat es ihr leid, jemals solche Dinge gesagt zu haben.

»Du kommst in ein Haus, das nicht besser ist als ein Erziehungsheim, und dort wird man dich zwingen, deine eigene Schlechtigkeit zu erkennen, denn du bist durch und durch verdorben. Schon bevor du der Sünde verfallen bist, warst du aufsässig und verstockt.«

Als Martha Culmill eine Pause machte, um Luft zu holen, sagte Marie Anne ruhig: »Bist du fertig, Tante?« Die Frage schien wie ein Messerstich zu treffen, denn ihre Tante erwiderte:

»Was meinst du damit, ob ich fertig bin?«

»Genau das. Bist du fertig damit, mir zu sagen, wie verdorben ich bin? Denn jetzt möchte ich dir sagen, was für eine verdorbene Person du bist. Du bist eine gemeine, häßliche, engherzige Alte, und ich kann nicht anders, ich muß dir sagen, daß du zur selben Sorte gehörst wie meine Mutter. Du bist ihr in vielem ähnlich.«

»Wie kannst du es wagen! Wie kannst du nur! Schaffen Sie sie augenblicklich hinaus, Foggerty. Sie soll mir nie wieder unter die Augen treten.«

»Sofort, Madam. Nur noch einen Augenblick. Wie Sie wissen, erhalte ich jeden Samstag meinen Lohn von Ihnen. Von dieser Woche sind vier Tage vergangen, und ich möchte fragen, ob ich wohl die Hälfte meines Wochenlohns jetzt bekommen könnte, obwohl erst Samstag Zahltag ist. Eigentlich würden mir vier Schillinge zustehen, aber mit dreien gebe ich mich auch zufrieden.«

»Sie geben sich zufrieden! Wovon reden Sie eigentlich? Warum wollen Sie plötzlich mitten in der Woche Geld?«

»Ich brauche es für etwas Bestimmtes, Madam.«

»Sie brauchen es für etwas Bestimmtes? Wofür?«

»Das würden Sie doch nicht verstehen, Madam. Aber ich brauche jeden Penny. Wenn Sie so freundlich sein würden und mir ...«

»Wirklich! Das ist die Höhe. Holen Sie die Kassette.«

Sarah brachte die Kassette, und ihre Dienstherrin öffnete sie mit einem Schlüssel, den sie aus dem Toilettenbeutel nahm, der auf dem Nachttisch neben ihr lag. Nachdem Martha Culmill drei Schillinge herausgenommen und sie ihrer scharfsinnigen, wenn nicht gar gerissenen irischen Dienstbotin hingeworfen hatte, steckte Sarah das Geld in ihre Tasche und sagte: »Ich danke Ihnen, Madam. Nun sind wir quitt. Ich habe Ihnen nichts gestohlen, sondern nur genommen, was mir zusteht.«

Mittlerweile aufrecht im Bett sitzend, sah Martha Culmill von Sarah zu Marie Anne, denn ihre Dienstbotin und ihre

Nichte waren beide fertig zum Ausgehen angekleidet. »Was ist heute morgen mit Ihnen los, Foggerty?« fragte sie. »Kümmern Sie sich jetzt um Ihre Aufgaben. Sie wissen, was Sie mit dieser verdorbenen Person zu tun haben. Dann kehren Sie unverzüglich zurück, denn heute will ich nach unten gehen.«

»Madam, ich glaube, Sie sollten sich besser wappnen. Ja, ich kümmere mich um meine Aufgaben, und auch um sie.« Sarah wies mit dem Kopf zu Marie Anne. »Aber sie wird in kein Heim gehen.« Ihr ironischer Ton verwandelte sich in Empörung: »Sie nennen es Heim? Ein Haus voller Straßenhuren! Ich war heute morgen dort, und hätte ich einen Wunsch frei, würde ich dafür sorgen, daß Sie in diesem Haus leben müßten, mitten unter Straßendirnen. Dann könnten Sie selbst erleben, was Sie Ihrer Nichte antun wollten. Es waren alles junge Prostituierte, verstehen Sie? Prostituierte! Der Abschaum von der Straße. Mit üblem Mundwerk und rotzfrechem Benehmen. Und jetzt, zu Ihrer weiteren Information, sage ich Ihnen noch etwas. Ich werde zusammen mit Marie Anne dieses Haus verlassen.«

»Das tun Sie nicht! Wie können Sie es wagen? Sie sind hier angestellt. Ich werde Ihnen beiden die Polizei auf den Hals hetzen. Ich telegraphiere ihrer Mutter … und ihrem Großvater.«

»Das Geld können Sie sich sparen, Madam, denn Marie Anne hat bereits beiden geschrieben. Und ihrem Großvater hat sie gesagt, daß sie von hier fortgeht, weil sie es bei Ihnen nicht länger aushält.«

Es hatte den Anschein, als wäre Martha Culmill vom Schlag getroffen, denn sie sank flach in die Kissen zurück, mit weit offenstehendem Mund. Doch als die beiden Frauen sich zur Tür wandten, schrie sie: »Foggerty! Foggerty! Ich befehle Ihnen, hierher zurückzukommen! Ich brauche Sie! Ich bin eine leidende Frau!«

»Dann sollten Sie sich eine richtige Krankenschwester leisten, Madam.«

»Ich werde dafür sorgen, daß man Sie findet und bestraft …«

»Tun Sie, was Sie für richtig halten, Madam. Und jetzt

kommen Sie, meine Liebe.« Sarah streckte die Hand nach Marie Anne aus, die einen letzten Blick auf ihre im Bett liegende Tante zu werfen schien, bevor sie auf den Korridor hinaustraten, verfolgt von schrillen Schreien:

»Foggerty! Foggerty! Kehren Sie zurück!«

Agnes und Clara erwarteten sie bereits. Clara weinte, und die Köchin biß sich fest auf die Unterlippe, während sie sichtbar zitterte. Die Köchin sagte: »Es wird nie wieder so sein wie früher. Mit Ihnen, Sarah, war es hier im Haus erträglich, aber nun werden wir beide, Clara und ich, uns woanders eine neue Stellung suchen müssen. Sie verstehen, ihr geht es wie Ihnen, Miß ...« – die Köchin nickte ihrem Küchenmädchen zu – »oder sogar noch schlimmer, denn sie hat niemanden auf der ganzen Welt, der sich um sie kümmert. Also habe ich versprochen, daß ich nicht ohne sie gehen werde, obwohl ich weiß, wie schwierig es ist, gemeinsam eine Anstellung zu finden.«

Die kleine Küchenmagd stürmte nun zu Marie Anne und schlang die Arme um ihren Hals. Beide verharrten einen Moment in der Umarmung, bis die Köchin sagte: »Ihre Schwester, Sarah ... ich weiß, Sie werden zu Ihrer Schwester ziehen. Aber wo soll sie wohnen?«

Sarah wandte sich zu Marie Anne, die mittlerweile zu weinen begonnen hatte. Wie in einem plötzlichen Entschluß sagte Sarah: »Es ist besser, Sie wissen es nicht, Agnes, denn wenn Sie Bescheid wüßten und es käme jemand her, ich meine, jemand, der sie sucht, würden Sie aus reinem Mitgefühl alles verraten. Also lassen wir es einfach, wie es ist. Aber ich verspreche Ihnen, daß wir hin und wieder zur Hintertür hereinschauen, um nachzusehen, ob Sie noch hier sind, und um guten Tag zu sagen.«

»Das würden Sie tun, Sarah?«

»Ja, das würden wir. Ganz sicher, nicht wahr, Miß?«

»O ja. Natürlich.« Nun lag Marie Anne in den Armen der Köchin.

Mitten in die gefühlsbeladene Situation hinein sagte Sarah: »Kommen Sie, Marie Anne. Wir holen jetzt unser Gepäck aus der Halle und tragen es auf die Straße. Dort müssen wir uns eine Droschke nehmen, denn wenn wir heute nacht in einem richtigen Bett schlafen wollen, wartet noch eine Menge Arbeit auf uns.«

Zehn Minuten später saßen sie in einer Droschke und winkten zum Abschied der fülligen Köchin und dem kleinen Dienstmädchen, die auf der Haustreppe standen und ihnen nachblickten.

Weitere fünfzehn Minuten später und eine Meile entfernt, nach einem Umweg, der die Droschke zum Eingangstor von Ramsay Court brachte, half der Kutscher Sarah, die Kisten und Koffer wenige Meter in den Hof zu tragen. Er verlangte als Fahrpreis zehn Pence, und Sarah reichte ihm einen Schilling mit den Worten: »Nehmen Sie. Der Rest ist für Sie. Und vielen Dank.«

Sarah hatte noch nie das Vergnügen gehabt, einem Droschkenkutscher zwei Pence Trinkgeld zu geben, aber wie die meisten Vertreter seiner Berufsgruppe war er undankbar und zeigte sich kaum erfreut über ihre Großzügigkeit.

Als Marie Anne zwei der Koffer anheben wollte, sagte Sarah rasch: »Lassen Sie das stehen. Zwei Gepäckstücke bringe ich jetzt hinauf, und Sie bleiben bei dem Rest, denn wir können nicht das ganze Zeug auf einmal nach oben schleppen. Lassen Sie die Kisten und Koffer keine Sekunde aus den Augen. Denken Sie daran. Und erlauben Sie niemandem, Ihnen nahezukommen. Haben Sie verstanden?«

Marie Anne antwortete nicht, auch nicht durch ein Kopfnicken, sondern blickte der adrett gekleideten Gestalt nach, die über den Hof eilte, einen Koffer in der einen Hand und eine vollgepackte Reisetasche in der anderen. Allein zurückbleibend, betrachtete sie neugierig die Umgebung. Bei dem fremdartigen Anblick riß sie die Augen weit auf. Marie Anne sah eine Frau, die in der Hofecke einen Eimer mit heißer Asche ausleerte, auf einen Haufen mit glühenden Kohleresten. Vor einem kleinen Gebäude stand eine andere Frau und rührte mit dem Wäschestock in einem Zuber. Marie Anne hatte schon früher gesehen, wie Frauen Wäsche kochten. Zu Hause im Heizhaus gab es zwei Waschkessel. Einer wurde für die Dienstbotenkleidung benutzt, der andere diente für die Wäsche der Herrschaft. Daher wußte Marie Anne, womit die Frau beschäftigt war. Aber sie geriet in wirkliche Verwunderung, als ein Mann auftauchte, der seine Hose zurechtrückte, nachdem er aus einem Verschlag getreten war, der wie ein Toilettenhäuschen aussah.

Als der Mann auf sie zukam, noch damit beschäftigt, die Hemdzipfel in die Hose zu stopfen, erstarrte Marie Anne.

»Brauchen Sie Hilfe, Mädchen?«

»N-nein, danke«, stammelte sie.

»Warten Sie auf jemanden?«

»Ja. Ja, das tue ich.«

Der Mann blickte sich um und sagte: »Sie ziehen hier wohl ein, wie?«

Marie Anne antwortete nicht, denn in einiger Entfernung hinter dem Mann tauchte gerade Sarah auf und kam näher. Indem er sich umwandte, erkannte der Mann die Irin und rief: »Oh, hallo Sarah. Sie sind es!«

»Ja, Mr. Barnes, ich bin es.«

»Nicht bei der Arbeit?«

»Nein. Ich hatte viel Gehetze die letzten Tage. Das raubt einem die Kräfte, wie Sie sich vorstellen können.«

Auf das Gepäck weisend, sagte der Mann: »Sie wollen doch nicht etwa hier einziehen, Sarah?«

»Doch, doch. Wenigstens für die nächste Zeit.«

»Dachgeschoß?«

»Ja, sicher. Ganz oben.«

»Mein Gott! Was für eine Schlepperei!«

»Sie sagen es.«

»Kommen Sie, und nehmen Sie das«, wandte sich Sarah nun an Marie Anne, worauf der Mann sagte: »Oh, geben Sie mir diesen großen Karton. Dafür habe ich immer noch Kraft. Wenigstens kann ich ihn bis auf unser Stockwerk hochtragen.«

»Danke. Vielen Dank, Frank.«

Als sie den ersten Treppenabsatz erreichten, sagte Sarah: »Ab hier kommen wir allein zurecht, Frank. Lassen Sie es gut sein.«

Frank Barnes lächelte und sagte: »Kein Problem.« Dann fixierte er Marie Anne und fragte: »Sie ziehen auch hier ein?«

Marie Anne hatte noch nicht geantwortet, als Sarah sich einschaltete: »Ja, ja«, erklärte sie. »Sie wird auch hier wohnen, Frank. Bis später.« Ohne weitere Worte zu verlieren, hob Sarah beide Kartons hoch und überließ es Marie Anne, ihr mit dem Rest der Gepäckstücke ins zweite Stockwerk zu folgen, zu Annies Wohnung. Dort setzte Sarah die Kartons ab und sagte: »Mein Gott! Das Geschleppe bringt mich schon um, bevor es richtig losgeht. Also, Annie, das ist Miß Marie Anne Lawson. Und das ist meine Schwester, Miß.«

Bei der förmlichen Vorstellung antwortete Marie Anne aus alter Gewohnheit: »Angenehm«, um gleich darauf die Hand auszustrecken und mit Claras direkter Art zu sagen: »Ich freue mich ehrlich, Sie kennenzulernen.«

»Ja, ich mich auch, Miß.«

Es war offensichtlich, daß Annie verblüfft war über das Mädchen in der Begleitung ihrer Schwester, das viel älter als sechzehn wirkte. Nun ja, wenigstens hatte Sarah gesagt, daß sie erst sechzehn sei. Und sie hatte gesagt, das Mädchen sei schön. In Annies Augen hingegen war Marie Anne keine Schönheit, aber sie besaß einen gewissen Reiz, irgendwie fremdartig.

Marie Anne ihrerseits begriff noch nicht, daß dies der Ort war, an dem sie leben sollte. Sie hatte nicht geglaubt, daß Sarah jemanden kannte, der unter derartigen Bedingungen existierte, oder daß Sarah selbst aus solchen Verhältnissen stammte. Zehn Kinder, hatte Sarah gesagt, wohnten hier. Dann gab es unten diesen Hof, auf dem die Hausbewohner den verschiedensten Tätigkeiten nachgingen, als handelte es sich um alltägliche Verrichtungen. Natürlich waren sie das auch. Warum wunderte sie sich also darüber? Wenn sie erst einmal hier wohnte, würden diese Dinge vermutlich auch für sie selbstverständlich werden.

Sarah unterbrach Marie Annes Gedanken: »Wenn wir eine Matratze und etwas zum Zudecken für heute nacht haben wollen, machen wir uns jetzt besser auf den Weg zu Paddy's. Ich räume unser Zeug nach oben, sobald wir zurück sind, Annie.«

»Oh, das kann dort in der Ecke bleiben, solange es nötig

ist. Außerdem würde es mich nicht überraschen, wenn ihr beide heute nacht auf der Matte vor dem Feuer schlaft. Euch bleibt nicht viel Zeit, um das Bett oben herzurichten. Aber wenn ihr zurückkommt, steht eine warme Mahlzeit für euch bereit, selbst wenn es nur Lammbrühe mit Klößen ist.«

Die zwei Stunden, die sie in Paddy's Emporium verbrachten, würde Marie Anne nie vergessen. Ramsay Court und die Bedingungen, unter denen Sarahs Schwester lebte, hatten sie bereits in Erstaunen versetzt, aber was sie jetzt sah, das bunt gewürfelte, auf vier Stockwerke verteilte Angebot von Waren, durch das sie sich ihren Weg bahnen mußte, raubte ihr beinahe den Atem. Im Erdgeschoß lagen alle möglichen Gerätschaften in unordentlichen Haufen herum, als hätte eine Explosion sie umhergeschleudert. Ein Stockwerk höher gab es Sessel, Sofas, Betten und verschiedenste andere Möbelstücke. Der zweite Stock bot alles, was man brauchte, um eine riesige Küche einzurichten. Darüber fanden sie Haushaltswäsche aller Art, von Tischtüchern bis zu Vorhängen, und im obersten Stock gab es massenhaft Porzellan, Töpfe und Steingut.

Sarah steuerte den dritten Stock an, die Etage für Wäsche aller Art: Laken, Decken, Bett- und Kopfkissenbezüge, Handtücher, Gardinen.

Paddy O'Connell war ihnen nach oben gefolgt. Es war Mittwoch und ein sehr ruhiger Geschäftstag. Seltsam, überlegte Paddy, daß mitten in der Woche so wenig Leute kamen. Wahrscheinlich konnten sie sich nicht entscheiden, ob sie jetzt einkaufen gehen oder bis zum Wochenende warten sollten. Paddy studierte die Frau und das junge Mädchen. Sie gehörten nicht zu seiner üblichen Kundschaft, das war ihm sofort aufgefallen.

»Kann ich Ihnen helfen, meine Damen?« fragte er.

»Ja, das können Sie, Paddy. Die Sache ist die ...« Sarah blickte ihm direkt ins Gesicht. »Ich habe eine Schwester, die lebt drüben in Ramsay Court. Es muß ungefähr zwölf Jahre her sein, da haben Sie ihr die Einrichtung für vier Zimmer geliefert, zu einem Spottpreis. Nun, wir haben heute auch nicht mehr Geld und können nur sehr wenig ausgeben. Wir müssen eine Wohnküche und ein Schlafzimmer möblieren. Aber wir wollen anständigere Ware. Haben Sie vielleicht noch ein anderes Lager?«

»Wo denken Sie hin, Miß! Ich und etwas unter Verschluß haben? Um Himmels willen! Sehen Sie sich um. Es ist alles reguläre Ware, für jeden offen zugänglich.«

»Ja, so hört man.« Sarah wandte sich zu einem Stapel mit Bettlaken und sagte: »Das müssen Sie sich ansehen! Das Zeug ist geflickt und trotzdem so fadenscheinig, daß man durch es hindurch die Zeitung lesen kann.«

»Nun, dann suchen Sie weiter unten in der Kiste. Vielleicht finden Sie dort etwas Passendes.«

Sarah wandte sich an Marie Anne und trug ihr auf : »Machen Sie, was er gesagt hat, und graben Sie sich bis nach unten durch. Achten Sie besonders auf Kopfkissenbezüge. Wir brauchen alles: Laken, Decken, Bezüge, Handtücher. Dazu Bettzeug. Ein Bett haben wir schon, ein riesiges Ding aus Messing, das einzige Möbelstück in der Wohnung. Es fehlt nur eine anständige Matratze. Aber bei Ihnen kaufe ich die nicht. Da könnte ich mir den Handkarren sparen, denn die Matratze würde von ganz allein nach Hause laufen.«

»Aber, ich bitte Sie! Das ist nicht nett von Ihnen, meine Dame. Vielleicht kann ich mit etwas Anständigem aus dem Verschlag unten dienen. Wieviel möchten Sie denn ausgeben?«

Sarah blickte ihn skeptisch an und sagte: »Zunächst erkläre ich Ihnen noch einmal, was ich will. Ich brauche vier Laken, dazu zwei Kopfkissen und vier passende Bezüge zum Wechseln, außerdem drei Decken. Dann noch ein halbes Dutzend große Handtücher, ein oder zwei Tischdecken und Vorhänge für zwei Fenster, aber nicht das dünne Zeug hier. Die Vorhänge können ruhig ausgeblichen sein, solange es sich um eine dicke Qualität handelt, wie Möbelbezugsstoff, Sie verstehen?«

Paddy nickte in Sarahs Richtung, während er jeden ihrer Wünsche mit einem: »Ganz wie Sie meinen, ganz wie Sie meinen«, quittierte.

»Dazu möchte ich einige Matten, anständige Läufer. Und

ich brauche ein paar bequeme Sessel, ein Sofa ist nicht unbedingt nötig.«

»Oh, Sie müssen auch ein Sofa haben.« In Paddys Stimme lag ein Anflug von Sarkasmus, und Sarah zahlte ihm die Dreistigkeit heim, indem sie ihn nachäffte: »Ganz wie Sie meinen, ganz wie Sie meinen.« Paddy lachte.

Marie Anne warf einen kurzen Blick zu Sarah. Anschließend, als hätte sie schnell gelernt, betrachtete sie geringschätzig die verschiedenen Laken und Bezüge, die sie aus der Wühlkiste gezogen hatte, und sagte: »Es ist nichts darunter, was sein Geld wirklich wert wäre.«

Sarah unterdrückte ein Lachen, während Paddy sagte: »So, so! Und das muß ich mir in meinem eigenen Laden bieten lassen. Aber ganz wie Sie meinen, wenn für Sie nichts dabei ist.«

Dann wandte er sich wieder an Sarah: »Wieviel Geld wollen Sie ausgeben, um die beiden Räume vollständig einzurichten? Vergessen Sie nicht, Sie gründen praktisch einen Hausstand.«

»Zwei Pfund, zehn Schilling bis drei Pfund, unter uns gesagt.«

Wieder blickte Paddy O'Connell von einer Kundin zur anderen. Er hatte sich nicht getäuscht. Die beiden Damen stammten aus einer anderen Schicht, und er fragte sich, warum sie ausgerechnet nach Ramsay Court zogen. Die eine sah aus wie eine bessere Dienstmagd und sprach auch genauso, aber die andere konnte er nicht einordnen, wahrscheinlich wohlhabende Mittelschicht. Schließlich schien Paddy zu einem Entschluß zu kommen und fragte: »Wie bald wollen Sie die Wohnung beziehen?«

»Jetzt, heute. Haben Sie noch immer Ihren Karren?«

»Nicht nur den, Miß. Ich kann Ihnen sogar mit einem Lastwagen dienen.«

»Oh, um so besser.«

»Sie wollen eine vollständige Haushaltsausstattung für eine Gesamtsumme von zwei Pfund zehn bis drei Pfund? Ist das nicht zuviel erwartet? Nun, soweit ich die junge Miß verstanden habe, ist sie sehr wählerisch, was die Betten angeht.

Sie rümpft über dies und das die Nase. Na ja, mehr über dies als über das. Aber ich könnte Ihnen vielleicht entgegenkommen. Wie wäre es, wenn ich Ihnen die beiden Zimmer in einen gemütlichen kleinen Palast verwandle, sagen wir für ...«, er blickte von einer zu anderen, »... drei Pfund pro Raum? Und keinen Penny mehr.«

»Drei Pfund pro Zimmer! Heilige Jungfrau Maria!« Sarah wandte sich zu Marie Anne, und zu ihrer eigenen Überraschung stellte sie fest, daß diese ein Lächeln kaum unterdrücken konnte. »Haben Sie gehört?« fragte sie.

»Ja«, entgegnete Marie Anne, »und ich glaube, das könnten wir uns leisten.«

»Oh, ich weiß nicht.« Sarah schüttelte den Kopf.

In diesem Moment schaltete Paddy sich eilfertig ein: »Matratze, Bettzeug, Möbel, alles zusammen, und nur allerbeste Ware. Ja, wirklich. Nichts, was hier verkauft würde. Nur für Privatkunden.«

»Nun, dann lassen Sie uns sehen.«

»Ganz wie Sie meinen, Miß. Ganz wie Sie meinen.«

Paddy führte sie erneut ins Erdgeschoß, wo ein junger Mann gerade einem anderen dabei half, einen intakten Kaminofen aus dem Gerümpel zu ziehen, und diesem Mann rief Paddy zu: »Ich bin im hinteren Lager, Barney.«

»In Ordnung, Mr. O'Connell.«

Paddy O'Connell öffnete das zweiflügelige Tor des Lagerhauses. Dann geleitete er seine beiden Kundinnen durch einen engen Gang, steckte den Schlüssel in eine andere Tür, trat zur Seite und ließ die beiden Damen in einen riesigen Raum treten. Nach wenigen Schritten blieben beide stehen und blickten sich erstaunt um. Die Halle war nicht annähernd so vollgestopft wie die Verkaufsräume im Haus nebenan, vielmehr standen alle Stücke sauber aufgereiht, fertig zur Besichtigung, und alle waren neu oder wenigstens gut erhalten. Wortlos ging Paddy O'Connell an Sarah und Marie Anne vorbei zu einem Schrank, zog die Doppeltüren auf und wies auf die mit Wäsche vollgepackten Fächer.

6. Kapitel

Die beiden Schwestern standen nebeneinander in der Mitte des Zimmers, und Sarah sagte: »Nun, was meinst du?«

Annie entgegnete: »Herr im Himmel! Und alles neu!«

»Ja, wenigstens fast.«

»Und es sieht sehr gut aus. Die Zimmer wirken wie verwandelt. Das hätte ich niemals gedacht. Und sieh nur! Schau dir die Teppiche an. Nein, nicht Teppiche, Läufer. Und du hast sogar den Kamin angezündet. Aber die Herdplatte mußt du noch mit Graphit behandeln, denk daran. Ach, ich komme hoch und erledige das für dich, wenn ich Zeit habe. Denn du bist es wohl kaum gewöhnt, dir die Hände schmutzig zu machen, habe ich recht?« Annie stieß ihrer Schwester freundschaftlich den Ellenbogen in die Seite, bevor sie zu Marie Anne sah, die neben der Schlafzimmertür stand. Sie trug ein blaues Wollkleid, und ihr braunes Haar hing auf die Schultern herunter. Lächelnd sagte Marie Anne:

»Ist es nicht hübsch geworden, Mrs. Annie? Kommen Sie, schauen Sie sich das Schlafzimmer an.«

Als sich Marie Anne umwandte, flüsterte Annie ihrer Schwester zu: »Kaum zu glauben! Sie sieht aus, als wäre sie ein anderes Mädchen. Wirklich! Jetzt kann ich verstehen, warum du sie hübsch findest.«

»Ja, sie ist ein hübsches Ding, Annie. Und jetzt geh und sieh dir das Schlafzimmer an.«

Im Schlafzimmer rief Annie erneut aus: »Oh, mehr hättet ihr kaum hineinstellen können. Und so gute Möbel, ein Schrank, eine Kommode, ein Ankleidetisch, und alles paßt zusammen. Bei allen Heiligen! Solch eine Einrichtung habe ich nicht mehr gesehen, seit ich vor Jahren bei meiner letzten Herrschaft in Stellung war.«

»Aber das ist noch gar nichts. Sehen Sie sich die Laken an«, rief Marie Anne aufgeregt und zog eine gesteppte blaue Daunendecke mit dazu passendem Federbett zur Seite, hob zwei flauschige Decken und zeigte die darunter liegenden Laken. Sie waren gebleicht, und während Marie Anne sie betastete, sagte sie: »Sie sind kein bißchen abgenutzt, und nirgendwo ein Flicken. Alles makellos, bis auf die Stelle am Saum, wo jemand ein Loch hineingebrannt hat. Wir haben drei Paar davon, und sie sind alle gleich, nicht wahr, Sarah?«

»Ja, meine Liebe, sie sind alle gleich.«

»Und genauso ist es bei den Handtüchern. Hier sind an den Rändern Stücke herausgeschnitten. Finden Sie das nicht auch seltsam, Mrs. Annie?«

Annie wandte sich um und sah ihre Schwester an. Dabei schien sie mit einem Auge zu zwinkern, bevor sie nach kurzer Pause bestätigte: »Wirklich seltsam. Jemand muß im Bett geraucht haben.«

»Aber warum sollte jemand aus den Handtüchern Stücke herausgeschnitten haben?«

»Oh, Mädchen, es gibt merkwürdige Menschen auf der Welt. Aber ich muß sagen, ihr habt es wirklich herrlich hier oben. Wenn es nur eine Wasserleitung in den Wohnungen gäbe. Die Kohle hinaufzuschaffen und die Asche wieder herunterzutragen ist nicht so schlimm, aber das mit dem Abwasser ist schlimm.« Annie kehrte nun ins Wohnzimmer zurück und bemerkte: »Ein richtiger Küchenschrank mit allem Drum und Dran! Ach, so etwas wollte ich schon immer haben.« Als sie wußte, daß sie sich außer Hörweite von Marie Anne befand, blickte sie Sarah an und flüsterte: »Ich denke doch dasselbe wie du, was das Bettzeug und das andere Zeug angeht, oder?«

»Ja, es würde mich nicht wundern, Annie. Ehrlich gesagt, ich wette, daß jedes Teil in diesem Laden gestohlen ist. Zuerst behauptete Paddy, er hätte kein Besteck, aber dann rückte er doch mit etwas heraus. Er meinte, es sei kein Silber, aber direkt danach das beste, was man bekommen könne. Nun, wie dem auch sei ...« – Sarah näherte das Gesicht vertraulich ihrer Schwester –, »... wenigstens werde ich nicht zur Beichte gehen, wegen dieser Sachen oder was er sonst noch anzubieten hat.« Bei dieser Bemerkung lachten beide Schwestern.

»Aber wieviel hat er euch für das alles abgeknöpft?«

»Sechs Pfund.«

»O mein Gott! Ein stolzer Preis. Da hat er ganz schön zugelangt.«

»Ach, Annie, was sind sechs Pfund für diese Einrichtung? Nein, wem immer er vorher das Fell über die Ohren gezogen haben mag, uns hat er bestimmt nicht übervorteilt. Und da du vom Wasser und den Kohlen sprichst, darüber habe ich auch nachgedacht. Hör zu, ich gebe jedem der Jungen Sixpence, dem einen, damit er jeden Tag die Kohlen heraufschleppt und die Asche herunterbringt, dem anderen, damit er das Wasser hochträgt und das Schmutzwasser wieder herunterschafft. Um den Rest kümmere ich mich selbst. Was meinst du?«

»Oh, die Jungen wären froh. Michael ist ganz verrückt danach, sich etwas zu verdienen. Ja, ich bin sicher, sie machen es gern.«

Während sie redeten, hatte sich Marie Anne in den kleinen Korbsessel gesetzt, der zwischen das Kopfende des Bettes und den Waschtisch gezwängt worden war, und blickte aus dem noch gardinenlosen Fenster. Morgen würden sie die Vorhänge anbringen und noch einmal zu Paddy O'Connell gehen, um zu sehen, ob er auch Lampen für sie hatte. An die Lampen hatten sie heute nicht mehr gedacht. Auf der Straßen draußen brannten Gaslaternen, aber Annie hatte gesagt, die Gasleitung werde nicht bis hier hinauf gelegt werden, denn in naher Zukunft solle der ganze Häuserblock abgerissen werden. Wovon ihres Wissens allerdings seit zehn Jahren die Rede war.

Marie Anne war glücklich, auch wenn sie das Gefühl hatte, kein Recht darauf zu haben. Sie bekam noch immer ein Kind, und das würde ihrem Großvater und Pat einen Schock versetzen, wenn sie ihren Brief lasen. Marie Anne hatte versucht, die beiden zu beruhigen, indem sie schrieb, daß es ihr gutgehe und sie eifrig an ihren Zeichnungen arbeite. Aber sie durfte niemals ihre Adresse verraten, denn sonst wären die beiden innerhalb weniger Stunden hier und würden voller Entsetzen entdecken, in welchen Verhältnissen sie lebte.

Nach einer Woche hatten sich die beiden Mieterinnen im Dachgeschoß eingelebt. Natürlich waren einige Schwierigkeiten zu überwinden gewesen, und Sarah mußte sich eingestehen, daß manches sich zum Schlechteren gewandelt hatte, doch für Marie Anne würde die Lage noch schlimmer werden, je weiter die Zeit voranschritt. Im Augenblick wenigstens fühlte sich Sarah, die in einem bequemen Sessel am Feuer saß, wie die Königin persönlich, mit Marie Anne neben sich in dem anderen Sessel, welche die Füße auf das neu erstandene Kamimgitter gelegt hatte und das Zeichenbrett auf den Knien hielt.

Für einen Moment unterbrach Sarah die Lektüre der Stellenanzeigen auf der Rückseite der Zeitung, blickte zu Marie Anne hinüber und fragte: »Haben Sie die Serie jetzt fertig, und darf ich sehen, was Sie gezeichnet haben?«

Ohne den Kopf zu heben, antwortete Marie Anne: »Noch ein paar Minuten.« Und sie fügte hinzu: »Haben Sie etwas gefunden?«

»Keine Stelle, die ich annehmen könnte. Sie suchen Haushälterinnen, Köchinnen, Stubenmädchen ...« Lachend sagte sie: »Die Köchin und Clara sollten sich dort vorstellen. Außerdem gibt es eine Menge Angebote für Nachtarbeit. Das bedeutet Geschirrspülen von zehn Uhr abends bis in den frühen Morgen. Annie mußte einmal eine ähnliche Stelle für drei Halfpence die Stunde annehmen. Sie meinte, es sei die Hölle gewesen. Aber bald werde ich etwas finden müssen, denn von Luft allein können wir nicht leben.«

Diese Bemerkung ließ Marie Anne im Zeichnen innehalten. »Wir haben noch immer siebzehn Pfund«, sagte sie. »Die Miete ist für einen Monat im voraus bezahlt, die Jungen kosten uns nur einen Schilling die Woche, und ...«

»Und wir brauchen jede Woche mindestens sechs Schillinge, um satt zu werden«, ergänzte Sarah. »Eher mehr, wenn ich sehe, wie Sie essen, Miß. Haben Sie auch an den Arzt gedacht und an die Kleidung für das Neugeborene? Wenn wir beide hier auf unserem Hinterteil sitzen bleiben und gar nichts tun, werden wir bis dahin Ihren siebzehn Pfund längst Lebewohl gesagt haben.«

»Ich will Arbeit finden, und zwar bald. Schauen Sie!« Marie Anne schob das Zeichenbrett zu Sarah, die vor Staunen den Mund öffnete.

»Du lieber Himmel!« rief sie aus, bevor sie lauthals zu lachen begann und sagte: »Allmächtiger! Nein, das hätte ich nicht gedacht. So haben sich die Gören selbst noch nicht gesehen. Wie schaffen Sie es nur, sich derart genau an die Gesichter zu erinnern? Und was steht dort unter dem Bild ... huh! TISCHMANIEREN.«

Marie Anne hatte Annies Kinder beim Essen gezeichnet, wie sie zu neunt um den Tisch saßen und sich mit den absonderlichsten Dingen vergnügten. Shane war gut getroffen: Er steckte sich einen Lammknochen in den Mund, als wollte er Mundharmonika darauf spielen. Michael, dessen Mund mit einem Kloß vollgestopft war, schlug Joseph auf den Rücken, und Mary wischte sich die Finger in Callums Haar ab. Das einjährige Baby lag in einem Waschkorb unter dem Tisch und hatte sich offenbar die Lammkasserolle zwischen die Knie geklemmt.

Sarah lachte schallend und erklärte: »He! Das ist wirklich lustig. Aber hoffentlich haben Sie die Kinder nicht wirklich so gesehen? Annie versucht ihnen so gut es geht richtiges Benehmen beizubringen. Zugegeben, gestern abend gab es einen ziemlichen Aufstand. Maureen fing damit an. Sie ist immer die Anstifterin. Ihr macht es Spaß, die Jungen zu ärgern, und die Jungen tun alles, um sie noch mehr zu provozieren. Aber ich muß schon sagen! Das Bild ist wirklich lustig. Nur Annie darf es nie sehen. Die Kinder sind zu gut gezeichnet, und trotz der komischen Grimassen würde Annie sie sofort erkennen.« Sarah trat einen Schritt zurück und schüttelte staunend den Kopf: »Sie sind wirklich begabt, Marie Anne. Wissen Sie das? Sie spielen nicht nur gut Klavier, sondern können auch mit dem Zeichenstift umgehen. Ja, Sie besitzen Talent.«

»Und ich werde etwas daraus machen«, betonte Marie Anne, mit dem Kopf nickend. »Ich werde diese Zeichnungen verkaufen.«

»Nun mal langsam. Nichts überstürzen. Wer, glauben Sie, kauft so etwas?«

»Zeitungen, ich sagte Ihnen doch, Punch und The Illustrated London News, Tageszeitungen wie The Times und der Daily Telegraph, Zeitungen dieser Art.«

»Und wollen Sie mir auch verraten, meine Liebe, wie Sie an jemanden herankommen, der für eine dieser Zeitungen arbeitet?«

»Indem ich dort hingehe. Ich gehe einfach in die Redaktionen. Das mache ich. Natürlich meine ich, wir machen es. Sie gehen mit.«

»Glauben Sie?«

»Ja, das glaube ich.« Marie Annes Stimme klang nicht mehr so entschlossen. »Nun ja, Sarah ... ich muß etwas tun. Verstehen Sie das nicht? Wie Sie muß auch ich meinen Lebensunterhalt verdienen.«

»Ja, meine Liebe. Wie ich brauchen Sie Geld zum Leben. Wenn Sie nur vernünftig sein wollten, aber ich nehme an, es hat keinen Zweck, weiter über dieses Thema zu reden. Und doch fange ich immer wieder damit an.«

»Ich sage Ihnen, Sie vergeuden Ihre Zeit.« Die Stimme von Marie Anne klang nun tonlos, und es dauerte einen Augenblick, bis sie eine andere Zeichnung in die Hand nahm. Daraufhin brach Sarah erneut in Begeisterungsrufe aus:

»Du liebe Zeit! Das ist ja Paddy O'Connell zwischen seinem ganzen Krempel. Sie haben ihn mit den vier Stockwerken auf seinem Kopf gezeichnet, und das Gerümpel quillt zu allen Seiten heraus. Genial, Mädchen! Wie machen Sie das nur, einfach mit ein paar Zeichenstrichen? Ja, ich muß schon sagen, Sie sind wirklich gut! Nachdem ich das gesehen habe, muß ich wohl zurücknehmen, was ich gesagt habe. Und was steht unter dem Bild? LEBENSABFALL. Das ist treffend und weise, denn er verkauft tatsächlich, was aus dem Leben anderer Menschen übriggeblieben ist.«

Sarah blickte in die tiefbraunen Augen herab, die zu ihr emporsahen, streckte die Hand aus und berührte sanft Marie Annes Wange. Dabei sagte sie: »In Ihnen steckt viel mehr, Miß, als man auf den ersten Blick denkt. Das habe ich vom ersten Augenblick unserer Bekanntschaft vermutet.«

Nun beeilte sich Marie Anne, Sarahs Anerkennung zu nutzen, und fragte: »Sie kommen also mit mir, wenn ich die Zeitungen aufsuche?«

Sarah straffte sich und entgegnete in ihrem üblichen kurz

angebundenen Ton: »Dachten Sie wirklich, ich ließe Sie auf eigene Faust losziehen? Und das wollen Sie alles mitnehmen?«

»Nein, nur ein paar Entwürfe.«

»Und natürlich diese beiden.« Sarah wies auf die letzten beiden Zeichnungen, und Marie Anne sagte: »O ja. Das sind meine pièces de résistance.«

Ohne nach der Bedeutung des Ausdrucks zu fragen, fixierte Sarah einen Moment lang Marie Anne. Sie wußte, was diese meinte.

Der Novembertag war düster, kalt und feucht. Für die Nacht wurde schlimmer Nebel erwartet. Die Stimmung von Marie Anne und von Sarah paßte zu der äußeren Atmosphäre. Ihnen war trübsinnig zumute, dazu froren sie, und die Feuchtigkeit drang in alle Kleidung. Von den Angestellten bei Punch und The Illustrated London News waren sie mit wenigen Worten abgefertigt worden. Man hatte sie gefragt, ob sie einen Termin vereinbart hätten, und als Sarah dies verneinte, aber erklärte, die junge Dame in ihrer Begleitung habe etwas zu verkaufen, und zwar wunderbare Zeichnungen, hieß es, die Zeitung arbeite bereits mit einer Reihe von Künstlern zusammen, und diese lieferten bereits wunderbare Zeichnungen. Dann hatte man Ihnen noch einen guten Tag gewünscht.

Im Redaktionsbüro der Times waren Sarah und Marie Anne gefragt worden, ob eine Agentur sie geschickt habe, und als Marie Anne verneinte und erklärte, sie arbeite in eigener Regie, teilte man ihr mit, im Augenblick benötige die Zeitung keine freiberuflichen Mitarbeiter.

Beim Daily Telegraph übernahm Sarah die Verhandlungen und verlangte den Herausgeber zu sprechen.

Ob sie einen Termin hätten?

Nein. Aber ihre Begleiterin hätte einige hervorragende Zeichnungen anzubieten, die sie ihm gern zeigen wolle.

Sarah erfuhr, daß der Herausgeber niemanden ohne Termin empfing, und Künstler ohnehin nicht. Dafür war eine besondere Abteilung zuständig.

Ob sie dann jemanden von dieser besonderen Abteilung sprechen könnten?

Nein, das sei nicht möglich. Sie müßten sich schriftlich um einen Termin bemühen.

An wen sie den Brief richten sollten, wollte Sarah wissen.

»An den Leiter der Kunstabteilung«, betonte der Mann, »das heißt, wenn Sie Zeichnungen verkaufen wollen. Für die Termine bin ich zuständig.«

Sarah kam zu dem Schluß, daß sie die Fleet Street haßte, und schlug Marie Anne vor, besser nach Hause zurückzukehren. Beide waren völlig durchnäßt.

Als sie in eine Seitenstraße einbogen und die Büros des Daily Reporter entdeckten, sagte Marie Anne beinahe flehentlich: »Lassen Sie es uns bei einer letzten Zeitung versuchen. Gehen wir dort hinein.«

Die Tür führte in eine kleine quadratische Halle, die in eine größere Halle überging. Hinter einem Schalter waren eine Reihe Schreibtische aufgestellt, an denen Männer arbeiteten. Niemand beachtete die beiden eintretenden Frauen, bis sie zu einem Tresen am Ende des Raums gelangten, wo sich schließlich ein Mann hinter seinem Schreibtisch erhob und fragte: »Ja, bitte? Was kann ich für Sie tun?«

Ohne weiter auf den Mann oder Sarah Foggerty zu achten, zerrte Marie Anne die Zeichenmappe aus ihrer Tasche und legte sie auf den Tresen, klappte den Deckel auf und wies auf die oberste Zeichnung. Dabei sagte sie: »Die möchte ich verkaufen.«

Der Mann sah nicht sofort auf die Zeichnung herunter, sondern hielt den Blick auf Marie Anne gerichtet. Die feuchte Luft draußen hatte Farbe auf Marie Annes alabasterblasse Haut gezaubert, und für einen Augenblick schien es, als könne sich der Mann dem Bann dieses merkwürdigen Augenpaares, das auf ihn gerichtet war, nicht entziehen. Als er den Kopf senkte, fiel sein Blick auf eine Kinderschar, die um einen Tisch versammelt saß. Er betrachtete die Zeichnung eine Weile, wobei er sie zuerst in die eine und dann in die andere Richtung bewegte. Kurz darauf lachte er laut und sah lächelnd von der jüngeren Frau zu der älteren. Dabei sagte er nur ein Wort: »Lustig.«

Marie Anne und Sarah blickten einander an und schafften

es, ein Lächeln zu unterdrücken. Die nächste Zeichnung zeigte Paddy O'Connell und sein Emporium, und dieses Bild entlockte dem Angestellten wiederum ein Wort: »Geistreich«, sagte der Mann.

»Zeichnen Sie schon lange?« fragte er Marie Anne, und sie schluckte, bevor sie antwortete: »Schon seit einiger Zeit.«

»Schon etwas verkauft?«

»Nein.«

»Tja, das ist eine Schande, aber wir bringen nie Zeichnungen wie diese.« Er hob ein anderes Blatt hoch, das eine Frau vor einem Waschzuber zeigte. Sie stand in einem schmutzigen Hinterhof, und der Untertitel lautete: »REINLICHKEIT IST DER WEG INS ...«

Der Mann brummte etwas und sagte dann: »Warten Sie einen Augenblick.« Er nahm drei der Zeichnungen in die Hand und wollte damit weggehen, als Sarah rasch fragte: »Wohin wollen Sie?«

Der Angestellte machte einen Schritt zurück, beugte sich über den Tresen und schob ihr den Kopf entgegen. Dabei sagte er: »Ich werde die Blätter drucken lassen und ein Vermögen damit machen. Alles klar, Missis?«

Als er gegangen war, murmelte Sarah: »Unverschämter Affe«, und lächelte in Marie Annes Richtung, die dem Mann nachblickte, als dieser in einem anderen Büro verschwand.

Nach ungefähr fünf Minuten erschien er wieder, diesmal in Begleitung eines zweiten Mannes. Ohne auf Sarah und Marie Anne zu achten, verschwand er durch eine Tür am Ende des Büros. Kurze Zeit darauf gab er ihnen ein Zeichen, hob eine Klappe am Tresen hoch und schob die beiden Besucherinnen in ein großes Büro. Dort stellte er sie einem älteren Herrn mit weißem Haarkranz und buschigen Augenbrauen vor, dem Herausgeber der Zeitung. Beinahe gebieterisch fragte er Marie Anne: »Die Zeichnungen stammen von Ihnen?«

»Ja, natürlich.« Ihr Ton überraschte den Angestellten, der sie hereingeführt hatte, denn die jüngere Frau klang ganz anders als ihre ältere Begleiterin.

»Sind Sie freischaffend?« fuhr der weißhaarige Mann mit der Befragung fort.

Marie Anne bewegte hastig die Lider. »So kann man es nennen.«

Der Herausgeber bewegte den Kopf, als wollte er sie besser ansehen können, und fragte dann: »Wie alt sind Sie?«

Ohne zu zögern, antwortete Marie Anne: »Achtzehn.«

Er nickte. »Wie lange arbeiten Sie schon auf diesem Gebiet?«

»Seit ich einen Bleistift halten kann.«

»Ach, wirklich!« Mit der Stimme imitierte er Marie Annes Tonfall. »Wie heißen Sie?«

Marie Anne schluckte und blickte zu Sarah, die sie verblüfft sagen hörte: »Marie Anne Foggerty.«

Als der Angestellte sich an seinen Kollegen wandte und sagte: »Nun, was meinen Sie? Wenn das kein irischer Name ist, wie?«

Der andere entgegnete: »Nicht zu überhören.«

»Schweigen Sie!« murmelte daraufhin der Vorgesetzte. Dann wandte er sich wieder an Marie Anne: »Unsere Zeitung bringt nichts in dieser Art, zumindest bisher nicht. Aber wir sind immer bereit, etwas Neues auszuprobieren. Sie verstehen, was ich meine?«

Der Mann sah Marie Anne eindringlich an, während er sagte: »Wir werden einen Versuch wagen. Viel können wir nicht bezahlen. Sagen wir, vier Schillinge für jedes Blatt.«

»Fünf.«

Die Männer drehten sich gleichzeitig zu Sarah herum, die sie fest anblickte. »Die Zeichnungen sind mehr wert. Es sind brillante Skizzen.«

»Nun, wenn sie so brillant sind, warum haben Sie die Zeichnungen dann nicht bereits verkauft?«

»Wir haben es noch gar nicht versucht«, log Sarah. »Sie sind die erste Zeitung, der wir sie anbieten.«

Wieder wechselten die Männer Blicke, und nun schaltete sich rasch Marie Anne ein: »Ich hätte gern fünf Schillinge für das Blatt bekommen. Aber ich wäre auch mit vier zufrieden.«

Der weißhaarige Mann und Marie Anne sahen sich lange an. Dann, wie um sich vorzustellen, sagte er: »Ich bin der Herausgeber. Mein Name ist Stokes, John Stokes. Und das ist

Mr. Mulberry, mein Assistent.« Mit einem Nicken zu dem Mann, mit dem sie zuerst gesprochen hatten, fügte er hinzu: »Doulton, mein Angestellter«, und fuhr fort: »Ich werde die ersten drei Blätter nehmen, die Sie mir gezeigt haben. Ich vermute, Sie haben noch mehr in Ihrer Mappe. Aber im Augenblick möchte ich sie nicht sehen, denn was diese drei Zeichnungen betrifft, habe ich eine Idee. Und wenn die Sache funktioniert, lasse ich es Sie wissen. Wo wohnen Sie?«

Als Marie Anne zögerte, sprach Sarah für sie: »Oberstes Stockwerk, Ramsay Court, eine Abzweigung der Bing Road.«

Als der Herausgeber und sein Assistent erneut Blicke wechselten und der ältere dann sagte: »Sie wohnen im tiefsten East End?«, war es wieder Sarah, die für beide sprach. »So ist es, Sir. Aber wir leben dort nur vorübergehend.«

John Stokes musterte Sarah streng, als hätte er Schwierigkeiten, sie einzuordnen. Mit einem leichten Kopfschütteln wandte er dann seine Aufmerksamkeit wieder Marie Anne zu und sagte: »Sie haben vier Schillinge pro Blatt akzeptiert, aber fünf könnten Sie auch brauchen, wenn ich Sie verstanden habe. Nun, was sollen wir um einen Schilling mehr oder weniger feilschen, wenn es um eine neue Geschäftsbeziehung geht, wie? Also sagen wir fünf Schillinge für jede Zeichnung, Miß Foggerty. Wie klingt das?«

»Vielen Dank, Sir. Das ist sehr freundlich von Ihnen.«

Stokes wandte sich nun an Doulton und sagte: »Bringen Sie mir das Hauptbuch und ein Formular.« Der Angestellte trat zu einem Aktenschrank an der Wand und nahm aus einer der Schubladen ein Stück Papier und eine gebundene Kladde.

Nachdem der Herausgeber etwas auf das Blatt geschrieben hatte, reichte er es Marie Anne mit den Worten: »Das ist die Quittung für Ihre Zeichnungen. Doulton wird Ihnen fünfzehn Schillinge aushändigen, bevor sie uns wieder verlassen, aber zuerst möchte ich, daß Sie hier in diesem Buch etwas unterzeichnen.« Er öffnete das Hauptbuch, suchte eine saubere Seite und notierte etwas darauf, bevor er das Buch zu Marie Anne drehte und sagte: »Lesen Sie, was ich geschrieben habe.«

Marie Anne nahm das Buch und las laut: »Hinterlassen am 26. November 1900, drei Zeichnungen, ohne Korrektur zum Drucken freigegeben, Bilduntertitel können bei Bedarf geändert werden. Unterzeichnet ...« Marie Anne legte das Buch wieder auf den Tisch, nahm den Federhalter, und unterschrieb mit ›Marie Anne Foggerty‹. Lächelnd drehte sie das Buch zu Mr. Stokes zurück und reichte ihm seinen Federhalter. Er erwiderte ihr Lächeln, erhob sich und sagte:

»Wer weiß, vielleicht ist das der Anfang einer langfristigen Zusammenarbeit, aber es könnte sein, daß Sie erst wieder Mitte Dezember von uns hören werden, möglicherweise später. Alles hängt davon ab, wie Ihre Zeichnungen bei den Lesern ankommen. Sie verstehen?«

Ganz begriff Marie Anne nicht, aber sie nickte und sagte dann: »Ja, ich verstehe. Und ich danke Ihnen, Sir.«

»Ich danke Ihnen, Miß Foggerty.«

Als sie zur Tür gingen, die der Angestellte für sie aufhielt, sagte der Herausgeber: »Ihren Namen kenne ich noch nicht, Missis.«

Sarah fuhr herum und blickte dem Mann direkt ins Gesicht. »Auch Foggerty, Sir«, sagte sie. Dann ging sie hinaus. Der Herausgeber und sein Assistent blieben zurück, und beide Männer bissen sich auf die Lippen, um das Lachen zu unterdrücken, bis John Stokes sagte: »Nun, was halten Sie davon?«

»Sie ist schwanger.«

»Wie bitte?«

»Sie ist schwanger, die jüngere der beiden.«

»Woher in aller Welt wissen Sie das? Sie wirkte so flach wie ein Pfannkuchen.«

»Nicht von der Seite. Und vergessen Sie nicht, daß ich selbst drei Kinder habe. Ich würde sagen, vierter Monat, vielleicht auch etwas darüber.«

»Was alles so vorkommt! Aber eines weiß ich genau. Wenn sie wirklich Foggerty heißt, ist mein Name Windsor.«

»Sie haben recht. Aber verraten Sie mir, warum wollten Sie, daß sie im Hauptbuch unterschreibt? Ich meine, es war ein ganz normales Geschäft, nichts Außergewöhnliches.«

»Das wird sich ändern, wenn die Leser anbeißen. Sie ist eine geborene Karikaturistin, und obwohl sie nicht aus der Unterschicht stammt, hat sie ein Auge für die Verhältnisse. Und ich bin sicher, im East End findet sie reichlich Anregungen. Schicken Sie Doulton morgen los, damit er sich Ramsay Court ansieht. Die Sache interessiert mich. Und Sie sagen, das Mädchen ist schwanger? Wenn das so ist, würde ich sagen, daß ihre Familie sie entweder sucht oder sie vor die Tür gesetzt hat. Aber wie auch immer, wenigstens hat sie in ihrer Begleiterin eine wirklich gute Freundin, und ich wette, sie trägt Stacheldraht um ihr Korsett ...«

Die Frau, von deren Korsett die Rede war, schritt in diesem Augenblick an der Seite von Marie Anne energisch auf einen Pferdebus zu. Obwohl es noch immer kalt und feucht draußen war, befanden beide sich in Hochstimmung. Sie sahen sich immer wieder an und lachten ohne ersichtlichen Grund. Sobald sie im Bus saßen, sagte Sarah: »Herr im Himmel, habe ich Hunger! Ich könnte ein ganzes Pferd verspeisen.« Darauf entgegnete Marie Anne mit Claras Humor: »Mit oder ohne Senf?« Beide brachen in Gelächter aus, steckten die Köpfe zusammen und hielten sich die Hand vor den Mund.

»Ich sage Ihnen, was wir jetzt machen«, erklärte Sarah. »Wir feiern. Heute können wir es uns leisten. Wir gehen zu Ernie Everton's und essen einen Bissen.«

»Ernie Everton's? Wo ist das?«

»Oh, nur zwei Haltestellen vor dem Kloster. Es ist ein bekanntes Speiselokal, gute Hausmannskost, und man kann auch etwas trinken, wenn man möchte. Abends ist das Lokal gut besucht, denn meist tritt dann eine Sängerin auf oder es wird andere Unterhaltung geboten. Die Pasteten mit Erbsen sind hervorragend, ebenso die Wurst mit Kartoffelbrei. Es gibt auch Sülze oder Schweinsfüße mit dunklem Brot. Das Lokal ist ein Familienbetrieb. Bei Hochzeiten oder ähnlichen privaten Feiern ... und natürlich bei Begräbnissen ist es brechend voll. Und Schlägereien gibt es nur selten. Niemand würde es wagen, sich dort zu prügeln, denn Ernie wiegt an die zweihundert Kilo. Ein netter Mann.«

Als Marie Anne sagte: »Gut, dann essen wir Pastete mit

Erbsen, Wurst mit Kartoffelbrei und hinterher ein paar Schweinsfüße«, lachten beide, die Köpfe wieder dicht zusammengesteckt.

Ernie Everton's Eating House, so lautete das Schild über dem Eingang, bestand aus zwei großen Räumen mit einem Bartresen, der sich über die ganze Länge des Lokals zog. Eine Trennwand teilte beide Gasträume. Der rechte Raum ließ sich nur durch eine Tür direkt am Eingang betreten. Es war eine Art Herrenzimmer, beinahe wie ein Klub eingerichtet, in dem man etwas zu trinken bekam und Billard oder Karten spielen konnte. Für den Fall, daß sich jemand nicht genau an das Hinweisschild hielt, auf dem »Glücksspiel verboten« stand, war ihm Ärger gewiß. Aber der wichtigere Raum war das Restaurant, in dem es Tische für zwei, vier und sechs Personen gab, mit genügend Zwischenraum für einen Gang an der Trennwandseite. Hier stand auf einer kleinen Empore auch ein Klavier mit Hocker. Vor dem Tresen, an dem die Gäste ihre Getränke und Mahlzeiten abholten, war ebenfalls viel Platz.

Da es mittlerweile zwei Uhr und der größte Ansturm der Mittagsgäste vorüber war, saßen nur ungefähr sechs Personen an den Tischen. Allerdings wartete immer noch eine beträchtliche Anzahl vor dem Tresen darauf, bedient zu werden.

Sarah forderte Marie Anne auf, sich an einen Tisch für zwei Personen zu setzen, und reihte sich selbst in die Schlange ein. Hinter der Theke stand ein Mann von aufsehenerregenden Ausmaßen und schenkte einen kleinen Whisky ein. Das war Ernie. In der Nähe von Sarah stand eine sehr viel kleinere Frau, von der sie wußte, daß es sich um Mrs. Everton handelte. Sie war damit beschäftigt, Erbsen auf zwei Teller zu häufen, ohne auf ihre Tätigkeit zu achten, denn sie unterhielt sich gleichzeitig mit ihrem Ehemann: »Wenn sie kommt, sage ich ihr, daß sie den Hut nicht abzulegen braucht und den Mantel auch nicht. Ja, darauf kannst du dich verlassen!«

Die Antwort kam mit einer für die Größe des Mannes ungewöhnlich leisen Stimme: »Das machst du besser nicht, denn sonst sitzen wir in der Klemme.«

»Sie hat es einfach zu oft getan«, gab die Frau entnervt zurück.

Der Mann, der vor Sarah in der Schlange stand, wandte sich jetzt an Mrs. Everton: »Ich bekomme ein Pint Helles, Missis«, worauf sie antwortete: »Ach, du liebe Zeit! Haben Sie einen Augenblick Geduld?« Dann blickte sie zu ihrem Mann und rief: »Ernie, ein Pint Helles«, und Ernie gab zurück: »Kommt sofort.«

Höflich trat der Mann einen Schritt zur Seite, um Sarah Platz zu machen, und als sie vor dem Tresen stand, warf sie einen Blick zurück auf die Schlange, die sich hinter ihr gebildet hatte. Einer Eingebung folgend, die sie wie ein Blitz aus heiterem Himmel durchzuckte, ein Fingerzeig Gottes, wie Sarah sich später ausdrückte, beugte sie sich zur Wirtin hinüber und fragte: »Könnte ich Ihnen aus der Verlegenheit helfen, Missis, zumindest für heute? Ich habe zwei Jahre hinter einem Tresen gestanden, früher einmal. Meine Freundin und ich sind eigentlich nur hergekommen, um einen Bissen zu essen« – sie wies nickend zu Marie Anne –, »aber ich habe eine Stunde Zeit, wenn Ihnen damit gedient wäre.«

Die Frau blickte am Tresen entlang zu ihrem Ehemann und fragte: »Können Sie Bier zapfen?«

»Aber sicher, Missis. Es ist zwar schon eine Weile her, seit ich zum letzten Mal am Zapfhahn stand, aber das verlernt man nicht.«

Kurz entschlossen entgegnete die Frau: »Gehen Sie durch die Tür dort.« Sie wies zum anderen Ende des Tresens. »Dann kommen Sie hinter die Theke.«

»In Ordnung«, erklärte Sarah. »Ich werde nur schnell meiner Freundin Bescheid sagen.« Sie eilte zu Marie Annes Tisch und sagte hastig: »Gehen Sie nach vorn, und holen Sie sich etwas zu essen. Ich helfe hinter dem Tresen aus.«

»Was?«

»Machen Sie sich keine Gedanken. Tun Sie einfach, was ich sage.«

Leicht verwundert stellte Marie Anne sich an das Ende der Schlange. Einige Minuten später verfolgte sie staunend, wie Sarah hinter den Zapfhähnen stand, und hörte sie sagen:

»Soll ich es versuchen? Das erste Glas wird wahrscheinlich überlaufen.«

»Na, dann legen Sie los«, forderte die Frau Sarah auf, während sie eine Pastete auf einen Teller mit Erbsen legte und einem Gast reichte. »Das kostet vier Pence.«

Hinter der Theke betrachtete Sarah die beiden Zapfhähne, einen für dunkles Bier und einen für helles, packte einen Hebel direkt unter der auf Hochglanz polierten Messingkappe und zog ihn langsam auf sich zu, während sie das Bierglas unter die Öffnung hielt. Als es ihr gelang, den Hahn wieder zu schließen, lief das Bier seitlich am Glaskrug entlang, und Sarah warf Mrs. Everton einen Blick zu. »Erster Versuch«, sagte sie. Jetzt verlangte ein Mann ein Pint Dunkles. Sarah holte tief Luft, umfaßte den anderen Hebel und zog ihn langsam auf sich zu, bis das Glas halbvoll war. Dann ließ sie den Hebel langsam zurückgleiten. Auf dem Bier bildete sich eine ordentliche Schaumkrone.

Mit breitem Lächeln stellte Sarah das Halbliterglas vor den Mann, der ihr ein Vierpencestück zuschob. Ohne weiteren Kommentar sagte er: »Danke, Missis«, nahm sein Bier und trug es zu einem Tisch.

Nun trat Mr. Ernie Everton schwerfällig neben sie: »Das war nicht schlecht, ganz und gar nicht. Ich kann Sie also auf diesem Platz lassen. Und jetzt machen Sie sich dünn, damit ich an Ihnen vorbeikomme.« Als würde Sarah jeden Tag hinter dem engen Tresen stehen, trat sie von der Zapfanlage zurück und preßte sich gegen die Rückseite, so daß Mr. Everton sich an ihr vorbeischieben konnte. Er blieb bei seiner Frau stehen und meinte: »Als Aushilfe kann man sie jederzeit einsetzen.«

Als seine Frau nichts entgegnete, verschwand er hinter der Trennwand, die das Klavier vom Nebenraum abschirmte, während Mrs. Everton zu Sarah eilte und auf das überfließende Bierglas wies, das noch auf dem Tablett stand. »Verteilen Sie es auf verschiedene Krüge, und zapfen Sie dann voll«, wies sie Sarah an. »Verschwendung können wir uns nicht leisten. So machen Sie es, wenn jemand ein ganzes Pint bestellt. Bei Halben zapfen sie einfach durch, verstanden?«

»Ja, verstanden.«

Mrs. Everton wandte sich nun zu dem mit Flaschen vollgestellten Regal, auf dem auch Zinnkrüge und lustige Krüge aus Steingut verteilt standen, nahm neben der Klappe des Geschirraufzugs ein Rohrende aus seiner Halterung, blies hinein und rief: »Daisy, schicken Sie noch einen Teller mit Erbsen nach oben, und fangen Sie nicht vor vier Uhr mit der Wurst und dem Kartoffelbrei an. Aber von den braunen Brötchen könnte ich noch ein paar gebrauchen ...«

Ungefähr eine halbe Stunde später standen nur noch zwei Gäste am Tresen, die ihre Gläser leerten, und Sarah, die sich mittlerweile eingearbeitet hatte, wischte mit einem Tuch über die feuchte Oberfläche, als Mrs. Everton zu ihr sagte: »Sie sind eigentlich zum Essen gekommen, nicht wahr, Mädchen?«

»Ja, das stimmt, Missis.«

»Nun, eine Weile wird es jetzt ruhiger zugehen, denke ich, und wir haben noch einen Rest heiße Pastete mit Erbsen, aber die Sülze ist auch gut.«

»Ich nehme die Pastete mit den Erbsen, wenn es Ihnen recht ist.«

Während Mrs. Everton eine großzügige Portion Erbsen neben zwei Pasteten auf einen Teller lud, sagte sie: »Sie hat uns heute der Himmel geschickt. Die Bedienung, die eigentlich hätte kommen sollen, kriegt von mir einen Tritt in den Hintern. Ich habe sie aufgenommen, als es ihr schlecht ging, ich weiß wirklich nicht, was jetzt in sie gefahren ist. Vielleicht treibt sie sich herum.« Die Wirtin nickte. »Sie verstehen, was ich meine? Auf jeden Fall scheint sie kein Geld zu brauchen. Und wir bezahlen gut. Drei Pence die Stunde und Trinkgeld. Dazu können Sie sich immer satt essen. Das bekommt man heutzutage nicht überall.«

»Nein, da haben Sie wohl recht.«

»Also essen Sie jetzt, und guten Appetit. Ich rechne hinterher mit Ihnen ab. Vielleicht können Sie uns auch noch einmal aushelfen, bevor Sie gehen. Wohnen Sie in der Nähe?«

»Ja, zehn Minuten von hier.«

»Haben Sie eine feste Arbeit?«

»Im Augenblick nicht.«

»Hätten Sie etwas dagegen, öfter so wie heute einzuspringen?«

Sarah überlegte einen Moment, ehe sie antwortete: »Nein, überhaupt nicht. Aber es ginge nur wenige Stunden am Tag.«

»Ach, mehr brauchen wir auch nicht. Ein paar Stunden täglich. Normalerweise beginnt der Ansturm um zwölf und dauert bis zwei, manchmal etwas länger. Und am Abend gibt es immer viel zu tun, das heißt, von fünf bis zehn.«

Den Teller in der Hand haltend, nahm Sarah die Pastete und biß davon ab, ehe sie erklärte: »Vielen Dank auch, Missis. Tagsüber würde es gehen, aber ob ich auch abends kann, weiß ich noch nicht. Sie müssen verstehen, diese junge ...« – beinahe hätte sie ›junge Dame‹ gesagt – »... diese junge Frau dort, nun, ich kümmere mich etwas um sie, und deshalb kann ich sie abends nicht gut allein lassen.«

»Sie könnten sie mitbringen.« Die Frau lachte. »Abends mag es manchmal etwas rauh bei uns zugehen, aber gepöbelt wird nicht. Dafür sorgt mein Ernie.«

»Ja, gut. Vielen Dank. Wir werden es uns überlegen. Übrigens ...« Sarah blickte zu der Empore mit dem Klavier. »Sie ist eine großartige Pianistin. Sie spielt hervorragend.«

»Was Sie nicht sagen.«

»Ja, wirklich. Ich wette, sie würde alles dafür geben, spielen zu dürfen, während ich esse.«

»Oh, was für eine Frage. Das Vergnügen ist ganz auf unserer Seite. Wir haben einen Pianisten, der abends kommt. Er ist nicht besonderes gut, aber er kennt alle bekannten Lieder. Spielt nach Gehör, glaube ich.«

»Ich werde es ihr sagen.«

Sarah hüpfte beinahe, als sie um den Tresen herum ins Restaurant eilte. Am Tisch von Marie Anne stellte sie ihren Teller ab und fragte: »Möchten Sie gern spielen, während ich esse?«

Marie Anne starrte Sarah an: »Spielen? Was meinen Sie damit?«

»He, was ist los? Sind Sie plötzlich taub geworden? Klavier spielen meine ich natürlich.« Sie wies in Richtung des Instruments.

»Ich darf spielen?«

»Scheint so, denn ich habe gerade die Erlaubnis dafür erhalten.«

»Oh, Sarah, das ist wunderbar.«

»Nun, dann los.«

Zuerst trat Marie Anne an den Tresen zu der kleinen Wirtsfrau und sagte: »Oh, danke. Ich danke Ihnen sehr.« Dann stieg sie auf die Empore, klappte den Klavierdeckel auf und sah, daß es sich um ein gutes Instrument handelte. Bevor sie sich auf den Hocker setzte, ließ sie die Finger über die Tasten gleiten und stellte erfreut fest, daß das Klavier gestimmt war.

Sie nahm auf dem Hocker Platz und hielt eine Minute inne. Dann ließ sie die Hände auf die Tasten sinken. Mit weichem Anschlag begann sie, das Adagio einer Mozartsonate zu spielen.

Als sie geendet hatte, ließ sie ihren Blick über die Tische schweifen. Es saßen jetzt vier Gäste im Lokal, und alle schenkten ihr volle Aufmerksamkeit. Mrs. Everton strahlte sie an. Durch die Blicke ermutigt, stimmte Marie Anne Beethovens Appassionata an und war so in ihr Spiel vertieft, daß sie nicht bemerkte, wie Mr. Everton mit zwei Gästen näher getreten war, die vorher mit ihren Gläsern an der Bar gestanden hatten.

Als sie mit einer bravourösen Passage ihr Spiel beendete, entstand für einen Augenblick Stille. In die Stille hinein sagte eine Frau: »Das war wunderbar!«, worauf einer der Männer bemerkte: »Es ist schon eine Weile her, seit ich so etwas gehört habe. Sie sind eine wirkliche Pianistin, Miß. Ja, eine Pianistin.«

Marie Anne blickte zu dem Mann. Sie wußte nicht, daß Schweißperlen auf ihrer Stirn standen. Dann erklang die schwache Stimme aus Mr. Evertons mächtigem Körper: »Die Überraschung des Tages! Spielen Sie in einem Orchester, Miß?«

»Nein, Sir.«

»Aber in einer Musikgruppe?«

»Nein, auch in keiner Musikgruppe.«

»Nun«, sagte die Frau, »wo immer Sie spielen, auf jeden Fall hatten Sie gute Lehrer.«

Etwas befangen durch das Lob, richtete Marie Anne ihre Aufmerksamkeit wieder auf die Tasten, und ihre Finger glitten geschmeidig darüber, als sie ein Wiegenlied von Brahms anstimmte.

Mittlerweile hatte Sarah ihre Pastete mit Erben verspeist und brachte den Teller zum Tresen zurück. »Ich bleibe noch, wenn Sie mich brauchen, Mrs. Everton«, sagte sie. »Aber wie ich sehe, ist zur Zeit nicht viel los.«

»Ja, das stimmt. Trotzdem bin ich Ihnen für die Hilfe sehr dankbar.« Sie zog die Kassenschublade auf und entnahm ein Sixpencestück, das sie Sarah reichte. »Sie haben kaum eine Stunde ausgeholfen, aber nehmen Sie den Lohn für zwei Stunden. Das ist für Ihre Freundlichkeit und dafür, daß Sie Ihre Freundin mitgebracht haben, die so wunderbar auf dem Klavier spielt.«

Mrs. Everton blickte zu ihrem Ehemann, der immer noch lauschend dastand, und sagte: »Das ist wirkliche Musik, was meinst du?«

»Oh, allerdings.« Er nickte ihr zu. »Dafür haben wir nicht zuviel bezahlt. Sie kann wiederkommen, wann immer sie möchte. Aber ob sie auch einen Ragtime spielen würde? Oder dieses populäre Zeug von Marie Llody, das unser Klavierspieler immer in die Tasten hämmert? Nun, lassen wir uns überraschen.«

»Ich hole jetzt meinen Mantel und meinen Hut, und vielen Dank noch einmal für das Geld. Das war sehr großzügig von Ihnen«, sagte Sarah.

»Oh, wir danken, Miß. Aber wissen Sie, was Sie tun könnten? Warum lassen Sie uns nicht Ihre Adresse hier, damit wir Sie erreichen, wenn wir wieder einmal knapp mit dem Personal sind und Sie gerade keine andere Arbeit haben?«

Sarah zögerte einen Moment, doch dann sagte sie: »Also gut, Ramsay Court, im Dachgeschoß.«

Die Wirtsfrau konnte ihre Überraschung nicht verbergen,

als sie wiederholte: »Ramsay Court. Oh, ja, ich kenne diese Gegend. Und dort finde ich Sie, wenn ich Ihre Hilfe brauche?«

»Ja, dort finden Sie mich.«

»Was haben Sie gemacht, bevor Sie hierher kamen? Wenn ich das fragen darf.«

»Das dürfen Sie, Mrs. Everton. Ich war im Haus einer kranken Dame angestellt, ich arbeitete als ihr Mädchen für alles, oder, vornehmer ausgedrückt, als Hausdame.«

»Wirklich?«

»Ja, wirklich.«

»Nun, was soll ich dazu sagen? Von dort bis zum Zapfhahn hinter dem Tresen ist es ein langer Weg.«

»Das mag sein, aber ich weiß mittlerweile, daß ich dies hier meiner früheren Beschäftigung vorziehe.«

»Ach, und das meinen Sie auch so?«

»Ja, das meine ich auch so, Mrs. Everton.«

Damit verließ Sarah die verblüffte Wirtsfrau, holte ihren Mantel und den Hut vom Haken und zog sich langsam an, während sie dachte: Wenn es regnet, dann schüttet es gleich wie aus Eimern. Und Gott sei gedankt dafür. Noch immer in Gedanken, tippte sie Marie Anne auf die Schulter und sagte: »Kommen Sie jetzt. Sie haben genug gespielt, wir sollten nach Hause gehen.«

»Oh, ich war ganz versunken.«

»Das habe ich gesehen.«

Als Marie Anne die Empore verließ, blickte ein Mann, der noch immer mit seinem leeren Bierkrug in der Hand dastand, sie an und sagte: »Danke, Mädchen. Vielen Dank.«

»Oh, gern geschehen.« Sie lächelten einander an. Dann trat Marie Anne zum Tresen und wandte sich an Mrs. Everton: »Nochmals vielen Dank, daß Sie mich spielen ließen. Ich habe im Augenblick kein Klavier zu Hause, und das Spielen fehlt mir sehr. Würden Sie mir erlauben, gelegentlich tagsüber vorbeizukommen, um auf Ihrem Klavier zu spielen, nur für eine Weile?«

Mr. und Mrs. Everton wechselten einen Blick. Dann nickte der Wirt und sagte: »Wann immer Sie vorbeikommen möchten, Miß, und niemand auf dem Klavierhocker sitzt.« Er wies mit dem Kopf in die Richtung. »Und da tagsüber nie jemand hier ist, sind Sie uns allzeit herzlich willkommen. Ich kann Ihnen zwar kein festes Engagement bieten, aber es wird immer eine gute Mahlzeit für Sie und Ihre Freundin geben. Das ist doch ein fairer Handel, nicht wahr?«

»Danke, vielen Dank. Ich danke Ihnen sehr.« Marie Anne trat rückwärts vom Tresen zurück, zuerst der Wirtin, dann dem Wirt zunickend, bevor sie sich auf dem Absatz zu Sarah umdrehte. Wie zwei ausgelassene Mädchen rannten die beiden aus dem Restaurant auf die Straße hinaus. Dort sahen sie sich an, und Marie Anne meinte: »Ein verzauberter Tag, finden Sie nicht auch, Sarah? Ein Tag voller Wunder. Ich muß einen Brief schreiben und Großvater alles berichten. Das wird ihn beruhigen.«

»Ja, machen Sie das«, antwortete Sarah. »Schreiben Sie ihm, und vergessen Sie nicht zu erwähnen, daß ich in der Kneipe hinter dem Tresen stehe und Bier zapfe, während Sie für die Gäste Klavier spielen.«

7. Kapitel

Der Zauber dieses Tages sollte schnell wieder vergehen. Sarah und Marie Anne waren fröhlich durch den Regen nach Hause gerannt, und während es Sarah, die robuster war, nichts ausgemacht hatte, bis auf die Haut durchnäßt zu werden, bekam Marie Anne einen so starken Schnupfen, daß sie im Bett bleiben mußte. Auf den Rat von Annie wurde ein Arzt geholt, wobei diese ihre Schwester warnte, der Arzt könne leicht zwei Schillinge Honorar verlangen, da er ohne Zweifel sofort erkennen würde, daß Marie Anne aus besseren Verhältnissen stammte als die anderen Bewohner von Ramsay Court.

Es kam, wie Annie vorhergesagt hatte. Der Arzt forderte zwei Schillinge als Honorar. Aber er war sehr freundlich und interessierte sich nur am Rande für Marie Annes Zustand und dafür, warum sie ausgerechnet an einem Ort wie diesem wohnte.

Es war eine Woche vor Weihnachten. Marie Anne durfte wieder aufstehen, wenngleich sie noch nicht wagte, nach draußen zu gehen, denn die Tage waren naßkalt, und abends herrschte dichter Nebel. Außerdem hatte sie noch immer einen Husten. Beinahe zwei Monate waren vergangen, seit der Daily Reporter ihre Zeichnungen angenommen hatte, und bis jetzt war keine Nachricht von der Redaktion gekommen. Obwohl Marie Anne sich die gleichförmigen Tage mit Zeichnen vertrieb, langweilte sie sich zusehends und wurde leicht reizbar. Die einzige Abwechslung boten Annies Kinder, besonders die älteren. Sie kamen zu ihr herauf mit Buntpapier, aus dem sie Weihnachtsketten bastelten, um die Wohnung damit zu schmücken. Bei solchen Gelegenheiten zeichnete Marie Anne zu deren größtem Vergnügen die Kinder. Wenn sie ihnen komische Gesichter verlieh, neckte Maureen die Jungen: »Oh! Das seid ihr«, und die Jungen zahlten es ihr heim, indem sie sagten: »Ach ja, ganz unsere Maureen. Wir haben nämlich keine schiefen Zähne.« Solche Wortgefechte brachten Licht und Leben in die düsteren Tage oben im Dachgeschoß, denn draußen schien es kaum noch hell zu werden, bis Sarah sich eines Morgens kerzengerade im Bett aufrichtete und auf einen Spalt zwischen den Vorhängen wies.

Dabei rief sie: »Ich glaube, draußen scheint die Sonne.« Sie sprang aus dem Bett, zog die Vorhänge auseinander und wandte sich mit strahlendem Gesicht zu Marie Anne, die sich mittlerweile den Schlaf aus den Augen gerieben hatte. »Sehen Sie nur, die Sonne! Ist das nicht herrlich? Seit Wochen warten wir darauf. Kommen Sie, und stehen Sie auf. Heute können Sie nach draußen gehen. Und das Ereignis feiern wir. Wir gehen zu Ernie's und essen einen Bissen. Und Sie können auf dem Klavier spielen. Sie sind nie auf das Angebot zurückgekommen, und sicher haben die Evertons sich schon darüber gewundert. Jetzt aber los, bewegen Sie sich.«

Marie Anne stand auf. In letzter Zeit fiel es ihr morgens

immer schwerer, in Gang zu kommen, und meist fühlte sie sich nicht besonders gut, sondern irgendwie schwach. Sie kannte das nicht von früher und hatte Schwierigkeiten, damit zurechtzukommen. Also gab sie sich selbst einen Tritt, wie sie es nannte.

Aber heute morgen gab sie sich den Tritt gern. Nach dem Frühstück und nachdem die unangenehme Hausarbeit erledigt war, standen Marie Anne und Sarah zum Ausgehen bereit im Zimmer. Sarah hatte den Kragen von Marie Annes Mantel sorgfältig hochgeschlagen und unter den Hut geschoben, und als sie den Schal in den Mantelausschnitt stopfte, rief Marie Anne: »Jetzt reicht es mir aber! Sie werden mich noch erwürgen. Warum gehen wir übrigens vorher noch zu Paddy's? Wir haben doch alles, was wir brauchen, oder?«

»Nein, haben wir nicht. Oder sehen Sie hier irgendwo eine Wiege?«

»Oh ... nein, aber ...«

»Aber was? Sicher, wir werden kaum eine richtige Wiege dort finden, aber vielleicht können wir einen ausreichend großen Wäschekorb kaufen, zusammen mit einigen flachen Kopfkissen. Und statt mit Ihrem Bleistift zu kritzeln, könnten Sie die nächsten Tage damit verbringen, Bettbezüge für die Kissen zu nähen, mit Rüschen ringsum, und eine Rüschenumrandung für den Korb. Lassen Sie den Kopf nicht so hängen, Mädchen. Die Hälfte der Zeit ist bereits herum«– sie tätschelte Marie Annes Bauch –, »und das Kind wird schon kommen. Ich bin sicher, es ist hübsch, egal, ob es ein Mädchen oder ein Junge wird. Und dann sind wir eine richtige Familie.«

Noch während Sarah sprach, konnte sie die Stimme ihrer Mutter hören, die schrie: »Noch ein Maul mehr zu stopfen, und Dailey wird mir die Putzstelle nicht offenhalten, nein, er nicht, dieser undankbare Mistkerl. Bei der Schufterei, die ich mir gefallen lasse.« Arme Ma, dachte Sarah, doch ihre Mutter hatte sich durchgebissen, und deshalb würden sie es auch schaffen. Doch wie, in Gottes Namen? fügte sie im nächsten Moment hinzu. Bis jetzt habe ich keine Ahnung.

»Woran denken Sie, Sarah?«

»Ich habe gar nichts gedacht.«

»Doch, das haben Sie. Ich sehe es Ihnen immer an, wenn Sie nachdenken.«

»Dann wissen Sie mehr als ich. Aber nun kommen Sie. Lassen Sie uns zum Emporium aufbrechen; aber nicht im Triumph, von Rossen gezogen, durch alle Straßen dieser Stadt, sondern auf schnellstem Wege, davongetragen von den leichten Schwingen der Liebe.«

Während sie Sarah lachend zur Tür schob, sagte Marie Anne: »Ich kenne das Gedicht anders, aber Sie haben keine Skrupel und verderben die ganze Poesie, stimmt's? Sie sollten sich wirklich keine gebrauchten Gedichtbände mehr besorgen. Haben Sie mir nicht verraten, daß Sie Poesie überhaupt nicht ausstehen können?«

»Kann ich auch nicht. Und jetzt kommen Sie!«

Mr. O'Connell begrüßte sie wie alte Bekannte und versorgte sie auf der Stelle mit einem sauberen großen Wäschekorb, zwei Kissen und sogar zusätzlichen, dazu passenden Bezügen. Zum Sonderangebot des Vormittags erklärte Paddy einen halben Ballen bedruckten Baumwollstoffes, beinahe noch fünf Meter, die er ihnen für ganze zwei Schillinge überlassen würde. Das bedeutete, daß der ganze Ballen ihn einen Schilling und Sixpence gekostet haben mußte. Paddy wies seine beiden Kundinnen darauf hin, daß er pro Meter immerhin siebeneinhalb Pence bekommen habe, worauf Sarah einwarf: »Das muß aber schon eine Ewigkeit zurückliegen.« Und Paddy entgegnete darauf wie immer, wenn er um eine Antwort verlegen war: »Wie Sie meinen, Miß. Ganz wie Sie meinen.« Als Sarah ihn fragte, ob er ihre Einkäufe in Verwahrung nehmen würde, bis sie von Ernie Everton's zurückkehrten, schickte er Sarah und Marie Anne lachend mit den Worten fort: »Paddy's Emporium steht immer zu Ihren Diensten, meine Damen. Und essen Sie eine Pastete für mich mit.«

Es war erst kurz nach elf Uhr, weshalb nur wenige Gäste an den Tischen saßen, und vor dem Bartresen standen nur einige Männer und eine Frau. Doch neben Mrs. Everton bediente eine auffallend modisch gekleidete, aber mürrisch blickende junge Frau.

Mrs. Everton erkannte die beiden sofort und rief: »Wenn das keine Überraschung ist! Sie waren lange nicht mehr hier. Wir dachten schon …«

»Sie lag krank im Bett, Mrs. Everton, mit einer schweren Erkältung.«

Mrs. Everton sah zu Marie Anne und sagte kopfschüttelnd: »Oh, das tut mir wirklich leid. Wir haben uns schon Gedanken gemacht. Ich vermute, Sie wollen wieder Klavier spielen?« Die Wirtin hatte den Kopf über den Tresen zu Marie Anne gebeugt, und diese entgegnete:

»Ja, das würde ich wirklich gern, Mrs. Everton, wenn es Ihnen recht ist.«

»Es ist mir mehr als recht, meine Liebe. Wir würden uns alle freuen, Sie wieder spielen zu hören. Über Ihren Auftritt haben wir noch lange gesprochen. Aber vielleicht möchten Sie zuerst etwas essen?«

Marie Anne und Sarah wechselten einen Blick, und die Ältere antwortete: »Sie würde lieber zuerst spielen, aber ich esse jetzt etwas.«

»Aber gern. Aber gern.«

Während Marie Anne zum Klavier ging, sagte Sarah: »Heute nehme ich Wurst mit Kartoffelbrei.«

»Und wie wäre es mit einem Stück Leber dazu?«

»Oh, sehr gern. Danke.«

Am Klavier dehnte Marie Anne die Finger, bevor sie liebevoll über die Tasten strich. Leise spielte sie Tonleitern hinauf und hinab, bis sich die Töne wie zu einer Komposition zusammenfügten. Dann begann sie verhalten zu spielen.

Als Mrs. Everton die Bestellung über das Sprechrohr nach unten weitergab, trat ein Mann an den Tresen, den die Wirtin im nächsten Moment sofort begrüßte: »Oh, hallo. Sie sind wieder in der Stadt?« fragte sie.

»Ja, Mrs. Everton, ich bin wieder da.«

»Freut mich, Sie zu sehen. Das Übliche?«

»Ja, das Übliche, ein halbes Helles.«

»Wird erledigt«, lachte die Wirtin, während sie ein halbes Pint Ale zapfte. Als sie das Glas über den Tresen schob, fragte sie: »Wie lange bleiben Sie dieses Mal?«

»Oh, ich kehre an Neujahr zurück.«

»Haben Sie schwer gearbeitet?«

»Ja, allerdings. Die Brüder sind unerbittliche Zuchtmeister.«

»Das waren sie schon immer, und wieviel Schillinge ein Pfund ergeben, wissen sie auch. Schwingt der alte Bruder Percival noch immer Hammer und Meißel?«

»So eifrig wie immer, Mrs. Everton. Ja, er ist noch gut bei Kräften.«

Die Wirtin beobachtete, wie der Mann sein Glas zur Hälfte austrank, dann sagte sie: »Tja, wirklich! Die Werke müssen eine Menge wert sein, und wahrscheinlich stammen sie fast alle von Ihnen. Der alte Percival ist doch längst über das Alter hinaus, oder? Er muß schon fast neunzig sein.«

»O nein. Er arbeitet noch immer an sehr großen Objekten. Nur die kleinen Sachen sind von mir.«

»Huch! Ich wünschte, ich hätte Geld genug, um nur eine Ihrer kleinen Sachen kaufen zu können.«

»Übertreiben Sie nicht, Mrs. Everton, denn soviel verlangen die Brüder nun auch wieder nicht.«

»O doch. Wie es heißt, machen sie es wegen der Händler. Sie würden sonst kommen und alles wegkaufen, wenn die Brüder sie ließen. Die Mönche drüben sind nämlich nicht auf den Kopf gefallen. Ich habe mich immer gefragt, warum Sie nicht selbst einer von ihnen geworden sind.«

»Ich bin, was ich bin, Mrs. Everton. Die Brüder haben sich die größte Mühe gegeben, aber ich besitze nicht die Tugenden, um ein guter Mönch zu sein. Ich bin zu weltlich.«

Nun lachte Mrs. Everton. »Das meinen Sie doch nicht wirklich, oder? Sie und zu weltlich? Gefällt es Ihnen, wo Sie jetzt leben?«

»Ja, sehr gut.«

»Haben Sie auch ein Atelier?«

»Alles, was ich brauche.«

»Ich habe gehört, die Brüder wollten Sie daran hindern, dorthin zu ziehen, und nur weil Sie versprochen haben, Ihre kleinen Sachen, wie Sie das nennen, zweimal im Jahr nach London zu bringen, haben Sie die Erlaubnis erhalten.«

»Unsinn. Das ist völliger Unsinn, Mrs. Everton. Die Brüder waren hocherfreut, mich loszuwerden. Ganz im Ernst. Sie waren immer wie Eltern zu mir. Wie Sie wissen, haben sie mich großgezogen, und dafür bin ich ihnen dankbar.«

Ein Hupen ertönte, und der Aufzug hinter Mrs. Everton kam nach oben, mit Sarahs Essen darin. Als Mrs. Everton den Teller auf den Tresen stellte, sagte der Mann: »Oh, das sieht gut aus. Ich hätte nichts dagegen, auch eine Portion davon zu essen, Mrs. Everton.«

»Nun, die sollen Sie haben, Sir. Die sollen Sie haben«, und sie wandte sich nach hinten, um die Bestellung aufzugeben. Der Mann, der sich zum Klavier gedreht hatte, rief über die Schulter zu Mrs. Everton: »Wer ist die Frau, die dort spielt? Sie steigen höher hinauf in der Musikwelt, Mrs. Everton, wie?«

Indem sie sich wieder zum Tresen wandte, antwortete die Wirtin: »Oh, das Vergnügen, ihr Talent zu genießen, haben wir nur hin und wieder einmal. Es handelt sich um eine Freundin von Miß Foggerty hier.«

Sarah und der Mann blickten sich an, und die ehemalige Hausdame musterte ihn unverhohlen. »Sie spielt wunderbar«, sagte er.

»Ja, das tut sie«, entgegnete Sarah und ging zu einem Tisch in der Nähe, um dort zu essen. Sie hatte den Mann erkannt. Annie hatte von ihm erzählt ... es war der Mann mit dem halben Gesicht. Deshalb trug er eine Art Maske, und damit sah er aus, als wäre eine Hälfte seines Kopfes mit einem außen braun und innen weiß gefütterten Baumwollschal umwickelt. Sein riesiger, schräg auf dem Kopf sitzender Hut verdeckte nur einen Teil der betroffenen Gesichtshälfte. Er ließ das rechte Auge gerade noch frei und zog sich über die hohen Wangenknochen schräg nach unten, bis zum oberen Mundwinkel, und traf auf den Kragen seines weißen Oberhemds.

Annie glaubte, der Mann mit der Maske habe sich als Kind verbrüht. Andere nahmen an, daß es sich bei der Entstellung um ein Muttermal handele. Das konnte allerdings nicht stimmen, denn ein Muttermal wäre niemals so groß gewesen. Dafür besaß er wunderbare Hände, hatte Annie berichtet. An einem Verkaufsstand auf dem Basar, den die Brüder der Glaubensgemeinschaft zweimal im Jahr abhielten, hatte sie einige seiner Kunstwerke gesehen. Der Basar war eine seltsame Veranstaltung. Dort wurden vor allem Sachen aus zweiter Hand verkauft, Kleidung, Schuhe, Bücher. Dazu von den Gemeindemitgliedern gestiftete Handarbeiten, die aber selten einen Abnehmer fanden, denn wer wollte schon einen Schilling und Sixpence für ein Paar handgestrickte Socken ausgeben, wenn er sich für weniger als die Hälfte selbst welche stricken konnte? Neben diesen gewöhnlichen Sachen gab es den Künstlerstand, wie er genannt wurde. Der alte Bruder Percival war seinerzeit selbst ein bekannter Bildhauer gewesen, und seit er dem Orden beigetreten war, hatten die Brüder durch seine Arbeiten einen guten Gewinn erzielt. Außerdem unterhielt das Kloster noch eine kleine Privatschule.

Es hieß, Bruder Percival habe dem hochgewachsenen Mann, der nun am Bartresen stand, schon im zarten Alter von drei Jahren einen Meißel in die Hand gedrückt, und seitdem arbeite er für die Mönche. Doch wie alt war er jetzt? Die Wirtin schätzte ihn auf dreißig Jahre.

Der Mann ging gerade auf das Klavier zu, als wieder die Hupe ertönte. Daraufhin kehrte er zum Tresen zurück, um sein Essen in Empfang zu nehmen. Nachdem er bezahlt hatte, trug er den Teller zu Sarahs Tisch: »Erlauben Sie, daß ich mich zu Ihnen setze?«

»Oh, gern. Ich habe nichts dagegen. Nehmen Sie Platz.«

Nachdem er sich gesetzt hatte, blickte er zu dem erhöht stehenden Klavier. »Ihre Freundin spielt wunderbar«, sagte er. »Ja, wirklich ganz wunderbar.«

Von seinem Platz aus konnte er nur Marie Annes Rücken sehen. »Sie ist noch jung«, bemerkte er. »Geht sie auf eine Musikakademie?«

»Hm, nein. Nicht mehr. Sie hat eine besucht … aber sie mußte sie verlassen.«

»Oh, das ist wirklich schade.«

Der Mann mit der Maske begann zu essen, und als er eine Wurst zur Hälfte verspeist hatte, hielt er inne und blickte wieder zur Empore hinüber. »Das ist Liszt«, stellte er fest. »Sehr schwer zu spielen.«

»Spielen Sie auch Klavier?«

»Nein, leider nicht. Im Kloster habe ich oft die Orgel gespielt. Sie haben sicher gehört, was Mrs. Everton sagte.« Er nickte zum Tresen. »Ich bin bei den Brüdern aufgewachsen.«

Sarah lächelte ihn an. »Das weiß ich.«

»Oh, tatsächlich?«

»Ich bin die Schwester von Annie Pollock. Sie wohnt in Ramsay Court.« Sarah beobachtete, wie seine Augen sich weiteten und die Augenbrauen sich unter der weichen Filzhutkante hoben. Dann verzog er den Mund zu einem breiten Lächeln. Dabei legte sich die Maske an einigen Stellen in kleine Falten. »Die Pollocks von Ramsay Court«, sagte er schließlich. »Der Fluch von Pater Broadside. Ihre Schwester hat die unverzeihliche Sünde begangen, einen Protestanten zu heiraten, nicht wahr? O ja, Arthur Pollock, an die Geschichte erinnere ich mich noch sehr gut.«

Nun lachte Sarah lauthals. »Oh, ich erinnere mich ebenfalls noch sehr gut«, erwiderte sie. »Pater Broadside stand dauernd vor der Tür, kam aber immer gerade dann, wenn Arthur nicht zu Hause war, um Annie die Hölle heiß zu machen. Er war schlimmer als Pater Weir. Zuerst hatte Annie Angst vor ihm, aber mit der Zeit wurde sie härter im Nehmen.« Das Lächeln verschwand aus Sarahs Gesicht, als sie weitersprach: »Und Sie wissen sicher selbst – oder vielleicht auch nicht, da Sie weder ein Bruder noch Pater sind –, daß diese Priester in einer Ehe eine Menge Ärger verursachen können. Natürlich bestand Arthur darauf, daß seine Kinder eine protestantische Schule besuchen. Auch war er nicht bereit, die ein oder zwei Pence pro Woche für die Nonnenschule am Ende der Straße zu bezahlen.«

»Ja, ich weiß. Und ich kann ihn verstehen. Ich habe mich damals auf Arthur Pollocks Seite gestellt. Daraufhin bezeichnete man mich als einen Abtrünnigen, und ich wurde hart bestraft. Nicht von den Brüdern, o nein. Sie waren besonnene Menschen, alle zusammen. Nein, bestraft hat mich unser guter Pater Broadside.«

Sarah mußte erneut lächeln, als er weitersprach: »Sie wissen, in der Seeschlacht feuern die großen Kanonen Breitseiten gegen die Schiffe, und Bruder Percival fluchte immer, Pater Broadside, wie sein Name andeute, sei nicht auf gewöhnliche Weise geboren worden, sondern habe durch eine solche Breitseite das Licht der Welt erblickt. O ja, er ist ein harter Mann und sehr selbstgerecht.« Beide lächelten und nickten sich in Übereinstimmung zu. Als der Mann mit der Maske sich wieder seiner Mahlzeit zuwandte, sagte er: »Hier gibt es immer gutes Essen, nicht wahr?«

»Ich kenne das Lokal erst seit kurzem«, antwortete Sarah.

Das Einsetzen von Applaus ließ beide zur Empore blicken. Marie Anne hatte zu spielen aufgehört, und die anderen Gäste drückten durch das Klatschen ihre Anerkennung aus.

In dem Augenblick, als Marie Anne zum Tresen schritt, wo Mrs. Everton auf ihre Bestellung wartete, sprang der Mann mit der Maske auf, und für einen Augenblick wirkte er, als wollte er einen Schritt vortreten. Doch dann starrte er das junge Mädchen am Tresen nur regungslos an.

Es war offensichtlich, daß sie ein Kind erwartete. Zwar trat der gewölbte Bauch noch nicht allzu stark hervor, zeichnete sich aber dennoch bereits deutlich sichtbar unter der Kleidung ab. Als Marie Anne den Tresen verließ, den Teller mit der Pastete und den Erbsen in der Hand, sank die Kinnlade des Mannes kaum merklich nach unten. Marie Anne nahm ihn erst wahr, als sie den Tisch erreichte und der Mann ihr den Stuhl zurechtschob. Dazu sagte er: »Nehmen Sie diesen. Ich kann mir einen anderen holen.« Einen Augenblick war Marie Anne verwirrt, ohne zu wissen, warum. Obwohl der Mann den riesigen Hut trug und sein Gesicht zur Hälfte verhüllt war, erinnerte sein Anblick sie an etwas und vermittelte ihr ein beklommenes Gefühl. Und ebenso seine Stimme. Sie klang nicht wie die eines Londoners oder wie eine andere ihr bekannte Stimme. Auf jeden Fall schien er ein gebildeter Mensch zu sein, denn er sprach artikuliert und gepflegt, und es kam Marie Anne vor, als hätte sie die Stimme schon irgendwann einmal gehört.

»Sie haben wieder Pastete mit Erbsen gewählt«, stellte Sarah fest. »Warum wollten Sie heute nicht einmal die Wurst mit Kartoffelbrei und Leber probieren? Es hat hervorragend geschmeckt.«

Der Mann zog sich einen neuen Stuhl heran, die unbedeckte Gesichtshälfte Marie Anne zugewandt. Diese spürte deutlich, wie sein Blick auf ihr ruhte. Auch Sarah war sich dessen bewußt, und zu Marie Anne gebeugt erklärte sie: »Was sagen Sie dazu? Dieser Herr und ich haben eine Gemeinsamkeit. Wir kennen beide Pater Broadside. Sie wissen schon, das ist der Geistliche, der Annie immer zugesetzt hat. Jeden Montag morgen weckte er mit seiner Strafpredigt das ganze Haus, wenn sie tags zuvor nicht in der Messe erschienen war. Wenn es ihm schon nicht gelang, die Seelen ihrer Kinder zu retten, wollte er wenigstens die ihre dem Höllenfeuer entreißen. Nun, dieser Herr ist bei den Mönchen im Kloster aufgewachsen, gleich hier am Ende der Straße. Er kennt alle Geschichten über Annie und ihre Brut und darüber, wie die beiden Priester sich abgemüht haben, ihre Seelen zu retten.«

Indem sie sich zur Seite wandte, lächelte Marie Anne und fragte höflich: »Sie gehören auch zu den Brüdern im Kloster?«

»Nein, ich nicht. Ich muß den Leuten immer wieder erklären, daß ich nicht über die Tugenden verfüge, die ein guter Klosterbruder braucht. Deshalb haben sie mich auch hinausgeworfen. Aber zweimal im Jahr komme ich zurück, besuche die Brüder und bringe verschiedene Kleinigkeiten mit, die sie verkaufen können.«

»Er ist Bildhauer ...« Wieder beugte sich Sarah über den Tisch zu Marie Anne, um zu ergänzen: »Und er ist für seine Arbeit berühmt. Morgen findet eine Ausstellung statt, die wir auch besuchen werden.«

Der Mann mit der Gesichtsmaske wandte sich lächelnd Sarah zu. »Ich weiß überhaupt nicht, wie Sie heißen, Miß.«

»Foggerty.«

»Nun, Miß Foggerty, bei den Brüdern werden Sie keinen Dank ernten, falls Sie es darauf anlegen, meine Eitelkeit zu wecken.« Lachend fuhr er fort: »Aber machen Sie nur so weiter, denn unter uns gesagt, im Kloster kommt es viel zu selten vor, daß jemand mein Talent lobt, zumindest nicht offen. Freundliche Worte werden nur hinter meinem Rücken ausgesprochen. Ins Gesicht sagt man mir nur, ich solle nie vergessen, daß alles Talent von Gott stamme und meine Gabe im Grunde nichts mit mir persönlich zu tun habe. Ich sei nur ein Werkzeug des Herrn.«

Das Lachen des Mannes klang laut und fröhlich, und Sarah und Marie Anne stimmten darin ein. Dann erhob er sich von seinem Stuhl und fragte: »Also kommen Sie morgen zum Basar?«

»Ja, bestimmt. Wir kommen vorbei«, entgegnete Sarah. »Aber eines muß ich Ihnen gleich sagen. Wir kommen nicht, um eine Ihrer teuren Tierskulpturen oder anderen kostspieligen Kleinigkeiten zu kaufen.«

»Wie schade! Wirklich jammerschade! Dabei brauchen wir das Geld so sehr.« Er lachte. Dann legte er mit einer an beide gerichteten Geste die Hand an seine Hutkrempe und trat zum Tresen, wo er kurz mit Mrs. Everton sprach, bevor er selbstsicheren Schrittes das Lokal verließ.

»Gott hat sich manchen Ausrutscher geleistet«, stellte Sarah fest, »aber diesen Menschen mit einem Gesichtsmal zu zeichnen, war wirklich schlechte Arbeit. Auch wenn er ihm statt dessen zwei begnadete Hände gegeben hat.«

Am nächsten Morgen war von der Sonne nichts mehr zu sehen, und der Himmel hing so tief, als würde er gleich über den Schornsteinen beginnen. Als Marie Anne und Sarah aus dem Durchgang traten, der eine Abkürzung zum Kloster bildete, fröstelte Marie Anne und zog ihren Mantel fester um sich, worauf Sarah bemerkte: »Ich habe es Ihnen gesagt. Sie sollten sich einen größeren Mantel kaufen. Dieser Einreiher ist nichts mehr für Sie, und der Laden für gebrauchte Kleidung, von dem ich erzählt habe, ist keine Lumpenhandlung. Dort werden wirklich guterhaltene Sachen angeboten.«

»Schon gut, schon gut«, entgegnete Marie Anne gereizt. »Später machen wir alles, was Sie sagen. Aber jetzt gehen wir erst einmal auf den Basar, und dort erwartet man von uns, daß wir auch etwas kaufen.«

»Das werden wir nicht tun, und daran sollten Sie denken, Miß, es sei denn, es handelt sich um ein Buch, das nur eine Kupfermünze kostet. Die Bemerkung des Künstlers gestern, daß die Brüder Geld brauchen, hat mich hellhörig gemacht. Denn ich bin sicher, die Brüder schwimmen im Geld, und das meiste verdienen sie mit seinen Werken und denen von Bruder Percival. Sie haben gehört, was Annie gestern abend sagte. Er kommt immer an Weihnachten und im Juni, die Taschen jedesmal vollgepackt mit seinen Werken. Offensichtlich reist er mit dem Zug an, aus der Gegend, wo er normalerweise lebt. Am Bahnhof nimmt er sich mit seinem ganzen Gepäck eine Droschke. Shane hat früher gelegentlich Besorgungen für die Mönche gemacht, kleine Arbeiten und ähnliches. Aber alles ohne Bezahlung, nur für Gotteslohn, da sind die Mönche eisern. Egal, jedenfalls weiß ich von Annie, daß Shane eines Tages mitbekam, wie eine Reihe von Säcken und Holzkisten aus der Droschke entladen wurden.«

»Eines scheint demnach sicher«, sagte Marie Anne. »Er muß den Mönchen sehr dankbar sein, daß sie ihn großgezogen haben. Vielleicht ist es eine Art Wiedergutmachung, wenn er zweimal pro Jahr herkommt und seine Arbeiten mitbringt.«

Innerhalb der Umgrenzung des Klostergartens waren eine Reihe von Verkaufsständen unter Zeltplanen aufgebaut. Im Hintergrund, direkt an der Mauer, stand ein langer Tisch, auf dem eine Reihe von Marmorfiguren ausgestellt waren, dazu Vögel und Reptilien aus Holz, reich verzierte Kerzenhalter, Zigarrenkisten und Schalen für den Toilettentisch einer Dame. An jedem Tischende befand sich eine geschnitzte Gestalt, die eine Lampe hielt. Eine Skulptur stellte eine vollendet gewachsene junge Frau dar, die andere einen jungen Mann, der wie ein Athlet aussah. Beide Figuren standen auf einem gemeißelten Sockel aus grauem Fels.

Als Marie Anne vor der weiblichen Figur stehenblieb, näherte sich einer der Glaubensbrüder dem Tisch und sprach sie an: »Ist das nicht eine wunderbare Arbeit?«

Marie Anne lächelte in das runde rotwangige Gesicht und entgegnete: »Ja, wirklich wunderbar. Die beiden sind ein schönes Paar.« Sie wandte den Blick zum anderen Tischende. »Sind die Skulpturen hier entstanden?«

Der Bruder bemerkte ihre Art zu sprechen und witterte eine zahlungskräftige Kundin. »Nein«, antwortete er. »Unser lieber Freund Don McAlister hat sie gemacht, in seinem Atelier.« Dabei wies er zum Bücherstand, wo der Mann, dem sie am Tag zuvor begegnet war, mit einem Besucher über ein Buch sprach. »Er kann Ihnen mehr darüber erzählen, wie sie entstanden sind und welche Geschichte dahintersteckt. Ich werde ihn holen.«

»O nein. Bitte machen Sie sich keine Umstände. Ich kenne Mister ... McAlister schon.«

»Oh! Dann kennen Sie auch seine Arbeit?«

»Nicht direkt. Ich habe erst gestern seine Bekanntschaft gemacht.«

»Erst gestern?«

Marie Anne nickte.

»Ah, so ist das.« Der Mönch stieß sie mit dem Finger an, während er in hohem, aufgeregtem Ton weitersprach. »Dann sind Sie diese junge Dame, die in Ernie Everton's Eating House so wunderbar Klavier gespielt hat?«

»Die bin ich. Und es stimmt, ich habe dort das Klavier benutzt, aber ob ich schön gespielt habe, weiß ich nicht.«

»Er sagte es wenigstens, und er hat ein Ohr für Musik. Oh ...« Der Mönch schlug sich mit der Hand an den Kopf. »Das ist übertrieben, wenn nicht gar gelogen. Er hatte ein Talent für die Orgel, nur wir wurden taub, wenn er loslegte.« Der Klosterbruder sah über Marie Annes Kopf hinweg. »Ah! Da sind Sie ja. Dieses Mal habe ich ausnahmsweise nichts Falsches über Sie erzählt. Sie sind der jungen Dame gestern abend bereits begegnet, wenn mich nicht alles täuscht?«

Marie Anne fuhr herum, um den seltsamen Mann anzusehen.

Der Mann mit der Maske lächelte sie an und sagte: »Guten Tag, Miß Foggerty.«

Auch wenn sie sich nie daran gewöhnen würde, Miß Foggerty genannt zu werden, antwortete Marie Anne ebenfalls mit einem Lächeln: »Ich habe gerade Ihre schöne Lampe bewundert.«

»Und Bruder John hat Sie überredet, das gute Stück zu kaufen? Er verlangt nur zwanzig Pfund dafür.«

»Über Geld haben wir noch nicht gesprochen. Und die Lampe kostet zweiundzwanzig Pfund. Nur wenn Sie das Paar kaufen, kostet jede Lampe zwanzig Pfund.«

»Nun, was sind schon vierzig Pfund? Wollen Sie, daß ich die Figuren gleich für Sie einpacken lasse, oder soll ich Sie per Pferdebus schicken?«

Marie Anne lachte aus vollem Hals, wobei sie sich fragte, wie der Mann so freimütig scherzen konnte, obwohl er, wie es schien, nur eine gesunde Gesichtshälfte besaß.

»Ah, und hier kommt Miß Sarah. Ich wette, Sie hat die andere Lampe gekauft.«

»Was höre ich da von Kaufen?« fragte Sarah.

»Nun, Miß Foggerty, unser Vater John hat Ihre Schwester überredet, eine Lampe zu kaufen. Sie kostet nur zweiundzwanzig Pfund, aber wenn Sie die andere ebenfalls nehmen, überläßt er Ihnen beide für vierzig Pfund.«

»Oh, das ist ein sehr freundliches Angebot von ihm«, entgegnete Sarah mit ernster Stimme. »Aber wir nehmen die Lampen nur unter einer Bedingung. Sie wird in die Wohnung meiner Schwester Annie in Ramsay Court geliefert, von Pater Broadside persönlich, der sie auch segnen muß.«

Das herzhafte Gelächter der beiden Männer vermischte sich mit dem von Sarah, während Marie Anne nur ein Lächeln zustande brachte. Etwas an diesem großen, breitschultrigen Künstler bereitete ihr Unbehagen. Nicht, daß sie Angst vor ihm hatte – wenigstens nicht direkt –, aber er rief eine Erinnerung in ihr wach, sie wußte nur nicht genau, woran. Marie Anne entfernte sich ein Stück von den anderen und schlenderte weiter am Tisch entlang. Mit einem Kopfschütteln bewunderte sie die Waagschalen auf dem Rücken eines Krokodils und einen nur zehn Zentimeter hohen Elefanten, der ein Junges bei sich hatte. Alle Figuren schienen aus Elfenbein geschnitzt zu sein. Es gab auch Blaumeisen und einen Adler, der seine Schwingen ausgebreitet hatte, als ob er sich jeden Moment vom Tisch erheben wollte. Dann entdeckte Marie Anne eine Skulptur, die ein sich aufbäumendes Pferd darstellte. Es war ungefähr fünfzehn Zentimeter hoch und aus dunklem Holz gearbeitet.

Sie betastete gerade das Pferd, als Don McAlisters Stimme hinter ihr ertönte: »Mir gefällt der Hengst auch.«

Marie Anne war leicht erschrocken, und als der sonderbar aussehende Mann ihr das Objekt hinhielt, sagte er: »Das ist aus Mooreiche. Ein wunderbares Arbeitsmaterial, manchmal aber etwas schwierig. Wenn man glaubt, fast fertig zu sein, scheinen einem plötzlich die Finger zu zittern. Es ist, als würde die Natur klagen: ›Warum läßt du mich nicht in Ruhe? Dein Messer ist so scharf, verstehst du?‹«

Marie Anne starrte ihn an, ohne zu lächeln. Sie spürte, wie sie von einer Welle der Irritation ergriffen wurde. Ja, dieses Gefühl vermittelte er ihr. Es lag an seiner Art, das Gespräch auflockern zu wollen. Entweder scherzte er oder zitierte etwas, als glaubte er, unterhaltsam sein zu müssen. Aber warum? Bei seinem Aussehen! Aber vielleicht war gerade das der Grund für sein Verhalten.

Mit einer plötzlichen, aber sicheren Bewegung stellte Don McAlister das im Steigen begriffene Pferd auf den kleinen Sockel zurück, bevor er sich wieder Marie Anne zuwandte. »Wenn Sie mich jetzt entschuldigen möchten«, sagte er und verschwand durch ein loses Stück Zeltbahn nach hinten.

In diesem Moment näherte sich Sarah: »Haben Sie etwas gefunden, das Ihnen gefällt?«

Nach einem Augenblick des Nachdenkens wies Marie Anne auf die Pferdeskulptur. »Das hier gefällt mir«, sagte sie. »Ich würde es gern kaufen und Großpapa zu Weihnachten schicken.«

Sarah hob das Pferd hoch und las das Preisschild auf dem Rücken. Dann stellte sie die Skulptur zurück. »Kommen Sie weiter, und vergessen Sie das schöne Stück. Es kostet fünf Pfund.«

Bei diesen Worten packte sie Marie Annes Arm und zog sie mit sich, mit dem Ergebnis, daß diese ihre Hand wegstieß und Sarah in lautem Befehlston anherrschte: »Lassen Sie mich!«

Überrascht und abgestoßen von dem Gefühlsausbruch schritt Sarah schweigend weiter und verließ den Garten. Marie Anne folgte ihr, und sie erreichte bereits wieder den Durchgang, als Marie Anne aufholte.

»Es tut mir leid, Sarah«, sagte sie. »Ich weiß auch nicht, warum ich so reagiert habe. Oder vielleicht doch. Es war wegen diesem Mann. Er irritiert mich.«

Sarah blieb stehen und blickte Marie Anne fest an. »Mr. Don McAlister irritiert Sie? Aber warum? Und auf welche Weise? Sie sind ihm erst zweimal begegnet, und jedesmal war er ein höchst angenehmer und höflicher Gesprächspartner. Warum irritiert Sie dieser Mann? Das müssen Sie mir erklären.«

»Sarah ...« Marie Annes Stimme klang leise, sie zögerte. »Ich weiß nicht, aber er vermittelt mir ein merkwürdiges Gefühl, das ich nicht beschreiben kann. Ich weiß nur soviel, daß ich verwirrt war, als ich ihn zum ersten Mal ansah. Warum, das ist mir selbst ein Rätsel.«

»Nur weil er im Gesicht eine Narbe hat?«

»Nein, nicht deshalb. Nicht wirklich. Wüßte ich den Grund, ich würde es Ihnen sagen.«

Sarah seufzte und sprach mit veränderter Stimme weiter: »Nun machen Sie sich keine Sorgen. Es heißt, schwangere Frauen wissen oft nicht, wie ihnen der Sinn steht. Ich sage Ihnen etwas. Wir gehen jetzt zu Annie. Sie hat ganz sicher einen Topf mit Fleischbrühe auf dem Herd, denn sie erwartet John Pollock heute abend zum Essen. Ich hoffe, er ist genauso nüchtern wie beim letzten Mal, als er nach Hause kam. Er benahm sich anständig und ruhig. Man hätte glauben können, er wäre Mitglied bei der Heilsarmee geworden.«

Sie waren kaum bei Annie eingetreten, als Sarahs Schwester sie begrüßte und ihnen zurief: »Es ist ein Brief für Sie angekommen, Miß.«

»Ein Brief? Für mich?« Mit einem kritischen Blick wandte Marie Anne sich zu Sarah, als wollte sie fragen: »Wer weiß, daß ich hier bin?«

Annie holte den Umschlag vom Kaminsims und reichte ihn Marie Anne.

Wieder wechselte Marie Anne einen Blick mit Sarah, die beinahe im selben Augenblick ausrief: »Ich weiß! Ich weiß, von wem er ist! Nun machen Sie schon auf, Mädchen!«

Liebe Miß Foggerty,
Wenn Sie so freundlich wären, am 3. Januar in unserem Büro vorzusprechen, könnten wir uns über weitere Einzelheiten Ihrer Arbeit verständigen. Denkbar wäre eine Serie mit jener kinderreichen Familie. Wir haben keine sofortige Reaktion auf die Karikaturen erhalten, aber kürzlich kamen einige Leseranfragen, wann noch mehr Zeichnungen von der Art der »Tischmanieren« erscheinen würden, mit den gleichen Kindern bei Tisch.

In der Hoffnung, daß unser Vorschlag auf Ihre Zustimmung stößt, verbleibe ich hochachtungsvoll

Ihr John Stokes, Herausgeber

Jetzt drehte sich Marie Anne um und fiel Sarah um den Hals. »Sie nehmen mich! Ich meine, ich habe die Arbeit. Hier, lesen Sie selbst.« Zu Annie gewandt sagte sie: »Ich habe einige meiner Zeichnungen bei einer Zeitung vorgelegt. Jetzt wollen sie für das kommende Jahr noch mehr.«

»Oh, das freut mich, Miß. Ganz ehrlich. Jetzt fühlen Sie sich besser und können beruhigter in die Zukunft blicken, da wieder Geld hereinkommt. Oh, und die Arbeit wird Ihnen die Zeit vertreiben.«

»Und was mich betrifft«, fügte Sarah hinzu, »wenn ich weiß, daß Sie nicht hier oben sitzen und vor lauter Langeweile Däumchen drehen, kann ich zu Ernie's gehen und Bier zapfen.«

»Sarah ...«, begann Marie Annie mit flehendem Blick. »Jetzt könnte ich das Pferd, das ich meinem Großvater gerne schenken möchte, doch kaufen, oder? Ich ... weiß, es kostet fünf Pfund, aber wir werden bald neues Geld verdienen.«

»Ja, das weiß ich, meine Liebe, aber fünf Pfund sind eine Menge Geld. Trotzdem, Sie sollen Ihr Pferd haben. Aber Sie bleiben schön zu Hause. Ich gehe und besorge es Ihnen, für weniger als fünf Pfund.«

»O nein! Feilschen Sie nicht mit den Mönchen.«

»Ich soll mit den Mönchen nicht feilschen?« Sarah sah Annie an. »Hast du das gehört? Ich soll mit diesen Halsabschneidern nicht feilschen! Sie sind schlimmer als Juden. Die heilige katholische Kirche stellt alle in den Schatten, wenn es darum geht, möglichst viel Geld zusammenzuraffen. Sie würden noch einer Laus das Fell über die Ohren ziehen. Und Sie sagen, ich soll nicht mit ihnen feilschen! Hast du noch Suppe übrig, Annie?«

»Steht samstags bei mir nicht immer ein Topf Suppe auf dem Herd?«

»Gut, dann gib ihr einen Teller, und ich bin in ein paar Minuten wieder da.« Damit war Sarah zur Tür hinaus. Doch ihre zur Schau getragene Fröhlichkeit verwandelte sich in Trübsinn, noch bevor sie den unteren Treppenabsatz erreicht hatte. Fünf Pfund! Selbst wenn sie den Preis auf vier Pfund herunterhandelte, würde das ihre Kasse von zehn auf sechs Pfund schrumpfen lassen, und bis zum Geburtstermin mußten sie noch mehr als ein Monat durchhalten. Marie Anne schien zu glauben, daß sie mit ihren Zeichnungen ein Vermögen verdienen würde. Selbst wenn sie zwei Karikaturen pro Woche verkaufen könnte, brächte das nicht mehr als zehn Schillinge ein. Und dann das Kind. Wie stellte sie sich das Leben mit einem Säugling vor, oben unter dem Dach? Natürlich, Annie hatte es auch geschafft, ihre Brut großzuziehen, und sie wohnte nur eine Etage tiefer, aber ihre Schwester war hart im Nehmen. Sarah und Annie kamen aus ganz anderen Verhältnissen als Marie Anne. Und der Arzt und die Hebamme mußten auch bezahlt werden.

Aber sie sollte das verflixte Pferd haben und ihrem Großvater schicken, wenn es sie glücklich machte. Nun, so glücklich, wie sie unter den gegebenen Umständen sein konnte …

Im Garten waren noch immer viele Menschen.

Sarah bahnte sich einen Weg zu dem langen Tisch und entdeckte den hochgewachsenen Mann sofort, der mit zwei Besuchern sprach. Von einem der Brüder wollte Sarah nicht bedient werden. Es war besser, wenn sie direkt mit Mr. McAlister sprach. Marie Anne hatte sein Interesse geweckt, das spürte sie. Vielleicht war ihm aufgefallen, daß Sarah und sie unterschiedlichen Gesellschaftsschichten angehörten. Sarah hörte den Mann sagen: »Keinen Penny weniger, denn Sie wissen so gut wie ich, daß Sie den doppelten Preis bezahlen müßten, wenn Sie das gleiche Stück in der Regent Street kaufen wollten.«

»Sie sind ein schwieriger Geschäftsmann.«

»Es handelt sich um ein schwieriges Geschäft.«

»Bruder Percival sagte, er würde uns auf halbem Weg entgegenkommen.«

»Das liegt nur daran, daß Bruder Percival von Geschäften so wenig versteht wie ich vom Ballett. Wie dem auch sei, Sie können die Sachen nehmen oder auch nicht. Mir ist es gleich. Die fünf Objekte, die Sie ausgewählt haben, kosten vierzig Pfund, nicht mehr und nicht weniger. Es macht nichts, wenn Sie sie nicht nehmen, denn Stevens wird heute auch noch vorbeikommen, und er hat den gleichen Geschmack wie Sie.«

»Sie brauchen nicht weiterzusprechen. Wir haben verstanden. Packen Sie das Zeug ein.«

Sarah beobachtete, wie jedes Stück sorgfältig eingewickelt und in eine Schachtel gelegt wurde. Während einer der Männer die Schachteln in einen flachen Korb packte, reichte der andere lächelnd das Geld herüber. »Fröhliche Weihnachten«, sagte er noch. »Wir sehen uns irgendwann im Sommer wieder.«

»Ja, so Gott will.«

Lachend gingen die Männer davon und wiederholten: »Ja, so Gott will.«

Don McAlister hatte bemerkt, daß Sarah wartend dastand, als wollte sie mit ihm sprechen. Er kam auf sie zu und begrüßte sie mit der Frage: »Wieder zurück? Sie wollen doch die Lampen kaufen?«

Sie lächelte. »Das wäre die Überraschung des Tages. Nein, Marie Anne hat ihr Herz an dieses Pferd verloren.« Sarah wies zum Tisch hinüber. »Aber fünf Pfund, du liebe Güte! Nein, soviel können wir nicht aufbringen. Deshalb habe ich mich gefragt, ob Sie nicht ein anderes Pferd haben, das so ähnlich aussieht. Ich meine, etwas aus zweiter Wahl.« Bis zu diesem Augenblick war Sarah diese Möglichkeit überhaupt nicht in den Sinn gekommen, doch nun fuhr sie fort: »Mit kleinen Fehlern oder Ungenauigkeiten, die kaum auffallen. Früher haben Sie immer solche Sachen verkauft, daran erinnere ich mich.«

Don McAlister beugte sich zu ihr herunter und sagte mit leiser Stimme: »Miß Foggerty, an Ihnen hat Irland eine gute Diplomatin verloren.«

»Dummes Zeug!« Sarah machte eine unwillige Geste mit der Hand. »Sparen Sie sich das Gerede mit der Diplomatin. Ich stelle nur eine Tatsache fest. Oder stimmt es etwa nicht, daß Sie früher auch schadhafte Stücke verkauft haben?«

»Das war vor langer Zeit.« Schmunzelnd streckte er den Arm aus und hob das Pferd hoch. »Für wen möchte sie es denn? Für ein Kind?« Don drehte ihr den Rücken zu.

»Nein, nein. Sie hat einen Großvater, an dem sie sehr hängt, ihm möchte sie das Pferd schenken.«

Jetzt fuhr Don McAlister wieder zu Sarah herum. »Sie sagen, sie hat einen Großvater? Warum ist sie dann …?«

»Oh, das kann ich Ihnen jetzt nicht in allen Einzelheiten erzählen. Es ist eine lange Geschichte. Ich sage nur eines: Hätte ich mich durchgesetzt, wäre sie längst wieder bei ihrem Großvater, denn dem Mädchen ist überhaupt nicht klar, was ihr bevorsteht. Sie kennen Ramsay Court, nicht wahr? Nun, wir wohnen ganz oben unter dem Dach. Immerhin haben wir es dort gemütlich. Paddy's Emporium ist ein Geschenk des Himmels für uns.«

»Oh, ja! Paddy's Emporium. Was wäre diese Gegend ohne Paddy's? Aber sagen Sie, weiß ihr Großvater, an welchem Ort sie lebt?«

»Wo denken Sie hin? Natürlich nicht!«

»Er kennt nicht einmal ihre Adresse?«

»Doch, die frühere schon … Sehen Sie, das ist eine lange Geschichte, Mr. McAlister, und ich mische mich nicht in Marie Annes Angelegenheiten ein. Nur eines möchte ich dazu bemerken. Die meisten Reichen in England sind grausame, gefühllose und kaltherzige Ungeheuer. Und ich hoffe, dafür werden sie in der Hölle schmoren.«

Ohne sie anzulächeln, fragte er Sarah: »Und was ist mit den reichen Iren?«

»Oh, die zählen nicht. Davon gibt es nicht genug. Jeder, der in Irland etwas besitzt, ist englischer Herkunft.«

Nun lachte Don McAlister wieder schallend und wies auf einen Klosterbruder am Tischende. »Liebe Miß Foggerty, wie Bruder John zu sagen pflegt, Sie tun mir von Herzen gut. Und was dieses Tier angeht …«, er streichelte dem kleinen, sich aufbäumenden Pferd über den Rücken, »es hat eine fehlerhafte Stelle. Sehen Sie diesen Huf? Nun, wenn Sie genauer hinschauen, erkennen Sie, daß er viel größer ist als der andere. Das vordere Hufpaar paßt nicht zusammen, finden Sie nicht auch?«

Sarah starrte auf die gehobenen Hufe, dann blickte sie augenzwinkernd zu dem Bildhauer auf. »Sie haben recht. Sie haben ja so recht, Mr. McAlister«, sagte sie dann, »da ist beinahe ein Zentimeter Unterschied«, und leise lachend fügte sie hinzu: »Wieviel macht ein Zentimeter aus?«

Don McAlister rieb sich mit einer Hand die Augen, während er sagte: »Was halten Sie von zwei Pfund, Miß Foggerty?«

»Oh! Vielen Dank. Recht herzlichen Dank. Das ist ausgesprochen freundlich von Ihnen.«

Im nächsten Moment streckte Don McAlister die andere Hand aus, um eine kleine geschnitzte Figur vom Tisch zu nehmen, die er Sarah mit der Bemerkung reichte: »Das soll kein Weihnachtsgeschenk sein, nur eine kleine Gabe an Sie, weil Sie sich als sehr gute Freundin für einen Menschen in Not erwiesen haben.«

Einen Augenblick war Sarah sprachlos. Sie blickte auf die Schnitzerei in ihrer Handfläche und dachte: »Ein schwarzer Käfer.« Sie verabscheute schwarze Käfer. Etwas erstickt fragte sie: »Wie heißt diese Käferart?«

»Oh, das ist ein Skarabäus. Die alten Ägypter schätzten ihn sehr. Sie glaubten, er würde ihnen bei der Wiedergeburt helfen. Er gilt als machtvoller Glücksbringer.«

Sarah umschloß den Käfer weich mit den Fingern und sagte dann: »Nun, davon können wir im Augenblick gar nicht genug haben ... Glück, meine ich. Vielen Dank, wirklich. Und vielleicht kommt der Skarabäus gerade recht, denn dieses Geschenk ist das zweite erfreuliche Ereignis innerhalb einer Stunde. Als wir nach Ramsay Court zurückkehrten, wartete dort ein Brief auf meine Freundin. Er kam von einer Zeitung. Sie werden ihre Arbeiten drucken, ein oder zwei Zeichnungen jede Woche, denke ich. Sie müssen wissen, sie zeichnet. Karikaturen würden Sie dazu sagen. Die Zeichnungen sind hervorragend gemacht und sehr komisch.«

»Wirklich! Ihre Freundin zeichnet Karikaturen? Wie alt ist sie?«

Sarah blickte zur Seite und antwortete mit einem Schulterzucken: »Für jeden, der fragt, ist sie achtzehn, aber in Wirklichkeit erst sechzehn.«

Don McAlister entgegnete nichts, sondern starrte Sarah weiter fragend an, bis sie beinahe entschuldigend hinzufügte: »Oh, es läßt sich wohl nicht mehr ändern. Ich habe geredet und geredet, um sie davon zu überzeugen, was meiner Meinung nach das beste für sie ist.«

Don McAlisters Stimme klang tonlos, als er murmelte: »Und was glauben Sie, würde das beste für sie sein?«

»Natürlich, daß sie nach Hause zurückkehrt! Was sonst? Aber sie hat eine Mutter, die man, wenn es nach mir ginge, für ihre Grausamkeit hinter Gitter bringen sollte. Oh, sicher ...« – Sarah warf den Kopf in den Nacken –, »mich geht das Ganze ja eigentlich nichts an. Aber glauben Sie mir, Mr. McAlister, ich habe getan, was ich konnte.«

»Daran zweifle ich nicht im geringsten, Miß Foggerty, absolut nicht.« Sein Gesicht und seine Stimme waren nun ernst. »Und ich kann mich nur wiederholen. Sie kann sich glücklich schätzen, eine Freundin wie Sie zu haben. Ich muß jetzt gehen, aber wer weiß, vielleicht sehen wir uns einmal wieder. Auf jeden Fall passen Sie gut auf Ihren Skarabäus auf.«

»Das werde ich. Und vielen Dank. Auf Wiedersehen.«

»Auf Wiedersehen.«

Es war drei Uhr nachmittags. Die Mönche hatten die Tore zum Garten geschlossen, denn aus Erfahrung wußten sie, daß nach Einbruch der Dunkelheit, auch wenn sie alle verfügbaren Öllaternen aufstellten, die Waren wie durch Geisterhand von den Verkaufsständen zu verschwinden pflegten. Aus Angst um die wertvollen Kunstgegenstände auf dem langen Tisch waren diese schon vor einer guten Stunde abgeräumt worden. Wenngleich an diesem Tag drei Kunsthändler die Bestände geschmälert hatten, gab es immer noch genügend einzupacken. Don McAlister kümmerte sich persönlich darum, denn am nächsten Tag würde er die Sachen wieder auspacken müssen, um eine private Ausstellung damit zu bestücken.

Die anderen unverkauften Waren wurden ins Lager gebracht, wo sie bereitstanden für den nächsten Tag, an dem sicher Paddy O'Connel auftauchen würde, um sie für einen kümmerlichen Betrag aufzukaufen.

Einer der Brüder, der an Don vorbeikam, sagte: »Kein schlechter Tag, Don. Acht Pfund, zweieinhalb Pence für die Bücher und den ganzen Krempel.«

»Gut, Peter. Sehr gut.«

»Ja, mag sein, Don. Aber lieber würde ich den Garten umgraben oder jeden Tag Kohlen schaufeln. Die Leute von draußen sind merkwürdig, wissen Sie. Sehr merkwürdig, Don. Die Hälfte von ihnen erschreckt mich zu Tode.«

»Nun tun Sie bloß nicht so.« Don klopfte dem Bruder freundschaftlich auf die Schulter. »Sie alter Heuchler. Sie sind doch gern mit den Leuten zusammen.« Dann neigte er sich herüber und flüsterte: »Und wenn der Prior von dem ganzen Zeug wüßte, daß Sie heimlich wegschenken, hätte er Sie längst zur Strafpredigt antreten lassen. Er fragt sich schon jetzt, warum er abends die Kohlen nicht üppiger aufs Feuer schütten kann.«

Das Gesicht des älteren Mönchs nahm einen Ausdruck tiefen Mitgefühls an, und er sagte mit sehr leiser Stimme: »Ich lege immer nur ein paar Kleinigkeiten in den Korb des Jungen, wenn er abends weggeht, und von seiner Sorte gibt es viele. Ich wette, Sie haben das von Bruder David oder Bruder Malcolm erfahren, denn die beiden verbringen den ganzen Tag im Schulzimmer mit den verwöhnten Kindern der Reichen. Viel Unterricht geben sie nicht. Dafür stehen sie stundenlang am Fenster und spionieren. Sei's drum. Gott weiß, was ich tue. Und das allein zählt.« Nach diesen Worten schlurfte der alte Mönch davon, und Don blieb kopfschüttelnd zurück. Der liebenswerte Bruder Peter. Wenn es eine gute Seele gab, dann diesen Menschen. Er war der einzige unter den Brüdern, der weder lesen noch schreiben konnte, doch er wußte, was ein Pfund wert war. Ohne das geringste Murren übernahm er die meisten niederen und unangenehmen Tätigkeiten, die im Kloster anfielen. Aber er ertrug es nicht, wenn die anderen Mönche ihn damit aufzogen, daß er in unbeobachteten Momenten heruntergefallene Kohlen oder sonstige Kleinigkeiten einsteckte, sogar Reste aus der Küche oder der Speisekammer, um sie irgendeinem bedürftigen Kind zuzustecken.

Don rief dem Mönch hinterher: »Peter, wenn irgend jemand nach mir fragt, sagen Sie ihm, ich wäre in der Kapelle.«

»Oh, Sie gehen in die Kapelle?« Das Gesicht des Alten begann zu leuchten. »Ja, gut. Ich sage Bescheid.«

Als Don sich auf den Weg zur Klosterkapelle machte, sagte er zu sich selbst, daß die Hoffnung in einem frommen Herzen niemals starb, denn er wußte, daß Peter wie alle anderen Brüder darauf hoffte, er würde eines Tages seiner Freiheit und des Lebens in der Verdorbenheit draußen müde werden und in die wohlgeordnete Ruhe zwischen diesen alten Mauern zurückkehren. Zurück in dieses Kloster, das einstmals auf einem Hügel inmitten von Feldern errichtet wurde, heute jedoch von Häusern aller Art umgeben war, deren Bewohner sich staunend fragten, wie es möglich war, daß innerhalb der alten Klostergrenzen noch immer der gleiche Frieden herrschte.

Die Kapelle war klein, ebenso der Altar. An einer Seite stand eine Statue der Heiligen Jungfrau mit dem Kind in den Armen, auf der anderen die Statue eines jungen Mannes, der eine Kutte trug. Es handelte sich um den heiligen Aloysius, einen italienischen Jesuitenmönch, der sich im Alter von dreiundzwanzig Jahren zum Sterben hinlegte, nach einem Leben, das der Geißelung seines Körpers, dem Gebet, dem Fasten und der Selbsterniedrigung gewidmet war.

Don empfand vor dieser Statue immer Schuldgefühle, denn er sah sich außerstande, diesem Heiligen die nötige Ehrerbietung zu erweisen. Seiner Meinung nach hatte der junge Mann sein Leben vergeudet. Außerdem fragte sich Don, was ein Schutzheiliger der Jesuiten vor einem Altar der Benediktiner zu suchen hatte. Angeblich war dem Orden vor vielen Jahren ein reicher Mann beigetreten, unter der Bedingung, eine in seiner Familie weitervererbte Statue mitbringen zu dürfen. Da Geld immer überzeugte, wurde seine ungewöhnliche Bitte erfüllt.

Nachdem Don McAlister sich vor dem Altar verbeugt hatte, betrat er die erste Bankreihe. Er kniete nicht nieder, sondern setzte sich, geradeaus auf das Kreuz an der Wand starrend, an dem schlaff, mit geneigtem Kopf und aschgrauem Gesicht, der tote Körper des Herrn hing.

Nach einer Weile schloß Don die Augen und begann zu murmeln: »Sag mir, was ich tun soll. Die Sache ist die …«

Nachdem er zu Ende gesprochen hatte, saß er ruhig da und wartete.

Eine innere Stimme meldete sich: »Warum kommst du zu mir, wenn du deine Entscheidung schon getroffen hast?« Und Don antwortete: »Aber ich möchte wissen, ob es richtig ist, wenn ich mich einmische.«

»Nun, eines weißt du bestimmt«, sagte die Stimme. »Wenn du dich nicht einmischt, kehrst du dorthin zurück, und es wird dich jeden Tag die Frage quälen, warum du nichts unternommen hast, als du die Gelegenheit dazu hattest. Du bist es doch, der immer sagt: ›Jede Gelegenheit kommt nur einmal im Leben.‹ Und du sagst auch: ›Es ist die Gegenwart, die zählt.‹«

Don McAlister hob die Hand, öffnete die Augen und blickte zu dem Gesicht, das auf ihn herabzusehen schien. Leise, aber deutlich vernehmbar sagte er: »Dem Pater Prior wird es nicht gefallen, wenn ich morgen abreise. Er wird enttäuscht sein.«

Hörte er wirklich, wie die Stimme laut auflachte?

Ein verstohlenes Lächeln trat auf Dons Lippen, denn er wußte genau, was Pater Prior sagen würde. Dann tat Don

McAlister etwas Seltsames. Er stand auf, legte beide Hände wie zum Gebet zusammen und preßte sie gegen das Gesicht des Herrn am Kreuz, bevor er sie an seine eigene, von der Maske verhüllte Wange legte. Dabei murmelte er andächtig: »Dein Wille geschehe. Ich glaube an dich. Hilf du gegen meinen Unglauben.«

»O nein! Nicht morgen, Don«, klagte Pater Prior. »Es ist der Tag vor Heiligabend. Sie wissen, wie die Brüder sich freuen, diese Zeit mit Ihnen zu verbringen. Und Weihnachten haben wir immer soviel Spaß. Nur dann kommen wir in den Genuß, Bruder John auf seiner furchtbaren Mundharmonika spielen zu hören, und das auch nur, weil Sie ihn mit Ihrer Stimme begleiten. Und Sie dürfen auch nicht ihre Sonderausstellung vergessen. Warum schon morgen? Ich verstehe Sie nicht. Sonst bleiben Sie immer bis Neujahr.«

»Nun, Pater Prior, es gibt eine unverhoffte Angelegenheit, um die ich mich kümmern muß.«

»Unverhofft?«

»Ja, Pater Prior. Alles kam ganz plötzlich. So plötzlich, daß ich … in die Kapelle gegangen bin und … den Herrn um seinen Rat gebeten habe.«

Der Prior blickte auf seine Hände herab, die auf dem Schreibtisch lagen, und dachte: »Du liebe Güte! Das wieder.« Er erinnerte sich an die Aufregung, die entstanden war, als der dreijährige Don erklärte, Jesus habe mit ihm gesprochen und ihm gesagt, warum sein Gesicht verunstaltet sei. Herr im Himmel! Das war eine Zeit gewesen. Selbst noch ein einfacher Bruder, hatte der Prior die Aufgabe übertragen bekommen, sich um das verkrüppelte Kind zu kümmern. Er hatte sein Bestes getan, um den Jungen von der Idee abzubringen, daß Jesus vom Kreuz herab zu ihm sprach. Doch das gelang nur, weil er den Kleinen von der Kapelle fernhielt. Unglücklicherweise folgten darauf Alpträume, Bettnässen und Trotzanfälle, und mit dem Jungen war nichts mehr anzufangen. Schließlich hatte Don die Erlaubnis erhalten, seinen eigenen Weg zu gehen, was bedeutete, daß er zu Bruder Percival kam und die Bildhauerei erlernte. Von da an entwickelte er sich wie ein normales Kind, später wie ein normaler junger Mann, mit Ausnahme seiner halsstarrigen Natur, die sich deutlich zeigte, als Pater Broadside forderte – das Bitten war nicht seine Art –, daß der junge Don auf ein berühmtes katholisches Seminar gehen sollte, um dort zum Priester ausgebildet zu werden. Damals hatte Pater Prior ein Machtwort gesprochen. Es wäre genug, wenn Don als Bruder in den Orden eintrat, denn als solchen würde er ihn ohnehin betrachten. Aber hier traf er auf ein neues Hindernis, denn Donald McAlister, das Kind, das die Mönche großgezogen hatten und das ihnen schon aus Dankbarkeit die Freude machen sollte, sich ihrer benediktinischen Gemeinschaft anzuschließen, hatte rundweg erklärt, daß er sich nicht zum Klosterbruder berufen fühle und auch nicht glaube, sein bisheriges Leben weiterführen zu können.

Als man ihn fragte; ob ihm bewußt sei, daß er sich in seinem Zustand kaum außerhalb der Klostermauern zeigen könne, antwortete der junge Mann schlicht, ihm sei klar, daß das Kloster sein Zufluchtsort sei. Deshalb werde er für die Mönche arbeiten, zusammen mit Bruder Percival, und ihnen auf diese Weise für ihre Freundlichkeit danken.

Schließlich erinnerte sich Pater Prior an den Tag, als der Abt zu Besuch kam und Don fragte, warum er so starrsinnig sei. Don hatte entgegnet, das wisse er auch nicht. Er habe dem Herrn die gleiche Frage gestellt, ohne eine klare Antwort zu erhalten, lediglich, daß er ›abwarten‹ solle.

Der Abt und der Prior hatten die Angelegenheit bis spät in die Nacht beraten und waren übereinstimmend zu der Meinung gekommen, daß der junge Mann besser bei den Brüdern blieb – auch ohne die Weihen –, denn wenn nach draußen drang, daß Jesus vom Kreuz zu ihm sprach, werde sich halb England vor der Klosterpforte versammeln und nach einem Wunder verlangen. Nein, am besten behielten die Mönche ihren Zögling wie bisher unter ihrer Obhut, um immer ein Auge auf ihn zu haben.

Jesus, der vom Kreuz herab zu ihm sprach! Lieber Himmel! Welche Torheit würde ihm als nächstes einfallen?

Dann kam der Tag, an dem der Notar eintraf und Don

mitteilte, er habe eine Erbschaft gemacht. Waren seitdem erst acht Jahre vergangen? Und wie hatte sich der ehemalige Klosterzögling seit dieser Zeit verändert! Ohne Furcht war er in die Welt hinausgegangen, als hätte er sein ganzes Leben auf diese Gelegenheit gewartet. Natürlich hatte auch Don erfahren müssen, daß jemand, der anders war, nicht überall mit offenen Armen aufgenommen wurde. Aber der Prior wußte, daß der ehemalige Zögling sie trotz dieser Schwierigkeiten für immer verlassen hatte.

Der Prior blickte nun zu dem hochgewachsenen jungen Mann auf, der vor ihm stand. Mit einem normalem Gesicht hätte man ihn zu Recht als gutaussehend bezeichnen können. »Wissen Sie, Don«, sagte der Prior, »Sie haben die Eigenart, Menschen zu enttäuschen. Schon als Sie noch ein kleiner Junge waren und ich mich um Sie kümmerte, sorgten Sie für eine Enttäuschung nach der anderen. Dann haben Sie unseren guten ...« – der Prior schien Schwierigkeiten zu haben, seine Gesichtszüge zu kontrollieren, als er weitersprach – »... unseren guten Pater Broadside enttäuscht, als er nichts weiter wollte, als Sie in Gottes Hände zu geben. Und schließlich ist da noch die Geschichte mit unserem verehrten Abt. Oh, wie viele Menschen haben Sie bereits enttäuscht, Don. Wissen Sie das eigentlich?«

»Ja, Pater Prior. Nur zu gut. Und es ist noch keine fünf Minuten her, als der Herr das gleiche zu mir sagte.«

Mit einer raschen Bewegung nahm der Prior die Hände vom Schreibtisch und stand auf. Seine Stimme wurde streng, als er sagte: »Wollen Sie damit sagen, daß Sie noch immer Ihr altes Spiel treiben, Don?«

Mit starrem Gesicht und der gleichen strengen Stimme wie der Prior antwortete Don McAlister: »Es ist das Spiel unseres Herrn, Vater. Er ist es, der nie damit aufgehört hat. Und da wir gerade beim Thema sind, Pater Prior, möchte ich Sie eines fragen. Es geht um etwas, worüber ich noch nie gesprochen habe. Könnte es nicht sein, daß wir alle diese kleine, leise Stimme in uns haben, die uns sagt, was zu tun richtig und was falsch ist?«

Der Prior wiegte nachdenklich den Kopf von einer Seite

zur anderen, bevor er antwortete: »Ja, ich nehme an, Sie haben recht, Don.«

»Nun, ich weiß nicht, wie andere Menschen die kleine leise Stimme wahrnehmen, aber meine hat nie geschwiegen. Sie ist nie aufdringlich, und als ich noch klein war, sprach sie mit mir, als gehörte auch sie einem Kind. Aber als ich älter wurde, wuchs die Stimme mit mir mit. Es gab nur einen Unterschied. Als Kind schienen wir in fast allem gleicher Meinung zu sein, aber in meiner Jugend hätte sie eine elterliche Stimme sein können. Schließlich wurde ich erwachsen, und die Stimme überließ alle Entscheidungen mir, ohne auf Kritik zu verzichten. Ich nehme an, Ihre modernen Psychologen, die über die Dualität des menschlichen Verstandes schreiben, würden sagen, daß ich nur mit mir selbst spreche und die Antworten auf meine Fragen längst innerlich vorbereitet habe. In letzter Zeit habe ich ziemlich viel über diese Dinge gelesen. Trotzdem würde ich gerne Ihre Meinung dazu erfahren, Pater Prior.«

Der Prior räusperte sich und hustete, bevor er antwortete: »Was kann ich Ihnen sagen, was Sie nicht bereits wissen, Don? Mir hat das nie an Ihnen gefallen; so etwas ist nicht normal.«

»Mit Gott zu reden, soll nicht normal sein, Pater Prior? Dürfte ich fragen, wie Sie mit Gott in Verbindung treten?«

»Sie wissen sehr gut, wie wir mit Gott sprechen, Don. Gott dem Allmächtigen muß man sich mit Ehrerbietung nähern, so wie auch seinem eingeborenen Sohn Jesus Christus.« Während der Prior den Namen von Jesus Christus aussprach, verneigte er sich.

Sie starrten einander an, bis Don sagte: »Ich weiß, Pater Prior, und ich verhalte mich niemals respektlos, aber der Unterschied zwischen uns ist, daß ich den Herrn nicht dort oben im Himmel sehe, irgendwo in diesem grenzenlosen Universum. Ich nehme an, ein Teil dieses Kindes ist noch immer in mir. Erinnern Sie sich an das unmögliche Kirchenlied, Pater Prior, das wir Kinder bei den Nonnen singen mußten? Darin gab es eine Zeile, die mich tief berührt hat. ›Der Herr ist in dir, näher als deine eigene Haut, und wenn du sündigst, dann weint er laut.‹ Und genau das fühle ich, Pater Prior, wenn ich mit Gott in Verbindung trete.«

Der Prior lächelte plötzlich wissend, als er sagte: »Nun, vielleicht hat Ihr Psychologe recht. Es handelt sich um eine kindliche Einbildung, eine Fantasievorstellung. Aber trotzdem gehen Sie jetzt besser und sagen den Brüdern, daß Sie uns morgen verlassen. Sonst werde ich von allen Seiten mit Fragen bedrängt, die ich nicht beantworten kann.«

»Ja, Vater. Aber ich verspreche Ihnen, daß ich bei meiner Rückkehr alles erklären werde, und zwar sobald wie möglich.«

»Gut«, sagte der Prior und wechselte zum Praktischen. »Und kehren Sie nicht mit leeren Händen zurück, sondern bringen Sie uns wieder ein paar von Ihren Kunstwerken mit.«

»Das werde ich tun, Pater Prior. Und vielen Dank.«

Nachdem Don gegangen war, lehnte sich der Prior in seinem Stuhl zurück und starrte für einige Minuten auf die geschlossene Tür. Seine Gedanken waren eine Mischung aus Traurigkeit und Ungeduld. Don und die Stimme Gottes. In manchem war er ein ganz gewöhnlicher Mensch, und dann wieder wirkte er komplex und vielschichtig. Der Prior mußte zugeben, daß er damals, als ihm der Junge anvertraut worden war, oft den eigenen Sohn in ihm gesehen hatte. In solchen Momenten pflegte er sich die Worte des Herrn ins Gedächtnis zu rufen, die er jeden Tag las: »Du bist mein geliebter Sohn, an dem ich mein Wohlgefallen habe.« Dann erinnerte er sich an den Tag, als der kleine Junge zu ihm kam und seine Hände zum Gebet faltete, doch auf ungewöhnliche Art, denn er legte sie an seine verunstaltete Wange und sagte: »Warum ist Gott böse mit mir? Schwester Matilda meint, er hat mich anders gemacht, weil mein Vater ein Sünder war.« Der Prior hatte aufgestöhnt. Schwester Matilda und ihre Theorien, frei nach dem Bibelwort: »Denn ich der Herr bin ein eifersüchtiger Gott, und die Sünden der Väter werden auf die Kinder kommen, bis ins dritte und vierte Glied.« Bruder Percival hatte lange Zeit gebraucht, um den angerichteten Schaden wiedergutzumachen. Er erklärte dem Kind, daß es für große Dinge vorgesehen sei und deshalb sein Aussehen vergessen müsse. Statt dessen solle Don sich auf seine Hände konzentrieren, denn diese habe der liebe Gott mit einer wunderbaren Gabe gesegnet.

Wieder seufzte der Prior, da er nicht glaubte, daß Don sich jemals für einen schwierigen Jungen gehalten hatte, ebensowenig wie er heute zugeben würde, ein schwieriger Mann zu sein.

8. Kapitel

Es war eine lange und ermüdende Reise gewesen. Am Heiligen Abend schien ganz London in Richtung Norden zu reisen, denn der Schottische Expreß war voll besetzt.

Bei Bahnfahrten gönnte Don sich gewöhnlich den Luxus, einen Fensterplatz in einem Abteil erster Klasse zu buchen, und oft hatte er während der gesamten Fahrt den Waggon für sich. Wegen seiner vielen Reisen zwischen dem Norden und dem Süden des Landes war Don für die Schaffner mittlerweile zu einer bekannten Gestalt geworden, und es grenzte an ein Wunder, welche Ungestörtheit man sich mit einer Silbermünze erkaufen konnte. Und falls doch andere Reisende in sein Abteil kamen und sich zunächst abgestoßen fühlten von dem merkwürdigen Mann mit dem sonderbaren Hut, den dieser nie abnahm, genügte es, wenn er die Fahrgäste mit wenigen freundlichen Worten beruhigte. Wahrscheinlich nahmen sie dann an, er habe einen Unfall gehabt, der sein Gesicht entstellt hatte.

Auf dieser Reise jedoch war das Abteil von Anfang an voll besetzt gewesen, und Don war erleichtert, als er in Durham in den Lokalzug nach Chester-le-Street umsteigen mußte.

Inzwischen war es dunkel geworden, und nachdem Don eine Weile der Hauptstraße gefolgt war, bog er in einen schmalen Pfad ein, der ziemlich steil bergauf führte, bevor er nach links abbog und sich in Zickzacklinien zum Fluß hinunterschlängelte. An der Biegung ging Don in die andere Richtung weiter und überquerte ein Feld, das in sanften Wellen abfiel. Es endete an der Steinmauer, die seinen Küchengarten hinter dem Haus umgrenzte. Im Dunkeln konnte er die Mauer nicht wirklich erkennen, doch als seine Hände die Steine berührten, schienen sie ihn liebevoll willkommen zu heißen. Don schritt an der Mauer entlang, bis sie eine Biegung machte, um abrupt an der Hauswand zu enden, an der Wand des Ateliers, das er als Anbau hatte errichten lassen. Hier herrschte tiefschwarze Nacht, denn der Wald endete dicht am Haus. Die Bäume erstreckten sich bis hinunter zum Fluß. Auf der anderen Seite des Hauses ging der Wald weiter, nur durch eine Wiese unterbrochen.

Don nahm den Schlüssel aus der Tasche, öffnete die Haustür und hielt einen Moment auf der Schwelle inne, um tief durchzuatmen. Der Duft, den er einsog, hatte in den acht Jahren, seit er hier lebte, nichts an Intensität verloren. Am Tag, als der Notar die Tür für ihn aufschloß, hatte er ihn zum ersten Mal wahrgenommen. Der Geruch war unvergleichlich. Es war nicht der Duft der Rosen, die zu dieser Jahreszeit überall im Garten hinter dem Haus blühten, auch nicht jener der Lavendelrabatten, die den Weg zu dem kleinen Bach säumten oder der des Kräuterbeets, auf dem Minze, Rosmarin, Thymian und wilder Knoblauch wuchsen. Und auch sonst gab es nichts im Garten, das so roch. Don erinnerte der Duft an den Geruch eines gesunden Menschen. Auch erschien ihm der Gedanke nicht abwegig, den Geruch mit seiner Tante in Verbindung zu bringen. Er hatte sie nie kennengelernt, aber sie hatte ihm die Freiheit geschenkt und ermöglicht, ein Leben zu führen, das dem Leben normaler Menschen ähnelte.

Noch im Dunkeln riß Don sich den Hut und den Mantel herunter, bevor er sich an der Wand links neben der Tür entlangtastete, um den Tisch zu erreichen, auf dem eine Lampe stand und eine Schachtel mit Streichhölzern lag.

Sobald die Flamme aufflackerte, stieß Don einen langen tiefen Seufzer aus und blickte sich im Zimmer um, als sehe er alles zum ersten Mal, wie immer, wenn er von einer Reise zurückkehrte. Im offenen Kamin, am anderen Ende des sechs

Meter langen Raums, war ein Haufen silbrig schimmernder Asche und halbverbrannter Holzscheite zurückgeblieben. Vor dem Kamin standen ein altes Sofa mit einer geflickten Chintzdecke und daneben ein schwerer, mit Leder bezogener Armsessel. Dort, wo die Arme auflagen, und an der Sitzfläche war das Leder stumpf geworden.

Außer diesen beiden abgenutzten Möbelstücken befand sich, an einer anderen Wand, in dem Raum ein ovaler Gestelltisch, gesäumt von vier Stühlen mit geschnitzten Lehnen. Die Tischgruppe wirkte völlig neu. Sie sah aus, als wäre sie während der ganzen Jahre nie benutzt worden, doch aus der Inventarliste des Hauses wußte Don, daß die Möbel vor fast hundert Jahren geschreinert worden waren.

Mitten auf dem Tisch stand eine weitere Lampe mit einem Schirm aus rosafarbenem Glas. Als Don sie anzündete, wirkte der Raum durch das Licht sofort wärmer. Und auch der schon fadenscheinige Teppich, der den ganzen Boden bedeckte, und die ausgeblichenen schweren Vorhänge vor den hohen Fenstern sahen freundlicher aus.

Don ging in die Knie, nahm etwas Papier und Kienspäne aus der Holzkiste neben der Feuerstelle und warf beides zwischen die halbverbrannten Scheite. Dann hielt er ein Streichholz daran, und als das trockene Holz zu knistern begann und die Scheite Feuer fingen, ließ er sich auf einer Seite des selbstgeknüpften Teppichs nieder, der die Feuerstelle umrahmte. Während er in die Flammen blickte, fragte er sich, wie er sich verhalten sollte. Sollte er jetzt hinübergehen? Obwohl Heiligabend war? Am Weihnachtstag selbst würde er nicht wagen, dort zu erscheinen, denn er wollte die fröhliche Festtagsstimmung nicht stören. Auf der anderen Seite wußte Don durch den Klatsch, den er aus dritter Hand bei Farmer Harding mitbekam, daß es in dem Haus nie sonderlich fröhlich zuging. Nun, die Bewohner des Haupthauses kümmerten ihn im Grunde nicht. Ihn interessierte nur, ob der alte Herr bereits wieder in das Kleine Herrenhaus gezogen war. Auch darüber war geredet worden. Aber wenn Don heute abend nicht ging und morgen auch nicht, blieb nur noch der zweite Weihnachtstag. Wenn der alte Herr die weite Reise nach London machen sollte, wäre der beste Termin die kommende Wochenmitte, denn wie Don wußte, würden die Züge um Neujahr wieder voll besetzt sein. In diesem Augenblick allerdings drängte es ihn vor allem, die Maske loszuwerden, sich gründlich zu waschen, Essen zu machen und dann die Beine auf dem alten Sofa hochzulegen.

Es ist die Gegenwart, die zählt.

Aber bevor Don wieder nach draußen ging, mußte er etwas trinken. Und davor wollte er sich, wenigstens für einen Moment, von der Maske in seinem Gesicht befreien. Er stand wieder auf, nahm die Lampe vom Tisch und ging nach oben in sein Schlafzimmer.

Von der gemütlichen Atmosphäre des Wohnzimmers war hier oben nichts zu spüren. Das schmale Lattenbett mit der harten Matratze besaß kein erhöhtes Kopfende und kein Fußbrett. Vorher hatte an dieser Stelle das weich mit Federn gepolsterte Doppelbett seiner Tante gestanden, in dem sie geboren worden und auch gestorben war. Hinter dem Bett stand eine kleine Mahagonikommode mit poliertem zweitürigen Aufsatz und abgestoßenen Ecken.

Nachdem Don die Lampe abgestellt hatte, wandte er sich in Richtung der Kommode, ging aber zu dem kleinen Ankleidetisch im Regencystil weiter, dessen Ablagefläche fast leer war.

Don beugte sich vor und starrte in den kleinen Spiegel, bevor er den Knopf des hohen Halskragens öffnete und sein Jackett auszog. Dann löste er einen Verschluß am Rücken, lockerte das Korsett und befreite daraus seine Arme, bevor er die Stützkonstruktion vom Kopf hob, über welche die Tuchmaske gespannt war.

Nachdem er die Maske abgenommen hatte, legte er sie zusammen mit dem Korsett auf das Bett. Aus dem obersten Schrankfach nahm er eine saubere Maske und legte sie neben die getragene. Er schnalzte mit der Zunge. London wurde immer schmutziger, ganz zu schweigen von dem Ruß der Züge.

Er kehrte zum Spiegel zurück, um sich erneut anzusehen. Er haßte diese Momente vor dem Spiegel, doch sie waren wie eine selbst auferlegte Strafe. Don fragte sich, was er erwartete ... Vielleicht ein Wunder oder daß die dunkelbraune zerfurchte Haut mit einem Mal zu Grau verblaßt war, statt sich noch dunkler zu verfärben? Wenn die Haut wenigstens glatt gewesen wäre und aussähe wie ein erdbeerrotes Feuermal. Aber nein, Gott hatte es anders gewollt! Ausgerechnet dieses Schicksal mußte ihn treffen. Dabei hätte die Entstellung auch schlimmer sein können, hatte man ihm gesagt. Es gebe auch völlig schwarze Vernarbungen. Warum nur hatten sie ihm als Kind die Haut nicht abgeschält? Dann hätte er nur die körperlichen Schmerzen erleiden müssen und wäre nicht gezwungen gewesen, sich zu verstellen und zu verstecken, um mit dem Makel leben zu können. Don erinnerte sich, daß er Bruder Bernard nie gemocht hatte, denn dieser hatte einmal zu ihm gesagt: »Du darfst dir im Gesicht nie etwas anmerken lassen«, worauf Don zurückschrie: »Ja, Sie haben wenigstens ein Gesicht, um die anderen zu täuschen.« Damals mußte Don ungefähr vierzehn gewesen sein, und als Bruder Bernard sich bei ihm entschuldigte, schlug er ihn.

Wenn die Verunstaltung zumindest seinen Augenwinkel ausgespart hätte.

Don straffte seinen Körper und ermahnte sich: »Beeile dich. Und hole dir auch ein frisches Hemd.«

Er machte sich auf den Weg in die Küche.

Dieser Raum war einfach möbliert und besaß als einzige Besonderheit einen modernen Kaminofen, mit einer Kochfläche auf einer Seite und einem Warmwasserbehälter auf der anderen.

Don nahm eine Kasserolle aus dem Schrank, füllte sie zur Hälfte mit Wasser aus einem Eimer mit Deckel und kehrte ins Wohnzimmer zurück, um den Topf auf das Kaminfeuer zu stellen, neben ein brennendes Holzscheit.

Er ging wieder in die Küche, leerte einen weiteren Wassereimer zur Hälfte in das tiefe Becken der Steinspüle und wusch sich gründlich.

Ungefähr fünfzehn Minuten später, nachdem er sich eine Tasse Schokolade gemacht hatte, stand er vollständig angezogen im Badezimmer, bereit aufzubrechen.

Als er sich zum Gehen anschickte, blickte er noch einmal zum Spiegel, als wollte er etwas sagen, doch dann wandte er sich schroff ab.

Bevor er das Haus verließ, erledigte Don einen letzten Gang. Mit der Lampe in der Hand schritt er durch einen schmalen Korridor, öffnete die Tür am Ende und hielt die Lampe hoch, um einen Blick in sein Atelier zu werfen.

Alles war unverändert, ganz wie er es zurückgelassen hatte. Das hatte er auch schon anders erlebt. Damals, kurz nachdem er das Atelier hatte bauen lassen, bot sich ihm bei seiner Heimkehr aus London ein anderes Bild. Der Raum war fünf Meter lang und drei Meter breit. Die vier Fenster waren hoch oben angebracht, knapp unter der Decke, so daß keine Neugierigen hineinspähen konnten. Damals war das Glas sorgfältig aus dem Rahmen geschnitten worden, und jemand hatte sich in den Raum hinabgelassen. Dafür waren keine besonderen Gerätschaften nötig gewesen, denn die Werkbank hielt genügend Werkzeug bereit, und ein Holzhammer hatte ausgereicht.

Glücklicherweise war damals gerade Weihnachten gewesen, und Don hatte die Früchte von sechs Monaten Arbeit mit ins Kloster nach London genommen. Aber dennoch waren ungefähr zwanzig Objekte in den Regalen zurückgeblieben. Als Don das Atelier untersuchte, stellte er fest, daß nicht alle Skulpturen zerbrochen worden waren. Einige der Stücke mußten als Ganzes weggeschafft worden sein.

Offensichtlich hatte es sich um eine Gruppe von Einbrechern gehandelt, die aus einem nahe gelegenen Dorf stammten. Dort nannte man Don bereits den Gebrandmarkten, und er galt als eine Art Kuriosum. Seither war nichts mehr vorgefallen, und wie Don wußte, verdankte er dies Farmer Harding, einem freundlichen und verständnisvollen Mann, sowie Bob Talbot, dem Flußwart, der die Fischereirechte und die Uferbefestigung überwachte.

In Gedanken bei Farmer Harding, schloß Don die Tür. Er mußte ihm mitteilen, daß er zurückgekehrt war.

Bevor er eine der beiden Lampen im Haus löschte, zündete er in der Küche eine Laterne an. Im Wohnzimmer stellte er einen Feuerschutz um den offenen Kamin und löschte die andere Lampe.

Einen Fuß vorsichtig vor den anderen setzend, verließ Don den gepflasterten Weg, der an der Hausseite entlangführte, und schritt langsam zu Tal über einen ausgetretenden Pfad, der zwischen dem Wald und einem Abhang verlief.

Dort, wo der Wald endete, breitete sich vor ihm das offene Gelände aus. In einiger Entfernung sah er den im Mondlicht schimmernden Fluß. Nach zehn Minuten erreichte Don das Feld, wo vorher die Zigeuner gelagert hatten. Statt über die Mauer zu springen und so auf das Gelände des Großen Herrenhauses zu gelangen, ging Don weiter am Fuß des Hügels entlang, bis er die Gärten von The Little Manor, dem Kleinen Herrenhaus, erreichte. Die großartige Beleuchtung verriet, daß das Haus alles andere als klein war.

Die Vorderseite war hell erleuchtet von den Laternen beiderseits der eisenverzierten Eichentür. Das langgestreckte, niedrige Steinhaus verfügte über keine Veranda und saß auf einem flachen Sockel, auf gleicher Ebene mit der Zufahrt.

Don zögerte einen Augenblick, dann umfaßte er den eisernen Glockenstrang.

Er hörte das Läuten der Türglocke, doch Don mußte eine volle Minute warten, bis Schritte auf der anderen Seite der Tür zu vernehmen waren. Eine kleine Dienstmagd mit fröhlichem Gesicht öffnete. Als sie jedoch den unheimlichen Mann vor sich stehen sah, riß sie entsetzt den Mund auf und stieß einen schrillen Schrei aus. Vor ihr stand der Gebrandmarkte, von dem sie schon viel gehört hatte. Seine eine Gesichtshälfte war maskiert und von einem großen Schlapphut verdeckt.

Sie wollte die Tür zuschlagen, doch Don stellte seinen Fuß dazwischen. Das Mädchen drehte sich um, lief davon und rief: »Mrs. Makepeace! Mrs. Makepeace! Er ist es! Er ist es!«

Die Schreie des Mädchens ließen Mrs. Makepeace aus der Küche eilen. Sie schrie: »Was in Gottes Namen hast du nur, Mädchen? Was ist los? Wer ist da draußen?«

»Ich gehe nicht wieder zur Tür. Auf keinen Fall.«

Mrs. Makepeace stieß das Mädchen zur Seite und machte sich auf den Weg zum Eingang. Dort sah auch sie die hochgewachsene Gestalt und sagte ungerührt: »Oh. Guten Abend. Sie ist ein dummes Ding.«

»Ja, ich verstehe, Mrs. Makepeace. Ist der gnädige Herr im Haus? Ich meine Mr. Emanuel Lawson.«

»Nein, Sir. Er ist drüben im Großen Haus. Er hatte eine Erkältung und ist deshalb für einige Tage dort geblieben. Wollten Sie etwas Bestimmtes von ihm?«

»Ja, Mrs. Makepeace. Etwas ganz Bestimmtes.«

»Oh, dann kommen Sie doch bitte für eine Minute herein.« Don betrat die Halle. »Wenn Sie bitte Platz nehmen würden. Ich schicke Ihnen Mr. Makepeace, er wird besser wissen, was zu tun ist.«

»Ich danke Ihnen, Mrs. Makepeace.«

Don wartete in der Halle. Er setzte sich in einen geschnitzten Sessel, dessen Armlehnen die Form von Schlangen hatten. Es war eine wunderbare Schnitzarbeit, und Don fand, die gekerbte Oberfläche sah aus wie echte Schlangenhaut. Es gab zwei Sessel dieser Art, die zusammengehörten. Während er sich umblickte, entdeckte Don weitere Möbel, die indische Handarbeit zu sein schienen, darunter eine Vitrine und kleine Tische. An den Wänden hingen zahlreiche große Ölgemälde, allesamt Seelandschaften. Natürlich, die Familie verdiente ihr Geld mit der Seefahrt. Zu seiner Linken erhob sich eine schön gearbeitete Wendeltreppe, deren Geländer und Handlauf aus kunstvoll geschmiedetem Eisen bestanden. Die Stufen bedeckte ein Läufer aus tiefrosa Velour.

Passend dazu lag mitten in der Halle ein Teppich in der gleichen Farbe, zu beiden Seiten von persischen Läufern eingerahmt.

Die Stimme von Barney unterbrach Don in seinen Betrachtungen: »Oh, hallo, Mr. McAlister. Kann ich etwas für Sie tun?«

Don erhob sich aus seinem Sessel. »Ja, Mr. Makepeace, das können Sie. Verstehen Sie, ich habe eine wichtige Nachricht für Mr. Lawson, ich meine den alten Mr. Lawson, und ich dachte, er würde sich vielleicht hier aufhalten.«

»Hin und wieder wohnt er in diesem Haus, das stimmt, Mr. McAlister, aber im Hauptgebäude sind mehr Menschen, die sich um ihn kümmern können, denn es geht ihm nicht besonders gut. Mr. Pat macht sich große Sorgen um ihn, und hier kann er seinen Großvater nicht im Auge behalten.«

»Muß er denn das Bett hüten?«

»O nein. Im Bett liegt er nicht. Ganz und gar nicht. Niemand kann ihn im Bett halten. Entschuldigen Sie, Sir, daß ich so etwas sage, aber er hat seinen eigenen Kopf, unser gnädiger Herr. Wollen Sie nicht hinunter gehen und dort mit ihm sprechen?«

»Das würde mir nichts ausmachen, aber ich fürchte, im Großen Haus wird man mich ebenso empfangen wie ihre kleine Magd gerade.«

»Oh, Mr. McAlister, achten Sie nicht auf die Kleine. Sie ist ein unwissendes, freches Ding. Ich werde ihr später ordentlich die Meinung sagen.«

»Oh, tun Sie das nicht. Ihre Reaktion war verständlich.« Don verzichtete darauf hinzuzufügen: ›Die Schuld liegt bei mir. Ich vergesse manchmal, daß ich nicht wie andere Menschen aussehe.‹ Statt dessen fuhr er fort: »Könnten Sie nicht zum Großen Haus gehen und unter vier Augen mit Ihrem gnädigen Herrn sprechen?«

»O ja, Sir. Natürlich. Er läßt mich jederzeit vor.«

»Nun, wenn das so ist, würden Sie mir den Gefallen tun und ihm ausrichten, daß ich eine außerordentlich wichtige Nachricht für ihn habe?

»Natürlich, Mr. McAlister, ich gehe sofort. Sie können sich darauf verlassen. Würden Sie gern solange im Musikzimmer Platz nehmen und warten? Dort ist es warm. Wir unterhalten immer ein Feuer im Kamin, für den Fall, daß der gnädige Herr auftaucht, was gelegentlich auch vorkommt. Bei ihm weiß man nie. Er mag dieses Haus viel lieber als das andere. Seine verstorbene Gemahlin und er waren hier sehr glücklich. Oder möchten Sie lieber in der Küche warten und sich mit meiner Frau unterhalten? Ich bin sicher, sie freut sich über Ihre Gesellschaft.«

»Tatsächlich?«

»O ja, Mr. McAlister, ich bin ganz sicher. Sie ist kein Dummchen wie die anderen.«

Als Barney Makepeace den hochgewachsenen Mann in die Küche führte, wo Katie kandierte Kirschen in Scheiben schnitt und Mrs. Makepeace reichte, die gerade letzte Hand an einen Kuchen legte, blieb dem Mädchen der Mund offenstehen.

Barney zog einen Stuhl unter dem Tisch hervor: »Setzen Sie sich, Mr. McAlister. Ich bin in zehn Minuten zurück.«

»Danke, Mr. Makepeace«, entgegnete Don, beugte sich über den Tisch und sagte mit leiser Stimme: »Mrs. Makepeace, wenn Sie erlauben, möchte ich Ihrer Küchenhilfe versichern, daß ich Dienstmädchen nur samstags verspeise, und dann nie vor zwölf Uhr mittags.«

Als Antwort warf Mrs. Makepeace den Kopf nach hinten und lachte lauthals. Dann fragte sie: »Und wen verspeisen Sie am Sonntag, Mr. McAlister?«

»Köchinnen, Mrs. Makepeace. Immer nur Köchinnen.«

Vom Tischende kam ein ersticktes Kichern, aber weder Maggie Makepeace noch Don schienen davon Notiz zu nehmen, denn Mrs. Makepeace spielte das Spiel weiter, indem sie fragte: »Bevorzugen Sie Köchinnen zum Lunch oder zum Dinner?«

»Oh, natürlich zum Lunch, Mrs. Makepeace. Mittags nehme ich nur leichte Kost zu mir, wissen Sie. Die schweren Brocken hebe ich mir für den Abend auf.«

Mittlerweile wischte sich Mrs. Makepeace die Augen. »Und was steht dann auf Ihrer Speisekarte?«

»Ganz bestimmt ein Priester oder ein Pfarrer.«

»Oh, Mr. McAlister! Man wird Sie noch aufhängen.«

»Ich weiß, und ich sollte diese fetten Braten nicht essen, denn dadurch bekomme ich nur ganz furchtbares Magengrimmen und Verdauungsbeschwerden.« Dann fügte Don hinzu: »Mir wird schon schlecht, wenn ich nur ihre Reden höre.«

Anscheinend begann Mrs. Makepeace die Unterhaltung Spaß zu machen, denn sie fragte weiter: »Und wechseln Sie Ihren Speiseplan an Wochentagen, Mr. McAlister?«

»Ja, während der Woche futtere ich mich durch die Dienstbotenquartiere.«

»Ach, wirklich?«

»O ja. Ich beginne mit dem Butler. Einem hochnäsigen Butler kann ich nie widerstehen.«

Das Kichern vom anderen Tischende verwandelte sich in ein nicht zu überhörendes Prusten, und Don, der dem Mädchen die ganze Zeit seine unversehrte Gesichtshälfte zugewandt hatte, lächelte Katie an. Sie blickte unter den Wimpern hindurch zu ihm auf, um – noch immer etwas ängstlich – zurückzulächeln.

Nachdem Mrs. Makepeace sich erneut die Augen trockengewischt hatte, begann sie wieder die halben Kirschen in die weiche Kuchenmasse zu stecken. Dabei erklärte sie: »Wissen Sie, das ist kein Weihnachtskuchen, sondern die Cremetorte für den gnädigen Herrn, wovon er beim Morgenkaffee gern ein Stück ißt. Die Weihnachtsspeisen haben wir alle fertig im Vorratsschrank stehen.« Die Köchin nickte zu der weiß gestrichenen Tür am anderen Küchenende hin. »Nur für den Fall, daß der gnädige Herr doch nicht im Großen Haus zum Essen bleibt, was gut möglich ist. Wie ich zu meinem Barney immer sage, ändern sich die Zeiten überall, und ganz besonders hier. Mich würde überhaupt nichts mehr wundern, nein, hier ist alles möglich.«

»Das denke ich auch, Mrs. Makepeace. Aber lassen Sie uns hoffen, daß die Weihnachtstage einige angenehme Überraschungen bringen.«

Don beobachtete, wie Maggie nun seufzte, das Gesicht todernst. »Nichts ist mehr wie früher. Früher wußten wir wenigstens, womit wir zu rechnen hatten, aber heute ist die ganze Welt in Unordnung. Es steht schlecht um die Gesundheit der alten Königin, und in London hat es Aufstände gegeben.«

»Aufstände in London? Ich komme gerade von dort, Mrs. Makepeace, aber von Aufständen habe ich nichts gehört.«

»Nein?«

»Nun, wenigstens nicht dort, wo ich gewesen bin. Und in den Zeitungen habe ich auch nichts gelesen.«

»Oh, das ist seltsam. Robert Green, er ist Lakai drüben im Großen Haus, und ich weiß, er kann nicht lesen, aber er hat Fanny Carter erzählt, er hätte es von Frank, dem Butler.

Green sagt, die Iren würden in London demonstrieren, für ihr Selbstbestimmungsrecht oder etwas Ähnliches. Ich entgegnete ihm, sie sollen es ihnen geben und sie alle nach Hause zurückschicken.«

Für einen Augenblick schloß Don fest die Augen, hustete und antwortete dann: »Das wäre eine gute Idee. Ja, wirklich, ihnen einfach das Selbstbestimmungsrecht zu geben und sie machen zu lassen, was sie wollen.«

»Aber wem soll man heute noch trauen, frage ich Sie. Die Geschichten, die Fanny Carter uns erzählt, von den Vorgängen dort drüben, ich sage Ihnen, das ist unglaublich. Ja, unglaublich. Ich wünschte nur, unser gnädiger Herr würde seine Meinung ändern und hierbleiben. In diesem Haus ist er immer glücklich. Wenn das Wetter es erlaubt, unternimmt er lange Spaziergänge oder verbringt den größten Teil des Tages in der Bibliothek. Und es ist seltsam, wissen Sie, Mr. McAlister, aber manchmal redet er komische Sachen. Als er letzte Woche hier war, hatten wir einen dieser fürchterlichen Tage mit dickem Nebel, so daß man die eigene Hand nicht vor Augen sah, und er stand da, dick eingepackt in Schal und Mütze. Er war vom Großen Herrenhaus herübergekommen, und ich sagte zu ihm: ›Was suchen Sie auch an einem Tag wie diesem draußen vor der Tür, gnädiger Herr?‹ Und wissen Sie, was er antwortete? ›Ich gehe nach draußen, um eine Brücke zu suchen, die hoch genug ist, um hinunterzuspringen.‹«

Schluchzend erklärte Mrs. Makepeace: »Das hat er gesagt, Mr. McAlister. Können Sie sich vorstellen, daß er, der gnädige Herr, sich eine Brücke sucht, die hoch genug zum Hinunterspringen ist? Früher war er nie um einen Scherz verlegen. Die gnädige Frau sagte immer mit fester Stimme zu ihm: ›Emanuel Lawson, den kennen wir. Auf dem wachsen schon Pilze.‹ Ja, das sagte sie. Sie war eine wunderbare Frau, nicht wahr, Katie?«

Mrs. Makepeace hatte sich dem Mädchen zugewandt, und Katie wagte es, den Mann mit der Gesichtsmaske anzusehen. »Ja«, bestätigte sie. »Die gnädige Frau war wunderbar. Sie nahm mich in ihrem Haushalt auf, als ich neun Jahre alt war, unter der Bedingung, daß ich den halben Tag zur Schule ging. Ich haßte die Schule, aber da ich hier arbeiten wollte, tat ich, was sie verlangte, und ging den halben Tag hin.«

»Und Sie haben lesen und schreiben gelernt?« fragte Don.

»Ja, ein wenig. Besonders klug war ich nie.«

»Oh«, wandte Mrs. Makepeace ein. »Sie kann ihren Namen und ihre Adresse schreiben und, wenn es sein muß, eine Nachricht in Druckbuchstaben notieren. Druckbuchstaben fallen ihr leichter als Schreibschrift, aber der Lehrer in der Schule duldete das nicht. Er wollte, daß die Schüler Schönschrift übten, nicht wahr?«

Sie nickten einander zu wie zwei alte Freundinnen, und Don kam der Gedanke, daß Menschen sich merkwürdige Gefährten aussuchten, wenn sie auf engem Raum zusammenleben mußten oder das Schicksal sie zusammenzwang, denn diese Frau im mittleren Alter und das blutjunge Mädchen waren einander wirklich von Herzen zugetan. Sicher würde die ältere Frau der jüngeren gelegentlich eine Ohrfeige verpassen, doch was machte das schon bei dieser langjährigen Freundschaft?

In der Halle kam Unruhe auf und zog die Aufmerksamkeit aller in der Küche auf sich. Nachdem sie sich rasch die Hände abgewischt hatte, rückte Mrs. Makepeace ihre Schürze zurecht und sagte zu Don: »Das werden sie sein. Kommen Sie.« Sie öffnete die Tür und ging nach draußen, gefolgt von Don.

Barney nahm dem gnädigen Herrn den Mantel ab, während Don den Kopf neigte und den alten Herrn begrüßte. »Guten Abend, Mr. Lawson«, sagte er und wandte sich dann gleichermaßen an Pat: »Guten Abend, Sir.«

»Guten Abend, Mr. McAlister. Wie ich höre, haben Sie Neuigkeiten für uns.«

»Nun, lassen Sie uns nicht hier herumstehen, setzen wir uns an einen Platz, wo es warm ist.« Emanuel Lawson steuerte auf das Gesellschaftszimmer zu und sagte: »Dort ist doch ein gutes Feuer im Gange, nicht wahr, Barney?«

»Als ich ging, brannte es, Sir.«

Barney Makepeace stieß die Tür zum Wohnzimmer auf,

damit sein Herr eintreten konnte, während Pat Lawson Don aufforderte, seinem Großvater zu folgen.

Als sie alle um das offene Feuer saßen, sagte Emanuel Lawson: »Ich hoffe, es handelt sich um eine Nachricht, die ich mit Freuden hören werde.« Dabei blickte er Don direkt ins Gesicht, und Don sagte: »Da bin ich sicher, Sir.«

»Doch bevor wir anfangen«, unterbrach Emanuel Lawson, »und ich möchte nicht unhöflich sein, bitte glauben Sie mir … aber ich kann unter der riesigen Krempe kaum Ihr Gesicht erkennen. Müssen Sie diesen albernen Hut wirklich immer tragen, auch im Haus?«

»Nein, Sir. Ich trage ihn nur selten im Haus, denn ich bin nicht oft unter Menschen, außer im Kloster, wo ich aufwuchs. Ich trage den Hut vor allem in der Öffentlichkeit, vermutlich, weil ich damit die Aufmerksamkeit von meinem Gesicht ablenken will. Der Hut hilft mir, meine Entstellung zu verbergen, die für manche abstoßend und anderen peinlich ist, wie ich herausgefunden habe.«

»Oh, entschuldigen Sie bitte meine Worte. Es tut mir sehr leid.«

»Bitte, das braucht es nicht. Ich erfülle gern Ihren Wunsch«, entgegnete Don. Zum ersten Mal in seinem Leben, seit er erwachsen war, nahm er den Hut außerhalb des Klosters ab und legte ihn neben sich auf den Boden.

Die beiden Männer starrten ihn an. Wie eine Krone lag auf seinem Kopf ein Metallring, von dem einzelne schmale Riemen nach unten verliefen.

Die Gesichtsbedeckung wirkte nun viel breiter als mit dem Hut.

Emanuel Lawson mußte kräftig husten, bevor er betont unbefangen sagte: »Nun, dann machen Sie es sich bequem, und teilen Sie uns Ihre Neuigkeiten mit. Haben Sie meine Nichte getroffen und mit ihr gesprochen?«

»Ja, zweimal, Sir.«

»Wo? Wo war sie?«

Bevor er antwortete, machte Don eine Pause. »Das erste Mal spielte sie Klavier in einem Speiselokal im Osten Londons.«

»Wie bitte?«

Der alte Mann sah aus, als wollte er aufspringen, doch sein Enkel streckte rasch den Arm aus und beschwichtigte: »Vorsichtig, Großpapa!«

»Ausgerechnet in einem Lokal, und sie spielte dort Klavier?«

»Ja, Sir. Oh, sie spielte nicht für Geld. Aber ihre Freundin, eine Miß Foggerty, bediente hinter dem Tresen als Aushilfe.«

Emanuel Lawson schien tiefer in die Sofapolster zu sinken, und er biß auf seine dünnen Lippen und murmelte: »Lieber Gott im Himmel!«

»Gestern sah ich sie zum zweiten Mal, Sir. Sie und ihre Freundin Miß Foggerty besuchten den Basar, den das Kloster mehrmals im Jahr veranstaltet und wo auch meine Arbeiten zu sehen sind. Ich nehme an, Sie wissen, daß ich Bildhauer bin und im Rill Cottage wohne. Mr. Lawson hier«, er wandte sich zu Pat, »und ich sind uns manchmal am Flußufer begegnet. Wir sind beide Angler.«

»Aber wie geht es ihr, meiner Enkelin?«

»Nun, gesundheitlich würde ich sagen, geht es ihr gut, Sir, aber ich fürchte, die andere Nachricht ...« Don McAlister legte eine Pause ein. »Um es kurz zu machen, Sie ist in bestimmten Umständen.«

»In bestimmten Umständen? Wovon reden Sie? Ist sie doch krank? Hat sie Tuberkulose oder Schwindsucht?«

»Nein, nein.« Jetzt wechselten Don und Pat Blicke, bevor Don fortfuhr: »Ich denke, sie ist im fünften Monat schwanger, Sir.«

»Allmächtiger Gott! Wie bitte? Was haben Sie gesagt?« Der alte Herr sank in die Kissen zurück, den Kopf zwischen die Hände gepreßt, und sagte immer wieder nur ein Wort: »Nein! Nein! Nein!«

Pat rückte zu seinem Großvater. Den Arm um dessen Schultern gelegt, versuchte er ihn mit lauter Stimme zu beruhigen: »Nun rege dich nicht auf. Solange es ihr gutgeht und sie in Sicherheit ist, spielt alles andere keine Rolle. Nicht wahr, sie befindet sich doch in Sicherheit?« Pat wandte sich an Don, der leise antwortete:

»Ja, ich denke, das kann man sagen. Aber sie lebt in sehr ärmlichen Verhältnissen. Soweit ich erfahren konnte, bewohnen sie und ihre Freundin zwei Räume im Dachgeschoß eines Wohnblocks in Ramsay Court, und ich darf Sie darauf hinweisen, daß das Wort ›Court‹ in diesem Fall irreführend ist. Es handelt sich um ein Hinterhofhaus in einem sehr armen und heruntergekommenen Viertel. Sicher, es gibt schlimmere Gegenden, und die Menschen dort, die Arbeit haben, versuchen das Beste aus ihrem Schicksal zu machen. Doch die Bedingungen, unter denen sie leben, muß man selbst gesehen haben, um sie sich vorstellen zu können. Es ist schon einige Jahre her, seit ich selbst durch die Hinterhöfe gegangen bin, und damals war der Anblick schlimm genug. Nach allem, was ich weiß, hat sich seitdem nicht viel geändert. Um es deutlich zu sagen, Sir, die sanitären Verhältnisse sind primitiv. Jeder Tropfen Wasser und jedes Stück Kohle muß vom Hof nach oben geschleppt werden, und die Treppen sind sehr steil. Das beunruhigt im übrigen auch Miß Foggerty.«

Der alte Mann saß mit geschlossenen Augen da und murmelte: »Foggerty. Sie schreibt dauernd von einer Miß Foggerty. Sie nennt sie auch Sarah und bezeichnet sie als ihre beste Freundin.«

»Nun, da spricht Ihre Enkelin die Wahrheit, Sir, denn ich glaube, es wäre nicht auszudenken, was ohne Miß Foggerty in dieser Stadt aus ihr geworden wäre. Ich habe Miß Foggerty gefragt, warum Ihre Enkelin nicht nach Hause zurückkehrt. Aus dem wenigen, was ich herausbekam, entnahm ich, daß ihre Mutter sie nicht zu Hause haben will.«

Der alte Herr setzte sich jetzt kerzengerade auf und sagte zu seinem Enkel: »Hast du das gehört? Sie muß Bescheid gewußt haben, sie wußte die ganze Zeit Bescheid.«

Nickend bestätigte Pat ruhig: »Ja, sie muß es die ganze Zeit gewußt haben. Lieber Gott, ja!«

»Pat, hier wird sich einiges ändern. Oh, glaube mir Sie haben den Bogen längst überspannt, doch nun ist die Zeit reif.« Emanuel Lawson sah nun Don an: »Könnten Sie meine Enkelin überreden, nach Hause zurückzukehren?«

»Ich? Nein, bestimmt nicht!« Die Antwort war eindeutig. »Ich weiß, daß sie Angst vor mir hat, denn wissen Sie, Sir, ich war es, der sie gefunden hat, in jener Nacht, als sie gegen die Mauer gerannt war und bewußtlos dalag. Aber sie kam halb zu sich und sah mich ohne dieses Ding.« Don berührte seine bedeckte Gesichtshälfte. »Ich nutze die Dunkelheit, um ohne meine Maske spazierenzugehen. Sie muß einen kurzen Blick auf mein Gesicht geworfen haben, und was sie sah, hat sie sehr erschreckt. Ganz sicher weiß sie im Unterbewußtsein noch von dem Vorfall und versucht sich jetzt daran zu erinnern. Ich merkte es an ihrem Blick, als wir uns zum ersten Mal in London begegneten.«

»Sie weiß also nicht, wer Sie sind?«

»Nein, Sir. Keine von beiden weiß es. Warum sollten sie? Die furchteinflößende Begegnung fand hier in Northumberland statt, und wir trafen uns in London.«

»Was sollen wir also Ihrer Meinung nach jetzt tun?«

»Sie müssen zu ihr fahren, Sir.«

»O nein!« wandte Pat rasch ein. »Großvater ging es in letzter Zeit nicht gut. Er könnte niemals die weite Reise machen.«

»Halt den Mund, Pat! Wovon redest du? Noch habe ich nicht mein Altenteil bezogen, und ich sage dir, daß ich besser zu Fuß bin als du, seit du diesen Unfall hattest. Natürlich kann ich nach London fahren. Und das werde ich auch, sobald wie möglich. Verdammte Feiertage! Morgen und am zweiten Weihnachtstag werden kaum Züge fahren. Aber am Tag darauf wird es möglich sein, nicht wahr?«

Don nickte. »Ja, das ist ein guter Reisetag.«

»Das wäre also beschlossen.« Der alte Mann wandte sich an Pat. »Laß uns für den Frühzug Plätze reservieren.« An Don gerichtet sagte er: »Die Equipage wird Sie rechtzeitig an der oberen Straße abholen.«

»Sir, das ist sehr freundlich von Ihnen, aber ich reise immer …«

»Ja, ich weiß, zweiter Klasse.«

»Nein, durchaus nicht, Sir.« Dons Stimme klang jetzt steif. »Ich reise immer erster Klasse, in der Hoffnung, allein im Abteil zu sitzen.«

»Oh, entschuldigen Sie. Ich wollte Ihnen nicht zu nahe treten. Aber Sie kommen mit uns, und deshalb reisen Sie auch im gleichen Abteil. Wenn Marie Anne im dritten Stock wohnt, werde ich den Weg hinauf keinesfalls allein schaffen, und Pat auch nicht. Er hat schon Schwierigkeiten, von einem Schiffsdeck zum anderen zu klettern. Gibt es in der Nähe ein Hotel, in dem wir miteinander sprechen und in das Sie meine Enkelin bringen können?«

»Ich kann Ihre Enkelin nirgendwo hinbringen, Sir. Das müßte Miß Foggerty übernehmen. Und ich wüßte auch kein Hotel in der Gegend. Aber das brauchen wir auch nicht. Sie können im Kloster wohnen. Die Mönche sind auf Besucher eingestellt. Es gibt einen Trakt, der für Gäste reserviert ist, die dort Ruhe suchen. Bei den Mönchen haben Sie es bequem, seien Sie versichert, und sie werden sich gerne um Sie kümmern.«

Der alte Mann nickte. Er rückte mühsam auf die Sofakante, bevor er leise zu seinem Enkel sagte: »Und Veronica hat es die ganze Zeit gewußt, ohne ein einziges Wort zu sagen. Deine Mutter, Pat, ist keine Frau, sondern ein kaltes, gefühlloses Weib. Soll sie zur Hölle fahren!«

»Großpapa, bitte! Rege dich nicht auf. Wie wäre es mit etwas zu trinken? Stoßen wir auf die gute Nachricht an.«

»Nun redest du wirklich Unsinn, Pat.« Dann fragte der alte Lawson seinen Gast: »Trinken Sie mit uns, Don?«

»Ja, gern. Vielleicht ein Glas Wein oder etwas ähnliches.«

»Was hätten Sie am liebsten?«

Don lächelte. »Portwein, Sir. Am liebsten trinke ich Portwein.«

Pat sah zum ersten Mal ein Lächeln im Gesicht seines Großvaters aufblitzen, als dieser sagte: »Ein anständiger Portwein also. Geh und sag Barney, er soll einen '82er hochholen.«

»Einen '82er? Wirklich!«

»Ja, und tu, was ich dir sage. Wenn ich deine Meinung hören will, frage ich dich vorher.«

»Natürlich, Großpapa. So hast du es immer gemacht, und das wird sich nie ändern.« Lachend verließ Pat den Raum.

Jetzt sprach Emanuel Lawson mit leiser und beherrschter Stimme: »Wenn ich Zeit genug gehabt habe, über alles nachzudenken, werde ich zu der Erkenntnis kommen, wie tief ich in Ihrer Schuld stehe, nach allem, was Sie heute für uns getan haben. Denn ich muß Ihnen sagen, daß mir meine Enkelin das Liebste im Leben ist, seit meine liebe Gattin von mir ging. Wie Sie bemerkt haben, mag ich meinen Enkel, der gerade den Raum verlassen hat, ebenfalls sehr, aber Pat mußte nie kämpfen. Er hat ein angenehmes Wesen, und die meisten Menschen mögen ihn, aber meine Mary Anne ... ich nenne sie immer Mary Anne, denn das vornehme ›Marie‹ gefällt mir nicht ... mußte sich ihr ganzes junges Leben gegen andere behaupten. Doch sie hatte immer meine Unterstützung, schon als kleines Mädchen. Daher sind wir sehr eng miteinander verbunden, und als sie fortging, fühlte ich mich wirklich einsam. Als ich schließlich ihren Brief erhielt, in dem sie mir mitteilte, daß sie verschwinden würde, ohne mir eine Adresse zu nennen, aus einem Grund, den sie mir vorenthielt, war ich verzweifelt. Es ist seltsam, früher habe ich mich nie alt oder hilflos gefühlt, doch während der letzten Monate spürte ich, wie meine Lebenskräfte langsam zu schwinden begannen. Wenn Mary Anne zurück ist, werde auch ich wieder aufleben. Und obwohl ich ihr Kind ebenso willkommen heißen werde wie sie selbst, muß ich dennoch sagen, daß ihre Schwangerschaft ein großer Schock für mich ist. Wissen Sie, wie es dazu kam?«

»Nein, Sir. Ich weiß nicht mehr, als ich Ihnen berichtet habe, aber ich glaube, ganz gleich, was geschieht, Sie können dankbar sein, daß Ihre Enkelin eine Freundin wie Miß Sarah Foggerty hat.«

»Verlassen Sie sich darauf, Sir. Ich werde niemanden vergessen, der meiner Enkelin in ihrer Not beigestanden hat. Aber wenn ich an diese bösartige alte Hexe denke, in deren Hände meine Schwiegertochter sie ausgeliefert hat, kommen mir Mordgedanken.«

Mit einem Tablett, auf dem eine Flasche und drei Gläser standen, betrat Pat wieder den Raum. Er blickte zu seinem Großvater und sagte: »Ich habe den Wein nicht dekantiert, weil ich dachte, das überlasse ich besser deinen erfahrenen Händen.«

Als Don sein Portweinglas in Empfang nahm, nippte er daran. Dabei blitzten seine Augen, und er schmatzte genüßlich mit den Lippen. Der alte Lawson sagte: »Mir geht es ebenso bei diesem Wein.«

»Es ist ein sehr edler Wein«, entgegnete Don. »Im Gegensatz zu manchen Brüdern im Kloster bin ich kein großer Kenner, aber bei diesem Portwein erkenne selbst ich die Qualität.«

Von diesem Moment an wechselte das Gespräch zu allgemeineren Dingen, und Don stand seinem Gastgeber Rede und Antwort. Ob er auch dem Orden angehöre? Wie er überhaupt zu den Brüdern ins Kloster gekommen sei? Woher seine Familie stamme? Don entgegnete, er wisse es leider nicht. Ob ihm sein neues Leben hier gefalle? O ja, es gefiel ihm sehr. Für ihn bedeutete es Freiheit, denn ganz gleich, welche Position man im Kloster bekleidete, die Einschränkungen blieben bestehen. Obwohl, und das mußte Don zugeben, er den Brüdern sehr zu Dank verpflichtet war, allen Brüdern, besonders seinem Lehrer, Bruder Percival, einem hervorragenden Künstler, der seinerzeit in Rom großen Ruhm genossen hatte.

Dann folgte eine Gesprächspause, und Don spürte, daß es Zeit für seinen Aufbruch war. Er erhob sich und nahm den Hut vom Boden auf. Statt ihn sofort aufzusetzen, reichte er zuerst dem alten Lawson die Hand und sagte: »Abgesehen von dem Anlaß meines Besuchs, war es mir eine große Freude, Sie kennenzulernen, Sir.«

»Freude? Ich stehe tief in Ihrer Schuld, Sir. Ich werde Ihnen ein Leben lang dankbar dafür sein, daß Sie gekommen sind. Aber wie dem auch sei, wir sehen uns bald wieder. Pat wird alle Vorbereitungen treffen. Ich wünsche Ihnen eine gute Nacht.«

»Auch Ihnen gute Nacht, Sir.«

An der Vordertür sagte Pat: »Sie haben uns an diesem Heiligabend einen großen Dienst erwiesen. Wie heißen Sie mit Vornamen?«

»Donald, Don.«

»Don?«

»Donald kann ich nicht ausstehen.«

»Nun, Don, was mich betrifft, kann ich es kaum erwarten, bis wir im Zug sitzen. Wie Großpapa mag ich Marie Anne sehr, und es wäre wunderbar, wenn wir sie wieder bei uns hätten, obwohl die Situation ziemlich schwierig werden wird.«

»Das kann ich verstehen, aber wahrscheinlich wird alles gut werden. Glauben Sie mir ...«

Auf dem Weg zurück ins Wohnzimmer wiederholte Pat die Redensart: Alles wird gut. Nein, nicht in diesem Haus, oder besser gesagt, in dem Haus unten. Und seine Meinung wurde bestätigt, als er wieder in das Zimmer zu seinem Großvater trat, der sofort sagte: »Geh hinunter und teile ihnen mit, daß sie nicht mit mir rechnen können. Nicht heute abend, nicht morgen und auch nicht übermorgen.«

»Oh, Großpapa, das kannst du nicht machen. Ich meine, heute ist ...«

»Junge, erinnere mich nicht daran, daß heute Weihnachten ist. Auch in London ist Weihnachten, und das Mädchen lebt in einem Haus, wo sie das Wasser drei Stockwerke hinaufschleppen müssen, obwohl sie mittlerweile hochschwanger ist.«

»Nun, ich nehme nicht an, daß sie das Wasser selbst tragen muß, Großpapa.«

»Warum nimmst du das nicht an? Sie lebt dort im Slum. Meinst du, ihre Nachbarn bedienen sie wie eine Prinzessin? Nein, du machst jetzt, was ich dir sage. Geh hinunter und teile deiner Familie mit, daß dein Großvater erst wieder mit der Tochter seines Sohnes zurückkehren wird ... und daß sie im fünften Monat schwanger ist.«

»Großpapa, bitte!« Pat trat zu seinem Großvater und nahm ihn beim Arm, um ihn zum Sofa zurückzugeleiten. »Komm und setz dich wieder hin.«

»Ich muß mich nicht setzen, Pat. Im Augenblick fühle ich mich stärker als die ganzen letzten Jahre über. Vielleicht, weil ich so empört bin, aber ganz gleich, was mir Kraft gibt, ich hoffe, dieses Gefühl bleibt. Und Kraft werde ich brauchen.

Sobald Mary Anne wieder bei uns ist, werden hier große Veränderungen stattfinden, Pat. Veränderungen, die mir schon lange auf den Nägeln brennen. Bisher habe ich mir immer wieder gesagt, daß ich das nicht machen könne. Aber das ist nun vorbei. Und damit nicht genug. Der Schreck wird ihnen furchtbar in die Glieder fahren. Dafür hätte ich schon vor Jahren sorgen müssen. Mein Sohn wäre heute ein anderer Mann, hätte ich damals ein Machtwort gesprochen.«

»Großpapa, ich werde jetzt nicht hingehen und ausrichten, was du mir aufgetragen hast, nicht heute abend und auch nicht morgen. Ich erkläre ihnen lediglich, du seist müde und hättest beschlossen, ein oder zwei Tage im Kleinen Haus zu bleiben. Die fragliche Angelegenheit kann warten, bis wir Marie Anne nach Hause geholt haben.«

»Glaubst du, sie werden sich damit zufriedengeben? Sie werden sicher nachfragen.«

»Nun, wenn sie darauf beharren, werde ich eine Andeutung machen, aber nicht mehr, denn ich fürchte, wann immer Mutter von deinen Plänen erfährt, wird sie den Verstand verlieren.«

»Die Frau besitzt schon seit Jahren keinen Funken Verstand mehr, sonst hätte sie ihre Tochter nicht derart schändlich behandelt. Und was auch geschieht, diese Frau trägt ganz allein die Schuld daran. Oh, es ist eine gerechte Strafe. Endlich bekommt sie, was sie verdient hat.«

Seufzend sandte Pat seinem Großvater, den er sehr verehrte, einen angestrengten Blick zu. Er kannte den unbezähmbaren Willen Emanuel Lawsons, mit dem dieser das Familienunternehmen dorthin gebracht hatte, wo es heute stand. Die Firma war in den vierzig Jahren ihres Bestehens auf die doppelte Größe angewachsen und in Reedereikreisen hoch angesehen. Nun wurde der gleiche Wille wach, und Pat erbebte, wenn er an die Folgen dachte, nicht für ihn selbst, sondern für den Rest der Familie.

Als er die Tür erreichte, rief sein Großvater: »Geh auf dem Weg nach draußen bei Maggie vorbei und sage ihr, sie soll ein paar Wärmflaschen in mein Bett legen, denn ich werde mich bald hinlegen.«

Ohne zu antworten, durchquerte Pat die Halle und begegnete Barney, der eine Ladung Holzscheite im Arm trug. Ihm sagte er: »Barney, bitte sagen Sie niemandem, wer der Besucher heute abend war.«

»Wie Sie wünschen, Mr. Pat.«

»Niemanden. Sie verstehen?«

»Natürlich, Mr. Pat. Ich habe verstanden.«

»Weiß Maggie Bescheid?«

»Ja, sie und Katie.«

»Nun, dann sagen Sie auch ihnen, daß sie kein Wort darüber verlieren dürfen, zu niemanden. Die anderen werden früh genug erfahren, warum er hier war. Wenn jemand aus dem Großen Haus fragen sollte – ganz gleich, wer es ist –, antworten Sie, daß wir den Mann nicht kannten. Ja, Sie sagen, jemand sei gekommen, um meinen Großvater zu besuchen, aber Sie kannten ihn nicht, denn für Sie war er ein Fremder.«

»Keine Sorge, Mr. Pat. Von uns wird niemand etwas erfahren. Das versichere ich Ihnen.« Barney Makepeace rückte die Holzscheite in seinen Armen zurecht und machte sich wieder an die Arbeit.

Pat zog seinen Mantel an, wickelte den Schal um den Hals und setzte die Mütze auf, bevor er den Gehstock vom Garderobenständer nahm und ins Freie trat.

Die Nacht war bitterkalt geworden. Der Frost hatte die Dächer der Ställe und Außengebäude weiß gefärbt, und Pats Schritte knirschten auf dem breiten Kiesweg, der die beiden Häuser miteinander verband. Wenn man gemächlich ging, dauerte der Gang vier Minuten. Doch heute abend war Pat nicht nach gemächlichen Schritten zumute. Er hatte das gleiche Gefühl, das Marie Anne oft befallen haben mußte, wenn sie Hals über Kopf losrannte, nicht zum Haus, sondern weit weg in eine andere Richtung … einfach nur fort. In diesem Augenblick hätte es Pat nichts ausgemacht, mit ihr dort unten in London zu tauschen, doch gleich darauf fiel ihm wieder der Zustand seiner Schwester ein, und ein innerer Aufschrei durchfuhr ihn. Oh, Marie Anne! Marie Anne! Nicht das! Wie um alles in der Welt konnte es soweit kommen? Sie hatte niemals Männerbekanntschaften gepflegt. Nun, während sie hier lebte, bestand auch keine Gelegenheit dazu. Sie war viel zu jung gewesen, beinahe selbst noch ein Kind, und man hielt ihr Auftreten für nicht gesellschaftsfähig. Eines jedoch war richtig, und die bevorstehende Enthüllung würde ein neuer Beweis sein, zumindest in den Augen seiner Mutter: Wo immer Marie Anne sich aufhielt, sorgte sie für Aufregung.

Der Pfad endete, und Pat erreichte die Hauptzufahrt. Er überquerte den freien Platz vor der Veranda und sah rechts von sich einen Arbeiter, der die Pferde für die große Kalesche zu den Stallungen führte, ein Zeichen, daß die Familie von ihrer Besuchsrunde zurückgekehrt war. Hoffentlich waren die Einladungen zahlreich genug gewesen, in The Hall und den anderen umliegenden Herrensitzen, damit Veronica für die Feiertage zufrieden sein konnte, denn einmal losgebrochen, würde der bevorstehende Sturm vom gesellschaftlichen Ansehen der Lawsons nichts übriglassen. Zumindest würde seine Mutter das so sehen.

In der hell erleuchteten und festlich geschmückten Halle legte Pat Mantel, Schal und Mütze ab, warf alles auf einen Sessel und näherte sich dem Salon, denn der Klang von Stimmen verriet ihm, daß die Familie dort versammelt war.

Als er eintrat, war seine Mutter gerade dabei, vorsichtig ihren ausladenden, mit Straußenfedern besetzten Hut abzunehmen, bei dem die Federn mit Klammern in der Form von Vogelkrallen kreisförmig zusammengehalten wurden – eine ihrer neuesten Errungenschaften, auf welche Veronica sehr stolz war.

Zu Pat gewandt sagte sie: »Ah, da bist du ja, Pat. Wir haben uns wunderbar amüsiert. Du hättest mitkommen sollen. Solch interessante Leute. Sir Eustace Dodd war da und Lord Deans Cousin Clive Parkington – weißt du, er ist Parlamentsmitglied – und Mr. und Mrs. De Fonier – sie ist eine berühmte französische Zeichnerin. Was ist los?« Sie blickte ihren Sohn fragend an. »Ist etwas passiert?«

»Ja, so könnte man es ausdrücken. Passiert ist tatsächlich etwas.«

Veronica Lawson trat einen Schritt näher. »Mit meinem Schwiegervater?«

»Ja, mit deinem Schwiegervater.«

Sein Vater eilte auf ihn zu und fragte: »Wo ist er, Pat?«

Pat erwiderte den Blick seines Vaters, ohne sofort zu antworten. Wie so oft tat ihm dieser schwächliche, wankelmütige Mann leid, der ein elendes Leben führen mußte, weil er seiner Frau nicht gewachsen war. Daher sprach er in ruhigem und freundlichem Ton, als er seinem Vater antwortete: »Großpapa hat beschlossen, in The Little Manor zu bleiben, Vater.«

»Und er ist noch immer dort?«

»Ja, Vater, und er wird auch die Feiertage drüben verbringen«, entgegnete Pat, bevor er noch freundlicher hinzufügte: »Wenn du nichts dagegen hast.«

»Warum will er über Weihnachten im anderen Haus bleiben? Das ist etwas völlig Neues!«

Pat wandte sich um und sah seinen Bruder Vincent an. Dann sagte er: »Ja, es scheint so.«

Nun schaltete sich seine Mutter mit schneidender Stimme ein: »Seht an! Da muß etwas passiert sein. Was ist geschehen?«

»Das kann ich dir heute abend nicht sagen, Mutter. Es gibt einen Grund, aber ich werde nicht darüber sprechen. Das hat Zeit bis nach den Feiertagen.«

»Pat!« James wurde heftig. »Hier stimmt doch etwas nicht. Aber wenn du mir nichts sagen willst, finde ich es selbst heraus. Ich gehe nach drüben und vergewissere mich selbst.«

Mit einer raschen Bewegung packte Pat seinen Vater am Arm. »Wenn ich du wäre, Vater, würde ich die Angelegenheit bis nach den Feiertagen ruhenlassen«, sagte er und wandte sich zur Tür, um das Zimmer zu verlassen.

Doch Vincent stellte sich ihm breitbeinig in den Weg. »O nein, du Schlaukopf«, drohte er. »Du gehst nicht von hier weg, bevor wir alle wissen, was gespielt wird. Irgend etwas hast du getan, das Großvater veranlaßt hat, dieses Haus zu verlassen und drüben zu wohnen. Also, heraus mit der Sprache!«

»Ich habe nichts mit Großvaters Entscheidung zu tun. Bitte laß mich jetzt gehen!«

»Nein, den Teufel werde ich tun. Du bleibst. Wir werden

nicht in Sorge herumsitzen und uns fragen, was in Großvater gefahren sein mag, an einem Abend wie heute das Haus zu verlassen, vor allem, da er sich nicht wohl fühlte. Spare dir deine kleinen Spielchen.«

»Geh mir aus dem Weg, Vincent!« Pats Stimme klang leise, aber bestimmt. »Sonst muß ich handgreiflich werden.«

»Ha! Sei nicht albern und mime den Helden. Wenn du den Mund zu voll nimmst … Oh!«

Es war so schnell geschehen, daß die anderen erst aufschrien, als Vincent bereits zur Tür hinausstolperte, mit einer Hand sein Kinn haltend, die andere an die Kehle gelegt, während er hustete und spuckte.

Pat drehte sich um und blickte von seinem Vater zu seiner Mutter, und dann zu Evelyn, die als einzige nicht mit offenem Mund dastand. Eben wollte er sich wieder zur Tür wenden und den Salon verlassen, als seine Mutter mit ausgestreckten Armen auf ihn losstürzte, wie um ihn zu schütteln. Dabei schrie sie: »Was ist nur in dich gefahren? Du hättest ihn umbringen können.«

»Ja, das hätte ich, denn danach war mir auch zumute.« Mit veränderter Stimme betonte er: »Und nicht zum ersten Mal. Er hat mich zu oft gereizt, und noch einmal macht er so etwas nicht.« Zu Vincent gewandt fügte Pat hinzu: »In den vergangenen Jahren, als ich auf den Schiffen die Schmutzarbeit verrichtete, die eigentlich in dein Gebiet fällt, für die du dir aber zu fein warst, habe ich eine Menge gelernt. Du gibst dich nicht gern mit gewöhnlichen Leuten ab, wie?«

»Pat! Pat! Pat!« Sein Vater legte besänftigend eine Hand auf den Arm seines jüngsten Sohnes und sagte: »Jetzt ist es genug. Vergiß nicht, heute ist Heiligabend.«

»O Vater!« Pats Stimme klang beinahe klagend. »Heiligabend. Welche Rolle spielt das in diesem Haus? Bei den rauhen Kerlen auf dem Unterdeck habe ich mehr Christentum erlebt, als dieses Haus jemals gesehen hat. Und das sage ich dir, dein christliches Gewissen wird in den nächsten Tagen auf die Probe gestellt werden. Denn noch etwas« – er hob wieder die Stimme –, »ich verrate euch jetzt, was ihr wissen wolltet, und besonders du wirst entzückt über die Nachricht sein,

Mutter.« Pat richtete seinen Blick direkt auf das fahle Gesicht von Veronica Lawson. »Deine geliebte Tochter wird nach Hause zurückkehren. Heute abend kam ein Herr zu Besuch, der Großpapa berichtete, er habe Marie Anne getroffen und sie lebe in entsetzlichen Verhältnissen. Aber das ist noch nicht alles. Sie ist in anderen Umständen, im fünften Monat schwanger. Doch damit ist die Geschichte noch nicht zu Ende, und ihr werdet alles erfahren, sobald Großvater Marie Anne zurückgeholt hat und sie bei ihm in The Little Manor wohnt.«

»Nein! Nein!« wimmerte seine Mutter. Dazu bewegte Veronica Lawson ruckartig den Kopf, als wäre sie eine Marionette. Halb zur Seite gewandt, machte sie einen Schritt nach hinten und tastete wie eine Blinde nach einem Stuhl, um Halt zu finden.

Sie fand das Sofa und ließ sich darauffallen. Dann stöhnte sie laut: »Nein, nein! Das könnte ich nicht ertragen. Ich will sie nicht hier haben! Hört ihr? Ich will sie nicht! O Herr im Himmel, hilf mir!«

In Veronicas Jammern und Stöhnen mischte sich ein seltsames Geräusch. Es war ein hysterisches Lachen, worauf James Lawson zu seiner Tochter stürzte, sie bei den Schultern packte und befahl: »Hör auf, Mädchen! Hörst du mich, Evelyn? Damit ist augenblicklich Schluß!«

Aber seine Tochter hörte nicht auf zu lachen, und zwischen ihren Lachanfällen keuchte sie: »Mir … ist das nicht passiert. Nein, mir konnte es gar nicht passieren, versteht ihr? Aber sie ist schwanger! Unser Wildfang Marie Anne bekommt ein Kind. Hurra! Hurra!«

Als die Hand ihres Vater mit einem klatschenden Geräusch ihr Gesicht traf, erstarb das Lachen, und Evelyn schwieg. Erst dann kamen ihr die Tränen und rollten über ihre Wangen. In diesem Augenblick eilte Pat zu seiner Schwester, löste sie aus dem Griff ihres Vaters und sagte: »Komm, meine Liebe. Komm, ich bringe dich nach oben.«

In ihrem Zimmer setzte er Evelyn in einen Sessel. Die Tränen rannen noch immer über ihr Gesicht, und sie flüsterte: »Es tut mir leid. Es tut mir leid.«

»Warum solltest dir etwas leid tun? Du hättest das schon

längst machen sollen. Du hast deinen Rücken viel zu gerade gehalten.«

»Bekommt sie wirklich ein Kind?«

»Ja, sie bekommt wirklich ein Kind.«

»Und sie ist schon im fünften Monat?«

»Ja, im fünften Monat.«

Als seiner Schwester die Tränen in den Mund liefen, zog Pat sein Taschentuch hervor und wischte sanft ihre Wangen ab.

»Pat.«

»Ja, meine Liebe?«

»Ich habe ein Kind gewollt.«

»Nun«, begann er und zögerte. »Es ist nur natürlich, daß eine Frau sich ein Kind wünscht.«

»Nein ... Nein.« Evelyn schüttelte den Kopf. »Als ich mit ihm zusammen war, wollte ich ein Kind.«

Pat, der vor ihr stand, straffte sich unmerklich. Er war verwirrt. Einen Augenblick lang vermutete er, seine Schwester sei im Fieberwahn. Sie schien seine Gedanken zu erraten und sagte: »Ich sage die Wahrheit, Pat. Deshalb hat Marie Anne mich angeschrien, weil sie dachte, ich sei schmutzig und verdorben. Sie hat uns gesehen.«

»Wen?«

»Es war in der Nacht, als sie mit dem Kopf gegen die Steinmauer prallte. Sie lief vor uns weg.«

Pat war fassungslos. Er mochte nicht glauben, daß dieses Mädchen, oder diese junge Frau, die hier saß, die gleiche Evelyn war, mit der er vor einigen Stunden gesprochen hatte, bevor sie mit ihrer Besuchsrunde begonnen und er zu ihr gesagt hatte: »Paß nur auf, Mutter wird dich heute nachmittag schneller verkuppelt haben, als du den Kopf drehen kannst.« Darauf hatte Evelyn ihm wortlos einen hochmütigen Blick zugeworfen. Doch jetzt saß die wirkliche Evelyn vor ihm, die Evelyn, die sich von ihrer Mutter befreit hatte und ihre wahre Persönlichkeit zeigte.

Pat nahm die Hände seiner Schwester und ging vor ihr in die Hocke. »Mach dir keine Sorgen«, sagte er. »Du wirst sehen, es dauert nicht mehr lange und dann begegnest du einem Mann, bei dem du sofort weißt, daß ihr füreinander bestimmt seid. So einfach ist das. Bei mir war es auch so.«

»Ja?« Evelyn zog die Nase hoch und schniefte. Sie zog ein sauber gefaltetes Taschentuch aus ihrem Ärmel, schüttelte es aus und wischte sich die Augen. Dann fragte sie: »Wer ist sie? Kenne ich sie?«

»Nein. Ich habe ihre Existenz geheimgehalten, sogar vor Großpapa. Sie ist ein Arbeitermädchen, aber wenn die Zeit reif ist, werden wir heiraten.«

»Du bist ein Glückspilz, Pat, mit deinem freundlichen Wesen und auch sonst. Ich weiß, ich hatte einen hysterischen Anfall, aber lachen wollte ich schon vorher, als du Vincent geschlagen hast. Das habe ich selbst seit Jahren tun wollen.«

Bruder und Schwester lächelten einander an, und Pat sagte ruhig: »Wenn Marie Anne zurückkehrt, versuche nett zu ihr zu sein. Im Grunde ihres Wesens ist sie ein reizender Mensch. Sicher, sie ist wild, aber du darfst nicht vergessen, daß sie seit frühester Kindheit nach Freundschaft und Liebe hungert.«

»Seit sie nicht mehr hier ist, habe ich Schuldgefühle, weil ich die ganzen Jahre so häßlich zu ihr gewesen bin. Jetzt erkenne ich, daß alles Mutters Werk war und ich nur ihrem Beispiel gefolgt bin. Aber was das Nettsein angeht, so glaube ich kaum, daß wir uns über den Weg laufen werden. Im vergangenen Jahr war ich höchstens zweimal in The Little Manor drüben, und zweifellos wird Marie Anne sich wohler fühlen, wenn sie mich nicht sieht.«

»Oh, warten wir es ab. Sie hat sich sicher verändert. Auf jeden Fall werden wir am zweiten Weihnachtstag nach London fahren. Ich habe keine Ahnung, wann wir zurückkehren. Alles hängt davon ab, wie schnell sie sich überzeugen läßt, mit uns zu kommen. In den Briefen, die ich gelegentlich von ihr bekam und die ganz anders klingen als die an Großpapa, betonte sie, auf keinen Fall nach Hause zurückkehren zu wollen. Sie stellt sich vor, in London ihren Lebensunterhalt mit Zeichnungen verdienen zu können.«

»Wirklich?«

Pat nickte. »Sie hat bereits einen kleinen Auftrag bekommen, wie sie mir schrieb, von einer Zeitung, und dann spielt sie Klavier, leider in einem Pub.«

»In einem Pub?«

»Ja, soviel ich weiß. Es ist ein Pub, in dem man auch essen kann. Sie spielt nicht für Geld, sondern weil dort ein Klavier steht und sie nirgendwo sonst üben kann. Man läßt sie spielen, weil ihre gute Freundin und Beschützerin – als solche betrachte ich diese Miß Foggerty – hin und wieder hinter der Theke aushilft und Bier zapft.«

»Nein, das glaube ich nicht! Wirklich nicht! Und du?«

»Doch, Evelyn. Auch wenn es schwer zu begreifen ist, aber so lebt Marie Anne.«

»Weißt du was, Pat? Ich beneide sie. Und wie ich sie beneide!«

Bei diesen Worten konnte Pat sich nur zu seiner Schwester beugen und sie auf die Wange küssen. Dazu sagte er: »Keine Sorge, deine Chance kommt auch noch. Jetzt schlafe gut. Wir sprechen uns morgen früh wieder.«

Im Salon stand James Lawson in einiger Entfernung vom Sofa. Er blickte auf seine Gattin und den ältesten Sohn, der einen Arm um die Schultern seiner Mutter gelegt hatte, und konnte nicht verhindern, daß ein kalter Schauer über seinen Körper rieselte, als er Vincent sagen hörte: »Was immer du getan hast, war zu unser aller Wohl. Sie war von Anfang an ein verkommenes kleines Luder. Und eines verspreche ich dir: Für das, was sie heute getan hat, wird sie bezahlen. Dafür sorge ich. Ich hasse sie seit dem Tag ihrer Geburt. Und wenn es meine letzte Tat ist, ich rechne mit ihr ab.«

9. Kapitel

Bevor sie die Droschke bestiegen, die sie vom Bahnhof zum Kloster bringen sollte, wandte sich Emanuel Lawson zu Don und sagte: »Wäre es vielleicht möglich, den Ort, an dem sie wohnt, zu besichtigen, bevor wir unser Ziel erreichen?«

»Oh, Sir, ich glaube nicht, daß Sie viel zu sehen bekämen, bis auf den Hof und ...«

»Nun, ich nehme an, das würde genügen«, sagte der alte Herr ungeduldig. »Aber Sie haben so viel davon gesprochen, daß ich die Lebensbedingungen, die in diesem Stadtteil herrschen, gern mit eigenen Augen sehen möchte. Ist das möglich?«

»Doch, doch«, antwortete Don lächelnd. »Ich werde dem Kutscher Bescheid sagen.« Während Don mit dem Droschkenkutscher sprach, mußte er an die Worte des alten Lawson denken: »Sie haben so viel davon gesprochen.« Dabei hatte Don immer nur die Fragen beantwortet, die schubweise, zwischen den häufigen Schlafpausen, aus dem alten Lawson hervorbrachen.

Als sie ihr Ziel erreicht hatten, half Don dem alten Herrn auf das schmutzige Straßenpflaster vor der breiten Tordurchfahrt, die zu Ramsey Court hineinführte.

Als Pat herbeitrat, um seinen Großvater beim Arm zu nehmen, wurde er brüsk zur Seite geschoben. »Ich brauche niemanden, der mich stützt, Junge. Gib mir nur meinen Stock.«

Sich schwer daraufstützend, marschierte er in den Hof hinein, um bereits nach wenigen Schritten stehenzubleiben, als er eine Frau aus einem Toilettenhäuschen kommen sah. Sie rückte ihre Kleidung zurecht, während sie eine kleine Blechbüchse aus dem Weg stieß, die scheppernd über den Hof rollte. Aus einer anderen Toilettentür trat ein Mann, der sein Hemd in die Hose stopfte. In diesem Augenblick wies die Frau auf einen Jungen, der einen Eimer mit heißer Asche auf einen Haufen in der Hofecke leerte, und rief dem Mann zu: »Wann kommen Sie endlich und räumen das Dreckzeug weg?«

Emanuel Lawson stand mit weit aufgerissenen Augen da und verfolgte die Szene.

Als junger Mann war er drei Jahre zur See gefahren. Er hatte Häfen und Elendsquartiere aller Art gesehen, Bilder, die in seiner Erinnerung längst versunken waren, bis zu diesem Augenblick, denn einen Ort wie diesen kannte er bislang nicht.

Seine Augen wanderten am Gebäude entlang nach oben, und er blickte zu der Reihe mit den kleinen Fenstern direkt unter dem Dach. Mein Gott! Dort oben lebte seine Marie Anne.

Ihm war bewußt, daß der Zustand der Bauernkaten in den Dörfern um sein Gut herum zu wünschen übrigließ. Auch dort gab es keine ordentlichen sanitären Einrichtungen. Aber der widerwärtige Anblick war bei weitem schlimmer.

»Komm, Großpapa.«

In Emanuels Gesichtsausdruck mischten sich Abscheu und Erstaunen, und als er sich umwandte, um zum Wagen zurückzukehren, ging er an Don vorbei, ohne die geringste Bemerkung zu machen.

Sie hatten in einem kleinen, aber sehr gemütlichen Raum in tiefen Sesseln Platz genommen. Ein Feuer prasselte im Kamin, und der Prior hatte sie Bruder Peter vorgestellt, der sich während ihres Aufenthalts um ihr Wohlergehen kümmern würde. Außerdem meinte er, seine Gäste nähmen nach ihrer langen und ermüdenden Reise sicher gern einige Erfrischungen zu sich.

Pat dankte dem Prior, während Mr. Lawson kein Wort sagte. Er saß tief in den Sessel gesunken, die Augen halb geschlossen. Doch als er bemerkte, daß Don mit dem Prior das Zimmer verlassen wollte, wandte er sich zu ihm und fragte: »Wollen Sie sich gleich um die Angelegenheit kümmern?«

Don antwortete: »Nein, nicht gleich, Sir. Zuerst muß ich dem Pater Prior alles erklären, ich meine, den Grund unseres Besuchs.« Dann folgte er dem Prior nach draußen.

Als sie die Halle auf dem Weg in sein Büro durchquerten, stellte der Prior Don als erstes die Frage: »Ist dieser Herr womöglich ein notorischer Griesgram, Don?«

»Eigentlich nicht, Sir«, entgegnete Don. »Ich denke, Sie verstehen alles besser, wenn ich Ihnen die Geschichte erzählt habe. Zumindest den Teil, der mir selbst bekannt ist. Aber zuerst möchte ich Ihnen danken, daß Sie uns telegraphiert haben, daß wir hier willkommen sind.«

»Keine Ursache, Don. Es geschah aus menschlicher Neugier. Ich kann es kaum erwarten, endlich den Grund für die ganze Aufregung zu erfahren.«

Fünf Minuten später kannte der Prior die Geschichte von der Enkelin eines angesehenen Geschäftsmannes aus Northumberland, soweit Don sie erzählen konnte, und seine erste Entgegnung lautete: »Und sie bekommt ein Kind?«

»Ja, sie ist im fünften Monat schwanger, Pater Prior.«

»Und er weiß es, ich meine, er weiß, was ihn erwartet?«

»Ja, ich habe ihn ins Bild gesetzt.«

»Aber wenn die Mutter das Mädchen schon früher abgelehnt hat, wird sie ihre Tochter jetzt sicher nicht mit offenen Armen aufnehmen, oder?«

»Ich denke, ihr wird keine andere Wahl bleiben. Die Familie verfügt über zwei Häuser, The Manor und The Little Manor, und ich denke, ihr Großvater wird sie in dem kleineren der beiden Herrenhäuser unterbringen.«

»Und zur Zeit wohnt sie in Ramsay Court?«

»Ja, Pater.«

»Lieber Himmel! Wird sie nicht einen Schock bekommen, wenn sie plötzlich ihren Großvater vor sich stehen sieht?«

»Ja, daran habe ich auch schon gedacht, Vater, und ich glaube, man sollte sie schonend vorbereiten, bevor sie hierherkommt.«

»Und das wird Ihre Aufgabe sein?«

»Nun, ich wüßte sonst niemanden, der es tun könnte, Pater, obwohl ich mich wirklich nicht darum reiße.«

Der Mönch hatte bisher gesessen, doch nun stand er auf, und als er zu Don kam, legte er eine Hand auf dessen Schulter. »Sie wissen, was ich immer gesagt habe. Nämlich, daß Sie eine große Enttäuschung für uns alle seien.« Beim Sprechen lächelte er. »Aber jetzt glaube ich, daß Gott Ihnen mit Absicht ein Leben in Freiheit ermöglicht hat, wie Sie es nennen, denn Sie haben dort eine bestimmte Aufgabe zu erfüllen. Der Herr weiß, was Sie erwartet. Also, machen Sie sich an die Arbeit, und ich möchte über den glücklichen Ausgang unterrichtet werden.«

Ohne sich weiter aufzuhalten, verließ Don den Prior. Doch draußen vor der Tür zögerte er einen Augenblick, während er im Geiste die Worte wiederholte: »Der Herr weiß, was Sie erwartet.« Nun, Don wünschte, er würde auch ihm einen kleinen Hinweis geben, welche Richtung er einschlagen mußte, denn in letzter Zeit quälte Don immer wieder die Frage, was er mit dem Rest seines Lebens anfangen sollte. Während der ersten Jahre, die er in Rill Cottage verbrachte, hatte ihn sein Künstlerdasein mit einer gewissen Zufriedenheit erfüllt, doch in letzter Zeit schien dieses Glück nicht mehr auszureichen. Vor allem während der Abende, wenn er nach vollbrachter Arbeit allein vor dem Kamin saß und las oder die Riemen seiner Gesichtsmaske löste und in die dunkle Nacht hinausging, bei Regen, Hagel oder Schnee, und sich den Wind durch die Haare und ins Gesicht wehen ließ. In solchen Momenten sehnte er sich nach der Kameradschaft im Kloster und spürte die Einsamkeit tief in sich. Während der vergangenen Wochen hatte Don sich mit dem Gedanken getröstet, daß alles anders würde, wenn er den Welpen bekam, den Farmer Harding ihm versprochen hatte.

»Oh, hallo! Don, Sie sind wieder da! Wie schön. Bleiben Sie zum Neujahrsgottesdienst? Bruder Ralph hat ein neues Lied für die Orgel komponiert. Es ist wunderbar, und ich versuche es auf meiner Mundharmonika zu spielen. Das heißt natürlich …« – Bruder John reckte Don den Kopf entgegen –, »falls unser Pater Prior mir das Instrument läßt und es nicht ins Feuer wirft. Wohin wollen Sie gerade?«

»Ich bin auf dem Weg in die Küche, John. Vielleicht kann ich eine Tasse Tee und einen Bissen zu essen bekommen, bevor ich draußen eine Besorgung machen muß.«

»Sehen wir uns nach dem Gebet?«

»Sicher, John.«

»Also gut. Bis dann.«

Die Nacht war bitterkalt und feucht. Der dichte Nebel schien das Licht der Straßenlaternen sofort zu verschlucken, so daß in einigen Abständen nur ein kreisrunder schwacher Dämmerschein auf das schmutzige Straßenpflaster fiel.

Als Don aus dem schmalen dunklen Durchgang trat, war er überrascht, wie menschenleer die Gegend im Vergleich zu anderen Tagen war. Dann fiel ihm ein, daß in den meisten Arbeiterfamilien wahrscheinlich um diese Zeit gegessen wurde.

Draußen vor dem Eingang zu den Wohnungen von Ramsay Court hing eine Öllampe, und als Don sich über den Hof näherte, kam eine kleine Gruppe von Kindern aus der Tür gestürmt. Als sie den hochgewachsenen Mann mit dem breitkrempigen Hut erblickten, blieben sie abrupt stehen, bevor sie kreischend auf den Hof hinausstobten.

Don erreichte den ersten Treppenabsatz und holte tief Luft, aber auf dem zweiten Absatz blieb er stehen, nicht nur, um durchzuatmen, sondern weil es stockfinster war. Nur hier und da wurde das Treppenhaus durch das schwache Licht der Öllampe beleuchtet, das von draußen hereinfiel.

Nachdem er den dritten Stock erreicht hatte, sah Don erfreut einen Lichtschimmer. Es war eine Kerze, die, in ein Glas gestellt, als Nachtlicht diente.

Einen Augenblick blieb Don stehen und schöpfte Atem in der muffig riechenden Luft, bevor er die Hand vorstreckte und leise an die Tür klopfte.

Eben wollte er ein zweites Mal anklopfen, als die Tür aufgerissen wurde und Sarah vor ihm stand, verblüfft und mit offenem Mund. Dann rief sie mit hoher Stimme aus: »Oh! Mr. McAlister. Was hat Sie denn so plötzlich in den Himmel hinaufgetrieben?«

Don lachte herzlich, als er ihre scherzhafte Begrüßung erwiderte: »Der Erzengel Gabriel schickt mich. Er sagte, ich müsse Ihnen eine große Freude verkünden, verbunden mit einer Botschaft für Miß Marie Anne Foggerty.«

»Nun, wenn das so ist! Wer würde es schon wagen, sich dem Erzengel Gabriel in den Weg zu stellen? Kommen Sie herein.«

Als Sarah die Tür hinter ihm schloß, blieb Don einen Augenblick stehen, überrascht von dem hellen und bequem eingerichteten Raum. Er war so erstaunt, daß er eine Bemerkung nicht unterdrücken konnte, bevor er Marie Anne begrüßte: »Was für ein hübsches Zimmer Sie hier oben haben! Wirklich nett. Guten Abend, Miß ...«

Seine Stimme verebbte, denn er brachte es nicht über die Lippen, sie Foggerty zu nennen, ebensowenig wie Lawson.

Marie Anne stand neben einem Sessel. Mit fragendem Gesichtsausdruck entgegnete sie: »Guten Abend, Mr. McAlister.«

Jetzt schaltete sich Sarah ein. »Wollen Sie sich nicht setzen? Aber nehmen Sie nicht meinen Sessel. Bei Ihrem Gewicht und Ihrer Größe würden er gleich unter Ihnen zusammenbrechen. Hier, der wird gehen.« Sie holte einen Sessel aus dem hinteren Zimmerteil, und Don erkannte, daß es sich um ein Möbelstück im Sheraton-Stil handelte, an dem aber offensichtlich ein Bein ersetzt worden war.

Als er sich vorsichtig darauf niederließ, lachte Sarah und sagte: »Keine Angst, der wird Sie aushalten. Dieser Sessel ist einiges gewöhnt.«

Don lachte ebenfalls, während er entgegnete: »Ich nehme Sie beim Wort.«

Sich auf die Kante ihres eigenen Sessels setzend, sagte Sarah: »Sind Sie gekommen, um uns mitzuteilen, Sie hätten Arbeit für uns gefunden, etwas Anständiges, bei dem Marie Anne Klavier spielen und ich meine Zeit damit verschwenden kann, mich um alte Damen zu kümmern? Aber verlassen Sie sich darauf« – Sarah streckte ihm den Zeigefinger entgegen –, »bevor ich annehme, werde ich den Herrschaften ordentlich auf den Zahn fühlen.«

Ohne ihr Lächeln zu erwidern, wandte sich Don zu Marie Anne, die ihn gespannt anblickte. »Es tut mir leid, daß dies nicht der Grund für meinen Besuch ist. Ich bin gekommen, um mit Ihnen zu reden, Miß …« Wieder machte er eine Pause, um dann Marie Anne direkt ins Gesicht zu blicken. »… Lawson«, beendete er schließlich den Satz.

Marie Anne öffnete leicht den Mund, schloß die Lippen jedoch gleich wieder, ohne etwas zu sagen. Auch Sarah schwieg. Sie blickte von Don zu Marie Anne und wartete.

»Ich habe Sie erkannt, Miß Lawson, an dem Tag, als wir uns im Restaurant begegnet sind. Sie erinnern sich vielleicht nicht an mich, aber wir sind uns schon früher begegnet, und selbst vor diesem Vorfall habe ich Sie des öfteren gesehen, als

Sie noch ein halbes Kind waren und wie der Wind über die Felder gerannt sind. Ich stellte mir immer vor, wenn man Sie einmal hochheben würde, könnten Sie fliegen wie ein Vogel.« Auf seinem Gesicht lag ein sanftes Lächeln, und er wartete auf eine Reaktion von Marie Anne. Als keine kam, fuhr er fort: »Ich weiß, Sie waren auch verwirrt, als wir uns zum ersten Mal hier begegnet sind. Sie hatten das Gefühl, mich schon einmal irgendwo gesehen zu haben, und dieses Gefühl trog Sie nicht, denn ich war es, der Sie in jener Nacht fand, als Sie sich den Kopf an der Wand gestoßen hatten. Ganz offensichtlich waren Sie vor etwas, das Ihnen Angst machte, auf der Flucht, und als Sie teilweise wieder zu sich kamen und mich sahen ... nun, da bekamen Sie einen weiteren Schrekken und wurden erneut ohnmächtig.«

Als Marie Annes Gesichtsausdruck unverändert blieb, fragte Don: »Erinnern Sie sich?«

Endlich nickte Marie Anne und sagte leise: »Ja, jetzt fällt es mir wieder ein.« Natürlich, das hatte sie durcheinandergebracht. Zuerst war das Mondlicht auf ein normales Gesicht gefallen, das sich dann plötzlich verwandelte und zu einer entsetzlichen Fratze wurde.

Als sie den Besucher nun anstarrte, wußte sie, was sich hinter dem Filzhut und dem weißen Tuch verbarg. Sie hatte den Gebrandmarkten vor sich, von dem Fanny gesprochen hatte, als handelte es sich um ein Ungeheuer. Wie entsetzlich! Denn Marie Anne hatte auch gehört, daß er Bildhauer war, ein intelligenter und gebildeter Mann, der in einem kleinen Haus unten am Fluß lebte, zu Hause in Northumberland.

Was waren das für Gedanken? Zu Hause? Nein, sie meinte den Ort, an dem sie früher gelebt hatte. Aber dieser Mann war gekommen und hatte eine Nachricht von dort. Marie Anne war ganz sicher und fragte ohne Umschweife: »Warum sind Sie hier, Mr. McAlister?«

Don McAlister starrte Marie Anne einen Augenblick an, bevor er sich erhob und zu ihr hinunterblickte. Dann sagte er: »Ich bin hier, Miß Lawson, um Ihnen mitzuteilen, daß Ihr Großvater und Ihr Bruder Patrick nach London gekommen sind und sich zu diesem Zeitpunkt im Gästeraum des Klosters von der Reise erholen.«

Als Marie Anne haltsuchend nach der Sessellehne griff, sprang Sarah auf, eilte zu ihr hinüber und legte einen Arm um ihre Schultern. »Bleib ruhig«, tröstete sie. »Das mußte eines Tages so kommen.«

Alle schwiegen. Dann sagte Marie Anne, indem sie Sarah anblickte: »Sie wußten es die ganze Zeit?«

»Nein, nicht die Spur! Ich hatte keine Ahnung. Wie Sie höre ich zum ersten Mal davon. Ich hätte es nie für mich behalten können. Aber ich bin der Meinung, etwas Besseres hätte nicht geschehen können. Sie kehren nach Hause zurück, an den Ort, wohin Sie gehören.«

»Ich gehöre nicht mehr dorthin, Sarah. Das habe ich Ihnen gesagt, und nun sage ich es auch Ihnen, Mr. McAlister. Ich kann nicht nach Hause zurück. Sie hätten sich nie dafür hergeben dürfen. Die Familie bricht auseinander. Meine Mutter will mich nicht haben.«

»Soweit ich weiß, Miß Lawson, hat Ihre Mutter in dieser Angelegenheit nichts zu sagen. Außerdem kehren Sie nicht in Ihr altes Zuhause zurück, sondern werden in The Little Manor wohnen. Das Haus wird für Sie hergerichtet, und auch Ihr Großvater zieht wieder dort ein. Und ich versichere Ihnen noch etwas, Miß Lawson, Ihr Großvater wird London nicht eher verlassen, bis Sie bereit sind, mit ihm zu fahren. Schon jetzt verabscheut er diese Stadt, alles, was er davon gesehen hat, besonders den Hof unten und das ganze Viertel.«

»Er war hier?« Marie Annes verzog ungläubig das Gesicht, aber Don nickte bestätigend.

»Ja, er ließ sich direkt vom Bahnhof aus hierherfahren, denn er wollte mit eigenen Augen sehen, unter welchen Bedingungen Sie leben. Und wenn ich etwas Persönliches äußern darf – er ist ein alter Mann, der in diesem Winter bereits eine ernsthafte Erkältung durchgemacht hat. Das war oben im Norden, wo die Luft sauber ist. Ich wage nicht daran zu denken, was einige Wochen hier in diesem Smog seiner Gesundheit antun könnten.«

Marie Anne lege die Hände über ihren gewölbten Bauch

und sagte beinahe jammernd: »Ich kann ihm in diesem Zustand nicht unter die Augen treten. Für ihn war ich immer etwas Besonderes, und er hat viel von mir gehalten. Er und Pat waren die einzigen, die auch Gutes in mir sahen, und jetzt …« Sie ließ den Kopf hängen.

»Ihr Großvater schätzt Sie immer noch sehr, denn er liebt Sie. Sie scheinen der einzige Mensch in seinem Leben zu sein, an dem sein Herz hängt. Und wenn jemanden eine Schuld trifft, dann gibt er sie sich selbst, weil er zuließ, daß Sie hierhergeschickt wurden.«

An Sarah gewandt, sagte Marie Anne: »Oh, was soll ich nur tun, Sarah?«

»Sie wissen sehr genau, was Sie tun müssen und tun werden. Sie kehren mit Mr. McAlister nach Hause zurück, und vorher sprechen Sie mit Ihrem Großvater und Ihrem Bruder, nach dem Sie sich die ganze Zeit gesehnt haben. Bis morgen habe ich alle Ihre Sachen gepackt, und Sie können abreisen.«

»O nein! Das machen Sie nicht!« Marie Anne war wieder aufgesprungen. »Ein Tag reicht niemals aus, um alle Vorbereitungen zu treffen, selbst wenn ich fahren sollte. Und was ist mit Annie und ihren Kindern?«

»Was soll mit ihnen sein?« Sarah hob die Stimme. »He, das ist meine Sache! Sie geht das nichts an.«

»Doch, es ist eine Angelegenheit, die uns beide betrifft. Annie ist gut zu mir gewesen. Und dann meine Zeichnungen. Ich muß zu Mr. Stokes und ihm Bescheid geben, daß ich wegziehe, aber weiterhin für seine Zeitung arbeiten möchte. Ja, das mache ich, denn zeichnen ist etwas, das ich wirklich kann. Vielleicht gelingt es mir eines Tages, davon zu leben. Das wäre doch immerhin möglich.«

»Schon gut! Schon gut!«

»Also, ich gehe zu ihm und sage, daß ich die Zeichnungen mit der Post schicken werde. Und vergessen Sie nicht, er war gut zu mir. Er hat mir fünf Schillinge pro Blatt gezahlt.«

»Erst, als ich ihm Beine gemacht habe.«

Während dieses Wortwechsels hatte Don abseits gestanden, den Kopf von einer Seite zur anderen wiegend.

»Außerdem darf ich Mrs. Everton nicht vergessen. Ich

muß mich von ihr verabschieden. Es war sehr nett von ihr, mich auf ihrem Klavier spielen zu lassen.«

Sarah stand mittlerweile mit den Armen in die Seite gestemmt und fügte sarkastisch hinzu: »Denken Sie auch an Paddy O'Connell und sein Emporium.«

Bei dieser Bemerkung hatte Marie Anne den Kopf gesenkt, das Gesicht mit den Händen umfassend, während sie murmelte: »Aber er hat uns doch eine hübsche Einrichtung geliefert, oder etwa nicht? Ja, ich werde hingehen und auch ihm Lebewohl sagen. O du liebe Güte! Und das alles, bevor ich zu Großvater gehe.«

Sie setzte sich wieder hin, und Tränen rannen über ihr Gesicht. Statt wieder mit einer tröstlichen Geste zu reagieren, eilte Sarah durch den Raum ins Schlafzimmer und kehrte gleich darauf mit Marie Annes Mantel, Schal, Hut und Schuhen zurück. Dann sagte sie brüsk: »Sie hören jetzt auf zu weinen und ziehen sich Ihre Ausgehsachen an. Sonst vergeuden Sie nur Mr. McAlisters kostbare Zeit. Außerdem glaube ich, daß er in den letzten fünf Minuten genug von Ihren Gefühlsausbrüchen erlebt hat. Also, beeilen Sie sich.«

Gehorsam stand Marie Anne auf und ließ sich in ihren Mantel helfen, den Schal umlegen und den Hut in die Hand drücken. Doch statt ihn aufzusetzen, sagte Marie Anne: »Sie kommen mit.«

»O nein. Das werde ich nicht tun.«

»Jetzt hören Sie mir gut zu.« Marie Annes Stimme klang jetzt sehr bestimmt. »Sie haben mich ständig bevormundet und mir gesagt, was ich zu tun und zu lassen habe, Sarah Foggerty. Dieses Mal sage ich Ihnen etwas: Wenn Sie nicht mitkommen, werde ich nicht fahren.«

Wieder entstand ein Schweigen zwischen den beiden Frauen, bis Don mit kehliger Stimme sagte: »Miß Foggerty, an Ihrer Stelle würde ich mich ebenfalls zum Ausgehen ankleiden.«

Zwanzig Minuten später begrüßte Bruder Peter alle drei in der Eingangshalle des Klosters, doch als er zu Marie Anne trat, um sie zur Tür des Gastzimmers zu führen, drehte sie sich zu Sarah um und fragte: »Kommen Sie mit mir hinein?«

»Nein.«

»Aber ...« Marie Annes flehender Einwand wurde von Don abgeschnitten, der mit fester Stimme sagte:

»Das müssen Sie allein hinter sich bringen, Miß Lawson. Ihr Großvater erwartet nichts anderes von Ihnen.«

Sarah und Don beobachteten, wie die Tür aufging und wieder geschlossen wurde. Ein hoher Aufschrei folgte: »Großpapa! O Pat!«

Don und Sarah wandten sich gleichzeitig herum, und Don sagte leise: »Der Pater Prior möchte Sie gern sprechen und mehr über die Hintergründe von Marie Annes Geschichte erfahren, die nur Sie kennen. Wenn Sie hier Platz nehmen wollen, hole ich ihn, falls er gerade Zeit haben sollte.«

Nachdem Don den kleinen Warteraum verlassen hatte, nahm Sarah Platz, die Hände zwischen die Knie gepreßt. In diesem Augenblick hätte sie am liebsten geweint wie noch nie in ihrem Leben. Sie fragte sich, wie Marie Anne ohne sie zurechtkommen sollte, denn mittlerweile liebte sie das junge Mädchen wie eine eigene Tochter, die Tochter, die sie niemals hatte oder haben würde. Ihr Zusammensein hatte nur vierzehn Monate gedauert, aber es hätten auch vierzehn Jahre sein können. Sarah fühlte sich ihr so verbunden, als kennte sie Marie Anne von der Wiege an. Nein, sie mußte ihre eigenen Gefühle hintanstellen, schalt sich Sarah. Etwas Besseres als nach Hause zurückzukehren, konnte dem Mädchen nicht passieren. Vielleicht war es die einzige Lösung. Die Sorge, was aus ihnen beiden würde, wenn das Kind erst einmal geboren war und sie noch immer im Dachgeschoß mit diesen entsetzlichen Treppen hausten, hatte Sarah insgeheim beinahe umgebracht. Was heute abend geschehen war, konnte nur zu Marie Annes bestem sein. Gott der Allmächtige tat schon das Richtige. Aber stimmte das wirklich? Hatte er auch an das uneheliche Kind gedacht? Hier in den Slums von London wäre es anerkannt gewesen, aber wie würde die Gesellschaftsschicht reagieren, in die Marie Anne zurückkehrte? Marie Anne war eine junge Dame von Stand, eine sehr junge Dame, und sie hatte mit einem Mann geschlafen. Man würde sie nicht für gesellschaftsfähig halten, ganz gleich, zu welchen Kreisen sie Zutritt suchte, auch wenn sie unter dem Schutz ihres Großvaters stand, der offenbar über große Macht und viel Einfluß verfügte.

Wie die Dinge standen, schien es Sarah beinahe, als besäße das Mädchen eine größere Chance auf ein glückliches Leben, wenn es sich Arbeit suchte und das Kind in Ramsay Court großzog. Dazu brauchten sie nur eine Wohnung im Erdgeschoß und keine, die auf dem halbem Weg zum Himmel lag.

Sie hatten die halbe Nacht geredet und waren im Streit zu Bett gegangen. Sarah betonte immer wieder, daß sie auf keinen Fall mit Marie Annes Plänen einverstanden war, und Marie Anne weigerte sich beharrlich, ohne Sarah nach Northumberland zurückzukehren, Großpapa hin oder her.

Nun war es zehn Uhr am nächsten Morgen, und die beiden waren fertig angezogen und bereit zum Ausgehen. Sarah sollte sich um halb elf beim Haus der Brüder einfinden, weil Mr. Lawson sie zu sprechen wünschte.

Bruder Peter führte sie in das Gastzimmer, und Sarah trat nervös mit einer steifen Bewegung zur Seite, als der ältere der beiden Männer Marie Anne umarmte. Dann näherte sich der jüngere und streckte Sarah die Hand entgegen: »Ich bin Patrick, Marie Annes Bruder«, worauf sie entgegnete: »Angenehm, Mr. Lawson.«

»Großvater«, Pat führte Sarah zu ihm, »das ist Miß Foggerty, von der Marie Anne dir bereits so viel berichtet hat.«

Als der alte Mr. Lawson Sarah fixierte, erwiderte sie seinen Blick unverblümt und sagte: »Guten, Tag, Sir.«

»Guten Tag, Miß Foggerty. Bitte nehmen Sie Platz.« Emanuel Lawson wies in die Richtung, wo bereits Marie Anne saß. Dann ließ er sich in einem Sessel vor ihr nieder und begann: »Ich bin Ihnen sehr zu Dank verpflichtet, Miß Foggerty. Nach allem, was ich durch Marie Anne erfahren habe, wüßte meine Enkelin wohl kaum, wo sie sich in diesem Augenblick befände, wären nicht Sie gewesen. Ganz sicher würde sie nicht in einer bequem eingerichteten Wohnung leben, die zwar unter dem Dach liegen mag, wie ich gehört habe, aber immerhin in der Nähe von guten Freunden ist. Das alles verdankt sie Ihrer Fürsorge und Freundlichkeit. Meine Enkelin hat mir freiheraus und unwiderruflich erklärt« – dabei warf er einen freundlichen Blick auf Marie Anne –, »sie werde nicht nach Hause zurückkehren, es sei denn in Ihrer Begleitung. Was sagt man dazu!«

Emanuel Lawson hob die Hand, und seine Stimme wurde entschiedener. »Sie wissen selbst, daß meine Enkelin während der nächsten Monate dringend jemanden braucht, der sich um sie kümmert. Nun, ich frage nicht aus reiner Menschenfreundlichkeit, ob Sie die Stellung als Hausdame und Gesellschafterin annehmen wollen. Und ich betone, unser Angebot ist nicht uneigennützig gemeint. Wir sind wirklich an Ihren Diensten interessiert, zumindest ich. Marie Anne, vermute ich, wird mehr von Ihnen wollen, das gleiche, das sie schon seit langem bekommt. Sie ist der Ansicht, Sie seien die einzige Frau, die ihr jemals Liebe entgegengebracht hat. Also, Miß Foggerty, lassen Sie mich Ihre Meinung dazu hören.«

Es entstand eine lange Pause, bevor Sarah antwortete: »Sir, ich danke Ihnen aufrichtig und von ganzem Herzen für Ihre Freundlichkeit und für das Angebot, aber wie ich bereits zu erklären versuchte …« In ihrem Gesicht erschien ein verhaltenes Lächeln, »Ihre Enkelin ist sehr starrsinnig. Ich weiß nicht, woher sie das hat, aber so ist sie nun einmal. Wir haben die halbe Nacht über dieses Thema geredet, man könnte auch sagen, gestritten. Aber die Sache steht so, Sir. Um es klar auszudrücken. Ich habe eine Schwester, die in Ramsay Court wohnt, ein Stockwerk unter uns, und sie hat zehn Kinder. Ich habe ihr schon immer unter die Arme gegriffen, und im Augenblick braucht sie meine Hilfe mehr denn je, denn ihr Mann hat sich am Fuß verletzt und ist arbeitsunfähig, zumindest für einige Zeit. Deshalb fühle ich mich für die Familie verantwortlich. Der älteste Sohn meiner Schwester, Shane, ist sehr begabt, aber er kann nicht regelmäßig zur Schule gehen, weil er Kohle einsacken muß.«

An dieser Stelle unterbrach Emanuel Lawson die Frau und fragte: »Was bedeutet Kohle einsacken?«

»Bruchkohle in Säcke füllen, Sir.«

»Oh, ich verstehe.« Emauel nickte und sagte dann: »Fahren Sie fort.«

»Das ist alles, Sir, bis auf eines. Da ich selbst ein wenig Bildung genossen habe – ich kann gut lesen und besitze eine schöne Handschrift –, möchte ich, daß der Junge die gleiche Chance erhält.«

»Ja, natürlich. Das verstehe ich. Sie mußten eine Menge Schriftverkehr erledigen und alle Briefe vorlesen, die zwischen meiner Schwiegertochter und ihrer Halbschwester gewechselt wurden. Dabei haben Sie zweifellos viel über Marie Annes Mutter erfahren.«

»Einiges, Sir.«

»Ja, das müssen Sie wohl. In der Tat.« Emanuel wandte sich an Pat und fragte brüsk: »Nun, was hast du zu alledem zu sagen?«

»Nur das, was wir schon früher besprochen haben, Großvater.«

»Bist du bereit, vom Großen Haus nach The Little Manor umzuziehen?«

»O Pat. Nein.« Marie Anne war aufgestanden und trat auf ihren Bruder zu. Sie nahm seine Hand und sagte: »Das kannst du nicht tun, Pat. Wirklich nicht!«

»Warum nicht? Ich bin nicht glücklich in dem Großen Haus von The Manor. Das weißt du. Ich bin dort ebenso unglücklich, wie du es warst.«

»Aber sie wird … sie wird mich mehr denn je dafür hassen.«

»Um die Wahrheit zu sagen, Liebes, das wäre gar nicht möglich.«

Marie Anne ließ den Kopf hängen. Dann sagte sie: »Vielleicht hast du recht.«

»Sie bekommt nur, was sie verdient, durch ihre eigene Schuld. Und das seit langem. Wenn du nach Hause zurückkommst, wirst du außerdem merken, daß noch andere Veränderungen anstehen. Aber das heben wir uns für später auf. Zuerst zu Sarahs Problem.« Den Blick auf Sarah gerichtet, sagte Pat: »Großvater plant, einen eigenen Haushalt in The Little Manor zu führen, dem Landsitz, der etwas entfernt vom Großen Haus liegt. Früher lebte er dort mit Großmutter. In letzter Zeit wohnte er in The Manor und verbrachte nur gelegentlich einige Tage in seinem früheren Haus. Daher behielt er als Personal nur ein altgedientes Ehepaar und ein junges Mädchen. Maggie und Barney Makepeace haben ihm schon lange gedient, und Katie ist das Hausmädchen. Da The Little Manor nun ein richtiges Heim für eine Familie wird, brauchen wir mehr Personal. Großvater beabsichtigt, einige Leute vom Haupthaus herüberzuholen, aber er meint, Dienstboten brauchen eine Aufsicht, ganz gleich, wie viele es sind. Und wir benötigen eine Hausdame. Nach allem, was Marie Anne mir berichtet hat, wissen Sie genau, wie man einen Haushalt führt. Sie haben lange bei der Schwester ihrer Mutter die Hausdame ersetzt, und von Marie Anne weiß ich auch, daß Sie« – jetzt lächelte Pat – »in Gelddingen sehr geschickt sind. Sie können sogar richtig knauserig sein.«

»Oh, Miß!« Sarah wandte den Kopf zu ihrem Schützling, und Marie Anne sagte:

»Nun, das stimmt doch. Sie sind nur zu bescheiden.«

»Was bleibt einem anderes übrig, Miß.«

»Da haben Sie recht«, bestätigte Emanuel Lawson. »Was bleibt einem Menschen anderes übrig, dem der Teufel im Nacken sitzt.«

»Ja, Sir«, antwortete Sarah und ergänzte lächelnd: »Je wilder er es treibt, desto mehr Kräfte raubt er.«

Pat konnte ein flüchtiges Lächeln nicht unterdrücken, weil jemand, und noch dazu eine Hausangestellte, es wagte, eine Redensart seines Großvaters zu übertrumpfen. Die Verwunderung darüber stand dem alten Lawson deutlich ins Gesicht geschrieben.

»Marie Anne sagte mir auch, daß Sie Ihre Schwester lange Zeit finanziell unterstützt haben«, fuhr Pat fort.

Empört drehte sich Sarah erneut zu Marie Anne um: »Sie haben wohl überhaupt nichts ausgelassen, wie?«

Marie Anne antwortete schlagfertig: »O doch, da gibt es noch einige Dinge, aber dazu komme ich gleich.«

Bei dem Wortwechsel blickten sich die beiden Männer an.

Dann sagte Emauel Lawson: »Was hat Martha Culmill Ihnen als Lohn gezahlt?«

»Sechs Schillinge die Woche, Sir.«

»Sechs Schillinge die Woche!« wiederholte er ungläubig, wobei er Pat einen Blick zuwarf. »Gab es sonst noch Personal im Haus?«

»Eine Köchin und ein junges Dienstmädchen.«

»Keine Nachtschwester oder eine andere Person zu Ihrer Entlastung?«

»Nein, Sir.«

»Wieviel hat Ihre Schwester davon erhalten?«

Sarah rutschte unruhig auf der Sofakante hin und her, als wollte sie der Frage ausweichen. Sie mochte nicht über dieses Thema sprechen. Was sie mit ihrem Geld tat, war ihre Privatangelegenheit. Aber vor ihr saß ein Mann, der klare Antworten erwartete. Schließlich sagte sie: »Die Hälfte, drei Schillinge.«

»Es ist also wegen des Geldes, daß Sie sich an Ihre Schwester und deren Familie gebunden fühlen?«

»Nein, Sir. Nicht nur wegen des Geldes. Ich mag meine Schwester und die Kinder sehr. Sie sind meine einzigen Verwandten, und wenn ich in einem Dienstverhältnis einmal harte Zeiten erlebte, konnte ich immer zu ihr kommen. Ich habe auch Marie Anne dorthin gebracht, als wir keinen anderen Ausweg mehr sahen.«

»Aber im Augenblick braucht Ihre Schwester vor allem Geld. Verstehe ich das richtig?«

»Nun ja, im Grunde schon.« Sarah nickte. »Das ist doch immer so. Am Ende ist alles eine Frage des Geldes.«

»Da haben Sie recht. Sehr recht sogar. Hören Sie sich also meinen Vorschlag an. Ich suche eine Haudame und bin bereit, ein Pfund die Woche zu zahlen, dazu kommen Kost und Logis, Arbeitskleidung und eine bequeme Unterkunft. So heißt das doch, Pat, oder?«

Jetzt lachte Pat herzhaft. Er spürte, daß sein Großvater dieses Gespräch über alle Maßen genoß, und bestätigte ihm: »Ja, Großvater. Genau.«

»Also, Miß Foggerty, so lautet mein Angebot.«

Marie Anne war zum Sofa zurückgekehrt und setzte sich wieder neben Sarah, um die Hand ihrer Freundin zu nehmen. Dabei spürte sie, daß diese kein Wort herausbrachte. Kurze Zeit später, nachdem sie einige Momente nebeneinander gesessen und sich angesehen hatten, murmelte Sarah heiser: »Aber was geschieht mit unserer Dachwohnung und dem ganzen Hausrat?«

»Darüber habe ich bereits nachgedacht«, warf Marie Anne ein. »Ich zahle die Miete weiter, denn mit meinen Zeichnungen werde ich genug Geld verdienen, um mir das leisten zu können. Auf diese Weise bekommen die älteren Mädchen einen eigenen Platz zum Schlafen, und vielleicht kann auch Annie sich hin und wieder nach oben zurückziehen. Wissen Sie, ich bin der Familie Ihrer Schwester etwas schuldig. Ohne die Skizze mit den Eßmanieren ihrer Sprößlinge hätte der Zeitungsverleger sicher die anderen Zeichnungen von mir nicht genommen.«

»Also gut.« Marie Annes Großvater hatte sich energisch aus seinem Sessel erhoben. »Wann fährt heute ein Zug nach Hause?«

»Heute, Großvater?«

»Ja, du hast richtig gehört, Pat. Ich sagte heute.«

»Jetzt haben wir beinahe elf Uhr. Ich glaube, es gibt einen Zug um ein Uhr.«

»Ach, so bald! Aber vorher müssen wir uns von unseren Freunden verabschieden«, wandte Marie Anne ein.

»Wohnen diese Freunde weit weg, Marie Anne?«

»Nein, Großpapa. Zehn Minuten von hier.«

»Und eure Wohnung liegt in der Nähe des Klosters. Ihr habt also eine knappe Stunde Zeit, bevor ihr wieder hier sein müßt, mit Sack und Pack, denn« – seine Stimme wurde schwächer – »ich möchte liebend gern nach Hause zurück, heraus aus dieser Stadt. Die Luft bringt mich um.«

»Ja, Großpapa. Wir werden pünktlich sein, mit fertig gepackten Koffern.« Marie Anne beugte sich zu ihm hinüber und küßte ihn auf die Wange. »Oh, du weißt gar nicht, wie wunderbar es ist, dich wiederzusehen, Großpapa«, sagte sie dabei.

Emanuel Lawson legte seine Hand auf ihr Haar und erwiderte: »Für mich auch, mein Schatz, für mich auch. Und nun mach dich auf den Weg.« Vorher zog er Marie Anne noch einmal zu sich und flüsterte ihr halblaut ins Ohr, so daß alle es hören konnten: »Aber behalte deine Freundin gut im Auge, denn ich fürchte, sie könnte ihr Wort brechen, bevor wir gemeinsam im Zug sitzen.«

Lachend erwiderte Marie Anne: »Nein, das wird sie nicht, Großpapa. Ihr wird es bei uns gefallen, das weiß ich. Habe ich recht, Sarah?«

»Das werden wir sehen, Miß. Wenn mir etwas nicht paßt, kann ich immer noch zu Mr. McAlister gehen. Wie er mir erklärt hat, wohnt er unten am Fluß, ganz in der Nähe.«

Das Gesicht des alten Lawson wurde wieder ernst, als er sagte: »Da wir gerade von Mr. McAlister sprechen, wir haben ihm eine Menge zu verdanken, und das dürfen wir nie vergessen.«

»Ja, Großpapa. Das dürfen wir nie vergessen.«

Mr. McAlister begleitete sie zum Bahnhof und zu ihrem Zugabteil. Außerdem schickte er ein Telegramm an Barney Makepeace in The Little Manor, Moorstone, bei Chester-le-Street, Northumberland, mit folgendem Text:

SCHICKEN SIE GROSSE EQUIPAGE BAHNHOF DURHAM. HEUTE SIEBEN UHR.

Mr. McAlister war es auch, der den alten Lawson damit überraschte, daß er nicht mit ihnen zurückfuhr, denn er hatte den Brüdern versprochen, Neujahr bei ihnen im Kloster zu verbringen.

Und es war Mr. McAlisters Gesicht gewesen, zumindest der sichtbare Teil, der tiefrot anlief, als Sarah Foggerty in letzter Minute die Hand ausstreckte, seine verunstaltete Wange berührte und ihm dabei tief in die Augen blickte.

Keine sichtbare Reaktion war hingegen festzustellen, als Marie Anne, nachdem sie ihm die Hand gereicht hatte, zu ihm sagte: »Danke, daß Sie mir ein neues Leben geschenkt haben. Ich weiß nicht, was die Zukunft für mich bereithält, aber ich werde nie die Erleichterung vergessen, die ich in diesem Augenblick spüre, und das ist allein Ihr Verdienst. Vielen Dank.«

Don McAlister blieb auf dem Bahnsteig stehen, bis der Zug außer Sichtweite war. Dann schritt er langsam nach draußen auf die Hauptstraße, in die trübe Nebelluft, um zum Kloster zurückzukehren. Früher war er zum Jahreswechsel immer gern mit den Mönchen zusammengewesen, doch während der letzten Tage hatte er die Gesellschaft von Frauen erlebt, nun, die einer Frau und eines Mädchens. Eines schönen Mädchens, wie er zugeben mußte, und ihre Gegenwart hatte in ihm ein bislang unbekanntes Gefühl entfacht. Doch eine harte tadelnde Stimme, die aus seinem Innern kam, mahnte: »Je rascher du dieses Gefühl an seinen Platz verweist, desto eher wirst du zu deiner gewohnten Lebensweise zurückfinden.«

Als Don den Pferdebus bestieg, fiel ihm ein, daß so einem Mann zumute sein mußte, der das Verlangen verspürte, sich sinnlos zu betrinken. Er wußte, daß er diesem Impuls nicht folgen durfte. Gleichzeitig beschloß er, sich den Erzeugnissen von Bruder Peters Braukunst nicht zu verschließen, falls der Abend eine Gelegenheit dazu bot. Auch wenn es seinem Magen möglicherweise schadete, zumindest sein Geist würde eine Zeitlang Ruhe finden.

DRITTER TEIL

1. Kapitel

Die Familie hatte sich mit Ausnahme von Patrick im Arbeitszimmer zusammengefunden. Da dieser Raum zwischen der Bibliothek und dem Billardzimmer lag, konnte man hier laut sprechen, ohne im restlichen Haus gehört zu werden. Und Veronica Lawsons Stimme klang tatsächlich schrill, als sie sich aufgebracht an ihren Ehemann wandte, der in einem Ledersessel rechts vom Kamin saß.

»Unternimm etwas! Hast du mich gehört? Du mußt etwas unternehmen. Geh hinüber und kläre die Sache mit ihm. Frage ihn frei heraus, was er uns noch antun will.«

James Lawson hatte sich nach vorn gebeugt, die Hände auf dem gewölbten Bauch verschränkt, den Blick auf den Teppich zu seinen Füßen gerichtet, und als seine Frau ihre Tirade mit den Worten beendete: »Es ist unerträglich. Mehr halte ich nicht aus«, richtete er sich langsam wieder auf und blickte zu Veronica empor, die neben seinem Sessel stand. Mit dumpfer Stimme fragte er:

»Was wirst du also tun?«

»Wie meinst du das?«

»Wie ich es gesagt habe. Wenn du es nicht mehr ertragen kannst, was wirst du dann dagegen unternehmen?«

Veronica Lawson holte tief Luft, und ihr Blick glitt zu ihrem Sohn, dann zu ihrer ältesten Tochter, die vor dem Fenster stand und nach draußen in den schneebedeckten Garten blickte. Für einen Augenblick schien sie keine Antwort zu wissen. Dann sagte sie: »Ich gehe selbst hinüber und rede mit ihm.«

»Mutter, halt den Mund!« Vincent war aufgestanden und fuhr fort: »Ich denke, wir werden nicht mehr lange warten müssen, bis der Gipfel erreicht ist. Heute morgen habe ich

Billings in den Ställen gehört, wie er mit jemandem sprach. Anscheinend hat Young letzte Woche Großvater zu Fergusons Büro gefahren, und gestern kam Ferguson mit einem Angestellten.«

»Der Notar?« Das Wort kam schrill aus Veronica Lawsons Mund, und für einen Moment waren ihre Zähne entblößt, bevor sie wiederholte: »Der Notar?«

»So habe ich es gehört, Mutter. Wir haben keine andere Wahl, als seinen nächsten Schritt abzuwarten.«

»Was kann er uns noch antun?« fragte sie in flehendem Ton in Richtung ihres Ehemanns. »Er hat uns die Equipage weggenommen und Young, der all die Jahre bei uns diente, zusammen mit zwei Stallburschen.«

Mit einer ungeduldigen Bewegung stemmte sich James Lawson aus dem Sessel hoch und faßte haltsuchend an den Kaminsims. Seine Stimme klang alles andere als ruhig, als er seine Frau korrigierte: »Er hat seine eigene Equipage und die eigenen Leute zurückgeholt, Veronica.« Dann drehte er sich um und blickte in ihre Richtung, während er sie beinahe anschrie: »Hast du dich auch gefragt, wer eigentlich für all das verantwortlich ist? Nein, natürlich nicht. Du schiebst alles auf Marie Anne. Aber wärst du dem Kind jemals eine wirkliche Mutter gewesen, so wie Evelyn« – er wies zum Fenster –, »dann befänden wir uns jetzt nicht in dieser Lage. Dein Problem ist, daß du eine unnatürliche Frau bist, ganz und gar unnatürlich. Verstehst du, was ich meine?«

»Vater!« In Vincents Stimme lag ein scharfer Tadel. James wandte sich an seinen Sohn, und jetzt brüllte er wirklich: »Und du sprichst nicht in diesem Ton mit mir. Schon vor Jahren hätte ich eingreifen müssen, denn ich habe längst erkannt, daß du im Grunde deines Wesens ein grausamer Sadist bist. Du hattest mehr als einmal buchstäblich deine Hände im Spiel, wenn das Kind in Schwierigkeiten geriet. Also mache mir keine jetzt Vorschriften, ganz gleich, welcher Art. Ich hoffe, du hast mich verstanden!«

Staunend hatte sich Evelyn vom Fenster abgewandt und blickte ihren Vater an. Es war das erste Mal, daß sie ihn auf diese Weise reden hörte, als der Herr in seinem eigenen

Haus, vielmehr im Haus seines Vaters, denn diese Tatsache war in den vergangenen drei Wochen seit Marie Annes Rückkehr eindeutig geklärt worden. Und als ihr Vater sich umdrehte, das Zimmer verließ und die Tür hinter sich zuschlug, empfand Evelyn zum ersten Mal in ihrem Leben Respekt vor ihm.

Bevor einer von ihnen wieder zu Atem gekommen war, ging die Tür erneut auf, und Pat trat ein. Er sagte: »Ich habe Vater eben mitgeteilt, daß wir uns alle um zwei Uhr heute nachmittag in der Bibliothek einfinden sollen. Großpapa wird herkommen.«

»Anordnungen vom Palast. Ich meinte dich sagen zu hören, du wolltest nicht als Vermittler fungieren.«

»Das tue ich auch nicht, aber hier handelt es sich um eine persönliche Angelegenheit, wie du bald erfahren wirst.«

»Es ist also alles unter Dach und Fach?«

»Nein, es ist nicht alles unter Dach und Fach. Ich weiß nicht besser als du, was Großvater vorhat oder uns mitteilen möchte.«

Veronica trat auf Pat zu und sagte: »Aber ich habe erfahren, daß er seinen Notar bemüht hat. Gestern kam dieser Mann zu ihm, und in der vergangenen Woche hat er ihn in seinem Büro aufgesucht.«

»Nun, wenn du das gehört hast, Mutter, wird es wohl stimmen.«

»Ach, und sonst weißt du nichts darüber?« fragte jetzt Vincent.

Patrick fuhr zu Vincent herum. »In diesem Fall hast du recht. Ich weiß nichts. Und ich will es auch gar nicht wissen. Mich geht dieser Kampf nichts an.«

»Nein. Aber du hast die Gunst der Stunde genutzt und wohnst jetzt bei ihm.«

Darauf antwortete Pat: »Ja, und ich bin froh darüber, denn niemand kann behaupten, in diesem Haus würde das Glück wohnen.«

»Oh!« Der schmerzerfüllte Schrei kam von seiner Mutter. »Ich ertrage das nicht länger. Ich ertrage es einfach nicht mehr.« Veronica Lawson stürzte zur Tür. Vincent, der ihr nacheilen wollte, wandte sich noch einmal um und zischte Patrick an:

»Eines Tages, mein Junge, werde ich mit dir abrechnen. Warte nur ab.«

Allein im Raum, sahen sich Bruder und Schwester an, bevor Evelyn langsam auf Patrick zuging und ihn ruhig fragte: »Du weißt wirklich nicht, was im Gange ist?«

Kopfschüttelnd antwortete Pat: »Ehrlich, Evelyn, ich habe keine Ahnung. Ich weiß nur, daß Großvater Veränderungen plant, denn er wollte mit mir darüber sprechen. Aber ich habe ihm gesagt, es wäre besser, wenn er seine Pläne für sich behielte.«

»Glaubst du, es handelt sich um etwas Drastisches?«

»Das kann ich nicht sagen. Aber Veränderungen wird es geben. Nur weiß ich nicht, wie und wo. Wenn du jedoch wissen möchtest, weshalb, so kenne ich die Antwort. Der Grund ist Mutter. Offenbar wollte Großvater sie nie als Schwiegertochter haben. Als sie schließlich doch zur Familie gehörte, hat er sein Bestes getan, um ihr entgegenzukommen. Aber ihr ehrgeiziges Streben nach Glanz und gesellschaftlicher Anerkennung ging ihm schon immer gegen den Strich. Er und Großmama waren hoch angesehen, und alle Türen standen ihnen offen, doch Großvater war nie jemand, der sich viel aus formellen Besuchen und oberflächlichen Kontakten machte. Soweit ich weiß, kam es zum ersten Zusammenstoß zwischen ihm und Mutter, als sie Einladungen für einen Ball verschickte und er von zwei Dritteln der Gäste noch nie den Namen gehört hatte, geschweige denn, daß er sie kannte. Das geschah im zweiten Jahr ihrer Ehe, und damals sprach Großvater ein Machtwort. Dabei blieb es, bis Großmutter starb. Dann begann Mutter erneut mit ihren Versuchen, die richtigen Verbindungen zu knüpfen. Nun, du kannst ein Lied davon singen, Evelyn, und nach allem, was ich vor einigen Wochen erfahren habe, ist sie schon wieder damit beschäftigt. Wie geht es dir mit deinem neuen Ehekandidaten, dessen Bekanntschaft sie für dich eingefädelt hat?«

»Ich weiß nicht, Pat. Er ist doppelt so alt wie ich und war schon einmal verheiratet. Ehrlich gesagt, ich schaudere bei dem Gedanke an eine Ehe mit ihm. Und doch scheine ich keine andere Wahl zu haben. Entweder nehme ich ihn, oder ich muß für den Rest meines Lebens Mutter und dieses Haus ertragen. Ich bin jetzt sechsundzwanzig, Pat, und die jungen Männer laufen nicht mehr in Scharen hinter mir her und liegen mir zu Füßen. Andererseits war das auch früher nicht so.«

»Was sind heute schon sechsundzwanzig Jahre? Die Ansichten ändern sich. Es wird überall davon gesprochen, daß eine geistige Revolution bevorsteht, wenn die Königin abtritt, und lange wird sie nicht mehr auf ihrem Thron sitzen. Dann folgt ein Mann, und der ist, wie du weißt« – jetzt lächelte Pat – »ein Freidenker. Aber im Ernst, Evelyn, entschließe dich nicht zu einem solchen Schritt, nur um diesem Haus zu entfliehen. Ich flehe dich an! Es wird jemand anderes kommen, ganz bestimmt. Du bist eine schöne Frau, Schwesterherz. Ich sehe in dir noch immer das junge Mädchen. Für mich wirkst du nicht wie sechsundzwanzig, noch längst nicht, außer wenn du den Mund verziehst und den Rücken krumm machst, wie jetzt.«

Evelyn ergriff seine Hand. »Weißt du, Pat, es ist seltsam, aber seit jenem Abend, als ich die Beherrschung verloren und geschrien habe, fühle ich mich im Innern wie verwandelt. Ich wünschte, ich könnte sagen, mir wäre leichter zumute, aber es ist etwas ganz anderes. Mir scheint, als würde ich die Menschen jetzt mit anderen Augen betrachten. Sogar Marie Anne. Aber, weiß Gott, an jenem Abend dachte ich auch, wäre sie zur Königin geboren, läge die ganze Welt im Krieg miteinander.«

Darauf lachte Pat lauthals und sagte: »Arme Marie Anne, daß sie jetzt auch noch Kriege verursachen soll. Würdest du sie wirklich kennen, Evelyn, wüßtest du, was für ein freundliches und liebenswertes Wesen sie in Wahrheit besitzt. Aber was den Krieg angeht, mir graut vor heute nachmittag.«

»Stimmt es, daß Großvater den Gebrandmarkten manchmal zum Dinner in sein Haus einlädt?«

»Ja, das ist richtig, Evelyn. Und dieser Gebrandmarkte, wie du ihn nennst, hat einen Namen. Er heißt Don McAlister, ist ein gebildeter kluger Mann und außerdem ein erfolgreicher Bildhauer.«

»Wirklich?«

»Ja, wirklich.«

»Was ist dann mit seinem Gesicht passiert?«

»Das weiß ich nicht. Ich habe ihn nie danach gefragt.«

»Ist es eine Brandverletzung?«

»Ich weiß es wirklich nicht, Evelyn.«

»Ich habe Fanny Carter und Jones reden hören, an dem Tag, bevor sie nach The Little Manor geschickt wurden. Es ging um das Dienstmädchen, Katie, das drüben mit den Makepeaces arbeitet. Sie soll das ganze Haus zusammengeschrien haben, als sie den Mann zum ersten Mal vor der Tür stehen sah. Hat er etwas mit Marie Annes Heimkehr zu tun?«

»Ja, Evelyn, das kann man wohl sagen. Er hat sie gefunden. Irgendwann werde ich dir alles erzählen.«

Seine Schwester starrte ihn an und fragte: »Beabsichtigst du wirklich dort zu bleiben, ich meine, drüben bei Großvater?«

»Ja, das habe ich vor. In seinem Haus herrscht eine ganz andere Atmosphäre. Dort hört man die Menschen lachen, und sie haben keine Angst, fröhlich zu sein.«

In Evelyns Stimme kehrte die alte Bissigkeit zurück, als sie sagte: »Nun, wärst du vor vierzehn Tagen hier gewesen, hättest du Lachen im Haus hören können. Wir hatten seit Jahren nicht mehr soviel Besuch, und alle waren im Grunde nur gekommen, um die verlorene Tochter zu sehen. Während sich die Leute nach außen hin eifrig bemüht um Mutter scharten, lachten sie hinter vorgehaltener Hand schadenfroh über sie. Ich kann mir nicht helfen, aber manchmal tut mir Mutter aufrichtig leid, weil sie die freundliche Fassade aufrechterhalten muß, obwohl sie den anderen am liebsten ins Gesicht schlagen würde. Außerdem ist sie todunglücklich, und ich weiß jetzt auch, warum. Sie hat keine offizielle Einladung zum Ball in The Hall erhalten, obwohl Lady Knight bei unserem Besuch dort an Weihnachten offen mit Mutter darüber gesprochen hat, als handelte es sich um eine Selbstverständlichkeit. Noch schlimmer, wenn du mich fragst, wird die Sache dadurch, daß ein Dienstmädchen von The Hall kürzlich entlassen wurde. Sie befand sich in den gleichen Umständen wie

Marie Anne, aber sie wurde vor die Tür gesetzt, nicht ehrenvoll wieder aufgenommen als heimgekehrte verlorene Tochter.«

Evelyn wandte sich brüsk ab und ließ Pat stehen, um wieder ans Fenster zu treten.

Ein leichtes Gefühl von Traurigkeit überfiel ihn, und er blickte zu ihr … die alte Evelyn existierte noch immer. Aber das war verständlich.

Mit diesem Gedanken verließ er das Zimmer.

Frank Pickford, der Butler, öffnete dem alten gnädigen Herrn und Mister Patrick die Tür. »Guten Tag, Sir.« Dann schickte er sich an, Emanuel Lawson aus dem Mantel zu helfen.

»Wo sind sie?«

»Die Familie ist im Salon versammelt.«

»Nun, dann sagen Sie Bescheid, daß alle in die Bibliothek kommen sollen.«

Beinahe fünf Minuten später betrat Veronica Lawson, einen Schritt vor ihrem Ehemann, das Zimmer. Evelyn folgte, und nach ihr kam Vincent, der die Tür nicht eben leise hinter ihnen zuschlug. Alle verharrten einen Augenblick und blickten zu Emanuel, der am anderen Ende des langen Tisches in der Bibliothek Platz genommen und verschiedene altertümlich wirkende Dokumente ausgebreitet hatte. Ihren Blick erwidernd, sagte er: »Da ihr jetzt hier seid, könnt ihr ebensogut Platz nehmen. Es wird eine lange Sitzung werden. Aber dich, James«, seine Stimme wurde etwas weicher, »hätte ich gern neben mir, und dir gegenüber Patrick.«

»Ja, Vater.«

Während James seinem Vater gehorchte, zog Vincent rasch einen Stuhl für seine Mutter heran und drückte sie beinahe unsanft darauf, als wollte er sie daran hindern, sofort ihre Meinung zu der unwürdigen Situation kundzutun. Veronicas Stuhl stand am entgegengesetzten Tischende, und sie saß kaum, als sie die Hände auf die Lederbespannung legte und ziemlich laut mit den Fingern zu trommeln begann.

Emanuel blickte zu ihr und sagte: »Wenn du mit deinem

Kriegsmarsch fertig bist und Vincent und Evelyn ebenfalls Platz genommen haben, werde ich anfangen.«

Er wartete einen weiteren Moment, dann nahm er eine Papierrolle vom Tisch, schwenkte sie in der Luft und sagte: »Ich denke, keiner von euch kennt die tatsächliche Geschichte dieses Hauses und die von The Little Manor, wie es genannt wird. Falls doch, schadet meine Erzählung nicht. Im Gegenteil, es ist erforderlich, daß ihr die Geschichte noch einmal hört. The Little Manor wurde im Jahre 1750 erbaut und hieß damals The Fallow. Warum, weiß ich nicht genau, aber bei dem Land handelte es sich um Brachland, also um nicht beackerten Boden. Der Eigentümer hieß Isaak Wilding und war im Reedereigeschäft tätig. Zu seinem Besitz gehörten achthundert Morgen Land, und sechshundert weitere wurden dazu gepachtet, so daß eine kleine Farm entstand, die noch heute von Mr. Harding bewirtschaftet wird. Zur damaligen Zeit gingen die Geschäfte von Mr. Wilding so gut, daß er in einem größeren und prächtigeren Haus wohnen wollte. Er war ein ehrgeiziger Mann, und auch seine Frau hatte große Ambitionen.« Ohne seine Schwiegertochter anzusehen, fuhr Emanuel fort: »Er kaufte weitere 1400 Morgen, um auf dem Land dieses Haus zu erbauen und eine Pferdezucht zu beginnen. Er lebte gut, soviel ich weiß, und führte ein gastliches Haus im großen Stil. Schließlich übernahm er sich in ebenso großem Stil, und in der Folge ging auch sein Geschäft in Konkurs.

Ich vergaß zu erwähnen, daß er The Fallow seinem Sohn überlassen hatte und dessen Familie mit in den Ruin trieb. 1780 kaufte dann unser Urgroßvater, mein Urgroßvater, diese Farm, und wie der vorige Eigentümer ließ auch er seinen Sohn in The Fallow leben oder in The Little Manor, wie das Haus heute heißt. Doch auch Urgroßvater konnte die Früchte seiner Arbeit nicht allzu lange genießen. Um 1800 übernahm also mein Großvater den gesamten Besitz und zog in dieses Haus. Von seinen sechs Kindern überlebten zwei Söhne, und wie seine Vorgänger übergab er einem von ihnen The Little Manor, an das er einen Flügel anbauen ließ, um für die wachsende Familie seines Sohnes Platz zu schaffen. Nur nebenbei, dieser Flügel wurde seit Jahren nicht mehr benutzt, aber jetzt ist er wieder bewohnt. O ja, nun herrscht dort wieder Leben.« Emanuel Lawson nickte von einem zum anderen. »Jedenfalls wurde mein Vater dort geboren, und dreiundzwanzig Jahre später kam ich in jenem Haus zur Welt. Das ist der Grund, warum ich mit meiner Frau lieber dort lebte als hier und warum ich dir, James, an deinem Hochzeitstag das Große Herrenhaus, The Manor, überließ.« Nun bewegte Emanuel den Kopf zu seinem Sohn. »Und das war ein Fehler. Ein entscheidender Fehler. Aber eines tat ich nicht: Ich legte nichts schriftlich fest. Statt dessen gab ich dir das mündliche Versprechen, du dürftest in diesem Haus wohnen, solange du wolltest. Erinnerst du dich?«

Mit rot angelaufenem Gesicht und malmenden Lippen starrte James seinen Vater an, ohne zu antworten, so daß der alte Lawson sagte: »Ich fahre also fort. Während der ganzen Zeit, an die dreißig Jahre, denn die Zwillinge müßten jetzt neunundzwanzig werden, habe ich dein Personal bezahlt. Jeder Penny, den du für die Dienstboten im Haus und draußen brauchtest, stammt aus meiner Tasche, und es handelte sich nicht nur um das Geld für die Löhne, sondern ich bin auch für die gesamte Bekleidung der männlichen und der weiblichen Dienstboten aufgekommen. Allerdings habe ich jedes Jahr mit weniger Bereitwilligkeit gezahlt. Heute gebe ich das zu, denn obwohl deine Kinder älter wurden und ihre Zahl kleiner – die Zwillinge gingen nach Kanada, und Marie Anne wurde verbannt …« Bei diesen Worten sandte er einen vernichtenden Blick zu seiner Schwiegertochter, die es wagte, ihn zu erwidern. Dann sprach er weiter: »… schien der Bedarf an Personal noch zu wachsen. Und zu welchem Zweck? Die Dienstboten stopfen sich den Bauch voll und lungern untätig auf dem Gut herum. 2800 Morgen Land, und was ist daraus geworden? Bis auf die vierhundert Morgen Wald wurde alles zu hübschen Rasenflächen und Blumenrabatten, dazu kamen Treibhäuser mit exotischen Pflanzen, deren Namen du nicht einmal kennst, James. Und ich habe zugesehen und den Dingen ihren Lauf gelassen. Was sollte ich mich einmischen? Ich wurde alt. Welche Rolle spielte es schon? Aber nun weiß ich, daß ich nicht zu alt bin, um die letzten Tage zu genießen, die mir vergönnt sind, und um dafür zu sorgen, daß andere die Jahre zurückbekommen, um die man sie betrogen hat.«

Als Emanuel Lawson Unruhe neben sich verspürte, wandte er sich zu Pat und sagte: »Es geht mir gut. Alles in Ordnung, Pat. Du brauchst dir keine Sorgen zu machen. Ich habe nicht die Absicht, einen Anfall zu bekommen, obwohl ich wahrhaftig Grund genug dazu hätte. Ich fahre fort, um diesen Teil der Angelegenheit abzuschließen, und das ist tatsächlich erst die Hälfte von dem, was ich euch allen zu sagen habe. Da ursprünglich achthundert Morgen Land zu The Little Manor gehörten, Hardings Farm ausgenommen, bleiben 1400 übrig. Davon übertrage ich vierhundert an John Harding, um ihm ein anständiges Stück Land zu geben, das er als Acker oder Weide nutzen kann. Dieser Teil wird im Westen von den Lawson-Ländereien abgetrennt, weil dort auf der ganzen Länge die Grenze zu Hardings eigenem Land verläuft. Dadurch entsteht eine Art neutrales Gelände zwischen beiden Häusern. Die neuen Grenzen mögen unsichtbar sein, aber hier auf dem Papier« – der alte Lawson tippte auf ein anderes Dokument –, »hier steht alles schwarz auf weiß. Dir bleiben noch tausend Morgen.«

Er nickte seinem Sohn zu. »Ebenso, wie dein Landbesitz weniger wird, verkleinere ich auch die Zahl der Dienstboten, die für dich arbeiten. Und vergiß nicht, daß du von jetzt an alles Personal aus eigener Tasche bezahlen mußt. Ich datiere meine Veränderungen zurück auf den 1. Januar, den Beginn des neuen Jahrhunderts. Je weniger Männer du auf dem Gut arbeiten läßt und je weniger Frauen im Haus beschäftigt sind, desto leichter wirst du wirtschaften können. Deshalb habe ich bereits zwei Stallburschen und Young, zusammen mit der Equipage, für mich beansprucht. Ich nehme dir nicht jede Transportmöglichkeit, denn du besitzt noch immer die Kutsche. Wenn du klug bist, streichst du auch bei den Gärtnern zwei Stellen. Und jetzt zum Hauspersonal. Zwei Mädchen habe ich bereits übernommen, und da du dich, soweit ich mich erinnern kann, nie dafür interessiert hast, was dein Personalaufwand kostet, schlage ich vor, du gibst dich entweder mit einem Lakaien oder mit einem Butler zufrieden. Meiner Meinung nach könnte Green beide Positionen ausfüllen. Weißt du«, wieder beugte sich Emanuel Lawson zu seinem Sohn herüber, »ich habe mir die Mühe gemacht und nachgerechnet, mit wieviel Personal, im Haus und draußen, die Herrschaften in The Hall und Baintrees auskommen. Alle Verpflichtungen von The Hall eingerechnet, wozu die Beherbergung von Mitgliedern der königlichen Familie und anderer hochgestellter Persönlichkeiten aus London gehört, stehen dort nur vier Personen mehr auf der Gehaltsliste als bislang bei euch. Also James, ich schlage vor, du führst eine kleine Unterredung mit deiner Haushälterin und versuchst zu erfahren, ob sie sparsamer wirtschaften kann, denn andernfalls, das kannst du ihr vorsichtig andeuten, wäre es möglich, daß sie ihre Stellung verliert. In The Manor stehen große Veränderungen bevor, und zwar bald. Außerdem möchte ich, da wir gerade über die Gutsarbeiter sprachen, noch hinzufügen, daß ich Lady und ihr Fohlen mitnehme.«

»Nein, das kannst du nicht machen!« Der Protest kam von Vincent. »Lady gehört mir! Ich habe sie immer geritten ...« Vincent hatte sich halb vom Stuhl erhoben, das Gesicht von Zorn verzerrt, doch sein Großvater unterbrach ihn grob:

»Dein Pferd? Seit wann ist es dein Pferd?« Ruhiger fuhr er fort: »Ich meine mich zu erinnern, daß ich die Stute vor zehn Jahren gekauft habe, und ich erinnere mich ebenfalls, sie zwei Jahre lang geritten zu haben. Außerdem erinnere ich mich, daß ich dir vor ungefähr vier Jahren verboten habe, sie weiter zu reiten, denn du hast sie immer so sehr getrieben, daß sie schweißgebadet ankam. Damals sagte ich dir, daß Brindle besser zu dir passen würde. Sie ist standfester und kann schwerere Lasten tragen. Außerdem kannst du Brindle nicht deinen Willen aufzwingen. Ich war schon immer der Meinung, daß Lady viel zu sensibel für dich ist. Wenn du in Zukunft ein Pferd wie Lady reiten willst, mein lieber Enkelsohn, wirst du es dir selbst kaufen müssen. Und den Stallknecht, der meine Anordnung mißachtet hat, knöpfe ich mir unverzüglich vor. Andererseits liegt der Grund für seine Pflichtvergessenheit eher bei dir, weil du dich hier als Herr aufgespielt hast. Aber dieses Thema möchte ich für den Moment noch zurückstellen.« Emanuel wußte selbst nicht genau, warum er die Stute und ihr Fohlen haben wollte. Vor seinem inneren Auge stand ein undeutliches Bild von einem kleinen Mädchen, das auf einem Pony ritt.

Dann sprach er weiter: »Der zweite Teil meiner Ausführungen dauert nicht lange. Wie ihr wißt, sind wir ein Familienunternehmen.« Er sah seinen Sohn direkt an, bevor er den Blick auf das noch immer zornrot glühende Gesicht von Vincent richtete und dann wieder zu Pat sah, der mittlerweile neben ihm aufgestanden war. »Pat, sie werden nicht glauben, daß du nichts von dem gewußt hast, worüber ich gerade sprach, und noch viel weniger von dem, was zu sagen ich im Begriff bin, doch ich habe dir gegenüber mit keinem Wort etwas erwähnt, nicht wahr?«

»Das stimmt, Großvater.«

»So, das wäre also geklärt. Nun zur Firma, James. Wie ich bereits sagte, sind wir ein Familienunternehmen, und wie meine Anwälte nach Prüfung der Sachlage mitteilten, kann ich als Familienvorstand über meine Anteile nach Belieben verfügen, und ich halte einundsechzig Prozent des Unternehmens.«

James schien es Mühe zu bereiten, den Kopf bestätigend zu neigen.

»Nun, dann weiter. Du, James, besitzt zwanzig Prozent der Anteile. Das stimmt doch, oder?«

Als sein Sohn nicht antwortete, brüllte Emanuel ihn förmlich an: »Oder?«

»Ja, Vater. Ja.«

»Gut, dann zu den nächsten zehn Prozent, die Vincent hält, und den verbleibenden neun, die Pat gehören. Über die Zwillinge habe ich mir keine Gedanken gemacht. Sie kommen gut allein zurecht und brauchen meine Hilfe nicht, weder jetzt noch wenn ich tot bin. Ich schlage also vor, zehn Prozent, die ich von meinem Anteil abziehe, zu Patricks Teil zu schlagen, womit er neunzehn Prozent am Firmenbesitz hat, während ich noch immer die Mehrheit behalte. Bezüglich der Anteile gibt es noch einen Punkt, über den ich mit dir, James, sprechen will, aber unter vier Augen, nachdem du über deine neue Lage und die damit verbundenen Belastungen nachgedacht hast. Denn du mußt dir überlegen, woher du das Geld nehmen willst, um den Haushalt in seiner gegenwärtigen Form weiterzuführen. Dein Gehalt, das mußt du zugeben, reicht dafür nicht aus.«

»Nein, Vater.« Die Antwort war kaum ein Flüstern.

»Gut, darüber reden wir später. Aber nun möchte ich euch mitteilen, was geschieht, falls ich morgen sterben sollte. In diesem Fall gehen meine gesamten Anteile an meine Enkelin Marie Anne Lawson über. Nach meinem Tod wird sie die Kontrolle über das Firmenvermögen haben.«

Bevor Emanuel Lawson ein weiteres Wort sagen konnte, ertönte am anderen Tischende Geschrei. James sprang von seinem Stuhl auf, gefolgt von Vincent. Sie schrien im Chor: »Nein! Nein! Das kannst du nicht machen.« Erstaunlicherweise war Veronica sitzen geblieben.

Emanuel blickte von einem zum anderen, bevor er sagte: »Ihr vergeßt eines. Es handelt sich noch immer um meine Firma, zu deren heutiger Größe ich durch harte Arbeit mehr beigetragen habe als alle meine Vorfahren zusammen, unterstützt von einem einzigen Menschen, meinem Enkel Pat, der neben mir steht. Seit Jahren widmet sich Pat dem Geschäft mit vollem Einsatz. Er verbringt einen Großteil seiner Zeit auf den Schiffen, kümmert sich um jede Streitigkeit und jedes Mißverständnis an Bord und inspiziert sogar die Lagerräume persönlich. Bei seinen Klettereien unter Deck hat er sich beinahe das Rückgrat gebrochen. Und das wißt ihr! Während du, Vincent, dir zu fein warst, selbst in einen schmutzigen Kielraum oder den Kohlenbunker hinabzusteigen! Ich glaube, du hast noch nie ein Schiff betreten und erst recht keinen Fuß unter Deck gesetzt. Und jetzt zu dir, James. Du hast dein Büro in der Reederei seit Jahren kaum verlassen. Nein, alles blieb an Pat hängen und bis vor kurzem auch an mir. Also erbt Marie Anne die Firma. Und solltest du ebenfalls sterben, James, wird Pat ihr Geschäftsführer. Das ist alles notariell festgelegt und beglaubigt. Eure Unterschrift war dazu nicht nötig, denn die Firma ist mein Eigentum. Mir gehört auch dieses Haus, zusammen mit The Little Manor. Wenn du weiter hier wohnen willst, James, kannst du dies gern tun, aber wie ich bereits sagte, wirst du Mittel und Wege finden müssen, das Haus zu unterhalten, denn auf mich kannst du nicht länger zählen.«

»Du bist ein altes Scheusal! Ein ekelhaftes altes Scheusal! Ich hasse dich!« ertönte es vom anderen Tischende.

Vincent hielt die Hände seiner Mutter fest, denn in ihrer Nähe stand ein Tintenfaß. Er war nicht der einzige, der geglaubt hatte, Veronica wollte es packen und ihrem Schwiegervater entgegenschleudern.

»Du bist niederträchtig! Niederträchtig und gemein!«

Nun zog sich Emanuel von seinem Sitz hoch. Er ging auf Veronica zu und baute sich in voller Größe vor ihr auf. Dann sagte er langsam: »Ausgerechnet du wagst es, einen anderen als niederträchtig und gemein zu bezeichnen? Ausgerechnet du? Du hast deine minderjährige unschuldige Tochter in die Obhut einer Frau gegeben, die ein ebenso schlimmer Satan ist wie du. Du hast sogar Telegramme geschickt, in denen du Martha Culmill untersagtest, deine Tochter nach Hause zurückzuschicken. Statt dessen wolltest du, daß sie meine Enkelin in ein Heim für Prostituierte steckt, in ein Heim für junge Huren von der Straße. Und dort, nämlich auf der Straße, wäre Marie Anne ohne Miß Foggerty auch gelandet. Es war Miß Foggerty, die alles in die Hand nahm. Sie verließ ihre Stellung bei Martha und nahm Marie Anne mit zu ihrer Schwester. Das war zwar ein Elendsquartier, aber die Rettung für deine Tochter, und dort hat sie mehr Hilfe und Verständnis erfahren, als sie jemals in ihrem eigenen Zuhause bekam. Und zum Schluß möchte ich dir, Veronica Lawson, noch eines sagen. Alle heute von mir vorgenommenen Veränderungen, deren Folgen noch viele Jahre zu spüren sein werden, sind einer einzigen Person zuzuschreiben, nämlich dir. Mein Sohn hat den größten Fehler seines Lebens begangen, als er dich heiratete, und du hast alle Register gezogen, damit er dich zur Frau nahm. Du kamst aus dem Nichts. Deine Eltern besaßen lediglich ein kleines Schuhgeschäft, aber du wolltest höher hinaus, nicht wahr? Du strebtest nach

Ruhm und Glanz, nach der Nähe der Großen und Mächtigen, nach berühmten Namen, auch wenn manche übel beleumdet waren. Aber das störte dich nicht, solange du dich damit schmücken und sie bei jeder sich bietenden Gelegenheit erwähnen konntest. Nun liegt es an dir, liebe Schwiegertochter, ob du mit verkleinerter Dienerschaft weiter hier residieren willst oder umziehst.«

Emanuel Lawson kehrte zu seinem Stuhl zurück. Wie er wußte, war Veronica so zornig, daß sie ihm nicht antworten konnte.

Noch immer die Hände seiner Mutter haltend, starrte Vincent seinen Großvater wutentbrannt an. Dieser richtete das Wort nun an ihn: »Du bekommst ein sehr gutes Gehalt und bist großzügig am Gewinn beteiligt. Daher könntest du leicht deinen Teil zu den Unterhaltskosten für dieses Haus beitragen, wozu Pat, da bin ich sicher, ebenfalls bereit gewesen wäre, hätte er sich entschieden, weiter bei euch zu wohnen.« An seine Enkelin gewandt, sprach Emanuel Lawson weiter: »Nun, Evelyn, dann bleibst nur noch du übrig; ich habe dich nicht vergessen. Solltest du unverheiratet bleiben, wird für dich gesorgt werden. Ich bin außerdem bereit, dir ein großzügiges Kleidergeld zur Verfügung zu stellen.«

In Evelyns Gesicht regte sich kein Muskel. Ihr Großvater hatte soeben die Familie zerstört. Die einzelnen Mitglieder hatten sich nie sonderlich nahegestanden, doch nun war der Bruch endgültig vollzogen. Und die Idee, daß Pat in der Firma über Vincent stehen sollte, war unvorstellbar. Das würde Vincent nicht ohne Gegenwehr hinnehmen. Noch weniger war zu erwarten, daß er sich mit dem Gedanken abfand, die Firma würde eines Tages an Marie Anne vererbt werden.

Was ihre Mutter betraf, schien sie eine gebrochene Frau zu sein. Aber stimmte das wirklich? Nein, Veronica Lawson würde nicht aufgeben, und wenn auch nur zu dem einen Zweck, ihrem Schwiegervater den Tod zu wünschen.

Evelyn war sich bewußt, daß ihr Großvater in irgendeiner Form Dank von ihr erwartete, doch sie konnte sich nicht dazu durchringen. Lieber wäre es ihr gewesen, er hätte sie einfach übergangen.

James Lawson hatte sich wieder hingesetzt, den Kopf über die gefalteten Hände gesenkt, als sein Vater ruhig zu ihm sagte: »James, ich würde gern mit dir sprechen, sagen wir, morgen nachmittag. Bis dahin wirst du über alles nachgedacht haben. Oder ist das noch zu früh?«

James hob den Kopf, und ohne die geringste Gefühlsbewegung entgegnete er: »Nein, Vater. Ich werde morgen nachmittag zur Stelle sein.«

Als Pat seinem Großvater vom Stuhl aufhalf, blickte er seinen Vater an und bewegte leicht den Kopf, wie um sein Verständnis auszudrücken. Dann wartete er, bis sein Großvater die Dokumente auf dem Tisch eingesammelt hatte. Emanuel sagte: »Sie sind nicht einmal aufgefaltet worden. Dabei wollte ich, daß alle die Änderungen sehen, die ich vorgenommen habe, was die Landverteilung angeht und den ganzen Rest. Aber du kannst die Papiere morgen noch einmal ansehen, James, wenn du willst.«

Nachdem sich die Tür hinter seinem Großvater und seinem Bruder geschlossen hatte, half Vincent seiner Mutter beim Aufstehen, und ohne ein weiteres Wort führte er sie aus dem Zimmer. James blieb allein am Tisch zurück. Evelyn sah ihren Vater an, und in ihrem Blick lag Mitgefühl. Vor ihr saß ein Mann Anfang Fünfzig, der in diesem Augenblick so alt wie sein eigener Vater wirkte und sich offensichtlich geschlagen gab. Ja, das war das richtige Wort. Geschlagen. Ihr Vater war Evelyn immer als schwacher Mann erschienen, als jemand, der keine eigene Stärke besaß. Sonst hätte er ihrer Mutter längst die Stirn geboten. Nur in der Abgeschlossenheit des Schlafzimmers schien er seiner Frau gegenüber einen anderen Ton anzuschlagen. Und schon bevor ihre Mutter das gemeinsame Schlafzimmer an das andere Hausende verlegen ließ, hatte Evelyn gewußt, worum es in den beinahe allabendlich stattfindenden Auseinandersetzungen ging.

Evelyn hatte ihre Mutter immer als starke, gesellschaftlich aufstrebende Frau erlebt und gewußt, daß die jüngste Tochter ein Hindernis für ihren Ehrgeiz darstellte. Doch daß sie soweit gehen würde, Marie Anne völlig von zu Hause zu verbannen, dazu noch an einen derart furchtbaren Ort, wie ihr Großvater ihn beschrieben hatte, war unglaublich. Das Wort »verkommen« schien sie nicht richtig zu charakterisieren. »Unheimlich« traf besser zu, und Evelyn erkannte, daß auch in der unerschütterlichen Absicht ihrer Mutter, die älteste Tochter um jeden Preis gut zu verheiraten, etwas Unheimliches lag, denn Veronica tat es nicht, damit Evelyn glücklich wurde, sondern nur für ihr eigenes gesellschaftliches Prestige. Der Ehekandidat, auf den sie dieses Mal gesetzt hatte, war vermögend. Zur Hälfte war er Amerikaner, und er handelte mit den jetzt in Mode kommenden Automobilen, ein Geschäft, das seinen Reichtum mit Sicherheit noch mehren würde. Doch war es wirklich Zufall, daß ihr neuer Bewerber in dieser Woche noch gar nicht vorbeigekommen war? Evelyn wußte, daß er in Kürze nach Amerika zurückkehren würde – und vielleicht war er bereits abgereist, aber das spielte ohnehin keine Rolle mehr. Sie war mittlerweile entschlossen, dem Zorn ihrer Mutter standzuhalten und seinen Antrag abzulehnen.

Sie ging zu ihrem Vater herüber, sah auf seinen geneigten Kopf und sagte: »Weißt du, was ich in diesem Augenblick gern hätte, Vater?« Er blickte auf, und sie stellte fest, daß alles Blut aus seinem Gesicht gewichen war. Wortlos starrte er seine Tochter an, so daß Evelyn fortfuhr: »Ich hätte gern ein großes Glas Portwein ohne Zitrone.«

James antwortete mit einem Nicken, und endlich sagte er: »Das ist eine gute Idee, doch um diese Tageszeit wird es auffallen.«

»Nicht, wenn ich gehe und die Flasche und die Gläser selbst hole. Jetzt hat niemand vom Personal im Eßzimmer zu tun, und ich kann durch die Seitentür hineinschlüpfen.«

James streckte die Hand aus und tätschelte den Arm seiner Tochter. Als er schwerfällig von seinem Stuhl aufstand, sagte Evelyn: »Setz dich ans Feuer.« Während sie nach draußen eilte, folgte er ihrem Rat und zog einen Polstersessel näher zum Kamin, denn er fror bis ins Innerste.

Die Kälte kam nicht von außen; was ihn frieren ließ, war die Erkenntnis, als Mann versagt zu haben. Er war einundfünfzig Jahre alt und noch immer ein Leibeigener seines Vaters. Und weil seine Tochter die Wahrheit erkannt hatte, sprach sie auf diese völlig veränderte Weise mit ihm, sanft, sogar liebevoll. Wenn Evelyn mit dem Portwein zurückkehrte, würden sie ein Glas zusammen trinken. Und damit würde sich James begnügen, zumindest für den Augenblick. Später konnte er immer noch bis zur Besinnungslosigkeit weitertrinken, um jeden Gedanken an die Vorstellung auszulöschen, morgen erneut vor seinen Vater treten zu müssen.

2. Kapitel

James Lawson hatte noch nie an die Tür des Kleinen Herrenhauses geklopft, um Einlaß zu begehren, sondern war immer geradewegs hineingegangen. Doch nun hatte sich die Situation geändert. Die Häuser gehörten nicht länger zusammen. James war über das hartgefrorene, schneebedeckte Land gegangen, das zwischen beiden Herrensitzen lag, und als er an den Wirtschaftsgebäuden vorbeikam, hatte er gesehen, daß zwei der ehemaligen Stallburschen von The Manor dort beschäftigt waren, von denen einer Lady und ihr Fohlen herumführte. Beide Männer hatte er bis vor wenigen Tagen als seine eigenen Leute betrachtet, als Teil seiner Dienerschaft, wenn er überhaupt an sie dachte. Und James mußte sich eingestehen, daß dieser Anblick für ihn den Bruch symbolisierte, der stattgefunden hatte.

Er stand auf der Treppe vor der Tür. Der Schnee war weggefegt, und diese Beobachtung veranlaßte James, sich die Schuhe an dem gußeisernen Fußabstreicher zu reinigen, der neben der Tür lag. Während er dies tat, wunderte er sich über sein eigenes Tun, denn auf diese Idee war er noch nie gekommen. In welchem Zustand seine Stiefel auch waren, sein Butler oder der Lakai würden sie ihm in der Halle ausziehen und die Hausschuhe bereithalten. Schließlich überlegte er nicht weiter, sondern zog an dem eisernen Griff der Türglocke.

Als Carrie Jones öffnete, rief sie mit hoher Stimme: »Oh! Guten Tag, Sir.« Und James Lawson hörte sich antworten:

»Guten, Tag«, bevor er nach kurzem Zögern den Namen hinzufügte: »Carrie.« Er konnte sich nicht entsinnen, jemals ein Wort mit diesem Hausmädchen gewechselt zu haben. Ihr Gesicht kam ihm bekannt vor, aber das war nicht verwunderlich, denn er mußte ihr seit Jahren tagtäglich begegnet sein.«

»Ein elendes Frostwetter draußen, nicht wahr, Sir?«

Da sie mit ihm sprach, antwortete er: »Ja, das stimmt. Es ist sehr kalt.«

Als Carrie ihm aus dem Mantel half, sagte sie: »Der gnädige Herr sitzt im Wohnzimmer, Sir.«

Das Wohnzimmer. Hier hatte man diesen Raum immer Wohnzimmer genannt, während er in The Manor Salon hieß.

»Danke.«

James ließ das Mädchen stehen und steuerte auf die Tür am anderen Ende der Halle zu, als diese geöffnet wurde. Eine junge Frau trat heraus. Sie trug ein locker herabhängendes Wollkleid, das sich leicht über dem Bauch wölbte. Ihr glänzendes braunes Haar lag zu einem weich geschlungenen Knoten geformt im Nacken. Bei ihrem Anblick hielt James abrupt inne. Er konnte nicht glauben, daß es Marie Anne war, seine eigene Tochter, die er beinahe sechzehn Monate nicht gesehen hatte. Jede Ähnlichkeit mit dem Kind, das er einmal gekannt hatte, war verschwunden. Vor ihm stand eine junge Frau, eine schwangere junge Frau.

Sie war ebenfalls stehengeblieben, eine Hand noch immer an der Türklinke, bis sie sah, wie er langsam die Arme ausbreitete. In diesem Augenblick rannte Marie Anne auf ihn zu und warf sich ihm aufschluchzend an die Brust: »O Vater! Vater!«

Als James Lawson seine jüngste Tochter an sich drückte, wäre er am liebsten in Tränen ausgebrochen. Seine Gefühle überwältigten ihn mit einer Macht, daß ihm die Worte fehlten. Er hätte nicht einmal Marie Annes Namen aussprechen können, denn zum ersten Mal in seinem Leben wurde ihm bewußt, daß in seinen Armen das Kind lag, das er im Kampf gezeugt hatte und das in einer Atmosphäre von Haß und Ablehnung aufwachsen mußte.

»O Vater, es tut so gut, dich wiederzusehen.« Marie Anne löste sich aus seiner Umarmung, doch ihre Hände blieben mit seinen verbunden. »Der ganze Ärger, der durch mich verursacht wird, es tut mir so leid. Ich will das nicht, Vater. Bitte glaube mir, das will ich nicht.«

»Schsch! Schsch!« Der Klang seiner eigenen Stimme schien James Mut zu machen, denn jetzt sagte er: »Es ist alles gut. Ich verstehe dich.« Dann erschien ein mühsames Lächeln auf seinem Gesicht, und er verzog leicht den Mund, bevor er leise fragte: »Wo ist er?«

»Im Wohnzimmer. Aber er ist eben eingenickt, und normalerweise schläft er nach dem Mittagessen eine halbe Stunde. Komm, hier entlang.«

Sie hielt ihn nun bei der Hand und ging mit ihm durch einen kurzen Korridor zu einer Tür, die in den Westflügel führte.

James fragte sich vergeblich, wie viele Jahre vergangen waren, seit er zum letzten Mal diesen Teil des Hauses betreten hatte. Es mußte einige Zeit vor dem Tod seiner Mutter gewesen sein. Sie hatte diese Räume als Rückzugsort benutzt, und seitdem waren sie zwar nicht verschlossen gewesen, aber in Vergessenheit geraten. Sein Vater wollte nur die Makepeaces und ein Hausmädchen um sich haben, wenn er zu seinen gelegentlichen Aufenthalten herkam.

Sie befanden sich nun in einem kleinen Entrée mit einem Korridor, der nach einer Seite abzweigte, während eine Treppe mit flachen Stufen in die andere Richtung führte, zum ehemaligen Kinderzimmer. Vielleicht lag es am Schnee draußen, daß ihm hier drinnen alles besonders hell und strahlend erschien.

Marie Anne sagte: »Komm mit mir in mein kleines Wohnzimmer. Dort ist es warm.« Und sie fügte hinzu: »Oh, ich bin so froh, daß du gekommen bist, Vater, und darüber, daß ich mich mit dir unterhalten kann.«

James antwortete nicht: »Ich auch, Marie Anne.« Er war zu verblüfft darüber, wie sehr sich seine Tochter verändert hatte und in jeder Hinsicht zur jungen Frau gereift war. Und auf erstaunliche Weise ähnelte sie seiner Mutter, die auch, wie er sich jetzt erinnerte, dieses Zimmer als Wohnraum benutzt hatte. Aber James erkannte auf den ersten Blick, daß der Teppich, die Vorhänge und die Bezüge neu waren. Tatsächlich schien das ganze Haus renoviert worden zu sein, um der geliebten Enkeltochter seines Vaters ein angemessenes Zuhause zu bieten.

Als Marie Anne auf dem Sofa vor dem offenen Kamin Platz genommen hatten, wiederholte sie: »Es tut mir leid, Vater. Ich wollte diese Veränderungen nicht. Ich meine, all das, was Großvater veranlaßt hat. Glaube mir, wenn ich gewußt hätte, daß er so drastisch vorgehen würde, wäre ich vielleicht nicht zurückgekehrt.«

»Mein Schatz, du mußtest zurückkommen.«

»Nein, Vater, nicht unbedingt. Nicht, nachdem ich von Tante Martha fort war. O Vater!« sagte Marie Anne und schüttelte den Kopf.

Ebenfalls kopfschüttelnd erklärte ihr Vater: »Nein, von Martha brauchst du mir nichts erzählen, Marie Anne. Die Schuld, zugelassen zu haben, daß deine Mutter dich dorthin schickte, lastete schon lange auf meiner Seele.«

»Nun ja, als Tante Martha mich in dieses Heim stecken wollte, weiß ich nicht, was ich getan hätte, wenn nicht ihre Hausangestellte Miß Foggerty gewesen wäre. Sarah hat mich vor so vielem bewahrt. Ich dachte, ich würde allein zurechtkommen, aber nun weiß ich, daß dies niemals möglich gewesen wäre, nicht in London und« – ihre Stimme sank – »nicht in meinem Zustand.« Marie Anne legte ihrem Vater eine Hand auf das Knie, bevor sie ruhig fragte: »Möchtest du Sarah kennenlernen? Ich meine, Miß Foggerty. Großvater hat sie zu unserer Hausdame ernannt, und obwohl sie nun zum Personal gehört, wird sie immer meine Freundin bleiben.«

»Wenn du möchtest, daß ich sie kennenlerne. Gern. Natürlich.«

James sah zu, wie Marie Anne sich erhob, mit einer selbstverständlichen Geste den Klingelzug neben dem Kamin betätigte und wieder Platz nahm. Die Tür wurde geöffnet, und Fanny Carter erschien. Marie Anne wandte sich an das Mädchen: »Fanny, würden Sie Miß Foggerty bitte ausrichten, daß ich sie für einen Augenblick sprechen möchte, falls sie nicht zu beschäftigt ist?«

»Ja, Miß. Sofort«, antwortete Fanny bereitwillig.

Als sich die Tür hinter dem Dienstmädchen wieder schloß, blickte James seine Tochter nachdenklich an. Sie war unverkennbar die Herrin des Hauses, und sie erfüllte diese Aufgabe mit einer Natürlichkeit, an der seine Frau sich ein Beispiel nehmen konnte.

Zu ihrem Vater geneigt, und nun mit strahlendem Gesicht, sagte Marie Anne: »Du mußt dir nichts bei ihrem Gerede denken, Vater. Sobald du Sarah siehst und sie den Mund aufmacht, weißt du, daß sie Irin ist, und sie sagt wirklich die lustigsten Sachen. Außerdem besitzt sie keinen Sinn für soziale Unterschiede. Für sie sind alle Menschen gleich.« Marie Annes Lächeln schwand. »Es gab Zeiten, Vater, als nur Sarah Foggertys Sinn für Humor mich davor bewahrte, in meinem Elend zu versinken und etwas Törichtes zu tun. Ich war so unglücklich dort. Furchtbar unglücklich.«

Ihre Hand berührend, erwiderte James: »Wenn jemanden die Schuld daran trifft, dann mich. Diese Verantwortung trage allein ich. Schon vor Jahren hätte ich ein Machtwort sprechen müssen, und nun muß ich mich endlich dieser Tatsache stellen. Ich wurde förmlich zu der Erkenntnis gezwungen, was für ein schwacher, mich selbst bemitleidender Mann ich war. Alles, was du seit deiner Kindheit erdulden mußtest, hätte ich verhindern können, wäre ich ein anderer Mensch gewesen.«

Als es an der Tür klopfte, löste Marie Anne die Hand von der seinen und erhob sich, um Sarah zu begrüßen. »Ich würde Ihnen gern meinen Vater vorstellen, Sarah.«

James Lawson wollte aufstehen, doch Sarah machte eine Geste mit der Hand, wie um ihm auf seinen Platz zurückzuschieben, und sagte in großzügigem Tonfall: »Nur keine Umstände, Sir. Bleiben Sie sitzen. Aber ich freue mich, Sie kennenzulernen.«

Als James ihre ausgestreckte Hand ergriff, erwiderte Sarah den Händedruck mit zweifachem Schütteln. James sagte: »Ich bin ebenfalls erfreut, Ihre Bekanntschaft zu machen, Miß Foggerty. Denn wie ich hörte, waren Sie meiner Tochter wirklich eine gute Freundin, als sie Hilfe und Beistand benötigte.«

»Oh, keine Ursache, Sir. Ich habe Marie Anne von Anfang an unter meine Fittiche genommen, seit dem ersten Tag unserer Bekanntschaft, und mir war klar, daß man nicht mit Dank rechnen darf, wenn man aus dem Nest gefallene Vögel rettet. Trotzdem habe ich meinen Lohn bekommen, und reichlicher, als nötig gewesen wäre. Finden Sie nicht auch?«

Marie Anne sah, daß ihr Vater lächelte, und sie befürchtete schon einen Heiterkeitsanfall, als Sarah fragte: »Kann ich Ihnen etwas bringen, Sir? Möchten Sie vielleicht eine Tasse Tee? Es ist drei Uhr nachmittags. Gewöhnlich bekommt die junge Miß um diese Zeit ihren Tee serviert.«

James warf einen raschen Blick auf Marie Anne. Sie lächelte ebenfalls, und er fragte: »Das wäre doch sehr nett, oder nicht?«

»Ja, Vater. Das wäre sehr nett.« Zu Sarah sagte sie: »Danke, Sarah. Das ist sehr freundlich von Ihnen. Bitte bringen Sie uns Tee.«

»Gesagt, getan. Ich eile, Miß, und kümmere mich persönlich um die Zubereitung.«

Die Tür hatte sich kaum hinter Sarah geschlossen, als James die Hand über die Augen legte und sich auf die Unterlippe biß, während Marie Anne sich gegen seinen Arm lehnte und sagte: »Ich weiß, was du denkst, Vater. Ihrer Meinung nach tut sie alles, was von einer Hausdame erwartet wird, und sie gibt sich wirklich die größte Mühe, ihre Rolle perfekt zu spielen. In Sarahs Nähe trübsinnige Gedanken zu haben, ist unmöglich, Vater. Fanny und Carry mögen sie. Wie Mrs. Makepeace zu ihr steht, kann ich allerdings nicht sagen. Sie hat hier so lange das Regiment geführt, daß sie nicht einsieht, warum wir plötzlich eine Hausdame brauchen. Aber keine Angst, Sarah wird auch ihr Herz noch erobern. Nur kannst du dir vorstellen, Vater, was Mrs. Piggott sagen würde, könnte sie Sarah hören? Sie würde die Hände über dem Kopf zusammenschlagen und in Ohnmacht fallen, meinst du nicht auch?«

»Oh, ganz bestimmt. Das denke ich auch.«

»Vater ...« Marie Annes Gesicht war wieder ernst. »Durch Sarah habe ich etwas über das Leben gelernt, ein Leben, von dem ich nie geglaubt hätte, daß ein Mensch so existieren kann. Ihre Schwester wohnt im dritten Stock einer Mietskaserne. Sie hat zehn Kinder und einen Taugenichts als Ehemann. Von ihren sechs Schillingen Gehalt die Woche hat Sarah ihre Schwester jahrelang unterstützt.«

»Sechs Schillinge die Woche?«

»Ja, Vater. Das hat Tante Martha ihr gezahlt, und dafür mußte Sarah Tag und Nacht zur Verfügung stehen. Als Tante Martha, wie Sarah sich ausdrückte, vom Teufel getrieben wurde, mich in dieses Haus für gefallene Frauen zu stecken, brachte Sarah mich zu ihrer Familie. So kam es, daß wir in die beiden Dachzimmer über der Wohnung ihrer Schwester zogen. Bis vor unsere Tür oben waren drei steile Treppen zu bewältigen, Vater, und alles mußte heraufgeschleppt und wieder heruntergebracht werden, Kohle, Wasser, einfach alles. Oh, ich habe in dieser Zeit viel gelernt, über das Leben, über Menschenfreundlichkeit und Liebe, und außerdem, du wirst es kaum glauben, Vater, habe ich erfahren, wie ich mit meinen Zeichnungen Geld verdienen kann.«

»Geld verdienen mit deinen ...?«

»Du weißt doch, meine Karikaturen.«

»Wirklich? Du hast sie tatsächlich verkaufen können?«

»Ja.« Marie Anne nickte stolz. »An eine Tageszeitung. Zuerst wollten sie mir nur vier Schillinge pro Zeichnung bezahlen, aber Sarah war mitgekommen und verlangte fünf. Und die haben wir bekommen. Das war im November. Als ich schon dachte, die Zeitungsleute hätten mich vergessen, erhielt ich einen Brief, in dem sie mich aufforderten, zu Jahresbeginn mit dem Herausgeber in Verbindung zu treten. Wie ich vermutete, um mir den endgültigen Auftrag zu erteilen, regelmäßig ein bis zwei Zeichnungen pro Woche abzuliefern. Von einer Karikatur war der Herausgeber besonders angetan. Und weißt du, woher ich die Idee dazu hatte?«

James schüttelte den Kopf, und Marie Anne erzählte weiter. »Von den neun Kindern, die um den Tisch saßen, während sie Lammeintopf in sich hineinstopften und dabei miteinander rauften und an den Knochen nagten. Ich fertigte eine Karikatur von ihnen an und nannte die Zeichnung ›Tischmanieren‹. Das Bild ist lustig. Ich muß es dir unbedingt zeigen. Um es kurz zu machen, ich schrieb dem Herausgeber und teilte ihm mit, meine Lebensumstände hätten sich geändert und mein Name sei nicht Foggerty. Er schickte mir einen äußerst freundlichen Antwortbrief. Er war so begeistert von meiner Arbeit, daß wir handelseinig wurden und ich ihm in Zukunft jede Woche ein paar Zeichnungen senden werde.«

»Nein, wirklich!«

»Doch, Vater. Wirklich. Aber Pat sagt, der Herausgeber sei ein Halsabschneider.«

»Warum?«

»Weil ich, wie Pat meint, mindestens ein Pfund pro Zeichnung als Honorar bekommen müßte, wenn nicht mehr. Und wenn Pat in London ist, wird er beim Daily Reporter vorbeigehen und auf einen entsprechenden Vertrag drängen.«

»Alle Achtung! Du überraschst mich.«

»Ja, Vater …« Marie Annes Stimme wurde tonlos. »Das scheint eine Angewohnheit von mir zu sein, in jeder Hinsicht.«

James legte eine Hand auf ihren Arm und sagte sanft: »Sei nicht verletzt über das, was ich dich jetzt fragen muß, mein Schatz, aber weiß der Vater des Kindes von deinem Zustand?«

Indem sie den Kopf abwandte, antwortete Marie Anne: »Ja, und nachdem er es erfuhr, ist er, wie ich hörte, in Richtung Spanien abgereist.«

»Ein Spanier?«

»Ja, Vater.« Jetzt blickte Marie Anne ihm direkt ins Gesicht. »Er war der Klavierlehrer, den Tante Martha für mich ausgesucht hatte. Vorher handelte sie noch sein Honorar herunter, von zwei Schillingen und Sixpence auf zwei Schillinge.« Kopfschüttelnd fügte Marie Anne hinzu: »Man kann auf vielerlei Weise im Leben gedemütigt werden, Vater.«

»Ja, mein Kind, das stimmt. Aber trotzdem bin ich froh zu wissen, wer der Vater ist. Das nimmt mir eine große Sorge, denn manche Leute haben die fixe Idee, es sei … dieser Don McAlister gewesen. Doch ich mochte es nicht glauben, denn Großvater hält sehr viel von ihm.«

Während James sprach, hatte sich Marie Anne langsam

von ihm gelöst und war aufgestanden. Empört starrte sie ihren Vater an und rief: »Wie ... können sie nur! Ich meine ... ausgerechnet Mr. McAlister? Er ist ein so netter Mensch, und ohne ihn wäre ich heute nicht hier. Er hat mich erkannt, als ich in einem Restaurant in London Klavier spielte. Daraufhin kehrte er hierher zurück und erzählte Großpapa davon und Pat. So fing alles an, mit meiner Rückkehr nach Hause, meine ich natürlich. Gerade Mr. McAlister. Wie können sie es nur wagen! Ein Mann, der ein Krüppel ist.«

»Ja, das habe ich auch gedacht.«

»Wer sagt so etwas, Vater?«

»Es scheint ein Gerücht unter den Dienstboten zu sein, weil Großvater ihn hierher zum Essen eingeladen hat, wenn ich richtig informiert bin.«

»Das stimmt. Er hat ihn eingeladen. Großpapa und Pat halten ihn beide für einen sehr klugen Mann. Du mußt wissen, er ist eigentlich Bildhauer, und die Arbeiten, die er anfertigt, stellt er dem Kloster zur Verfügung, das in der Nähe von Ramsay Court liegt. So heißt das Elendsquartier, in dem ich mit Sarah gewohnt habe. Großpapa bestand darauf, die Häuser zu sehen, und er war entsetzt. Mr. McAlister hat dafür gesorgt, daß Großpapa und Pat während ihres Aufenthalts in London im Kloster unterkamen. Und dann brachte er mich ebenfalls dorthin, damit wir zusammentreffen konnte. Oh, dieser Mann hat alles in seiner Macht Stehende getan, um mir zu helfen, und dann verbreiten die Leute solch bösartige Dinge über ihn!«

»Betrachte es als Dienstbotengewäsch, mein Schatz.«

»Aber das Gerede wird weitergetragen, Vater, das weißt du so gut wie ich.« Dann fügte Marie Anne beinahe zornig hinzu: »Die Leute warten sicher schon gespannt darauf, ob mein Kind, wenn es zur Welt kommt, auch ein Gesichtsmal trägt.«

»O nein! Nein!« James schüttelte den Kopf. »Komm her, mein Mädchen, und setz dich wieder hin. Es tut mir leid, davon gesprochen zu haben, aber trotzdem bin ich froh, daß du dich mir anvertraut hast.«

»Nun, Vater, Don McAlister hätte mich sicher nicht sitzengelassen, wie der andere es getan hat.«

»War er jung?«

Marie Anne setzte sich, und aus ihrer Stimme war jede Leichtigkeit verschwunden, als sie antwortete: »Nein, jung war er nicht mehr … beinahe vierzig.«

»Verfluchter Kerl!« Die Bemerkung kam als drohendes Murmeln, doch Marie Anne entgegnete: »Dann mußt du uns beide verfluchen, Vater, denn ich dachte, ich würde ihn lieben. Aber eigentlich wußte ich gar nicht, was Liebe ist, und ich weiß es bis heute nicht wirklich.«

Ohne das übliche Anklopfen wurde die Tür aufgestoßen, und Sarah trat ein, einen Servierwagen vor sich herschiebend, auf dem das Teegeschirr klapperte. Auf der Etage darunter standen Teller mit gebuttertem Teegebäck und kleinen Kuchenstücken.

»Soll ich einschenken?« fragte sie.

»Nein, danke, Sarah. Das mache ich schon.«

»Probieren Sie zuerst das gebutterte Teegebäck. Es kommt frisch aus dem Backofen.« Sarah wollte wieder umkehren, als die Tür erneut geöffnet wurde und Emanuel Lawson erschien. Er sagte: »So, so! Das passiert also, wenn ich für eine Minute einnicke.«

»Ich wollte zu dir kommen, Vater, aber du warst …«

»Bleib sitzen, James. Bleib, wo du bist. Ich werde mich dazugesellen, und wenn unsere Miß Foggerty mir noch ein Gedeck bringt, nehme ich den Tee mit euch.«

»Kommt sofort, Sir. Kommt sofort.«

Als Sarah nach draußen eilte, beugte sich Emanuel zu seinem Sohn und sagte: »Seit sie im Haus ist, habe ich mich so gut amüsiert wie in meinem ganzen Leben noch nicht. Es liegt nicht daran, worüber sie spricht, sondern an der Art, wie sie sich ausdrückt. Und dann ihr Tonfall. Sobald sie den Mund aufmacht, muß man lachen.«

James nickte lächelnd und antwortete: »Ja, ihre Sprache. Man braucht nicht lange danach zu fragen, woher sie stammt.«

»Ist das heißes Teegebäck?«

»Ja, Großvater«, antwortete Marie Anne und reichte ihm den Teller.

»Seltsam«, sagte Emanuel, »aber ich habe noch nie heißes Teegebäck frisch aus dem Ofen zum Drei-Uhr-Tee bekommen. Wessen Idee war das?«

»Die deiner Hausdame«, erklärte Marie Anne.

»O je! Noch eine ihrer Neuerungen? Der Porridge zum Frühstück hat sich auch verändert, James. Er enthält jetzt mehr Salz, und er ist mit Milch gekocht. Aber glaube mir, und Maggie darf nie davon erfahren, das ist eine enorme Verbesserung.«

Fröhliches Gelächter erfüllte den Raum, als die Tür wieder aufging und Sarah mit einem Teegedeck und einem weiteren kleinen Teller eintrat. An Marie Anne gewandt fragte sie: »Soll ich nicht doch besser einschenken? Dann müssen Sie nicht aufstehen.«

Marie Anne biß sich kurz auf die Unterlippe, dann sagte sie: »Ja, bitte, Sarah. Übernehmen Sie das.«

Sarah schob den Servierwagen auf eine Seite und schenkte energisch drei Tassen Tee ein. Außerdem holte sie einen kleinen Beistelltisch und schob ihn neben den alten Lawson. Einen zweiten, etwas größeren Tisch stellte sie zwischen Marie Anne und ihren Vater – das alles, ohne ein Wort zu sagen. Anschließend, als hätte sie eine körperliche Arbeit vollbracht, wischte sie sich an ihrer kleinen gestärkten Schürze, die vor das bedruckte Dienstbotenkleid auf blauem Grund gebunden war, die Hände und sagte: »Dann überlasse ich Sie jetzt sich selbst.« Sie lächelte in die Runde, wobei sie Marie Anne als letzte ansah und zu fragen schien: »Nun, wie mache ich das?« Dann drehte Sarah sich um und verließ das Zimmer.

Es folgte ein Augenblick des Schweigens, bevor Marie Anne ihrem Vater den Teller reichte und dabei Sarahs Stimme nachmachte: »Hätten Sie lieber ein Stück hiervon, oder ist Ihnen mehr nach einem Gebäckteilchen?«

James antwortete im gleichen irischen Tonfall: »Wenn es Ihnen nichts ausmacht, nehme ich ein Gebäckteilchen.«

In seinen Sessel zurückgelehnt und ein Stück Teekuchen kauend, bemerkte Emanuel, daß sein Sohn lachte, und er fragte sich, wann er zum letzten Mal – wenn überhaupt jemals – aus ganzem Herzen fröhlich gewesen war. James mußte für einen Moment vergessen haben, welchem Zweck sein Besuch eigentlich galt. Und vielleicht rührte seine entspannte Heiterkeit nicht nur von dem Geplauder der neuen irischen Hausdame her, sondern hatte seinen Grund auch darin, daß er sich mit seiner Tochter unterhielt, was Emanuel völlig neu war. Tatsächlich hatte er seinen Sohn noch nie im Gespräch mit seinen Töchtern gesehen, mit keiner von beiden. Und er wußte, daß James sich schon eine ganze Weile im Haus aufhielt, denn als eines der Mädchen hereinkam, um das Feuer im Kamin zu versorgen, war er aufgewacht, und das Mädchen hatte gemeldet: »Mr. James ist gekommen, Sir, aber Miß Marie Anne hat ihn in ihr Wohnzimmer mitgenommen, denn sie wollte Sie nicht stören.«

Seitdem waren sicher zwanzig Minuten vergangen, wenn nicht mehr, und Emanuel hatte im großen Wohnzimmer gewartet, bis er ungeduldig wurde. Und jetzt saß er hier zusammen mit seinem Sohn, der ihm gegenüber gestern verändert erschien, obwohl James wissen mußte, daß ihn noch immer eine unangenehme Offenbarung erwartete.

Einträchtig leerten sie die Teller mit dem Gebäck, und nach einer zweiten Tasse Tee und oberflächlichem Geplauder erhob sich Marie Anne und sagte: »Ich lasse euch jetzt eine Weile allein. In der Zwischenzeit unterhalte ich mich mit Maggie und sehe nach, wie sie mit dem Abendessen vorankommt, denn ich weiß, daß sie nicht erfreut war über Sarahs Menüvorschlag heute morgen. Sie regte sich über die irische Fleischbrühe auf und meinte, bis jetzt sei schottische Brühe immer gut genug gewesen. Und wer würde schon zu Seezunge mit Zitrone eine Sauce Tartare reichen? Saucen nähmen dem Fisch den Eigengeschmack, und so ging es immer weiter. Also, Großpapa, wundere dich nicht, wenn du heute abend walisische Fleischbrühe und eine Sauce vorgesetzt bekommst, die so sauer ist, daß es dir den Gaumen zusammenzieht.«

Lachend scherzte Emanuel zurück: »Es ist ein Wunder, daß deine irische Zauberkünstlerin es noch nicht geschafft hat, Maggie zu behexen. Ich fürchte, ihre magischen Kräfte lassen nach.«

»Oh, gib ihr noch eine Chance, Großpapa. Maggie ist ein

zäher Brocken. Aber keine Sorge, deine Hausdame« – sie betonte das letzte Wort – »wird am Ende den Sieg davontragen. Das tut sie immer.«

Nachdem Marie Anne das Zimmer verlassen hatte, entstand eine peinliche Stille zwischen Vater und Sohn, bis der alte Lawson schließlich sagte: »Ich vermute, du hast Marie Anne heute nach langer Zeit zum ersten Mal wiedergesehen?«

»Ja, Vater. Es ist mehr als ein Jahr her.«

»Nun, und was denkst du?«

James bewegte sich unbehaglich in seinem Sessel, ehe er antwortete: »Sie wirkt verändert. Und sie ist reifer geworden, nicht mehr das junge Mädchen von früher. Ich weiß überhaupt nicht, wo ihr wildes Temperament geblieben ist. Es scheint völlig verschwunden zu sein.«

»Oh, das glaubst du doch nicht wirklich? Ihre Wildheit mag gebändigt sein, weil sie nicht mehr herumspringen kann wie ein Hase. Außerdem bereitet ihr der Knöchel noch immer Schmerzen. Aber was ihr Temperament angeht, möchte ich mit niemandem tauschen, der sie gegen sich aufbringt.« An dieser Stelle verstummte Emanuel und starrte ins offene Feuer, bevor er sich abrupt wieder an seinen Sohn wandte und sagte: »Eines sollst du wissen. Mir ist verdammt gleichgültig, was geredet wird, über ihre Schwangerschaft und das uneheliche Kind, das sie zur Welt bringen wird. Ich weiß nur, daß sie meinem Leben einen neuen Sinn gegeben hat, allein dadurch, daß sie in meiner Nähe ist. In der kurzen Zeit, seit sie hier lebt, hat sie dieses Haus in ein Zuhause zurückverwandelt, so wie es früher war, als deine Mutter noch lebte. Vor zwei Jahren, bevor deine Tochter uns verließ, habe ich an einen Übergabevertrag gedacht. Dabei trieb mich vor allem die Sorge, was aus Marie Anne werden würde, wenn ich nicht mehr bin. Wer würde sie verstehen? Wer sich dann um sie kümmern? Und jetzt ist es genau anders herum. Sie kümmert sich um mich und bringt Freude in mein Leben, so daß ich wieder einen Sinn in meinem Dasein sehe. Natürlich ist mir bewußt, daß ich keine Macht über den Tod besitze. Er könnte schon heute nacht kommen, morgen oder auch erst in Jahren.

Nur für den Fall, daß es heute nacht oder morgen sein wird, habe ich diese ganzen Veränderungen vorgenommen, von denen einige – oder besser gesagt alle – dir ungerecht erscheinen müssen. Deshalb wollte ich dich noch einmal unter vier Augen sprechen und dir etwas unterbreiten, das du zweifellos noch ungerechter finden wirst. Doch zuerst möchte ich dir sagen, daß The Manor dir gehört. Ich habe das Große Herrenhaus dir vermacht. Aber wie ich gestern sagte, ist es allein deine Entscheidung, wie lange du dieses Haus in der gegenwärtigen Form weiterführst, ob du dich einschränkst und die Dienerschaft auf ein vernünftiges Maß begrenzt. Es ist noch nicht zu spät, mein Sohn, um zu zeigen, wer Herr im Haus ist.« Emanuel Lawson brauchte nicht deutlicher zu machen, auf wen er anspielte. Er fuhr fort: »Ich will nicht, daß du noch einmal in finanzielle Schwierigkeiten gerätst. Aber meine Hilfe wird diskret bleiben, denn niemand im Haus soll glauben, daß ich dich noch immer unterstütze. Hast du verstanden?«

Wortlos starrte James seinen Vater an, woraufhin Emanuel weitersprach: »Nun zu dem Teil, der weniger angenehm ist. Du besitzt zwanzig Prozent der Firma, und ich will, daß du mir zehn Prozent davon verkaufst. Nach außen hin wird es wie eine normale Transaktion aussehen, doch ich biete dir unter der Hand den dreifachen Wert. Ich werde die erworbenen Anteile nicht für mich behalten, sondern an Pat weitergeben. Du wirst sicher wissen wollen, warum. Nun, um ehrlich zu sein, James, besitzt Vincent irgendwelche Qualitäten, die ihn zum Geschäftsführer befähigen? Pat ist nicht nur begabter, sondern hat auch bereits Erfahrung gesammelt, während Vincent seine Zeit im Büro vergeudet. Das war schon so, als ich noch eine Tür neben ihm saß. Wie er seine Zeit heute dort verbringt, nun, darüber könntest nur du mir Auskunft geben, James, aber ich vermute, du schweigst lieber. Wie dem auch sei, deine Fähigkeiten als Führungskraft waren schon immer begrenzt, nicht wahr? Und du mußt zugeben, daß du dich im Laufe der Jahre, seit ich mich aus dem Geschäft zurückgezogen habe, immer mehr auf Pat verlassen hast. Ich denke, deshalb verstehst du auch, warum ich Pat an der Firmenspitze sehen will. Er soll Marie Anne zur Seite stehen, sie beraten und unterstützen. Das kann er aber nur mit einem Anteilspaket, das ihm genug Macht verleiht. Wenn du mir also die Hälfte deiner Besitztitel verkaufst, käme er auf einen stimmberechtigten Anteil von neunundzwanzig Prozent.«

»Das wird er nicht hinnehmen, Vater. Ich meine Vincent.«

»Er muß nichts davon erfahren. Unsere Anwälte könnten die Formalitäten in aller Stille erledigen, und bis zu deinem Tod würde nichts bekanntwerden. Später kann Vincent dir nichts mehr anhaben. Und Pat würde rechtmäßig dein Nachfolger in der Geschäftsführung. Wie immer du dich entscheidest, James, ich werde auf jeden Fall dafür sorgen, daß Vincent nicht in diese Position gelangt.«

James blickte seinen Vater fest an. Er hatte sich immer ein wenig vor ihm gefürchtet, und nun wußte er warum. Es war sein unbezähmbarer Wille. In diesem Augenblick erkannte er, daß sein jüngstes Kind, dieses eigensinnige wilde Mädchen, den Charakter seines Vaters geerbt hatte. Nichts von seinem eigenen Wesen steckte in Marie Anne, und sie ähnelte auch in nichts der Frau, von der sie zur Welt gebracht worden war. Nein, mit ihrer Mutter besaß Marie Anne nicht die geringste Ähnlichkeit. James fragte sich, warum ihm das nicht früher aufgegangen war. Sicher lag es daran, daß sein Vater bis vor einem Monat nie durchgegriffen hatte.

Nachdem nun alles ausgesprochen war, hätte die neue Haltung seines Vaters eigentlich größere Furcht in James auslösen müssen. Doch seltsamerweise verspürte er plötzlich keine Angst mehr oder Unbehagen in seiner Nähe. Vielleicht war er einfach müde und erschöpft nach der ganzen Aufregung und wollte, nach alter Gewohnheit, auf bequeme Weise den Belastungen entkommen. Er sehnte sich nach einer Kleinigkeit zu essen, etwas zu trinken, viel Schlaf, und vor allem wollte er seine Ruhe. Vielleicht in einem Haus wie diesem. Der Gedanke verwunderte ihn selbst. James blickte sich um. Es herrschte eine merkwürdige Atmosphäre. Ihm war, als stände dort, wo sein Arm auf der Rückenlehne des Sofas lag, plötzlich seine Mutter und würde ihm über das Haar streichen, immer über den Scheitel weg, wozu sie sagte: »Trage den Scheitel nicht in der Mitte, James«, worauf er ihr antwortete: »Ich habe dir schon gesagt, Mutter, daß mein Haar so wächst.«

»Was ist los?« unterbrach Emanuel seine Träumerei.

»Nichts, Vater.«

»Du bist ganz blaß geworden. Alle Farbe ist aus deinem Gesicht gewichen.«

»Ich bin nur ein wenig müde.«

»Und aufgewühlt. Das ist verständlich. Es tut mir leid, daß ich so mit dir sprechen mußte.«

»Oh, mache dir darum keine Sorgen, Vater. Du mußt handeln, wie du es für richtig hältst.« Beinahe hätte er hinzugefügt: »Das hast du doch immer getan«, aber er beherrschte sich. Sein Vater hatte sich ihm und seiner Familie gegenüber fast ein Menschenleben lang äußerst großzügig verhalten. Wenn nur Veronica anders gewesen wäre. Doch dann erinnerte sich James, sie einmal geliebt zu haben, obwohl er sich bewußt war, daß Veronica seine Liebe niemals wirklich erwidert hatte. Mehr als geduldet hatte sie ihn nicht, und auch das nur für kurze Zeit. Danach hatte James Trost im Essen und Trinken gesucht. Er war nicht immer fettleibig gewesen, sondern hatte früher die gleiche schlanke Figur wie Pat besessen.

Als hätte der Gedanke an seine Frau einen zweiten ausgelöst, sagte er plötzlich: »Ich habe dir gar nicht erzählt, Vater, daß ich vor einigen Monaten den Zwillingen geschrieben habe, an David, der die Briefe an John weitergibt. Wie du weißt, war John noch nie besonders schreibfreudig. David hat mich gefragt, warum ich nicht zu ihnen herüberkomme, zumindest für einen Urlaub. Ich habe ihm geantwortet, daß ich nicht abkömmlich sei.« James unterbrach sich und fügte lachend hinzu: »Die Vorstellung, während der langen Überfahrt seekrank zu werden, hat mich abgeschreckt, und deshalb schlug ich vor, er könne statt dessen seiner Mutter schreiben und sie einladen. Nun, vor zwei Tagen kam eine Antwort, und Veronica erhielt ebenfalls einen Brief. David schrieb, er habe sie zu einem Besuch eingeladen, doch bis jetzt hat sie mir gegenüber noch nichts davon erwähnt.«

»Nun, für dich wäre es gut, wenn sie fahren würde. Das

gäbe dir die Möglichkeit, deine alte Freundschaft zu erneuern. Triffst du dich noch manchmal mit ...?«

Bevor James antworten konnte, ging die Tür auf und Pat trat herein. »Oh, hallo, Vater«, begrüßte er James Lawson und fügte hinzu: »Brrr! Verflucht kalt draußen. Man könnte glatt erfrieren.« Er ging am Sessel seines Großvaters vorbei zum Feuer und hielt die Hände über die Flammen. Dann wandte er sich an Emanuel: »Ich habe unterwegs Don McAlister getroffen und ihn zum Essen eingeladen. Du hast doch nichts dagegen, Großvater?«

»Etwas dagegen? Ganz und gar nicht. Wie ich dir bereits gesagt habe, ist dieser Mann in meinem Haus immer willkommen, ob bei Tag oder bei Nacht.« Emanuel beugte sich zu James und sagte: »Ich nehme nicht an, daß du Don McAlister bereits kennengelernt hast, oder?«

James schüttelte den Kopf. »Nein, ich wüßte es wenigstens nicht.«

»Nun, ich bezweifle, daß du die Begegnung jemals wieder vergessen hättest. Er heißt zwar Don McAlister, aber hier in der Gegend kennt man ihn nur unter dem Namen ›der Gebrandmarkte‹ oder so ähnlich, denn er hat ein narbiges Gesicht, das er unter einer Maske versteckt.«

»Oh, dann ist er der Mann, der Marie Anne in London gefunden hat, der Mönch?«

»Nein, nein.« Jetzt lachte Pat. »Er ist kein Mönch. Er ist nur bei den Brüdern im Kloster aufgewachsen, und er hat einige sehr interessante Geschichten über das Leben dort zu erzählen.« Lachend sprach Pat weiter: »Als er sich weigerte, Priester zu werden, und nicht einmal Klosterbruder werden wollte, hat man ihn anscheinend für eine Weile nach Rom geschickt. Ja, ich glaube, du würdest ihn sehr interessant finden, Vater. Warum bleibst du nicht zum Abendessen?«

»Oh, nein«, entgegnete James. »Sie erwarten mich drüben im Haus zurück.«

»Nun«, schaltete sich Emanuel ein, »warum schicken wir nicht jemanden, der Bescheid sagt, daß du ausnahmsweise bei deinem Vater zu Abend ißt?«

»Ja, das ist eine gute Idee.« Pat nickte seinem Vater zu.

»Ich werde Mike schicken.« Abwehrend streckte er James die Hand entgegen. »Sage jetzt nicht nein, Vater. Wir kommen nicht oft zusammen.«

Schließlich nickte James zustimmend. »Du hast recht, Pat. Wir kommen wirklich nicht oft zusammen. Also vielen Dank. Ich nehme die Einladung gern an.«

»Gut. Dann suche ich jetzt Mike.«

»Wo hast du Mr. McAlister gelassen?«

Pat lächelte seinem Großvater zu und sagte: »Im großen Wohnzimmer. Er leistet Marie Anne Gesellschaft, zusammen mit deiner Hausdame. Und ich nehme an, daß sie sich bestens unterhalten, denn Miß Foggerty scheint eine Menge über Mr. McAlister zu wissen, und er ebensoviel über sie. Soll ich ihn trotzdem holen?«

»Nein.« Sein Großvater hob die Hand. »Nein, das brauchst du nicht, Pat. Aber komm gleich zurück. Ich möchte mit dir reden. Anschließend gehen wir gemeinsam ins Wohnzimmer.«

Zu diesem Zeitpunkt fand tatsächlich ein angeregtes Gespräch zwischen Don McAlister und Miß Sarah Foggerty statt, denn als Sarah hereinkam, hatte sie sofort eine Bemerkung darüber gemacht, daß er statt des riesigen weichen Filzhuts eine enganliegende Kappe trug, und gefragt: »Haben Sie die selbst gemacht?«

»Ja, Sarah, die ist selbst gemacht.«

»Sie sieht aus, als wäre sie aus Leder.«

»Es ist Leder, weiches Leder.«

Als sich Marie Anne in tadelndem Ton einmischte und »Sarah, bitte!« sagte, wandte diese sich zu ihr um und erwiderte: »Ach, ich wollte nur anmerken, daß ich diese Kopfbedeckung für sehr vorteilhaft halte.« Und an Don gerichtet fügte sie hinzu: »Warum haben Sie nicht schon früher an so etwas gedacht?«

»Es kam mir bis jetzt nie in den Sinn, Sarah. Ich war es nicht gewohnt, in den Kreis einer Familie eingeladen zu werden. Und da fand ich es höchst unhöflich, in Gegenwart von Damen den Hut aufzubehalten.«

»Nun, soviel konnten wir immerhin für Sie tun.«

»Sie haben mehr für mich getan, als Sie jemals wissen werden, Sarah. Und auch Miß Marie Anne.«

»Als ich noch ein junges Mädchen war, hatten wir einen jüdischen Freund in der Familie«, erzählte Sarah. »Er war sehr hilfsbereit und schenkte uns abgelegte Kleider und andere Sachen. Dieser Mann lebte nur drei Türen weiter und trug immer eine Scheitelkappe wie Ihre.«

»Oh, tatsächlich? Das klingt beinahe schmeichelhaft, und jetzt fühle ich mich Gott noch ein Stückchen näher.«

»Sie fühlen sich Gott näher?«

»Ja, natürlich, Sarah. Sie sind doch Katholikin, nicht wahr? Dann müßten Sie eigentlich wissen, daß unser Herr Jude war.«

»Das stimmt. Aber ich fürchte, Priester wie Pater Broadside würden dies schwerlich zugeben.«

»Da könnten Sie recht haben«, entgegnete Don.

»Sie wissen ja«, Sarah blickte zu Marie Anne hinüber, »wir drei kennen uns aus London, aus dem East End, selbst wenn es nur für kurze Zeit gewesen ist, aber seit wir hierhergekommen sind, scheint alles anders zu sein. Geht Ihnen das auch so?«

Marie Anne saß in ihren Sessel gelehnt und genoß das Gespräch zwischen den beiden Menschen, die sie mittlerweile als ihre liebsten Freunde betrachtete. Sarah drehte sich zur Seite und fragte: »Was meinen Sie, Marie Anne?«

»Ich weiß es nicht, Sarah«, entgegnete sie. »Ich habe noch nicht darüber nachgedacht. Die tiefsinnigen Gedanken überlasse ich Ihnen.«

»Nein, ausweichen gilt nicht. So ist das eben«, Sarah wandte sich wieder an Don, »wer über Religion spricht, riskiert einen Krieg. Wollen Sie noch eine Tasse Tee?«

»Oh, selbstverständlich gern«, antwortete Don mit breitem Lächeln.

»Kommt in einer Minute.« Als Sarah sich anschickte, den Tee zu holen, blickte sie noch einmal in den Raum zurück, um wie üblich das letzte Wort zu haben: »Ja, die Kappe ist wirklich vorteilhaft.«

»Tut mir leid, Don«, sagte Marie Anne. »Aber sie will wirklich nicht grob sein.«

»Oh, ich bitte Sie! Sie brauchen sich nicht für Sarah zu entschuldigen. Ich glaube, das habe ich bereits früher gesagt. Für mich ist Sarah wie eine frische Brise, ein Mensch, der sein Herz auf der Zunge trägt. Und wissen Sie, Sarah hat recht mit ihrer Beobachtung, daß alles anders geworden ist. Sie sind nicht mehr das Mädchen, das im obersten Stockwerk von Ramsay Court lebt, und Sarah ist nicht länger Ihre Aufpasserin und Beschützerin, denn hier arbeitet sie in einer unabhängigen Stellung. Obwohl ich vermute, daß sie noch immer ein Auge auf Sie hat.«

»Ja, das glaube ich auch, und ich bin froh darüber. Denn wissen Sie, es ist ein gutes Gefühl, jemanden zu haben, der mit Liebe und Freundlichkeit über einen wacht, eine Erfahrung, die völlig neu für mich ist.« Das Lächeln war aus Marie Annes Gesicht verschwunden. »Ich werde Sarah bis an mein Lebensende in Dankbarkeit verbunden sein. Sie war die erste Frau, die mir Zuneigung entgegengebracht hat. Und jetzt zu Ihnen, Don. Was glauben Sie, welche Veränderung mit Ihnen vorgegangen ist?«

Er antwortete nicht sofort, sondern beugte sich nach vorn, die Ellenbogen auf die Knie gestützt und die Hände dazwischen gefaltet. Er hatte Marie Anne die maskierte Gesichtshälfte zugewandt, deshalb konnte sie den Ausdruck in seinen Augen nicht erkennen, bis er sagte: »Die Veränderung in mir wäre schwierig zu erklären und für Sie schwerverständlich. Als ich vor acht Jahren die schützenden Klostermauern verließ und hierher kam, um in Rill Cottage zu wohnen, stellte ich mir vor, daß mir von nun an die Tore des Lebens offenstünden, aber das war ein Irrtum. Im Kloster waren die meisten Brüder meine Freunde gewesen, aber als ich mich hier niederließ, begegnete ich am Anfang nur Ablehnung und Haß, eine sehr schmerzliche Erfahrung, die erst gelindert wurde, als ich Farmer Harding mit seiner Frau und den Flußwart Bob Talbot kennenlernte. Die Menschen fürchten sich vor dem Ungewöhnlichen und vor allem Fremden, das sie nicht verstehen. Altweibergeschichten blühen heutzutage ebenso üppig wie zu Beginn des letzten Jahrhunderts. Bis auf meine Besuche im Kloster zweimal im Jahr lebte ich hier in völliger Einsamkeit und Zurückgezogenheit. Auch wenn ich die Freiheit damals wirklich wollte, war ich oft nahe daran, zu den Brüdern zurückzukehren, und dort schienen auch alle darauf zu warten. Doch obwohl die meisten Brüder in einer warmherzigen Kameradschaft miteinander verbunden sind, kämpft auch im Kloster jeder mit seinem eigenen Alleinsein. Sie wissen, es gibt einen Unterschied zwischen Alleinsein und Einsamkeit. Letztere entsteht aus Sehnsucht und Verzweiflung, und in vielen Fällen hat sie mit Zurückweisung zu tun. Ich denke, ein Gefühl von Alleinsein, das man anders nicht beschreiben kann, kennt andererseits jeder Mensch tief in sich. Bei den Brüdern bin ich sicher, daß ihre völlige Hingabe an den Geist Gottes ihnen hilft, damit fertig zu werden. Normale Männer treibt dieses Gefühl wahrscheinlich in die Ehe, nicht nur, um sich fortzupflanzen, sondern weil sie auf der Suche nach Freundschaft und Geborgenheit sind. Natürlich bedeutet es ein großes Glück, wenn diese Suche von Liebe gekrönt wird.« Plötzlich richtete Don sich auf und legte eine Hand an die Stirn. »Du liebe Zeit!« sagte er und wandte sich zu seiner Gastgeberin: »Oh, Miß Marie Anne! Ich habe mich in Gedanken verloren und ganz vergessen, mit wem ich spreche.«

Marie Annes Augen waren geweitet, und ihr Mund stand leicht offen, als sie rasch die Hand ausstreckte und auf seine legte. Dazu sagte sie leise: »Ich hoffe, das werden Sie noch oft tun. Vergessen Sie nicht, Don, ich bin kein junges Mädchen mehr. Meine Erfahrungen in London haben mich um Jahre reifen lassen, auch wenn ich selbst kaum glauben mag, daß ich bald siebzehn werde. In Großpapas Augen bin ich noch immer ein Kind, und für Pat kaum älter. Nur für Sarah und jetzt auch für Sie bin ich eine junge Frau, und als diese junge Frau erkenne ich, daß ich ein uneheliches Kind zur Welt bringen werde, dem man später mit Verachtung begegnen wird. Schon jetzt wird man mit dem Finger auf mich zeigen, sobald ich dieses Haus und unseren Grund und Boden verlasse. Ich habe eine große Sünde begangen, die größte, die ein Mädchen meiner Gesellschaftsschicht begehen kann, und es gibt keine Hoffnung, daß auch nur ein einziger Freund unserer Familie mir diesen Fehltritt vergibt.«

Als erneut das Klappern des Teewagens draußen vor der Tür zu hören war und Marie Anne rasch ihre Hand zurückzog, sagte Don: »So dürfen Sie nicht denken. Wir müssen uns noch öfter unterhalten, meine Liebe.«

Die Tür wurde aufgestoßen, und Sarahs Stimme drang zu ihnen: »Ich weiß auch nicht, warum ich das Zeug auf einen Teewagen gestellt habe. Ein Tablett hätte es ebensogut getan. Egal, jetzt bin ich da.«

Don war aufgestanden und wandte sich an Sarah: »Sie hätten sich nicht soviel Mühe machen sollen. Das war überhaupt nicht nötig.«

»Nehmen Sie, was Ihnen angeboten wird, und danken Sie Gott für diese Wohltat«, belehrte ihn Sarah breit lächelnd, und Don erwiderte:

»Wie Sie wünschen, Schwester Sarah. Ich werde eine neuntägige Andacht stiften, besonders für die Wohltat, daß Sie auf das Tablett verzichtet haben.«

»Aber Mr. McAlister, Sie werden sich doch nicht über mich lustig machen. Dann habe ich niemanden mehr, der zu mir hält.« Sie nickte Don zu, bevor sie sich in Marie Annes Richtung drehte und sagte: »Ich weiß, was Sie denken. Sie glauben, ich bin unmöglich als Hausdame, und vielleicht haben Sie recht.«

»O ja, Sie haben sicher recht, Miß Foggerty. Und morgen erwarte ich Sie in meinem Büro.«

»Wie Sie wünschen, Madam. Tun Sie sich keinen Zwang an. Ich habe meine Tasche bereits gepackt.« Mit einer übertriebenen Geste hob Sarah ihren Rocksaum, fuhr auf dem Absatz herum und stolzierte aus dem Zimmer.

Sie lachten leise miteinander, bis Marie Anne sagte: »Im Ernst, Don, ich muß mit ihr reden. Aber ich weiß nicht, ob es viel nützen wird. Jedenfalls schlägt sie diesen scherzhaften Plauderton nur bei mir und in Ihrer Gegenwart an. Ansonsten versucht sie ernsthaft, ihre Rolle als würdige Hausdame zu spielen, und bis zu einem gewissen Grad mit Erfolg. Die Hausmädchen mögen sie, sogar Katie in der Küche, zum Mißfallen von Maggie Makepeace. Und die Gutsarbeiter draußen behandeln sie mit großem Respekt. Was Großvater angeht, bin ich sicher, daß er sich vor allem über ihre Art amüsiert.«

»Nun, erwarten Sie nicht, daß ich Sarah entschuldige, Marie Anne, denn für mich ist sie ein feiner Mensch mit einem sehr warmen Herzen.«

Ohne auf Dons Erwiderung einzugehen, entgegnete Marie Anne: »Gießen Sie sich noch Tee ein, und essen Sie von dem Toast, solange alles noch heiß ist.«

Während Don sich bediente, sprach Marie Anne weiter: »Haben Sie es in Ihrem Haus gemütlich?«

»Ja, ich habe es dort sehr gemütlich. Man könnte sagen, das Haus paßt zu mir. Aber ich glaube, Sie würden die Einrichtung schäbig finden. Der Teppich hat schon unzählige Jahre hinter sich, die Polsterbezüge sind ziemlich fleckig und die Vorhänge ausgeblichen. Andererseits habe ich einen großen offenen Kamin, der eine heimelige Atmosphäre verbreitet, aber am wichtigsten ist, daß das Haus mir gehört.«

»War Ihre Tante die Schwester Ihrer Mutter oder Ihres Vaters?«

»Das weiß ich nicht. Ich habe nie etwas über meine Eltern oder ihre Familien erfahren. Ich weiß nur, daß man mich als kleines Kind weggegeben hat.«

»Oh, das tut mir leid. Ich wollte nicht an alte Wunden rühren.«

»Natürlich nicht. Das weiß ich. Wenn das Wetter wieder besser ist, möchten Sie und Sarah vielleicht bei einem Spaziergang herüberkommen und sich mein kleines Zuhause einmal ansehen. Aber es liegt eine gute Meile von hier. Der kürzeste Weg führt zuerst am Waldsaum entlang und dann mitten durch den Wald. Wenn Sie über die Straße kommen, müssen Sie an Hardings Farm vorbei und über mehrere Felder, um zu mir zu gelangen.«

Als aus der Halle Stimmen zu ihnen drangen, fügte Don ruhig hinzu: »Und noch eines möchte ich loswerden. Die Tatsache, daß Ihr Großvater mich in seinem Haus willkommen geheißen hat, bedeutet mir mehr, als ich jemals ausdrücken kann.«

In diesem Moment ging die Tür auf, und Marie Annes Familie trat ein, so daß sie nur noch murmeln konnte: »Wir sind mehr als erfreut, Sie bei uns zu haben, Don, und ich ganz besonders.«

3. Kapitel

Es war Ende Februar und ein ungewöhnlich stiller sonniger Tag. In der Nacht war leichter Schnee gefallen, den die ersten Strahlen der Morgensonne schnell wieder zum Schmelzen gebracht hatten. Mittlerweile war es zwei Uhr nachmittags und recht warm, so daß Marie Anne den Kragen ihres grünen Mantels geöffnet und die pelzbesetzten Handschuhe ausgezogen hatte, bevor sie sich hinunterbeugte, um Mr. Hardings preisgekrönten Hirtenhund zu streicheln.

Neben Marie Anne stand Mrs. Harding und ein kleines Stück weiter ihr Ehemann, der sich mit Nathaniel Napier unterhielt.

Marie Anne war Mr. Napier bereits bei zwei anderen Besuchen auf der Farm begegnet. Er war neu im Distrikt und hatte die kleine Farm gekauft, die an das Land von Mr. Harding grenzte. Der schon länger ansässige Farmer hatte den Neuankömmling unter seine Fittiche genommen, denn der Grünschnabel, wie er ihn nannte, brauchte Nachhilfe in der Landwirtschaft.

Der Farmer und Mr. Napier lachten über die Rauferei, die sich zwischen Don und seinem neuen Freund dem Welpen entwickelte, der anscheinend etwas dagegen hatte, an der Leine geführt zu werden.

Marie Anne und Mrs. Harding stimmten gerade in das Gelächter mit ein, als oberhalb der flachen Grenzmauer eine Frau in Sicht kam, die neben ihrem anscheinend lahmenden Reitpferd zu Fuß ging. Sie war im Begriff, am Tor zur Farm vorbeizugehen, doch Mr. Harding eilte auf sie zu und sagte: »Guten Tag, Miß Evelyn. Sind Sie in Schwierigkeiten?«

»Oh, guten Tag, Mr. Harding. Es ist der linke Hinterhuf.«

»Aha, was haben wir da! Das können wir sicher wieder in

Ordnung bringen.« Er drehte sich um zu seinem neuen Nachbarn, um ihn zu rufen, und sagte dann: »Da er früher einmal als Tierarzt tätig war, sind Sie bei ihm genau an der richtigen Adresse.«

Mit Ausnahme von Marie Anne waren die anderen zur Straße gegangen. Mr. Napier lächelte Evelyn an und sagte: »Ansehen kann ich mir die Sache einmal.« Vorsichtig hob er das Hinterbein des Pferdes und drehte den Fuß, um das Hufeisen zu betrachten. Dabei strich er sanft mit den Fingern über die Innenfläche und sagte dann, wobei er leicht den Kopf schüttelte: »Aha, da haben wir den Bösewicht. Das muß weh tun, armer Kerl!« Dann blickte er zu Farmer Harding auf und fragte: »Haben Sie eine Pinzette?«

Der Farmer eilte über den Hof in seine Werkstatt und kehrte nach einer Minute mit zwei Pinzetten zurück, von denen er eine Mr. Napier reichte.

»Geht es damit?«

»Geben Sie mir besser die kleinere.«

Nachdem er die andere Pinzette in Empfang genommen hatte, wandte Nathaniel Napier das Gesicht zu Evelyn und fragte: »Würden Sie bitte seinen Kopf halten? Und mit ihm reden?«

Mr. Napier wartete einen Augenblick, während er den angehobenen Huf untersuchte. Dann murmelte er: »Sieht aus wie ein Nagel, und ich weiß nicht, wie weit er eingedrungen ist. Mr. Harding, ob Sie wohl so freundlich wären und dieser jungen Dame helfen, das Tier ruhig zu halten?«

Mit einer ruckhaften Drehbewegung entfernte er den Nagel, wobei er beinahe nach hinten kippte, während das Pferd sich aufbäumte.

»Ganz ruhig. Ganz ruhig. Es ist alles vorbei.« Mr. Napier tätschelte dem Pferd die Flanke. »Alles in Ordnung.« Er hielt die Pinzette mit dem Nagel hoch. »Das muß ihm zu schaffen gemacht haben.«

»Du liebe Zeit!« rief Farmer Harding. »Sehen Sie sich das an!«

Evelyn betrachtete das Metallstück und blickte dann zu Nathaniel Napier. »Vielen Dank. Ich danke Ihnen wirklich sehr. Das ist ein scheußlicher Nagel, und so rostig.«

»Ja, er ist rostig. Und er war seitlich durch den Huf ins Fleisch gedrungen. Ich glaube, Sie sagen besser einem Ihrer Stallknechte Bescheid, daß er den Huf in einem Eimer mit heißem Wasser und Karbol badet, so heiß wie das Tier es eben aushält. Das wird dem Pferd nicht gefallen, aber je heißer das Wasser ist, desto besser. Und um ganz sicherzugehen, sollten Sie außerdem den Tierarzt rufen. Ich schlage vor, Sie nehmen das hier mit und zeigen ihm, was die Verletzung verursacht hat.«

Als Nathaniel Napier den Nagel in Evelyns behandschuhte Finger legte, blickte sie für einen langen Moment darauf, bevor sie die Lider hob und sagte: »Danke vielmals. Ich bin Ihnen sehr zu Dank verpflichtet.«

Statt sofort ihr Pferd zum Gehen zu treiben, wandte Evelyn sich an Marie Anne, die in der Nähe stand. Die beiden Schwestern sahen sich fest an, und es war Evelyn, die als erste sprach: »Wie geht es dir?«

»Mir geht es gut, Evelyn. Danke. Ich bin auf dem Rückweg. Macht es dir etwas aus, wenn ich mit dir zusammen gehe?«

Evelyn zuckte kurz mit den Schultern und murmelte: »Das ist eine öffentliche Straße.« Im nächsten Moment, als täte es ihr leid, fügte sie hinzu: »Komm nur, wenn du magst.«

Marie Anne drehte sich zu Mr. Harding und Mr. Napier, um sich von ihnen zu verabschieden. Dann wandte sie sich in Richtung des Hofs und rief: »Auf Wiedersehen, Mrs. Harding. Und danke, daß Sie mir etwas zu trinken gegeben haben.«

»Keine Ursache, Miß. Keine Ursache. Sie sind uns jederzeit willkommen.«

Don, der sich noch immer darum bemühte, den Welpen zu bändigen, rief sie zu: »Auf Wiedersehen, Mr. McAlister.« Und er antwortete, den Welpen im Arm haltend: »Auf Wiedersehen, Miß Lawson.«

Sie waren bereits ein Stück die Straße entlanggegangen, als Marie Anne von Evelyns Frage überrascht wurde: »Wann soll dein Baby kommen?«

»Oh.« Es schien, als müßte Marie Anne einen Augenblick überlegen, bevor sie antwortete. »Im April, vielleicht auch

Anfang Mai. Mrs. Makepeace meint, es könnte vierzehn Tage zu früh oder zu spät kommen.« Die aufsteigende Röte in Marie Annes Gesicht zeigte, wie verlegen sie war, und die beiden Schwestern gingen einige Minuten schweigend weiter, bis Evelyn erneut anhob: »Hast du Angst?«

»Angst wovor?«

»Nun, vor der Geburt. Wovor solltest du sonst Angst haben?«

Marie Anne ging ein Stück weiter, ohne zu antworten. Schließlich entgegnete sie: »Ja, wahrscheinlich, irgendwie schon, wenn ich darüber nachdenke.« Dieses Mal fügte sie nicht hinzu, was Mrs. Makepeace ihr vorausgesagt hatte, daß die erste Geburt sehr schmerzhaft sein könnte, Marie Anne aber kurz danach alles wieder vergessen haben würde. Sarah hatte einige entschiedene Bemerkungen zu Maggies unbedachtem Gerede gemacht.

Als Marie Anne plötzlich innehielt und sich zu ihrer Schwester drehte, um sie anzusehen, blieb Evelyn nichts anderes übrig, als das Pferd ebenfalls zum Stehen zu bringen. Nun starrte sie die junge Frau an, die der Marie Anne von früher so wenig glich und jetzt in heftigem Ton sagte: »Was das Geschehene angeht, tut mir weder Mutter noch irgend jemand sonst im Haus leid, ausgenommen Vater. Ihn bedaure ich. Und ich schäme mich, dich jemals geschlagen und diese furchtbaren Dinge zu dir gesagt zu haben. Das tut mir leid. Zu meiner Verteidigung kann ich nur sagen, daß ich damals weder von Liebe noch von anderen Gefühlen etwas verstand. Im vergangenen Jahr habe ich dies nachgeholt, auf sehr schmerzhafte Weise. Und deshalb, Evelyn, bitte ich dich jetzt nur um eines. Verzeih mir.«

Evelyn blickte ihre jüngere Schwester an, die in früheren Jahren immer ein Ärgernis für sie gewesen war. Sie war geboren worden, als sie selbst bereits zehn Jahre alt war, und Evelyn hatte sie als Eindringling betrachtet, als jemanden, der ihr die bevorzugte Stellung unter den vier Männern im Haus streitig machte. Doch schon bevor Marie Anne geboren wurde, hatte Evelyn nur wenig oder überhaupt keine Aufmerksamkeit von ihrem Vater erhalten, während ihr Großvater nie

Aufhebens wegen ihr gemacht hatte, und mit ihren Brüdern hatte sie dauernd im Streit gelegen. Dennoch war sie bis dahin die einzige Tochter gewesen, und es hatte ihr große Befriedigung verschafft zu erleben, wie ihre Mutter das neue Kind ablehnte und es einer Reihe von Kinderschwestern überließ, die im Laufe der Jahre immer rascher aufeinander folgten, weil sie mit dem schwierigen Kind nicht zurechtkamen.

Als Evelyn die Tränen in den Augen ihrer Schwester sah, murmelte sie: »Nun, das liegt alles lange zurück, du brauchst dich deshalb nicht aufzuregen. Es war vor allem meine eigene Dummheit, die mich in diese Lage gebracht hat.«

»Nein, nein«, Marie Anne schüttelte den Kopf, »nicht Dummheit. Wir werden durch Gefühle getrieben, von denen wir vorher nicht wußten, daß sie in uns sind. Zumindest mir ging es so, und ich bin sicher, daß es bei dir nicht anders war.«

Als sie den Hufschlag eines herangaloppierenden Pferdes hörten, wandten sich beide Schwestern um und sahen Vincent, der sich ihnen näherte.

Bei seinem Anblick trat Marie Anne auf den Grasstreifen neben der Straße zurück, und als Vincent sein Pferd abrupt zum Stehen brachte, mit rutschenden Hufen und beinahe Flanke an Flanke mit Evelyns Pferd, schrie Evelyn ihn an: »Paß doch auf, was du tust! Mein Hengst ist bereits ganz verängstigt. Er hat sich am Huf verletzt.«

Evelyn neigte sich zu ihrem Pferd und streichelte ihm über das Maul. »Ganz ruhig, mein Kleiner. Ganz ruhig. Es ist alles in Ordnung.« Dann fixierte sie wieder wütend ihren Bruder und sagte: »Warum konntest du nicht einfach weiterreiten, um alles in der Welt?«

»Wie bitte? Und die Gelegenheit verpassen, ein Wörtchen mit meiner jüngsten Schwester zu reden, der jungen Hure aus London? Nie im Leben!«

»Vincent!« Sein Name kam beinahe wie ein Schrei aus Evelyns Mund. »Hör sofort auf damit! Und mach, daß du fortkommst.«

»Was sagst du da? Ich soll mich davonmachen, während du dich wie alle anderen verführen läßt, in ihr Lager überzuwechseln? Sie hat bereits Großvater und Pat auf ihre Seite gezogen, und auch Vater hält sie fest in ihren Fängen, denn er läßt sich kaum noch woanders blicken als in ihrem gottverdammten Haus. Und jetzt stehst du hier und redest mit ihr. Vielleicht kannst du dich nicht mehr erinnern, Schwesterherz, aber sie ist der Grund dafür, daß wir mit einer verkleinerten Dienerschaft auskommen müssen, im Haus und auch auf dem Gut. Als nächstes, und da bin ich sicher, wird sie in Newcastle erscheinen und das gleiche mit der Firma machen.«

Plötzlich trieb Vincent sein Pferd zurück, bis es auf einer Höhe mit Evelyns stand, und drängte ihren Hengst noch ein Stück weiter nach vorn, so daß er mit seinem Reittier näher an Marie Anne herankam, aber offensichtlich noch nicht nah genug. Die Knie in die Flanken gedrückt, trieb er sein Pferd auf den Grasstreifen, bis er auf Armeslänge an Marie Anne herangekommen war, die mit dem Rücken gegen eine flache Steinmauer gepreßt stand. Seine Peitsche schwingend, schrie Vincent: »Ich schlage dir gleich in dein verlogenes Gesicht und über deinen dreckigen Bauch, du elende kleine Hure, du!«

»Wenn du es wagst und mich nur einmal anrührst, wird das deine letzte Tat sein, das verspreche ich dir!«

Die längst totgeglaubte alte Wildheit drängte Marie Anne vorzuspringen, um Vincent aus dem Sattel zu reißen. In diesem Augenblick wußte sie, daß sie ihn immer hatte schlagen wollen, für die vielen Gelegenheiten, bei denen er sie auf nicht gerade brüderliche Weise angefaßt hatte. Und ausgerechnet er wagte es, sie dreckig zu nennen! Deshalb brüllte sie ihn nun an: »Du wagst es, jemand anderen dreckig zu nennen? Du, der mich nicht wie ein Bruder angefaßt hat, als ich noch ein Kind und später ein Mädchen war! Rühre mich noch einmal an, und ich werde ...«

Als die Peitsche schlagbereit über seinem Kopf schwebte, sprang Evelyn auf Marie Annes Seite und zog ihre kurze Reitgerte über Vincents Schenkel, mit solcher Wucht, daß er im Sattel hochfuhr und sein Pferd sich aufbäumte. Dazu schrie sie: »Zurück! Zurück! Und verschwinde nach Hause! Hast du verstanden?«

Langsam trieb er sein Pferd auf die rechte Seite von Evelyns Hengst zurück, und mit einem letzten wutentbrannten

Blick auf Marie Anne gab er seinem Tier die Sporen und galoppierte davon.

Marie Anne stand noch immer gegen die Mauer gelehnt, einen Arm um ihren Bauch geschlungen und mit dem anderen den gesenkten Kopf schützend.

Evelyn lehnte sich an die Flanke ihres Hengstes und suchte mit einem Arm Halt an ihrem Sattel. Dann wandte sie sich um und trat zu Marie Anne, soweit die Zügel ihres Pferdes reichten. Ruhig sagte sie: »Komm jetzt weiter. Du solltest besser ins Haus zurückkehren.«

Einige Zeit gab Marie Anne keine Antwort, denn sie bemühte sich, die Beherrschung zurückzugewinnen. Sie wußte, hätte Vincent die Peitsche gegen sie benutzt, wäre sie im nächsten Moment auf ihn losgegangen und hätte ihn aus dem Sattel gerissen, ohne Rücksicht auf ihren gegenwärtigen Zustand. Sie hätte ihn angegriffen und versucht, ihm die Fingernägel ins Gesicht zu schlagen, in das Gesicht, in das sie so oft hatte blicken müssen, während seine Hände sie folterten und gnadenlos ihren Körper betasteten.

Evelyn zog ihr Pferd etwas näher zum Straßenrand, damit sie Marie Anne mit der Hand erreichen konnte. Sanft zog sie ihre Schwester von der Mauer weg und sagte: »Komm jetzt. Du mußt nach Hause zurück und dich ausruhen.«

Als Marie Anne wieder auf das Straßenpflaster trat, spürte sie, wie die Beine unter ihr nachgaben, und schwankte leicht. Evelyn sah es und faßte ihre Schwester beim Arm. Sie zog an den Zügeln, damit der Hengst sich in Bewegung setzte, und gemeinsam gingen sie zum Tor an der Zufahrt zum Kleinen Herrenhaus. »Schaffst du es von hier aus?«

Marie Anne, die bis dahin kein Wort gesagt hatte, murmelte: »Ja, ja. Und danke, Evelyn. Danke.«

»Geh ihm aus dem Weg«, riet Evelyn. »Er ist gefährlich. Wenn du einen Besuch auf der Farm machen willst, vermeide die Hauptstraße. Du kannst doch hinten herum durch den Wald gehen. Kennst du den Weg?«

Marie Anne nickte ihrer Schwester zu und antwortete dann: »Ja. Danke. Danke, Evelyn.« Dann wandte sie sich um und schritt unsicher schwankend davon.

Evelyn sah ihr einige Augenblicke nach, bevor sie ihr Pferd weiter die Straße hinunter und durch das Haupttor von The Manor führte.

Als Marie Anne beim Betreten des Hauses beinahe zusammenbrach, geriet die Dienerschaft in Aufregung, und ihr Großvater verlangte zu erfahren, warum man ihr erlaubt hatte, allein auszugehen. Die Frage war an Sarah gerichtet, die empört entgegnete, daß Miß Marie Anne darauf bestanden habe, ihre Spaziergänge allein zu unternehmen. Sie selbst habe immer wieder dagegen protestiert, doch Marie Anne sei nicht davon abzubringen gewesen. Sie habe erklärt, einige Zeit für sich sein zu müssen.

Wenige Minuten später lag Marie Anne auf dem Sofa. Emanuel saß bei ihr und fragte, warum sie so durcheinander sei.

Marie Anne sah ihn an. Sollte sie ihm erzählen, daß Vincent sie mit der Reitpeitsche bedroht hatte und zugeschlagen hätte, wäre nicht Evelyn gewesen? Sie wußte, daß dadurch die Familie, deren Ordnung bereits auf den Kopf gestellt worden war, ohne daß sie es wollte, vollständig zerrüttet werden würde. Andererseits wußte sie, daß sie einem Menschen von dem Vorfall erzählen mußte, denn die Furcht vor ihrem Bruder saß jetzt tiefer als jemals zuvor. Vincents Haß war so offenkundig, daß er imstande wäre, sie tatsächlich zu töten. Früher einmal hatte er zu ihr gesagt: »Ich könnte dir die Hände an die Kehle legen und dich erwürgen. Einfach so.« Dabei hatte er tatsächlich zugedrückt. Marie Anne war mehr denn je davon überzeugt, daß sie zu Recht Angst vor ihm hatte. Sarah konnte sie nichts sagen, denn diese würde niemals tatenlos zusehen, sondern etwas unternehmen. Marie Anne mußte also warten, bis Pat nach Hause kam, und ihn bitten, ihrem Vater von dem Zwischenfall zu berichten, damit dieser sich darum kümmerte. Emanuel bekam nur aus ihr heraus, daß sie zu weit gelaufen sei.

Marie Anne lag im Bett, als Pat sie aufsuchte, doch bevor sie sprechen konnte, mußte sie warten, bis Sarah das Zimmer verlassen hatte. Nachdem Pat ihren Bericht angehört hatte, sagte er ruhig: »Überlasse das mir. Ich werde dafür sorgen, daß du niemals wieder auf diese Weise belästigt wirst. Möchtest du, daß ich Dr. Ridley rufen lasse?« Worauf Marie Anne rief:

»Nein, nicht! Mir wird es sicher bald wieder besser gehen. Ich brauche nur Ruhe. Es ist der Schock, einmal über meine Gefühle ihm gegenüber und zum anderen wegen der Dinge, die er mir an den Kopf geworfen hat. Es hätte nicht viel gefehlt, und ich hätte Vincent vom Pferd gerissen. Es kam einfach über mich und hat mich selbst erschreckt.«

Mit steinerner Miene entgegnete Pat: »Überlasse alles mir, Marie Anne. Mach dir keine Sorgen.« Dann beugte er sich zu seiner Schwester hinunter, um sie zu küssen, bevor er hinzufügte: »Ich bin bald zurück. Und jetzt ruhe dich aus.«

Pat ging geradewegs zur Bibliothek, wo sein Großvater saß und las. »Ich gehe kurz zum Großen Haus hinüber und hole ein paar Bücher«, erklärte er. Der alte Lawson blickte auf und fragte seinen Enkel:

»Wie geht es Marie Anne?«

Pat zögerte einen Augenblick mit der Antwort, dann sagte er: »Sie ist ziemlich erschöpft. Ich glaube, manchmal vergißt sie, welche Last sie trägt.« Anschließend drehte er sich um und verließ das Zimmer.

Die Nacht war hereingebrochen, und das gefrorene Gras knirschte laut unter Pats Füßen. Von dem warmen Nachmittag war nichts mehr zu spüren.

Als Pat das Große Haus betrat, durchquerte sein Vater gerade die Halle und blickte einen Moment überrascht zu ihm herüber. »Ist etwas nicht in Ordnung?« fragte James.

»Ja, Vater, allerdings. Könnte ich kurz mit dir reden?«

»Natürlich. Selbstverständlich. Komm mit in mein Büro.«

Im Büro sagte James: »Nimm Platz«, und Pat entgegnete: »Nein, ich bleibe lieber stehen. Ich wollte dir nur sagen, daß Vincent heute Marie Anne angegriffen hat.«

Pat beobachtete, wie sich auf dem Gesicht seines Vaters Ungläubigkeit abzeichnete, während er fragte: »Vincent hat was getan?«

»Er hat sie angegriffen.«

»Nein! Das ist unmöglich!«

»Doch, Vater.« Dann erzählte er James den gesamten Hergang und fügte hinzu: »Großvater weiß nichts davon, und Marie Anne will auch nicht, daß er etwas erfährt. Sie kam völlig verstört nach Hause und ist ohnmächtig zusammengebrochen, wie man mir berichtete, doch sie erklärte es damit, daß sie zu weit gelaufen sei. Auch sonst weiß niemand, was wirklich geschehen ist, aber sie hat mich gebeten, mit dir zu sprechen, denn wenn Vincent sie noch einmal belästigt, ist Marie Anne entschlossen, sich körperlich gegen ihn zu wehren, ob mit oder ohne fremde Hilfe. Ihr Haß auf ihn ist groß und steht dem seinen kaum nach. Ich habe dir Wort für Wort wiederholt, wie er sie genannt hat. Kein Wunder, daß sie ihm das Gesicht zerkratzen wollte.«

»Lieber Gott! Wo soll das noch enden?«

»Ja, Vater. Das kannst du dich wirklich fragen. Marie Anne weiß, daß sie der Grund für den Bruch in unserer Familie ist. Aber sie sagt, sie bedaure nicht im geringsten, welches Schicksal Mutter und Vincent erleiden. Schmerz empfindet sie nur, weil du und ich ebenfalls darunter leiden müssen, und sogar Evelyn tut ihr leid. Denn, das gestand sie mir, sie fühlt sich sehr schuldig wegen dem, was sie Evelyn gegenüber gesagt und getan hat, obwohl sie damals glaubte, im Recht zu sein.«

Einen Augenblick stand James mit geneigtem Kopf da, dann fragte er: »Gesundheitlich hat sie keinen Schaden genommen?«

»Es scheint so, aber man weiß nie, welche Auswirkungen solch ein Schock haben kann. Immerhin ist die Schwangerschaft bereits weit fortgeschritten. Ich weiß es nicht genau, aber ich glaube, der Geburtstermin ist für April berechnet. Ich wollte Marie Anne in dieser Frage nicht bedrängen. Wie dem auch sei, möchtest du, daß ich … nun, daß ich diese Angelegenheit erledige?«

»Nein!« James klang entschieden. »Auf keinen Fall! Darum kümmere ich mich selbst. Ja, das nehme ich in die Hand. Und du sagst, dein Großvater weiß nichts davon?«

»Nein, Marie Anne wollte nicht, daß er sich aufregt.«

»Gut. Und es ist besser, wenn auch du dich aus der Sache

heraushältst. War jemand von der Dienerschaft in der Nähe, als du hereinkamst?«

»Nein.«

Als sie die Halle betraten, stand Green neben dem Eingang. Er hielt ihnen die Tür auf, während Pat seinem Vater eine erholsame Nachtruhe wünschte. Nachdem Green die Tür wieder geschlossen hatte, wandte sich James an den Lakaien und Butler, der ihm schon eine lange Reihe von Jahren gedient hatte, und sagte halblaut: »Niemand war hier, und Sie haben Mr. Patrick nicht gesehen.«

»Ja, Sir. Ich verstehe.«

»Wo ist die restliche Familie?«

»Die gnädige Frau befindet sich im Salon, zusammen mit Mr. Vincent, und Miß Evelyn, glaube ich, hält sich oben in ihrem Zimmer auf.«

»Sehr gut, Green.«

Als James den Salon betrat, sah er seine Frau und seinen Sohn zusammen auf dem Sofa sitzen, ganz offensichtlich in ein intensives Gespräch vertieft.

Langsam ging er weiter ins Zimmer, bis er wenige Schritte vor ihnen stand. Er blickte seinen Sohn an und sprach in einem Ton mit ihm, den weder Vincent noch seine Mutter jemals bei James gehört hatten: »Steh auf!«

»Wie bitte?«

»Du hast gehört, was ich gesagt habe, und ich habe nicht die Absicht, meine Worte zu wiederholen.«

Vincent blickte hilfesuchend zu seiner Mutter, doch die starrte nur erstaunt ihren Ehemann an.

Vincent ließ sich Zeit, bis er nach vorn auf die Sofakante rutschte. Dann, als bereite es ihm große Mühe, erhob er sich langsam und sagte mit beinahe höhnischem Grinsen: »Und was jetzt, Vater?«

»Das wirst du früh genug erfahren.«

Nun stand auch seine Frau vom Sofa auf: »Oh, wenn es um den Vorfall heute nachmittag geht, darüber weiß ich Bescheid. Evelyn hätte nicht mit ihr die Straße entlanggehen dürfen. Dann wäre nichts geschehen.«

»Im Gegenteil. Es war gut, daß Evelyn neben ihr ging,

denn wenn mein heldenhafter Sohn sie mit der Peitsche geschlagen hätte, wäre nicht sicher, ob er jetzt mit seinem glatten, verwöhnten Gesicht hier stünde. Selbst in ihrem Zustand ...«

Sein Redefluß wurde unterbrochen, als die Tür aufging und Evelyn das Zimmer betrat. Im selben Moment schrie Veronica ihre Tochter mit erhobener Stimme an: »Wenn du sie gemieden hättest, wie ich dir geraten habe, wäre es nie zu diesem Vorfall gekommen!«

»Und wie ich dir gesagt habe, Mutter«, entgegnete Evelyn, »wäre ich nicht gewesen, um ihn mit meiner Reitgerte in die Schranken zu weisen, als er sie dreckig nannte und mit allen erdenklichen Schimpfworten beleidigte, hätte er sie geschlagen. Nur weil ich ihm zuvorgekommen bin, konnte ich das verhindern. Nach allem, was ich weiß, hat Marie Anne bis jetzt ihrem Großvater nichts gesagt, sonst wäre Vincent längst nicht mehr hier, das versichere ich euch. Er wäre unverzüglich vor die Tür gesetzt worden.«

Nun wandte sich Evelyn zu ihrem Vater: »Sie hat doch Großvater nichts gesagt, oder?«

»Nein, Evelyn. Sie hat deinem Großvater nichts erzählt, sonst säße dieser edelmütige Charakter, den ich nur mit Widerwillen als meinen Sohn bezeichne, tatsächlich längst vor der Tür, wie du es ausdrücktest. Und das merke dir, Vincent: Ich bin noch immer der Herr im Haus; mag auch die unnötig zahlreiche Dienerschaft verkleinert worden sein, der Herr bleibe ich. Und ich warne dich. Wenn du dich noch einmal meiner Tochter näherst – und ganz gleich, was sie getan hat, sie ist und bleibt meine Tochter –, solltest du also versuchen, sie noch einmal auf irgendeine Weise zu belästigen, dann kümmere ich mich persönlich darum, daß du dieses Haus verläßt, und zwar für immer. Ich werde sogar noch weitergehen und dich aus der Firma werfen, und wenn ich dafür einen Prozeß anstrengen muß. Solche Gedanken gehen mir nicht erst seit heute oder gestern durch den Kopf.«

Mit einer jähen Bewegung wandte sich James in Richtung seiner Frau und stieß ihr den Zeigefinger entgegen, wobei er sie anherrschte: »Und du behältst deine Meinung von jetzt an für dich, denn sie interessiert mich nicht mehr. Aber meinen Standpunkt wirst du dir anhören. Ich beabsichtige, meinen Vater und meine Tochter zu besuchen, wann immer es mir paßt, und wenn dir das nicht gefällt, Veronica Lawson, kann ich gern alles in die Wege leiten, was für eine Trennung nötig ist, und du verläßt das Haus mit dem einzigen deiner Sprößlinge, der nach dir geraten ist. Ihr paßt gut zusammen, denn der Hang zur Grausamkeit verbindet euch beide. Du wirst überrascht sein, aber ich weiß, daß du eingeladen bist, unsere Zwillinge in Kanada zu besuchen, und ich an deiner Stelle würde die Gelegenheit nutzen. Dadurch kämen wir alle zur Ruhe.« Nun wandte sich James an Evelyn, die ihn mit großen Augen anstarrte, und sein Tonfall war unverändert, als er weitersprach: »Wie ich höre, hat sich deine Schwester für ihr Benehmen in der Vergangenheit dir gegenüber entschuldigt. Ob du die Entschuldigung angenommen hast, weiß ich nicht, aber da du mit ihr weitergegangen bist, nehme ich an, daß dem so ist. Auch hast du sie verteidigt, und dafür danke ich dir.« Wieder an seine Frau gewandt, fuhr er fort: »Ich habe gesagt, was ich zu sagen hatte. Auch wenn diese Worte lange überfällig waren, rate ich dir, und auch dir ...« – dabei warf er einen Blick auf Vincent –, »... gut darüber nachzudenken.« Dann verließ er mit selbstsicheren Schritten das Zimmer.

Die Tür hatte sich kaum hinter ihm geschlossen, als Vincent förmlich auf Evelyn zusprang, die ebenfalls gehen wollte. Er packte sie am Arm und zog sie zu sich herum, während er ihr entgegenzischte: »Auf welcher Seite stehst du eigentlich? Ausgerechnet du, die ihr am liebsten die Eingeweide herausgerissen hätte.«

»Laß mich los!«

»Wenn ich mit dir fertig bin. Und jetzt hörst du mir zu. Geh du nur ein einziges Mal nach drüben, und ich werde ...«

Als Evelyns Hand auf seine Wange traf, wurde Vincents überraschter Ausruf von seiner Mutter übertönt. »Mädchen! Was ist bloß in dich gefahren?« schrie sie und klagte weiter: »Oh, was ist das nur für ein Haus. Ich glaube, ich verliere noch den Verstand. Und das alles wegen ihr. Sie bringt immer wieder neues Unheil über uns.«

»Bei Gott! Ich werde mit dir abrechnen«, knurrte Vincent, während er sich die Wange rieb. »Ausgerechnet du mußt dich auf ihre Seite stellen.«

»Ich habe nicht ihre Partei ergriffen. Ich kam nur mit meinem Pferd vorbei, das sich am Huf verletzt hatte, und ein anderer Farmer, ein Freund von Mr. Harding, hat den Nagel herausgezogen. Marie Anne war ebenfalls dort und unterhielt sich mit den Hardings. Und was sollte ich anderes tun, als sie auf der Straße weiterging? Mein Pferd beim Zügel packen und hinter ihr hergehen? Oder ihr sagen, daß sie einen anderen Weg nehmen soll? Wärst du an meiner Stelle gewesen, Vincent, hättest du sie niedergeritten, da bin ich sicher. Nun, es ist seltsam, und das sage ich auch zu dir, Mutter, aber ich empfinde nicht mehr auf die gleiche Weise ihr gegenüber. Als sie mich damals beschimpfte, hatte sie einen Grund dafür, den ihr nicht kennt. Darüber kannst du nun allein nachgrübeln. Und was dich angeht, lieber Bruder, solltest du dir reiflich überlegen, ob du mich noch einmal so anfaßt, denn ich bin nicht die kleine Marie Anne.« Damit schritt Evelyn aus dem Zimmer und warf die Tür hinter sich ins Schloß.

Langsam ließ sich Veronica wieder auf das Sofa nieder, und als sie Platz genommen hatte, nahm sie den Kopf zwischen beide Hände, wiegte ihn hin und her und sagte: »Dieses Mädchen wird nicht lockerlassen, diese kleine Hure gibt nicht eher Ruhe, bis … sie mit uns und diesem Haus endgültig fertig ist. Glaube mir, sie wird noch unser beider Tod sein.«

Nach diesen Worten ging Vincent rasch zu Veronica herüber und setzte sich neben sie. Er schlang die Arme um seine Mutter und drückte sie an sich: »Gott sei mein Zeuge, Mutter! Das wird sie nicht. Nicht, solange ich lebe. Dafür sorge ich. Verlasse dich darauf.«

4. Kapitel

Zwischen Vincents Angriff und dem unvergeßlichen Tag, als das Kind auf die Welt kam, lagen verschiedene Ereignisse, die von weitreichender Bedeutung für die Zukunft der Bewohner im Großen Herrenhaus waren.

Es war Ende März. Marie Anne saß an ihrem Zeichenbrett in dem kleinen Zimmer hinten im Haus, das nun ihr Arbeitszimmer war. Sarah saß bei ihr am Kamin und strickte eifrig. Zu anderer Handarbeit sei sie nicht zu gebrauchen, hatte sie erklärt.

Die Hausdame blickte zum Fenster. Die Sonne schien strahlend hell, und es wehte nur ein leichter Wind. Seufzend rief sie aus: »Wieder ein herrlicher Tag, der einfach vergeht. Bald kommt der regnerische April, und Sie werden nicht mehr hinausgehen können, bevor das Kind kommt. Hören Sie, liebe Marie Anne, warum spazieren wir nicht ein wenig draußen herum, nur bis zum Tor?«

Marie Anne legte den Stift nieder und lehnte sich in ihrem Stuhl zurück. Sie bewegte sich auf dem Sitz, um eine bequemere Position zu finden, denn sie war mittlerweile hochschwanger, und die Last des Kindes schien ihren ganzen Körper nach unten zu ziehen. Ebenfalls seufzend antwortete sie:

»O Sarah, ich bin es leid, Ihnen immer wieder zu sagen, daß ich nicht hinausgehen will. Ich fühle mich glücklich, wo ich bin.«

»Sie sind so bleich wie ein Laken, mein Kind.«

»Ja, das mag sein, aber bitte begreifen Sie doch, daß es mir auch so gutgeht, ohne Spaziergänge, meine ich.«

»Wenn ich mich recht erinnere, waren Sie es, die früher nicht nur draußen herumgehen, sondern immer nur rennen wollte. Und vergessen Sie nicht, was Sie vor diesem letzten Zwischenfall gesagt haben: ›Sarah, lassen Sie mich gehen, allein.‹ Wissen Sie, das hat mich aufgebracht. Ich fühlte mich unerwünscht. Aber dann verstand ich Sie, denn wir alle wollen gelegentlich allein sein. Und vergessen Sie nicht, daß Sie nach dem errechneten Termin noch beinahe einen Monat Zeit haben. Das heißt, falls nicht doch die heilkundige Hexe in der Küche recht hat und das Kind vierzehn Tage früher oder später kommt. O je! Und wenn es Zwillinge werden, müssen Sie sogar achtzehn Monate abwarten!«

Marie Anne legte die Hände auf den Bauch und sagte: »O Sarah, bitte bringen Sie mich nicht zum Lachen. Das tut zu weh.«

»Nun, das wäre immerhin ein Erfolg, wenn ich Sie erheitere, denn in letzter Zeit haben Sie nicht oft gelacht.«

Marie Anne antwortete nicht, aber sie erhob sich schwerfällig von ihrem Stuhl und ging zu dem kleinen Polstersessel gegenüber dem Kamin, direkt neben Sarah, die ihr Strickzeug beiseite legte und sanft Marie Annes Hand nahm. »Was ist los, meine Liebe?« fragte Sarah leise. »Bedrückt Sie etwas? Was geht Ihnen durch den Kopf?«

»Ich weiß nicht, Sarah.« Marie Annes Stimme brach. »Ich weiß nur, daß ich sehr verzweifelt bin.« Sie sah Sarah in die Augen. »Mir ist, als müßte ich sterben, als wäre mir der Tod bestimmt. Ich glaube, ich werde mein Kind niemals zu sehen bekommen.«

»O meine liebe Marie Anne! Meine liebe Marie Anne!« Sarah setzte sich neben sie und hielt sie im Arm. »Sie werden Ihr Kind sehen. Und Sie werden Ihre Freude daran haben. Ein Leben lang. Ganz gleich, was geschieht. Es liegt nur an diesem elenden Mistkerl, daß Sie sich so schrecklich fühlen. Aber ich versichere Ihnen, er wagt es nicht mehr, Ihnen nahe zu kommen. Ihrem Großvater traue ich zu, daß er losgeht und ihn erschießt, falls Vincent Sie noch einmal angreift. Sie wissen, was geschah, nachdem er den wahren Grund für Ihren Schock erfuhr. Er ging nach The Manor hinüber und schlug einen Riesenkrach. Kommen Sie, meine Liebe. Fassen Sie Mut und seien Sie wieder fröhlich. Glauben Sie dem irischen Orakel neben sich.« Sarah wies auf sich selbst. »Und achten Sie nicht darauf, was diese alte Quacksalberin in der Küche oder sonst jemand sagt, sondern hören Sie nur auf mich.«

Sarah schob ihr Gesicht näher zu Marie Anne. »Oh, ich muß Ihnen übrigens eine Neuigkeit berichten. Ich höre so manches, was nicht für meine Ohren bestimmt ist! Wissen Sie,

Miß Brooks, unser Küchenmädchen Katie, soll etwas mit Bobby Talbot, dem Flußwart, haben. Nun, dieser Bobby bekommt ebenfalls so manches mit, und das erzählt er Katie. Katie, die gern alle möglichen Geschichten weitertratscht, ob gute, böse oder unwichtige, hat Fanny und Carrie die letzte Neuigkeit überbracht, und die betrifft Ihre Schwester Evelyn.«

»Evelyn?«

»Genau um die geht es, Ihre Schwester Evelyn, die den Weg zum Fluß hinunter neuerdings mindestens zweimal die Woche reitet. Sie könnte noch öfter vorbeigekommen sein, meinte Bobby Talbot, aber zweimal in der Woche sehe er sie regelmäßig. Und weil ihm das ungewöhnlich erschien, interessierte sich Bobby dafür. Anscheinend mußte er nur auf einen kleinen Hügel steigen, um zu sehen, wohin unsere Reiterin ging. Und was, glauben Sie, fand er heraus?«

»Ich habe keine Ahnung und kann es mir nicht vorstellen, Sarah, aber erzählen Sie weiter.«

»Nun, sie ritt zu dem Gehöft dieses neuen Farmers. Wie es scheint, besucht Miß Evelyn Lawson regelmäßig Mr. Nathaniel Napier. Das ist der einzige Grund für ihre Ausritte in diese Richtung. Und anscheinend wurden ihre Besuche mit jedem Mal länger. Was halten Sie davon?«

Einige Augenblicke sagte Marie Anne nichts, denn sie sah wieder Mr. Nathaniel Napier vor sich. Er war ihr als ein sehr umgänglicher, netter und höflicher Mann erschienen, und es wäre wunderbar, wenn Evelyns offensichtliche Zuneigung von ihm erwidert würde. O ja, denn dadurch würden sich auch Marie Annes Schuldgefühle verringern, die sie noch immer der Schwester gegenüber verspürte. Aber, um Himmels willen! Er war nur ein armer Farmer, und ihre Mutter würde es kaum verkraften, wenn sie es erfuhr, denn sie klammerte sich noch immer an die Hoffnung, daß wenigstens eine ihrer Töchter eine gute Partie machen würde. Ja, wenn ihre Mutter Wind von der Sache bekäme, wie Sarah sich ausdrücken würde, bräche die Hölle los.

Das waren die Worte, die Vincent zum gleichen Zeitpunkt zu seiner Schwester sagte: »Ist dir klar, daß hier die Hölle losbricht, wenn deine Mutter Wind davon bekommt? Gar nicht davon zu reden, wie weit du dich selbst erniedrigst! Du liebe Güte! Ein einfacher Landarbeiter! Ich glaube es nicht.«

Sie saßen auf ihren Pferden, und die Tiere trabten Flanke an Flanke nebeneinander her, wobei Vincents Pferd nur eine Armeslänge von einer Steinmauer trennte, auf deren anderer Seite sich hohes Gestrüpp erstreckte.

Vincent wies auf das Hoftor weiter oben an der Straße: »Nun, ich kann allem ein Ende bereiten, und bei Gott, das werde ich! Geh du nur dort hinein. Du wirst schon sehen, was geschieht.«

Evelyn fuhr in ihrem Sattel herum, bis sie ihren Bruder direkt anblickte, und antwortete mit düsterer Stimme: »Nur zu! Wenn du durch dieses Tor gehst und nur ein Wort sagst, dann verspreche ich dir, daß ich so schnell auf dem Standesamt sein werde, wie ich nur kann, um meinen Namen unter die Heiratsurkunde zu setzen. Und dann heirate ich diesen Landarbeiter, wie du ihn nennst. Hast du mich verstanden? Und noch etwas, Bruderherz. Du bewegst dich auf gefährlichem Gelände. Ich weiß, daß bis jetzt du mir auf der Spur warst. Aber was würdest du sagen, wenn ich dir nachspioniere oder jemanden bezahle, der das für mich erledigt? Oh, ich bin sicher, Großvater gäbe das Geld gern aus, nur um zu erfahren, was du bei deinen wöchentlichen Besuchen in Newcastle treibst. Manchmal bleibst du über Nacht weg und dann wieder ganze Wochenenden. Gegenüber den weiblichen Mitgliedern der Familie hast du nie ein Wort darüber verloren. Ich denke, die Männer vermuten dich in irgendeinem Bordell. Aber bei deinem Haß auf Frauen … Ich erinnere mich noch an die Zeit, als ich klein war, und daran, wie du dich benahmst, wenn du bei mir oder Marie Anne deinen Willen nicht durchsetzen konntest. Hättest du die Macht dazu, du würdest Frauen quälen, nicht wahr? Also, Bruder, sieh dich vor. Ich schwöre bei Gott, wenn du dieses Tor dort drüben durchquerst, bekomme ich heraus, womit du dir in Newcastle die Zeit vertreibst, früher oder später. Eine Geliebte kann es nicht sein, ganz bestimmt nicht. Ich könnte mir nicht vorstellen, daß es eine Frau gibt, die dich erträgt. Welche Unterhaltungsmöglichkeiten für einen Mann mit deinen Gelüsten und Neigungen bleiben dann wohl, wie?«

Evelyn machte eine Pause und sagte dann: »Oh, Bruder, du verlierst alle Farbe im Gesicht. Vor einer Minute warst du noch puterrot, und jetzt siehst du aus wie eine bleiche Feldlilie. War ich deutlich genug?«

Sie sah, wie er mit den Zähnen malmte, und fügte hinzu: »Du wärst Marie Anne gern los, nicht wahr? Denn du weigerst dich zu akzeptieren, daß nicht sie der wahre Grund für den Bruch in der Familie ist, sondern Mutter. Nun, sei gewarnt. Solltest du ihr irgend etwas antun, würdest du das nicht lange überleben. Marie Anne hat nämlich einen Bewunderer, der sich um dich kümmern wird.«

Nun rutschte Evelyn auf dem Sattel in ihre ursprüngliche Position zurück, riß das Pferd zur Seite und spornte es an: »Vorwärts, los.« Sie ritt langsam auf das Holztor zu, beugte sich seitwärts hinunter und löste den Riegel aus der Halterung. Dann ritt sie durch die Toröffnung, wendete und schloß das Gatter wieder. Vincent blieb davor stehen, noch immer blaß im Gesicht. Dann verpaßte er seinem Reittier einen heftigen Tritt und ritt den gleichen Weg zurück, den er gekommen war.

Auf dem Hof der kleinen Farm kletterte Evelyn aus dem Sattel, band das Pferd an einen Pfosten und warf einen Blick in die Scheune. Es war niemand da. Dann sah sie zum Haus. Die Küchentür stand offen.

Gewöhnlich kam er ihr entgegen, sobald er sie auf den Hof reiten hörte. Evelyn blickte sich um, und als ihr Blick die Hecke streifte, die entlang der Steinmauer wuchs, entdeckte sie ihn. Nathaniel Napier stand da und blickte zu ihr herüber, einen Eimer in der Hand. Neben ihm war eine halbfertige Wand zu sehen. Evelyn wußte, womit er beschäftigt war. Er baute einen Schweinestall, und er mußte sich schon einige Zeit dort aufgehalten haben, in Hörweite. Sie neigte den Kopf, während sie dachte: »O mein Gott! Noch ein Fehler. Schon wieder habe ich einen Fehler gemacht.«

Sie drehte ihm den Rücken zu, um nicht zu sehen, wie er näher kam. Sie hörte, wie er sich die Hände unter der Pumpe wusch. Als er sagte: »Komm ins Haus, mein Schatz«, wußte sie, daß er direkt hinter ihr stand.

Wie ein gehorsames Kind ging Evelyn zum Farmhaus und betrat den anheimelnden Raum mit der niedrigen Holzdecke. Es war eine typische Bauernküche, ergänzt durch einen tiefen Polstersessel und eine lange gepolsterte Bank. In der Raummitte stand der übliche große Arbeitstisch mit einem Stuhl an jeder Seite. Nathaniel Napier zog einen Stuhl unter dem Tisch hervor, wies darauf und sagte ruhig: »Setz dich.«

Evelyn nahm Platz, den Kopf noch immer gesenkt, bis ein Finger ihr Kinn hob und Nathaniel sie ansah. »Du würdest also morgen mit mir auf das Standesamt gehen?« fragte er.

»Oh, es tut mir leid, aber ich war so zornig.«

»Ja, das kann ich verstehen, mein Schatz, aber ich frage dich trotzdem. Obwohl wir uns erst knapp vier Wochen kennen, stelle ich dir die Frage ein zweites Mal: Würdest du morgen mit mir zum Standesamt gehen?«

Nun blickte Evelyn auf und sah ihm ins Gesicht: »Ja. Das würde ich tun.«

»Mehr wollte ich nicht wissen.« Nathaniel zog den zweiten Stuhl unter dem Tisch hervor und zog ihn zu Evelyn heran. Als er sich hinsetzte, stießen ihre Knie aneinander, und er fragte: »Hast du schon früher darüber nachgedacht?«

Evelyn überlegte einen Augenblick, bevor sie entgegnete: »Ja, das habe ich. Aber ich sah keinen Ausweg.«

»Ich meine, Evelyn, ob du schon daran gedacht hast, was eine Ehe mit mir für dich bedeuten würde?« Nathaniel streckte seinen Arm aus und machte eine ausladende Geste. »Sieh es dir an. Diese Küche mit Eßecke, ein Wohnzimmer, drei bescheidene Schlafzimmer und ein Abstellraum, dazu der Dachboden, der sich über das ganze Haus zieht, nicht zu vergessen das Waschhaus. Es ist ein sehr gutes Waschhaus, mit eigenem Waschkessel. Aber du hättest kein Personal, und niemand würde dich bedienen. Ich besitze gerade genug Geld, um eine kleine Herde zu kaufen. Da Farmer Harding von deinem Großvater die Möglichkeit erhielt, zusätzliches Land zu pachten, hat er mir einige Felder überlassen, die ich mit einem Pferd beackern kann. Ohne Mr. Hardings Hilfe wäre ich nicht nur ein verkrachter Pferdedoktor, sondern auch ein gescheiterter Farmer. Vielleicht fragst du dich, warum ich diesen Hof gekauft habe. Nun, wäre ich noch Tierarzt wie früher, hätte ich es nicht getan, und deshalb will ich dir alles erklären. Aber zuerst muß ich dir sagen, was ich über dich weiß. Mir scheint, als wüßte ich alles von dir, wenn auch aus zweiter und dritter Hand, und nichts von dem scheint auf den Menschen zu passen, den ich in dir kennengelernt habe. Nun, nachdem das heraus ist, laß dir von mir erzählen. Ich hatte gerade meine Praxis eröffnet. Damals war ich vierundzwanzig. Ich kaufte eine alte Tierarztpraxis, nachdem sich der frühere Besitzer zur Ruhe gesetzt hatte. Die Praxis befand sich in einer kleinen Stadt, und es gab gerade genug Einwohner und Tiere, um meinen Lebensunterhalt zu sichern. Dennoch war ich außerordentlich glücklich, denn ich hatte die Enkelin des früheren Eigentümers geheiratet, ein schönes Mädchen von zwanzig Jahren. Wir waren drei Jahre verheiratet, als sie und das Baby bei der Geburt starben.«

Nathaniel Napier sah zu Evelyn, und sie erwiderte den Blick, ohne eine Bewegung in seinem Gesicht zu erkennen, trotz des Schmerzes, den die Tragödie bei ihm ausgelöst haben mußte. Nathaniel fuhr fort: »Ich versuchte weiterzuleben wie bisher, aber alles war sinnlos geworden, denn innerlich war ich zerbrochen. Offenbar besitze ich keinen sehr starken Charakter. Ein anderer Mann hätte diese Zeit vielleicht überstanden, ich jedoch nicht. Jene gesunde schöne Frau und ihr wunderbares Baby, beide mußten sterben durch die Gedankenlosigkeit einer Hebamme, die entweder schmutzige Hände hatte oder schmutzige Instrumente benutzt haben muß. Den Arzt, der wegen der Nachwirkungen eines Besäufnisses vom Vorabend nicht gekommen war, obwohl er hätte kommen müssen, traf natürlich keine Schuld. Ich verkaufte das Anwesen mit Verlust und verließ alle Freunde. Meine Eltern waren tot, aber ich habe eine sehr liebe Schwester, die verheiratet ist. Doch sie und ihr Ehemann waren mir kein Trost. Daher ging ich auf Wanderschaft, zog von einer Arbeitsstelle zur nächsten, arbeitete nur für einen Bissen zu essen. Ich fuhr auch zwei Jahre zur See. Diese Zeit lehrte mich, welche körperlichen Qualen ein menschliches Wesen erduldet, wenn die Hände vor Frost an der Reling kleben bleiben.

Zurück an Land, ging ich erneut auf Wanderschaft. Dann starb meine geliebte Schwester. Sie hinterließ mir genug Geld, um ein neues Geschäft aufzubauen, vermutlich weil sie hoffte, daß ich wieder als Tierarzt praktizieren würde. Ich konnte mich jedoch nicht mehr in den Beruf hineinfinden. Trotzdem wollte ich wieder mit Tieren zu tun haben. Um die Geschichte abzukürzen, ich durchstreifte die Gegend und erfuhr, daß diese kleine Farm zum Verkauf stand. Der Eigentümer war gestorben, und seine Witwe wollte den Besitz aufgeben, um bei ihrer Tochter zu leben. Sie machte mir ein sehr günstiges Angebot und überließ mir die gesamte Einrichtung, die zwar sehr alt, aber von solider Qualität ist. Wie es aussieht, ist dies der letzte Teil einer wesentlich größeren Farm, die den Großeltern der alten Dame gehört hatte. Nun, ich denke, daß ich viel Glück hatte, dieses Land zu bekommen, und auch mit meinen Nachbarn wie Farmer Harding und seiner Frau, denn sie sind freundlich und hilfsbereit.

Eines Tages schließlich, als ich wieder einmal seinen Rat einholte, sollte eine junge Dame mit ihrem lahmenden Pferd die Straße entlangkommen, und im ersten Augenblick, als ich sie sah, rührte sich etwas in mir, das seit Jahren tot gewesen war. Ich nahm an, daß es hoffnungslos war, ihre Bekanntschaft zu machen, denn Mr. Harding hatte mir schon früher von ihren Lebensumständen und dem Aufruhr erzählt, der in ihrer Familie herrschte. Am gleichen Tag hatte ich bereits die Person kennengelernt, die offenbar die Ursache für den ganzen Ärger war, ein junges schwangeres Mädchen, und als ich die beiden Schwestern zusammen fortgehen sah, dachte ich, ich würde die beiden wohl kaum je wieder sehen. Und dann«, Nathaniel ergriff Evelyns Hand, »einige Tage später, kamst du auf den Hof geritten, um mir zu danken, weil ich dein Pferd von dem Nagel befreit hatte. Ich lud dich daraufhin ein, wieder vorbeizukommen, obwohl ich mir denken konnte, welchen Ärger ich mir einhandeln würde. Seither verging kein Tag, an dem ich mich nicht auf ein Wiedersehen mit dir gefreut hätte, und mir war klar, daß ich dabei war, mich in dich zu verlieben.«

Evelyn legte ihre Hand auf seine und sagte leise: »Das klingt wie meine eigene Geschichte. Ich glaube, du willst mir sagen, du hast mir nichts zu bieten außer dir selbst und diesem kleinen Bauernhaus. Nun, auch ich besitze nichts außer mir selbst und einer kleinen Zuwendung für Kleidung, womit man nicht einmal das Heu für einen Esel bezahlen kann.«

Evelyn senkte die Stimme, und sie klang brüchig, als sie hinzufügte: »Ich stehe schon lange zum Verkauf, Nathaniel.«

»O Evelyn! Das sollst du nicht sagen, denn du bist eine schöne junge Frau. Es wundert mich wirklich, daß du nicht längst verheiratet bist.«

Evelyn lächelte ihn an und sagte: »Ach, nach dem letzten Werbefeldzug meiner Mutter hätte ich es leicht sein können. Aber der Kandidat war bereits achtundvierzig und hatte fünf Kinder, davon war eines beinahe so alt wie ich, und sein Bauch wölbte sich beträchtlich.«

Als Nathaniels Lachen verklungen war, stand er rasch auf, zog Evelyn hoch und schlang die Arme um sie. Er hielt sie im Arm und berührte mit dem Mund beinahe ihre Lippen. »Sag mir ehrlich, meine Liebste, würdest du mich wirklich heiraten und hier in diesem Haus mit mir leben? Wärst du bereit, alle Aufgaben einer Farmersfrau zu erledigen, und zwar nicht nur im Haus, denn von einer Farmersfrau wird auch erwartet, daß sie im Stall arbeitet? Bist du zu alledem bereit?«

Langsam hob Evelyn die Hand, fuhr mit den Fingern durch sein widerspenstiges blondes Haar und sagte weich: »Ja, Nathaniel. Wenn du bereit bist, eine Frau zu nehmen, die weder kochen noch putzen oder waschen kann, dann nehme ich deinen Antrag mit Freuden an und sage ja.«

Als seine Lippen sich auf ihre senkten, schlang Evelyn die Arme um ihn, und beide gerieten ins Schwanken, bis sie gegen das Tischende fielen. Lachend und errötend lösten sie sich wieder voneinander.

Nathaniel nahm ihren Kopf zwischen seine Hände und blickte Evelyn in die Augen: »Ich bin so glücklich, wie ich nie wieder in meinem Leben zu sein erwartete, und ich werde alles tun, um dich, meine liebste Evelyn, ebenso glücklich zu machen.«

»O Nathaniel!«

»Nein, sag nicht länger Nathaniel zu mir. Das ist viel zu lang. Von nun an bin ich Nick. Und da heute Samstag nachmittag ist und sogar ein zukünftiger Farmer manchmal eine Pause braucht, schlage ich vor, daß wir zu den Hardings hinübergehen und Sally besuchen. Ich bin sicher, sie wird gerne deine Lehrerin sein. Was sagst du dazu?«

»Alles, was du willst ... Nick.«

»Also, Madam. Dann werde ich mich jetzt feinmachen. Das erledige ich im Waschhaus, denn dort ist mehr Platz. In der Zwischenzeit kannst du dich im Haus umsehen und dir selbst ein Urteil bilden, ob du hier glücklich und zufrieden bis ans Ende deiner Tage leben willst.«

Bevor sie sich trennten, berührten sie sich an den Händen. Dann verließ Evelyn die Küche und ging in den kleinen Vorraum, um von dort das einfache und nicht sehr bequem eingerichtete Wohnzimmer zu betreten. Oben fand sie drei Schlafzimmer, die ebenfalls sehr schlicht möbliert waren. Dann öffnete sie die Tür zum Vorratsraum. Die Leiter zum Dachboden kletterte sie nicht hinauf, sondern blieb auf dem Treppenabsatz stehen und sah aus dem langen Fenster, bevor sie bei sich selbst beschloß: Ich werde ein Zuhause daraus machen, ein liebevolles Zuhause, das heißt, nachdem ich die Schlacht mit meiner Mutter gewonnen habe, denn einen Kampf wird es sicherlich geben.

5. Kapitel

»Das wirst du nicht tun, Mädchen. Ich will nicht noch mehr gedemütigt werden. Ausgerechnet ein Landarbeiter!«

»Er ist kein Landarbeiter, Mutter, sondern Farmer. Ein kleiner Farmer, aber immerhin auf seinem eigenen Grund und Boden.«

»Wie soll er Farmer sein, wenn sein Besitz nicht größer ist

als unser Küchengarten, wie Vincent sagt? Jedenfalls wirst du auch keinen Farmer heiraten. Eher will ich dich tot sehen. Wie kannst du mir das nur antun, wo du doch genau weißt, wieviel ich gelitten habe? Überlege einmal, wie ich selbst aufgewachsen bin und wie du heute lebst … ja, selbst mit der verkleinerten Dienerschaft. Dir wird jeder Handgriff abgenommen. Wie willst du es ertragen, den Rest deines Lebens in einem kleinen Bauernhaus zu verbringen, das, wie ich gehört habe, kaum größer ist als eine Hütte?«

Evelyns Stimme klang leise und fest, als sie entgegnete: »Du hast das Stichwort gegeben, Mutter. Wie lebe ich denn jetzt, wie leben wir? Wie die Einsiedler. Wo sind die Menschen, die wir besuchen könnten? Wir haben niemanden mehr. Oder würdest du noch bei deinen hochherrschaftlichen Häusern vorfahren wollen? Mit der kleinen Kutsche? Nein, bestimmt nicht. Oder schauen irgendwelche Freunde von früher bei uns vorbei? Sicher, deine beiden alten Busenfreudinnen Lola und Bertha. Die vertrockneten alten Jungfern, die sich die Zeit damit vertreiben, von Haus zu Haus zu ziehen und Klatsch zu verbreiten, lassen sich hin und wieder bei uns sehen. Und das nur, um genüßlich das neueste Gerede über dich auszubreiten, und zwar so geschickt, daß du nichts dagegen sagen kannst. Jedes Wort, das du erwiderst, wird sofort weitergetragen, nach The Hall, The Mount, zu den Bluetts und wie die Anwesen alle heißen. Selbst wenn ich nur die Frau eines Farmers werde, wird mein Leben mir mehr Abwechslung bieten.«

»Abwechslung, Mädchen?« Veronica Lawson schrie mittlerweile, und sie schien jede Selbstbeherrschung verloren zu haben. »Weißt du, was dich dort erwartet? Weißt du das wirklich, Mädchen? Du, die ihr ganzes Leben verzärtelt und verwöhnt wurde?«

Als Evelyn zurückschrie, tat sie es mit einer Stimme, die so laut war wie die ihrer Mutter. »Ja, allerdings. Das weiß ich. Ich werde kochen müssen, putzen, Wäsche waschen. Ja, auch Wäsche waschen. Ich muß die Ställe ausmisten. Mittlerweile weiß ich, wie das geht, denn ich habe oft genug zugesehen. Auch im Schweinekoben und im Hühnerstall. Das sind Mrs.

Hardings Bereiche auf der Farm. Und sie ist eine hervorragende Lehrmeisterin. Mit den Aufgaben einer Farmersfrau kennt sie sich aus, und es dauert nicht mehr lange, bis ich ebenfalls Bescheid weiß.«

Veronica Lawson stand mit offenem Mund da und starrte ihre Tochter an. Dann wandte sie sich ab, schritt zum Kaminsims und umklammerte den Marmor, als wollte sie die Platte aus der Wand reißen. Plötzlich fuhr sie herum und schrie: »Dein Vater wird sich darum kümmern. Sicher hat er noch einen Rest Stolz übrig, um diese letzte Demütigung zu verhindern, die ich erdulden soll. Die eine Tochter eine Hure, die einen Bastard zur Welt bringen wird, und jetzt du, die vornehme Miß Evelyn Lawson, die sich mit gemeinem Landvolk abgibt.«

»In beiden Punkten hast du unrecht, Mutter. Marie Anne ist keine Hure. Sie hat einen Fehltritt begangen, aber ich bin nicht viel besser, mit dem einen Unterschied, daß ich keine Folgen davontrug. Marie Anne beobachtete damals alles aus der Ferne. Deshalb war sie so sehr erschrocken, und deshalb haßte sie mich. Ja, verzieh nur das Gesicht, Mutter. Und ich erzähle dir noch etwas. Der Vorfall ereignete sich mit Lady Mabels Cousin, demselben Mann, der das Hausmädchen in Schwierigkeiten gebracht hat. Erinnerst du dich? Falls du mich jetzt aus dem Haus werfen willst, ehe ich aus freien Stücken gehe, werde ich so lange bei Großvater wohnen oder, besser gesagt, bei Marie Anne. Und ich weiß, daß ich dort willkommen bin. Ist das nicht komisch, Mutter? Marie Anne heißt mich willkommen. Ich werde vorsichtshalber ein paar Sachen zusammenpacken. Du kannst mir später antworten, ob ich hierbleiben oder das Haus verlassen soll. Aber gehen werde ich, und zwar zum Standesamt.«

Es war nicht Evelyn, die nun das Zimmer verließ, sondern ihre Mutter. Veronica Lawson stolperte beinahe blindlings davon, ohne ein weiteres Wort.

Pat trat aus dem Wald auf das freie Gelände vor Dons Haus und rief: »Hallo! Ist jemand da?« Als ihm niemand antwortete, klopfte er an die Tür.

Auch jetzt blieb eine Einladung aus, so daß Pat die Tür aufstieß. Das Kaminfeuer brannte hell, aber von Don war nichts zu sehen. Doch als Pat sich umwandte und durch die offene Tür zum Fluß blickte, hörte er Hundebellen, und ein Welpe kam fröhlich über die Wiese gesprungen.

Als der junge Hund, eine Mischung aus einem Labrador und einem Hirtenhund, mit wehendem Fell und langen Beinen auf Pat zurannte, sah Pat auch Don weiter hinten aus dem Wald treten, der sich bis zum Fluß hinunter erstreckte. Gleichzeitig riefen sich die beiden Männer einen Gruß zu.

»Ich habe einen Blick ins Haus geworfen«, sagte Pat. »Ich dachte, Sie hätten vielleicht einen über den Durst getrunken und würden Ihren Rausch ausschlafen.«

»Was wollen Sie denn um diese Tageszeit hier? Können die Schiffe überhaupt ohne Sie vom Kai ablegen?«

»Oh, ich habe den Befehl gegeben, daß die Kapitäne bis zu meiner Rückkehr damit warten. Ich bin gekommen, um unter vier Augen mit Ihnen zu sprechen.«

»Ach? Unter vier Augen?« Dann sagte Don lachend: »Das wird Sie aber Zeit kosten. Ich nehme die Beichte nur zu jeder vollen Stunde ab.«

Jetzt lachte Pat ebenfalls. »Ich habe oft über die Katholiken und ihre Beichte nachgedacht«, sagte er. »Gestehen sie ihrem Priester wirklich jedes einzelne Vergehen?«

»Allerdings, mein Freund. Jedes. Denn, wissen Sie, was geschieht, wenn sie es nicht tun?« Don senkte ernst den Kopf. »Verschweigt man auch nur eine Kleinigkeit, ist einem das Höllenfeuer gewiß. O ja, Qualen bis in alle Ewigkeit. Und das Feuerholz muß man selbst mitbringen.«

Nun lachte Pat lauthals und sagte: »Also gut, Hochwürden, ich werde alles gestehen. Das verspreche ich.«

Gefolgt von Nippy, der um sie herumhüpfte, betraten sie das Haus. Dort fragte Don: »Möchten Sie eine Tasse Tee?«

»Nein, danke, Don«, entgegnete Pat. »Auf mich wartet wirklich eine Menge Arbeit. Aber es geht darum, daß ich heiraten will.«

»Was?«

»Ich möchte heiraten.«

»Ja, das habe ich gehört. Aber was ist so wichtig daran, daß Sie deswegen Ihre Arbeit unterbrechen und zu mir kommen? Ausgerechnet zu mir?«

»Nun, die Sache ist die: Ich möchte eine Katholikin heiraten, und vorher will ich wissen, welche Konsequenzen das für mich haben könnte. Verstehen Sie, wir haben nie über Religion gesprochen, aber die Familie ist sehr katholisch. Der einzige Sohn ist Priester geworden. Die Eltern sind wirklich nette Leute. Und dann gibt es noch eine Schwierigkeit. Weil ich wußte, wie erpicht Mutter darauf war, mir die richtige Partie zu verschaffen, habe ich meine Bekanntschaften während der letzten Jahre vor ihr geheimgehalten. Verstehen Sie, Anitas Vater ist Grubenleiter, eine sehr gute Position. Aber Mutter würde das niemals so sehen. Vor allem nicht, nachdem ihr mit Evelyn, die sich nicht davon abbringen läßt, den Farmer zu heiraten, die letzte Hoffnung auf gesellschaftlichen Erfolg verlorengegangen ist. Um wieder auf die Religion zurückzukommen: Ich möchte nicht zum Katholizismus übertreten, aber ich weiß, daß Anita es gern sähe, wenn wir von ihrem Bruder getraut würden. Bislang haben wir mit keinem Wort darüber gesprochen. Doch sagen Sie mir, wäre eine katholische Trauung möglich, wenn ich weiter Protestant bliebe?«

Nach einem kurzen bitteren Lachen antwortete Don: »Ja, das schon. Aber Sie müssen sich darauf gefaßt machen, daß man Sie eingehend bearbeiten und mit allen Mitteln versuchen wird, Ihren Übertritt zu erreichen. Vor allem wird man von Ihnen verlangen, daß Ihre Kinder als Katholiken aufwachsen. Und selbst wenn Sie sich damit einverstanden erklären, muß Ihre Frau vom Tag der Eheschließung an damit rechnen, ständig unter Druck gesetzt zu werden, Sie zum Übertritt in die katholische Kirche zu bewegen. Für die Katholiken wird es so aussehen, als lebten Sie in Sünde, vor allem Ihre Frau, und falls sie versagt, wartet im Jenseits das große Strafgericht auf sie.«

Zwischen ihnen entstand Schweigen. Endlich brachte Pat ein knappes »Entsetzlich!« hervor.

»Haben Sie noch nie im Familienkreis darüber gesprochen?«

»Nein, nicht einmal über die bevorstehende Verlobung. Aber nun fällt mir ein, daß bei meinen letzten beiden Besuchen dort, als ich zum Tee kam, auch ein Priester anwesend war, ein Pater Nixon. Er sprach kaum mit mir, aber ich bemerkte, daß er mich beobachtete. Später, nachdem er gegangen war, machte Anitas Vater einen Scherz über ihn, den ich sehr treffend fand. Er meinte, daß man diesem Priester nachsage, er könne den Teufel, wenn man ihn für eine Stunde mit ihm einsperre, in einen Jesuiten verwandeln.«

»Ja, ja!« Don nickte. »Den Witz kenne ich. Die Brüder haben ihn schon lange in ihrer Vorratskiste. Aber warum mußten Sie sich ausgerechnet in eine Katholikin verlieben?«

»Ich habe es mir nicht ausgesucht. Es passierte einfach. Das war vor zwei Jahren. Ich war gerade mit einem Mechaniker aus dem Heizraum gekommen. Ich erinnere mich noch genau, wie ich mir die Hände an einem Stück Tau rieb, als wir beide das Gelächter von Mädchen hörten, das vom Kai herüberschallte. Dort standen zwei junge Frauen, offensichtlich in ein Gespräch mit zwei Offizieren von dem französischen Schiff vertieft, das neben unserem vertäut lag. Auch als sie weitergingen, lachten sie noch immer, und ich weiß auch nicht, was mich dazu brachte, aber als die zwei an unserem Schiff vorbeikamen, hob ich die Hand und salutierte ebenfalls wie ein Offizier. Eine der beiden jungen Frauen wandte sich um und erwiderte lachend die Geste. Es war ein fröhliches junges Lachen. Ich mußte noch einige Tage lang daran denken, wußte aber nicht, wie ich ihre Bekanntschaft machen könnte. Und so verging ein ganzes Jahr. Dann sollte uns Henry Morton verlassen, einer unserer Angestellten, der dreißig Jahre treu seinen Dienst versehen hatte. Er brachte zu der Abschiedsfeier, die wir für ihn veranstalteten, seine Verwandten mit, das waren Mr. und Mrs. Brown sowie ihre Tochter Anita. Es war seltsam, aber wir beide erkannten uns sofort wieder, obwohl unsere erste Begegnung nur wenige Sekunden gedauert hatte ... Nun, so fing alles an. Sie ist vierundzwanzig, unterrichtet in einer Privatschule Französisch, und obwohl Sie sie wahrscheinlich nicht für schön halten würden, ist sie für mich die hübscheste und lebendigste Frau der Welt.

Und ich habe vor, sie zu heiraten, ob sie nun Katholikin, Protestantin oder was auch immer ist.«

Don lachte. »Immerhin habe ich Sie vorgewarnt, und ich rate Ihnen: Seien Sie gewappnet, und stellen Sie sich auf einen erbitterten Kampf ein, denn der läßt sich nicht vermeiden, falls Sie nicht zur Gegenseite überlaufen. Sind Sie bereit, das durchzustehen?«

»O ja. Das bin ich. Ich wußte nur sehr wenig über den Katholizismus. Aber nach allem, was ich bislang gehört habe, und nach dem, was ich von Ihnen erfahren habe, ist mir klar, daß mir diese Religion nichts bedeutet. Doch wissen Sie was, Don? Mir kommt eben etwas in den Sinn. Wir ... unsere Familie, meine ich ... sind mit keinem einzigen Katholiken befreundet. Alle unsere Freunde und Bekannten gehören der anglikanischen Kirche an. Sie sind der erste Katholik, mit dem unsere Familie befreundet ist.«

»Ich fühle mich geehrt, Pat. Wirklich. Aber was ist mit Sarah? Sie mag keine allzu gläubige Katholikin sein, aber wenn Sie ein bißchen an der Oberfläche kratzen, merken Sie schnell, auf welche Seite sie gehört. Ist es nicht merkwürdig, daß ausgerechnet sie sich mit Marie Anne angefreundet und Ihre Schwester gerettet hat? Mir scheint, man hält es für meinen Verdienst, daß Marie Anne nach Hause zurückgekehrt ist, aber das stimmt nicht. Ohne Sarah hätte ich nichts ausrichten können.«

»Ja, da haben Sie recht«, antwortete Pat und stand auf. »Und auch wenn man von der Religion einmal absieht, ist es erstaunlich, wie sehr sich die Atmosphäre im Haus durch Sarahs Anwesenheit verändert hat. Übrigens werden Sie sicher bald Besuch von ihr bekommen. Sie waren nur ein einziges Mal während der letzten vierzehn Tage in The Little Manor. Alle fragen sich bereits, was mit Ihnen los ist.«

Pats Ton wurde weich, als er fragte: »Fühlen Sie sich niemals einsam hier?«

Don antwortete nicht, sondern wandte seine maskierte Gesichtshälfte ab. Herr im Himmel, was für eine Frage. Ob er sich niemals einsam fühlte? Schließlich konnte er nicht sagen: Seit ich in Ihrer Familie zu Gast sein darf, fühle ich mich in meinem Haus einsamer denn je. Und wenn er dann noch hinzufügte, wie sehr er sich nach weiblicher Gesellschaft sehnte? Laut sagte er schließlich: »Ja, Pat. Natürlich fühle ich mich hin und wieder einsam. Aber in der vergangenen Woche habe ich hart an einer Skulptur gearbeitet, und abends war ich meist zu erschöpft, um mich für einen Besuch außer Haus noch einmal umzuziehen. Wissen Sie« – er wies zu der Sitzgruppe –, »dort steht ein bequemes Sofa, und wenn das Feuer im Kamin prasselt und ich einen Tropfen von dem Zeug zu mir genommen habe, das einem das Herz erwärmt, schlafe ich immer schnell ein. Aber sagen Sie Ihrer Familie, daß ich bald wieder vorbeikomme. Und bitte übermitteln Sie meine Entschuldigung.«

Als er ihn genauer ansah, durchfuhr Pat der Gedanke, daß Don nur Ausreden erfand. Aber warum? Dann sagte Pat: »Also, ich gehe jetzt wieder, Don. Und danke. Glauben Sie mir, Sie waren mir wirklich eine Hilfe. Am Samstag statte ich der Grubensiedlung wieder einen Besuch ab, besser gesagt, dem Haus hinter dem Ort, und dann werde ich offen sprechen. Wissen Sie, Don, ich hasse es, durch dieses Dorf zu gehen, denn der Förderturm am Ende der Hauptstraße überragt alles. Sind Sie schon einmal unter Tage gewesen, Don?«

»Nein, noch nie.«

»Nun, sollten Sie je die Gelegenheit dazu erhalten, lehnen Sie es ab. Denn wenn Sie wieder oben sind, werden Sie die menschliche Kreatur mit anderen Augen betrachten. Ich war immer der Meinung, daß manche Reedereien ihren Mannschaften entsetzliche Arbeitsbedingungen zumuten, besonders den Heizern, bis Mr. Brown mich in seine Mine mitnahm. Dort sah ich Menschen, die buchstäblich wie Ameisen auf dem Bauch herumkrochen, während sie Förderwagen vor sich her schoben. Manche dieser Grubenarbeiter waren noch halbe Kinder. Sie mußten ungefähr vierzehn gewesen sein, wegen des Gesetzes, das man Children's Act nennt. Und ich wollte meinen Augen nicht trauen, daß Männer sich durch Tunnel zwängen mußten, die kaum höher als einen halben Meter waren. Wissen Sie, Don, an dem Tag wurde mir klar, daß ich noch nie vorher wirkliche Angst empfunden hatte. Ich wollte nur noch umkehren, heraus aus diesem Höllenloch, in den Fahrkorb und zurück an die Erdoberfläche. Ich schämte mich furchtbar, und als ich wieder an der frischen Luft war, übergab ich mich beinahe. Und dann, am gleichen Abend, besuchte ich ein Konzert in diesem Dorf. Dort standen dieselben Männer, die ich vorher in der Grube gesehen hatte, und sangen aus voller Kehle, in wunderbarer Harmonie und unter der Leitung eines ausgebildeten Dirigenten.«

Don nickte. »Ja«, sagte er. »Ich habe gehört, daß man dort unten der Hölle nahe ist. Und doch folgen in vielen Familien Generation auf Generation einander nach unten. Es sollte andere Möglichkeiten geben, seinen Lebensunterhalt zu verdienen.«

Hierauf schien keinem der beiden eine Antwort einzufallen. Sie näherten sich der Tür, wo Pat Don noch einmal für seine Hilfe dankte und ihm das Versprechen abnahm, noch am gleichen Abend zum Essen zu kommen.

Im Schlafzimmer seines Hauses zog Don die Spitzengardinen vor das Fenster, ließ aber die schweren, ausgeblichenen Tapisserievorhänge offen. Dann ging er zu der niedrigen Kommode, auf der das kleine doppeltürige Kabinett stand, und kniete davor nieder. Nachdem er die Türen geöffnet hatte, starrte Don auf das Kruzifix. Im Zimmer war es noch hell genug, um die kunstvolle Schrift auf dem an der Innenseite angebrachten Pergament zu erkennen, und obwohl sich der paradoxe Wortlaut längst in Dons Geist eingegraben hatte, las er laut für sich:

ICH GLAUBE AN DICH, HILF DU GEGEN MEINEN UNGLAUBEN.

Nachdem er sich bekreuzigt hatte, blickte er in das Gesicht des gekreuzigten Christus, dessen leblose Augen ihn anzustarren schienen wie in der Klosterkapelle.

Ungefähr zwei Minuten lang schien sein Geist völlig leer. Sein Inneres stellte keine Fragen, und daher erhielt er auch keine Antworten. Dann atmete Don langsam und tief ein und sagte laut: »Ich habe getan, was du mir vorgeschlagen hast. Und jetzt?«

Don wartete, und dann kam die Antwort: »Erinnere dich. Ich sagte, wenn du den Schmerz nicht erträgst, setze dich ihm nicht aus. Also mußt du, der immer um Hilfe bittet, statt seinen eigenen Weg zu gehen, zu dem Entschluß gekommen sein, den Schmerz auszuhalten, denn du hast deine Besuche fortgesetzt.«

»Die Situation ist völlig hoffnungslos, nicht wahr?«

»Wenn du der Meinung bist und daran glaubst, dann ist sie es.«

»Ja, es ist hoffnungslos. Denn welche Frau, und erst recht welches junge Mädchen, könnte das hier ertragen?« Als wollte er sich selbst schlagen, berührte Don mit der Handfläche seine Wange.

Die Antwort kam prompt: »Eine Frau, die dich nur verhüllt kennt.«

»Ja, aber was ist, wenn ich die Maske ablege?«

»Wenn sie dich wirklich liebt, werden ihre Gefühle nur noch stärker werden.«

Es folgte eine Pause, bevor Don sagte: »Sie ist noch nicht einmal siebzehn, ein junges Mädchen.«

Als die Stimme wieder zu hören war, donnerte sie: »Dieses Mädchen erwartet ein Kind. Denke daran, heute gibt es keine unbefleckte Empfängnis mehr. Wenn sie schwanger ist, war sie vorher mit einem anderen Mann zusammen. Das mußt du doch wissen?«

Auch Dons Stimme klang scharf, als er entgegnete: »Ja, ja, ich weiß. Ich sehe das Bild jedesmal vor mir, wenn ich in ihr süßes unschuldiges Gesicht blicke. Du willst also damit sagen, daß sie deshalb auch mit dem Zweitbesten zufrieden sein wird?«

Dieses Mal klang die Stimme ruhiger: »Ich will gar nichts damit sagen. Aber vergiß nie, du bist der Herr deines Bewußtseins, und für deine Gedanken trägst allein du die Verantwortung. Ich bin nur der Widerhall, das Echo, von dem du hoffst, daß es dir hilft, deinen Weg deutlicher zu erkennen.«

Don starrte auf den Leichnam am Kreuz, schloß dann langsam eine der Türen und sah auf die Innenseite der anderen. Auch dort war ein Pergament angebracht, und Don brauchte es nicht zu lesen, denn er kannte die Worte auswendig:

DEIN FLEHEN WURDE ERHÖRT.
DIE BETTELSCHALE IST VOLL.
GEHE HIN UND TEILE.

Don schloß auch diese Tür, erhob sich von den Knien und setzte sich auf die Bettkante, eine Hand vor die Augen gelegt. Dabei fragte er sich, warum er das immer wieder tat. Wie hatte alles angefangen? Er konnte sich nicht erinnern, wann er sich zum ersten Mal vorgestellt hatte, daß die Gestalt am Kreuz in der Kapelle zu ihm sprach. Und er erinnerte sich auch nicht, wann ihm klargeworden war, daß er nur mit sich selbst redete oder, wie die moderne Psychologie es ausdrückte, daß sein Unbewußtes ihm antwortete. Don wußte nur, daß er sofort nach seiner Geburt weggegeben worden war. Es waren nicht die Brüder, durch die er das erfuhr, sondern die Nonnen, als sie ihn einmal tadelten, er sei ein böser Junge. Gott liebe ihn nicht, und deshalb habe seine Mutter ihn weggegeben. Es war ein Glücksfall, daß in diesem Moment die Brüder in sein Leben traten. Aber erst sie nannten ihm den wahren Grund für seinen Aufenthalt im Kloster – sein Gesicht war der Grund. Zufällig hatte Don mitgehört, wie ein älterer Bruder einem Neuankömmling die Geschichte seiner Geburt erzählte. Vielleicht war das der Zeitpunkt gewesen, von dem an er sich mit dem toten Christus am Kreuz unterhielt.

Er stand vom Bett auf und ging zu dem kleinen Ankleidetisch mit dem beweglichen Spiegel. Nachdem er hineingesehen hatte, nahm er die Tuchmaske von der Drahthalterung und ersetzte sie durch eine neue. Er fuhr mit dem Kamm durch sein dichtes blondes Haar und stülpte die Lederkappe darüber, die er immer trug, wenn er Little Manor einen Besuch abstattete. Die Kappe ermöglichte es ihm, seinen Schlapphut abzunehmen. Doch noch kräftiger oder länger durfte sein Haar nicht werden, wenn die kleine Lederkappe passen sollte.

Während er in den Spiegel sah, scheitelte Don rasch sein Haar, so daß eine Strähne in die Stirn fiel und das obere Narbenende verdeckte. Dann beugte er sich nach vorn und sagte laut: »Warum nicht? Warum sollte ich mir das Haar nicht wenigstens in der Stirn und im Nacken länger wachsen lassen?« Manche Männer trugen das Haar lang, etwa Künstler und auch andere Menschen, und schließlich war auch er Künstler. Wäre es nicht wunderbar, nie wieder diese Tuchmaske zu brauchen?

Jäh fuhr Don herum, und indem er neuerlich seinen Gedanken Luft machte, schrie er beinahe: »Es ist sinnlos! Es ist sinnlos!« Dann stürmte er aus dem Zimmer.

6. Kapitel

Als Pat die Tür zum Kleinen Herrenhaus aufstieß und die Halle betrat, war er überrascht, Marie Anne zu sehen, die in Mantel und Schal gekleidet dastand und eine Nadel aus ihrem Hut zog. Bei ihrem Anblick rief er laut: »Ah! Du warst draußen?«

»Nein, Pat, noch nicht. Ich wollte gerade gehen, aber Sarah sagt, es sei windig und der Hut unpassend. Deshalb hat sie dieses alberne Wollding geholt, das ich unter dem Kinn wie eine Haube zusammenbinden muß. Ich sehe einfach lächerlich aus.«

Mit leiser Stimme fragte Pat: »Bist du davor schon draußen gewesen?« Als sie den Kopf schüttelte, fügte er hinzu: »Deine Zeit rückt näher, nicht wahr?«

»Nein, es dauert noch eine Weile.«

»Ich würde zumindest nicht zu weit laufen.«

»Ich gehe nur bis zum Wald, zu dem Baumstumpf, auf dem man sitzen kann.«

»Das ist weit genug, würde ich sagen. Warum willst du dorthin?«

»Nun ja, ich frage mich, und das geht nicht nur mir so, sondern auch Sarah, warum Don uns nicht mehr besuchen kommt. Wenn ich es bis zu dem Baumstumpf schaffe, kann ich dort warten, während Sarah durch den Wald zu seinem

Haus geht und mit ihm spricht. Weißt du, was mit ihm los ist?«

»Nein, aber vor einiger Zeit erwähnte er, daß er sehr viel arbeiten müsse, um die Kunstgegenstände für die Brüder fertigzustellen.« Pat streckte die Hände zu Marie Annes Hals aus und legte die Schalenden übereinander. Dabei sagte er: »Ich an deiner Stelle würde nicht bis zu dem abgesägten Baum gehen.«

Rasch antwortete Marie Anne: »Pat, Don ist ein einsamer Mann. Sein verunstaltetes Gesicht macht ihn dazu, und ich habe den Eindruck, daß wir ihm eine Menge schuldig sind. Hätte er mich nicht zurückgeholt, ich weiß nicht, wie ich heute die steilen Treppen zu der Dachwohnung hinauf hätte bewältigen sollen. Das hat mir mein Zustand in den letzten Monaten gezeigt. So tapfer hätte ich gar nicht sein können. Außerdem schien Don während der ersten Wochen nach meiner Rückkehr regelrecht aufzuleben und ein neuer Mensch zu werden. Erinnerst du dich, er kam in einer Woche dreimal zum Dinner und hat uns alle mit seinen Geschichten über die Brüder im Kloster, über Pater Broadside und seine Gemeindeschäfchen zum Lachen gebracht. Daher vermute ich, daß etwas geschehen ist, das ihn am Kommen hindert, und wenn ich ihn sehe – falls ich ihn sehe – werde ich ihn direkt danach fragen.«

Hierauf nickte Pat und sagte: »Ja, das solltest du tun. Übrigens, ist Vater hier?«

»Nein, und das ist das nächste, was mich beschäftigt. Er kam auch gestern nicht vorbei. Was ist nur los mit allen?«

»Oh ...« Pat schloß für einen Moment die Augen. »Um einen Ausdruck von Sarah zu gebrauchen, der Teufel hat wieder ordentlich Feuer und Schwefel gespuckt. Ich wollte, daß Mutter Anita kennenlernt, und sie ging bei dem Gespräch beinahe die Wände hoch. Es sei schon schlimm genug, meinte sie – und sie schrie förmlich dabei –, daß ihre Tochter einen Landarbeiter heirate, und nun müsse auch ich mich derart erniedrigen, in einer Bergbausiedlung meine Frau zu suchen, ausgerechnet die Tochter eines Grubenarbeiters, wie sie Anitas Vater bezeichnete, und so ging es die ganze Zeit. Ich hatte gehofft, Anita heute mitbringen zu können, und war mit dem leichten Einspänner gefahren. Barney bringt ihn gerade in die Remise zurück. Anitas Mutter lag mit Grippe im Bett, und Anita wollte sie ungern allein lassen. Obwohl ihre Mutter mir leid tat – denn sie ist nett und liebenswert –, war ich andererseits auch erleichtert. Ich wollte Anita direkt hierherbringen, da Großvater meinte, er würde sich freuen, sie kennenzulernen, doch sie hätte sich bestimmt gewundert, warum sie Mutter nicht vorgestellt würde. Ich habe ihr nichts über unsere Familienverhältnisse erzählt, aber ich muß es bald nachholen. Auf jeden Fall werde ich jetzt hinübergehen und nachsehen, was mit Vater los ist.«

»Hallo, Mr. Pat.« Das war Sarah.

»Hallo, Sarah.« Pat wandte sich zu ihr um. »Passen Sie auf, daß Marie Anne nicht weiter als zum Waldsaum geht.«

»Nicht einmal bis dahin, wenn es nach mir ginge. Meiner Meinung nach ist sie verrückt, ausgerechnet heute nach draußen zu gehen. Es gab Tage, an denen wir besseres Wetter hatten und ich sie zu einem Spaziergang zu bewegen versuchte, aber sie wollte nichts davon hören. Und ausgerechnet heute möchte sie spazierengehen.«

»Sarah, das kommt nur daher, daß Sie gesagt haben, Sie würden selbst hinübergehen und Ihre irische Diplomatie anwenden, um Don aus seinen vier Wänden zu locken. Und nach allem, was ich über Ihre Diplomatie weiß, erreichen Sie höchstens, daß er umgehend zu den Brüdern ins Kloster zurückkehrt.«

»Ach Sie!« Sarah gab Marie Anne einen Klaps und zog ihr rasch die Wollmütze über den Kopf, wobei sie die Seiten sorgfältig über beide Ohren stülpte. Dann sagte sie: »Und jetzt los! Je eher wir fortkommen, desto früher sind wir auch zurück.

Nun fragte Pat: »Wo ist übrigens Großvater?«

»Er befindet sich in der Bibliothek, Mr. Pat. Als ich das letzte Mal hineinschaute, schnarchte er sanft.«

»Weiß er, daß du einen Spaziergang machst?« fragte er weiter, und Marie Anne schüttelte den Kopf. »Nein, es war ein plötzlicher Entschluß, und ich wollte ihn nicht stören, denn, wie unsere gemeinsame Freundin sagen würde« – dabei wies sie auf Sarah –, »bin ich zurück, bevor ich fortgegangen war, falls ich überhaupt gehe.«

Lachend hielt Pat ihnen die Tür auf und sagte: »Dann los! Mach, daß du wegkommst, bevor noch ein Krieg ausbricht. In der Zwischenzeit gehe ich zum Großen Haus hinunter und sehe nach, was Vater treibt.«

Pat lächelte noch immer, als er auf The Manor zuging. »Ich bin zurück, bevor ich fortgegangen war, wenn ich überhaupt gehe.« Diese Sarah war eine ulkige Person …

Schon von weitem erblickte Pat seinen Vater, der über den Hof zu den Ställen schritt. Pat verharrte kurz, als er hörte, wie sein Vater die Stimme erhob und zornig zu Vincent sagte: »Ich habe dich gewarnt, denk daran. Du weißt Bescheid.« Vincent erkannte Pat, wandte sich um und ging zu einer der Pferdeboxen, wo ein Stallknecht ein schwitzendes Tier abrieb. James, der Pat ebenfalls gesehen hatte, rief: »Hallo, Pat! Gibt es etwas Neues?«

Pat, der wußte, worauf sein Vater anspielte, antwortete: »Nein, nein. Noch nicht. Ich war gerade bei ihr. Sie macht mit Sarah einen Spaziergang. Es ist anscheinend das erste Mal seit Wochen, daß sie nach draußen geht. Sie sagt, sie würde nur bis zum Waldrand gehen, aber ich bezweifle, ob sie überhaupt so weit kommt, bei diesem Wind. Und hier, ist alles in Ordnung?«

»Als ob hier jemals irgend etwas in Ordnung gewesen wäre!«

Diese Einstellung seines Vaters war neu für Pat, denn hier sprach ein selbstsicherer Mann, der ihn mittlerweile jeden Tag aufs neue überraschte. Daher fragte Pat, ohne direkt auf seinen Vater einzugehen: »Kommst du heute zu uns?«

James seinerseits entgegnete: »Wolltest du ins Haus gehen?«

»Nicht unbedingt.«

»Gut, dann kehren wir gemeinsam zurück. Ich brauche etwas frische Luft.«

Nachdem sie bereits ein Stück Weges zurückgelegt hatten, sagte James: »Die Dinge spitzen sich langsam zu. Bevor Veronica zu den Zwillingen fährt, werde ich die Scheidung beantragen.«

»O je! Ich kann mir nicht vorstellen, daß sie das ohne Protest hinnehmen wird, Vater. Es gibt doch keine andere Frau, oder?«

»Nein. Aber Veronica hat mir seit zwölf Jahren das Bett verweigert. Das sollte ein ausreichender Grund sein. Was rede ich da, zwölf Jahre? Siebzehn Jahre und mehr waren es. Nach der Nacht, in der Marie Anne gezeugt wurde, hat sie mich nicht mehr in ihre Nähe gelassen. Und anschließend gab es einen entsetzlichen Streit.«

Marie Anne. Immer wieder Marie Anne. Ihr Leben war einem Kampf entsprungen, und seitdem hatten die Kämpfe um sie nicht mehr aufgehört. Nun lebte sie gut beschützt in Little Manor, nachdem ihretwegen die Familie auseinandergebrochen war. An dieser Tatsache bestand kein Zweifel. Aber es wäre nie soweit gekommen, hätte Marie Anne eine andere Mutter gehabt.

Marie Anne und Sarah hatten den geschützten Gartenbereich und die Grenze des Anwesens hinter sich gelassen und waren eine Zeitlang einem wenig begangenen Weg gefolgt, von dem aus sie Farmer Harding sehen konnten, der auf seinen Feldern pflügte.

Sarah faßte Marie Anne beim Arm und sagte weich: »Sie haben genug, nicht wahr, meine Liebe? Wie wäre es, wenn wir umkehren?«

»Zuerst muß ich mich hinsetzen, Sarah. Meine Beine fühlen sich an wie Pudding.«

»Natürlich tun sie das. Der Boden hier ist hart. Das habe ich Ihnen schon vorausgesagt, bevor wir losgingen, oder nicht? Als Sie meinten, Sie würden nicht an Krücken gehen. Und ich habe Ihnen prophezeit, wieviel mühsamer es für Sie sein wird, den harten Boden unter den Füßen zu spüren, als den ganzen Tag auf weichen Teppichen herumzulaufen.«

»Ja, das stimmt, Sie weise Frau. Sie haben recht.« Marie Anne lächelte und schob Sarah zur Seite, bevor sie den Finger ausstreckte und sagte: »Sehen Sie! Wir sind schon fast am Waldrand angekommen, und von hier aus erscheint mir der abgesägte Baum wie ein bequemer Sessel.«

Einige Minuten später sank Marie Anne auf den Baumstumpf. Sie lächelte zu Sarah hinauf. »Oh, das tut gut! Und wir sind durch den Wald vor dem Wind geschützt.« Dann wies sie in den Wald und sagte: »Wie schön! Dort drüben, sehen Sie nur, diese Lichtung mit den Glockenblumen.«

»O ja! Das ist wirklich hübsch. Und die Sonne bringt das Blau zum Leuchten. Wissen Sie was? Ich wollte schon immer Glockenblumen pflücken. Als ich klein war, stellte ich mir immer vor, meine Arme wären voll mit Glockenblumen, aber ich kann mich nicht erinnern, jemals welche gepflückt zu haben, denn dort, wo wir lebten, gab es keinen Wald. Aber ich muß in einem Buch ein Kind gesehen haben, das viele Glockenblumen im Arm hatte, denn dieses Bild ließ mich lange Zeit nicht los.«

»Nun, jetzt bekommen Sie die Gelegenheit dazu«, sagte Marie Anne, »denn« – und an dieser Stelle wurde ihre Stimme leiser – »ich glaube nicht, daß ich es so lange aushalte, bis Don hier ist.«

»Oh, um Himmels willen!« Sarahs Stimme und ihre Haltung drückten Besorgnis aus. »Haben Sie Schmerzen oder sonstige Beschwerden?«

»Nein, nein, mir tut gar nichts weh. Nur keine Angst.« Marie Anne lachte. »Und hören Sie auf, so ein Gesicht zu machen. Aber ich weiß, wenn Sie Don gefunden und hierhergebracht haben, werde ich ihn nur begrüßen und gleich wieder verabschieden können. Außerdem, und das gebe ich zu, liebe Miß Sarah Foggerty, bin ich doch etwas müde.«

»Kein Wunder.« Sarah schüttelte ungeduldig den Kopf. »Und ich sage Ihnen jetzt noch etwas, das …«

»Und das wird mir gar nicht gefallen. Ja, ich weiß. Ich habe es oft genug gehört. Aber nun tun Sie, was ich Ihnen sage. Gehen Sie dort auf die Lichtung, und erfüllen Sie sich Ihren Kindertraum. Pflücken Sie einen kleinen Strauß Glockenblumen, und dann kehren wir um. Jetzt beeilen Sie sich, denn ich werde mich nicht von der Stelle rühren, bis Sie Ihre Blumen haben. Machen Sie schon. Je eher Sie gehen, desto früher sind wir zurück.«

Sarah holte langsam Luft, wandte sich dann um und eilte

beinahe stolpernd auf die Stelle mit den Glockenblumen zu, während Marie Anne zurückblieb und sich fragte – wie so oft in den vergangenen Monaten –, was sie ohne Sarahs Gesellschaft angefangen hätte. Natürlich, auch allein wäre es wunderbar gewesen, wieder zu Hause zu sein und umsorgt zu werden. Dennoch, wäre Sarah in London zurückgeblieben, wie sie es zuerst beabsichtigt hatte, würde Marie Anne nach den Ereignissen in London das Leben hier sehr langweilig vorkommen.

Die Sonne schien warm auf sie herab. Hinter Marie Anne und links von ihr befand sich dichtes Buschwerk, das den Wind abhielt, und als Marie Anne die Bänder ihrer Mütze löste und den Umhang aufknöpfte, dachte sie, wenn der Baumstumpf außerdem eine Rückenlehne besäße, wäre es vollkommen.

Als im Unterholz hinter ihr etwas raschelte, hob Marie Anne die Schultern, damit der Umhang nicht herunterrutschte, und wandte den Kopf halb zurück, um nach dem Kaninchen zu sehen, das dort sicher davonhoppelte.

Die Hand legte sich so rasch vor ihr Gesicht, daß sie keine Zeit zum Schreien hatte. Marie Anne spürte nur, wie sie zu Boden fiel, doch als sie den erhobenen Arm mit dem Holzknüppel in der Hand erblickte, riß sie beide Arme hoch, um ihr Gesicht zu schützen. Ein Ärmel rutschte ihr zum Ellenbogen, der andere wurde durch das in den Bund geschobene Taschentuch zurückgehalten.

Marie Annes erster Schrei klang noch gedämpft, denn ihr war, als müßte sie ersticken, aber als der zweite Schlag auf ihre verschränkten Arme traf, hallte der Wald von ihrer gellenden Stimme wider. Das war nichts verglichen mit dem durchdringenden Schrei, den sie ausstieß, als der Holzknüppel danach auf ihren vorgewölbten Bauch einhieb. Beim letzten Schlag, der sie am Kopf traf, mußte Marie Anne bereits das Bewußtsein verloren haben, denn Sarahs Schreien nahm sie nur noch undeutlich wahr, als diese ihren Kopf und die Schultern umschlang und gleichzeitig zum Dickicht sah, aus dem die knackenden Geräusche des flüchtenden Angreifers drangen.

Als Sarah in die Gesichter von Don auf der einen und Mr. Harding auf der anderen Seite blickte, schluchzte sie: »Ich war gerade Glockenblumen pflücken. Sie wollte, daß ich welche pflücken gehe.«

»Haben Sie gesehen, wer es war?« Es war Mr. Harding, der die Frage stellte.

Sarah schüttelte nur den Kopf und sagte: »Aber ...

Weiter kam sie nicht, denn Don schob sie beiseite und löste Marie Anne aus ihren Armen. Zu Mr. Harding aufblickend, erklärte er mit zitternder Stimme: »Wir können sie nicht hier liegen lassen, bis Hilfe kommt, und um sie nach Little Manor zurückzutragen, ist es zu weit. Also helfen Sie mir, Marie Anne in mein Haus zu bringen.«

Don war in die Hocke gegangen und blickte in Marie Annes blutverschmiertes Gesicht. Er flüsterte beinahe, als er sie ansprach: »Marie Anne, ich werde Sie jetzt hochheben. Es wird alles gut. Seien Sie ganz ruhig. Alles wird gut.«

Marie Anne gab keinen Laut von sich, nicht einmal ein Stöhnen, als Don seine Arme unter ihre Achseln schob und Mr. Harding sie unter den Knien und im Rücken faßte. Dann schleppten sie Marie Anne vorsichtig zu dem holprigen Weg.

Sie arbeiteten sich im Krebsgang voran, als Don plötzlich zu Sarah sagte: »Kehren Sie zum Haus zurück, Sarah, und sorgen Sie dafür, daß ein Arzt geholt wird. Wenn Mr. Pat dort ist, soll er sofort kommen, aber sagen Sie vorerst nichts zu ihrem Großvater. Wenn Sie Pat oder seinen Vater nicht finden können, kehren Sie mit zwei von den männlichen Dienstboten zurück. Aber zuerst kümmern Sie sich darum, daß wirklich nach einem Arzt geschickt wird.«

Als Sarah keine Anstalten machte, ihm zu gehorchen, wurde Don laut, und seine Stimme klang gebieterisch: »*Sarah*! Tun Sie, was ich verlange, und zwar sofort!«

Sarah schien aus ihrer Benommenheit zu erwachen, fuhr herum, hob die Röcke hoch und rannte den ganzen Weg, den sie gekommen waren, zurück bis zum Haus.

Nachdem er mit der Schulter die Tür zu seinem Haus aufgestoßen hatte, trat Don schwerfällig über die Schwelle, rückte Marie Anne höher in seine Arme und blickte zum Sofa hinüber.

»Hier können wir sie nicht lassen«, sagte er. »Wir werden sie ins Schlafzimmer bringen.«

Sie legten Marie Anne auf das Bett, das nur mit einer dünnen Matratze gepolstert war.

»Gott möge ihr beistehen«, sagte Fred Harding. »Warum mußte ihr das zustoßen, so kurz vor der Niederkunft?« Als suche er nach einer Antwort, blickte der Farmer zu Don, der nur mit dem Kopf schüttelte.

»Ist sie bei Bewußtsein?«

Mit einer zarten Bewegung hob Don ein Augenlid von Marie Anne und sagte leise: »Ja, ich glaube schon.«

»In diesem Zustand kann man sie unmöglich zurückbringen.«

»Wir werden abwarten müssen, was der Arzt sagt, wenn er kommt.«

»Nur Gott weiß, wann das sein wird«, entgegnete Fred. »Ich hoffe, der Arzt besitzt wenigstens soviel Verstand, um die Hauptstraße zu nehmen, und schlägt dann den Weg über mein Land ein. Hören Sie, ich gehe jetzt am besten nach Hause und hole Sally. Wissen Sie, sie war Hebamme. Zugegeben, das liegt schon Jahre zurück, aber sie kennt sich in diesen Dingen aus, und immerhin haben wir selbst drei Kinder. Sie wird sofort hier sein. Es dauert nur fünf Minuten, bis ich zurückkomme. Schaffen Sie es so lange allein?«

»Ja, ja. Natürlich.«

Don hob den Blick von dem blutverschmierten Gesicht und sah zu der Wasserschüssel auf dem Waschtisch. Er ging entschlossen hinüber, holte ein Taschentuch aus der oberen Schublade, das gefaltet, aber nicht gebügelt war, und tauchte es in die Schüssel mit dem sauberen Wasser. Dann nahm er ein Handtuch von der Stange neben dem Waschtisch und kehrte zum Bett zurück. Dort wusch er vorsichtig das Blut aus Marie Annes Gesicht, wobei er murmelte: »O meine Liebe. Meine Liebe.«

Jetzt sah er, daß das Blut immer noch aus einem tiefen Riß sickerte, der sich von oberhalb des Ohrs bis zur Augenbraue erstreckte. Auch der auf ihrem Bauch liegende Arm schien übel zugerichtet. Er war blutüberströmt, wie ihr gesamter Körper; selbst die Strümpfe waren blutverschmiert.

Als Don in ihr Gesicht sah, stellte er erstaunt fest, daß unter Marie Annes Wimpern Tränen hervorquollen, und tief in seinem Innern schrie die Stimme: O meine Liebe, meine Herzallerliebste, während die Worte, die er aussprach, kühl klangen: »Ganz ruhig, Marie Anne. Alles wird wieder gut. Können Sie mich hören? Ja, ich weiß, daß Sie es können. Und deshalb sage ich Ihnen, daß der Arzt bald hier sein wird.«

Doch seine Stimme erstarb, als Marie Anne durch den Nebel vor ihren Augen zu ihm sagte: »Ich werde sterben, Don.«

»Was? Reden Sie kein dummes Zeug. Und jetzt hören Sie auf mich!«

Aber sie sprach weiter: »Don, ich wußte, daß es so kommen würde. Sein Haß hat mich die ganze Zeit verfolgt. Ich habe immer gewußt, daß er mich eines Tages umbringen wird. Das war der Grund, der mich heute nach draußen getrieben hat.«

»Marie Anne, hören Sie auf mich. Was Sie reden, ist Unsinn. Sie werden nicht sterben. Sie sind verletzt, bluten, haben einen Schock erlitten, aber sterben werden Sie nicht daran. Sie werden leben und Ihr Baby zur Welt bringen.«

Noch während Don sprach, huschte sein Blick zu dem Schränkchen auf der Kommode, und im Geist wurde er um Jahrhunderte zurückgetragen. Er hörte den heiligen Aloysius mit ruhiger Stimme sagen: »Ich weiß, an welchem Tag ich sterben werde.« Und genau an diesem vorbestimmten Tag ereilte ihn der Tod.

O Gott, vertreibe diese Gedanken. Sie darf nicht sterben, sie kann nicht sterben. Noch immer vernahm er die Stimme, entfernt zwar, aber deutlich hörbar: Da siehst du es wieder. Du konntest es nicht ertragen, daß sie leidet, ebensowenig wie ihren Anblick, weil alles an ihr Schmerz in dir erzeugt. Und jetzt erträgst du es nicht, daß sie im Sterben liegt. So steht es um deine Gefühle, nicht wahr? Es geht immer nur um dich, um dich, um dich.

Don wollte der inneren Stimme entgegenbrüllen, daß sie

sich irrte, als Marie Anne plötzlich zu sprechen begann. Und nicht nur das. Sie hob ihren unverletzten Arm und ergriff seine Hand, während sie mit leiser, aber fester Stimme sagte: »Machen Sie sich keine Sorgen, Don. Ich ahnte schon eine ganze Weile, was auf mich zukam. Ich wußte nicht, wie, sondern nur, daß er es tun würde. Denn er hat es schon versucht, als ich noch ein Kind war.«

»Oh, Marie Anne.«

»Hören Sie, Don. Hören Sie. Ich habe gewartet, daß Sie herüberkämen. Als sie das nicht taten, spürte ich den Drang, Sie noch einmal zu sehen. Ich weiß selbst nicht, weshalb, es war einfach ein Gefühl. Und das wollte ich Ihnen unbedingt mitteilen.« Sie löste den Griff um seine Finger und legte ihre Hand auf die Maske, doch ihre Stimme wurde schwächer, und sie schloß halb die Lider, während sie murmelte: »Sie wissen, was ich sagen wollte, aber das spielt keine Rolle mehr.«

Don hielt noch immer Marie Annes Hand, als die Tür geöffnet wurde. Doch seine Augen blickten ins Leere, als er den Kopf zu Sally Harding wandte, die nun seinen Platz am Bett einnahm und sagte: »Wenn Sie uns jetzt allein lassen würden. Dann kann ich mich um das Notwendige kümmern.«

Nachdem sich die Tür hinter Don geschlossen hatte, beugte sich Sally Harding zu Marie Anne herunter und fragte sanft: »Haben Sie Schmerzen, meine Liebe?«

Als Marie Anne nicht antwortete, beharrte Sally: »Hören Sie, Sie müssen es mir sagen. Haben Sie Schmerzen?«

Mit einer langsamen Bewegung fuhr Marie Anne über ihren Bauch, und Sally sagte: »Hier haben Sie Schmerzen? Oh, so ist das. Dann wissen wir wenigstens, woran wir sind, zumindest sieht alles danach aus.«

Farmer Harding stand im Wohnzimmer und fragte: »Hat sie eine Ahnung, wer es war?«

»Sie hat mehr als eine Ahnung, Fred. Sie kennt den Täter, und ich kenne ihn auch.«

»Sie kennen ihn?«

»Ja, es war ihr Bruder.«

»Der älteste? Vincent? Ich habe das Gerücht gehört, er hätte sie schon früher angegriffen.«

»Dann haben Sie richtig gehört.«

»Ist er nicht ganz normal?«

»So würde ich es nicht nennen. Er ist einfach ein schlechter Mensch, voller Haß und Bosheit.«

»Aber sie ist beinahe noch ein Mädchen, und er … nun, er müßte beinahe dreißig sein.«

In diesem Augenblick wurde die Tür aufgestoßen, und Pat kam herein, atemlos keuchend. »Was hat er ihr jetzt wieder angetan?« fragte er. »Wo ist sie?«

»Alles in Ordnung. Alles in Ordnung«, sagte Don und beruhigte Marie Annes Bruder mit einer Geste.

»Sarah sagte, er hätte sie geschlagen, auf … den Kopf, und überall.«

»Es geht ihr gut. Nun, wir werden erst wissen, wie ernst die Verletzungen sind, wenn der Arzt hier ist. Haben Sie nach ihm geschickt?«

»Ja. Barney ist sofort losgefahren. Mit dem Einspänner. Ich habe ihm aufgetragen, den Arzt zu Ihrer Farm zu bringen.«

»Das war richtig, Sir. Ja, das haben Sie richtig gemacht. Dorthin schafft er es in der halben Zeit.«

»Wer ist bei ihr?«

»Meine Frau, Sir. In diesen Dingen kennt sie sich aus, denn sie war früher Hebamme. Sie wird bald wissen, ob es ernst ist, ich meine, wie es dem Kind geht.«

Pat wandte sich an Don: »Sarah hat berichtet, es sei Vincent gewesen. Und natürlich, wer sollte sonst so etwas tun? Nicht wahr? Trotzdem, es ist schwer zu glauben, daß er so weit gehen würde.«

»Wo ist Sarah jetzt?« fragte Don.

»Bei Vater. Sie werden auch kommen. Als Sarah das Haus erreichte, ist sie selbst beinahe zusammengebrochen, und wir konnten zunächst nichts aus ihr herausbekommen. Sie schrie so heftig, daß wir sie in die Küche schaffen mußten, damit Großvater nichts hörte. Denn wir wollten ihn nicht aufregen, solange wir nicht wußten, was geschehen war.«

Alle wandten den Blick zur Schlafzimmertür, als Mrs. Harding den Raum betrat und mit leiser Stimme fragte: »Haben Sie den Arzt mitgebracht?«

»Nein, noch nicht. Aber wir haben nach ihm geschickt«, antwortete Pat.

»Nun, je rascher er herkommt, desto besser.« An ihren Mann gerichtet, sagte sie: »Hinten am Kopf hat sie eine klaffende Wunde. Das Haar ist ganz verklebt.«

»Ist sie bei Bewußtsein? Kann ich zu ihr?«

»Ja, Mr. Pat. Das wird wohl gehen, aber achten Sie darauf, daß sie nicht allzuviel spricht.«

Beim Anblick seiner jüngsten Schwester fuhr er, beinahe wie ein Kind, mit der Hand seitwärts zum Mund und biß sich in den Handballen.

Marie Anne hatte die Augen geschlossen. Aus der klaffenden Wunde und den Abschürfungen über der Braue trat noch immer Blut aus. Das Auge und die Wange waren geschwollen und verloren langsam an Farbe. In das Handtuch, auf das ihr Arm gebettet war, sickerte ebenfalls Blut. Auch das Kissen unter ihrem Kopf hatte sich rot gefärbt.

Nachdem er sich etwas gefaßt hatte, beugte sich Pat über seine Schwester, und seine Stimme klang belegt und gebrochen, als er ihren Namen aussprach: »O Marie Anne. Marie Anne.«

Langsam schlug sie die Lider auf und stammelte: »P-Pat.«

»Ja, mein Schatz. Ich bin es, Pat.«

»Pat.«

»Ja, Liebes.«

»Er wollte mich schon immer umbringen. Aber bitte nicht das Baby. Rette das Baby, Pat.«

»Sei ganz ruhig, Liebes. Nicht sprechen. Alles wird wieder gut. Alles wird wieder gut. Mit dir und mit dem Baby. Der Arzt ist gleich hier. Und da kommen auch Sarah und Vater.« Erleichtert wandte Pat sich zur Tür um, die geöffnet wurde. Seine Lider flackerten, als er seinen Vater anblickte und zum Bett weisend stammelte: »Sie … ist sehr erschöpft.« Im nächsten Moment schob Pat sich an Sarah vorbei und verließ das Zimmer.

James stand da und blickte auf seine Tochter. Und wie alle Männer, wenn sie mit ihren Gefühlen konfrontiert wurden, brachte er nur hervor: »O mein Gott! O mein Gott!«

Als Marie Anne die Augen aufschlug und ihrem Vater langsam die gesunde Hand entgegenstreckte, nahm er sie und hielt sie einen Moment zwischen seinen Händen, weiterhin unfähig, auch nur Marie Annes Namen auszusprechen. Schließlich sagte sie: »Mach dir keine Sorgen, Vater.«

James mußte kurz die Augen schließen, bevor er seine Tochter wieder ansehen konnte, die hinzufügte: »Bitte sage Großpapa nichts, noch nicht.«

Noch immer brachte James keinen Ton heraus, aber er hob die schmalen Finger von Marie Annes Hand an seine Lippen und küßte sie. Dann ließ er ihre Hand wieder los und blickte in Sarahs Richtung. Doch auch Sarah war unfähig zu sprechen.

Es verging ungefähr eine Stunde, bis Doktor Ridley auf Hardings Farm eintraf. Mr. Harding war eben mit dem Melken fertig geworden und schilderte dem Arzt knapp, was ihn in Dons Haus erwartete. Mitteilungsfreudig wie er war, fügte Mr. Harding hinzu, daß seine Pferde, die er im Pfluggeschirr stehengelassen hatte, als er die Schreie hörte, sich bei seiner Rückkehr mit so viel Gras vom Feldrain vollgefressen hatten, daß sie an diesem Tag für die Arbeit ausfielen. Anschließend erzählte er, wie seine Frau sich in Mr. McAlisters Haus um Marie Anne gekümmert hatte, während alle auf die Ankunft des Arztes warteten.

Als Doktor Ridley das Haus des Bildhauers betrat und in das Schlafzimmer zu dem jungen Mädchen geführt wurde, das verletzt und noch immer blutend auf dem einfachen Bett lag, blieb sein Gesicht reglos, und es war ihm keine Überraschung anzumerken.

Der Arzt verharrte und sah auf die gewölbte Bettdecke über dem runden Bauch der Schwangeren, während er langsam seinen Mantel auszog und Mrs. Harding reichte, die am Fußende wartete. »Hallo, Mrs. Harding«, sagte er.

»Guten Tag, Herr Doktor«, erwiderte sie.

Dann sah er auf die Person, die ihm bei seiner Arbeit nur im Weg sein würde, denn sie hielt die reglose Hand der Patientin fest, und sagte: »Würden Sie so freundlich sein und Platz machen?«

Sarah konnte den Sarkasmus in seiner Stimme erkennen, doch in diesem Augenblick reagierte sie nicht mit einer spitzen Bemerkung, sondern antwortete nur halblaut: »Ich halte nicht ihre Hand, sie umkrallt meine.«

»Oh, ich verstehe.« Der Arzt sprach so leise wie Sarah. »Nun, würde es Ihnen dann etwas ausmachen, die Hand der Patientin aus Ihrer zu lösen? Dann hätte ich es leichter und könnte mit der Untersuchung beginnen.« Die letzten Worte begleitete er mit einem Lächeln, doch Sarah lächelte nicht zurück. Statt dessen bog sie mit ihrer anderen Hand Marie Annes Finger nach oben, deren Nägel sich bereits tief in ihr Fleisch eingegraben hatten.

Als Sarah sich schließlich befreit hatte und die Hand vom Bett wegziehen wollte, nahm der Arzt sie und betrachtete die Haut. Wo die Nägel sich festgekrallt hatten, trat Blut aus. In völlig verändertem Tonfall sagte Doktor Ridley: »Ich verstehe. Es tut mir leid.«

»Geht schon in Ordnung. Machen Sie sich nichts daraus.«

Der irische Akzent und ihre Ausdrucksweise veranlaßten den Arzt, sich umzudrehen und ihr nachzublicken, während sie zum Fenster ging. Dann bemerkte er Mrs. Harding, die dicht neben ihm stand, und mit kaum mehr als einem Flüstern raunte sie: »Die beiden sind eng befreundet, Doktor.«

»Ach, so ist das.«

Diese Information erstaunte den Arzt noch mehr, denn die Irin war ganz sicher keine Dame, während er sich an das Mädchen hier auf dem Bett erinnern konnte. Er hatte sie vor einigen Jahren wegen eines gebrochenen Knöchels behandelt.

Sehr vorsichtig begann er nun mit der Untersuchung.

Zwanzig Minuten später trat Doktor Ridley in das andere Zimmer und eröffnete – ohne große Vorankündigung – den drei Männern, die dort auf ihn warteten: »Ich brauche einen großen Vorrat an Wäsche. Saubere Decken, Kopfkissenbezüge, Laken, Bettbezüge, Handtücher und so weiter.« Dann wandte er sich zu Don, und um seinen Mund zuckte es unmerklich, als er sagte: »Und gute Seife. Sie machen sich nichts aus der feinen Lebensart, Mr. McAlister, nicht wahr?«

»Ich hatte nie das Bedürfnis danach, Doktor.«

»Nein, wie man sieht. Aber jetzt könnten Sie damit anfangen.«

»Wie meinen Sie das, Sir?« Es war James, der sprach. »Damit anfangen?«

»So, wie ich es sage, Mr. Lawson. Es werden eine Menge Dinge in diesem Haus notwendig sein, denn Ihre Tochter wird länger hierbleiben müssen.«

»Aber sie kann nicht hierbleiben!« James' Stimme klang entrüstet. »In diesem Haus! Wir müssen eine Möglichkeit finden, sie zu Hardings Farm zu schaffen. Dorthin kann ich die Kutsche kommen lassen. Aber eines ist sicher. Hierbleiben kann sie nicht.«

Der junge Arzt starrte auf die beleibte Gestalt vor ihm. Über diesen Mann hatte er noch nie Gutes gehört, aber auch nichts Abfälliges. Er schien eine unbedeutende Person zu sein und nicht wert, in den allgemeinen Klatsch einbezogen zu werden, der über seine Familie im Umlauf war.

Pat spürte die unterschwellige Feindseligkeit zwischen seinem Vater und diesem ausgezeichneten Arzt und sagte in beschwichtigendem Ton: »Verstehen Sie, Doktor, mein Vater macht sich große Sorgen um meine Schwester, und da sie kurz vor der Niederkunft steht ...«

»Ja, sicher. Ich verstehe«, antwortete der junge Arzt ungeduldig. »Und ich kann Ihnen nur sagen, wenn Sie Ihren Vater so weitermachen lassen, soll er zu Hause auch gleich den Totengräber für seine Tochter bestellen. In ihrem gegenwärtigen Zustand wird sie die Fahrt nicht überstehen.« Doktor Ridley wandte sich nun wieder an James: »Sie hat nicht nur schwere Schlagverletzungen an den Armen und am Bauch erlitten«, betonte er, »auch die Geburt steht kurz bevor, wie Ihr Sohn richtig bemerkt hat. Und glauben Sie mir, das Kind könnte früher kommen als erwartet. Mrs. Harding hat bereits zweimal Anzeichen von Wehen festgestellt, und ich selbst habe gerade auch eine Wehe bemerkt. Ihre Tochter befindet sich in einem schweren Schockzustand und ist derart geschwächt, daß es kaum sehr lange dauern wird, bis das Kind kommt, lebend oder tot.«

Der letzte Satz schien die drei Männer zu treffen, und der Arzt schwieg, um seine Worte nachwirken zu lassen.

Als Dr. Ridley weitersprach, richtete er sich an Don. »Ihre Schlafstatt ist bescheiden, Mr. McAlister, um es milde auszudrücken«, sagte er. »Aber vielleicht wird sich das Lattenbett als recht praktisch erweisen. Das werden wir innerhalb der nächsten vierundzwanzig Stunden feststellen. Und bis es soweit ist, wird sicher einer von Ihnen« – dabei blickte er vom Vater zum Sohn – »die Nacht hier verbringen wollen und einen Platz zum Schlafen brauchen, denn das hier« – er wies zum Sofa – »bietet nicht sonderlich viel Bequemlichkeit.«

»Für mich ist das Sofa ausreichend«, erklärte Don steif, und der Arzt erwiderte:

»Das bezweifle ich nicht.« Dann wurde seine Stimme weicher, und er schlug sogar einen scherzhaften Ton an: »Aber nicht alle hier sind so genügsam und abgehärtet wie Sie. Auf jeden Fall gibt es einen unter uns, der weniger hart im Nehmen ist. Und ich würde eine Matratze vorziehen, wenn ich mich zwischendurch hinlegen muß. Wäre es also möglich«, wandte er sich nun an James, »daß wir drei einzelne Matratzen bekämen? Zwei für das Wohnzimmer und eine im Schlafzimmer drüben? Denn Ihre Hausdame scheint entschlossen, nicht von hier zu weichen, solange Ihre Tochter sich im Haus befindet. Sie sagt, sie würde vierundzwanzig Stunden ohne Schlaf aushalten oder länger. Vielleicht stimmt das, aber wenn sie vom Schlaf übermannt wird, ist sicher auch sie froh, einen Platz zum Ausruhen zu haben.«

»Sie werden alles bekommen, was Sie brauchen, Doktor«, sagte James. »Und jetzt stelle ich Ihnen eine klare Frage, auf die ich eine klare Antwort erwarte. Wie geht es meiner Tochter wirklich?«

Doktor Ridley fixierte Marie Annes Vater, bevor er mit ungewöhnlich ruhiger Stimme sagte: »Dies ist einer der Fälle, Sir, in denen eine klare Antwort unmöglich ist. Im Augenblick kann ich nur sagen, daß sie unter Schock steht. Ihre Temperatur steigt, und sie hat wahrscheinlich große Schmerzen, die ich lindern könnte. Aber das würde sie nur unnötig schwächen, und sie braucht ihre ganze Kraft, wenn das Kind auf natürliche Weise zur Welt kommen soll. Mehr kann ich zum gegenwärtigen Zeitpunkt nicht sagen.«

»Was meinen Sie mit ›auf natürliche Weise‹, Sir?«

Diese Frage kam von Pat, und der Arzt wandte sich nun an ihn: »Das kann ich Ihnen mit wenigen Worten sagen. Wenn sie das Kind nicht auf normale Weise gebären kann, müssen wir es holen.«

»Auch wenn es lebt?«

»Ja, natürlich. Vor allem, wenn es lebt. Aber lassen Sie uns gemeinsam das Beste hoffen. Sie ist jung, und soweit ich mich erinnere, besitzt sie einen starken Willen, zwei gute Voraussetzungen in einer Situation wie dieser. Und jetzt zu den Dingen des täglichen Lebens: die Verpflegung. Im Augenblick braucht sie nur etwas zu trinken. Aber wir müssen auch an die anderen hier denken.« Der Arzt blickte zu Don. »Ich nehme an, Sie haben nicht genug Tee, Zucker, Butter, Brot, Milch und andere Dinge vorrätig, um eine Situation wie diese zu bewältigen?«

»Nein, Sir. Es tut mir leid. So große Vorräte besitze ich wirklich nicht. Aber ich kann alles besorgen.«

»Oh, das ist sehr freundlich von Ihnen. Nun gut« – sein Blick kehrte zu James zurück –, »wenn ich Sie dann bitten dürfte, sich um alles zu kümmern, was wir für die Nacht und den morgigen Tag benötigen. Später sehen wir dann weiter, was in den kommenden Wochen gebraucht wird.«

»In den kommenden Wochen?« James verzog fragend das Gesicht, und der Arzt antwortete:

»Ja, natürlich. In den Wochen nach der Geburt. Wenn das Kind da ist, wird meine Patientin bei ihrem Zustand mindestens vierzehn Tage Bettruhe einhalten müssen.«

»Aber, Sir ...«

»Ja, Mr. Lawson?«

James fiel nichts mehr ein, was er entgegnen könnte. Er war nicht an den Umgang mit Ärzten gewöhnt, zumindest nicht mit solchen Ärzten. Wenn in The Manor jemand krank war, hatten sie immer die Dienste von Dr. Angus Sutton-Moore in Anspruch genommen. Aber natürlich, James erinnerte sich an diesen jungen Mann, und in seinen Augen schien der Arzt wirklich noch sehr jung zu sein. Er hatte damals Marie Annes gebrochenen Knöchel behandelt und darauf bestanden, daß bestimmte Verhaltensregeln bei ihrer Pflege befolgt wurden. Nun gut! James fuhr abrupt herum, nahm wortlos seinen Hut und schritt zur Tür hinaus.

Vom Arzt zu Don blickend, sagte Pat: »Wir haben Ihr Haus wie selbstverständlich in Anspruch genommen. Niemand hat Sie gefragt, ob Sie überhaupt einverstanden sind.«

»Seien Sie unbesorgt. Und fühlen Sie sich ganz wie zu Hause. Ich bitte sogar darum.«

Nach einer langen Pause, in der sie sich ansahen, sagte Pat: »Danke, Don.« Dann wandte er sich um und folgte seinem Vater nach draußen.

Als sie auf das Kleine Herrenhaus zueilten, dachte Pat, daß er seinen Vater noch nie so reden gehört hatte wie jetzt. Sicher, während der vergangenen Wochen war es James gelungen, seinen Sohn mehr als einmal zu verblüffen. Vor allem durch seine regelmäßigen Besuche in Little Manor, die nicht nur Emanuel Lawson galten. Vielmehr verbrachte James auch ohne besonderen Grund viele Stunden im Haus, obwohl, wie Pat wußte, das den Zorn seiner Mutter noch mehr steigerte. Und jetzt hatte sein Vater zugesagt, alles, was der Arzt benötigte und was zur Bequemlichkeit der anderen erforderlich war, aus The Manor herbeischaffen zu lassen. Und er hatte hinzugefügt, daß einige Personen diese Nacht nicht so schnell vergessen würden.

Bevor sie sich beim Kleinen Herrenhaus trennten, sagte James zu Pat: »Vater ist mittlerweile bestimmt unruhig geworden, denn ich weiß, daß Sarah ihm nachmittags immer eine Tasse Tee bringt. Du mußt ihn davon überzeugen, heute nicht mehr zu Don McAlisters Haus zu gehen, weil es dort keinen Platz gibt, wo er sich hinsetzen, geschweige denn schlafen könnte. Aber richte ihm aus, daß ich ihn gleich morgen früh dorthin mitnehme.« Damit ließ sein Vater ihn am Kleinen Herrenhaus zurück und marschierte mit energischen Schritten nach The Manor weiter.

Dort trat James direkt auf den Hof. Die Arbeiter fuhren überrascht zusammen, als er plötzlich auftauchte und laut rief: »Young! Young!«

Als der Kutscher eilig aus dem Sattelraum kam, verlangte James zu wissen: »Wo sind die anderen?«

»Nun, Sir, Bill Winters ist in der Scheune und holt Heu zum Füttern.«

»Und Crouch?«

»Crouch, Sir, kümmert sich um Mr. Vincents Pferd. Es hat wieder sehr geschwitzt.«

»Holen Sie ihn sofort her!«

Mit ungewohntem Tempo stürzte Young los, um seine Untergebenen zusammenzurufen, obwohl diese längst bemerkt hatten, daß der gnädige Herr im Hof stand und etwas außergewöhnlich Dringendes anstand.

Bei ihrem Erscheinen wies James auf die beiden Männer und sagte: »Sie kommen mit mir. Und Sie, Young, holen noch jemanden aus dem Garten, der ihnen mit dem Pferdewagen hilft.«

»Dem Pferdewagen?«

Young hatte kaum das letzte Wort herausgebracht, als James ihn beinahe anbrüllte: »Ja, Sie haben richtig gehört. Der Pferdewagen. Aber zuerst gehen Sie in die Wäscherei und schaffen mir so viele leere Waschkörbe herbei, wie Sie auftreiben können.«

Für einen Moment standen alle drei Hofarbeiter vollkommen reglos, während ihnen der gleiche Gedanke durch den Kopf schoß: Jetzt muß er wirklich wahnsinnig geworden sein. Aber der gnädige Herr verlangte nach Waschkörben und dem Pferdewagen. Folglich trollten sie sich in verschiedene Richtungen, um die Anordnungen auszuführen. Auf halbem Weg blieben sie noch einmal stehen, als James ihnen hinterher rief: »Sie, Young, fahren den Pferdewagen zum vorderen Eingang, und sorgen Sie dafür, daß die anderen beiden die Waschkörbe in die Halle schaffen.« Anschließend schritt ihr Herr um das Haus herum und betrat die Halle.

Dort verblüffte er auch Green, indem er barsch befahl: »Holen Sie mir Mrs. Piggott!«

Wie durch Zauberei erschien Mrs. Piggott im gleichen Moment aus einem Seitenkorridor: »Ja, Sir? Ich … bin hier.«

»Gut, Mrs. Piggott. Zwei Hofarbeiter kommen gleich mit mehreren Waschkörben. Aber vorher möchte ich, daß Sie mit mir nach oben gehen und mir zeigen, wo ich vier einzelne Matratzen herbekomme.«

»Vier M…Matratzen?«

»Sie haben verstanden, was ich gesagt habe, Mrs. Piggott«, entgegnete James, wobei er jedes Wort betonte. »Ich sagte vier Matratzen. Sorgen Sie dafür, daß die Matratzen in der Halle bereitliegen, um auf den Pferdewagen geladen zu werden, der hoffentlich bald vor der Tür steht.«

Mrs. Piggott wagte es, den Blick von ihrem Dienstherrn zu Green zu lenken, der keine Miene verzog. Statt dessen sah er aus dem hohen Hallenfenster, um die beiden Hofarbeiter zu beobachten, die sich mit Wäschekörben der Eingangstür näherten.

»Und wenn das erledigt ist, begleiten Sie mich bitte ins Wäschezimmer. Hören Sie mir überhaupt zu, Mrs. Piggott?«

»Oh, doch. Ja, Sir. Natürlich.«

»Nun, dann machen Sie den Mund zu. Und zu Ihrer Information: Ich bin nicht wahnsinnig geworden. Noch nicht, wenigstens. Und das dürfen Sie überall verbreiten.«

Robert Green ließ nun zwei sichtlich befangene und verblüffte Hofarbeiter zur Vordertür herein, deren Verwirrung nicht geringer wurde, als sie den Befehl erhielten, der Haushälterin zu folgen, damit sie ihnen zeigte, welche vier Matratzen sie nach unten schaffen und auf den Pferdewagen laden sollten. Die Zimmermädchen bekamen den Auftrag, das passende Bettzeug in die Halle zu bringen.

Oben auf der Treppe begegnete die leicht beunruhigte Haushälterin ihrer Herrin Mrs. Lawson, die einen Blick auf die Männer mit den Waschkörben warf.

»Was um alles auf der Welt machen Sie da, Mrs. Piggott?« fragte sie konsterniert.

Mrs. Piggott schluckte, sah der gnädigen Frau ins Gesicht und antwortete: »Ich führe die Anordnungen des gnädigen Herrn aus, Madam.«

Hierauf beugte sich Veronica Lawson über die Balustrade und sah ihren Ehemann, der zu ihr nach oben blickte. Sie schrie ihn an: »Was hat das zu bedeuten?«

»Wenn du herunterkommst, meine Liebe, werde ich dir alles erklären.« James machte kehrt, als wollte er in den Salon gehen, blieb dann stehen und wandte sich noch einmal an Green: »Wenn der Pferdewagen vor der Tür steht, achten Sie darauf, daß die Ladefläche sauber ist. Wenn nicht, legen Sie sie mit Planen aus. Haben Sie verstanden?«

»Ja, Sir. Wird gemacht.«

Mr. Lawson stand mitten im Salon, als seine Frau das Zimmer betrat. Natürlich ergriff sie sofort selbst das Wort: »Du bist wahnsinnig geworden.«

»Noch nicht ganz, meine Liebe«, entgegnete James. Aber wenn diese Nacht vorüber ist, werde ich es wohl sein, und du auch, falls du überhaupt noch einen Rest von Gewissen besitzt. Übrigens, zu deiner Information: Ich habe gerade Anweisung gegeben, Bettzeug und Wäsche in das Haus von Mr. McAlister zu schaffen. Du hast von Mr. McAlister gehört, vermute ich? Er ist der Gentleman, und ich betone das Wort ›Gentleman‹, auf dessen Betreiben deine Tochter nach Hause zurückgekehrt ist. Im Augenblick liegt sie in seinem Haus und ringt mit dem Tod. Ich übertreibe nicht, wenn ich das sage, denn Dr. Ridley schätzt ihren Zustand sehr kritisch ein.«

»Ha!« Veronica lachte beinahe auf und sagte: »Nur weil sie eine Frühgeburt hat, soll sie mit dem Tod ringen? Die arme Seele!«

»Nein, Frau! Sie schwebt nicht wegen einer Frühgeburt in Lebensgefahr, sondern weil dein Sohn sie halb totgeschlagen hat.« James hatte in zischendem Flüsterton gesprochen, und Veronica taumelte vor ihm und Mrs. Piggott zurück.

»Was? Was war das?«

»Du hast gehört, was ich gesagt habe. Dein Sohn hat sie beinahe totgeprügelt. An Kopf, Gesicht, Bauch, überall.«

»Unsinn! Völliger Unsinn! Warum sollte Vincent sie … wie du dich ausdrückst, halb totprügeln?«

»Wegen dir. Wie es scheint, hat er viel von dir geerbt, und er haßt Marie Anne, seit sie ein kleines Kind war. Das hast du genau gewußt, meine Liebe, denn du kanntest seine Gefühle ihr gegenüber. Sie waren ebenso stark wie deine eigenen. Und du hättest dem Bösen ein Ende setzen können. Aber nein, lieber hast du tatenlos zugesehen. Doch auf eines kannst du dich verlassen, meine liebste Veronica. Wenn Marie Anne stirbt – sollte dies wirklich eintreten –, stirbt dein Sohn auch.«

Als Veronica die Hand hob, um die Sessellehne zu umklammern, wußte James, daß er dieses Mal zu ihr durchgedrungen war, und fügte hinzu: »Man hat sie erst vor wenigen Stunden gefunden, und ich kann jeden seiner Schritte zurückverfolgen, den er bei der Ausführung dieser ...« – James suchte kopfschüttelnd nach den richtigen Worten – »... teuflischen Tat gemacht hat. Und selbst wenn dies nicht möglich wäre, hat sie seinen Namen genannt. Außerdem gibt es Zeugen. Ich werde ihn mir vornehmen, sobald ich alles besorgt habe, was bei Mr. McAlister benötigt wird. Denn da es sich um das Haus eines alleinstehenden Mannes handelt, ist er nur ungenügend auf eine Situation wie diese vorbereitet. Also, meine Liebe, gib deinem Sohn Bescheid und bestelle ihm, daß ich ihn in diesem Zimmer zu sprechen wünsche, sofort. Er soll hier warten, bis ich zurückkomme, ganz gleich, wie lange es dauert.«

Veronica sagte kein Wort. Ihre Augen waren weit aufgerissen, und sie bebte am ganzen Körper, während sie zu sich selbst im stillen sagte: Dieses Mädchen! Immer wieder dieses Mädchen!

Eine Viertelstunde später fehlten im Wäschezimmer sechs Paar der besten Leinenlaken, einschließlich der dazu passenden Kopfkissenbezüge und einem Dutzend Handtücher. Aus dem Raum für das Bettzeug wurden drei der besten Decken geholt.

Die beladenen Waschkörbe wurden nach den Matratzen in die Halle hinuntergetragen. Anschließend befahl James seiner Haushälterin, zwei große Tragekörbe aus dem Lagerraum zu holen, und ihr brach beinahe das Herz, als er nicht nur zwei Regale mit Vorräten für den täglichen Bedarf leerte, sondern auch noch zum sogenannten Delikatessenschrank ging und Dosen mit Pastete, Zunge in Aspik, Lachs, Forellen und eingemachten Früchten herausnahm und einpackte. Dies kommentierte er mit den Worten: »Das wird nicht lange reichen bei vier oder mehr Essern, Mrs. Piggott. Würden Sie also bitte auch noch an Ihren Fleischvorrat gehen und einen Schinken und eine kleine Seite durchwachsenen Speck holen, außerdem ein Lendenstück vom Lamm zum Braten.«

Die Haushälterin war völlig verstummt, denn es hatte ihr die Sprache verschlagen. Ihr Gesicht sah bleich aus, ihr Mund war ausgetrocknet. Für sie brach eine Welt zusammen …

Eine halbe Stunde später rollte der schwerbeladene Pferdewagen aus dem Hof, gelenkt von einem empörten Kutscher, neben dem zwei Hofarbeiter saßen. Harold Young hatte die Anweisung erhalten, den Wagen auf den Hof von Mr. Harding zu fahren. Dort angekommen, sollten die drei Männer abladen und alles über zwei Felder zum Haus von Mr. McAlister tragen.

In The Manor schrubbten zwei nervöse Dienstmädchen den Hallenboden, nachdem die Wagenladung mit dem Hausrat weggeschafft worden war. Die beiden betrachteten sich bereits als stellungslos, da der gnädige Herr ganz offensichtlich den Verstand verloren hatte. Die Lage im Haus verschlimmerte sich zusehends. Aus dem Salon hörten sie die gnädige Frau mit Mister Vincent schreien, der ebenso heftig zurückbrüllte.

May Dalton, das erste Zimmermädchen, hustete diskret, und Susan Fowler, ihre Gehilfin, erkannte das Signal, um ihre Bemühungen mit dem Wischmop zu verdoppeln, denn von der Küche her näherte sich jetzt der gnädige Herr, gefolgt von seinem Lakai, der einen mit vier Flaschen gefüllten Weinkorb hinter ihm hertrug und fragte: »Sir, was soll ich damit machen?«

»Oh, ja. Sie haben recht. Ich kann sie schließlich nicht so mitnehmen. Wickeln Sie jede Flasche einzeln ein und lassen Sie sie nach Little Manor bringen. Sie sind für Rill Cottage bestimmt, aber dorthin werde ich sie selbst schaffen. Erledigen Sie das umgehend.«

»Ja, Sir.«

Robert Green wartete, bis sich die Salontür hinter seinem Dienstherrn geschlossen hatte, dann wandte er sich unwirsch an die Zimmermädchen: »Hinaus mit euch!«

»Wir müssen noch …«

»Macht, was ich sage. Ach, und nehmt das.« Er reichte May Dalton den Weinkorb und sagte: »Wickelt die Flaschen ein, wie er es gesagt hat, jede einzeln. Dann steckt ihr sie in einen Jutesack und bringt sie mir zurück.«

May Dalton warf ihm einen scharfen Blick zu, und wäre sie dreist genug gewesen, hätte sie die Bemerkung gemacht: »Damit Sie hierbleiben und lauschen können, wie?« Doch beide Mädchen taten, was er verlangt hatte, und ließen Green allein in der Halle zurück.

Er stand auf halbem Weg zwischen der Salontür und dem Vordereingang. Zu Zeiten, wenn es wenig für ihn zu tun gab, war dies sein bevorzugter Platz. Neben der Möglichkeit, herannahende Besucher sofort zu erspähen, war es eine gute Position, um zu lauschen.

James hatte die Salontür langsam hinter sich ins Schloß gezogen. Für einen Moment blieb er mit dem Rücken zur Tür stehen und beobachtete seinen Sohn, der am Kopfende des Sofas stand, während seine Frau an einem kleinen Tisch saß und mit den Fingern auf die Platte trommelte. Als sie ihren Mann an der Tür stehen sah, ohne daß er Anstalten zum Nähertreten machte, erhob sie sich brüsk und sagte:

»Wieder einmal hast du den falschen Baum angebellt. Wie konntest du es wagen, solche Dinge über unseren eigenen Sohn zu behaupten!«

Langsam trat James in die Mitte des Zimmers, den Blick fest auf Vincent gerichtet und ohne auf seine Frau zu achten. »Was hast du ihr erzählt, um sie auch dieses Mal von deiner Unschuld zu überzeugen?« fragte er.

»Ich weiß wirklich nicht, worauf du hinaus willst, Vater. Das ist eine schwerwiegende Anschuldigung, die du gegen mich erhebst.«

»Das ist es allerdings.«

James ließ sich auch jetzt nicht durch die schneidende Stimme seiner Frau unterbrechen, sondern starrte weiter seinen

Sohn an, zu dem er schließlich langsam und betont sagte: »Du warst draußen im Hof, als ich Pat fragte, ob es Neuigkeiten gebe. Ihm war klar, daß ich Marie Anne damit meinte, und er beruhigte mich mit der Auskunft, sie mache einen Spaziergang zum Waldrand. Ich wußte, daß sie sich in Sarah Foggertys Begleitung befand. Du machtest dich ebenfalls auf den Weg zum Wald, über die obere Straße. Sicher warst du enttäuscht, als du entdecken mußtest, daß deine Schwester nicht allein war. Aber dann ließ sich deine Schwester auf einem alten Baumstumpf nieder und ruhte sich aus, während ihre Begleiterin Glockenblumen pflücken ging. In diesem Moment erkanntest du deine Gelegenheit, und du ergriffst sie. Es muß eine Menge Bruchholz dort gelegen haben, unter dem du einen Knüppel auswählen konntest, und du hast einen schweren genommen. Du schlugst sie zuerst auf den Kopf, dann am ganzen Körper. Nur weil Sarah schrie und zurückgerannt kam, ließt du von ihr ab. Marie Anne war zu diesem Zeitpunkt längst nicht mehr fähig, einen Laut von sich zu geben.«

Vincent blickte nun seine Mutter an, während er wild den Kopf schüttelte und sagte: »Er ist verrückt! Er ist wahnsinnig! Ich habe es dir gesagt. Kurz nachdem du den Hof verlassen hast, bin ich ins Haus gegangen und habe mit Mutter gesprochen. So war es doch, oder?«

»Ja, so war es!« Veronica schrie wieder. »Und danach hat er das Haus nicht mehr verlassen.«

James sah von seiner Frau zu seinem Sohn. Sie log für ihn, aber mit solchem Nachdruck, daß es schwer war, ihr nicht zu glauben.

»Würdest du deine Aussage auch beschwören, meine Liebe?«

Er sah, wie Veronica zu Vincent blickte und tief schluckte, bevor sie antwortete: »Ja, das würde ich.«

»Und folglich wirst du, so nehme ich an, auch Zeugen nennen können, die bestätigen, was du sagst?«

»Ja, das kann ich. Und ich werde gleich jemanden holen. Warte hier! Warte hier!«

Sie rannte beinahe aus dem Salon und mußte nicht lange nach ihrem Lakai suchen.

»Green!«

»Ja, Madam?«

»Heute gegen drei Uhr haben Sie Mr. Vincent zur Vordertür hereingelassen.«

»Ich … ich kann mich nicht erinnern, Madam.«

»Hören Sie mir zu, Green! Heute gegen drei Uhr, an die Zeit mögen Sie sich vielleicht nicht genau erinnern, aber Sie sind doch sicher, daß Sie Mr. Vincent hereingelassen haben.« Veronica wies nun selbst zur Tür, und Green wandte sich ebenfalls zum Eingang, bevor er wieder zu ihr blickte. Mit leiser Stimme fuhr Veronica fort: »Sie sind befördert worden, Green, und Sie haben eine gute Stellung bei uns. Es wäre durchaus möglich, daß Sie noch weiter aufsteigen, verstehen Sie? Aber ebensogut könnten Sie« – und jetzt richtete Veronica sich auf – »sehr schnell ohne Anstellung sein. Haben Sie das auch verstanden?«

»Ja, ich verstehe, Madam.«

»Dann beantworten Sie jetzt meine Frage, in Anwesenheit meines Ehemanns.«

Veronica trat in den Salon zurück, zusammen mit Green, und der Lakai blieb in der Nähe der Tür stehen, beinahe wie sein Herr einige Augenblicke vorher, bis Veronica verlangte: »Kommen Sie näher.«

Nachdem der Diener langsam ins Zimmer getreten war, blickte Veronica ihn an und verlangte: »Sie sagen jetzt dem gnädigen Herrn, wen Sie heute nachmittag zwischen halb drei und halb vier durch die Vordertür hereingelassen haben.«

Der Lakai sah ihr fest ins Gesicht und antwortete: »Zwischen halb drei und halb vier habe ich keinen Dienst, Madam. Sie selbst haben die Zeiten geändert, und mir steht wegen meiner Extraarbeit und dem eingeschränkten Ausgang eine freie Stunde zu.«

Einen Augenblick lang war es vollkommen still im Zimmer. Dann fuhr Veronica Lawson herum und sah zu ihrem Sohn, bevor sie den Blick wieder auf den Lakai richtete: »Aber Sie haben gesagt, Sie hätten um diese Zeit Mr. Vincent durch den Vordereingang ins Haus gelassen.«

Wieder entstand Stille, bis Green antwortete: »Nein, Madam, das stimmt nicht. Sie haben es gesagt.«

»Green!« kreischte Veronica schrill. »Stehen Sie nicht hier herum und verbreiten Lügen. Sie haben gesagt ...«

Weiter kam sie nicht, denn James, der nun gleichfalls laut wurde, schrie: »Halt den Mund, Weib! Du kannst den Mann nicht dazu bringen, für dich zu lügen.« Damit wandte er sich an den Lakai und sagte: »Das ist alles, Green.« Im nächsten Moment rief er den Bediensteten zurück: »Nur noch eine Minute. Ich werde Ihnen sagen, was Sie für mich tun können, und für Mr. Vincent.« Er spie den Namen seines Sohnes beinahe heraus. »Sie können nach oben auf sein Zimmer gehen und seine Koffer packen, oder was ihm sonst gehören mag ...«

»Bei Gott dem Allmächtigen! Das wirst du nicht ... das werden Sie nicht tun! Wagen Sie es nicht, auch nur einen Schritt in mein Zimmer zu setzen!« Vincent ließ die Sofalehne los und trat auf den Lakai zu. Bevor er ihn erreichte, hielt die Stimme seines Vaters ihn auf. Sein Arm schnellte vor, und Vincent wurde mit solcher Wucht nach hinten gestoßen, daß er beinahe zu Boden taumelte, während er seinen Vater anbrüllte: »Das wirst du mir nicht antun! Du bist verrückt geworden, einfach verrückt.«

»Nein, noch bin ich nicht verrückt. Aber wenn ich mit dir fertig bin, könnte dies sehr wohl der Fall sein.« James wandte sich erneut an Green: »Tun Sie, was ich gesagt habe. Suchen Sie alles zusammen, was meinem Sohn gehört, und packen Sie es ein. Dann bringen Sie die Sachen nach unten in die Halle.«

Nachdem sich die Tür hinter Green geschlossen hatte, trat Vincent vor seinen Vater und knurrte ihn an: »Das wirst du mir nicht antun! Dazu hast du kein Recht! Das ist mein Zuhause, und ich habe nicht die Absicht, mich von hier vertreiben zu lassen.«

»Bis heute ist dies dein Zuhause gewesen, und wenn du nicht freiwillig gehst, werde ich die Polizei rufen und dich wegen Körperverletzung unter Anklage stellen lassen, vielleicht sogar wegen Mordes. Hast du verstanden? Du gemeiner Schwächling. Du bist kein Mann, wirklich nicht, allenfalls eine bösartige Bestie. Schon als Junge hast du versucht, deine Schwester auf jede erdenkliche Weise zu drangsalieren. Das ist mir jetzt klargeworden. Kindliche Spiele, Pferdereiten, so hat *sie* deine Grausamkeiten genannt.« James streckte den Arm aus, um auf seine Frau zu deuten. »Nur Marie Annes entschiedene Gegenwehr hat dich in Schach gehalten. Das Mädchen war froh, nach London zu kommen, aus deiner Reichweite und dem Haß ihrer Mutter entzogen. Und schon die Vorstellung, daß ein anderer Mann erreicht hatte, was du immer haben wolltest, hat dich in den Wahnsinn getrieben, nicht wahr? Was tust du also? Du erledigst sie gleich samt ihrem Kind. Nun, laß dir gesagt sein, es besteht die Möglichkeit, daß du Erfolg hattest und beide innerhalb der nächsten vierundzwanzig Stunden sterben. Wenn das geschieht, werde ich dafür sorgen, daß du dann deine gerechte Strafe bekommst.«

Vincent machte einen Schritt rückwärts. Er fuchtelte mit den Händen in der Luft, und wandte sich, den Kopf hin und her werfend, in mitleidheischendem Ton an seine Mutter: »Er ist verrückt. Ich sage dir, er ist verrückt, Mutter. Redet von Strafe und Gerechtigkeit. Ich habe nichts getan, überhaupt nichts, und er kann mir nicht das Geringste nachweisen.«

Dieses Mal kam Veronica ihm nicht mit tröstenden Worten zu Hilfe, die seine Aussage untermauert hätten, sondern umklammerte die Lehne des Stuhls, hinter dem sie stand. Und sie sank beinahe darauf, als sie ihren Gatten, diesen seltsamen Mann, den sie nie richtig gekannt hatte, sagen hörte: »Du wirst zum Haus deines Freundes fahren, Bingham Close Nummer dreiundzwanzig. O ja, ich weiß Bescheid. Auch über ihn.«

Vincents Stimme kippte beinahe über, als er seinen Vater anschrie: »Er ist nicht mein Freund, nicht wie du meinst. Du irrst dich erneut, Vater. Er hat eine …«

Er starrte zu seiner Mutter, die mit dem gleichen starren Blick zu ihm sah, die fragenden Augen weit aufgerissen, während ihr Ehemann die Antwort gab: »Ja, sicher. Er hat eine Schwester, eine Dame von Stand, und sie ist verheiratet.

Wenn ich mich nicht irre, mit einem Forschungsreisenden. Nun, was spielt das für eine Rolle, ob du mit dem Mann oder der Frau bekannt bist. Du machst Besuche in diesem Haus und verbringst lange Wochenenden dort. Und dieses Mal wirst du bei ihnen bleiben, bis du von uns etwas anderes hörst. Alles hängt davon ab, wie es Marie Anne ergehen wird. Wenn ich dich unter dieser Adresse nicht erreiche, übergebe ich die Angelegenheit augenblicklich der Polizei. Hast du mich verstanden? Denn ich bin entschlossen, dich den vollen Preis dafür zahlen zu lassen – ich wiederhole, *den vollen Preis* –, daß du das Leben meiner Tochter zerstört hast. Noch etwas, bevor du gehst. Ich werde dir den doppelten Wert deiner Firmenanteile auszahlen. Solltest du nur ein kritisches Wort äußern, ziehe ich das Angebot sofort wieder zurück.«

»Damit kommst du nicht durch. Eher holt dich der Teufel. Du wirst mich nicht demütigen. Und ich weigere mich, dieses Haus zu verlassen.«

»Nun gut, ich habe dir gesagt, was geschieht, wenn du nicht freiwillig gehst, du hattest die Wahl.« Mit drei großen Schritten war James beim Klingelstrang neben dem Kamin. Das genügte, daß Vincent seinen Vater beim Handgelenk packte und von der Klingel wegriß.

Was dann geschah, ließ Veronica Lawson von ihrem Sitz aufspringen, denn die Faust ihres Ehemanns schnellte vor, traf ihren Sohn mitten im Gesicht und schlug ihn nieder, so daß er zur Seite sank. In diesem Augenblick öffnete sich die Tür, offenbar als Antwort auf das kurze Klingeln, und Green blickte verblüfft auf den gnädigen Herrn. Der untersetzte, korpulente Mann stand kampfbereit da und wartete darauf, daß sein Sohn zurückschlug, während die gnädige Frau sich über Master Vincent beugte, der auf die Sofakante gefallen war. Er hörte sie flehen: »Nun komm, mein Lieber, steh auf. Ich gehe mit dir nach oben, und ich verspreche dir, daß du zurückkehren wirst. Dafür sorge ich. Du kehrst zurück. Denn das ist dein Zuhause. Aber jetzt komm. Deinem Vater …« – sie warf James Lawson einen zornglühenden Blick zu – »… deinem Vater wird das alles noch leid tun. Glaube mir, bis an sein Lebensende wird er das bereuen.«

Als Vincent seine Mutter zur Seite stoßen wollte, klammerte sie sich an ihn und sagte: »Laß es gut sein. Laß es gut sein. Und jetzt komm.« Mit aller Kraft schob Veronica ihren Sohn so weit wie möglich von James weg. Als sie Green neben der offenen Tür erblickte, schrie sie: »Gehen Sie mir aus dem Weg, Sie!«

Aber Green beachtete sie nicht, denn an der Tür war Platz genug. Statt dessen näherte er sich dem Hausherrn, der seine Kämpferpose aufgegeben hatte, zusammengesunken war und eine Stuhllehne umfaßte, als suche er Halt. Der Diener sagte: »Drei von Mr. Vincents Koffern stehen bereits unten, Sir. Und den Schrankkoffer lasse ich gerade vom Dachboden holen. Er wird ihn brauchen, um seine Anzüge mitzunehmen.«

Als einzige Antwort auf diesen Bericht hob James den Kopf und sagte einen Augenblick später zu Green: »Es wird noch eine Weile dauern, bis die anderen von Mr. McAlisters Haus zurück sind. Gehen Sie und sagen Pinner Bescheid, daß er den offenen Wagen vorfährt. Damit kann er Mr. Vincent und sein Gepäck zum Bahnhof bringen.«

»Ja, Sir. Wie Sie befehlen.«

Nachdem Green gegangen war, blieb James einen Augenblick stehen und sah sich im Zimmer um. War wirklich er es gewesen, der dies alles in den letzten zehn Minuten gesagt und getan hatte? Hatte er Vincent niedergeschlagen? Ja, so mußte es wohl gewesen sein. James blickte auf seinen hervortretenden Bauch. Der Schlag mußte glücklich getroffen haben. Nein, Glück allein war es nicht gewesen. Auch Kraft. Kraft, die ihm der Zorn verliehen hatte. Wie seltsam, daß der erste Schlag, den er jemals gegen einen anderen Menschen gerichtet hatte, seinem eigenen Sohn gelten mußte.

Wieder sah er sich um und stellte fest, daß er den Salon nie gemocht hatte. Er erinnerte ihn zu sehr an sein früheres Schlafzimmer, das auch ein Schlachtfeld gewesen war.

Als James durch die Halle zu seinem Büro ging, warf er einen Blick auf die Stelle an der Eingangstür, wo die Koffer standen. Dann sah er zur Treppe, auf der Green mit seinen Gehilfen den riesigen Schrankkoffer nach unten hievte.

Sobald James in seinem Büro ankam, sank er in einen tiefen Ledersessel, lehnte sich zurück und schloß die Augen. Einen Moment schien es, als wäre sein Geist vollkommen leer. Er konnte an nichts denken, und jede Erinnerung war wie ausgelöscht. James wollte nur noch schlafen.

Als er allmählich wieder einen klaren Gedanken fassen konnte, hörte er eine entfernte Stimme: »Sir.«

Und erneut: »Sir.«

Der Hausherr von The Manor öffnete die Augen und erkannte Green, der ihm ein Tablett entgegenstreckte, auf dem ein Glas Portwein stand. Bei diesem Anblick richtete James sich langsam im Sessel auf und sagte: »Danke, Green. Das ist sehr aufmerksam von Ihnen. Genau das brauche ich jetzt.«

»Das dachte ich mir, Sir.«

Als Green in das füllige Gesicht von James Lawson blickte, dem er schon viele Jahre diente, fiel ihm ein, was er einmal gehört hatte. Und für ihn war es die Wahrheit gewesen. Vor seinem Diener konnte niemand ein Held sein. Und doch, in diesem Augenblick erschien ihm dieser Mann, den er jahrelang für einen verweichlichten, unter dem Pantoffel stehenden Schwächling ohne Rückgrat gehalten hatte, wie ein wirklicher Held. Denn er hatte seine Frau an ihren Platz verwiesen. Außerdem, was Green noch mehr befriedigte, hatte er diesem aufgeblasenen, feigen Wichtigtuer ein blaues Auge verpaßt, das morgen, da war er sicher, in allen Farben leuchten würde. Und wäre es nötig gewesen, hätte er auch ein zweites Mal zugeschlagen.

»Soll ich Ihnen ein heißes Bad herrichten, bevor Sie zu Tisch gehen, Sir?«

»Nein, danke, Green. Ich muß zurück zu Mr. McAlisters Haus.«

»Ist Miß Marie Anne sehr schwer verletzt, Sir?«

»Ich fürchte ja, Green. Sehr schwer. Und es droht die Gefahr, daß sie ihr Kind verliert.«

»Das tut mir aufrichtig leid, Sir. Und ich möchte Ihnen sagen, daß der Rest der Dienerschaft ebenso empfindet.«

»Ich danke Ihnen, Green. Vielen Dank.«

Die Tür wurde leise geöffnet, und beide Männer wandten sich zu Evelyn um, die sagte: »Oh! Hier bist du, Vater.«

»Hallo, mein Schatz.«

»Guten Abend, Green.«

»Guten Abend, Miß Evelyn.«

Als Green nach draußen ging, dachte er: Noch eine, die sich zum Besseren gewandelt hat. Langsam gewinnt der Anstand.

Evelyn zog einen Sessel neben ihren Vater und setzte sich. »Ich kann kaum glauben, was ich gehört habe. Stimmt es, daß er sie zusammengeschlagen hat? Ich meine, geht es ihr wirklich so schlecht?«

»Es geht ihr nicht nur schlecht, mein Schatz, sondern es ist zweifelhaft, ob sie durchkommt, selbst wenn das Baby überleben sollte.«

»Ich kann es nicht glauben. Ich traf Pat auf der Straße – er saß mit Großvater im Wagen und hat mir nur kurz berichtet, was geschehen ist.«

»O nein. Das wird auch Vater den Rest geben. Er muß quer über die Felder gehen, und der Boden ist schwer. Warum konnte Pat ihn nicht …? Ach, was rede ich da? Niemand kann Vater aufhalten, wenn er sich etwas in den Kopf gesetzt hat. Aber ich muß zu Rill Cottage und darauf drängen, daß er nach Hause zurückkehrt. Sonst liegt er bald krank neben ihr auf der Matratze am Boden.«

Rasch leerte James sein Portweinglas und stemmte sich aus dem Sessel hoch. Evelyn erhob sich ebenfalls und sagte: »Und du hast Vincent wirklich hinausgeworfen, Vater?«

»Ja, so ist es.« James nickte. »Ich habe ihn vor die Tür gesetzt. Und er hat Glück, daß ich nicht größer und kräftiger bin, sonst hätte er das Haus nicht lebend verlassen.«

»Ich … ich habe gesehen, wie er vom Hof fuhr. Er wirkte wie jemand, der wahnsinnig geworden ist.«

»Eines sage ich dir, Evelyn. Wenn Marie Anne etwas geschieht, wird er sich noch wünschen, tatsächlich den Verstand verloren zu haben.«

»Und all das ist heute nachmittag geschehen, während ich nicht zu Hause war.« Evelyn schüttelte ungläubig den Kopf.

»Nein, nein, mein Schatz. Die ganze Geschichte begann

schon vor vielen Jahren, noch bevor du auf der Welt warst. Und du sagst, er hat den Hof verlassen?«

»Ja, während Mutter am Ende der Zufahrt stand. Sie jammerte und schrie fast, und zum ersten Mal seit Tagen hat sie wieder mit mir gesprochen, wenngleich nur in Form einer Drohung, wie sonst. Sie sagte, falls ich so weitermachte, täte sie womöglich etwas Verzweifeltes. Viel mehr würde sie nicht mehr ertragen.«

»Das klingt sehr vertraut, mein Schatz.«

»Kann ich etwas tun, um zu helfen, Vater? Bitte. Ich bin nicht länger die schnippische, verwöhnte Person von früher, denn Mrs. Harding ist eine harte Lehrmeisterin. Sie beginnt immer mit dem Schwersten, und wenn ich etwas erfolgreich bewerkstelligt habe, wird sie freundlich. Hast du jemals einen Schweinestall ausgemistet, Vater?«

James schüttelte den Kopf und hielt sich einen Moment die Hand vor die Augen. »Bring mich nicht zum Lachen, Evelyn«, sagte er. »Denn an den Ereignissen des heutigen Tages kann ich nichts Lustiges finden. Aber du willst doch nicht behaupten« – er nahm die Hand von den Augen, um seine Tochter anzusehen –, »daß sie dich tatsächlich den Schweinestall ausmisten läßt?«

»Ach, das ist noch gar nichts, Vater. Überhaupt nichts. Weißt du, wie man den Boden im Kuhstall ausspritzt, ohne daß die Kuheuter dabei naß werden?«

James legte den Arm um ihre Schultern und geleitete seine Tochter zur Tür. Unterwegs sagte er: »Erzähle mir jetzt lieber nichts weiter, mein Schatz, sondern spare deine Geschichten für einen andern Abend auf, wenn wir, so Gott will, herzhaft darüber lachen können. Aber du hast deine Hilfe angeboten. Du könntest wirklich etwas tun. Geh zu deinem Großvater und besuche ihn auch möglichst oft während der nächsten Woche, wenn Pat und ich bei der Arbeit sind, denn einer muß in der Firma sein. Außerdem könntest du dich darum kümmern, daß Rill Cottage jeden Tag mit neuen Vorräten und anderen Dingen versorgt wird.«

»Das mache ich, Vater. Ja, du kannst dich darauf verlassen. Wohin gehst du jetzt?«

»Ich kehre nach Rill Cottage zurück. Du sagtest, daß Vater dort ist, und ich möchte ihn unbedingt heute abend nach Hause zurückholen. Denn zugegeben, im Haus von Don, ich meine, in Mr. McAlisters Haus, ist es ziemlich ungemütlich.«

»Ist es schmutzig dort?«

»O nein! Überhaupt nicht. Aber alles sieht alt und abgenutzt aus. Wie dem auch sei, mein Schatz. Ich muß jetzt gehen. Aber um eines bitte ich dich noch. Vermeide es möglichst, deiner Mutter heute abend über den Weg zu laufen. Und beiße dir notfalls auf die Zunge. Veronica hat während der vergangenen Stunden einige schwere Niederlagen erleiden müssen, und bei jedem Menschen gibt es eine Grenze des Erträglichen, selbst bei ihr.«

7. Kapitel

Als James Rill Cottage erreichte, fand er seinen Vater auf dem Sofa sitzend vor. Er hielt eine Tasse Tee in der Hand und begrüßte ihn mit den Worten: »Hallo, James.«

James antwortete nicht sofort, sondern blickte zu Pat, der hinter dem Sofa stand. Aber Pat sagte nichts, sondern breitete nur die Hände aus, was deutlich genug war.

Indem er sich am anderen Sofaende niederließ, sagte James scharf: »Das hättest du nicht tun sollen, Vater. Es gibt schon genug Dinge, über die wir uns Sorgen machen müssen.«

»Wovon redest du bloß?« schnappte der alte Lawson zurück. »Ich bereite niemandem Sorgen, höchstens mir selbst. Wenn ich allein zu Hause herumsitze, werde ich noch verrückt. Ich muß Bescheid wissen, wie es dem armen Kind geht. Außerdem …« Seine Stimme wurde leiser, und er beugte sich zu James herüber. »Ich liege noch nicht im Sarg, und in diesem Augenblick fühle ich mich lebendiger, als du zu sein scheinst, wenn ich dich ansehe. Was ist im Haus passiert?«

»Das erzähle ich dir später.«

»Nun, dann sage ich dir jetzt etwas.« Der alte Lawson sprach mit zischender Stimme. »Dafür wird er büßen, hinter Gittern. Das ist das mindeste. Hast du mich verstanden?«

»Ja, ich verstehe dich sehr gut. Und er versteht es auch. Er ist nicht mehr da.«

»Was meinst du damit? Hat er sich abgesetzt?«

»Nein, aber ich habe dafür gesorgt, daß er das Haus verließ, mit Sack und Pack.«

Emanuel Lawson rückte von seinem Sohn ab und legte den Kopf auf die Seite, als ob er James richtig betrachten wollte. Dann sagte er: »Das hast du gemacht? Du hast ihn hinausgeworfen?«

»Ja, ich habe ihn aus dem Haus geworfen. Und mache nicht so ein überraschtes Gesicht. Was du von dir sagtest, gilt auch für mich. Ich bin ebenfalls noch sehr lebendig.«

Als ein schwacher Schrei aus dem angrenzenden Zimmer drang, murmelte der alte Lawson: »Das arme Kind. Das arme Kind.«

James beugte sich zu seinem Vater, legte ihm die Hand auf das Knie und sagte leise: »Vater, hier wird es ein ständiges Kommen und Gehen geben, und du kannst nirgendwo schlafen. Zu Hause hast du es sehr viel bequemer.«

Darauf fragte der alte Lawson: »Und wofür hast du die ganzen Matratzen herschaffen lassen?«

»Jedenfalls nicht, damit du dich darauf legen sollst, Vater.« James blickte nun zu Don, der gerade aus der Küche kam: »Wie haben Sie es nur geschafft, neben diesem hier« – er wies auf die Matratzen, die in einer Ecke am Boden lagen – »auch das ganze andere Zeug unterzubringen?«

»Oh, das war einfach«, entgegnete Don mit einer Spur Ungeduld in der Stimme, die nur schwach seine wahren Gefühle verdeckte. »Es gibt einen kleinen Raum, in dem ich alles mögliche für meine Werkstatt aufbewahre. An den Wänden sind Regale, und es gibt dort auch einen Schrank. Da hinein haben wir die ganze Wäsche gestopft. Was die Lebensmittel angeht« – er wies hinter sich zur Küchentür –, »würde ich sagen, daß der Vorratsschrank noch nie so gut gefüllt war, seit dieses Haus steht.«

Zu Don aufblickend, sagte Emanuel: »Gut, gut. Aber würde es Ihnen Unannehmlichkeiten bereiten, wenn ich die Nacht hier verbrächte?«

»Mir überhaupt nicht, Sir. Nicht im geringsten. Aber es gibt kein zweites Bett in diesem Haus.«

»Ich brauche kein Bett. Dort liegen doch Matratzen, nicht wahr? Und es wäre nicht das erste Mal, daß ich auf einem Notbett schlafe. Würden Sie also bitte meinem Sohn mitteilen, Mr. McAlister, daß ich niemandem im Weg bin?«

»Das mache ich, Sir«, entgegnete Don, während er zur gleichen Zeit dachte: Oh, diese Leute! Sie scheinen sich mehr Gedanken um Matratzen, Essen und den alten Mann zu machen als um sie. Und wie in einem Gebet fügte er stumm hinzu: Bitte, Gott, halte mich zurück, meine wahren Gefühle zu offenbaren. Und lasse sie bei uns, ich flehe dich an. Nimm den Gedanken von ihr, sterben zu müssen.

Dann schob er Pat in die Küche. Dort sagte er: »Es geht um das Brot.«

»Um das Brot?«

»Ja. Ihr Vater hat an alles gedacht, Butter, Käse, Schinken, nur nicht an Brot.« Don lächelte schwach, und wieder fragte er sich erstaunt, wie er hier stehen und über Lebensmittel sprechen konnte, während seine Gedanken im Raum nebenan waren, bei Marie Anne, die er im Geist festhielt, tröstete und anflehte, ihr Kind zur Welt zu bringen, bevor es zu spät war. Trotzdem befand er sich in der Küche, äußerlich damit beschäftigt, Schlafgelegenheiten und Verpflegung zu organisieren. Ein Teil von ihm hätte am liebsten alle Anwesenden zur Tür hinausgeworfen, so daß nur der Arzt, Sarah und seine geliebte Marie Anne zurückblieben. Warum mußte sie ausgerechnet hier, wenige Schritte von seinem Haus entfernt, beinahe zu Tode geprügelt werden, und warum sollte gerade hier das Kind zur Welt kommen? Das Gefühl, das ihn quälte, seit Sarah angedeutet hatte, Marie Anne sei nicht als Folge einer Vergewaltigung schwanger geworden, sondern es habe eine gewisse Sympathie zwischen ihr und dem älteren Mann bestanden, wurde beinahe unerträglich.

Pat sagte: »Ich kümmere mich darum, Don.«

Sie hörten, wie die Schlafzimmertür geöffnet wurde und der Arzt leise rief: »Mr. Lawson.« Don und Pat traten aus der Küche. »Ich nehme an, die Babywäsche liegt im Kleinen Herrenhaus bereit?« fragte John Ridley.

»Ja, bestimmt. Da bin ich sicher, Doktor«, antwortete Pat.

»Gut. Dann wäre es das beste, wenn Sie so bald wie möglich etwas davon herbrächten.«

Nervös entgegnete Pat: »Ja, sicher. Ich wollte ohnehin Brot besorgen. Die Wäsche lasse ich dann auch herschicken.«

Ohne auf den alten Lawson zu achten, der während des Wortwechsels schweigend auf dem Sofa sitzen geblieben war, kehrte John Ridley ins Schlafzimmer zurück. Dabei dachte er: Was für eine Familie! Dieser junge Kerl redet von Brot, und seine Schwester liegt sterbend im Nebenzimmer. Und Marie Anne Lawson war wirklich dem Tode nah. Der Arzt hatte des öfteren unter merkwürdigen Bedingungen gearbeitet, doch diese Situation übertraf alles. Ein hübsches Mädchen, schwanger, halb totgeprügelt, kurz vor der Niederkunft, lag in dieser schäbigen Behausung, die einem narbengesichtigen Künstler gehörte, der hier ein Eremitendasein führte, während die drei männlichen Mitglieder ihrer Familie sich darauf vorbereiteten, die Nacht über auf dem Fußboden zu kampieren. Und obendrein saß neben dem Bett eine Irin, die niemals den Mund aufmachte, es sei denn, sie murmelte seiner Patientin etwas zu!

Im Haus war es ruhig, und alle Matratzen waren belegt. Sogar Sarah hatte sich überreden lassen, sich ebenfalls hinzulegen. Zur gleichen Zeit sagte im Schlafzimmer der Arzt: »Wir können nicht länger warten, Mrs. Harding. Ich werde es jetzt holen. Lassen Sie uns anfangen. Ich betäube sie mit etwas Chloroform. Wenn sie überhaupt eine Chance haben soll, muß das Kind entweder durch eine Zangengeburt oder durch Kaiserschnitt kommen. Und dieser Ort ist nicht gerade passend für einen Kaiserschnitt.«

Nachdem der Arzt sich die Hände gewaschen hatte, entnahm er seiner Tasche eine kleine Flasche und einen Wattebausch, eine Geburtszange und etwas, das wie eine lange

Schere aussah. Diese Gegenstände breitete er auf dem Ankleidetisch aus. Dann blickte er zu Mrs. Harding und sagte: »Also los! Und Gott helfe uns.«

Doktor Ridley tränkte den Wattebausch mit dem Chloroform und hielt ihn leicht über Marie Annes Nase und Mund. Nachdem sie zwei rasche Atemzüge gemacht hatte, ließ der Arzt die Watte zur Seite fallen, nahm das scherenähnliche Instrument und schnitt an jeder Seite den Damm ein, bevor er sanft seine Hand in ihre Vagina einführte, um die Lage des Kindes zu ertasten.

Wenige Minuten später begann er zu reden, als ob er eine Unterhaltung mit dem Kind führte: »So ist es gut, ja, genau richtig.« Kurz darauf griff Ridley nach der Geburtszange, führte sie in die Gebärmutter ein und begann vorsichtig zu ziehen, wobei er sagte: »Komm schon! Komm! Komm heraus zu uns.«

Als sein Unterarm ruckte, brummte er ungeduldig und zog dann sehr langsam das Baby heraus. Es lag einige Augenblicke in seinen Händen, bevor der Arzt die Nabelschnur durchtrennte, das Bündel kurzerhand in Mrs. Hardings wartende Arme legte und sofort wieder seine ganze Aufmerksamkeit Marie Anne widmete.

Als das Kind den Mund aufmachte und einen Schrei von sich gab, rief Mrs. Harding beinahe ausgelassen: »Ein Mädchen! Ein hübsches kleines Mädchen«, entfaltete rasch ein Handtuch und wickelte die Kleine ein.

Mit dem Baby im Arm versuchte Mrs. Harding, die Tür zu öffnen, doch Don stand dahinter. Er war so nah, als hätte er im gleichen Moment selbst hereinkommen wollen. Sie beruhigte ihn: »Alles in Ordnung. Dem Kind geht es gut. Es ist ein Mädchen. Und jetzt bringen Sie aus der Küche eine Schüssel mit warmen Wasser und stellen alles dort auf den Tisch.«

Als Don sich nicht rührte, fragte Mrs. Harding: »Was ist los mit Ihnen, Mann? Also gut … Passen Sie auf! Halten Sie die Kleine, während ich das Nötige besorge.«

Und so kam es, daß Don mit Marie Annes Kind im Arm dastand. Er blickte auf das kleine Gesicht herunter, das leicht gerötet war, und dabei durchfuhr ihn der Gedanke, daß er der Vater hätte sein können und dann hätte sie vielleicht sein Gesichtsmal geerbt.

8. Kapitel

Etwa achtundvierzig Stunden später, kurz vor zehn Uhr abends, war es ganz ruhig in Rill Cottage. Im größten Zimmer lag Sarah auf einer Matratze neben der Wand, an ihrer Seite eine reich verzierte Wiege mit dem Kind.

Rechts vom Kamin lag James auf einer Matratze, offenbar in tiefem Schlaf. Nur wenige Stunden vorher hatte Pat seinen Großvater nach Hause gebracht. Es bedurfte einiger Überredungskunst, den alten Emanuel zu überzeugen, daß es niemandem half, wenn er Tag und Nacht hier auf dem Sofa ausharrte.

Mrs. Harding war für die dringend benötigte Nachtruhe auf die Farm zurückgekehrt, und der Arzt hatte das Haus um sieben Uhr abends nach der zweiten Visite wieder verlassen. Seine letzten Worte zu Don waren gewesen: »Mehr kann niemand von uns tun. Sie ist sehr schwach und vollkommen erschöpft. Bei dem Blutverlust, den sie erlitten hat, kann man nichts anderes erwarten. Es ist zu befürchten, daß das alles zuviel für sie war. Nur die Zeit wird zeigen, ob sie durchkommt.«

Doktor Ridley hatte sich über Marie Anne gebeugt und sanft eine Haarsträhne von ihrer inzwischen verbundenen Augenbraue gestrichen, bevor er sich an Don wandte, der neben ihm stand: »Sie wollen bei ihr sitzen bleiben? Ich meine, sind Sie nicht völlig erschöpft? Sie haben die letzten vierundzwanzig Stunden kein Auge zugemacht.«

»Mir geht es gut. Ich bin an Nachtwachen gewöhnt.«

Als würde er mit einem Mönch sprechen, nickte Doktor Ridley. Das Wort »Nachtwache« ließ ihn an die Entbehrungen denken, denen Mönche sich zur Abtötung weltlichen Verlangens aussetzten. Schließlich sagte der Arzt: »Gut, dann lasse ich Sie jetzt mit ihr allein. Wenn Sie den Eindruck haben, daß ihr Zustand sich zum Schlechteren wendet, tun Sie, was wir besprochen haben, und rufen Ihren Vater.«

»Das werde ich tun.«

»Ich komme gleich morgen früh wieder vorbei.«

»Danke, Doktor.«

Endlich allein, drehte Don den Docht der Lampe herunter, die auf der Kommode stand. Sein Blick glitt zu dem Kabinett, das an der Wand stand, und obwohl Don wußte, daß er ungestört sein würde, verspürte er kein Bedürfnis, die Türen zu öffnen, um ein Gespräch mit Gott zu führen und zu beten. Er kehrte zum Kopfende des Bettes zurück und setzte sich wieder auf seinen Stuhl. Das verfärbte und kaum wiederzuerkennende Gesicht auf dem Kopfkissen betrachtend, wiederholte er, was der Arzt gesagt hatte: »Nur die Zeit wird zeigen, ob sie durchkommt.«

Die kleine Uhr auf dem Kaminsims zeigte zwanzig nach zehn. Vor Don lag eine lange Nacht, und vielleicht war es die letzte Nacht im Leben von Marie Anne.

Sanft hob er ihre gesunde Hand, die schlaff auf der Bettdecke lag, und streichelte einen Moment die Finger, dann flüsterte er ihren Namen: »Marie Anne. Marie Anne.«

Doch er erhielt keine Antwort auf sein Flehen.

Don starrte in das erhitzte Gesicht. Wie der heilige Aloysius hatte sie zu sterben beschlossen, und wie er würde sie hinübergehen, doch warum? Nur weil sie Angst vor diesem Scheusal hatte.

Sanft klopfte Don auf Marie Annes Handrücken. »Marie Anne. Marie Anne, können Sie mich verstehen? Wenn ja, dann hören Sie zu, was ich Ihnen jetzt sage: Sie müssen keine Angst mehr vor ihm haben, denn er ist fort. Sein Vater hat ihn verbannt. Er wird Sie nie wieder belästigen.« Don wußte, daß seine letzten Worte nur Wunschdenken waren. Auch wenn ihr Bruder das Haus nicht mehr betreten durfte, blieb er ein Teil von Marie Annes Leben, und das würde er immer sein. Und das wußte auch sie. Sollte Don diesem Unhold jemals von Angesicht zu Angesicht begegnen, würde er nicht nur wünschen, daß er für immer verschwand, sondern auch versuchen, diesen Wunsch in die Tat umzusetzen.

Erneut hob er an: »Marie Anne, hören Sie mir zu. Sie werden nicht sterben. Sie dürfen nicht sterben. Wenn Sie sterben, ist das sehr selbstsüchtig von Ihnen. Ja, das ist es. Denken Sie an Ihren Großvater. Wie wird er sich fühlen? Und Ihr Vater, der in großer Sorge um Sie ist? Und dann sind da auch noch Pat und Evelyn. Ihre Schwester hat bereits ihre Hochzeit verschoben. Aber vor allem müssen Sie an Sarah denken, an Ihre geliebte Sarah, die kein Wort mehr über die Lippen bringt. Wenn Sie uns verlassen, wird Sarah nach London zurückkehren. Selbst das Baby, das liebevolle Pflege braucht, würde sie nicht zurückhalten. Hören Sie mich, Marie Anne? Wenn Sie mich hören können, machen Sie eine Bewegung.«

Don blickte auf ihre Hand, dann in ihr Gesicht, ohne die geringste Regung festzustellen, und mit einer Stimme, die kaum mehr als ein Flüstern war, sagte er schließlich: »Es gibt noch jemanden, der Sie vermissen wird, Marie Anne. Sein Herz schmerzt in diesem Augenblick sehr, und tut es schon seit langem. Deshalb kam er nicht mehr zu Besuch in Ihr Haus. Er konnte es nicht länger ertragen, Sie zu sehen. Es war sinnlos, ohne Zukunft. Sie waren zu jung, und er ist ein mißgestalteter Mann. Aber wenn Sie von uns gehen, wird sein Herz nicht nur leiden, sondern brechen. Denn Herzen können brechen, Marie Anne. Das ist nicht nur eine törichte Redensart, nein, Herzen brechen wirklich. Und gerade ein Herz, das niemals hoffen darf, daß seine Gefühle erwidert werden! Es wird dem Mann so unerträglich schwer werden, daß er sich vielleicht für den gleichen Weg entscheidet, den Sie jetzt gehen wollen. Und er hat allen Grund dazu, wenn er weiß, daß das einzig Wunderbare, das ihm in seinem elenden Dasein jemals begegnet ist, nicht länger auf dieser Erde weilt.

Vor drei Tagen wollten Sie mir etwas sagen, Marie Anne, aber Sie wurden daran gehindert und konnten es nicht mehr tun. Ich wußte, Sie wollten mir sagen, daß Sie meine Freundin sind und Ihnen mein Anblick nichts ausmacht. Das war es doch, Marie Anne, oder? Aber, Marie Anne, Sie haben mein Gesicht nie gesehen, und ich hoffe, Sie werden es auch nicht sehen.«

Jetzt schwieg Don wieder und streichelte nur noch ihre Hand. Dann, immer noch flüsternd, sagte er: »Bleib bei uns, Marie Anne. Bleib bei uns.« Und in verzweifelt flehendem Ton fügte er hinzu: »O Marie Anne, tu es für mich. Bitte! O bitte! Bleib da, für mich.«

Noch immer bewegte sie sich nicht, weder das Gesicht noch die Hand. Don blickte erneut auf die Uhr. Er konnte es kaum glauben, aber die Zeiger waren auf kurz vor Mitternacht gerückt. Hatte er etwa die ganze Zeit mit Marie Anne gesprochen? Nein, unmöglich. Er mußte zwischendurch geschwiegen haben.

Don ließ Marie Annes Hand los, erhob sich leise vom Stuhl und streckte die Arme über seinem Kopf aus. Dann bewegte er die Schultern, als wollte er die Muskeln entspannen, bevor er zum Fenster trat. Dort zog er die Vorhänge auseinander und blickte zum Himmel hinauf.

Es war eine klare Nacht. Im Schein des Mondes leuchtete der Himmel in tiefem Blau. Don konnte den Mond nicht sehen, nur seinen Lichtschimmer auf dem kleinen Rinnsal hinten im Garten. Wo das Wasser über die Steine strömte, glitzerte es im Mondlicht wie Silber. Dann floß es weiter in dem Bett, das es sich selbst im Laufe der Jahre gegraben hatte, um sich am Ende in den Fluß zu ergießen.

Wieder blickte Don zum Himmel hinauf, der sich weit und offen über ihm erstreckte. Es war eine wunderschöne Nacht. Die ganze Welt war wunderbar. Nur das Leben war häßlich. Er schloß die Vorhänge und schritt auf leisen Sohlen zum Bett zurück. Dort setzte er sich wieder auf seinen Stuhl und nahm erneut Marie Annes Hand, um mit ihr zu sprechen, als würde sie ihm zuhören: »Draußen ist eine wunderschöne Nacht. In Nächten wie dieser gehe ich oft zum Fluß hinunter und lasse mir den Wind ins Gesicht wehen, in mein *Gesicht*, Marie Anne, ohne die Maske. Es ist ein herrliches Gefühl, den Wind überall auf der Haut zu spüren. Und es gab eine Zeit, da hatte ich die Angewohnheit, mit ihm zu sprechen, ich meine, mit meinem Gesicht, mit dem entstellten Teil davon. Ich sagte Dinge wie: Das fühlt sich besser an, nicht wahr? Oder: Es tut mir leid, daß du es nicht immer fühlen kannst. Aber das waren gefährliche Selbstgespräche, und ich mußte damit aufhören, denn ich wußte, wohin mich das am Ende führen würde. Weißt du, Marie Anne, für mich ist mein Gesicht keine Einheit. Ich komme mir vor wie zwei Menschen. Einer von beiden spricht mit Gott, während der andere Gottes Existenz leugnet. Bei den Brüdern im Kloster, in der Kapelle, hängt ein großes Kreuz, und schon als kleiner Junge habe ich oft mit dem Gekreuzigten gestritten. Die Mönche versuchten mich davon abzuhalten. Eine Zeitlang gelang ihnen das auch, aber als ich hierherkam, habe ich wieder damit begonnen. Ich habe mir eine Miniatur geschaffen – sie befindet sich in dem Kabinett dort drüben – und erkannte eines Tages, eigentlich wußte ich es schon länger, wollte es aber nicht wahrhaben, daß ich nur mit mir selbst sprach. Und doch bin ich zu der Erkenntnis gelangt, daß Gott, wenn es ihn tatsächlich gibt, uns von Ferne durch die leise Stimme des Gewissens leitet. Ich nehme an, du kennst diesen Ausdruck auch, Marie Anne, die leise Stimme des Gewissens? Es gab eine Zeit, da wußte ich, daß ich dem Wahnsinn nahe war. Damals war ich sechzehn oder siebzehn. Ich wuchs zu einem großen stattlichen jungen Mann heran, und während ein Teil meines Gesichts mir zeigte, daß ich recht gutaussehend sein könnte, war der andere so abstoßend häßlich, daß mich das Verlangen packte, alles in meiner Reichweite in Stücke zu schlagen. Eines Tages tat ich es. Ich zerstörte einen ganzen Tisch mit Arbeiten von Bruder Percival und warf mich dann wie ein trotziges Kind schreiend zu Boden, schlug und trat mit Händen und Füßen um mich oder, besser gesagt, gegen zwei kräftige Brüder. Die Mönche waren sehr freundlich zu mir und nannten es einen Nervenzusammenbruch. Das ist einer der Gründe, warum ich mich noch heute gedrängt fühle, für sie zu arbeiten. Weißt du, Marie Anne, ich hätte ihnen für ihre Güte danken können, indem ich in den Orden eingetreten oder Priester geworden wäre. Damals schickten sie mich nach Rom. Doch in meinem Innern wußte ich, daß ich trotz allem ein viel zu weltlicher Mensch war und meine Sehnsucht etwas anderes von mir verlangte, auch wenn ich keine Ahnung hatte, was es war, bis ich dir begegnete.«

Plötzlich wurde Don müde. Das Gefühl überfiel ihn mit einer solchen Macht, daß er nicht widerstehen konnte und sich fallenließ …

Sein Nacken war steif, und sein ganzer Körper schmerzte vor Verkrampfung. Auf einmal bemerkte Don, daß er mit dem Kopf auf seinem Unterarm lag, die Kante des Lattenbetts als Unterlage. Er konnte nichts sehen, denn seine Lider waren verklebt. Beim Klang einer Stimme riß er die Augen auf: »Haben Sie gut geschlafen?«

Der Schmerz unter der Schädeldecke, als Don den Kopf hob, war unerträglich, doch was er dann zu Gesicht bekam, raubte ihm beinahe den Atem, denn ihm gegenüber, auf der anderen Bettseite, stand Sarah, die mit einem Arm Marie Anne stützte und mit der anderen Hand eine Tasse an deren Lippen führte.

Mühsam richtete Don seinen verkrampften Körper auf und kam auf die Füße, als Sarah sagte: »Sie könnten jetzt sicher auch eine Tasse Tee vertragen.«

Mit kehliger Stimme stammelte Don: »Ich … ich muß eingeschlafen sein. Tut mir leid.«

»Ja. Sie haben geschlafen. Ziemlich lange sogar. Wissen Sie, wie spät es ist?« Sarah blickte zur Uhr. »Viertel vor sieben.«

»Tut mir leid«, wiederholte Don, worauf Sarah ihm fast das Wort abschnitt:

»Himmel! Sagen Sie nicht immer, daß es Ihnen leid tut. Sehen Sie denn nicht, daß Marie Anne über den Berg ist?«

Don wandte sich zu Marie Anne. Durch den Nebel vor seinen Augen erkannte er, wie sie ihn anblickte, und Don hatte das Gefühl, daß es lange her war, daß er sie zuletzt gesehen hatte. Ihm war, als wäre er an einem weit entfernten erholsamen Ort gewesen. Er mußte gut geschlafen haben. Und hier war Marie Anne, zurückgekehrt unter die Lebenden.

Mit einem Mal von Hochstimmung erfüllt, rief er laut: »So, dann werde ich jetzt als erstes zum Fluß gehen und ein Bad nehmen.« Als er das Zimmer verließ und durch die Küche verschwand, hallte Sarahs Lachen hinter ihm her.

9. Kapitel

Drei Wochen lang lag Marie Anne in dem Lattenbett und weigerte sich, die dünne Unterlage gegen eine besser gepolsterte Matratze auswechseln zu lassen. Als sie schließlich aufstand, wollte sie nur am Fenster sitzen, das Baby in der Wiege neben sich, während um sie herum ein ständiges Kommen und Gehen und geschäftige Betriebsamkeit herrschten.

Zweimal hatte sie außergewöhnlichen Besuch empfangen. Zum einen war Evelyn gekommen, und Marie Anne hatte sich sehr gefreut, sie zu sehen. Die Schwester hatte vor einigen Tagen vorbeigeschaut und sich zu Marie Anne ans Fenster gesetzt. Beide hatten sich sehr verändert. Verschwunden waren Arroganz und Hochmut, und Marie Anne konnte sich nicht mehr vorstellen, daß dieselbe junge Frau, die jetzt neben ihr saß, ihr früher mit verachtender Ablehnung begegnet war.

Während die beiden Schwestern beisammen saßen, erzählte Evelyn lachend von ihrer Lehrzeit als Bäuerin, einschließlich aller Tätigkeiten im Kuhstall. Von Evelyn erfuhr Marie Anne auch Dinge, die keiner der anderen ihr gegenüber erwähnt hatte. Ihre Mutter war für einen längeren Aufenthalt nach Kanada gereist, und Vincent begleitete sie. Ob Marie Anne sich noch an David und John erinnerte?

Ja, hatte sie entgegnet, sie könne sich noch an die beiden Brüder erinnern. Der eine sei sehr groß gewesen, während der andere ihr damals ziemlich klein vorgekommen war.

Darauf erklärte Evelyn, daß es sich bei dem kleineren ruhigen Bruder um David handele und John der ausgelassenere und stürmischere gewesen sei, der sich immer mit Vincent geprügelt habe. Sie könne sich deshalb kaum vorstellen, daß John seinen Bruder Vincent bei dessen Überraschungsbesuch mit offenen Armen aufnehmen werde. Andererseits besitze David, wie sie wisse, ein eigenes Haus, und dort würden Mutter und Vincent wohnen. John habe die Tochter eines Ranchers geheiratet, der, wie er selbst, Pferdezüchter war, und daher lebe er jetzt bei seinem Schwiegervater. Ziemlich schüchtern hatte Evelyn dann erwähnt, daß ihre eigene, bislang aufgeschobene Hochzeit in vierzehn Tagen stattfinden sollte, als stille Feier, wie sie sagte. Lachend fügte sie dann hinzu, der Standesbeamte werde das Brautpaar mit den wenigen Gästen vielleicht gar nicht bemerken.

Der zweite überraschende Besuch war Pats Verlobte gewesen. Marie Anne hatte eine schlanke, hochgewachsene junge Dame erwartet, die außerdem, da es sich um Pats Auserwählte handelte, ziemlich schön sein würde. Doch Miß Anita Brown war beinahe das völlige Gegenteil. Sie war klein, brünett und, nach Marie Annes Einschätzung, ziemlich lebhaft. Sie unterrichtete Französisch. Man konnte sie nicht als Schönheit bezeichnen, nicht einmal als durchschnittlich gutaussehend. Aber vielleicht brachte es ihr Beruf mit sich, daß sie einen gewissen Charme versprühte. Das und ihr ansteckendes Lachen machten sie äußerst anziehend. Sie hatte nicht erwähnt, wann sie und Pat heiraten würden, und Marie Anne schnitt die Frage deshalb auch nicht an. Auch der Umstand, daß Sarah sie in ihr Herz schloß, schien ihr Ansehen zu steigern.

Wenn das Wetter es erlaubte, kam Marie Annes Großvater fast jeden Tag vorbei, insbesondere nachdem Holzplanken entlang der beiden Felder hinter Mr. Hardings Haus gelegt worden waren. Mr. Harding war diesem Wunsch gern nachgekommen.

Die fünf Wochen, die Marie Anne im Schlafzimmer von Rill Cottage verbracht hatte, erschienen ihr beinahe wie ein ganzes Leben. Doch heute morgen, als sie in dem leergeräumten Wohnraum stand, Don gegenüber, wurde ihr deutlich bewußt, daß sie zum ersten Mal seit ihrer Genesung allein waren.

Zu ihm aufblickend, sagte Marie Anne: »Wie um alles in der Welt haben Sie es nur geschafft, die ganze Zeit unsere Anwesenheit zu ertragen! Manchmal müssen Sie sich doch nach der Ruhe und dem Frieden bei den Mönchen in London zurückgesehnt haben.«

Lachend warf Don den Kopf in den Nacken und antwortete: »Ruhe und Frieden bei den Mönchen! Meine Liebe, wenn Sie wissen wollen, wie es in einem richtigen Tollhaus zugeht, dann sollten Sie einmal während der freien Stunden dort sein, wenn die Brüder sich in der Küche treffen und Bruder John die Gelegenheit nutzt, auf seiner Mundharmonika zu spielen. Oder wenn es Bruder Jacko in den Sinn kommt, mich eine Stunde lang mit seinen Deutschkenntnissen zu unterhalten.« Dann verschwand das Lächeln aus Dons Gesicht, und er blickte tief in Marie Annes Augen, als er sagte: »Jetzt kann ich es Ihnen gestehen, Marie Anne. Diese vergangenen fünf Wochen waren für mich die glücklichsten in meinem ganzen Leben, das heißt, nachdem das Baby auf die Welt gekommen war und Sie beschlossen hatten, bei uns zu bleiben.«

Marie Anne entzog sich seinem durchdringenden Blick und ging zum Kamin. Ruhig antwortete sie: »Ich wäre gegangen, wenn Sie nicht gewesen wären.«

Don rührte sich nicht von der Stelle und sah auf Marie Annes Rücken. Sie drehte sich wieder zu ihm und fragte: »Jetzt werden Sie hoffentlich nicht mehr unser Haus meiden, wie vorher, nicht wahr? Sie kommen so oft wie möglich, versprochen? Und wenn ich darf, würde ich auch gern bei Ihnen vorbeischauen.«

Noch immer stand Don unbeweglich im Raum. Was sollte er ihr antworten? Kommen Sie nicht hierher. Man wird über Sie reden. Oder: Das wäre gefährlich für Sie, auf eine Weise, die Sie nicht ahnen. Don konnte sich durchaus vorstellen, dem Kleinen Herrenhaus regelmäßige Besuche abzustatten. Dort drohte weniger Gefahr, denn sie würden nicht allein sein. Aber hier, nur sie beide im Haus, das durfte nicht sein.

Jetzt hörte Don sich sagen: »Sie sind mir jederzeit willkommen, das wissen Sie. Aber vergessen Sie nicht, daß ich sehr beschäftigt bin.«

Als Marie Anne nichts darauf antwortete, sondern ihn nur weiter anblickte, fragte er: »Sie werden bald siebzehn, nicht wahr? Am 2. August, wenn ich mich nicht irre, oder?«

»Ja, am 2. August. Wann sind Sie geboren?«

»Oh, ich? Beinahe um die gleiche Zeit, am 31. Juli, und ich werde dieses Jahr dreiunddreißig, beinahe doppelt so alt wie Sie, alt genug, um Ihr …«

»Sagen Sie das nicht!« Obwohl Marie Anne schroff sprach,

klang ihre Stimme brüchig, und das Lächeln war aus ihrem Gesicht gewichen. Eher sah sie zornig aus, als sie weitersprach: »Das ist eine abgedroschene Bemerkung, wie Sie selbst wissen. Siebzehn Jahre, das ist normalerweise das Alter von jungen Mädchen, aber ich bin kein junges Mädchen mehr, falls ich jemals eines war.«

»Schon gut. Schon gut.« Don hob beschwichtigend die Hand und sagte leise: »Sie sind kein junges Mädchen mehr, und die abgedroschene Bemerkung tut mir leid. Aber bitte, nehmen Sie meine Worte nicht so ernst. Ich wollte nur darauf hinaus ...«

»Ich weiß, worauf Sie hinauswollten, Don, worauf Sie immer hinauswollen.« Marie Anne unterbrach sich, blickte zur Tür, und sagte in verändertem Tonfall: »Da kommt Vater. Ich ... es tut mir leid, wenn ich Sie auf irgendeine Weise irritiert habe.«

Die Tür ging auf, und James begrüßte seine Tochter. »Reisefertig, mein Schatz?«

»Ja, Vater. Aber ich war gerade dabei, Don zu sagen, daß es eine Zeit dauern wird, bis sein Haus wieder aussieht wie vorher, so wie wir hier alles benutzt haben.«

»Ja, das ist wahr«, bestätigte James und blickte auf den Boden. »In den vergangenen Wochen ist hier viel herumgetrampelt worden, Don.«

»Der Fußboden sah schon vorher sehr abgewohnt aus, und es war sehr freundlich von Ihnen, die Löcher zu übersehen. Ich wollte schon längst einen neuen Teppich kaufen und einiges im Haus verändern, denn bei meinem Einzug habe ich den größten Teil der Einrichtung belassen, wie sie war. Also beunruhigen Sie sich nicht darüber, wie der Fußboden oder sonst etwas hier aussieht. Eines allerdings möchte ich noch bemerken. Ich werde Sie alle vermissen. Wenn Sie fort sind, wird es mir hier wie im Grab vorkommen, und es wird eine Weile dauern, bis ich mich wieder an die Stille gewöhnt habe.«

»Nun, Sie wissen, was wir alle denken, Don. Wir werden Ihnen Ihre Freundlichkeit niemals vergelten können.«

»Oh, machen Sie sich deswegen keine Sorgen. Ich werde mir alles in Form von Wein, Einladungen zum Essen und

Musik zurückholen.« Dabei nickte er in Marie Annes Richtung und fügte hinzu: »Sie müssen viel üben, um die verlorene Zeit wieder aufzuholen.« Im nächsten Moment schloß er die Augen und sagte: »Oh, das war ein zweifelhaftes Kompliment, wenn überhaupt. Denn ich finde, daß Sie immer wunderbar spielen.«

»Das finde ich auch«, warf ihr Vater ein. »Und jetzt komm. Laß uns losgehen. Wir müssen den ganzen Weg über die Felder und dann zur Farm gehen, um uns von Mr. und Mrs. Harding zu verabschieden, diesen herzensguten Menschen, die uns wirklich geholfen haben, die schwere Zeit durchzustehen.«

Damit verließ Marie Anne das Haus, in dem ihr Kind zur Welt gekommen war und wo sie selbst eine wichtige Zeit ihres Lebens verbracht hatte. Denn jetzt wußte sie, was Liebe war.

Es war früher Nachmittag, als Don zu seinem Haus zurückkehrte. Er hatte den Waldweg genommen und war sehr überrascht, im Näherkommen vor seiner Tür Dr. Ridley stehen zu sehen, der ihm zum Gruß entgegenrief: »Kein Wunder, daß mir niemand aufgemacht hat.«

»Sie sind alle fort, und ich bin wieder allein«, erklärte Don.

»Ja, ich weiß. Und deshalb bin ich gekommen. Ich möchte mich gern ungestört mit Ihnen unterhalten.«

Im Wohnzimmer rief John Ridley aus: »Lieber Himmel! Das sieht wirklich leer aus. Sind Sie froh, Ihr Haus wieder für sich allein zu haben?«

»Nein, überhaupt nicht.«

»Das fürchtete ich beinahe. Darf ich mich setzen?«

»Natürlich. Tun Sie sich keinen Zwang an. Kann ich Ihnen etwas zu trinken anbieten?«

»Nein, danke. Im Augenblick nicht. Ich habe Ihnen etwas zu sagen, und ich weiß nicht, wie ich anfangen soll. Würden Sie sich vielleicht hinsetzen? Sie wirken so überwältigend, wenn Sie neben mir stehen.«

Lachend setzte sich Don. »Das ist das erste Mal, daß mich jemand überwältigend nennt!«

John Ridley verschränkte die Arme und lehnte sich im Sessel zurück. Dann blickte er Don direkt ins Gesicht und fragte: »Ich bin nicht viel älter als Sie, oder?«

»Ich weiß nicht«, entgegnete Don. »Vierzig, würde ich schätzen.«

»Fast getroffen. Ich bin neununddreißig. Und Sie?«

»Dreiunddreißig, vor kurzem geworden.«

»Ja, das dachte ich mir. Ich werde Sie Don nennen, so wie alle anderen, und ich denke, daß wir uns in den vergangenen Wochen gut genug kennengelernt haben, nicht wahr?«

»Ja, da haben Sie wohl recht.«

»Zumindest oberflächlich kennen wir uns gut.«

Es entstand eine Pause, bevor Don fragte: »Also, was wollen Sie damit sagen, Doktor?«

»Tja, genau deshalb bin ich hergekommen, um mit Ihnen über das zu sprechen, was unter der Oberfläche vor sich geht. Aber ich möchte mich nicht aus reiner Neugier mit Ihnen unterhalten oder Fragen stellen. Das glauben Sie mir doch, Don, oder?«

Ausweichend entgegnete Don: »Nun, das wird sich zeigen. Habe ich recht, wenn ich vermute, daß Sie wegen dieser Sache hier gekommen sind?« Er wies auf seine Maske.

John Ridley errötete leicht und sagte: »Ja, Sie haben recht. Aber wie ich Ihnen schon versichert habe, geschieht es nicht aus Neugier. Verstehen Sie, ich habe meine Ausbildung in London absolviert und die letzten beiden Jahre in einem Krankenhaus gearbeitet, das auf die verschiedensten Hautprobleme spezialisiert ist. Es gab viele Patienten, Kinder und Erwachsene, die mit einem Feuermal, man sagt auch Weinfleck dazu, in die Klinik kamen. Nicht ungewöhnlich war daneben eine andere Form, die beinahe ebensohäufig zu sein schien, aber ein völlig anderes Bild aufwies. Ehrlich gesagt fand ich es entsetzlich, als ich ein junges Mädchen sah, dessen halber Körper von schwarzem und dunkelbraunem Narbengewebe bedeckt war. Diese Flecken oder Narben wirkten nirgendwo glatt wie bei einem Feuermal, sondern bestanden aus Knötchen und Wucherungen, die in unterschiedlichen Schattierungen dunkel gefärbt waren. Die Entstellung hatte einen Namen …«

Der Arzt unterbrach sich, als Don, dessen gesunde Gesichtsseite leichenblaß geworden war, sagte: »Ja, ich weiß. Die Entstellung ist unter dem Namen ›ererbte Melanosis naeviformis‹ bekannt.«

John Ridleys Gesichtsfarbe hatte sich ebenfalls verändert, und tiefrosa stammelte er: »Es ... es tut mir leid. Offenbar haben Sie sich mit der Materie befaßt. Aber meine Absicht war eigentlich nicht, über Ihre Haut zu sprechen, sondern über die Maske, die Sie tragen. Ich hatte vermutet, Sie würden etwas anderes als ein Hautmal darunter verbergen, wegen dieser umständlichen und häßlichen Apparatur. Ehrlich gesagt verstehe ich nicht, warum Sie nicht etwas weniger Auffallendes tragen. Vor ein paar Tagen habe ich Sie zufällig ohne die Kappe gesehen. Haben Sie diese Gesichtsbedeckung im Krankenhaus erhalten?«

Don antwortete mit tonloser Stimme: »Ich war nie in einem Krankenhaus. Den Apparat hat ein hilfsbereiter Bruder im Kloster für mich gemacht, damit ich mich der Welt draußen zeigen konnte.«

»Ja, jetzt verstehe ich. Und noch einmal, es tut mir leid, aber ...« Der Arzt streckte die Hand aus und berührte Dons Knie. »Ich möchte Ihnen ebenfalls gern helfen. Hätten Sie etwas dagegen, wenn ich Ihnen einige Fragen stelle?«

»Nein, überhaupt nicht. Machen Sie nur.«

John Ridley befeuchtete die Lippen und sagte dann: »Sind noch andere Körperstellen befallen?«

»Nein.«

»Nein?«

»Wie gesagt, nein. Das ist die Ironie daran. Die Narben haben nur einen kleinen Teil meines Körpers entstellt, vom Haaransatz bis zum Brustbein.« Als Don aufsprang und sich das Gestell vom Kopf riß, blieb John Ridley ruhig sitzen und blickte auf die häßliche Entstellung im Gesicht des jungen Mannes. Und das Gesichtsmal verunstaltete ihn wirklich, nicht nur durch die dunkle Farbe, sondern auch, weil es rauh und zerfurcht aussah. Die Erhebungen erinnerten an Warzen, wie sie Schweine auf dem Rücken tragen.

Es dauerte geraume Zeit, bis John Ridley sagen konnte:

»Setzen Sie sich doch, Don ... Und hören Sie mir zu. Ich kann Ihnen derzeit keine Hoffnung machen, daß es eine Möglichkeit gibt, dieses verfluchte Gesichtsmal zu behandeln, aber ich weiß, in Deutschland werden Versuche unternommen, die Farbe aufzuhellen. Dennoch gibt es etwas, das Ihnen sofort Erleichterung verschafft, eine richtig angepaßte Maske. Sie werden sehen, damit fühlen Sie sich wie ein neuer Mensch. Die Sache ist nämlich so ...« Entschlossen stand John Ridley von seinem Sessel auf und setzte sich neben John auf das Sofa, und seine Stimme klang eifrig: »Lassen Sie mich erklären. Es gibt einen jungen Burschen. Er ist mein Patient. Dieser Junge hat keine Beine, aber dafür besitzt er zwei Hände, die Wunder bewirken können, zumindest glaube ich das. Allerdings müssen Sie ihn für die Sache gewinnen. Er arbeitet mit Pappmaché und stellt nicht nur Tabletts und andere dekorative Gegenstände her, sondern kann auch Figuren und Masken formen, die völlig lebensecht wirken. Aber eines möchte ich Ihnen nicht vorenthalten. Er akzeptiert nicht jeden. Man hat ihm angeboten, Masken für eine Theatertruppe herzustellen, doch davon wollte er nichts wissen. Er stammt aus einer sehr liebevollen Familie. Sein Vater ist Anstreicher auf einer Werft, und zwei seiner Brüder machen dort eine Lehre, einer als Nieter und der andere als Zimmermann. Und so leben sie behaglich und, auch wenn es seltsam klingt, zufrieden miteinander, denn im Haus gibt es noch eine Kranke. Die einundzwanzigjährige Tochter wird nicht mehr lange leben, befürchte ich, denn sie leidet seit ihrer Kindheit an Schwindsucht. Die Familie bewohnt ein Reihenhaus in einer Arbeitersiedlung, und das zur Straße liegende Erkerzimmer hat Joe bekommen, als Schlafzimmer, Atelier und Treffpunkt für die Familie. Es sind sehr interessante Menschen, und ich bin sicher, Sie würden sich freuen, die Familie kennenzulernen und sich mit Joe zu unterhalten. Ich habe ihm von Ihnen erzählt und endlich erreicht, daß er sich für jemanden außerhalb der Familie interessiert. Was halten Sie davon?«

»Warum tun Sie das? Warum machen Sie sich diese Mühe?«

»Das frage ich mich auch oft. Wahrscheinlich bin ich jemand, der sich dauernd in fremder Leute Angelegenheiten mischen muß. Nein, in Wirklichkeit kann ich nur nicht mitansehen, wie etwas Gutes vor die Hunde geht.«

»Ach!« rief Don laut aus, und John Ridley gab den Ausruf als Echo zurück, bevor Don fortfuhr: »Ich glaube kaum, daß ich vor die Hunde gehen werde.«

»Nun, das hängt davon ab, was Sie darunter verstehen. Es könnte doch sein, daß Ihrer Seele dann endlich Flügel wachsen und sie ein völlig anderes Leben beginnen, weg von dieser kleinen Behausung«, der Arzt wies mit einem Arm durch den Raum, »in der Sie sich doch nur verkriechen. Schon gut! Schon gut!« John Ridley hob die Stimme, als Don erneut vom Sofa aufsprang. »Drohen Sie mir nicht mit einem Boxkampf, denn ich sage nur die Wahrheit. Außerdem bitte ich Sie, zu diesem Jungen zu gehen, weil ich glaube, daß Sie mir etwas schuldig sind.«

»Ich bin Ihnen etwas schuldig?«

»Nun, es stimmt doch, daß Sie Marie Anne mehr als nur *mögen*, nicht wahr? Ja, verziehen Sie ruhig das Gesicht, dann sage ich einfach, Sie mögen sie. Und wahrscheinlich haben Sie Gott gedankt, sie gerettet zu haben. Aber lassen Sie sich von mir gesagt sein, ohne meine Hilfe hätte auch Ihr Gott kaum etwas ausrichten können.«

Don atmete tief durch, wandte sich um und ging zum Kamin. Dort umklammerte er den Kaminsims aus rauhem Eichenholz.

Ein Teil von ihm wollte lachen, aber nur dieser eine, denn in Dons Augen mischte dieser Arzt sich etwas zu sehr in fremde Angelegenheiten, und das außerordentlich geschickt.

Don drehte sich auch nicht um, als John Ridley hinter ihm leise sagte: »Ich gehe jetzt. Es ist nicht nötig, daß Sie mich zur Tür begleiten. Ich kenne den Weg. Aber denken Sie über alles nach, was ich Ihnen gesagt habe. Wenn Sie wollen, brauchen Sie lediglich auf ein Blatt Papier zu schreiben: »Holen Sie mich ab«, schicken es mit der Post, und ich komme vorbei. Und statt wie ein zorniger Bulle im Zimmer zu stehen, sollten Sie mir lieber danken.«

Minuten später, nachdem die Tür ins Schloß gefallen war, reckte Don sich und atmete noch einmal tief durch.

Was verborgen war, wird offenbart werden, dachte er. Ganz wie in der Bibel. Die gesamte Offenbarungsgeschichte war ihm an diesem Morgen gepredigt worden. Aber sie gefiel ihm nicht. Kein einziges Kapitel davon.

10. Kapitel

Im Wohnzimmer von Little Manor fand ein Familientreffen statt, mit Emanuel und James sowie Patrick, Evelyn und Marie Anne. Außerdem waren Patricks zukünftige Frau und Evelyns Ehemann anwesend, und natürlich Sarah. In diesem Augenblick schenkte sie den Tee ein.

Als Pat zwei Tassen vom Tablett hob, wies Sarah auf eine davon und sagte: »Die Tasse ist für den Hausherrn, mit zwei Stücken Zucker, und diese Tasse für Mr. James, ohne Zucker. Und passen Sie auf, daß Sie nichts in die Untertasse verschütten.«

Er wandte den Kopf zur Seite und antwortete lachend: »Nein, Madam. Natürlich nicht. Ich werde mir die größte Mühe geben.«

»Machen Sie sich nur über mich lustig, Mr. Pat!«

Als Pat beim Sofa ankam und seinem Großvater und seinem Vater die Tassen reichte, sagte Emanuel: »Warum ist er heute wieder mit Doktor Ridley weggefahren? Das ist schon das zweite Mal innerhalb einer Woche. Farmer Harding sagt, letzte Woche sei er auch dort gewesen. Was meint ihr, ob Don krank ist?«

»Das glaube ich nicht, Großvater. Ich finde, er sieht kerngesund aus.«

»Ich vermute, niemand hat ihn danach gefragt, aber vielleicht weiß Marie Anne etwas. Marie Anne!« rief er in die Unterhaltung der Frauen hinein.

Marie Anne, die mit Anita und Evelyn zusammensaß, rief zurück: »Ja, Großpapa?«

»Weißt du, warum unser guter Freund Don dauernd bei Doktor Ridley ist?«

»Nein, weiß ich nicht, Großpapa. Und ich werde auch nicht neugierig sein.«

»Aber jemand sollte der Sache auf den Grund gehen. Ich werde ihn selbst fragen, wenn wir uns das nächste Mal sehen.«

»Aha!« Das Geräusch kam vom Teetisch, und alle Blicke wanderten zu Sarah hinüber. Der alte Lawson wandte sich an sie: »Haben Sie etwas gesagt, Miß Foggerty?«

Sarah, die gerade Nathaniel Napier die letzte Tasse Tee reichte, entgegnete: »Das war keine Bemerkung, Sir, nur eine Art Gefühlsausdruck.«

»Eine Art Gefühlsausdruck?«

Emanuel wechselte einen raschen Blick mit James, der anschließend den Kopf senkte und sich auf die Lippe biß, während er wartete, so wie der Rest der Teegesellschaft, denn alle wußten, was nun folgen würde.

»Dürfte ich erfahren, was für ein Gefühl dieser Ausdruck übermitteln sollte?«

Sarah, die zum Teetisch zurückgekehrt war, entfernte mit einer Serviette etwas verschütteten Tee, und als sie nicht antwortete, erklang die Stimme erneut, dieses Mal in forderndem Ton: »Dürfte ich Sie einen Augenblick um Ihre Aufmerksamkeit bitten, Miß Foggerty!«

Sarah fuhr herum und ging zum Sofa, wo sie pflichtbewußt und, wie es schien, gehorsam vor dem Hausherrn stehenblieb, der wiederholte: »Ich hatte Sie gefragt, was dieser Ausdruck bedeuten sollte.«

Worauf sie entgegnete: »Nun, Sir, wenn ich es übersetzen würde, könnten Sie meine Einmischung womöglich für unpassend halten.«

»Das zu beurteilen überlassen Sie getrost mir, Miß Foggerty. Würden Sie also bitte die Freundlichkeit haben und mir die Bedeutung von ›Aha!‹ übersetzen?«

Im Zimmer herrschte absolute Stille, die nun von Sarahs kurzer Erklärung unterbrochen wurde: »Eine gewisse Hoffnung.«

Das amüsierte Murmeln der anderen wurde rasch durch einen Blick des alten Lawson zum Schweigen gebracht, der Sarah erneut fragte: »Was haben Sie da gesagt?«

»Ich habe übersetzt, was ich mit ›Aha!‹ meinte, Sir, wie Sie es wünschten. Es bedeutete Hoffnung.«

Wieder hörte man unterdrücktes Kichern.

Der Kopf von James sank noch weiter nach vorn, und auf den Gesichtern der anderen erschien ein gequälter Ausdruck.

Emanuel Lawsons Züge blieben völlig unbeweglich, als er zu Sarah sagte: »Sie glauben also nicht, daß ich den Grund erfahren würde, wenn ich Don McAlister fragte, warum der Arzt ihn dauernd abholt?«

»Nun, nach allem, was er mir gesagt hat, würde ich dies verneinen.«

»Oh! Sie haben also mit ihm darüber gesprochen?«

»Ja, Sir.«

»Sie wollen damit sagen, Sie hätten ihn gefragt, warum er sich mit Doktor Ridley trifft?«

»Genau das, Sir.«

Ein Raunen ging durch das Zimmer. James hatte den Kopf gehoben und starrte die irische Hausdame an, die offenbar erwartete, ernstgenommen zu werden. Daher fragte er: »Und dürfen wir fragen, was er geantwortet hat?«

»Sie dürfen, Sir.«

»Also, dann reden Sie weiter.«

»Nun, Sir, ich könnte es kurz machen und Ihnen sagen, daß er sich geweigert hat, mir den Grund zu nennen, oder ich kann Ihnen auch den ganzen Wortlaut erzählen.«

»Oh, wenn das so ist, Miß Foggerty. Bitte erzählen Sie uns unbedingt alles, jede Kleinigkeit.«

Sarah blickte zu Marie Anne, die kaum merklich mit den Schultern zuckte, als würde sie sagen: »Er war es, der danach gefragt hat. Also sehen Sie nicht mich an.« Zu Emanuel gewandt, begann Sarah schließlich: »Nun gut, die Sache war so, Sir. Nachdem ich ihn gefragt hatte, sagte er: ›Wissen Sie, was Sie sind, Sarah Foggerty? Sie sind eine neugierige Person, die ihre Nase überall hineinsteckt. Wenn ich Ihnen etwas verrate, stolzieren Sie anschließend herum und machen geheimnisvolle Andeutungen, so daß alle denken, Sie wüßten mehr, und keine Ruhe geben, bis alles heraus ist. Oh, Sie würden Ihr Wissen teuer verkaufen, da bin ich sicher. Aber zuviel Stolz ist eine Sünde. Vor dieser Versuchung möchte ich Sie bewahren. Und deshalb lasse ich Sie weiter im dunkeln tappen.‹«

»Nein, so etwas!«

»Hat er das wirklich gesagt?«

Sarah wandte sich um und sah die anderen an. »Ja, das waren seine Worte. Ich habe ein gutes Gedächtnis, was Beleidigungen angeht, ganz gleich, wie sie mir serviert werden.«

In seinen Sessel zurückgelehnt, die Hand vor den Mund gelegt und mit blitzenden Augen, unterband Emanuel weitere Kommentare, indem er zu James sagte: »Wir sollten zum Thema kommen. Ist es sicher, daß er morgen früh abreist?«

Pat antwortete: »Ja, ganz bestimmt. Die Tasche steht gepackt neben der Tür, voller Skulpturen. Und dazu eine Kiste mit Kunstobjekten, die noch bemalt und glasiert werden müssen. Meine Güte, was er alles in seiner Werkstatt hatte! Im Augenblick arbeitet er an einer Steinskulptur, aber er wollte mir nicht verraten, was sie darstellt. Jedenfalls konnten die Teppichleger inzwischen Maß nehmen. Und wir waren uns alle einig, daß das Sofa und die Sessel am besten mit Leder oder Wildleder bezogen würden. Anita hat auch schon die Farbe ausgesucht, eine Mischung aus Dunkelgrün und Braun, die elegant aussieht, ohne empfindlich zu sein, wie sie meint. Der alte Schrank wird zusammen mit den meisten Schlafzimmermöbeln ausgelagert werden müssen, aber der große Eßtisch und die Stühle mit der kunstvollen Schnitzerei sind solide gearbeitet und können bleiben. Was vor allem Zeit in Anspruch nehmen wird, sind die Malerarbeiten und das Tapezieren.« Pat wandte sich an Marie Anne: »Hat er dir gesagt, wann er zurückkommen wird?«

»Er meinte, in einer Woche oder etwas später. Genau wisse er es nicht. Das hänge von verschiedenen Dingen ab.«

»Wovon?« fragte ihr Vater.

»Ich weiß es nicht.« Im gleichen Moment kam Marie Anne ein überraschend irritierender Gedanke. Warum fragte sie nicht Sarah? Mit ihr unterhielt Don sich häufiger als mit ihr selbst. Oft sah sie die beiden in ein Gespräch vertieft. Mit Marie Anne sprach Don selten. Da sie die Gefühle kannte, die er tief verborgen für sie empfand, fragte sie sich manchmal, ob sie alles nur geträumt hatte. Schließlich antwortete sie ihrem Vater: »Er wird länger als eine Woche fortbleiben. Denn allein die Reise dauert bereits zwei Tage.«

»Also gut. Sobald Mike ihn morgen am Bahnhof abgesetzt hat, können wir beginnen«, sagte Pat.

Im Wohnzimmer hielt Emanuel seinen Sohn zurück, als die anderen sich zum Gehen fertig machten, indem er sagte: »Bleib noch ein bißchen. Ich möchte mit dir reden.«

Nun fragte er ihn: »Du hast mit der Spätpost einen Brief erhalten. Ist er von ihr?«

»Ja.«

»Aha, sprich weiter. Was schreibt sie?«

»Sie ist bereit, auf meinen Vorschlag einzugehen, aber dafür verlangt sie einen hohen Preis. Ich würde sozusagen meinen letzten Penny hergeben müssen, aber wert wäre es die Sache, wenn ich sie dadurch los würde.«

»Aber du willst ihr nicht wirklich geben, was sie fordert, oder?«

»Nein, natürlich nicht, denn du darfst nicht vergessen, daß Vincent drüben bei ihr ist. Und sollte er eine Pferdefarm aufbauen, was er anscheinend vorhat, wird er sehr viel mehr Geld brauchen, als ihm zusteht. David sagt, falls Vincent in Kanada bleiben will, sähe er es lieber, wenn sein Bruder sich einige hundert Meilen entfernt niederließe. Und auch John und Kate können ihn nicht ausstehen.«

Für einen Augenblick herrschte Schweigen zwischen Vater und Sohn, dann sagte Emanuel: »Nachdem auch Evelyn fort ist, wirst du dich in Zukunft sicher sehr einsam in The Manor fühlen, es sei denn, Pat und seine Frau ziehen nach ihrer Hochzeit zu dir.«

»Damit ist nicht zu rechnen, Vater. Ich habe eine Andeutung in dieser Richtung gemacht, doch Pat erklärte mir rundheraus, auf keinen Fall sein Eheleben in diesem Haus beginnen zu wollen. Aber mache dir keine Sorgen um mich, Vater. Ich bin froh über den Frieden, der endlich dort eingekehrt ist, vor allem, seit ich weiß, daß er von Dauer sein wird. Du kannst dir gar nicht vorstellen, welche Erleichterung das für mich bedeutet.«

Wieder entstand ein kurzer Augenblick des Schweigens, bevor Emanuel seinen Sohn mit der Frage verblüffte: »Warum hast du eigentlich deine Geliebte in den vergangenen Jahren nicht mehr besucht?«

»Was meinst du damit, Vater?«

»Genau das, James. Ich habe dir schon früher gesagt, daß ich Bescheid weiß. Warum triffst du dich nicht mehr mit ihr? Oh, sieh mich nicht so an. Ich wußte immer, was los war, von Anfang an. Dir ging es mit Vincent nicht anders. Ich mußte nur die Ohren offenhalten und zwei und zwei zusammenzählen.«

Als James sich aus seinem Sessel erhob, sagte Emanuel: »Kein Grund zur Aufregung, mein Sohn, denn ich verrate dir, wie froh ich war, daß du etwas Zerstreuung gefunden hattest, nach diesem Fehler in deinem Leben. Denn es war ein Fehler, Veronica zu heiraten. Das habe ich immer gesagt.«

»Nein, Vater.« James war zum Kamin getreten und starrte in die schwache Glut. »Ich habe sie weder zur Zerstreuung gebraucht noch war sie meine Geliebte. Diese Frau ist anders. Nach dem Tod ihres Mannes war sie allein, bis wir uns begegneten. Und als ich feststellte, daß ich sie liebte, wirklich liebte, wurde ich durch ihre Gegenliebe tief gedemütigt. Sie ist eine hochintelligente Frau, die durch die Reisen mit ihrem Ehemann sehr viel von der Welt gesehen hat, und außerdem ist sie nicht unvermögend. Sie hat Thornton Estate gekauft.«

»Ja, ich weiß. Und es ist ein schöner Besitz. Aber wodurch ist eure Beziehung zerbrochen?«

»Nun, sie meinte, sie sei nicht dafür geschaffen, ein Leben als Geliebte zu führen. Sie wollte wieder heiraten und ein richtiges Zuhause haben, für sich, ihre Hunde und ihre kranken Tiere. Ihr Hauptinteresse galt Tieren, um die sich sonst niemand kümmerte. Sie wollte, daß ich mich von Veronica scheiden lasse. Aber ich wußte, es bestand nicht die geringste

Hoffnung, meiner Ehe mit Veronica zu entkommen. Hätte ich dieses Thema auch nur angeschnitten, wäre Veronica gewarnt gewesen und hätte bald gewußt, wer dahintersteckte, und ich glaube nicht, daß Elizabeth dieses Spießrutenlaufen ertragen hätte. Daher schlief die Beziehung langsam ein, und ich suchte Trost bei Wein und gutem Essen.«

»Du siehst sie überhaupt nicht mehr?«

»O doch. Hin und wieder. Aber nur in der Öffentlichkeit. Ich meine, bei einer Abendeinladung, beim Nachmittagstee oder zu ähnlichen Anlässen. In ihrem Haus besuche ich sie nie.«

»Wie lange ist es her, seit du zum letzten Mal bei ihr warst?«

»Zehn Jahre oder länger.«

»Und sie hat nie wieder geheiratet?«

»Nein, sie hat nie wieder geheiratet.«

»Wie alt ist sie?«

»Oh, ungefähr sechzig. Sie ist einige Jahre älter als ich.«

»Verdammter Narr!«

James fuhr herum und blickte seinen Vater scharf an. Der alte Lawson wiederholte: »Ja, ich sage es noch einmal, denn du bist wirklich ein Narr. Warum zum Teufel konntest du nicht dazu stehen und diesem Drachen die Stirn bieten? Ich glaube nicht, daß Veronica es auf einen Skandal hätte ankommen lassen. Das ist nicht ihre Art. Sicher, sie hätte wie eine Wilde gekämpft, um dich zu halten. Aber du wärst im Vorteil gewesen. Du hättest beides haben können. Und wie erging es dir statt dessen? Hast du jemals etwas bei ihr erreicht, ohne dafür kämpfen und dich selbst erniedrigen zu müssen? Jetzt aber steht dir nichts und niemand mehr im Weg, und du könntest deine Beziehung zu Elizabeth wiederaufleben lassen.«

»Nein, nein, Vater. Sie ist nicht der Mensch, den man fallenläßt und dann wieder aufhebt. Ich glaube, im Gegensatz zu allen anderen hielt sie mich nie für schwach, obwohl ich es war. Mache dir um mich keine Sorgen, Vater. Mir geht es gut, spätestens dann, wenn ich die Sache mit Veronica in Kanada erledigt habe. Und noch etwas. Marie Anne wird erleichtert sein zu erfahren, daß sie Vincent nie mehr wiedersehen wird.«

Plötzlich ging die Tür auf, und Sarah, die hereinstürmen wollte, sagte: »Oh, es tut mir leid, Sir. Ich dachte … ich dachte, Sie seien alle gegangen. Die Mädchen wollten gerade saubermachen.«

Als Emanuel von seinem Sessel aufstehen wollte, fügte Sarah rasch hinzu: »Nein, nein. Bemühen Sie sich nicht, Sir.« Dann machte sie die Tür wieder zu.

Emanuel blickte seinen Sohn an und lachte. »Oh, dieses Frauenzimmer! Stell dir vor, Sarah in The Manor! Was glaubst du, wie lange sie dort ihr Regiment geführt hätte?«

»Keine fünf Minuten, Vater. Keine fünf Minuten.«

Emanuel lachte erneut. »Diese fünf Minuten hätte ich gern erlebt. Aber ich bin sicher, Gott wußte, was er tat, als er Sarah Foggertys Schritte lenkte, damit sie als Dienstbotin zu dieser giftigen Person nach London kam. Man könnte beinahe meinen, er hätte alles in ihrem Leben darauf angelegt, daß sie eines Tages ein junges unglückliches Mädchen unter ihre Fittiche nahm. Denn wo um Himmels willen wäre meine Mary Anne jetzt ohne Sarah? Ich wage gar nicht daran zu denken.«

An diesem Abend saßen sie nur zu dritt beim Essen, Emanuel, James und Marie Anne. Wie gewöhnlich servierte Sarah zusammen mit einem der Mädchen.

Nach dem Essen der Herrschaften nahm Sarah ihre Mahlzeit ein, zusammen mit der neuen Kinderfrau, eine weitere Regel, die sie eingeführt hatte. Denn schließlich konnte man von einer Kinderfrau nicht erwarten, daß sie mit den anderen Dienstboten in der Küche aß. Das gehörte sich nicht. Folglich hatte Marie Anne in der Stunde nach dem Abendessen ihre kleine Tochter für sich allein, die ihr wie aus dem Gesicht geschnitten war, mit Ausnahme der dunkelbraunen Augen. Manchmal, wenn Marie Anne in diese Augen sah, spürte sie, wie ihr Herz leicht erbebte. Dann sagte sie sich, daß Carlos Alvarez ein netter Mann gewesen war. Ja, das war er, und sie überlegte, wo er jetzt sein mochte, ob er an sie dachte und vor allem, ob ihm bewußt war, daß sein Kind mittlerweile zur Welt gekommen war.

Allein mit dem Kind, drückte Marie Anne die Kleine an sich, redete mit ihr und versicherte ihr, wie sehr sie sich freute, daß es sie gab. Und sie sagte dem Mädchen, wie sehr sie es liebte.

Marie Anne hatte die Glocke vorn am Eingang nicht gehört. Deshalb war sie überrascht, als Carrie die Tür aufstieß und meldete: »Mr. McAlister möchte Sie sprechen, Madam.« In diesem Augenblick wurde Marie Anne erneut daran erinnert, daß das Personal sie seit der Geburt des Babys mit Madam anredete.

Bei Dons Eintreten setzte sie sich gerade auf das Sofa und fragte: »Stimmt etwas nicht?«

»Wieso? Was sollte nicht stimmen?« Don trat langsam näher und blieb vor Marie Anne stehen, um das Baby zu betrachten, bevor er sagte: »Ich sehe Sie zum ersten Mal mit der Kleinen auf dem Schoß, seit Sie wieder zu Hause sind.«

»Das liegt daran, daß ich nie die Gelegenheit dazu bekomme. Wir haben einen neuen Tagesablauf, aber ich glaube nicht, daß er von Dauer sein wird. Setzen Sie sich doch.«

Don zog einen Sessel ans Sofa und sagte: »Ich habe Sarah versprochen, bei meiner nächsten Fahrt nach London etwas für Annie mitzunehmen. Allerdings glaube ich, daß das Päckchen ein Vorwand ist, denn wahrscheinlich enthält es nur Geld für ihre Schwester, das sie auch gut mit der Post schicken könnte, wie sie es sonst tut. Ich vermute, Sarah möchte Neuigkeiten von der Familie erfahren, vor allem über die Jüngsten.«

»Soweit ich weiß«, bemerkte Marie Anne, »gibt Annie das Geld von Sarah fast vollständig für die Kinder aus.«

»Mir scheint, Sarah schickt ihr beinahe ihren gesamten Lohn.«

»Nein, nicht alles. Aber die Hälfte. Den Rest zahlt sie auf ihr Konto bei der Bank ein.«

»Darf ich die Kleine einmal halten?«

»O ja. Natürlich.«

Don hob das Baby von Marie Annes Schoß und legte es in seine Armbeuge. Dann fragte er: »Haben Sie mittlerweile einen Namen für das Kind?«

»Es war nicht sehr schwierig. Wir haben alles ausprobiert,

aber schließlich kamen wir darauf, einfach meinen Namen umzudrehen, Anne Marie.« Sie lächelte Don an. »Jedenfalls klingt es besser als Marie Anne oder gar Mary Ann, finden Sie nicht auch?«

»Diese Frage werde ich nicht beantworten. Die Kleine könnte sonst verletzt sein.«

Beide lachten, und dann sagte Don: »Nächste Woche haben Sie Geburtstag, und ich werde nicht da sein.«

»Ja, nächste Woche ist mein Geburtstag. Und ich erinnere mich, daß wir schon einmal bei diesem Thema waren.«

»Stimmt.«

»Und es hat sich nichts geändert. Ich werde siebzehn und kein Jahr jünger, während sie dreiunddreißig und kein Jahr älter geworden sind. Der Unterschied bleibt.«

»Wie Sie meinen, Madam. Aber ich erwähnte Ihren Geburtstag, weil ich ein Geschenk für Sie habe. Es ist noch nicht ganz fertig, und deshalb werden Sie noch eine Zeitlang warten müssen.«

»Ist es eine Ihrer Skulpturen?« fragte Marie Anne leise.

»Ja, ein Stück aus meiner Werkstatt.«

»Wie nett von Ihnen.«

»Oh, ich bin immer nett.« Don machte eine übertriebene Kopfbewegung und wechselte den Ton. »Geben Sie mir nicht solche Antworten. Das würden Sie sagen, wenn Sie eine Schachtel Pralinen bekämen.«

Marie Annes Gesicht war ernst, als sie entgegnete: »Sie verstehen meine Worte falsch. Das bemerke ich schon seit längerem. Sie verstehen mich anders, als ich verstanden werden möchte.«

»Tue ich das?«

»Ja, das tun Sie, Mr. McAlister. Und es gefällt mir nicht.«

»Oh, wenn das so ist. Dann werde ich mich in Zukunft beherrschen, und Sie müssen mir sagen, wie ich dann mit Ihnen reden soll.«

»Jetzt fangen Sie schon wieder damit an. Was ist nur los mit Ihnen? Sie waren oft bei Doktor Ridley. Sind Sie krank?«

Don hob den Kopf und lachte. »Nein, meine Liebe, ich bin nicht krank. Aber woher wissen Sie von meinen Besuchen bei

Doktor Ridley? Was meine körperliche Gesundheit betrifft, bin ich völlig auf der Höhe.«

»Die Leute reden. Und wenn die Kutsche eines Arztes vorfährt, muß es einen Grund dafür geben.«

Dons Lippen verzogen sich zu einem fragenden Lächeln. »In diesem Punkt haben Sie recht, Madam«, antwortete er. »Es gibt einen Grund, und wenn die Zeit gekommen ist, wird alles bisher Verborgene offenbar werden. Bis dahin ... nun, lassen Sie uns das Thema wechseln.« Auf das Kind herabblickend, sagte er: »Sehen Sie sich die Kleine an. Sie sagt, daß sie sich sehr darüber freut, mich als Paten zu bekommen.«

Als Don aufblickte, starrten Marie Anne und er sich an, ohne daß ein Lächeln in ihren Gesichtern stand. Marie Anne fragte sich, warum sie trotz der Empfindungen, die sie für Don hegte, manchmal den Drang verspürte, mit spitzen Bemerkungen auf ihn loszugehen. Zur gleichen Zeit dachte Don, daß er es nicht länger ertragen konnte. Wenn er in London war, mußte er endlich wieder zu sich kommen. Marie Annes Nähe raubte ihm beinahe den Verstand. Eines Tages würde er die Beherrschung verlieren und sie mit seinen Gefühlen zu Tode erschrecken. Und wohin sollte das führen? Das neue Gesicht blieb trotz allem eine Maske, und an der Häßlichkeit darunter änderte sich nichts. Außerdem, wenn die Familie erfuhr, was er Marie Anne gegenüber empfand, würde man ihm die Tür weisen. Das wußte er genau.

In einer plötzlichen Bewegung legte er Marie Anne das Baby in den Arm zurück und sagte: »Ich muß jetzt gehen.«

Als Marie Anne aufstehen wollte, streckte Don nicht die Hand aus, um ihr zu helfen, so daß sie sich mit einer Hand abstützte, während sie das Kind im anderen Arm hielt.

»Ich hoffe, Sie werden Ihren Aufenthalt in London genießen«, sagte sie.

Er wandte sich um, sah sie an und entgegnete ruhig: »Ja, in gewisser Weise genieße ich die Zeit dort, denn ich freue mich jedesmal, die Brüder wiederzusehen.«

An der Tür drehte er sich vollends zu Marie Anne um und sagte leise: »Aber allzu lange werde ich nicht wegbleiben können.«

Marie Anne starrte auf die geschlossene Tür und murmelte, über ihr Kind gebeugt: »Er wird es nie aussprechen. Niemals! Und ich kann nichts sagen, sonst kehrt er am Ende womöglich ganz zu den Brüdern zurück. Im übrigen darf ich gar nicht daran denken, wie Großpapa, Vater und Pat reagieren würden. Und Sarah … o weh, Sarah.«

11. Kapitel

Don war neun Tage fort gewesen. Gegen drei Uhr nachmittags war sein Zug in Durham eingetroffen, und jetzt ging es auf sieben Uhr zu, ohne daß er aufgetaucht wäre. Emanuels Verstimmung war offensichtlich, als er mit dem Löffel auf den leeren Suppenteller schlug und sagte: »Dieser verdammte Kerl! Wir haben es nur gut gemeint. Wie hätten wir ihm sonst danken können?«

Nachdem Sarah die Suppenteller der restlichen Familienmitglieder eingesammelt hatte, murmelte sie: »Vielleicht ist er zu überwältigt.«

»Was ist los, Foggerty, was murmeln Sie da?«

»Ich habe nur laut gedacht, Sir.« Sarah hob den Deckel von einer großen Fleischplatte, auf der eine Lammschulter lag, und trug den Braten zum Tisch, wo sie die Platte vor den alten Lawson stellte, der sie fragte: »Nun, was haben Sie denn laut gedacht?«

»Ich sagte zu mir selbst, Sir, daß er vielleicht zu überwältigt sein könnte.«

»Überwältigt?« Emanuel sah seine Hausdame stirnrunzelnd an.

»Ja, Sir. Nicht jedem fällt es leicht, ›danke‹ zu sagen. Manche Menschen finden nur schwer die richtigen Worte.«

Der alte Lawson starrte seine irische Hausdame an. Er hatte sich nie viel um die Iren in seiner Firma gekümmert, obwohl er sie unter der richtigen Führung für gute Arbeiter hielt. Aber wehe, ihre Taschen waren voll Geld. Dann tauchten sie tagelang nicht wieder auf.

Als Sarah hinter seinem Stuhl vorbeiging, wandte Emanuel den Kopf und folgte ihr mit dem Blick bis zur Anrichte, um im nächsten Moment von seinem Sohn scherzhaft zur Ordnung gerufen zu werden: »Vater, ich mag meinen Lammbraten heiß.«

»Oh, tatsächlich? Warum hast du ihn dann nicht selbst angeschnitten?«

»Nun, dann hättest du mich auf der Stelle zurechtgewiesen und betont, noch kein alter Mann zu sein, der das Bratenmesser nicht mehr führen kann.«

Marie Anne, Evelyn und Pat lachten, und ihr Großvater wollte eben mit einer Retourkutsche antworten, als er statt dessen die Hand hob und sagte: »Schsch! Seid ruhig, alle zusammen! Das war die Türglocke.«

Während sie warteten, schlüpfte Sarah aus dem Zimmer und öffnete die Vordertür. Dann hörten alle die entfernte Stimme, die sagte: »Danke. Ich warte im Wohnzimmer.«

»Das werden Sie nicht tun! Sie kommen augenblicklich hier herein!« Als der alte Lawson losdonnerte, klirrten die Gläser auf dem Tisch.

Don erschien in der Tür und erklärte stockend: »Es … es tut mir leid, aber ich …«

Emanuel brüllte weiter: »Halten Sie den Mund! Und setzen Sie sich hin.« Er wies auf einen Platz am Ende der Tafel, neben Nathaniel. Dann wandte er sich an Sarah und befahl: »Legen Sie noch ein Gedeck auf, und beeilen Sie sich.«

Nachdem Don sich hingesetzt hatte, blickte er von einem zum anderen, holte tief Luft und sagte: »Ich … ich wurde aufgehalten. Oh, du liebe Güte!« Er stellte die Ellenbogen auf den Tisch, und sein Kopf sank auf beide Hände. Die Bewegung war so heftig, daß sich die Maske tiefer ins Gesicht zu drücken schien, statt zur Seite zu rutschen. Dann flüsterte er beinahe: »Das wenige, das ich für Sie getan habe … und wenn Sie ewig in meinem Haus geblieben wären, aber diese Freundlichkeit, nein, das wäre niemals … niemals nötig gewesen. Die ganze Mühe, die Sie sich gemacht haben, meine Hütte in ein richtiges Zuhause zu verwandeln. Ich habe schon manche Überraschung erlebt, aber diese war die größte … Als ich mich meinem Haus näherte, erschien mir alles irgendwie fremd, ohne daß ich genau hätte sagen können, was es war.« Don nahm die Hände vom Gesicht, sah aber weiter auf seinen leeren Teller, als er weitersprach: »Ich erkannte auch, daß sich an den Nebengebäuden etwas verändert hatte, und als ich die Haustür öffnete, konnte ich zunächst nicht hineingehen. Ich blieb gegen den Türpfosten gelehnt stehen wie ein Betrunkener. Den Teppich zu betreten, erschien mir wie eine Sünde.

Das Wohnzimmer und die Küche sind so verwandelt, daß ich gar nicht glauben mag, wie das möglich war, in der kurzen Zeit, und alles ist so geschmackvoll gestaltet. Dann das Schlafzimmer.« Jetzt blickte Don direkt zu Marie Anne hinüber, und sein Lächeln wurde breiter, als er sagte: »Schon für den Wunsch, so etwas besitzen zu wollen, hätten mich die Brüder wochenlang auf Knien büßen lassen.« Dann wandte er sich wieder an den alten Lawson. »Und das Bett. Oh, dieses Bett! Ich glaube nicht, daß ich heute nacht schlafen kann. Bisher habe ich immer nur auf Brettern gelegen, und Marie Anne versteht, was ich meine.«

Wieder berührte er seinen Kopf, aber dieses Mal nur an der Braue, und seine Stimme zitterte, als er sprach: »Wie kann ich Ihnen nur danken? Sie sind so gute Menschen. Noch nie, wirklich nie in meinem Leben habe ich ein solches Geschenk erhalten und soviel Freundlichkeit erfahren.«

»Unsinn! Alles Unsinn!« mischte sich Emanuel ein. »Wie dem auch sei. Sie haben Ihre Rede gehalten. Wären Sie einverstanden, wenn wir jetzt essen?« An Sarah gewandt, fügte er hinzu: »Nun machen Sie schon und bringen endlich das Gemüse.«

Ohne ein Wort trat Sarah zu dem Mädchen, das beim Servieren half. Dort nahm sie die Sauciere in Empfang und ging damit um den Tisch. Als sie schließlich bei Don angekommen war, begrüßte sie ihn höflich: »Guten Abend, Mr. McAlister«, und Don entgegnete ebenso höflich, aber mit einem Augenzwinkern: »Guten Abend, Miß Foggerty.« Dann flüsterte sie ihm zu: »Ich bin so froh, daß Ihnen das Haus gefällt, aber Sie hätten nicht lange Freude an der Renovierung gehabt, wenn ich nicht auf die vielen zerbrochenen Dachziegel neben dem Schornstein aufmerksam gemacht hätte, aber die anderen schwören …«

Ein Räuspern unterbrach sie, und am Kopfende der Tafel begann Emanuel wie bei einem Erstickungsanfall zu husten, während zugleich laut und deutlich Marie Annes Stimme zu hören war. Höflich, aber bestimmt befahl sie: »Würden Sie sich jetzt bitte um den Nachtisch kümmern, Sarah. In der Zwischenzeit bedienen wir uns selbst.«

Das Mädchen vor sich herscheuchend, verließ Sarah das Zimmer.

Emanuel wischte sich mit der Serviette das Gesicht, während er murmelte: »Mit dieser Person müssen wir uns etwas einfallen lassen. Du wirst dich darum kümmern, Marie Anne.«

»Ich werde nichts dergleichen tun, Großpapa. Wenn Sarah einen Dämpfer bekommen soll, mußt du das selbst übernehmen, denn du hast sie von Anfang an zu ihren Kühnheiten ermutigt. Wenn es dir jetzt zuviel wird, bist du selbst schuld.«

»Ich habe sie nicht gebeten, sich in die Sache mit dem Dach einzumischen.«

»Nein«, wandte Pat ein, während er sich die Tränen aus den Augen wischte, »aber komisch ist es schon, daß sie beinahe immer recht hat mit ihren Bemerkungen.« Er nickte in Dons Richtung. »Und in diesem Fall auch. Niemand hatte an die Dachziegel gedacht, und wie Sie wissen, war das Dach in einem sehr schlechten Zustand.«

»Ja, das stimmt.«

»Also war es richtig, was Sarah gesagt hat. In kürzester Zeit wäre Wasser durch die Decke gedrungen.«

»Wißt ihr, ich finde es einfach unglaublich.«

Emanuel sah zu seinem Sohn und fragte: »Was findest du unglaublich, James?«

»Nun, zum Beispiel die Atmosphäre hier, verglichen mit den Mahlzeiten in The Manor.«

An dieser Stelle wandte sich Evelyn an Don. »Ich nehme an, Sie wissen bereits durch die Hardings, daß ich fast alle Ihre alten Möbel beschlagnahmt habe?« Bevor Don antworten konnte, schaltete sich Nat ein: »Nicht wirklich beschlagnahmt, Don. Wir haben alles in den Stall gestellt, damit Sie entscheiden können, welche Möbel Sie behalten wollen.«

»Nehmen Sie, was Sie wollen«, antwortete Don. »Jedes zusätzliche Möbelstück würde nur den Gesamteindruck stören. Die Hardings waren übrigens auch gespannt auf meine Reaktion. Sie warteten bereits auf mich, und Sally hatte einen großen Teetisch für mich gedeckt. Deshalb bin ich auch zu spät zum Abendessen gekommen. Sie waren so nett zu mir. Es gab einen Kuchen, auf dem stand: ›Willkommen zu Hause‹.«

»Hat er Ihnen geschmeckt?« fragte Evelyn.

»Ja, er war recht gut.«

»Nur recht gut?« In Evelyns Stimme schwang etwas wie Empörung mit. »*Ich* habe bei diesem Kuchen mitgewirkt.«

»Oh, wenn das so ist«, entgegnete Don mit betonter Galanterie, »dann muß ich sagen, daß er wirklich köstlich war. Ich habe noch nie etwas Vergleichbares gegessen.«

Als das anschließende Gelächter verklungen war, fragte Marie Anne mit echter Überraschung: »Du hast Kuchen gebacken, Evelyn?«

»Ja, das habe ich. Ich bin nämlich befördert worden. Nachdem ich erfolgreich Kuhställe ausmisten, Schweinekoben saubermachen und Füttern gelernt habe, darf ich mich nun den kulinarischen Künsten zuwenden.«

»Ich kenne von einem Schweinestall nur das Grunzen, das man beim Vorbeigehen hört.«

»Ach, das ist alles? Warum besuchst du mich dann nicht morgen mal und hilfst mir auf dem Hof?«

Als Emanuel plötzlich seine Hand auf Evelyns legte, schwieg sie, wie alle anderen am Tisch, denn die Geste zeigte ohne große Worte, wieviel Hochachtung er für seine Enkelin empfand.

Don durchbrach die leicht verlegene Stimmung, indem er sagte: »Wissen Sie, was Farmer Harding mir erzählt hat? Bei Schweinen hat nur der Erfolg, der es schafft, auf das Tier einzureden, bis es stocksteif dasteht. Aber anschließend ist man selbst hypnotisiert.«

Als alle entspannt lachten, dachte Marie Anne: Was für eine nette Geste von Großvater. Am liebsten hätte sie geweint, so sehr rührte sie der Anblick. In letzter Zeit hatte sie selbst mehrmals den Drang verspürt, etwas Ähnliches zu tun.

Don zog Marie Annes Aufmerksamkeit auf sich und fragte: »Haben Sie Ihren Geburtstag gut gefeiert?«

Marie Anne antwortete: »Nun, ich würde nicht behaupten, daß es eine richtige Feier war, mehr ein Familientee, und wir haben die meiste Zeit geredet und die Taufe geplant.«

»Dann steht das Datum jetzt fest?«

»Ja. In vierzehn Tagen.«

»Ach! In vierzehn Tagen. So bald?«

Dons Stimme klang überrascht, und auch seine Miene drückte Erstaunen aus, so daß Pat sich rasch einschaltete: »Sie wollen also wieder verreisen?«

»Nein, nein. Zur Taufe werde ich hier sein. Ganz bestimmt.« Dabei lachte er. Alle Augen waren auf ihn gerichtet, als er mit einer gewissen Betonung noch rätselhafter hinzufügte: »Diese Taufe würde ich um nichts auf der Welt verpassen wollen.«

12. Kapitel

Es war eine Woche vor der geplanten Taufe. James war aus der Kutsche gestiegen, um seinen Vater zu begrüßen.

»Ein herrlicher Tag, Vater, nicht wahr?« sagte er.

»Ja, einer dieser seltenen Tage, an denen die Luft warm und weich ist und ich wirklich durchatmen kann. Und es ist wunderbar, draußen herumzulaufen, ohne sich gegen Wind und Wetter schützen zu müssen.«

»Du bist manchmal nicht so warm eingepackt, wie du sein solltest, bei deinen Bronchien.«

»Meine Bronchien sind nicht so wichtig. Was gibt es Neues?«

»Im Geschäft gar nichts. Aber einer der beiden Briefe, die heute gekommen sind, ist sehr interessant.« Aus seiner Tasche zog James einen quadratischen Umschlag, den er seinem Vater reichte, wobei er bemerkte: »Sieh selbst. An Miß Marie Anne Lawson, c/o Geschäftsführer der Lawson Shipping Company in Newcastle, England.«

Emanuel blickte seinen Sohn an und sagte: »Er ist mit einer spanischen Briefmarke frankiert.«

»Ja, das hat mich auch neugierig gemacht. Wo ist Marie Anne?«

»Sie macht einen Spaziergang mit Sarah. Das Baby schlief, als sie weggingen.«

»Es gibt noch eine Neuigkeit. Sie haben die Ranch in Kanada gekauft. David sagt, dadurch wohnen sie hoffentlich weit genug auseinander, dreihundert Meilen, glaube ich. Aber nach allem, was er schreibt, ist es noch nicht weit genug. Es scheint, daß ein Zusammenleben mit Vincent unmöglich geworden ist. David schreibt auch, Veronica habe sich verändert, nach allem, wie er sie von früher in Erinnerung hat. Und er wisse nicht, wie sie es mit Vincent aushält. Sie sei viel geduldiger geworden, ganz anders, als er sie von zu Hause kenne. Und wie es aussieht, haben sich unsere Briefe gekreuzt. In meinem Schreiben an Veronica stand, was mein Anwalt gesagt hat. Ich könnte mich problemlos in drei Jahren scheiden lassen, da sie es war, die mich verlassen hat.«

»Ja, welch ein Segen«, sagte sein Vater. »Und jetzt kannst du ein neues Leben beginnen, wann und wie du willst. Ah! Da sind sie. Sie kommen zurück.« Emanuel ging den Spaziergängerinnen entgegen.

Als Marie Anne und Sarah vor ihnen standen, sagte Marie Anne: »Ist das nicht ein wundervoller Tag, Vater?«

James antwortete: »Darüber haben wir auch gerade gesprochen. Übrigens«, er reichte seiner Tochter den Brief, den er noch immer in der Hand hielt, »das kam heute im Büro für dich an, mein Schatz.«

Marie Anne schien zu zögern, bevor sie den Brief an sich nahm. Einen Moment lang starrte sie auf den Umschlag, dann hob sie den Blick zu den beiden Männern und drehte sich schließlich zu Sarah.

Es sah aus, als wollte sie etwas sagen, und als sie dann sprach, schien sie absichtlich von dem Brief abzulenken. »Etwas Kaltes zu trinken täte uns jetzt gut«, sagte sie. »Und ich wäre froh, meinen Hut und den Staubmantel ablegen zu können. Warum muß man draußen immer einen Hut tragen? Das werde ich nie verstehen.« Sie wandte sich abrupt um, ließ Vater und Großvater stehen und ging zum Haus, gefolgt von Sarah …

Fünf Minuten später saßen sie in Marie Annes Arbeitszimmer. Marie Anne hatte das Wohnzimmer absichtlich gemieden und schien die Privatheit ihrer eigenen Räume vorzuziehen.

»Nun! Der Brief wird sich nicht von allein öffnen. Sie müssen ihn irgendwann aufmachen.«

»Das weiß ich!« fuhr Marie Anne Sarah beinahe heftig an.

Als Sarah den Kopf senkte und zur Seite blickte, sagte Marie Anne: »Tut mir leid. Verzeihen Sie. Aber wenn er nun zurückkommt und nicht nur mich, sondern auch das Kind sehen will?«

»In diesem Fall«, entgegnete Sarah tonlos, »sehe ich keine Möglichkeit, wie Sie ihn daran hindern könnten. Denn jedes Gericht würde ihm das zubilligen. Richter stehen immer auf der Seite der Männer. Was regen wir uns also auf? Nun machen Sie schon.« Sarah nahm einen Brieföffner vom Schreibtisch und reichte ihn Marie Anne.

Diese entfaltete den Briefbogen und sah auf die kleine schnörkelige Schrift. Dann begann sie zu lesen:

Marie Anne, meine Liebste,
wenn du diesen Brief erhältst, werde ich nicht länger unter den Lebenden weilen …

Hier hob Marie Anne erschrocken den Kopf und starrte Sarah mit großen Augen und aufgerissenem Mund an, ohne etwas zu sagen. Dann senkte sie den Blick wieder auf das Papier und las weiter:

… und ich fürchte, ich könnte sterben, ohne dir zu sagen, daß es mir leid tut, zutiefst leid tut und mich betrübt, dich in Schande gestürzt zu haben.

Dein Kind ... mein Kind wird mittlerweile zur Welt gekommen sein, und ich denke jeden Tag daran ... an Euch beide, ja, es ist wahr, an Euch beide. Ich hatte geplant, Euch eines Tages zu besuchen. Dies sollte geschehen, nachdem ich meine Diplome erhalten hatte, so daß ich anschließend unterrichten konnte, ohne mich zu verstecken. Und der Zeitpunkt rückte näher, denn mein lieber alter Freund, bei dessen Familie ich seit meiner Rückkehr nach Madrid gewohnt habe, beschaffte mir eine Halbtagsstelle an der Akademie, so daß ich in der restlichen Zeit für die Prüfungen üben konnte.

Aber das Schicksal ließ nicht zu, daß ich mein Ziel erreichte, denn nach zwei Herzanfällen bin ich teilweise gelähmt, was sich in meiner Handschrift niederschlägt, wie du sicher bereits festgestellt hast. Ich weiß, daß meine Uhr abgelaufen ist, wie du vielleicht sagen würdest, und deshalb schreibe ich diesen Brief, den mein Freund, wie er mir versprochen hat, nach meinem Ableben an dich schicken wird.

Sei ganz beruhigt. Er weiß nur, daß du eine Freundin von mir bist.

Zum Schluß möchte ich dir noch sagen, meine Infanta, daß das, was zwischen uns geschehen ist, reiner Liebe entsprang, denn du warst etwas ganz Besonderes für mich. Ehe ich dir begegnet bin, kannte ich niemanden wie dich.

Wenn ich zu Gott gehe, oder wohin auch immer, denke ich tief in meinem Herzen an dich.

Behalte mich in freundlicher Erinnerung, meine Infanta.

Carlos

Marie Anne lehnte sich zurück und hielt den Brief an ihre Brust. Dann sagte sie: »Er ist tot.«

»Tot?«

»Ja, tot, Sie haben richtig gehört. Er ist tot.«

»Dann helfe ihm Gott! Möge er seiner Seele gnädig sein«, sage Sarah.

Sie hatte die Worte gemurmelt, doch nun fügte sie laut hinzu: »Sie wirken befriedigt und kein bißchen traurig.«

Marie Anne setzte sich aufrecht hin und entgegnete: »Wie können Sie so etwas sagen! Ich bin nicht befriedigt. Aber wahrscheinlich erleichtert, denn im ersten Moment fürchtete ich, er könnte vorhaben, hierherzukommen. Und das wäre furchtbar gewesen.«

»Warum furchtbar? Er hätte vielleicht getan, was er für ehrenhaft hielt, und Sie gebeten, seine Frau zu werden.«

»Sarah!« In Marie Annes Stimme klang Entsetzen und Empörung mit.

»Ja, Marie Anne … Miß Marie Anne. Es gab eine Zeit, als Sie ihn mochten, sogar mehr als das. Und er war kein übler Kerl. Nein, das war er nicht. Eher ein Gentleman, auf gewisse Weise.«

Es entstand ein Schweigen zwischen den beiden Frauen, während sie sich anstarrten, bis Sarah schließlich, diesmal mit viel weicherer Stimme, fragte: »Woran ist er gestorben? Und wer hat Ihnen geschrieben, daß er tot ist?«

Langsam reichte Marie Anne den Brief zu Sarah hinüber und beobachtete, wie sich der Gesichtsausdruck ihrer Freundin veränderte, während sie die Zeilen überflog.

Als Sarah mit dem Lesen fertig war, gab sie Marie Anne den Brief nicht zurück, sondern legte ihn auf ihre Knie, blickte darauf und murmelte: »Armer Teufel! Immerhin hatte er das Glück, bei guten Freunden untergekommen zu sein und auch bei ihnen zu sterben.« Dann hob sie den Blick wieder zu Marie Anne: »Sie werden ihm schreiben und ihm danken müssen … diesem Freund.«

»Ihm schreiben und ihm danken! Das werde ich nicht tun. Was erwarten Sie von mir? Soll ich etwa eine Verbindung mit seinen Freunden anknüpfen? Am Ende kommen sie zu Besuch. Dabei wissen sie überhaupt nichts von dem Kind, wie es scheint. Und das ist gut so, und so soll es auch bleiben. Anne Marie gehört zu mir, zu mir allein. Außerdem haben wir weder die Adresse noch den Namen dieses Freundes.«

»Sie könnten an die Akademie schreiben, die er erwähnt hat.« Mit einer langsamen Bewegung erhob sich Sarah von ihrem Platz und sah zu Marie Anne herab, wobei sie ruhig sagte: »Was glauben Sie, wie lange die Kleine Ihnen allein gehört? Der Tag wird kommen, an dem sie Fragen stellt.«

»Sie wird keine Fragen stellen. Und sie muß niemals etwas davon erfahren.«

»Seien Sie nicht albern! Und außerdem, was ist, wenn Sie heiraten?«

Marie Anne erhob sich und erwiderte heftig: »Ich heirate nicht! Nein, ich werde niemals heiraten.«

Wieder starrten beide sich schweigend an. Dann atmete Sarah tief ein, bevor sie bitter und traurig zugleich sagte: »Heucheln Sie nicht! Sie würden lieber heute als morgen heiraten, wenn Sie die Gelegenheit dazu bekämen. Wir beide wissen das ganz genau.« Anschließend wandte sie sich um und schritt aus dem Zimmer, die Tür hinter sich zuschlagend.

Marie Anne blieb zurück. Entsetzt hielt sie sich den halb zerknitterten Brief vor den Mund.

Sarah! Was konnte sie nur gemeint haben? Sie hatte sich nicht verraten. Aber andererseits klangen ihre Worte deutlich genug.

Für einen Moment wünschte sich Marie Anne, sie hätte niemals darauf bestanden, Sarah mit hierherzunehmen. Doch gleichzeitig wußte Marie Anne, daß sie ohne Sarah überhaupt nicht mehr leben konnte. Dazu brauchte sie Sarah viel zu sehr, und zwar in vielerlei Hinsicht. Aber Sarah sah und hörte zuviel.

Was nun? Ja, was sollte nun werden?

13. Kapitel

Es war der Tag der Taufe. Emanuel, James und Marie Anne saßen fertig angezogen im Wohnzimmer und warteten auf die Ankunft der Gäste. Emanuel, der in seinem Ohrensessel saß, beugte sich vor und ergriff Marie Annes Hand. »Bist du damit zufrieden, daß sie Anne Marie heißen soll?« fragte er.

»Ja, Großpapa, sehr zufrieden.« Als Stimmen in der Halle laut wurden, sagte sie: »Da sind die anderen.«

Dann ging die Tür auf. Pat und Anita kamen als erste herein, gefolgt von Evelyn und Nat, und nach ihnen erschien Doktor Ridley. Als Marie Anne den Arzt sah, war sie verblüfft. Sie hatte erwartet, daß er direkt zur Kirche kommen würde.

Während der allgemeinen Begrüßung beobachtete sie, wie er quer durch das Zimmer zu ihrem Großvater ging. »Wie geht es Ihnen, Sir? Ich hoffe, Sie sind bei guter Gesundheit?«

»Danke, Doktor. Es geht mir recht gut. Aber ich bin froh, mit Ihnen sprechen zu können, denn ich habe eine Frage, wegen etwas, das uns allen Sorge bereitet. Ich möchte wissen, ob Mr. McAlister krank ist?«

»Nein, Sir. Ganz im Gegenteil.«

»Nun, nach meiner Erfahrung geht niemand zum Arzt, wenn ihm nichts fehlt, sondern bleibt dem Doktor lieber fern. Jedenfalls dachte ich, es wäre besser, ich erkundige mich bei Ihnen.«

»Das war sehr anständig von Ihnen, Sir. Und ich bin etwas früher gekommen, um Ihnen den Grund für Dons Besuche bei mir zu erklären, die im übrigen gar nicht mir galten. Ich war nur der Vermittler.«

Doktor Ridley blickte sich um und sah, daß er nun die Aufmerksamkeit aller auf sich gezogen hatte. Wieder zu Emanuel gewandt, fuhr er fort: »Es war so: Als Arzt sah ich sofort, daß die Apparatur, die er trug, Schlimmes verbergen mußte. Das ließ mir keine Ruhe, und ich überlegte so lange, bis ich Don McAlister einen Vorschlag machen konnte. An dieser Stelle kommt ein junger Mann ohne Beine ins Spiel, der Joe heißt. Und dieser Joe besitzt alle Voraussetzungen, um Wunder zu vollbringen.«

Nun erzählte John Ridley von den künstlerischen Fähigkeiten des behinderten Jungen und sagte zum Abschluß: »Er hat eine Maske für Dons Gesicht angefertigt, aus feinstem Pappmaché, in der Farbe seiner Haut. Sie wird durch eine Kappe aus Hirschleder festgehalten. Und Sie werden nicht glauben, woher das Hirschleder stammt. Joes Mutter hatte bei einem Kirchenbasar ein paar lange Damenhandschuhe aus Wildleder erstanden. Ein helles Rehbraun, leicht ins Gelbliche spielend. Und obwohl ich derjenige bin, der das sagt, und ich tue es nicht ohne Stolz, hat das Ganze Mr. McAlister zu einem neuen Menschen gemacht, zu jemandem, der sich selbst annehmen kann. Dabei war es keineswegs einfach, Joe dazu zu bringen, sich auf dieses zunächst unmöglich scheinende Vorhaben einzulassen. Aber jetzt sind die beiden dicke Freunde. Ja, mehr noch, Don hat eine neue Familie gefunden.

Ich weiß nicht, wie Sie auf sein neues Äußeres reagiert hätten, wenn Sie nicht vorbereitet gewesen wären. Wahrscheinlich wäre er mit Fragen bestürmt worden, und hätte sich ziemlich befangen gefühlt. Wie Sie ihn nun begrüßen, überlasse ich Ihnen allein.«

»Aha! Da kommt er.«

Pat wollte zur Tür eilen, als sein Vater ihn bremste: »Langsam.«

»Oh, ja. Natürlich ...«

Fanny Carter hatte Don die Tür aufgemacht: »Na so was! Mr. McAlister«, entfuhr es ihr, und Don, der sich zur Gelassenheit zwang, antwortete, über einen sperrigen Gegenstand gebeugt, den er in den Armen trug: »Na so was! Miß Fanny Carter.« Das Mädchen kicherte. Als Don sich seinen weichen Filzhut vom Kopf riß, öffnete sich bereits die Wohnzimmertür, und Pat stand vor ihm. Es dauerte einige Sekunden, bis Pat etwas sagte. Er kam langsam näher und stellte dann fest: »Nein, wirklich! Welch eine Veränderung, Don. Es sieht wunderbar aus.«

»Danke, Pat.«

Pat machte Platz, damit Don ins Wohnzimmer treten konnte. Don blickte nicht auf die versammelten Gäste, die ihn alle anstarrten, sondern ging geradewegs zu einem Sessel, auf den er den sperrigen, in Stoff gewickelten Gegenstand legte. Als er sich wieder aufrichtete, strömten alle zu ihm und bestürmten ihn gleichzeitig.

»Don! Wirklich!«

»Oh, Sie sehen fantastisch aus.«

»Ehrlich, Don, Ihr Haar steht Ihnen gut so.«

Selbst Emanuel hatte sich von seinem Platz erhoben.

Von allen umringt, konnte Don nur noch mit Mühe die aufsteigenden heißen Tränen unterdrücken.

Marie Anne war mit den anderen zu ihm geeilt, doch nun hielt sie sich etwas abseits und schwieg, bis Don ihr direkt ins

Gesicht sah. Dann sagte sie leise: »Es ist so lebensecht. Ich meine, es hat beinahe die Farbe Ihrer Haut. Und dann die Form, es sitzt beinahe wie angegossen ... wirklich verblüffend.« Erstaunt über den Anblick, schüttelte sie den Kopf.

Don ging nicht auf ihre Worte ein: »Ich habe Ihr Geburtstagsgeschenk mitgebracht.« Er trat aus dem Kreis der versammelten Freunde, ging zu dem Sessel und enthüllte den dort liegenden Gegenstand.

Als er sich wieder aufrichtete und Marie Anne die Marmorskulptur hinhielt, hielten alle Anwesenden den Atem an.

Marie Anne und Emanuel traten gleichzeitig näher, und als Marie Anne das Händepaar von Don in Empfang nahm, auf dem ein in grobes Leinen gewickeltes Kind lag, das Anne Maries Gesichtszüge trug, entfuhr Emanuel leise: »Oh, Herr im Himmel!« Es war wirklich das Ebenbild der kleinen Anne Marie. Das Kind hatte den Mund leicht geöffnet, wie für seinen ersten Atemzug. Selbst das Kopfhaar war deutlich erkennbar. Und die Hände, die es umschlossen, Dons Hände, wirkten vollkommen lebendig mit den plastisch herausgearbeiteten ausgeprägten Fingern und kräftigen Knöcheln, ganz als würden sie sich im nächsten Moment bewegen.

Marie Anne hörte Don sagen: »Es ist eigentlich ein Geschenk zu beiden Anlässen, ein verspätetes Geburtstagspräsent und ein Andenken für mein zukünftiges Patenkind, das ich nach dem Arzt und Sally als erster halten durfte.« Mit zärtlicher Stimme bat er dann inständig: »Oh, nicht weinen! Bitte, nicht weinen.«

Als alle das Werk gebührend bestaunt hatten, reichte Marie Anne das marmorne Kind an Don zurück. Ihr Großvater streckte die Hand aus und strich über die Falten des Leintuchs, worin das Kind eingewickelt war und murmelte: »Was für eine wundervolle Arbeit.«

Schließlich legte Don sein Werk der Liebe auf einen in der Nähe stehenden Tisch. James sagte: »Ich glaube, wir brechen jetzt besser auf. Sicher ist die Kleine mittlerweile angezogen.« Alle begaben sich in die Halle, wo in diesem Augenblick die Kinderfrau mit dem in ein Taufgewand gekleideten Baby die Treppe herunterkam.

In einigem Abstand folgte Sarah. »Don! Don!« Alle fuhren zusammen, als die Hausdame so plötzlich aufschrie. Und noch größer war die Verblüffung, als sie die letzten beiden Stufen auf einmal nahm und beinahe direkt in Dons Arme stürzte, während sie ausrief: »Es ist wundervoll! Einfach wundervoll! Sie sehen umwerfend aus.« Als nähme sie die anderen Anwesenden gar nicht wahr, und als wäre ihr nicht bewußt, wo sie sich befand, und erst recht nicht, welche Stellung sie hier bekleidete, hob Sarah die Arme, zog Dons Kopf zu sich hinunter und küßte ihn auf den Mund. Das alles spielte sich innerhalb von Sekunden ab.

Das anschließende Gelächter klang leicht gezwungen, aber Don legte seine Hände um Sarahs Kopf, beugte sich leicht zu ihr herab und sagte leise, aber für alle hörbar: »Sarah, soweit ich mich erinnern kann, war dies der erste Kuß, den ich von einer Frau bekommen habe. Und es hätte kein schönerer sein können.« Dann erwiderte er zärtlich, aber entschieden Sarahs Kuß.

Wenn es nicht dieser bestimmte Tag gewesen war, der Tag, an dem das Kind getauft wurde; wäre es nicht dieser Tag gewesen, an dem Don McAlister allen als völlig neuer Mensch erschien; und wenn er an diesem Tag nicht die wunderbare Skulptur mitgebracht hätte, wäre das Urteil über diese letzte Szene womöglich anders ausgefallen. »Zu theatralisch.« Oder: »Sie hat völlig übertrieben. Außerdem kennt sie ihren Platz nicht.« Statt dessen gab ausgerechnet Anita der peinlichen Situation eine komische Wendung, indem sie zu Don trat und sagte: »Warum haben Sie mir dann keinen Wink gegeben? Ich hätte mich gern jederzeit zur Verfügung gestellt.« Sie wurde ziemlich grob von Pat zur Seite gerissen, der sagte: »Das reicht jetzt! Benimm dich!«

»Gehen wir jetzt endlich zur Taufe?« fragte Emanuel und machte sich auf den Weg zur Tür und den draußen bereitstehenden Kutschen.

Marie Anne jedoch schien sich absichtlich Zeit zu lassen, ebenso wie Sarah. Beide wechselten gefühlsschwangere Blikke, die man als haßerfüllt deuten konnte …

Alle sagten, es sei ein wunderbarer Tag gewesen. So viele denkwürdige Ereignisse auf einmal, und es war viel gelacht und gescherzt worden. Aber nun war wieder Stille im Haus eingekehrt, und zumindest einige Bewohner hatten sich zur Ruhe begeben.

Marie Annes Schlafzimmer war nur schwach beleuchtet. Die junge Mutter hatte sich Kopfkissen in den Rücken gestopft und saß aufrecht im Bett. Ihr Hände lagen auf der Bettdecke, und mit den Fingernägeln der rechten Hand zupfte sie an den Nägeln der linken, ein sicheres Zeichen für ihre innere Unruhe.

Sie sagte sich selbst, daß sie noch nie in ihrem Leben so unglücklich gewesen sei. Bis heute hatte sie geglaubt, sie würde nie wieder von blindem Zorn ergriffen werden, denn dafür schien es keinen Grund mehr zu geben. Doch seitdem sie Zeugin der Szene in der Halle, des Kusses, geworden war, kostete es sie die größte Anstrengung, ihren Zorn zu zügeln. Sie hatte den beinahe unbezwingbaren Drang verspürt, Sarah ins Gesicht zu schlagen, so wie sie es vor Jahren bei Evelyn getan hatte. Beinahe hätte sie sich und ihre Gefühle vor aller Augen zur Schau gestellt ... auch Don gegenüber. Und das war es, was sie nicht verstand, daß sie auch Don gegenüber diesen Zorn empfand. »Sarah, soweit ich mich erinnern kann, war dies der erste Kuß, den ich von einer Frau bekommen habe.« Wie konnte er so etwas sagen? In aller Öffentlichkeit. Vor anderen Männern, ganz zu schweigen vom Personal, das hinten in der Halle stand. Marie Anne hatte versucht, sich Dons Verhalten zu erklären. Wahrscheinlich war er wegen seines Aussehens noch nie von einer Frau geküßt worden. Doch sie fand keine Ruhe, bis sie sich endlich eingestand: »Du bist wütend, weil er die Gelegenheit, dich zu küssen, unzählige Male gehabt hatte, ohne sie zu nutzen, und wenn er dich wirklich lieben würde, wäre er das Risiko eingegangen. *Oder etwa nicht?*«

Als sie die Antwort zu vernehmen schien: »Nein, er nicht«, schrie Marie Anne innerlich zurück: »Entschuldige ihn nicht. Wenn er tatsächlich das für mich empfindet, was er auf so viele Weisen angedeutet hat, dann hätten seine Gefühle doch stark genug sein müssen, um die Gelegenheit zu nutzen, mich zu küssen, wenn außer uns niemand im Zimmer war. Aber was macht er? Er wartet, bis er Publikum hat. Und dann küßt er ausgerechnet *sie*!«

Noch nie während ihrer Bekanntschaft hatte Marie Anne, wenn sie an Sarah dachte, das Wort *sie* benutzt.

Ihr Großvater hatte kürzlich beim Abendessen zu Recht gesagt, Marie Anne müsse sich bezüglich Sarah etwas einfallen lassen. Sie ging wirklich zu weit. Nun, jetzt würde Marie Anne handeln. Ja, es wurde Zeit. Aber was sollte sie tun? Wie sollte sie es ihr sagen? Vielleicht sah morgen alles anders aus und sie würde wissen, was sie tun und sagen mußte.

Nein, das stimmte nicht. Marie Anne warf sich unruhig von einer Seite auf die andere. Morgen würde alles noch schlimmer sein, denn was immer sie sagte, es würde nur ihre tiefsten Gefühle offenbaren. Sie konnte nicht behaupten, daß sie etwas dagegen gehabt hätte, wenn Sarah abreiste. Was also sollte sie tun?«

Sarah befand sich in ihrem eigenen Wohnzimmer. Sie war vollständig angezogen. Am liebsten wäre sie gleich nach oben gegangen und hätte mit Marie Anne gesprochen, doch sie würde bis morgen warten. Erst dann wollte sie ihr die Entscheidung mitteilen, auf eine Weise, die ihre Abwesenheit verständlich erscheinen ließ, zumindest eine Zeitlang.

Als sich Sarah aus dem Sessel erhob und in ihr Schlafzimmer ging, wiederholte sie vor sich selbst zwei einfache Wahrheiten. Alle guten Dinge hatten ein Ende, und Herzen konnten brechen …

Im Schlafzimmer neben dem seines Großvaters lag Pat, auf dem Rücken ausgestreckt und die Hände hinter dem Kopf verschränkt. Was für ein Tag! Er hätte nicht seltsamer sein können. Wie viele verschiedene Dinge waren geschehen. Und dann dieses Vorkommnis in der Halle. Anita hatte erst wieder darüber gesprochen, als er sie nach Hause brachte. Unterwegs sagte sie dann: »Du warst verärgert über mich, nicht wahr? Weil du das, was ich zu Don gesagt habe, albern fandest. Nun, laß dir erklären. Ich tat es nur als Reaktion darauf, daß dieser Mann sein Innerstes am falschen Ort offenbart hat. Und ich wollte deiner Schwester weitere Peinlichkeiten ersparen, wegen dieser vielsagenden Pause. Ich dachte, ein wenig Frivolität würde dem dramatischen Augenblick die Spitze nehmen, und Marie Anne würde Zeit gewinnen, sich wieder zu fangen. Nun deshalb habe ich diesen Scherz gemacht.« Und als Pat sie fragte: »Wovon redest du nur?« hatte sie geantwortet: »Bist du blind? Marie Anne liebt diesen Mann. Als sie die Szene sah, hatte sie sich einen Moment lang nicht mehr in der Gewalt und ließ die Maske fallen. Ich blickte zufällig in ihre Richtung und war verblüfft, wie zornig sie plötzlich aussah. Ich bin sicher, der Zorn galt nicht nur ihm, sondern auch ihrer geliebten Freundin, die, wie ich mitbekommen habe, sich immer in ihrer Nähe aufhält. Von dir weiß ich, daß Marie Anne eigentlich nicht die heitere Ruhe besitzt, die ich bei ihr erlebt habe, sondern sich ein hitziges Temperament hinter dieser Gelassenheit verbirgt. Du sagtest, einmal hätte sie Evelyn in einem Anfall von Zorn mitten ins Gesicht geschlagen. Nun, heute sah deine Schwester einen Moment lang ganz so aus, als könnte sie jemanden ohrfeigen, vielleicht beide. Ich wollte verhindern, daß es soweit kam, auch wenn Marie Anne dieses Mal vielleicht eher mit Worten zugeschlagen hätte. Du weißt doch, mein lieber Pat«, kam Anita zum Ende, »es gibt viele Wege, eine Katze zu töten. Man muß sie nicht unbedingt ertränken. Meine frivole Bemerkung diente einem guten Zweck und enthüllte nicht etwa einen bisher verborgenen Hang zur Koketterie.«

Pat löste die Hände hinter seinem Kopf und rückte das Kissen bequemer zurecht, bevor er sich zum Einschlafen auf die Seite rollte. Dabei dachte er, wie glücklich er sich schätzen konnte, Anita begegnet zu sein, die so einfühlsam, freundlich, warmherzig und vor allem verständnisvoll war. Trotzdem störte ihn die Angelegenheit mit dem Kuß, und obendrein liebte Marie Anne – nach Anitas Meinung – diesen Burschen auch noch. Pat hatte nichts gegen Don, im Gegenteil, er mochte ihn. Aber der Gedanke, daß Marie Anne ihn heiraten könnte … denn ob er nun seine neue Maske trug oder nicht, sein Gesicht hatte sich nicht verändert. Es würde immer das gleiche bleiben.

Sarah brachte Marie Anne den Morgentee. Sie zog die schweren Vorhänge zurück und öffnete das Fenster einen kleinen Spalt. Dabei sagte sie: »Es ist ein richtiger Septembermorgen, die Wiese ist mit leichtem Rauhreif überzogen.«

Auch als sie zum Bett zurückkehrte, sah sie Marie Anne noch nicht direkt an, sondern strich den Volant an der Bettdecke glatt. »Könnte ich nach dem Frühstück kurz mit Ihnen sprechen?« fragte sie wie nebenbei.

Leise wiederholte Marie Anne: »Mit mir sprechen, Sarah? Mußten Sie bei mir jemals um eine Unterredung bitten?«

»Nein. Aber hier handelt es sich um ein besonderes Gespräch.«

»Ein besonderes Gespräch?«

»Ja, so ist es. Und jetzt trinken Sie Ihren Tee, solange er noch heiß ist. Ich kümmere mich in der Zwischenzeit um meine Pflichten im Haus.«

Marie Annes Hände zitterten, als sie die Teetasse vom Beistelltisch nahm. Ein besonderes Gespräch, hatte Sarah gesagt. Was das bedeutete, wußte Marie Anne. Sarah würde die ganze Angelegenheit offen zur Sprache bringen, und Marie Anne fürchtete, die Peinlichkeit nicht ertragen zu können.

Letztendlich war sie in der vergangenen Nacht zu einem Entschluß gekommen. Die Vernunft hatte ihr gesagt, wenn sie sich so normal wie nur möglich gab und so tat, als wäre nichts geschehen, würde auch Sarah sich neutral verhalten. Und was Don betraf, so hätte sie ohnehin nicht mit ihm über sein offenes Bekenntnis sprechen können.

Nachdem Marie Anne diese Lösung gefunden hatte, hatte sie den nächsten Morgen abgewartet und war erleichtert gewesen, als Sarah zur Tür hereinkam und ihre üblichen Handgriffe verrichtete. Alles war wie immer gewesen, zumindest dem äußeren Eindruck nach, bis Sarah um das Gespräch bat, ein deutliches Zeichen, daß sie zu einem Entschluß gekommen sein mußte. Oh, sagte Marie Anne zu sich selbst, sie kannte Sarah. Doch dann kamen ihr Zweifel. Kannte sie Sarah wirklich? Von Sarahs Liebe zu Don hatte sie nichts gewußt, und sie mußte ihn wohl lieben. Aber wie stand es um ihn? Als er sagte, sie sei die erste Frau, die ihn jemals geküßt habe, klang er sehr bewegt. Ob Don um Sarah warb? Nein, das war unmöglich. Anne Marie gegenüber hatte er es auch nicht gewagt. Wenn er sie nun heimlich liebte? Denn es war Liebe. Daran bestand für Marie Anne kein Zweifel. Nun, eines stand jedenfalls fest. Sarahs Rolle bei dem kleinen Auftritt gestern konnte sie verzeihen, aber niemals die seine. Nein, nie im Leben. Und das würde sie Don deutlich zu verstehen geben.

Marie Anne saß in ihrem kleinen Wohnzimmer, das Baby neben sich auf dem Sofa. Es strampelte mit den Beinen und gluckste vergnügt, aber heute erfreuten seine Kapriolen sie nicht. Sie sah zu Sarah, die in einiger Entfernung vor ihr stand und sagte: »Nun, nach allem, was ich zwischen den Zeilen lese, geht es Annie überhaupt nicht gut, aber sie schreibt nicht, warum. Deshalb würde ich gern, wenn Sie nichts dagegen haben und der Urlaub mir zusteht, meine freien Tage nehmen.«

»Sagen Sie doch so etwas nicht, Sarah. Was meinen Sie damit, ob der Urlaub Ihnen zusteht? Sie wissen, daß Sie jederzeit Urlaub nehmen können! Und wann haben Sie den Brief erhalten?«

Sarah schien einen Augenblick nachzudenken, bevor sie antwortete: »Vorgestern.«

»Und warum haben Sie mir bis jetzt nichts davon gesagt?«

»Aus dem einfachen Grund« – Sarah sprach jetzt mit erhobener Stimme –, »weil mir nicht klar war, was zwischen den Zeilen stand, das heißt, bis …«

»Bis gestern?«

»Nein, nicht gestern. Gestern gab es andere Dinge, an die ich denken mußte, wie Sie wissen. Aber heute morgen, in aller Frühe, kam mir der Gedanke, es würde nicht schaden, wenn ich eine Pause einlegte, natürlich nur, wenn dadurch der Tagesablauf im Haus nicht gestört wird.«

»Oh, seien Sie doch still, Sarah!«

»Also gut, dann schweige ich eben. Aber eine Frage möchte ich noch stellen. Sind Sie einverstanden, wenn ich morgen abreise?«

»Morgen?« Marie Annes Stimme klang schrill. Dann schüttelte sie kurz den Kopf, bevor sie weitersprach. »Nun, ja, ich kann verstehen, daß Sie sich um Annie Sorgen machen. Je eher Sie hinfahren, desto früher können Sie zurück sein. Wie … lange wollen Sie denn bleiben?«

»Oh, wie lange erhalten Hausangestellte gewöhnlich Urlaub?«

Wieder blickte Marie Anne zur Seite, und sie biß sich auf die Lippe. Dann sagte sie: »Wie wäre es mit vierzehn Tagen? Würden vierzehn Tage genügen?«

»Ja, das paßt. In zwei Wochen wird sich alles eingerenkt haben.«

»Was meinen Sie mit ›eingerenkt haben‹?«

»Ach, so wie ich es sage, eingerenkt.« Dann änderte sie ihren Tonfall, nickte in die Richtung des Babys und sagte: »Um die Kleine brauchen Sie sich nicht zu sorgen. Wie Sie wissen, habe ich nie viel Zeit für die Kinderfrau Miß Clark, aber man kann mit Recht behaupten, daß sie ihre Sache gut macht. Und dann haben Sie die Mädchen. Die können jederzeit einspringen. Nicht zu vergessen Maggie Makepeace. Sie weiß besser als ich, wie man diesen Haushalt führt.«

Bei den letzten Worten wäre zu erwarten gewesen, daß Sarah lächelte, aber sie tat es nicht.

»Oh, Sarah!« Marie Annes Schrei klang beinahe wie ein Flehen, doch Sarah reagierte, anders als erhofft, nicht darauf. Statt dessen sagte sie: »Machen Sie sich keine Sorgen. Am Ende wird alles gut. Und wenn Sie mich jetzt entschuldigen möchten, ich muß wieder an meine Arbeit.«

Am Nachmittag wußte das gesamte Personal, daß Miß Foggerty vierzehn Tage abwesend sein würde. Sie schien ihre Entscheidung sehr schnell getroffen zu haben, aber schließlich ging es ihrer Schwester nicht gut, und vor der Taufe hatte sie verständlicherweise nicht darüber sprechen wollen. Und der gestrige Tag war wunderbar gewesen, wirklich ein schöner Tag, ein herrlicher Tag. Und dann diese bezaubernde Szene zwischen Miß Sarah und Mr. McAlister. So etwas bekam man sonst nur im Kino zu sehen. Carry und Fanny waren sich einig, daß sie beinahe in Tränen ausgebrochen wären. War er nicht wirklich ein entzückender Mann? Oh, und hatte man jemals eine solche Veränderung gesehen wie bei Mr. McAlister mit der neuen Maske? Ja, er sah wunderbar aus, attraktiv, wirklich attraktiv, ein schöner Mann. Und dann sein Haar, wie es ihm in die Stirn hing. Es hatte eine schöne Farbe.

Schließlich kamen sie alle zu dem übereinstimmenden Ergebnis, daß es im Haus sehr ruhig zugehen würde, solange Miß Foggerty fort war. Niemand wußte genau, warum. Es war nicht nur die Art, wie sie in ihrem irischen Tonfall die kuriosesten Dinge sagte, sondern sie hatte etwas an sich, das sich nicht näher beschreiben ließ. Doch man vermißte es, sobald Miß Foggerty nicht da war …

Als Fanny Miß Foggerty die Vordertür öffnete, sagte die irische Hausdame: »Ich mache nur einen kleinen Spaziergang, um Luft zu schnappen. Sollte in der Zwischenzeit jemand nach mir fragen, kannst du sagen, daß ich nicht lange fortbleiben werde.«

»Ist gut, Miß. Ein schöner Tag, um sich die Beine zu vertreten, bei dem strahlenden Sonnenschein und der frischen klaren Luft. Genießen Sie den Spaziergang.«

»Danke, Fanny, das werde ich.« Sie lächelten sich an, und Sarah ging davon.

Sobald sie außer Sichtweite war, eilte sie über den vertrauten Pfad zum Waldrand, und sie verlangsamte ihre Schritte auch dann nicht, als sie in den Wald eintauchte. Aber sie warf einen Blick zu dem Baumstumpf, auf dem sie Marie Anne an jenem Tag zurückgelassen hatte, als sie zum Pflücken der Glockenblumen auf die Lichtung gegangen war.

Als sie wieder aus dem Wald heraustrat und Rill Cottage vor ihr lag, verriet dort nichts, daß sein Bewohner zu Hause war. Auch nachdem sie an die Tür geklopft hatte, kam niemand, um ihr aufzumachen. Langsam drehte sie den Türknauf herum und betrat einen jetzt wunderschön eingerichteten Raum. Anerkennend blickte sie sich um und rief leise: »Don. Don.«

Sarah fragte sich, ob er zur Farm gegangen war, als sie gedämpftes Hämmern hörte. Sie ging geradewegs zu seinem Atelier und klopfte dort an die Tür, wobei sie rief: »Ich bin es, Don … Sarah.«

»Oh, du liebe Güte!« Don stand in einem knielangen grauen Arbeitskittel vor ihr. »Woher kommen Sie denn so plötzlich? Sind Sie schon lange hier?«

»Nein. Ich bin eben erst gekommen.«

»Ich meinte, sind Sie vorher vielleicht drüben auf der Farm gewesen?«

»Nein. Ich bin direkt durch den Wald gekommen. Ich war spazieren und dachte, ich schaue einmal bei Ihnen vorbei. Wo ist der Hund?«

»Ach, Nippy ist draußen und stöbert Kaninchen auf. Warten Sie einen Augenblick, damit ich den Kittel ausziehen kann. Und bleiben Sie besser draußen, sonst werden Sie ganz staubig.«

Im Wohnzimmer sagte Don: »Ach, das sieht mir ähnlich. Jetzt habe ich das Feuer ausgehen lassen. Ich zünde den Kamin sofort wieder an. Und möchten Sie vielleicht eine Tasse Tee?«

»Ja, gern. Danke, Don. Und um das Feuer kümmere ich mich.«

Sarah brachte das Kaminfeuer wieder in Gang, während Don den Tee kochte. Als sie anschließend zusammen auf dem Sofa saßen, mit dem kleinen Tisch vor sich, auf dem das Teegeschirr stand, sagte Don: »Das ist eine nette Überraschung. Ich dachte, ich würde die nächsten Tage allein sein und wollte mich richtig in die Arbeit stürzen.«

Als Sarah nicht auf die übliche Weise mit ihrem irischen Humor antwortete, fragte er ruhig: »Was ist los, Sarah?«

»Nichts Besonderes, Don. Nichts Besonderes. Es ist nur … ich habe Urlaub genommen. Morgen früh reise ich ab.«

»Sie reisen ab? Sie machen Urlaub? Das kommt ziemlich plötzlich. Wohin fahren Sie?«

»Ach, wohin schon. Das können Sie sich doch denken. Ich fahre zu Annie. Ihr geht es nicht gut zur Zeit.«

»Ist sie in Schwierigkeiten?«

»Von Schwierigkeiten weiß ich nichts. Aber wir haben uns

schon eine Weile nicht mehr gesehen. Außerdem benötige ich eine Pause, glaube ich wenigstens. Ich habe …« Sarah unterbrach sich einen Moment, bevor sie noch einmal ansetzte: »Ich habe mit Marie Anne gesprochen, und sie war einverstanden, daß ich vierzehn Tage Urlaub nehme.«

»Das ist sehr nett von ihr.«

Hier lachte Sarah kurz, bevor sie zustimmte: »Ja, das ist es.«

»Nun, jetzt kenne ich die offizielle Version, Sarah Foggerty. Aber was ist wirklich los? Gestern war noch nicht die Rede davon, daß Sie verreisen, und auch nicht, als ich mich abends verabschiedete.«

»Nein, der Entschluß kam … ganz plötzlich.«

»Niemand faßt grundlos einen plötzlichen Entschluß. Und jetzt heraus damit. Was ist los?«

»Nichts, Don. Nichts Schlimmes. Ich brauche nur … nun ja, sagen wir, eine kleine Pause, um wieder Boden unter die Füße zu bekommen. Ich lebe jetzt schon ziemlich lange oben in den Wolken, und man vergißt, wie das Leben wirklich ist, wenn man sich in solchen Höhen bewegt. Mir ging es in letzter Zeit viel zu gut.«

»Jetzt reden Sie Unsinn, liebe Sarah. Sie hatten es in Ihrem Leben noch nie zu gut. Sie haben nie bekommen, was Ihnen zusteht, und ganz gleich, wie freundlich man Sie im Kleinen Herrenhaus behandelt, das ist nichts verglichen mit dem Dienst, den Sie den Lawsons erwiesen haben. Einschließlich dem, was Sie auch jetzt tagtäglich für sie und den alten Emanuel tun. Und ihm gefällt es ganz sicher, Sie im Haus zu haben. Es ist eine schlimme Tatsache, daß Menschen von Ihrer selbstlosen Art niemals den fairen Lohn für das erhalten, was sie leisten. Ganz gleich, wie solchen Menschen zumute ist, sie lassen sich nichts anmerken, sondern spielen Theater. Sich immer der Situation gewachsen zeigen, würden die Mönche es nennen. Es geht Ihnen häufig so, nicht wahr? Wissen Sie, ich kenne Sie, Sarah. Ich kenne Sie wie mich selbst. Sehen Sie her.« Don streckte den Arm aus, um ihre Hand zu nehmen, die neben der Teetasse lag, aber Sarah rief laut: »Passen Sie auf! Nun sehen Sie sich nur das Tablett an. Was haben Sie angerichtet?«

»Verdammt, nun lassen Sie das Tablett!« Don stellte den gesamten Tisch zur Seite und rückte näher zu Sarah, ergriff ihre Hand und sagte: »Kommen Sie, wir sind doch Freunde, Sie und ich, Sarah. Ganz besondere Freunde. Sie wissen das, und ich weiß es auch. Uns verbindet die Zuneigung zu demselben Menschen, so ist es doch, oder?«

Sarah blickte ihm ins Gesicht, ohne zu antworten, und daher schwieg auch Don beinahe eine ganze Minute, bis er leise fragte: »Irgend etwas ist zwischen Ihnen und Marie Anne vorgefallen, habe ich recht?«

»Nein, nein. Nichts ist vorgefallen. Gar nichts.«

»Das glaube ich Ihnen nicht. Was ist passiert?«

Don ließ Sarahs Hand los, rutschte wieder zur Seite und blickte in die andere Richtung, als würde er nachdenken. Dann sagte er: »Nein, kommen Sie mir nicht auf diese Art! Marie Anne ist nicht hier, und Sie können frei sprechen.«

»Don, hören Sie mir zu. Ich möchte nicht über gestern reden und auch über nichts anderes. Ich brauche nur etwas Zeit für mich, damit ich zur Ruhe komme, und sei es zwischen den lärmenden Sprößlingen meiner Schwester im dritten Stock von Ramsay Court, denn dort finde ich genügend Ablenkung, um mich zusammennehmen zu können. Verstehen Sie doch, Don, mir ist, als säße ich in einem undichten Ruderboot, mitten auf dem Ozean.«

»Das ist dummes Gerede, wie Sie genau wissen. Sehen Sie mich an.«

»Das tue ich, und Ihr Anblick gefällt. Ja, Sie sehen gut aus.«

»Nein, raspeln Sie jetzt kein Süßholz. Ich werde Ihnen eine Frage stellen. Hat Ihr plötzlicher Entschluß etwas mit dem spontanen Operettenauftritt von gestern zu tun?«

Sarah mußte lachen, als sie wiederholte: »Spontaner Operettenauftritt! Bot die Szene diesen Anblick? Wenn ich darüber nachdenke, könnten Sie sogar recht haben. Für manche muß es tatsächlich so ausgesehen haben, vor allem, als dann auch noch Miß Brown vortrat und ihren Spruch aufsagte. Ich habe sie dafür geliebt.«

»Dann habe ich also recht? Ich hatte schon gestern den Verdacht, denn mir fiel auf, daß Marie Anne weder mit mir noch mit Ihnen ein Wort sprach. Aber ich sollte mich glücklich schätzen, ich sollte wirklich entzückt sein, denn es beweist mir etwas, von dem ich gewünscht hätte, es auf andere Weise zu erfahren. Ich möchte nämlich um nichts auf der Welt, daß man Sie verletzt, Sarah ...« Wieder nahm Don ihre Hand. »Sie sind eine wunderbare Frau. Und lassen Sie mich sagen, daß es mir nicht im geringsten leid tut, Ihnen gestern meine Dankbarkeit ausgedrückt zu haben. Ich wußte, daß hinter dem Gelächter wahrscheinlich alle dachten: ›Wie peinlich. So etwas zu sagen. Wie kann er nur?‹ Aber mir war das gleichgültig ... Sarah Foggerty, und wenn Sie jetzt weinen, werde ich auch anfangen, und dann wirke ich noch unmännlicher.«

Sarah schniefte laut und putzte sich die Nase, dann sagte sie: »Unmännlich? Sie? Sie besitzen mehr Männlichkeit als irgend jemand sonst, den ich kenne.«

Lachend erwiderte Don: »Sie schmeicheln mir schon wieder, Miß Foggerty. Wenn Sie sich nicht vorsehen, gibt es eine Wiederholung von gestern. Passen Sie auf! Ich mache uns noch eine Kanne frischen Tee.«

»Nein, danke. Für mich nicht, Don.« Sarah war aufgestanden. »Ich muß zurück. Ich habe drüben gesagt, ich würde nur einen kurzen Spaziergang unternehmen, aber ich wollte, daß Sie von mir persönlich erfahren, was ich vorhabe.«

Don war ebenfalls aufgestanden und baute sich vor Sarah auf. »Was soll das heißen?« fragte er. »Was haben Sie vor? Sie sagten doch, Sie fahren nur für vierzehn Tage weg?«

»Das wird sich zeigen. Wir werden sehen.«

»Sarah, Sarah. Oh, bitte ... lassen Sie Marie Anne nicht allein. Sie wird es nie verwinden. Sie liebt Sie über alles. Ich weiß, daß Marie Anne Sie liebt, und ihre Dankbarkeit Ihnen gegenüber ist größer, als alle Worte ausdrücken können. Das sagt mir die Art, wie sie mir gegenüber von Ihnen gesprochen hat.«

»Wir werden sehen, Don.«

»Nein, damit kommen Sie nicht durch, mit diesem ›wir werden sehen‹. Sie versprechen mir jetzt, daß Sie in vierzehn Tagen wieder da sind.«

»Das kann ich nicht, Don. Nicht im Augenblick. Es geht nicht.« Sarah lächelte wehmütig, als sie hinzufügte: »Ich fühle mich, wie sich meine Tante Harriet gefühlt haben muß, als mein Onkel Patrick sie nach siebenundvierzig Ehejahren verließ. Jeder in der Familie und im Umkreis von mehreren Meilen wußte, wie sehr er Harriet anbetete. Sie heirateten, als sie sechzehn und er achtzehn war, und immer hat Patrick sie in den höchsten Tönen gepriesen. Nichts auf der Welt würde jemals zwischen sie treten, bis der Tod sie scheidet. So sagte er. Dann, eines Tages, er war damals fünfundsechzig, steht er auf und teilt ihr mit, daß er sie verläßt. Seine letzten Worte sollen gewesen sein: ›Alle guten Dinge sind einmal zu Ende.‹ Die Frau, mit der er fortging, war gerade vierzig, und als die Familie Tante Harriet bemitleiden wollte, fiel ihr nichts anderes ein, als zu den Verwandten ebenfalls zu sagen: ›Alle guten Dinge gehen einmal zu Ende.‹ Es gibt einen Zusammenhang zwischen beiden Geschichten, Don, obwohl meine nur zwei Jahre dauerte und nicht siebenundvierzig.«

Don erwiderte nichts darauf, sondern beugte sich vor, um Sarah zu küssen. Sie wandte ihm die Wange zu, und er küßte sie. Dann sagte Sarah mit belegter Stimme: »Leben Sie wohl, Don.« Sie hatte die Tür geöffnet und war über die Schwelle getreten, bevor Don antworten konnte: »Leben Sie wohl, Sarah.«

Sarah hatte bereits einige Meter des Weges zurückgelegt, als Don zur Tür kam, aber er ging ihr nicht nach, sondern blickte der Frau nur hinterher, bis sie außer Sichtweite war. Dann kehrte er ins Haus zurück und schloß hinter sich die Tür. Mit dem Rücken daran gelehnt, stieß er durch die zusammengepreßten Zähne hervor: »Verdammte Irin!« Im nächsten Moment mochte er nicht mehr glauben, daß er diese Worte gesagt hatte.

VIERTER TEIL

1. Kapitel

»Das Haus ist nicht mehr dasselbe, seit sie fort ist.«

»Nein, Großpapa.«

»Vermißt du sie?«

»Ja, natürlich vermisse ich sie, Großpapa. Natürlich.«

»Du warst in letzter Zeit sehr still und hast kaum von ihr gesprochen. Weißt du, Marie Anne, ich hätte nicht gedacht, daß ich je so etwas über eine Hausangestellte sagen würde, aber ich hatte den Eindruck, daß sie ein Gewinn für das Haus war. Sie hat uns allen gut getan. Sie brachte mich zum Lachen und hat meine Lust daran wieder geweckt. Noch nie im Leben habe ich etwas Ähnliches erlebt, weder mit Gleichgestellten noch mit Menschen, die über mir standen, und ganz sicher nicht mit einem Dienstboten. Andererseits unterschied sie sich immer vom restlichen Personal, denn sie war eine Freundin. Sie war diejenige, die dich mir zurückgebracht hat. Und gestern hätte sie selbst zurückkehren sollen. Ihr vierzehntägiger Urlaub ging gestern zu Ende, nicht wahr? Ich möchte, daß Sarah zurückkommt. Schon damit ich diese Krankenschwester wieder los werde, die du mir verordnet hast. Wozu brauche ich bei einem kleinen Schnupfen eine Krankenschwester?«

»Du hast keinen Schnupfen, Großvater, sondern eine ernstzunehmende Bronchitis und außerdem Arthritis. Und wenn du dich so verhieltest, wie man dir rät, würdest du uns allen einen großen Dienst erweisen.«

»Diese Frau ist eine Närrin. Also, je früher du Foggerty zurückholst, um so besser. Was hält sie übrigens so lange auf?«

»Es ist Annie, Großpapa, ihre Schwester. Es geht ihr nicht gut.«

»Ja, ich weiß«, bellte ihr Großvater dazwischen. »Ich weiß,

daß Annie ihre Schwester ist. Ich weiß alles über diese Familie, von Shane, dem Klugen, bis zum Kleinsten, der noch im Körbchen liegt. Sie hat mit mir darüber gesprochen, wenn wir allein waren.«

»Tatsächlich?«

»Ja, das hat sie. Und auch über andere Dinge. Im Grunde ist sie eine sehr kluge Frau, und ganz bestimmt nicht die verrückte Irin, als die sie sich zu unserem Vergnügen manchmal ausgibt. Das ist alles, was dahintersteckt: Sie macht es, damit wir etwas zu lachen haben. Aber wann hast du Sarah zum letzten Mal geschrieben?«

»Vorgestern.«

»Hast du auch erwähnt, daß wir sie zurückerwarten?«

»Natürlich habe ich das. Was denkst du?«

»Ich weiß nicht, was ich denken soll. Manchmal glaube ich, daß etwas Ungutes im Gange ist. McAlister war während der letzten vierzehn Tage nur dreimal bei uns. Er erzählt, er würde an irgendeiner großen Sache arbeiten. Das mag stimmen, aber er hat sich auch verändert. Könnte es sein, daß Sarah ihm fehlt?«

»Das weiß ich nicht, Großpapa«, antwortete Marie Anne mit erhobener Stimme.

»Wäre es möglich, daß zwischen den beiden etwas ist?« fragte ihr Großvater weiter. »Was denkst du? Du verstehst doch, was ich meine?«

Jetzt schrie Marie Anne wirklich: »Ja, ja. Ich weiß, was du meinst, Großpapa, und trotzdem ... ich habe keine Ahnung.«

Bei dem brüchigen Klang ihrer Stimme blickte Emanuel seine Enkelin direkt an, sagte aber nichts. Dann beobachtete er, wie sie sich von ihm abwandte und zur Tür stürmte. Dabei murmelte sie: »Ich gehe nach oben ins Kinderzimmer.«

Der alte Lawson drehte sich im Bett um, und die Bewegung löste einen neuen Hustenkrampf aus. Als dieser vorüber war, legte er sich so hin, daß er das Feuer beobachten konnte. Das also war es gewesen. Er erinnerte sich an die kleine dramatische Szene am Tag der Taufe, als Don zugab, noch nie von einer Frau geküßt worden zu sein. Emanuel persönlich war tief berührt gewesen, auch von seinem Mut, denn dessen bedurfte es, um ein solches Versäumnis offen einzugestehen. Und Don McAlister hatte Miß Foggerty geküßt, als meinte er es ernst. Emanuel erinnerte sich an den Ausdruck auf Sarahs Gesicht, und wenn ihn nicht alles täuschte, hatte sie den Kuß ebenfalls genossen.

Nun, wenn die Dinge so standen, was war dann mit seiner geliebten Marie Anne? Wo blieb sie dabei? Offensichtlich hatte sie wieder das Nachsehen. Das bedeutete einen neuen Schlag in ihrem Leben. Zuerst wurde sie von ihrer Mutter aus dem Haus verstoßen, in die zweifelhafte Obhut dieser Halbschwester in London; dann wurde sie vergewaltigt, denn eine Vergewaltigung mußte es gewesen sein, da Emanuel sich nicht vorstellen konnte, daß das Kind freiwillig dazu bereit gewesen wäre. Und schließlich kam das Trauma, in bitterster Armut leben zu müssen, um dann zurückzukehren und kurze Zeit darauf beinahe dem Mordanschlag ihres Bruders zum Opfer zu fallen. Ohne Sarah Foggerty hätte sie dies alles niemals überstanden. Und wo war diese Frau jetzt? Angeblich kümmerte sie sich um ihre Schwester. Aber es mußte etwas anderes dahinterstecken. Emanuel bewegte sich unruhig im Bett, während er dachte: Da kommt diese verfluchte Krankenschwester. Ich höre es an ihrem Gang. Sie hat Plattfüße.

Er seufzte tief.

Zwei Tage später kam der Abschiedsbrief. Er lautete:

Liebe Marie Anne,
Sie ahnen bereits, was ich Ihnen mitteilen werde, nicht wahr? Ich werde nicht nach Little Manor zurückkehren. Schon bei meiner Abreise wußte ich, daß es so kommen würde, und ich weiß, daß es das Klügste war, was ich in dieser Situation tun konnte.

Aber in einem können Sie sicher sein, Marie Anne: Ich werde Sie immer lieben. Eine Zeitlang waren Sie mein Kind, meine Tochter und meine Freundin. Aber das ist Vergangenheit, und nun können Sie ein neues Leben beginnen. Wenn Sie klug sind, verbergen Sie Ihre Gefühle nicht länger. Ich bin sicher, Sie wissen, was ich meine.

Bitte machen Sie sich um mich keine Sorgen. Mir geht es gut, und ich bin wieder bei meiner Familie. Außerdem habe ich eine Anstellung gefunden, wo ich halbtags arbeite. Nachdem dies alles gesagt ist, kann ich schwerlich behaupten, ich würde Sie nicht schmerzlich vermissen, Sie und die freundlichen Menschen bei Ihnen zu Hause, besonders Ihren Großvater. Wenn Sie sich bei Gelegenheit mit ihm unterhalten, übermitteln Sie ihm meine Liebe und Zuneigung, denn für mich war er immer ein liebenswerter Mann.

Gute Nacht, meine Liebe, und möge Gott Ihnen auf allen Ihren Wegen seinen Schutz und Segen gewähren.

Ihre Sarah

Marie Anne krampfte die Hand um den Brief und preßte ihn an ihre Brust, während ihr Herz schrie: Nein! Nein! O Sarah! Sarah! Was soll ich jetzt tun! Was soll ich jetzt nur tun?

Sie begann im Zimmer umherzugehen, wie jemand, der den Verstand verloren hat. Ihrem Großvater konnte sie nicht sagen, daß Sarah nicht zurückkam, auch ihrem Vater nicht. Denn ihr Vater würde hartnäckiger nach den Gründen suchen, als ihr Großvater es tat. Auch mit Pat konnte sie nicht darüber sprechen, denn Pat war in Newcastle, wie ihr Vater auch. Zu Evelyn konnte sie gehen, aber andererseits, obwohl Evelyn sich sehr verändert hatte, würde sie wahrscheinlich wie ihre Mutter denken, daß Marie Anne das Unglück anzog, daß schon allein ihre Anwesenheit Zwietracht säte. Hatte sich das nicht immer wieder gezeigt, seit sie ein Kind war?

Marie Anne hielt inne. Es gab noch Don. Sie könnte zu ihm gehen.

Aber was sollte sie ihm sagen? Sie würde ihm die Wahrheit erzählen müssen, falls er sie nicht bereits ahnte, denn bei seinen wenigen Besuchen in Little Manor während der letzten vierzehn Tage hatte nur sehr wenig Wärme in seiner Begrüßung ihr gegenüber gelegen. Oh, sicher war er höflich gewesen, sogar ausgesprochen höflich, doch nur er kannte Sarah wirklich und würde vielleicht einen gewissen Einfluß auf sie haben.

Don hatte gerade eine kalte Mahlzeit beendet, als es an der Tür klopfte. Er wischte sich mit dem Taschentuch über den Mund und öffnete die Tür. Seine Stimme klang überrascht:

»Marie Anne! Oh, kommen Sie doch herein. Kommen Sie herein. Sie müssen ... entschuldigen«, erklärte er, während er sie zum Tisch geleitete, »aber ich war noch beim Essen.«

»Ich habe Sie beim Essen gestört?«

»Überhaupt nicht. Ganz und gar nicht. Es war nur ein kalter Imbiß, und ich wollte mir gerade eine Tasse Tee machen. Trinken Sie eine Tasse mit mir?«

»Nein, danke. Nicht jetzt.«

Für einen Moment blickte er Marie Anne aus der Nähe an, dann sagte er: »Setzen Sie sich doch, bitte.« Don führte sie zum Sofa, das bereits zum Kamin geschoben war, in dem ein helles Feuer prasselte. An eine Seite stellte er den kleinen Tisch, auf dem sein Eßtablett stand. Dann zog er einen Sessel heran und nahm ihr gegenüber Platz.

»Stimmt etwas nicht?« fragte er.

Marie Anne senkte den Kopf und murmelte: »Ja, Don. So ist es. Es stimmt wirklich etwas nicht. Ich ... ich habe einen Brief von Sarah erhalten. Sie schreibt, daß sie nicht zurückkommt.« Marie Anne schluckte fest, bevor sie wieder zu Don hochblickte und hinzufügte: »Offensichtlich wußte sie bereits am Tag ihrer Abreise, daß sie nicht zurückkommen würde, und ...« Wieder schluckte Marie Anne. »Ich bin schuld daran.«

Don sagte nicht: »Oh, das würde ich nicht sagen.« Und auch nicht: »Warum geben Sie sich selbst die Schuld?« Er wartete einfach ab, und nachdem Marie Anne erneut geschluckt hatte, fuhr sie fort: »Ich habe mir selbst etwas vorgemacht, indem ich mir sagte, ich sei ein vernünftiger Mensch, der anderen ihre Torheiten nicht übelnehme. Nun, jetzt weiß ich, daß ich überhaupt nicht vernünftig bin und mich die Fehler anderer Menschen sehr wohl stören, vor allem der Menschen, die ich liebe, und ich liebe Sarah. Ich liebe Sarah noch immer und werde sie auch in Zukunft lieben. Und doch konnte ich mich ihr gegenüber so verhalten, wie ich es getan habe. Verstehen Sie mich? Ich weiß, warum Sarah fortgegangen ist.«

Marie Annes Augen leuchteten hell, und ihre Lippen bebten, während sie darauf wartete, daß Don sagen würde: »So, das wissen Sie also?« Aber als er sprach, stellte er keine Frage.

Don sagte nur: »Ich auch.«

Jetzt spürte Marie Anne, wie das Blut in ihr Gesicht strömte, aber sie konnte die Augen nicht von Don wenden, der fortfuhr: »Sie hat mich ungestüm geküßt, und ich habe den Kuß erwidert, mit Leidenschaft und Dankbarkeit. Ja, ich habe es genauso gemeint, wie es aussah, denn Sarah war tatsächlich die erste Frau, die mich jemals geküßt hat. Der ganze Vorfall mag für die restlichen Anwesenden theatralisch gewirkt haben, aber mir erschien er nicht so, und es wäre mir auch gleichgültig gewesen, denn ich wußte, daß ich durch mein Geständnis einer Frau etwas Glück zurückgegeben habe, die zeitlebens selbstlos für das Glück anderer da ist. Sarah ist ein guter Mensch, und in diesem Augenblick habe ich sie geliebt, und ich tue es noch immer. Es gibt viele Arten von Liebe, und ich wiederhole, daß ich Sarah auch jetzt noch liebe. Seit wir uns zum ersten Mal begegnet sind, wußte ich, daß ihr Leben teilweise, vielleicht auch hauptsächlich aus Schauspielerei bestand. Sie war darauf bedacht, anderen zu gefallen, andere glücklich zu machen und zum Lachen zu bringen. Das merkte ich sofort, und ich dachte, es gebe jemanden, der dieses Wissen mit mir teilte, und dieser Jemand seien Sie.«

Nun rannen die Tränen ungehemmt über Marie Annes Wangen. Dons Worte zerrissen sie innerlich, aber sie fragte sich nicht, warum sie hier saß und den Schmerz ertrug, obwohl ihr bewußt wurde, daß sie, ganz gleich, welche Chance sie jemals besessen hatte, von ihm geküßt zu werden und seine Liebe zu erringen, diese Möglichkeit auf immer zerstört hatte. Und die nächsten Worte, die er sagte, schienen dies zu besiegeln: »Ich dachte, wenigstens Sie wüßten das, da Sie Sarah gut kennen, und mich kennen Sie« – hier unterbrach er sich – »nicht im geringsten. Aber was immer in Ihrem Blick lag, als sie Sie ansah, es muß Sarah tief erschüttert haben, wenn es sie zu diesem Schritt veranlaßt hat. Denn ich denke, sie setzte voraus, daß Sie ihr niemals zutrauen würden, etwas zu tun, das Sie verletzen könnte. Sie glaubte, Sie wüßten, daß

Sie bei ihr immer an erster Stelle kämen, ganz gleich, wie Sarahs eigene Empfindungen aussahen. Und dann muß Ihr Blick oder Ihr Verhalten oder was auch immer – und hierbei handelt es sich um meine eigene Interpretation – Sarah vermittelt haben, daß sie nicht mehr Ihre wunderbare Freundin war, sondern nur noch eine Dienstbotin, die aus der Reihe tanzte und sich vor allen Gästen blamierte. Und vor allem nutzte diese Dienstbotin ihre Bekanntschaft mit mir aus. Aber das hat mit der Wahrheit nicht das geringste zu tun. Wenn es jemanden in Ihrem Haus gibt, oder damals in London, mit dem mich eine tiefe Zuneigung verbindet, dann ist das Sarah, denn seit wir uns zum ersten Mal in Ernie's Eating House begegneten, hat sie mir offen ins Gesicht gesehen. Sie blickte mich an, als gäbe es meine Maske und den Schlapphut überhaupt nicht. Für sie war ich ein ganz normaler Mann. Und das ist eine Reaktion, die ich nur selten erlebt habe. Denn wenn eine Frau unter meine Hutkrempe sah, wandte sie sich normalerweise rasch wieder ab.«

Marie Annes Gesicht war feucht vor Tränen. Mit gesenktem Kopf sprang sie vom Sofa auf und schrie ziemlich laut: »Hören Sie auf! Hören Sie auf! Sie sind grausam. Die ganze Zeit waren Sie schon grausam. Ich bin hergekommen, um Sie zu bitten, mir zu helfen. Ich wußte, daß ich etwas falsch gemacht hatte, und hatte deshalb keine sehr hohe Meinung von mir. Doch Sie haben mir die letzte Selbst…« Marie Anne schluckte und rang nach Luft, bevor sie das Wort herausbrachte. »… Selbstachtung genommen. Und nun lassen Sie mich eines sagen.« Sie hatte den Kopf wieder erhoben und leckte sich die Tränen von den Lippen, ehe sie ihm zunickte und sagte: »Ich kann auch ohne Ihren Rat leben, denn ich wußte schon, bevor ich zu Ihnen kam, was ich tun würde, und ich werde es tun. Und ich sage Ihnen noch etwas …« Wieder schluckte Marie Anne, während sie in den Tiefen ihrer Manteltasche nach einem Taschentuch suchte. Sie wischte sich das Gesicht damit ab und fügte hinzu: »Während ich Ihrer Strafpredigt lauschte, kam mir der Gedanke, wie schade es ist, daß Sie kein Priester, Pater oder auch nur Mönch geworden sind, denn dort hätten Sie das richtige Betätigungsfeld für Ihre Herrschsucht gefunden. Doch als letztes möchte ich Sie noch etwas fragen: Warum haben Sie mich vom Totenbett zurückgeholt, mit dem Gerede, Sie bräuchten mich, und ich sei der einzige Mensch in Ihrem Leben?« Marie Annes Mund stand offen, und ihre Augen, die ihn starr fixierten, waren weit aufgerissen. Dann preßte sie die Lippen zusammen, schloß die Augen zu schmalen Schlitzen, fuhr herum und rannte blindlings zur Tür.

Aber Don war vor ihr dort, und seine Arme umschlossen ihre Schultern, während er zärtlich sagte: »Marie Anne. Marie Anne.«

Jetzt schluchzte sie wirklich laut und weinte ungehemmt.

Sanft führte Don sie zum Sofa zurück. Als Marie Anne niedersank, legte sie die Unterarme auf die Lehne und bettete ihren Kopf darauf. In dieser Haltung ließ Don sie eine Minute lang sitzen.

Dann zog er Marie Anne zu sich herum, barg ihren Kopf auf seiner Schulter und legte den Arm um sie. Er löste ihre Hutnadel, die sich am Hinterkopf gelockert hatte, und legte sie zusammen mit dem Hut zur Seite. Die Arme fest um sie geschlungen, sagte er tröstend: »So ist es gut. Alles in Ordnung. Das mußte einmal herauskommen, und jetzt geht es besser. Manchmal möchte ich das auch tun, einfach weinen. Weinen ist eine wunderbare Reinigung. Warum gilt ein Mann als schwach, der seinen Tränen nachgibt? Ja, so ist es gut. Weine nur.« Vorsichtig hob Don ihr Gesicht hoch und trocknete es mit einem sauberen Taschentuch, während er leise weitersprach: »Ich bin so froh, daß du gekommen bist. Ich habe mich nach dir gesehnt, allein schon nach deinem Anblick, und gleichzeitig war ich zornig auf dich, weil ich durch dich Sarah verloren habe. Obwohl ich die ganze Zeit verstand, warum du die Nerven verloren hast, und das hast du doch, oder? Mit dir gehen manchmal die Pferde durch, so hat man mir erzählt. Und dann wirst du wild wie der Teufel.«

Don lächelte ihr zärtlich zu, doch Marie Anne antwortete nicht, denn in ihr wühlte noch immer der Schmerz. Er fuhr fort: »Sarah ist einfach abgereist. Und ich war dann so grausam zu dir, als du kamst, um meinen Rat zu erbitten. Nun, es gibt einen Grund, warum ich so reagiert habe, aber jetzt ist nicht der Zeitpunkt, mit dir darüber zu reden. Du bist die Mutter eines Kindes und doch erst siebzehn Jahre alt. Für dich bedeutet die Geburt, daß du eine erwachsene Frau bist. Doch für deinen Großpapa, deinen Vater und sogar für Pat bist du noch immer ein junges Mädchen, beinahe noch ein Kind, das vom Leben wenig weiß. Was glaubst du also, würde geschehen, wenn ich zu ihnen ginge und ihnen eröffnete, was ich für dich empfinde? Nein! Ein Mann in meinem Alter und mit meinem Aussehen – denn nur Gott weiß, wie sie sich mein Gesicht unter der Maske vorstellen –, dieser Mann bittet um die Hand der kleinen Marie Anne? Man würde mich aus dem Haus werfen.«

Marie Anne antwortete nicht, sondern sah ihn nur an.

Don beugte sich vor und berührte ihre geröteten Lider mit den Fingerspitzen, wobei er sagte: »Du wirst dir das Gesicht mit kaltem Wasser waschen müssen, ehe du nach Hause zurückkehrst, sonst wird man dich mit Fragen bestürmen, vor allem dein Großvater. Und noch etwas, meine liebe Marie Anne, ich könnte dich jetzt küssen, und dann wärst du die zweite Frau, die ich geküßt habe. Aber ich würde dich küssen, wie du noch niemals zuvor geküßt worden bist. Und doch würdest du mich nicht wollen, denn kaum wärst du zur Tür heraus, würdest du dir sagen, daß ich es nur getan hätte, weil du mir leid tatest. Oder daß es eine Art Entschuldigung für mein grobes Verhalten gewesen sei, oder die Nachwirkung von allem, was sich in der letzten Zeit ereignet hat. Nein. Wenn ich dich küsse, Marie Anne, dann wird es keine solchen Gedanken in deinem Kopf geben. Das verspreche ich dir.« Don lächelte sie an. »Ich weiß nicht, ob aus mir ein Priester, Pater oder Mönch spricht, aber eines ist mir sehr wohl bewußt. Sie alle haben viel Willenskraft aufbringen müssen, um mich in diesem Augenblick auf diese Weise reden und handeln zu lassen, während all mein Verlangen mich in eine völlig andere Richtung treibt. Aber dafür ist jetzt nicht der Augenblick.«

Er nahm Marie Annes Hände und legte sie an seine Brust. Dabei fragte er: »Sag mir, was du jetzt tun wirst.«

Sie atmete tief und lange ein, bevor sie ruhig antwortete: »Ich werde nach London fahren und versuchen, sie zurückzuholen.«

»Ja, das dachte ich mir, und ich glaube, es ist der einzige Weg, um Sarah zurückzugewinnen. Und tief in deinem Innersten weißt du, daß es nie wieder so sein wird wie früher, wenn Sarah nicht zurückkommt.«

Noch immer ihre Hände haltend, zog Don Marie Anne vom Sofa hoch und sagte dann mit aufmunternder Stimme: »Jetzt geh und wasch dir dein Gesicht. In der Zwischenzeit schreibe ich einen Brief für Sarah.«

Marie Anne antwortete nicht, sondern ging in die Küche, während Don zu seinem Schreibtisch trat, sich hinsetzte, ein Blatt Papier nahm und einen kurzen Brief verfaßte:

Sarah, meine liebe Freundin,
Ihr großherziges Opfer ist fehlgeschlagen, denn ich weiß nun, daß Marie Anne nichts mit mir zu tun haben will, solange Sie nicht zurückkommen. Und lassen Sie mich Ihnen auch mitteilen, wie sehr man Sie in Little Manor vermißt. Der alte Emanuel ist ganz unglücklich. Er leidet an einer schweren Bronchitis und scheint allen im Haus mit seiner Unleidlichkeit die Hölle heiß zu machen. Was mich betrifft, fühle ich mich einsam, denn in meinem Herzen gibt es einen Platz, den nur Sie ausfüllen können. Kommen Sie zurück, meine liebe Sarah.

Kommen Sie zurück.

Ihr Don

Nachdem Don den Brief versiegelt hatte, erhob er sich von seinem Stuhl und betrachtete Marie Anne, die beim Sofa stand und sich den Hut feststeckte. Er näherte sich ihr und sagte: »Es sind nur ein paar Zeilen. Wirst du ihr den Brief geben?«

»Ja, natürlich.«

»Wann fährst du?«

»Morgen früh.«

»Benachrichtigst du Sarah von deinem Kommen?«

»Nein.«

»Ja, ich denke, das ist am besten so.« Bewegt ging Don weiter auf Marie Anne zu und legte ihr die Hände auf die Schultern, bevor er leise sagte: »Marie Anne ... ich wollte dir um nichts auf der Welt weh tun. Das mußt du mir glauben. Wenn du zurück bist, wird alles anders werden, ganz bestimmt. Du wirst wieder glücklich sein. Das verspreche ich dir. Ich freue mich schon auf deinen achtzehnten Geburtstag, und in der Zwischenzeit sammle ich meinen ganzen Mut, um meine Referenzen zu präsentieren. Du verstehst doch, was ich damit meine?«

Jetzt ließ Don sie los und sagte: »Warte noch eine Minute. Ich hole meinen Mantel und bringe dich zum Haus zurück. Aber ich komme nicht mit hinein.«

»Nein! Nein!« protestierte Marie Anne und hob die Hände, als wollte sie ihn abwehren. »Ich möchte unterwegs nachdenken. Und es gibt so viel zu erledigen bis morgen.«

Don öffnete Marie Anne die Tür, und so wie er Sarah hatte fortgehen sehen, blickte er nun Marie Anne nach. Doch als er die Tür wieder schloß, war seine Reaktion anders als damals. Er blieb nicht mit dem Rücken zur Tür gewandt stehen und verdammte Marie Anne, sondern nachdem er zum Kamin gegangen und in das offene Feuer gestarrt hatte, strich er über seine Maske und dachte: Davon hängt alles ab. Sie wird zuerst das hier sehen müssen, damit sie weiß, womit sie leben muß.

2. Kapitel

Um drei Uhr am folgenden Nachmittag traf Marie Anne in London ein. Weniger als eine halbe Stunde später setzte eine Droschke sie am Tor von Ramsay Court ab, und als der durchdringende Geruch des Innenhofes in ihre Nase stieg, jener Geruch, der tagtäglich durch die Mischung aus heißer Asche und feuchtem Müll entstand, empfand sie ein merkwürdiges Gefühl. Ihr war, als kehrte sie nach Hause zurück. Verflogen war die Erinnerung an die Jahre vor ihrem Aufenthalt in dieser Hinterhofsiedlung und auch an die Zeit danach, als sie den Ort verlassen hatte. Marie Anne erschien es, als hätte es nur ein Leben für sie gegeben, und das spielte sich in Ramsay Court ab, denn jetzt ging ihr jede einzelne Minute dieser Zeit wieder durch den Kopf und präsentierte sich in ihrer Erinnerung in leuchtenden Bildern.

Im Hof war niemand zu sehen, nicht einmal herumtollende Kinder. Die Türen der Toilettenhäuschen waren alle angelehnt, und vor den Waschhäusern sah sie keine Waschzuber, auch das Geräusch der Wäschepressen war nicht zu hören.

Marie Anne trat in den Hausflur, blieb einen Augenblick stehen und blickte die Treppen hinauf, denn hier umfing sie ein anderer Geruch. Es roch nach Essen, nach Kohlsuppe, und den Ausdünstungen von Menschen, die auf engstem Raum zusammenleben.

Sie stieg die Treppen hinauf und blieb im zweiten Stock vor Annies Tür stehen. Sie keuchte leicht von der ungewohnten Anstrengung, und innerlich zitterte sie, als fürchtete sie sich vor dem Empfang, der ihr bereitet werden könnte. Als sie an die Tür klopfte, war es eher ein schwaches Pochen. Doch ihr wurde sofort geöffnet, und vor ihr stand Annie, mit erschrecktem Gesicht zwar, aber herzlich ausrufend: »Lieber Gott! Was führt Sie so plötzlich her? Nein, wirklich. Wer hätte das gedacht? Aber kommen Sie doch herein. Kommen Sie doch herein.«

Bis auf das jüngste Kind war niemand im Zimmer. Von Sarah keine Spur.

»Setzen Sie sich doch! Nein, welch eine Überraschung! Sie haben mich richtig erschreckt. Gestern saßen wir noch zusammen und haben bis spät in die Nacht von Ihnen gesprochen. Mein Mann ist auf Montage, und die Kinder lagen im Bett. Nein, so was!« Annie legte die Hand an die Stirn. »Ich kann es noch immer nicht glauben. Möchten Sie eine Tasse Tee?«

»Ja, eine Tasse Tee könnte ich jetzt gut vertragen, Annie. Danke.«

»Nur eine Sekunde. Ich stelle schnell den Kessel aufs Feuer.«

Während Annie den Wasserkessel füllte und auf den Herd stellte, blickte Marie Anne sich im Zimmer um. Es erschien ihr so vertraut. Alles befand sich noch am gleichen Platz, wie beim letzten Mal, als sie hier gewesen war, und das lag beinahe ein Jahr zurück. Nur das jüngste Kind lag nicht mehr im Waschkorb, inzwischen stand die Kleine in der anderen Zimmerecke und hielt sich an einem Stuhl fest, den sie zu sich herzuziehen versuchte, bis ihre Mutter rief: »Hör auf damit, Rose! Setz dich hin! Sei ein gutes Mädchen.«

Das Kind setzte sich, hielt aber noch immer den Stuhl fest, und Annie erklärte: »Sie hat sich selbst das Laufen beigebracht, indem sie dieses Ding vor sich herschob. Er, Pollock, hat gesagt, er würde ihr einen Kinderroller kaufen, denn sie ist immer auf den Beinen. So, das Wasser hat gekocht! Noch eine Minute, dann ist der Tee durchgezogen«, sagte Annie und stellte die Teekanne auf den Kaminvorsprung. Sie setzte sich wieder gegenüber von Marie Anne und rief: »He! Mädchen … Miß. Ich glaube es noch immer nicht.«

»Wo ist Sarah?« fragte Marie Anne ruhig.

»Oben, im Dachgeschoß. Wo sonst? Sie ist erst vor zehn Minuten hinaufgegangen. Sie arbeitet von elf bis drei.«

»Sie arbeitet? Wo?«

»Bei Ernie's. Sie wissen schon, Bier zapfen.«

Marie Anne senkte den Kopf. Sarah stand hinter der Theke und zapfte Bier. O nein! Aber anscheinend arbeitete sie lieber dort, als bei ihr in Little Manor zu bleiben.

»Alles in Ordnung, alles in Ordnung.« Annie streckte den Arm über den Tisch aus und tätschelte Marie Annes Hand. »Es geht ihr gut. Obwohl ich zu ihr gesagt habe: ›Um Gottes willen! Wie kannst du nur? Bist du verrückt geworden, hierher zurückzukommen, was kannst du hier schon werden?‹ Andererseits geht es uns inzwischen sehr viel besser. Aber wieder in diese Bruchbude hier einzuziehen! Ich werde wirklich nicht schlau aus ihr. Sie sagt immer wieder nur einen einzigen Satz: ›Alle guten Dinge gehen einmal zu Ende.‹ Und daß man klug genug sein muß, zu erkennen, wann das Ende gekommen ist, und nicht versuchen darf, sein Glück zu erzwingen. Haben Sie jemals solchen Blödsinn gehört? Was ist passiert? Haben Sie sich verkracht, ich meine, hatten Sie Streit miteinander?«

Marie Anne hob den Kopf: »Nein, nein. Keinen richtigen Streit. Es war allein meine Schuld. Wirklich, Annie. Die Schuld liegt nur bei mir. Verstehen Sie, ich habe eine Reihe von Fehlern, aber mein größter ist mein hitziges Temperament, und manchmal brause ich auf und höre nicht mehr auf die Stimme der Vernunft.«

»Ach, wissen Sie, da sind Sie nicht die einzige, glauben Sie mir. Nun ja, manchmal wünschte ich, sie wäre auch einfach nur aufbrausend, unsere Sarah. Dann wüßte man wenigstens, woran man ist. Aber sie ist ein seltsamer Charakter. Unsere Ma sagte immer: ›Wenn man Glück hat, versteht man sie an zwei Tagen in der Woche.‹ Denn Sarah war völlig unberechenbar und machte Sachen, ohne die geringste Erklärung zu geben, aus einer plötzlichen Eingebung heraus. Und erst wenn sie fertig war, verriet sie einem vielleicht den Grund ihres Handelns. Eines Tages verließ sie einfach die Messe, und zwar während einer Missionspredigt – Sie wissen schon, wenn fremde Priester kommen und von der Kanzel aus den Leuten ins Gewissen reden, um sie an ihre Christenpflichten zu erinnern. Damals war Sarah gerade vierzehn. Oh, da ging es hoch her. Dieser Bußprediger beschwor das Höllenfeuer mit einer Macht, daß man glaubte, es würde Funken und Schwefel von der Kanzel regnen. Mit laut polternder Stimme hieb er auf die Gemeinde ein. Er drohte, es gebe Grillroste in der Hölle, auf denen die Sünder splitternackt zu sitzen hätten. Und seine Hölle war alles andere als symbolisch gemeint. Für ihn ging es dort wirklich so zu. Beim Zuhören rieselte es einem kalt den Rücken herunter. Nun, für unsere Sarah war das zuviel, und wie ich bereits sagte, sie war erst vierzehn und saß noch immer auf den Kinderbänken in der Kirche. Als sie aufstand, dachte unsere Mutter, ihr wäre übel oder sie sei plötzlich krank geworden, und eilte ihr deshalb gleich hinterher. An der Kirchentür standen drei Brüder, so wie die Mönche vom Kloster hier. Sie postierten sich jeden Sonntag morgen dort, mit ihren Sammelbüchsen für irgendeine Mission in Übersee. Und was glauben Sie, was Sarah zu ihnen sagte? Sie glaube kein Wort von alledem, was der Priester von der Kanzel predige, und er stehe nur dort oben, um kleinen Kindern Angst einzujagen. Offenbar hatte Sarah nicht gerade leise gesprochen. Wenn das kein Temperamentsausbruch war! Jedenfalls werde ich diesen Sonntag nie vergessen, denn als mein Dad die Geschichte hörte, schlug er Sarah mit seinem Gürtel. Ja, das tat er, weil er meinte, Sarah habe ihm Schande bereitet, ihm und der ganzen Familie, weil sie es gewagt hatte, in diesem Ton etwas gegen die heilige Kirche zu sagen. Dabei sei sie doch noch ein dummes unwissendes Ding. An diesem Sonntag war bei uns tatsächlich die Hölle los. Und was glauben Sie, tat Sarah als nächstes? Sie verließ das Haus und rannte zu Großvater, dem Vater meiner Mutter, denn sie wußte, er dachte genauso. Meine Granny war dauernd in der Kirche, doch Großvater setzte keinen Fuß hinein, obwohl er katholisch war. Also, meine liebe Marie Anne, ich würde mir keine Sorgen machen, wenn Sie Sarah gegenüber einmal die Beherrschung verlieren, denn ihr können Sie nicht das Wasser reichen. Das Problem ist nur, daß sie nicht losbrüllt, wenn ihr etwas nicht paßt, sondern einfach handelt. Versucht man, mit ihr zu reden, damit sie die Sache einmal von der anderen Seite betrachtet, könnte man genausogut mit dem Kopf gegen die Wand rennen. Sie bleibt hart. Wenn Sie verstehen, was ich meine. O je ...« Annie schüttelte den Kopf »Ich kann solche Sachen nicht gut erklären, aber eines sage ich Ihnen, und das habe ich auch Pollock gesagt, als er auf sie losging, was für eine verdammte Närrin sie sei, dieses vornehme Haus zu verlassen, bei der Stellung, die sie dort hatte. Ich sagte ihm, daß es dafür einen Grund geben muß und daß Sarah es für Sie getan hat, denn um nichts auf der Welt wollte Sarah Sie verärgern, Miß, ganz bestimmt nicht. Aber sie hat Sie verstimmt, nicht wahr, weil sie Ihr Haus verlassen hat. Und mich auch, denn mich hat sie als Ausrede dafür benutzt. Ich war überhaupt nicht krank. Im Gegenteil. Seit Jahren ging es mir nicht mehr so gut wie jetzt.«

Plötzlich hörte man es zweimal gegen die Decke klopfen, und Annie sagte: »Das ist sie. Sie möchte, daß ich hinaufkomme. Keine Ahnung, warum. Hören Sie, wollen Sie nicht zuerst hochgehen? Aber was ist mit Ihrer Tasse Tee? Ich mache Ihnen einen Vorschlag. Sie gehen jetzt zu ihr und bringen es hinter sich, was immer es ist, und dann komme ich nach, mit dem Tee für Sie beide.«

»Danke, Annie.« Marie Anne stand auf, streckte der verhärmt wirkenden Frau die Hand entgegen und sagte: »Es ist wunderbar, Sie wiederzusehen. Ich freue mich wirklich. Und Sarah ist glücklich, Sie und Ihre Familie zu haben.«

»Nun«, Annie wiegte den Kopf hin und her, »warum das so ist, weiß wohl nur Gott allein. Aber trotzdem vielen Dank. Und jetzt gehen Sie. Ab nach oben mit Ihnen.«

Marie Anne stieg die letzte Treppe bis zum Dachgeschoß hoch. Sie klopfte nicht an, sondern öffnete vorsichtig die Tür. Aus dem Schlafzimmer drang Sarahs Stimme herüber: »Komm mal einen Moment hier herein und sieh dir diese Sprungfedern an. Ich habe dir gesagt, daß sie nicht mehr in Ordnung sind, aber du wolltest es nicht glauben. Die beiden müssen die halbe Nacht darauf herumgehüpft sein, sonst würden sie nicht so durchhängen.«

Marie Anne ging nicht ins Schlafzimmer, sondern blieb hinter der Tür stehen und sah sich um. Auch dieser Raum sah noch genauso aus, wie sie ihn verlassen hatte. Vielleicht waren die Möbel nicht mehr so häufig poliert worden, aber alles war sauber und ordentlich, und hinter dem Kamingitter brannte ein helles Feuer. Das Gefühl, nach Hause zu kommen, überfiel Marie Anne hier noch stärker. In diesen Zimmern war sie glücklich gewesen. Sie hatte von einem Tag zum anderen gelebt und nicht an die Zukunft gedacht. Die Sorge um die Zukunft hatte sie Sarah überlassen.

Wieder hörte Marie Anne jetzt Sarahs Stimme: »Hör doch! Komm endlich und sieh es dir an. Ich habe mich wochenlang mit ihnen herumgeschlagen. Jetzt müssen sie wieder nach unten.«

Als keine Antwort kam, erschien Sarah in der Schlafzimmertür. Sie hielt die Hand vor den Mund und schloß die Augen, und nach einiger Zeit murmelte sie: »Lieber Gott! Nein!«

Langsam trat sie auf Marie Anne zu, die sich an der Sessellehne festklammerte, als bräuchte sie eine Stütze. Als Sarah auf Armeslänge herangekommen war, blieb sie stehen und sagte: »Warum in Gottes Namen? Wie sind Sie hierhergekommen?«

Lächelnd entgegnete Marie Anne: »Wenn man Ihnen diese Frage gestellt hätte, hätten Sie wahrscheinlich geantwortet: ›Mit dem Zug, und dann mit der Droschke vom Bahnhof.‹«

»Ah«, stöhnte Sarah, wirbelte herum und ging zum Kamin, wo sie mit beiden Händen den hölzernen Sims umgriff und zweimal mit dem Kopf dagegen stieß, ansonsten aber stumm blieb.

Marie Anne ging zu ihr. »Ich mußte kommen, Sarah. Und wenn es nur aus dem Grund ist, Ihnen zu sagen, wie leid mir alles tut. Ich war so undankbar, und ich schäme mich dafür.«

»Oh, machen Sie doch nicht alles noch schlimmer, ich bitte Sie.« Sarah hatte sich wieder vom Kaminsims abgewandt. Kopfschüttelnd fuhr sie fort: »Es ist vorbei und vergessen. Das hätten Sie akzeptieren und einfach weiterleben sollen.«

»Wie sollte ich, wenn ich den Halt in meinem Leben verloren habe?«

»Nun, dann wird es Zeit, daß Sie lernen, auf eigenen Füßen zu stehen. Ich war nie der Halt in Ihrem Leben. Sie waren stark genug, für sich selbst zu sprechen, wenn es sein mußte.«

Von der Tür her erklang ein Geräusch. Es war kein Klopfen, sondern hörte sich eher so an, als würde mit dem Fuß dagegen gestoßen. Sarah ging rasch hin, um zu öffnen und ließ Annie mit dem Teetablett eintreten. »Und jetzt trinkt schnell aus, denn sonst kann ich das Zeug gleich wieder zum Spülwasser gießen, nachdem ich es mühsam die Treppe hinaufbefördert habe, ohne etwas zu verschütten«, sagte Annie.

Nachdem Annie das Tablett auf den Tisch gestellt hatte, wandte sich Sarah an ihre Schwester: »Und was hältst du davon?«

»Wovon?«

»Stell dich nicht so begriffsstutzig, Annie. Sie ist schließlich keine Geistererscheinung, oder?«

»Huch!« sagte Annie. »Ich muß zugeben, zuerst dachte ich das tatsächlich. Aber hier ist der Tee. Nun trinkt erst mal. Ich werde nicht hier warten und mir deine Ausführungen anhören. Das habe ich mein ganzes Leben lang getan. Ich muß ohnehin wieder nach unten, denn die Kleine hat mittlerweile den Stuhl bestimmt zwei Stockwerke tiefer befördert, Gott möge es verhüten. Bis nachher, Marie Anne.«

»Ja, Annie. Und danke für den Tee.«

»Ach, ist es nicht nett, wenn man für eine Tasse Tee ein Dankeschön bekommt, Sarah Schwesterherz? Bei dem ungehobeltem Volk hier im Haus erntet man nicht einmal ein Kopfnicken.«

»Mach, daß du fortkommst.«

Lachend verließ Annie die Dachwohnung, und Sarah reichte Marie Anne eine Tasse, die sie ohne ein Dankeschön entgegennahm. Als sie Platz genommen hatten und einander gegenüber saßen, sagte Marie Anne: »Ich … ich habe einen Brief dabei.« Sie öffnete ihre Tasche. »Er ist von Don.«

Einen Augenblick schien es, als würde Sarah den Brief nicht aus Marie Annes Hand entgegennehmen wollen. Als sie ihn doch nahm, benutzte sie den Stiel ihres Teelöffels, um den Umschlag aufzureißen. Nachdem sie die wenigen Zeilen überflogen hatte, hob sie den Blick und sah zu Marie Anne, bevor sie den Brief noch einmal las. Dann sagte sie: »Gut! Gut!«

»Und Großpapa läßt Ihnen eine ganz besondere Botschaft ausrichten«, fügte Marie Anne hinzu.

»Ja?«

»Er läßt Ihnen mitteilen, falls Sie für niemanden sonst zurückkehren wollen, bittet er Sie, es für ihn zu tun, denn Sie fehlen ihm entsetzlich. Und das Haus …« Marie Anne schluckte heftig und schaffte es nur mit großer Mühe, die Tränen zurückzuhalten, die jeden Moment aus ihren Augen zu quellen drohten. »Das Haus ist nicht mehr dasselbe, seit Sie fort sind. Und wenn Ihre Schwester Erholung braucht, müssen Sie sie mitbringen und jemanden finden, der sich eine Zeitlang um die Familie hier kümmert.«

Sarah fuhr in ihrem Sessel herum, bis sie beinahe mit dem Rücken zum Feuer saß. Sie hielt den Kopf gesenkt und bedeckte das Gesicht mit der Hand. Dann schnellte sie förmlich wieder herum und schrie: »Das ist nicht fair! Ich habe getan, was Sie wollten. Sie wollten mich damals aus dem Haus haben, so weit von ihm weg wie möglich. Ja, das wollten Sie.«

»Nein, Sarah! Nein.« Beide waren sie aufgesprungen. »Das ist nicht richtig. Ich war einen Augenblick lang eifersüchtig. Ja, das gebe ich zu. Einen Moment lang war ich entsetzlich eifersüchtig. Eigentlich nicht, weil Sie ihn geküßt haben. Doch, im Grunde schon. Denn Sie haben getan, was ich schon lange tun wollte und nicht zu tun gewagt hatte. Aber Sie waren Sie selbst. Sie konnten Sie selbst sein und haben ihn einfach geküßt. Nur war das nicht alles. Denn er erwiderte Ihren Kuß leidenschaftlich und sagte Ihnen, Sie seien die erste Frau, die ihn jemals geküßt habe. Und jetzt kann ich es Ihnen anvertrauen, Sarah, das war der Augenblick, in dem ich mich getroffen fühlte, bis ins Innerste. Denn er hatte mir zu verstehen gegeben, daß er mich liebte. Ich weiß, daß er mich damals, als ich krank war, ins Leben zurückholte, indem er mir seine Gefühle offenbarte. Er dachte, ich könne ihn nicht hören. Und deshalb hat mich die Szene bis ins Mark erschüttert. Verstehen Sie das? Wäre ich nur mutig genug gewesen, ihn zu küssen, solange er noch diese furchtbare Tuchmaske trug – ich weiß, Sie hätten es getan –, oder wäre er doch stark genug gewesen, mich zu küssen und mir zu sagen, daß ich die erste Frau sei, die er jemals geküßt habe. Können Sie denn nicht verstehen, wie ich mich in diesem Augenblick fühlte? Wirklich, ich war mir Ihrer Gefühle ihm gegenüber nicht bewußt und auch nicht der Gefühle, die er für Sie empfindet. Er liebt Sie, und nicht nur auf eine bestimmt Weise. Das hat er mir gestern klargemacht.«

Sarahs Augen weiteten sich. »Was meinen Sie damit, daß er es klargemacht hat?« fragte sie. »In diesem Brief steht nichts davon. Was ist gestern geschehen?«

»Nun, man könnte sagen, wir hatten einen Streit.«

»Sie hatten einen Streit?«

»Ja, eine Auseinandersetzung. Ich habe ihm vorgeworfen, es sei grausam, was er mir sage. Er hat mir meine Fehler vorgehalten und gesagt, ich hätte Sie verletzt.«

»Er würde Ihnen niemals weh tun, Marie Anne. Nein, nicht Don.«

»Aber er hat es getan. Er wußte genau, wie ich auf jene Szene reagiert hatte, und er hat es mir vorgeworfen. Deshalb habe ich ihm gesagt, was ich über ihn denke. Und dann änderte er seinen Ton. Doch ich ging nicht darauf ein.«

»Oh, du lieber Himmel! Sie sind vielleicht ein Paar, Sie beide. Hören Sie, Marie Anne. Lassen Sie mich eines klarstellen, in aller Deutlichkeit. Dieser Mann liebt Sie. Er liebt Sie, seit er Sie das erste Mal gesehen hat. Das sagte mir schon damals sein Gesichtsausdruck, und mit der Zeit hat sich dieser Blick noch verstärkt. Don würde alles auf der Welt für Sie tun. Aber er ist ein Gebrandmarkter. Sie mögen ihn durch Liebe und Mitgefühl für sich gewinnen, aber was ist mit Ihrer Familie? Ihre Familie hat sich zwar mit ihm angefreundet, aber nur, weil sie ihm etwas schuldig ist, und dessen ist er sich wohl bewußt. Er ist sich ebenfalls der geringen Stellung bewußt, die er im Vergleich zu Ihnen einnimmt. Er ist nur Bildhauer, und einen höheren gesellschaftlichen Status kann er Ihnen nicht bieten. Was Sie als seine Liebe zu mir bezeichnen, ist Sympathie für einen Menschen, der Ihnen auf ähnliche Weise zugetan ist. Außerdem weiß Don, daß seine Entstellung mir gleichgültig ist. Ich mochte ihn vom ersten Augenblick an. Lieben Sie ihn? Ich nehme an, dem ist so, aber Ihre Liebe ist eine völlig andere als die, die er für Sie empfindet, oder ich für Sie. Sie standen damals für mich an erster Stelle, und das ist auch heute noch so, ganz gleich, wo wir uns befinden. Don weiß das. Wir sprachen darüber, als Sie krank waren. Und damals sind wir uns ziemlich nahegekommen.«

»Nun, Sarah. Wie ist es? Fahren Sie mit mir zurück?«

»Oh, meine liebe Marie Anne. Ich war jetzt drei Wochen fort und kann mir nicht vorstellen, wie ich wieder Tritt fassen soll in meiner alten Position. Außerdem bezweifle ich, daß ich ohne weiteres wieder akzeptiert werde. Im Haus wird man mir Fragen stellen, warum ich so lange weggeblieben sei.«

»Die Erklärung ist einfach. Ihre Schwester war zu krank. Ich bin sogar hergefahren, um zu sehen, ob ich irgendwie helfen kann.« Obwohl Tränen in ihren Augen standen, lächelte Marie Anne. »Großpapa hat gestern Ihre Rückkehr vorbereitet. Und Vater glaubt wirklich, daß Ihre Schwester krank ist. Was Pat angeht, ahnt er, daß etwas an der Sache nicht stimmt. Aber er wiederholte Großpapas Befehl an Mrs. Makepeace, eines der Gästezimmer herrichten zu lassen, weil die kranke Schwester von Miß Foggerty möglicherweise zu einem kurzen Aufenthalt kommen könnte.«

»Das hat er getan?«

Zum ersten Mal lag etwas wie ein Lächeln in Sarahs Augen. Dann sagte sie nachdenklich: »Er ist ein wunderbarer Mensch, der alte Emanuel. Aber warum nenne ich ihn eigentlich alt? In seinem Denken ist er jung, und wenn er lacht, wirkt er wie ein kleiner Junge.«

Marie Anne streckte die Hand aus und umfaßte die von Sarah. Dann fragte sie leise und flehentlich: »Also kommen Sie doch mit mir zurück? Sie fahren mit mir nach Hause, und dieses Mal für immer?«

Sarah senkte den Kopf, und als Marie Anne die Arme um sie schlang, hielten sie einander fest. Ihre Tränen vermischten sich, und Marie Anne schluchzte: »Oh! Sarah. Sarah. Verlasse mich nie wieder. Bitte! Bitte! Ganz gleich, was ich tue oder sage. Versprich mir, daß du mich nie wieder allein läßt.«

Während sie sich aus Marie Annes Umarmung löste, sagte Sarah: »Versprechen kann ich es nicht. Schließlich könnte ich nächste Woche tot sein. Aber jetzt hör auf. Hör auf zu weinen.«

»Dann mußt du auch damit aufhören. Wenn das keine Tränen sind, ist es wohl Bier, das aus deinen Augen fließt. Hinter dem Zapfhahn hast du lange genug gestanden!«

Wieder lehnten sie aneinander und lachten, während sie versuchten, sich die Gesichter trocken zu wischen.

Nach einem Augenblick setzte sich Marie Anne und sagte ruhig: »Es ist wunderbar. So wunderbar. Ich hätte nie gedacht, daß ich jemals wieder glücklich sein könnte. Morgen nehmen wir den Zwölf-Uhr-Zug zurück. Und weißt du, was ich jetzt, wo ich hier bin, gern tun möchte, Sarah? Ich würde gern beim Daily Reporter vorbeisehen und mit Mr. Stokes und Mr. Mulberry sprechen. Mr. Mulberry, der Assistent, hat mir vor einiger Zeit einen so netten Brief geschrieben. Du erinnerst dich, sie wollten eine Serie mit witzigen Karikaturen herausbringen, eine davon mit den Kindern. Nun ja, in der ganzen Aufregung habe ich nicht geantwortet, aber jetzt würde ich gern mit ihnen sprechen.«

»Es gibt nichts, was dagegen spräche. Und unterwegs müssen wir auch bei Ernie's vorbeigehen, damit ich kündigen kann. Das wird den Evertons nicht gefallen, aber sie freuen sich bestimmt, dich zu sehen. Vielleicht spielst du auch ein paar Akkorde auf dem Klavier, nur fünf Minuten. Das würde ihnen bestimmt Freude bereiten. Ja, das machen wir.«

Sarah schien wieder ganz die alte zu sein, so sehr, daß sie sagte: »Laß uns nach unten gehen und Annie alles berichten. Die arme Seele. Ich kann dir sagen, sie hat sich ebenso viele Sorgen gemacht wie wir. Und während der letzten Woche habe ich sogar ihren Mann mögen gelernt. Eines Abends kam er zu mir herauf und unterhielt sich mit mir auf eine Weise, wie ich es nie von ihm erwartet hätte. Sicher, seine Sprache war wie immer reichlich mit Schimpfwörtern und Flüchen gewürzt, aber trotzdem hatte das, was er sagte, Hand und Fuß. Und was glaubst du wohl, worum es ging? Er hat mir tatsächlich dafür gedankt, daß ich seiner Familie helfe. Es ist seltsam, wie man seine Meinung über Menschen ändern kann. Aber ich weiß, daß Annie sich darüber freut. Sie hat schon immer gesagt, daß Pollock besser als sein Ruf ist. Und nun kann ich verstehen, warum sie immer zu ihm gehalten hat, und bei ihm geblieben ist und ihm diese ganze Rasselbande geschenkt hat. Doch die Kinder sind wohlgeraten. Das muß man sagen, auch wenn ich es bin, die das bemerkt. Und jetzt komm. Laß uns nach unten gehen.« Sarah lachte und fügte hinzu: »Ich glaube, sie hat Lammeintopf auf dem Feuer stehen. Das hast du doch gegessen, als du zum ersten Mal hier warst, oder?«

»Nein, das war die erste Mahlzeit, die ich die Kinder essen sah. Und wenn sie heute wieder am Tisch sitzen, bekomme ich vielleicht eine Idee für eine neue Karikatur.«

Marie Anne stand von ihrem Sessel auf, und einen Augenblick sahen sich die beiden Freundinnen an. Dann streckte

Sarah die Hand aus, nahm die von Marie Anne und sagte: »Komm, laß uns endlich nach Hause gehen.« Hand in Hand schlenderten sie die Treppen hinunter.

3. Kapitel

Bei ihrer Rückkehr wurde Sarah bereits am Bahnhof willkommen geheißen, wo Mike sie und Marie Anne mit der Equipage abholte. In Little Manor waren sie kaum aus der Kutsche gestiegen, als sich die Tür öffnete und Fanny und Carrie gleichzeitig riefen: »Willkommen zu Hause, Miß! Wir freuen uns, daß Sie wieder da sind. Wie geht es Ihrer Schwester?«

Auf die letzte Frage antwortete Sarah: »Es geht ihr viel besser. Sehr viel besser.«

In der Halle stießen Maggie Makepeace und Katie zu ihnen, die auf ihre übliche respektlose Weise sagte: »Nett, Sie wiederzusehen, Miß, obwohl das Haus nach Ihrer Abreise schön ruhig und friedlich war.« Worauf Maggie dem Mädchen einen Ellenbogen in die Seite stieß und erklärte: »Sie sagt die richtigen Dinge grundsätzlich auf die falsche Weise, Miß, aber ich für meinen Teil bin froh, daß Sie zurück sind. Vielleicht können Sie den gnädigen Herrn dazu bringen, seinen Teller leer zu essen.«

Es folgte noch mehr Gelächter, als Katie hinzufügte: »Und dafür sorgen, daß er die arme Krankenschwester nicht länger anbrüllt.«

Alle halfen Marie Anne und Sarah beim Ablegen von Mantel, Hut, Schal und Handschuhen. Dann wandte sich Marie Anne an Maggie: »Ist mein Vater zu Hause?«

»Nein, Madam«, antwortete Maggie. »Weder er noch Mr. Pat sind da, aber wir erwarten sie jede Minute zurück.«

Ein Schrei, der durch das Haus gellte, ließ alle nach oben zur Treppe blicken, und Fanny sagte lachend: »Er muß gerochen haben, daß Sie zurück sind, Madam.«

»Du gehst am besten zu ihm hoch, Sarah«, sagte Marie Anne. »Und ich gehe als erstes ins Kinderzimmer hinauf.«

Als Sarah an Emanuels Tür klopfte, erhielt sie keine Antwort, aber eine Frau mit müdem Gesicht öffnete. Sie starrte Sarah einen Moment lang an und war im Begriff, sich wieder zu ihrem Patienten zu drehen, als dieser schrie: »Nun machen Sie schon Platz! Und lassen Sie sie eintreten.« Bei diesem Befehl trat die verwirrte Krankenschwester zur Seite.

Sarah, die die Situation mit einem Blick erfaßt hatte, lächelte die Krankenschwester an und sagte: »Guten Abend, Miß Gallacher.«

»Guten Abend, Miß. Wie bin ich froh, Sie wiederzusehen«, entgegnete die Krankenschwester eifrig.

»Nun, Sie sind nicht die einzige«, rief Emanuel. »Wollen Sie uns dann bitte allein lassen?«

Die Krankenschwester brauchte keine zweite Aufforderung, und als nächstes stand Sarah neben dem Bett und sah auf die Hand, die ihr entgegengestreckt wurde. Sie nahm sie und fragte: »Wie geht es Ihnen, Sir?«

Die Antwort kam laut und polternd: »Fragen Sie mich nicht, wie es mir geht, Foggerty, nachdem Sie mich einfach im Stich gelassen haben! Ihr Urlaub sollte vierzehn Tage dauern, doch schließlich mußten Sie zurückgeholt werden. Irgend etwas stimmt hier nicht, aber das werde ich noch herausbekommen. Na ja, halb bin ich schon drüben.« Jetzt stieß Emanuel einen langen Seufzer aus und fügte hinzu: »Oh, ich bin froh, Sie wieder hier zu haben, Foggerty. Jetzt werden sich die Verhältnisse endlich wieder normalisieren. Und als erstes befreien Sie mich von dieser Krankenschwester.«

»Es tut mir leid, Sir, aber das kann ich nicht. Nach allem, was ich von Marie Anne erfahren habe, hat Miß Gallacher dafür gesorgt, daß Sie einen schlimmen Anfall überstanden haben.«

»Mir hilft nur die Zeit, die Anfälle zu überstehen, nicht eine Krankenschwester. Und ich spreche aus Erfahrung. Außerdem hat sie Plattfüße.«

Sarah lachte und sagte: »Die arme Seele. Es sieht Ihnen ähnlich, ihr so etwas vorzuwerfen.«

»Ist mir auch gleichgültig. Sie können ihre Aufgaben bei mir übernehmen.«

»Das kann ich nicht, und ich werde es auch nicht tun, Sir. Ich bin keine Krankenschwester. Und wenn Sie mich jetzt bitte entschuldigen möchten. Ich gehe mich frisch machen, denn ich bin staubig von der Reise.«

»Ja, natürlich. Tut mir leid. Aber das mit der Krankenschwester meine ich ernst. Wenn Sie Gallacher nicht von hier entfernen, tue ich es selbst.«

Als Sarah sich zur Tür wandte, sagte sie lachend: »Ja, tun Sie das, Sir. Nehmen Sie die Angelegenheit selbst in die Hand. Aber erwarten Sie nicht, daß ich Ihnen zu Hilfe komme, wenn Sie fort ist. Ich habe meine eigenen Pflichten, um die ich mich kümmern muß.«

»Verdammte Pflichten!«

»Ja, Sie sagen es. Verdammte Pflichten!« Noch immer lachend verließ Sarah das Zimmer.

Sie hatte den halben Weg über den Treppenabsatz zurückgelegt, als James und Pat auftauchten, und beide begrüßten sie mit den Worten: »Oh, hallo! Sie sind also zurück«, wobei James hinzufügte: »Und Sie haben Ihre Schwester nicht mitgebracht?«

»Nein, Sir. Es geht ihr viel besser, und sie hat die Kinder, die sich um sie kümmern können.«

Pat, der mit dem Kopf zum Schlafzimmer seines Großvaters wies, fragte leise: »Wie gefällt er Ihnen?«

»Oh, wie immer, er ist zum Streiten aufgelegt, Sir. Seine erste Anweisung lautete, die Krankenschwester zu entlassen.«

»Und was haben Sie ihm geantwortet?« fragte James jetzt lächelnd.

»Daß ich es nicht tun werde, Sir!« entgegnete Sarah und wandte sich zum Gehen.

»Gute Arbeit«, rief Pat fröhlich hinter ihr her. »Zehn zu eins, daß er innerhalb weniger Tage das Bett verläßt.«

Durch einen Seitengang erreichte Sarah ihr Wohnzimmer, ohne weiteren Mitgliedern des Haushalts über den Weg zu laufen. Sie lehnte sich in einem Polstersessel zurück und blickte sich um.

Sie hatte nicht erwartet, dieses Zimmer wiederzusehen.

War sie froh, zurück zu sein? Ja, einerseits war sie es, aber ein anderer Teil in ihr wünschte, sie wäre Meilen entfernt.

Während sie noch darüber nachdachte, erhob sie sich aus dem Sessel und betrat ihr Schlafzimmer. Als erstes drehte sie den Schlüssel in der Tür um. Dann ging sie zu ihrem Ankleidetisch, nahm ein zehn Zentimeter großes, aus Eichenholz geschnitztes Kruzifix heraus und ging damit zum Bett. Dort kniete sie nieder. Das Kreuz in den gefalteten Händen haltend, streckte sie die Arme über die Bettdecke und legte den Kopf dazwischen. Sie betete nicht auf die gewöhnliche Weise, sondern sagte nur: »Herr, wenn du diesen Schmerz in meinem Herzen nicht lindern willst, hilf mir wenigstens, seinen Anblick zu ertragen, damit ich in ihm einen Freund sehen kann.«

4. Kapitel

Was sich in der Zeit vor Weihnachten ereignete, war ohne große Bedeutung. Tatsächlich lief der Betrieb im Haus beinahe wie von selbst. Im November jedoch sorgte die Idee, einen Dienstbotenball für beide Häuser zu veranstalten, für große Aufregung. James Lawson segnete das Vorhaben schließlich ab.

Sarah und Don hatten einen Aussprache, die bei beiden ebenfalls für Aufregung sorgte.

Das Gespräch fand kurz nach ihrer Rückkehr statt. Don hatte ihr gegenüber bemerkt: »Ich habe von Pat gehört, daß dieser Mann … der Vater ihres Kindes, gestorben ist. Wußten Sie das?«

»Ja, das wußte ich. Ich habe es noch vor meiner Abreise erfahren.«

»Wie ich hörte, stammte der Brief von dem Mann selbst, und er wußte, daß er sterben würde.«

»Ja, das ist richtig. Und es war ein wunderbarer Brief.«

»Sie hat Ihnen erlaubt, ihn zu lesen?«

»Ja.«

»Nun, das ist offensichtlich mehr, als sie Pat und ihrem Vater gestattet hat. Pat sagte mir, sie möchte nicht einmal darüber sprechen. Aber der Mann muß gute Freunde gehabt haben, denn einer von ihnen schickte den Brief nach seinem Tod ab. Nach allem, was Pat mir mitteilte, ist Marie Anne jedoch nicht bereit, diese Freundlichkeit anzuerkennen. Was halten Sie davon?«

»Was ich davon halte, Don, hat beinahe zu einem Streit zwischen Marie Anne und mir geführt. Ich war der Meinung, daß sie den Erhalt des Briefes beim Absender bestätigen sollte. Aber sie sah das anders. Sie argumentierte, daß durch ihre Antwort eine Verbindung zwischen ihr und seinen spanischen Freunden entstehen würde. Sie müssen wissen, für sie gehört das Kind allein ihr. Bis jetzt kann sie sich nicht vorstellen, daß es größer werden und Fragen stellen wird. Aber einmal wird dieser Tag kommen. Und ich hoffe, daß ich nicht hier sein werde, wenn es soweit ist.«

Als Sarah hinzufügte: »Ich glaube, es ist für alle gut, daß er nicht mehr lebt«, stimmte Don ihr schweigend zu, denn auf seltsame Weise hatte er das Gefühl, daß das Kind auch seines hätte sein können. So war es ihm gegangen, seit er die Kleine zum ersten Mal in seinen Händen hielt.

Es überraschte ihn selbst, als er Sarah nun fragte: »Was für ein Mensch war er eigentlich? Sie scheinen mehr über ihn zu wissen als irgend jemand sonst.«

Sarah schwieg einen Moment, ehe sie antwortete: »Ich habe ihn nach einer Weile wirklich gemocht, und als ich den Brief las, bestärkte mich das nur zusätzlich.«

»Dann glauben Sie nicht ernsthaft, daß er Marie Anne vergewaltigt hat?«

»Sie vergewaltigt? Nein, nein. Ob Sie es wahrhaben wollen oder nicht, Marie Anne hat ihn geliebt.«

Don hatte den Kopf geschüttelt, als er sagte: »Den alten Emanuel oder ihren Vater könnten Sie niemals davon überzeugen, daß sie nicht vergewaltigt wurde. Manchmal wünschte ich, sie würden endlich erkennen, wie Marie Anne wirklich ist.«

Sarah hatte die Hand ausgestreckt, Don den Arm getätschelt und leise gesagt: »Was zählt, ist einzig und allein, daß Sie es wissen, Don.«

5. Kapitel

Am 2. Januar erhielt James einen Brief von David, der ihn beunruhigte.

Sein Sohn beschrieb zuerst eingehend die Ereignisse auf der neuen Ranch, die Vincent und seine Mutter gekauft hatten. Wie er des weiteren berichtete, bestand der Verdacht, daß Vincent einen Herzinfarkt erlitten hatte. Die Untersuchung durch den Arzt hatte jedoch keinerlei Anzeichen für Herzprobleme ergeben. Er diagnostizierte lediglich eine nervöse Irritation des Herzens, hervorgerufen durch zuviel Streß und Aufregung, und schlug einen veränderten Lebensstil sowie eine längere Erholungspause vor.

Das wiederum hatte Vincent wütend gemacht, obwohl seine Mutter ihn darauf hinwies, daß sein Verwalter die Ranch gut im Griff habe. Bei dem Verwalter handelte es sich um einen Schweden namens Serge Nordquist, der die Ranch bereits seit fünfzehn Jahren leitete, davon zehn Jahre für die Witwe des vorigen Eigentümers. Obendrein war er ein guter Pferdekenner und liebenswürdiger Mensch.

Veronica bemühte sich also, Vincent zu überreden, eine Reise durch die Vereinigten Staaten zu unternehmen.

Der Ton, in dem David über seine Mutter schrieb, ließ vermuten, daß Veronica mittlerweile zur Ruhe gekommen war. Das hinderte sie jedoch nicht daran, berichtete David, weiterhin ihre üblichen Tiraden gegen Marie Anne anzustimmen und sich über die Ungerechtigkeit zu beklagen, die Vincent durch seine Schwester widerfahren sei.

Als James den Brief zusammenfaltete, dachte er, daß es immer etwas gab, das Anlaß zur Sorge bot. Während der vergangenen Monate war das Leben so reibungslos verlaufen. Sein Vater hatte sich erholt und war wieder auf die Beine gekommen. Auch seine unleidliche Stimmung hatte sich gebessert, seit Foggerty zurückgekehrt war.

Es war eine merkwürdige Sache mit dieser Frau und den Veränderungen, die sie bewirkte. James hätte nicht sagen können, woran es lag. Sarah Foggerty besaß kein auffälliges Äußeres, und auch der irische Humor, mit dem sie ihre Umgebung amüsierte, bot keinen hinreichenden Grund. Sie hatte etwas an sich, das sich jeder Beschreibung entzog.

Und dann die Festlichkeiten in der Vorweihnachtszeit. Hatte es in Manor House je einen Dienstbotenball gegeben? Selbst sein Vater war herübergekommen, eingemummelt bis auf einen schmalen Schlitz für die Augen, um sich der fröhlichen Gesellschaft anzuschließen. Er hatte den Musikern mit den beiden Fiedeln und dem Dudelsack applaudiert und zugesehen, wie die anderen quer durch den Saal Walzer und Polka tanzten, während Marie Anne dazu auf dem Klavier spielte. Aber der Höhepunkt des Abends war Foggerty, die ihre Röcke hob und einen komplizierten irischen Jig tanzte. Sie behauptete, es sei der erste seit ihrer Jungmädchenzeit.

Außerdem war ihm von diesem Abend in Erinnerung geblieben, daß niemand, nicht einmal Marie Anne trotz inständigen Flehens, Don zum Tanzen hatte bewegen können.

Die Beziehung von Marie Anne und Don gab ihm Anlaß zum Nachdenken. Pat hatte angedeutet, daß etwas zwischen den beiden sei, und Evelyn hatte die Vermutung bestätigt. Nun, James war der Meinung, daß daraus nichts werden konnte. Nein, wirklich nicht! Abgesehen von seiner Entstellung war dieser Mann doppelt so alt wie seine Tochter. Und man stelle sich nur einmal vor, dieses Gesichtsmal wäre erblich. Nein, James mußte der Angelegenheit energisch entgegentreten.

Aber nun zurück zu dem Brief. Pat würde er ihn ebenfalls zeigen, doch seinem Vater gegenüber war es besser, kein Wort davon zu erwähnen. Und noch heute abend würde James an David zurückschreiben und ihn bitten, ihn über Vincents weitere Schritte auf dem laufenden zu halten. Denn James traute seinem Sohn durchaus zu, daß er eines Tages zurückkam und sich in Erinnerung bringen würde, bei dem Geisteszustand, in dem er sich offenbar befand.

6. Kapitel

Don konnte nicht von sich behaupten, glücklicher zu sein als vor Sarahs Rückkehr, obwohl die Gefühle, die er und Marie Anne füreinander empfanden, offensichtlich waren. Doch keiner von beiden äußerte sie unmißverständlich.

Eines jedoch war ihm aufgefallen. Er schien keine Gelegenheit mehr zu bekommen, ungestört mit Marie Anne allein zu sein. Allmählich begann er sich zu fragen, ob er sich nur einbildete, daß ihr Vater Marie Anne während der drei Abende, an denen Don zum Dinner eingeladen gewesen war, mit Beschlag zu belegen versucht hatte.

Die Königin war tot, und das Land sollte eigentlich trauern, doch in vielen Gegenden bedeutete die schwarze Beflaggung nur, daß die Menschen erleichtert waren. Die Herrschaft der alten Victoria war zu Ende, und jetzt saß wieder ein Mann auf dem Thron. Wegen dieses Ereignisses drehten sich die Gespräche nach dem Essen meist um Politik. Außerdem forderte der Winter seinen Tribut von Emanuel, der wieder an einer Bronchitis litt. Daher entschied man, daß er mit Marie Anne die Räumlichkeiten tauschte und in den Anbau zog, während sie die Zimmer im Hauptteil des Hauses bekam. Dies ersparte viel von dem sonst notwendigen Treppauf und Treppab, und zwar nicht nur den Dienstboten, sondern auch Sarah, deren Zeit nun hauptsächlich von den Wünschen des alten Emanuel in Anspruch genommen wurde. Er erwartete, daß sie auf den kleinsten Wink bei ihm erschien, denn die Krankenschwester ließ er noch immer nicht an sich heran. Insgesamt gab es siebenundzwanzig Zimmer in Little Manor, den Anrichteraum des Butlers und sonstige Wirtschaftsräume nicht mitgerechnet. Der Anbau bestand aus sieben Räumen und beherbergte jetzt ein Schlafzimmer, einen Ankleideraum und ein Wohnzimmer für Emanuel, so daß zwei Zimmer für Sarah und eines für die Krankenschwester übrigblieben, falls deren Dienste notwendig sein sollten. Außerdem gab es noch ein Badezimmer.

Nachdem er vielerlei Überlegungen angestellt und Gespräche mit der Gestalt hinter den Türen seines Kabinetts geführt hatte, entschloß sich Don, den Tag von Marie Annes achtzehntem Geburtstag abzuwarten und dann den drei männlichen Mitgliedern der Lawson-Familie sein Anliegen vorzutragen. Seltsamerweise hatte Don den Eindruck, daß nur der alte Emanuel sich kaum überrascht zeigen und keine Einwände erheben würde. Außer der Zustimmung des alten Lawson hoffte Don mit einigem Recht auch Evelyns Segen zu erhalten.

Die Umstände seines Lebens wollten es jedoch, daß Don nicht bis zu Marie Annes achtzehntem Geburtstag warten mußte, um die Zustimmung der Familie einzuholen. Tatsächlich stellte sich heraus, daß er niemanden um Erlaubnis zu fragen brauchte.

Es war in der zweiten Juniwoche. Nach fünf warmen Tagen mit herrlichem Sonnenschein begannen alle bereits über die Hitze zu stöhnen.

Für seine anstehende Reise nach London hatte Don die letzte Tasche mit Skulpturen vollgepackt, doch vor seiner Abfahrt ging er nach Little Manor hinüber, denn es war der Tag in der Woche, an dem er gewöhnlich dort zu Abend aß.

Die Eingangstür stand offen, wie auch alle Fenster an der Vorderseite des Hauses. Don hatte soeben die Halle betreten, als er James sah, der am Ende eines kurzen Korridors stand und ihm zunickte.

Als er Don erreicht hatte, sagte James: »Kommen Sie für eine Minute zu mir herein.« Dabei stieß er die Tür zu einem kleinen Arbeitszimmer auf.

Überrascht stellte Don fest, daß Sarah und Evelyn sich bereits im Raum befanden. Nachdem er beiden zugenickt hatte, sagte er: »Guten Abend. Wie halten Sie nur diese Hitze aus?«

Keine der beiden antwortete, denn James sagte rasch: »Setzen wir uns für einen Moment. Wir haben nicht viel Zeit. Marie Anne wird jede Minute herunterkommen, und sie muß nichts von unserer Unterredung erfahren. Nein, das braucht sie wirklich nicht.« Nun griff er an seine Brusttasche und fuhr fort: »Sie wissen, daß meine Frau und mein Sohn drüben in Kanada eine Ranch gekauft haben, und Sie wissen auch von Vincents angeblichem Herzinfarkt, der sich als rein nervöses Leiden herausgestellt hat. Nun, wie ich in den vergangenen Monaten erfuhr, unternahm er eine Erholungsreise in die Vereinigten Staaten, doch dort gefiel es ihm nicht. Nach einigen Wochen hatte er dann einen neuen Anfall, und der Arzt verordnete ihm einen völligen Umgebungswechsel. In dem Brief, der diesem voranging« – wieder faßte James an seine Brusttasche – »teilte mir mein Sohn David mit, daß Vincent nach Frankreich gereist sei, um dort Freunde zu besuchen. Doch dann wurde ein Brief an ihn, den seine Mutter an diese Adresse geschickt hatte, mit dem Vermerk ›abgereist‹ zurückgesandt. Uns beunruhigt weniger, nicht zu wissen, wo er sich im Augenblick aufhält, als vielmehr die Tatsache, daß es von Frankreich nur ein Katzensprung nach England und dann weiter mit dem Zug nach Newcastle ist. Und bei seinem derzeitigen Zustand ist nicht auszuschließen, daß Vincent hierher zurückkehrt und Marie Anne erneut angreift.«

An dieser Stelle mischte sich Sarah in das Gespräch: »Was immer geschieht, Marie Anne darf nichts davon erfahren. Es würde sie zu Tode erschrecken. Und wir müssen auch an das Kind denken.«

»Nun, wir können sie nicht den ganzen Tag einsperren. Was sollen wir also tun?« Evelyn wandte sich an Don. »Wie ich eben schon zu Vater gesagt habe, kann sie zu uns kommen, aber unser Haus liegt direkt an der Straße, und er könnte innerhalb von Minuten kommen und wieder verschwinden.«

»Hier in Little Manor wäre es nicht viel anders«, wandte ihr Vater ein. »Und wenn ich die Hofarbeiter anweise, sich in der Nähe des Hauses aufzuhalten, würde Marie Anne bald herausfinden, warum.«

Nun wandte sich Sarah direkt an Don: »Ihr Haus, Rill Cottage, scheint der einzig sichere Ort. An einer Seite bildet der Fluß eine natürliche Grenze, und auf der anderen Seite liegen Farmer Hardings Felder. Man erreicht es nur durch den Wald.«

Don wartete einen Augenblick, bis er antwortete, während er von einem zum anderen blickte. Dann wandte er sich direkt an James und sagte: »In einer Hinsicht stimme ich Ihnen nicht zu. Sie sollten Marie Anne die Gefahr nicht verschweigen. Ich finde, sie sollte es erfahren, und zwar sofort, damit sie gewarnt ist. Es stimmt, mein Haus ist vergleichsweise sicher. Aber man kann sich von hinten nähern. Einig sind wir uns jedoch in dem Punkt, daß Marie Anne keinen Augenblick mehr allein gelassen werden darf.«

Alle blickten schweigend zu Don, als erwarteten sie, daß er weitersprechen würde. Und schließlich fügte er zögernd hinzu: »Ich hatte bereits beschlossen, morgen nicht nach London zu fahren. Ich hasse es, bei dieser Hitze im Zug zu sitzen. Also könnte ich den morgigen Tag mit Marie Anne verbringen, während Sie, Sir, einen Weg zu finden versuchen, ihr möglichst schonend beizubringen, in welcher Gefahr sie schwebt.

Es wäre doch möglich, für morgen ein Picknick vorzubereiten, nicht wahr, Sarah? Wir könnten auch Boot fahren. Der Strand bei meinem Haus eignet sich vorzüglich. Heute morgen war die Sonne kaum aufgegangen, als ich bereits kurz ins Wasser getaucht bin. Es war herrlich. Sir, ich könnte beim Abendessen wie beiläufig vorschlagen, daß wir morgen ein Picknick am Fluß machen.«

Don hatte seine Worte direkt an James gerichtet, und nach einer Weile nickte dieser. »Nun gut. Dann hätten wir etwas Aufschub gewonnen, um in Ruhe über unser weiteres Vorgehen nachzudenken. Aber eines möchte ich Ihnen nicht verschweigen, Don. Ich habe Angst, ihr zu sagen, daß Vincent wieder in der Nähe sein könnte. Sie wird völlig zusammenbrechen, wenn sie es erfährt.«

»Nein, Vater, das wird sie nicht. Sie ist stärker als du glaubst.«

»Unsinn, Evelyn!« James fuhr seine Tochter beinahe an. »Sie ist nicht stark, sondern noch ein Mädchen.«

Bei diesen Worten biß sich Don auf die Unterlippe. Er wandte den Kopf zur Seite und blickte durch das geöffnete Fenster in den Garten hinaus. Da war es wieder. Sie war noch ein Mädchen. Und in den Augen dieser Männer würde Marie Anne das immer bleiben.

Sarah, die Dons Gedanken ahnte, schaltete sich ein: »Ich denke, Boot fahren und ein Picknick veranstalten ist eine gute Idee. Dadurch gewinnen wir Zeit, wenigstens einen ... Oh! Das ist die Glocke des gnädigen Herrn. Beeile dich, Sarah Foggerty. Tu deine Pflicht«, sagte sie zu sich selbst, als sie aufstand und das Zimmer verließ.

Auch James, der sich zu Evelyn drehte, sagte: »Wenn du mich jetzt entschuldigen möchtest. Ich muß gehen und mich für das Abendessen frisch machen.« An Don gewandt, fügte er hinzu: »Bis später.«

Allein mit Don, begann Evelyn: »Ich habe Angst, Don. Ich habe mehr Angst, als ich sagen kann. Er ist verrückt, wissen Sie, regelrecht wahnsinnig, was Marie Anne betrifft. Und wenn er sie dieses Mal zwischen die Finger bekommt, bringt er sie wirklich um. Sie haben recht, sie muß es erfahren. Dann ist sie vorbereitet und kann sich auf einen möglichen Kampf einstellen. Die anderen sehen in Marie Anne noch immer das kleine Mädchen, alle drei Männer dieser Familie, aber in Ihren Augen ist sie das längst nicht mehr, Don, habe ich recht?«

»Nein, in meinen Augen nicht, Evelyn. Aber dennoch würde Marie Anne kaum eine Chance gegen diesen Wahnsinnigen haben. Und um Ihnen die Wahrheit zu sagen, ich habe auch Angst. Wir sitzen in der Klemme. Schließlich können wir nicht einfach losgehen und ihn suchen. Aber ich bin sicher, er wird kommen und Marie Anne finden. Nun ja, morgen werden wir weitersehen.«

»Ja, Don. Aber es ist merkwürdig, wissen Sie. Denn heute abend war ich eigentlich hergekommen, um der Familie beim Abendessen eine Neuigkeit mitzuteilen. Aber jetzt glaube ich nicht mehr, daß der heutige Abend dafür geeignet ist, nicht bei dem Zustand, in dem Vater sich befindet. Aber Ihnen möchte ich es sagen. Ja, es ist eigenartig, aber Ihnen kann ich sagen, daß ich ein Baby erwarte. Nat kann es noch immer nicht fassen, er schwebt in den Wolken. Er war gerade mit den Schweinen beschäftigt, als ich es ihm sagte. Sie können sich nicht vorstellen, wie wir hinterher aussahen.«

Evelyn schmunzelte noch, als Don ihre Hände nahm und mit seinen umschloß. Dazu sagte er: »Wie wunderbar für Sie!

Ich wünsche Ihnen, daß es das erste einer ganzen Rasselbande von Kindern wird.«

Jetzt lachte Evelyn wirklich. »Es muß ein Junge werden, denn Nat sagt, er bräuchte jemanden, der ihm bei der Arbeit mit den Kühen hilft. Der zweite Sohn soll Schweinezüchter werden. Und den dritten läßt er Buchhalter werden, damit er das Geld zählen kann, das wir niemals verdienen werden.«

Als schließlich beide lachten, dachte Evelyn, wie seltsam es war, daß sie so offen und frei mit einem Verstümmelten sprechen konnte. Und noch bemerkenswerter war, wie jeder im Haus ihn auf die eine oder andere Weise brauchte.

7. Kapitel

Am nächsten Morgen standen sie zu dritt in der Halle, Marie Anne, Sarah und Don. Sarah sagte: »Ich kann nicht weg und ihn allein lassen, nicht einmal nur den Vormittag über. Die Hitze setzt ihm schwer zu. Und Anne Marie hat einen Sommerschnupfen, so daß das Kindermädchen die Kleine nicht hinaus läßt. Damit bleibt nur ihr beide übrig. Also laßt euch diesen wunderschönen Tag nicht verderben. Die Luft ist drückend. Es könnte der letzte warme Tag sein, bevor ein Gewitter kommt und es sich abkühlt. Geht Boot fahren und picknicken. Und wie Sie gestern abend richtig bemerkt haben, brauchen Sie unsere Picknickkörbe nicht, denn in Ihrem Speiseschrank findet sich genug zu essen, um am Strand nicht zu verhungern.«

Marie Anne blickte zu Don, und er sah sie an. Als Don ruhig fragte: »Nun, wie sieht es aus? Soll ich meinen freien Tag allein vergeuden?« wandte sie sich an Sarah. »Du kommst hier allein zurecht?«

Sarah hob flehend den Blick zur Decke und antwortete: »Herr im Himmel, hör dir das an. Was stellt sie sich vor? An den anderen sechs Tagen in der Woche muß ich schließlich auch arbeiten.« Dann senkte sie den Kopf wieder zu Marie Anne und sagte lachend: »Mach, daß du fortkommst! Du vergeudest kostbare Zeit. Und ich möchte dich vor dem Nachmittag nicht wieder hier sehen. Ein Tag am Fluß wird dir guttun. Und du kannst gehen, wie du bist. Das leichte Sommerkleid, das du trägst, genügt. Du brauchst nur noch deinen großen Strohhut, und dann nichts wie weg.«

Nachdem Marie Anne kopfschüttelnd die Treppe hinaufgerannt war, um ihren Hut zu holen, sagte Don: »Danke, Sarah. Das haben Sie wunderbar hinbekommen.«

Mit wieder ernstem Gesicht antwortete Sarah: »Für seine Freunde kann man nie genug tun.«

Marie Anne lag im Schatten der alten Weide, deren Wurzeln teilweise bis ins Wasser reichten. Aus dem gekappten Stamm wuchsen frische Zweige.

Auf einem kleinen Tablett neben ihr stand ein Glas Quellwasser, in dem obenauf Zitronenstückchen schwammen. Etwas entfernt von ihr lag Don auf der leicht ansteigenden Uferböschung.

Leise sagte Marie Anne: »Heute morgen beim Aufwachen hätte ich mir nicht träumen lassen, daß ich später hier picknicken würde. Dieser Ort ist so schön und friedlich. Du hast Glück, so nah am Fluß zu wohnen.«

Don unterbrach sie und rief: »Sieh mal, dort!« Er wies flußaufwärts. »Da kommen noch zwei Schwimmer.« Als Fred Hardings Stimme über das Wasser schallte: »Hallo, Sie da! Sie machen sich einen schönen Tag, wie?« setzte sich Don halb auf.

Er stand auf und ging zum Ufer. Dort rief er dem Farmer zu: »Was machen Sie denn da auf der anderen Seite?«

»Haben Sie denn nicht die Schreie gehört, ein kleines Stück weiter flußaufwärts? Es hätten Freudenjauchzer sein können, aber ebensogut etwas anderes. Sechs Jungen aus dem Dorf sind auf einer der kleinen Inseln gestrandet, und keiner von ihnen konnte schwimmen. Sie wollten ein Picknick machen, erzählte mir ein Zwölfjähriger, mit einigen Flaschen Wasser, Brot und Schmalz. Ich habe die jungen Kerle von der Insel geholt und zur Farm gebracht. Sally hat ihnen etwas zu essen gegeben, bevor ich sie auf dem schnellsten

Weg nach Hause geschickt habe, denn es zieht ein gewaltiger Gewittersturm auf, und die Wolken kommen rasch näher. Sehen Sie ...« – Fred wies nach oben –, »... über Durham ist es schon ganz schwarz, und ich bin nicht der einzige, der froh ist, wenn das Gewitter endlich losbricht. Dieses Wetter macht die Tiere richtig krank. Nett, Sie zu sehen, Miß. Wie geht es Ihnen?«

Marie Anne war nicht aufgestanden, doch nun setzte sie sich halb auf und rief zurück: »Gut, Mr. Harding. Gut.«

»Und dem Baby?«

»Oh, die Kleine ist auch recht munter. Aber es war zu heiß heute, um sie mitzunehmen.«

»Oha! Hören Sie sich das an!« Fred Harding wies zum Himmel und sagte: »Es kommt näher.« Dann senkte er die Stimme und fügte hinzu: »Haben Sie den dort gesehen, der den Fluß herunterkommt? Ich sehe ihn schon seit vier Tagen immer wieder im Wasser. Scheint ein eifriger Schwimmer zu sein. Aber warum er in einem so ruhigen Gewässer wie unserem Fluß eine Schutzbrille trägt, wie sie die Leute benutzen, die diese neumodischen Automobile fahren, das frage ich mich schon.«

Don entgegnete nichts, sondern blieb neben Marie Anne stehen, während er darauf wartete, daß der Schwimmer in Sichtweite kam.

Mit gleichmäßigen Zügen kam der Schwimmer näher, den Kopf über Wasser. Sein anscheinend langes dunkles Haar wurde von dem Gummiband der Schutzbrille zurückgehalten, und auch ein kleines Bärtchen wurde hin und wieder sichtbar. Als er auf ihrer Höhe angelangt war, wandte er den Kopf und blickte zu ihnen herüber. Dann schwamm er gleichmäßig weiter.

Erst als der Schwimmer jenseits des Waldes um die Flußbiegung verschwunden war, sagte Mr. Harding: »Ich frage mich, wo er sein Automobil stehengelassen hat. Wo seine Kleider liegen, weiß ich. Sie sind auf einer kleinen Insel unterhalb des Damms. Ein Glück, daß diese Bengel sie nicht entdeckt haben. Oh! Ich glaube, das Unwetter hat uns bald erreicht. Sehen Sie, der Himmel zieht sich schon zu. Ich mache besser, daß ich weiterkomme. Auf Wiedersehen, Miß. Schauen Sie doch wieder mal bei uns vorbei.«

»Ja, das mache ich. Auf Wiedersehen, Mr. Harding.«

»Hast du Angst vor Gewittern?« fragte Don Marie Anne.

»Nein. Es ist merkwürdig, aber ich habe keine Angst. Ich liebe Gewitter. Als ich früher noch gerne herumgerannt bin, bin ich immer draußen geblieben, wenn es losbrach. Dann bin ich wie ein wildes Pferd durch Sturm und Regen galoppiert.«

»Wenn das so ist«, sagte Don, »laufe ich rasch nach oben und mache uns eine Kleinigkeit zu essen. Dann können wir picknicken, bis uns das Gewitter tatsächlich erreicht. Hast du Lust?«

»O ja. Und ich bleibe hier liegen und tue nichts. Es ist so friedlich hier.«

Wie lange Marie Anne tatsächlich dagelegen hatte, konnte sie später nicht sagen. Sie lag mit geschlossenen Augen und träumte davon, was vielleicht geschehen würde, ehe Don mit ihr ins Haus zurückkehrte. Sie wußte nur, daß es eine geraume Zeit gewesen war, während der es immer wieder donnerte und blitzte und die Sonne schließlich ganz verschwand. Woran sie sich erinnerte, war der Augenblick, als sich über ihren Mund eine Hand legte, die sie, wie sie sofort wußte, schon früher gespürt hatte. Mit einem erstickten Schrei bäumte sich ihr Körper dagegen auf, und sie spürte den Schmerz, als sie an den Haaren fortgezerrt wurde, zum Wasser hin.

Mit einem flüchtigen Blick erkannte Marie Anne die Schutzbrille, bevor sie mit dem Gesicht unter Wasser gedrückt wurde. Zorn überkam sie und verlieh ihr ungeahnte Kräfte. Sie strampelte und stieß mit aller Kraft gegen den Unterkörper des Angreifers, bis sich seine Hand von ihrem Mund löste und sie den Kopf wieder aus dem Wasser heben und einen grellen Schrei ausstoßen konnte.

Als ihr Kopf erneut nach unten gedrückt wurde, tastete sie mit den Armen nach oben, bis ihre Hände sein Gesicht erreichten. Marie Anne riß dem Angreifer mit einer so heftigen Bewegung die Brille herunter, daß ihr Daumen durch eines der Gläser drang.

Dann merkte sie, daß andere Arme sie umschlangen und von dem Mann wegzogen. Sie wurde zur Seite gestoßen und sah Don, der mit dem Angreifer rang. Die beiden Männer bewegten sich zur Flußmitte hin, und Marie Anne sah, daß aus der Kehle ihres Peinigers Blut rann.

Als die beiden Kämpfenden unter der Wasseroberfläche verschwanden, griff Marie Anne nach einem der überhängenden Zweige der alten Weide und hangelte sich daran entlang, bis sie bis zu den Achselhöhlen im Wasser stand und sich nicht weiter in den Fluß hineinwagte.

Marie Anne wollte Dons Namen rufen, brachte aber keinen Ton heraus. Dann tauchten, wie durch ein Wunder, zwei ineinander verschlungene Gestalten an der Wasseroberfläche auf.

Und endlich konnte sie schreien: »Don! Don!« Ihr Herz machte vor Erleichterung einen Satz, als Don auf Marie Anne zugeschwommen kam. Er ruderte nur mit einem Arm, am anderen zog er den Mann hinter sich her.

Dann stand Don neben Marie Anne. Er rang schwer nach Luft und war erschöpft. Keinen Meter von ihnen entfernt trieb ihr Bruder Vincent Lawson auf dem Wasser.

»Er ist tot! Er ist tot!« schrie Marie Anne. »Du hast ihn umgebracht, Don. Oh! Du hast ihn umgebracht.«

Don blickte sie an, und alles, was er in diesem Moment denken konnte, war: O Gott! O Gott! Dann sah er die klaffende Wunde an der Kehle des Toten, die das zerbrochene Brillenglas hineingeschnitten hatte.

Ein Blitz zuckte über den tiefschwarzen Himmel, und bei dem anschließenden Donnerschlag erbebte Don. Die Schleusen des Himmels öffneten sich, und Regen peitschte herab. »Geh zurück! Ins Haus«, formte Don beinahe lautlos mit den Lippen und drängte Marie Anne ans Ufer. Dann stieß er den leblosen Körper in den Fluß zurück und verharrte im knietiefen Wasser, bis die Strömung ihn erfaßte. Der dichte Regen machte es Don unmöglich zu verfolgen, wie weit die Leiche stromabwärts trieb.

Es war mittlerweile so dunkel geworden, daß die Uferböschung nur noch schemenhaft zu erkennen war. Als er Marie

Anne fand, die dort lag, das Gesicht in die Hände vergraben, schrie er durch den Regensturm: »Komm jetzt! Steh auf! Komm weg von hier«, und dabei zog er sie rauh auf die Füße und die Böschung hinauf. Von hier aus schleppte er Marie Anne durch den dichten Regen zum Haus.

Die Tür stand weit offen, und Don schloß sie mit einem Tritt, bevor er Marie Anne auf die Matte vor dem kalten Kamin zog. Erschöpft sank er neben ihr nieder und blieb reglos liegen.

Sein Körper schmerzte, und er verspürte ein großes Bedürfnis nach Schlaf. Einen Moment lang sah er sich wieder im Fluß, wie er auf den Angreifer einschlug, während sie beide tiefer unter Wasser gerieten. Don hatte gewußt, daß es sein Ende bedeuten würde, wenn er nicht bald Luft bekam, und als seine Füße auf einen Felsbrocken trafen, stieß er sich ab, und sie wurden wieder nach oben getrieben. Dons Kopf tauchte auf, er hustete und spuckte und rang nach Atem, während er die ganze Zeit die Arme des Mannes um seine Schultern spürte. Doch die hingen jetzt schlaff herab, als wäre der andere bewußtlos.

Als Don klar wurde, daß der Mann tot war, fiel ihm das Blut ein, das über dessen Hals rann, als sie, ineinander verkeilt, auf den Grund des Flusses gesunken waren. Unten angekommen, konnte er das Glasstück erkennen, das sich an einer Stelle in die Haut gebohrt hatte.

In diesem Moment hatte Don gehört, wie Marie Anne seinen Namen rief und dann erleichtert sagte: »Du hast ihn umgebracht, Don. Oh! Du hast ihn umgebracht.« Und in Gedanken hatte er geantwortet: »Mein Gott! Sie glaubt, ich hätte ihn getötet.«

»Don. Don, ist mit dir alles in Ordnung?« fragte Marie Anne nun leise. Ihre Stimme zitterte. Sie hatte den Kopf in seine Richtung gedreht, und Don murmelte wie aus tiefem Schlaf erwachend: »Ja, ja.« Dann fuhr er mit den Händen zu seinem Gesicht, um seine Maske zurechtzurücken, doch im nächsten Moment stellte er fest, daß sie auf die Schulter herabgerutscht war. Augenblicklich bedeckte er die Wange mit der Hand.

Sie saßen nun aufrecht und sahen einander im Dämmerlicht an. Instinktiv wollte Don nach der Maske greifen, um sie wieder aufzusetzen, doch in seinem Inneren schrie es: »Nein! Nein! Es wird nie wieder ein Augenblick wie diesen geben. Laß es zu, daß sie sich entsetzt abwendet. Das wird darüber entscheiden, welchen Weg ihr einschlagt.«

Langsam ließ Don seine nasse Hand von der Wange sinken, und entblößte die langgezogene häßliche Narbe, die in diesem Augenblick wahrscheinlich noch abstoßender wirkte – falls das überhaupt möglich war –, mit den noch feucht glänzenden Wülsten und den Schlammresten aus dem Fluß, die an der zerfurchten Haut hängengeblieben waren.

Don beobachtete Marie Anne, deren Blick von seiner Augenbraue zum Kinn und herunter auf die entblößte Brust glitt, wo die schwarze Verfärbung zu Grau verblaßte und dann in seine normale Haut überging.

Sein Herz hämmerte jetzt heftiger als bei seinem Kampf gegen den Angreifer und den Fluß. Don sah, wie Marie Anne einen Moment die Augen schloß, bevor sie den Mund aufmachte, als wollte sie etwas sagen. Aber es kam kein Wort heraus. Statt dessen hob sie die Hände und umfaßte sein Gesicht. Als ihre Lippen seine vernarbte Wange berührten, schrie Don aus tiefster Kehle.

Im nächsten Moment hatte er Marie Anne umschlungen und küßte sie auf die Augen, die Wangen, den Mund, den Hals. Er küßte sie voller Leidenschaft, bis sie beide auf die Matte zurücksanken und erschöpfter nach Atem rangen als selbst nach dem Kampf im Fluß.

Als Marie Anne zu sprechen begann, klangen ihre Worte bewegt: »Ich liebe dich, Don. Ich liebe dich. Seit wann ich dich liebe? Ich weiß es nicht. Mein ganzes Leben. Du warst schon so lange alles für mich, ich brauche dich wie den Wind, den Regen und die Sonne. Was ich für dich fühle, übersteigt alles, selbst das, was mir Anne Marie bedeutet.«

Mit leuchtenden Augen hörte Don ihr zu, und dann fragte er ruhig: »Willst du mich heiraten?«

Marie Anne versetzte ihm einen Stoß. »Was habe ich eben zu dir gesagt?«

»Ja, ich weiß, meine liebe Marie Anne, aber ich hätte

›trotzdem‹ hinzufügen sollen, nicht wegen meines Gesichtes – das hast du akzeptiert, Gott sei Dank –, sondern trotz der drei Männer, die jetzt über dein Leben bestimmen. Was glaubst du, werden sie sagen, wenn ich, ein Mann, der beinahe doppelt so alt ist wie du und keine großen Reichtümer im Leben zu erwarten hat, vor sie trete und erkläre: ›Ich werde Marie Anne, Ihr wunderschönes Mädchen, heiraten‹? Dein Großvater schreit womöglich das ganze Haus zusammen und jagt mich zum Teufel. Und dein Vater starrt mich mit diesem kalten Blick an, den er manchmal hat. Pat dagegen wird sicher sagen: ›Oh, ich mag Sie, Don, aber das geht zu weit.‹ Damit ist doch zu rechnen, oder nicht?«

»Nun, wenn das so ist, weißt du, was ich dann sage? ›Du, Vater, kannst mich nur am Heiraten hindern, bis ich einundzwanzig bin. Aber solltest du das tun, werde ich Anne Marie nehmen und zu ihm ziehen ... in sein Haus. Dort werden wir in Sünde leben, bis ich alt genug bin, ihn ohne deine Zustimmung zu heiraten. Du meinst, das gäbe einen Skandal, Vater? Den Skandal fürchte ich nicht. Was Skandale betrifft, habe ich eine lange Lehrzeit hinter mir, vergiß das nicht.‹«

»Oh, meine Liebste, meine Liebste ...« Ihre nassen Körper umschlangen sich erneut »Das würdest du tun?«

»Ja, Don, das würde ich. Und noch mehr. Für dich.«

Als Don ihre Hand drückte, stieß Marie Anne einen leisen Schmerzensschrei aus, und er fragte: »Was ist los?«

»Ich weiß nicht. Es steckt etwas in meinem Finger, das mir weh tut.«

Nach einem prüfenden Blick auf ihre Hand sagte Don: »In diesem Dämmerlicht kann ich nichts erkennen. Ich muß die Lampe anzünden.«

Als er mit der Lampe zurückkehrte, hob er Marie Annes Hand zum Glasschirm, und als er über die Innenseite ihres Mittelfingers strich, klagte sie erneut. »Oh!« sagte Don. »Da ist etwas.« Dann rief er: »Jetzt sehe ich es. Es ist ein kleiner Glassplitter. Er ragt aus der Haut. Faß ihn nicht an. Ich hole eine Pinzette.«

Marie Anne berührte das Glas nicht, aber sie begann zu zittern. Die Erinnerung daran, wie sie mit ihrem Daumen gegen das Glas der Schutzbrille gedrückt hatte, kehrte zurück. Dann sah sie das Blut, so viel Blut, und wie es sich mit dem Flußwasser vermischte, als Don sie fortriß.

»Hör auf zu zittern. Es ist nur ein Splitter. Ich ziehe ihn gleich heraus.«

Nach einer Minute war der Splitter herausgezogen, aber die Stelle begann leicht zu bluten, und Marie Anne hatte das Gefühl, sich im nächsten Moment übergeben zu müssen.

Als Don sie auf die Füße zog, sagte er noch einmal: »Hör auf zu zittern. Ist dir kalt?«

»Ja«, erwiderte Marie Anne. »irgendwie schon. Ich glaube, wir müssen zum Haus zurück, damit ich aus diesen nassen Sachen herauskomme, und du auch.«

Don blickte zum Fenster und sagte: »Es gießt fürchterlich. Aber viel nasser können wir kaum werden. Kannst du noch immer rennen?«

»Ja«, antwortete Marie Anne. »Nicht so schnell wie früher, aber immer noch schnell genug.«

»Dann komm, mein Liebling. Wir machen einen gemeinsamen Lauf durch den Regen.«

»O Don! Don!« Marie Anne schlang die Arme um seinen Hals. »Das war das erste Mal, daß du mich Liebling genannt hast.«

Bevor sie sich wieder voneinander lösten, sagte er: »Entschuldigung, Madam. Das war ein Versehen.«

Als Marie Anne zärtlich seine Wange berührte, rief er: »Du liebe Güte! Meine Fassade sollte ich besser wieder herrichten, was meinst du?« Rasch hob er die Maske von der Schulter und befestigte sie im Gesicht. Don war mit Marie Anne auf dem Weg zur Tür, als sie stammelte: »Und w-w-wenn die Leiche gefunden wird, was passiert dann, Don?«

Er antwortete ruhig: »Ich weiß es nicht, mein Liebling. Später sehen wir weiter. Eines ist jedenfalls sicher: Er wollte dich umbringen.«

»O Don! Don!«

»Bitte, liebste Marie Anne, weine nicht. Nicht weinen. Komm!« An der Tür sagte er: »Und jetzt geht es los! Halte den Kopf gesenkt, mein Liebling.«

Dann rannten sie Hand in Hand durch den Wald, ohne ein Wort zu wechseln. Bei dem tobende Gewittersturm konnte man ohnehin nichts verstehen.

Als Marie Anne und Don in die beleuchtete Halle stürzten, rief Sarah, die eben die Treppe herunterkam: »Herr im Himmel! Warum seid ihr durch dieses Unwetter gelaufen? Ihr hättet in Rill Cottage bleiben sollen.«

»Sarah, Sarah«, keuchte Don. »Lassen Sie uns einen Moment miteinander reden, und außerdem muß Marie Anne trockene Sachen anziehen und sofort ins Bett. Sie hat einen Schock.«

»Einen Schock? Was für einen Schock? Sie zittern ja. Oh, lieber Gott! Er hat doch nicht …? Sie sind doch nicht …?«

»Doch, Sarah, er hat. Und jetzt ist es das beste, wenn Fanny ihr aus den nassen Kleidern hilft, und sie dann zu Bett bringt.« An Marie Anne gewandt, sagte er: »Glaub mir, Liebling. Es ist das beste, wenn du nach oben gehst.« Er schob Marie Anne zur Treppe. »Ich erkläre Sarah alles, aber du sagst nichts, verstehst du? Zu niemandem.« Den letzten Satz flüsterte er nur, bevor er hinzufügte: »Ich kümmere mich darum, mein Liebling. Überlasse alles mir.«

Nachdem sie Don noch einmal liebevoll angesehen hatte, stieg Marie Anne langsam die Treppe hinauf, als wären ihre Füße bleischwer.

Sarah zog Don in das Frühstückszimmer und fragte: »Was ist geschehen?«

»Nun, er ist gekommen, aber nicht, wie wir erwartet hatten. Er war verkleidet, mit gefärbtem Haar und Schutzbrille. Farmer Harding hatte den Mann schon während der letzten Tage mehrfach im Fluß schwimmen sehen. Er machte uns auf ihn aufmerksam, als er wieder flußabwärts geschwommen kam. Jedenfalls ließ ich Marie Anne am Ufer zurück, während ich ins Haus ging, um das Mittagessen vorzubereiten. Bis ich plötzlich ihr Schreien hörte. Er hatte sich hinter der alten Weide versteckt und von dort auf sie gestürzt. Er zog sie ins Wasser und versuchte sie zu ertränken.« Don machte eine Pause, blickte nach unten und sagte: »Wir kämpften und trieben zur Flußmitte, ins tiefe Wasser. Dann gerieten wir beide unter Wasser, und als wir wieder hochkamen, stellte ich fest, daß er tot war.«

»O mein Gott! Don. Aber machen Sie sich keine Vorwürfe. Es ging um Leben und Tod. Entweder Sie oder er, oder Sie beide. Ist er noch immer im Fluß?«

»Das muß er wohl. Die Strömung hat ihn erfaßt. Aber kümmern Sie sich jetzt besser um Marie Anne, bitte. Das Erlebte wird bei ihr noch nachwirken.«

»Ja, natürlich. Das ist keine Frage. Sicher wird der Schock noch eine Weile anhalten.«

»Aber bevor Sie gehen, möchte ich Ihnen noch etwas mitteilen, Sarah. Marie Anne wird mich heiraten. Sie hat mich ohne Maske gesehen, und es macht ihr nichts aus.«

»O Don«, entgegnete Sarah freudig überrascht, obwohl in ihrer Stimme der Schmerz durchklang, der sie im Innern zerriß. Aber als Sarah seine Hände nahm, sie zwischen ihren hielt und an die Brust preßte, lächelte sie; und als Don sie küßte, schloß sie die Augen und genoß seine Lippen auf den ihren.

»Wie Sie sich vorstellen können, Sarah, werden alle Männer in der Familie Widerstand leisten, wenn ich um Marie Annes Hand anhalte. Aber ich frage sie überhaupt nicht, sondern informiere sie lediglich über meine Absicht.«

Sarah mußte lachen und sagte: »Sehr gut, Don. Bei dem Gespräch wäre ich gern dabei, das können Sie mir glauben. Aber jetzt müssen Sie nach Hause gehen und sich trockene Sachen anziehen.«

Später am Abend beschloß Don, am Flußufer entlangzugehen. Vorher hatte er noch einmal in Little Manor vorbeigeschaut, um sich zu vergewissern, wie es Marie Anne ging. Von Sarah hatte er erfahren, daß sie fest schlief. Anscheinend war Dr. Sutton-Moore gerade zu seiner wöchentlichen Visite bei Emanuel gewesen, und man hatte ihn gebeten, auch nach Marie Anne zu sehen, die möglicherweise einen Schnupfen bekommen würde, nachdem sie bei dem Gewitter völlig durchnäßt worden war. Wie bei vielen anderen Leuten derzeit auch, stellte Dr. Sutton-Moore bei der Patientin einen

Sonnenstich fest und gab ihr ein Beruhigungsmittel für die Nacht.

Don hinterließ bei Sarah eine Nachricht für Marie Anne, daß er am nächsten Morgen nach London abreisen werde, aber hoffe, am Dienstag zurück zu sein.

In seinem Kopf wirbelten die Gedanken durcheinander. Was würde geschehen, wenn der Hotelbesitzer, oder bei wem immer Vincent abgestiegen war, ihn bei der Polizei als vermißt meldete und die Beamten in seinem Gepäck einen Hinweis auf seinen richtigen Namen fanden? Da er sein Äußeres verändert hatte, war nicht anzunehmen, daß er sich unter dem Namen Vincent Lawson ins Melderegister eingetragen hatte.

Don trat aus dem Wald heraus und stellte fest, daß der Fluß an manchen Stellen über die Ufer getreten war.

Als er sich der Flußbiegung näherte, konnte Don in der Ferne Farmer Harding an einem seiner Felder stehen sehen, das teilweise überflutet war. Bei ihm waren drei Hunde, darunter auch Nippy, um den sich Fred kümmerte, wenn Don nicht zu Hause war.

Da Don in diesem Augenblick nicht nach einer Unterhaltung zumute war, verzichtete er darauf, den Farmer zu begrüßen, sondern machte sich auf den Rückweg. Als er um eine dichte Hecke bog, die an einer Seite bis zum Ufer eines Wasserlaufs reichte, der hier in den Fluß mündete, blieb er abrupt stehen.

In den überhängenden Zweigen einer Weide hatten sich die Überreste eines kleinen Verschlags verfangen, der vielleicht einmal ein Hühnerstall gewesen war. Daneben hing ein Strohballen fest, zusammen mit ein paar Säcken und einem langen Holzbrett. Sein Kopf lag halb auf den Säcken, und Vincent sah aus, als ob er schliefe.

Ein Riß am Bein seines Badeanzugs entblößte die bleiche Haut, und die zerbrochene Schutzbrille hing noch immer um seinen Hals, während das Gesicht mit schwarzen Streifen überzogen war, wahrscheinlich von dem Färbemittel, das er benutzt hatte, um seine Haarfarbe zu verändern.

Don spürte, wie sein Magen revoltierte. Er blickte sich um.

Vom gegenüberliegenden Flußufer aus konnte man die Leiche nicht sehen. In dem Seitenarm hatte sich zuviel Treibgut angehäuft. Der Fluß, dessen Strömung schon jetzt sehr stark war, würde noch weiter ansteigen und vor dem nächsten Morgen das ganze angetriebene Zeug mit sich gerissen haben. Was sollte er tun? Zum Haus zurückgehen und Pat und dessen Vater holen, damit sie hierher kamen? Oder sollte er dem Fluß die Arbeit überlassen, und dann wäre alles bald vergessen?

Nein, nichts wäre vergessen. Die Unruhe bliebe, und alle würden weiter darauf warten, daß Vincent zurückkehrte. Dieser Gedanke trieb Don nach Little Manor.

Als er sich dem Kleinen Herrenhaus näherte, sah er Mr. Lawson, der sich offenbar von Pat verabschiedete. Leise rief er: »Hallo, warten Sie einen Moment!«

James trat augenblicklich aus dem Regen zurück auf die Türschwelle und wartete, daß Don näher kam. Er war überrascht, als sich Don an Pat wandte und ihn dabei offenbar völlig übersah: »Ziehen Sie sich Gummistiefel an, und kommen Sie mit. Es gibt etwas, das Sie beide sehen sollten.« Als Don James beim Arm packte und zurück auf die Zufahrt zog, fragte dieser: »Was ist los, Don? Was soll das?«

»Das werden Sie noch früh genug erfahren, Sir.«

Pat stellte die gleiche Frage, als er sie einholte: »Was ist los, Don? Was ist passiert?«

»Warten Sie eine Minute, Pat. Nur eine Minute.«

Aus der einen Minute wurden zehn, bis sie schließlich den Zufluß erreichten und Don zu der Gestalt wies, die vom ansteigenden Wasser hin und her gezerrt wurde.

»Allmächtiger Gott!« stieß James hervor, als ob er beten wollte.

Pat sagte nichts, sondern starrte nur mit aufgerissenen Augen und offenem Mund auf seinen Bruder, denn trotz der äußeren Veränderung war es zweifelsfrei Vincent, der dort lag.

Leise fragte James nun: »Wie ist das passiert?«

»Ich hatte Marie Anne am Strand zurückgelassen und war ins Haus gegangen, um etwas zu essen zu machen. Dann hörte ich sie schreien, einen einzigen Schrei nur. Vincent versuchte sie zu ertränken. Ich kämpfte mit ihm, und wir gerieten beide unter Wasser. Als wir wieder auftauchten, war er tot. Ich selbst war völlig erschöpft. Marie Anne hat keinen Sonnenstich, sondern leidet an dem Schock. Und es könnte einige Tage dauern, bis sie ihn überwunden hat.«

Mit einer Stimme, die einem Kind hätte gehören können, fand Pat die Sprache wieder: »Was machen wir jetzt mit ihm?«

Don fuhr ihn beinahe grob an: »Gar nichts. Nur zu Gott beten, daß er den Fluß hoch genug ansteigen läßt, damit die Leiche zusammen mit dem anderen Treibgut in die Nordsee geschwemmt wird. Wenn der tote Körper im Dock oder woanders wieder auftaucht, wird es eine polizeiliche Untersuchung geben. Und falls Vincent unter seinem richtigen Namen eingereist ist, können Sie sich selbst ausmalen, was geschehen wird. Vielleicht haben wir Glück, und es gab keine Zeugen für den Vorfall.«

Als James leicht zu schwanken begann, legte Pat den Arm um ihn und drängte sanft: »Komm weg von hier. Don hat recht, so ist es für alle das beste ...«

Um halb sechs am nächsten Morgen watete Don durch flaches Wasser bis zum Zufluß und stellte fest, daß alles Treibgut, einschließlich der Leiche, verschwunden war.

Er konnte nur hoffen, daß durch das starke Gewitter, das bis in die frühen Morgenstunden angedauert hatte, alles bis ins Meer getrieben wurde. Aber das blieb abzuwarten.

8. Kapitel

Wie in den beiden vorangegangenen Nächten trafen die Schreie Pat wie harte Schläge. Er fuhr im Bett hoch, die Hände an die Ohren gepreßt.

Er stand auf, tastete benommen nach seinem Hausmantel und murmelte: »Was ist bloß mit ihr?«

Ohne anzuklopfen, stieß er Marie Annes Schlafzimmertür auf. Sarah stand bereits an ihrem Bett und versuchte Marie

Anne zu beruhigen, die mit den Armen um sich schlug, während sie schrie: »Er ist ertrunken, Don, nicht wahr? Er ist ertrunken. Denn es war kein Blut da, kein Blut. Ich habe es ihm nicht hineingestoßen, oder? Don? Mein Haar ist ganz naß. Und seine Augen sahen mich an.«

»Ganz ruhig, ganz ruhig. Alles ist vorbei. Du bist in Sicherheit, und du hast nichts Falsches getan, überhaupt nichts. Ja, so ist es gut. Leg dich wieder hin und schlaf weiter. Sei ganz ruhig.«

Sarah hatte sich über das Bett gebeugt. Sie richtete sich wieder auf und umschloß mit der Hand die offene Knopfleiste am Ausschnitt ihres Nachthemds. Als sie zitternd zusammenfuhr, sagte Pat: »Ziehen Sie sich Ihren Morgenmantel an, Sarah.«

Nach einem weiteren Blick auf die schlafende Gestalt im Bett ging Sarah ins Ankleidezimmer. Pat folgte ihr und flüsterte: »Lieber Himmel! Was hat das zu bedeuten? Ich ahne, was dahintersteckt, obwohl ich es nicht glauben kann.«

Im Zimmer angekommen, nahm Sarah ihren Morgenmantel von einem Stuhl und sagte: »Nun, am besten behalten Sie es für sich.«

»Sarah!« Pats Stimme klang scharf. »Beherrschen Sie sich. Sie wissen, was mit ihr los ist. Also heraus damit.«

»Ich weiß nicht mehr, als Sie selbst gehört haben, Mr. Pat.«

»Nun, Sarah, nach allem, was ich während der vergangenen drei Nächte mitbekommen habe, kann ich mir leicht zusammenreimen und offen aussprechen, was auch Sie längst wissen – da bin ich mir sicher. Nicht Don war es, der Vincents Tod verschuldet hat. Sie hat ihn getötet.«

»Nun, wie ich Ihnen bereits andeutete, Mr. Pat, ich behaupte nichts Gegenteiliges, wenn Sie zu diesem Schluß gekommen sind.«

Pat richtete sich gerade auf, und beide starrten sich im Lampenschein an, bis Pat leise sagte: »Und er hält den Kopf für sie hin.«

Als Sarah stumm blieb, fuhr Pat fort: »Was dieser Bursche alles für die Familie tut, und ohne den geringsten Lohn.«

Jetzt folgte Sarahs Erwiderung ohne Zögern: »Oh, dieses

Mal bekommt er seinen Lohn, denn er wird Marie Anne heiraten.«

»Was! Ganz sicher nicht.«

»O doch. Die beiden werden heiraten. Marie Anne wartet nur, bis Don es ausspricht.« Und sie fügte hinzu: »Ich verrate Ihnen kein Geheimnis, denn sobald er zurückkommt, wird er der Heiligen Dreifaltigkeit entgegentreten.« An dieser Stelle lachte sie leise. »Ihnen, den drei Männern im Haus.«

Pat schmunzelte ebenfalls und sagte dann: »Völlig überrascht bin ich nicht. Obwohl ich natürlich nur für mich sprechen kann. Was die anderen beiden sagen, weiß ich nicht.«

»Ich kann Ihnen nur soviel sagen: Ob erzürnt oder erfreut, wenn die beiden versuchen, Don Steine in den Weg zu legen, wird das weder an seiner noch an Marie Annes Entschlossenheit etwas ändern. Ihr Entschluß steht fest. Ich hoffe nur, daß ich in der Nähe bin, wenn Don damit herausrückt.«

Pat lächelte, als er Sarah an der Schulter berührte und sagte: »Wie ich Sie kenne, Miß Sarah Foggerty, habe ich nicht den geringsten Zweifel, daß Sie sich zur rechten Zeit am rechten Ort befinden werden.«

In der Dienstagsausgabe der Lokalzeitung fand sich unten auf Seite zwei eine kurze Notiz über einen Vermißten:

Der Geschäftsführer des Waverley Hotels in Durham hat der Polizei einen Gast als vermißt gemeldet. Mr. Henry Culmill soll bei einem schweren Gewitter schwimmen gegangen sein und wurde seither nicht mehr gesehen. Eine Untersuchung wurde eingeleitet …

Wie Don versprochen hatte, kehrte er am Dienstag zurück. Er traf erst um fünf Uhr nachmittags ein, doch er wusch sich nur kurz und wechselte die Kleider, und um sechs Uhr war er in Little Manor.

Der Einspänner im Hof verriet ihm, daß Pat zu Hause war, und Don hoffte, James ebenfalls anzutreffen.

Fanny Carter bestätigte dies, als sie Don die Tür öffnete und sagte: »Hallo, Mr. McAlister. Die Gentlemen befinden sich im Zimmer des gnädigen Herrn, aber Miß Marie Anne ... ich meine die Madam, sitzt im Wohnzimmer.«

»Danke, Fanny.«

Als Don die Tür zum Wohnzimmer aufmachte, sprang Marie Anne vom Sofa auf und lief ihm entgegen. Sie umarmten sich, und Don hielt sie einen Moment fest, bevor er sie küßte.

»O mein Liebling! Du bist mir keine Sekunde aus dem Sinn gewichen, seit ich dich zum letzten Mal sah. Du siehst weiß um die Nase aus. Ist etwas passiert?«

Sie gingen zusammen zum Sofa, doch erst als sie saßen, brach es aus Marie Anne heraus: »O Don! Ich hatte solche Angst. Es waren furchtbare Alpträume, und ich erlebte jeden Augenblick noch einmal, immer und immer wieder. Ich ... habe es doch nicht getan, Don, oder? Ich meine ...«

Bevor sie den Satz beenden konnte, sagte Don schnell: »Nein! Natürlich hast du es nicht getan. Du weißt, was geschehen ist. Er muß ertrunken sein, als wir miteinander kämpften. Das habe ich dir doch gesagt. Ich bin beinahe selbst dabei ertrunken. Und jetzt hör auf, dir Sorgen zu machen. Jetzt ist alles vorbei.«

Es war seltsam, daß im gleichen Augenblick, aber am anderen Ende des Hauses, James sagte: »Nun, er ist ertrunken. Don hat es mir gesagt.«

»Das war gelogen«, entgegnete Pat. »Marie Anne hat gesagt, Don sei es gewesen. Sie hatte Angst vor dem, was sie getan hatte. Diese Angst verursacht ihre Alpträume. Und ich sage dir, Vater, es gibt nicht viele Männer, die so etwas bis an den Rest ihrer Tage auf ihre Schulter laden. Da kommst du, schwingst dich auf dein hohes Roß und sagst, das gehe zu weit und du würdest der Sache einen Riegel vorschieben, denn du hättest die Vormundschaft über sie, bis Marie Anne einundzwanzig ist. Aber ich sage dir, Vater, er wird sie heiraten. Und wenn du ein Machtwort sprichst, werden sie es ebenfalls tun und in sein kleines Haus ziehen, um dort in Sünde zusammenzuleben, oder wie du es nennen magst, bis sie ohne deine Zustimmung heiraten können.«

»Hat er das gesagt?«

»Nicht zu mir. Aber ich habe es direkt aus Miß Foggertys Mund gehört.«

Im Korbstuhl entstand Bewegung, als Emanuel sich herausstemmte. Er zitterte, als er sagte: »Das traue ich den beiden ohne weiteres zu.«

»Dann bist du also dafür, Vater? Hast du auch daran gedacht, daß diese Sache, die er hat – ich meine, sein Gesicht –, erblich sein könnte?«

»Nein, so weit sind meine Überlegungen noch nicht gegangen. Aber was ist so schlimm daran? Solange die Kinder seinen Charakter ebenso erben wie das Gesichtsmal.«

»Hat sie es gesehen, was meinst du?« James stellte Pat diese Frage.

»Ich habe keine Ahnung. Wahrscheinlich. Aber ich nehme nicht an, daß es eine Rolle spielt, oder sein Aussehen überhaupt, denn er ist es, den sie will.«

»Und deshalb bist du einverstanden?«

»Ja, ich mag den Burschen. Und außerdem, denkst du nicht, es ist langsam an der Zeit, daß auch Marie Anne ein wenig Glück erfährt?«

Marie Anne und Glück. Wenn James zurückblickte, hatte sie seit ihrer Geburt für Katastrophen in der Familie gesorgt. Aber das war nicht ihre Schuld. Sie war es gewesen, die von allen abgelehnt wurde … Marie Anne und Glück. Sie kehrte aus London zurück, schwanger von einem Mann, von dem man nur wußte, daß er aus Spanien stammte und inzwischen tot war … Und war es Glück, als die großen Veränderungen in der Familie erfolgten, die für alle neue Verhältnisse schafften? Seine Frau hatte ihn daraufhin verlassen, auch wenn er deswegen keineswegs traurig war. Aber der schlechte Charakter seines Sohnes verschlimmerte sich anschließend und steigerte sich bis zum Wahnsinn, und nun hatte Marie Anne ihn umgebracht. Wahrscheinlich hatte er es zuerst bei ihr versucht, doch sie war ihm zuvorgekommen. Und wo war Vincent jetzt? Unten im Dock oder mitten in der Nordsee?

Bei diesem Gedanken schauderte er. Schließlich war Vincent trotz allem sein Sohn gewesen und entstammte einer glücklicheren Phase seiner Ehe.

Als es an der Tür klopfte, tupfte er sich schnell die Augen trocken und hob den Kopf.

Pat öffnete, und als James sah, daß es Don war, rief er: »Wenn man vom Teufel spricht!«

Worauf Don antwortete: »Sie waren der Wahrheit niemals näher, würde ich sagen, vor allem in Anbetracht dessen, was mich zu Ihnen führt.«

»Hallo Don«, begrüßte Emanuel ihn. »Sie sind also wieder zurück?«

»Ja, Sir«, entgegnete Don knapp.

»Setzen Sie sich doch. Setzen Sie sich.«

Als Antwort sagte Don: »Ich habe etwas Besonderes mitzuteilen, Sir, und deshalb stehe ich lieber. Es geht darum, Sir ...« Don wandte sich nun an James: »Wenn ich handeln würde, wie es sich gehört, bäte ich Sie als Marie Annes Vater jetzt um die Hand Ihrer Tochter. Nun, Sir, ich bitte nicht darum, und auch nicht um die Zustimmung ihres geliebten Großvaters.« Emanuel saß mittlerweile gerade aufgerichtet in seinem Lehnstuhl. »Und ich bitte auch Sie nicht darum«, Don wandte sich halb zu Pat um, »ihren geliebten Bruder, denn ich weiß, daß jeder von Ihnen seine eigenen Gründe haben wird, die dagegen sprechen. Der Mann ist mißgestaltet, er ist alt genug, um ihr Vater zu sein, und außerdem, was hat er ihr zu bieten? Ein winziges Haus und ein kümmerliches Einkommen aus einer fragwürdigen Beschäftigung.«

Die drei Lawsons starrten Don nun mit unterschiedlichen Mienen an. Sie beobachteten, wie Don zweimal seine Lippen befeuchtete, bevor er weitersprach: »Was auch kommen mag, wir werden heiraten. Ich habe bereits mit Pater Prior gesprochen, und er sagt, es sei ihm eine Freude, uns in der Kapelle des Klosters zu trauen.«

Es sah aus, als würde James aus seinem Sessel hochfahren, als er sagte: »Aber Sie sind römisch-katholisch, und sie ist Protestantin.«

»Das weiß ich, und er weiß es auch.«

»Hat er Ihnen nicht zugesetzt, Marie Anne zum Glaubensübertritt zu bewegen?«

»Nein, er ist ein sehr weiser Mann.«

»Oh, ich wünschte mir, ich hätte es mit ihm zu tun.« Pat hatte den Blick zu seinem Großvater gewandt, der sich in stummem Gelächter zu schütteln schien, und sagte: »Ich hatte eigentlich nicht vor, die Neuigkeit heute mitzuteilen, Großvater oder Vater. Nach allem, was in der vergangenen Woche geschehen ist, dachte ich, das könnte warten. Aber nach Dons Nachricht, die wie eine Bombe einschlug, kann ich euch jetzt sagen, daß Anita und ich unseren Hochzeitstermin für Anfang Oktober festgelegt haben. Und ihr werdet es nicht glauben, aber diese Trauung wird ebenfalls in einer katholischen Kirche vollzogen werden.«

»O nein!« Aus Emanuels Gesicht war jedes Lächeln verschwunden. »Du hast gesagt, du würdest niemals konvertieren.«

»Das habe ich auch nicht vor, Großvater. Nein, nein. Ich habe dem Priester, dem Bischof, allen, die ganze Hierarchie hinauf, widerstanden.«

»Dem Bischof?« Der alte Emanuel riß staunend die Augen auf.

»Ja, dieser fanatische Priester hat mich bis vor den Bischof geschleppt. Oh, dort saß wirklich ein Diplomat auf dem Thron, wie ich noch keinen kennengelernt habe. Bei den Katholiken sagt man ›mit einer Zunge wie ein Jesuit‹. Er hatte den Heiligenschein und den Strahlenkranz für mich auf dem Schoß bereitliegen. Als wir voneinander schieden, reichten wir uns freundschaftlich die Hand, denn der Bischof hatte genug Takt, nicht das Thema anzuschneiden, von dem Sie, Don, gesprochen haben, die Unterzeichnung eines Dokuments, in dem ich verspreche, daß die Kinder aus dieser Ehe im katholischen Glauben erzogen werden. Aber als ich anschließend diesem alten bigotten Gemeindepriester mein endgültiges ›Nein!‹ entgegenschleuderte und ihm sagte, ich würde das Gewissen meiner Kinder nicht durch eine Unterschrift preisgeben, dachte ich, den Geistlichen würde auf der Stelle der Schlag treffen. Ich bin sicher, er hätte keinen Moment gezögert, Anitas Bruder daran zu hindern, den Traungsgottesdienst zu halten, wäre nicht der Bischof gewesen, der ihn vorsorglich ermahnt hatte.«

Pat blickte zu seinem Vater herunter, der nun zusammengesunken in seinem Sessel saß, und fragte: »Nun, Vater, was sagst du dazu?«

In James Stimme lag ein trauriger Beiklang, als er antwortete: »Was soll ich sagen? Es ist alles längst beschlossen. Ich wüßte nicht, was ich dabei noch zu tun hätte.« Er wandte sich zum alten Emanuel. »Dein Enkel wird in einer Grubensiedlung getraut, in einer katholischen Kirche, und deine Enkelin heiratet in London, und als würde das noch nicht genügen, ausgerechnet in einem Kloster.«

»In einem Bruderhaus, Sir«, wandte Don ruhig ein. »Und die Kapelle ist wunderschön.«

»Nun, wie auch immer! In beiden Fällen haben wir nicht mehr sonderlich viel zu bestimmen.«

Nun knirschte es heftig im Rohrstuhl, was die Aufmerksamkeit aller auf Emanuel lenkte. »Wer behauptet, wir hätten nichts mehr dabei zu bestimmen? Sagen Sie mir, Mr. Donald McAlister, wann werden Sie meine Enkeltochter heiraten?«

Don zögerte einen Augenblick, ehe er antwortete: »Das Datum steht noch nicht fest.«

»Wäre es dann zuviel verlangt, wenn wir Sie bitten, bis Anfang Oktober zu warten, damit wir eine Doppelhochzeit feiern können, und zwar hier, nicht in diesem Londoner Bruderkloster oder wie es heißt, sondern Seite an Seite mit Pat? Ich bin sicher, Pat, dein Priester oder Bischof würde keine Einwände erheben, wenn der Bräutigam selbst nicht weit entfernt von einem – nun, sagen wir Priester, Mönch oder Bruder ist.«

In das Gelächter hinein protestierte Don: »Ich habe niemals nach einem dieser Titel gestrebt, Sir.«

»Davon weiß ich nicht genug«, sagte Emanuel, »aber etwas von der Atmosphäre ist an Ihnen hängengeblieben.«

Don wandte sich jetzt an Pat und fragte ruhig: »Was meinen Sie dazu?«

»Ausgezeichnet. Großartig.«

Die drei Männer fuhren plötzlich zusammen, als Emanuel aus voller Kehle brüllte: »Kommen Sie, Foggerty! Heraus mit Ihnen! Sie haben jetzt alles gehört und dürfen Marie Anne holen.«

Die Tür zum Ankleidezimmer wurde langsam geöffnet, und Sarah betrat den Raum. Sie blickte weder zu ihrem Dienstherrn noch reagierte sie in irgendeiner Form auf Emanuels barschen Befehl, sondern ging zu Pat, streckte ihm die Hand entgegen und sagte: »Herzlichen Glückwunsch, Sir! Und mögen Sie niemals eine Wärmflasche für Ihre Füße benötigen.«

»Oh, Miß Foggerty!« Pat schubste Sarah auf gewohnte Art an der Schulter, und während alle lachten, wandte sie sich an Don. Ihm hielt sie nicht die Hand entgegen, sondern sah in sein Gesicht, und Don erwiderte den Blick, bis sie sagte: »Und Ihnen wünsche ich, daß für Sie die guten Dinge niemals zu Ende gehen.«

Es dauerte eine gute Sekunde, bis Don mit ernstem Gesicht antwortete: »Danke, Sarah.« Dann verließ sie mit eiligen Schritten das Zimmer.

Als Sarah die Wohnzimmertür öffnete, stand Marie Anne mitten im Raum. Ihr Ausruf »Oh, Sarah«, zeigte, daß sie Don erwartet hatte.

»Ab mit dir!« Sarah wies mit der Hand die Richtung. »Sie erwarten dich drüben.«

»Nein, nein! Noch eine Minute. Was ist passiert? Hat er Vater gefragt?«

»Nein, er hat deinen Vater nicht gefragt, auch nicht deinen Großvater oder deinen Bruder. Er hat ihnen nur gesagt, was er zu tun gedenkt. Aber mehr verrate ich dir nicht, außer, daß noch eine Überraschung auf dich wartet.«

»Nein, nein! Spann mich nicht auf die Folter, Sarah. Es ist merkwürdig, aber ich bin nervös und habe Angst.«

»Wovor hast du Angst?«

»Ich weiß es nicht. O Sarah! Jetzt haben wir den Schritt nach draußen getan, und unser Leben wird sich völlig verändern, und ich ... ich frage mich, ob ich dem gewachsen bin. Noch etwas, Sarah. Ich möchte, daß du eines weißt ...« Marie Anne warf sich beinahe gegen Sarah und schlang die Arme um sie. »Ich liebe dich. Du bist alles für mich, Mutter, Schwester, Freundin. Versprich mir, daß du mich nie verläßt.«

»Oh ... wirklich! Jetzt aber!« Sarah schluckte fest und fügte hinzu: »Solange ich hier von Nutzen bin, bleibe ich. Aber du wirst bald merken, daß du mich nicht mehr so sehr brauchst. Du hast einen Ehemann. Ja, einen Ehemann, und dazu einen ganz besonderen, einen, wie es unter Tausenden keinen zweiten gibt ...« An dieser Stelle unterbrach sich Sarah, um dann fortzufahren: »Und da dies so ist, möchte ich dir sagen, meine liebe Marie Anne, daß Zeiten kommen könnten, in denen du ihn nur schwer verstehst.«

»Nein, das wird niemals so sein! Dafür liebe ich ihn viel zu sehr.«

»Liebe, Marie Anne, hat nichts mit Verstehen zu tun. Und Don ist in einer Art Kloster aufgewachsen. Dein Großvater sagte« – Sarah wies mit dem Kopf zur Wand –, »etwas von den Priestern, Brüdern und Mönchen habe auf ihn abgefärbt. Und er hat recht. Ich weiß, daß Don sich sehr darum bemüht hat, wie ein weltlicher Mann zu werden, aber das Klosterleben steckt tief in ihm drin, ebenso wie der Einfluß der katholischen Kirche. Er mag nicht sehr oft zur Messe gehen, aber in seinem tiefsten Inneren ist er durch und durch katholisch.«

»Warum sagst du mir das alles, Sarah?«

Nach einem langen Seufzer antwortete sie: »Weil Liebe nicht alles auf der Welt ist.«

»Nein? Glaubst du das wirklich?«

»Ich weiß es. Aber nun genug davon. Mehr werde ich nicht sagen. Während der letzten fünf Minuten habe ich wie eine Mutter mit dir gesprochen, aber als Hausdame unterstehe ich den Anweisungen des Generalmajors im Korbstuhl drüben, und er verlangt, daß ich seine Enkelin unverzüglich hole. Du könntest einen Schilling darauf setzen, daß in der nächsten Minute diese verdammte Glocke bimmelt. Herr im Himmel! ... wenn das keine Prophezeiung war. Rasch! Wie ich diese Glocke hasse. Ich müßte schon mit ihm in einem Zimmer leben. Dann würde sie endlich verstummen.«

Marie Anne streckte noch einmal die Arme aus und küßte Sarah, bevor sie, ohne ihr Zeit für eine Bemerkung oder eine andere Reaktion zu geben, Sarahs Hand nahm und mit ihr aus dem Zimmer eilte.

9. Kapitel

Als bis Ende Juni keine Meldung über einen Leichenfund im Fluß oder im Dock veröffentlicht worden war, konnten die Betroffenen mit Recht hoffen, daß der nächtliche Gewittersturm Vincents Leichnam ins Meer getrieben hatte.

Obwohl sich ringsum Erleichterung breitmachte, wurde James durch zwei Briefe verstört, die er von David erhielt. Im ersten hieß es, daß seine Mutter sich gedrängt sah, sich an das Büro des Generalgouverneurs zu wenden, mit der Bitte, bei den Nachforschungen um den Verbleib ihres Sohnes behilflich zu sein, der im Anschluß an einen Nervenzusammenbruch zu einem Erholungsaufenthalt nach Frankreich gereist war. Der zweite Brief handelte davon, daß seine Mutter sich nach Erhalt eines knappen negativen Bescheides gedrängt fühlte, nach Hause zurückzukehren, denn sie sei sicher, daß Vincent in England sei und The Manor aufsuchen werde. Alles sei nur die Schuld dieses Mädchens, hatte sie erklärt, und daß es ihr mehr als gleichgültig sei, was Vincent mit ihr anstelle. Um ihn jedoch sei sie in Sorge, ganz besonders in Anbetracht des Zustandes, in dem er sich zuletzt befunden hatte.

James wußte nicht, wie er sich verhalten sollte. Er hatte den Brief weder seinem Vater noch Pat gezeigt und auch nicht mit ihnen darüber gesprochen, obwohl sein Vater ihn gefragt hatte, was Veronica tun würde, wenn sie schließlich einsehen mußte, daß Vincent nicht auf die Ranch zurückkehrte. Ob James vermutete, Veronica könne wegen dieser Angelegenheit wieder hierherkommen?

Obwohl James die Antwort kannte, hatte er Unwissenheit vorgetäuscht.

Und jetzt saß er allein in seinem Arbeitszimmer und fragte sich, was er tun sollte. In beiden Häusern herrschte das größte Durcheinander wegen der Vorbereitungen für die Doppelhochzeit, und wenn James sich vorstellte, Pat oder Marie Anne gegenüber anzudeuten, daß möglicherweise ihre Mutter auftauchen könnte, wagte er nicht, sich die Reaktion seiner Kinder vorzustellen, ganz zu schweigen die seines Vaters und Dons. Wenn sie wenigstens erst nach der Hochzeit käme. James mußte unverzüglich an David schreiben und ihn bitten, die Überfahrt möglichst so zu arrangieren, daß Veronica nicht vor Ende Oktober eintraf …

Dieser Brief mußte sich jedoch mit einem anderen gekreuzt haben, in dem David seinem Vater berichtete, daß Veronica bereits seit einiger Zeit an Magenschmerzen und Diarrhöe gelitten und sich an einen Spezialisten für Frauenleiden in Winnipeg gewandt hatte, aber entschlossen war, bei ihrem Aufenthalt in der Stadt die Überfahrt nach England zu buchen.

Fünf Wochen später erhielt James erneut einen Brief von David. Die Frühpost war verspätet eingetroffen, und daher öffnete James den Brief erst, als er im Büro saß. Nachdem er die ersten Zeilen gelesen hatte, ließ er den Brief auf den Schreibtisch sinken und legte die Hände flach darüber. Er lehnte sich in seinem Stuhl zurück und wiederholte mit geschlossenen Augen im Geist die Worte:

Vater, trotz der unguten Gefühle, die es zwischen euch gab, bin ich sicher, es wird ein Schock für dich sein zu erfahren, daß wir Mutter gestern zu Grabe getragen haben.

Langsam setzte sich James wieder auf, nahm den Brief erneut in die Hand und las weiter:

Du erinnerst dich, daß ich dir in meinem letzten Brief von ihrem Arzttermin wegen ihrer Magenschmerzen und der Diarrhöe usw. berichtet habe. Nun, ich brachte sie nach Winnipeg, und als sie aus dem Sprechzimmer des Arztes kam, wirkte sie so erschüttert, daß sie sich hinsetzen und ein Glas Wasser trinken mußte. Ich ließ Mutter mit der Sprechstundenhilfe allein und ging zum Arzt hinein, um mit ihm über die Diagnose zu sprechen. Er war der Meinung, daß es sich um Magenkrebs handele und Mutter sich operieren lassen müsse.

Sie buchte weder die Überfahrt nach Hause noch sprach sie ein Wort, bis ich vorschlug, daß sie eine Zeitlang in meinem Haus bleiben könne. Aber sie wollte nichts davon wissen, sondern direkt auf die Ranch zurückkehren.

Drei Tage später wurde ich um fünf Uhr morgens von Nord-

quist geweckt, der sich in einem entsetzlichen Zustand befand. Die Haushälterin hatte Mutter am Boden liegend gefunden. Sie hatte alle Schmerztabletten genommen, die der Arzt ihr gegeben hatte, und dazu eine halbe Flasche Whisky getrunken.

Mir geht es furchtbar, Vater. Ich werde das Gefühl nicht los, daß ich mehr für Mutter hätte tun müssen. Aber was hätte ich tun können? Sie wollte nicht mich um sich haben, sondern Vincent.

Ich hatte John die Geschichte von Vincents teuflischem Angriff auf Marie Anne verschwiegen, denn wie du weißt, konnte John ihn ohnehin nie ausstehen, aber als er davon erfuhr, mochte er es kaum glauben, auch nicht, daß Mutter die ganze Zeit hinter ihm gestanden hatte. Es überrascht mich, daß er nie bei euch aufgetaucht ist.

Nimm ihren Tod nicht zu schwer, Vater. Ich werde immer daran denken, daß du, als wir noch Kinder waren, dein Bestes für uns gegeben hast.

In Liebe,
David

James faltete den Brief zusammen und steckte ihn in seine Tasche zurück. Sie war tot. Er war der letzten Sorge in seinem Leben enthoben. Pats Mutter war tot; Evelyns Mutter war tot; Marie Annes Mutter war tot; die Schwiegertochter seines Vaters war tot. Und nicht einer von ihnen würde um sie trauern, so wenig wie um Vincent. Doch wenn James ihnen jetzt von Veronicas Tod erzählte, würde diese Nachricht trotzdem einen Schatten auf die bevorstehende Doppelhochzeit werfen.

Zwei alte Sprichwörter kamen James in den Sinn: »Schlafende Hunde soll man nicht wecken« und »Laßt die Toten von den Toten begraben«.

So sollte es sein.

10. Kapitel

Es war frühmorgens halb drei. Die letzte Equipage war über die Zufahrt davongerollt. Ebenso die letzten drei Zweispänner mit Verdeck, die letzten beiden offenen Kutschen, denen noch vier zweirädrige Einspänner folgten. Die Lichter im Haus brannten noch, doch die Laternen draußen hinter dem Haus wurden rasch gelöscht.

In Emanuels Schlafzimmer brannte ein lebhaftes Kaminfeuer, und er saß auf dem gepolsterten Bettstuhl aus Rohrgeflecht, in Nachthemd und Schlafrock gekleidet, mit Sarah an seiner Seite. Sie trug noch immer ihre Tageskleidung, besser gesagt, ihren Hochzeitsstaat, ein weich fallendes rosafarbenes Wollkleid mit Kragen und Manschetten in einem etwas dunkleren Ton und dazu passendem Velourgürtel, der ihre schmale Taille betonte, so daß ihre attraktive Figur zur Geltung kam, die jahrelang von der Dienstbotenuniform verhüllt gewesen war.

»Frieden. Vollständiger Frieden.«

»Sie sagen es, Sir«, bestätigte Sarah mit einem Nicken in Emanuels Richtung. »Frieden. Vollständiger Frieden. Ich habe unten Bescheid gesagt, daß sie bis morgen früh alles liegenlassen, und Mr. James gibt die gleiche Anordnung für The Manor, denn wissen Sie, Sir, eine Truppe ägyptischer Sklaven hätte nicht härter arbeiten können als die Dienstboten in beiden Häusern während der vergangenen Wochen, und mit welch wunderbarem Ergebnis, finden Sie nicht auch, Sir?«

»Ja, das finde ich auch, Sarah. Ich hätte nie geglaubt, solch eine Feier in meinem Haus zu erleben. Nie und nimmer. Einhundertfünfundsiebzig Gäste. Woher kamen sie nur alle?«

»Das hat Mr. Pat auch gefragt, bevor er lachend hinzufügte: ›Aber was rede ich da? Anita hat die halbe Grubensiedlung mitgebracht.‹ Aber die Leute aus Anitas Dorf sind nett, finden Sie nicht auch, Sir?«

»Sehr angenehme Leute. Wirklich sehr angenehm. Und Anitas Vater ist ein intelligenter Mann. Er hat versprochen, wieder vorbeizukommen und mir zu erklären, wie eine Grube geführt wird. Das wird interessant, und ich habe ihm gesagt, wenn er mir seine Berufsgeheimnisse verraten hat, erzähle ich ihm, wie wir es schaffen, daß ein Eisenschiff auf dem Wasser schwimmt.«

Sarah lachte und erklärte: »Ihre Mutter ist eine seltsame

Person. Sie meinte, sie sei so überglücklich, daß sie die ganze Nacht geweint habe.«

Emanuel lag nun bequem zurückgelehnt in seinem Sessel und starrte einen Augenblick ins Feuer, bevor er sagte: »Ich habe noch nie dieses Gefühl gehabt, wie in dem Augenblick, als mein kleiner wilder Vogel am Arm von Don die Altarstufen hinunterschritt, und ich werde es wohl auch nie wieder haben. Aber in dem Moment dachte ich, wie merkwürdig es ist, daß sie ihr ganzes Leben lang, schon bei ihrer Geburt, nicht wie andere aussah. Sie war immer schön, aber auf eine seltsame Art, und alles, was ihr widerfahren ist, war ungewöhnlich, sowohl der Haß als auch die Liebe. Selbst jetzt, bei ihrer Hochzeit, hat sie den bemerkenswertesten Mann geheiratet, den man sich vorstellen kann. Denn Don ist kein gewöhnlicher Mensch. Er besitzt, wie ich herausgefunden habe, ein zutiefst spirituelles Wesen, und durch sein Gesichtsmal unterscheidet er sich auf ebenso besondere Weise von anderen Menschen wie Marie Anne durch ihre Besonderheit. Er sieht gut aus, und Marie Anne ist schön, aber beide besitzen eine seltsame Eigenart, er durch seine Narbe und sie durch ihr Temperament, finde ich. Aber er wirkte wirklich elegant, nicht wahr?«

»Ja, Sir. Stimmt.« Sarahs Stimme war leise und klang halb verträumt. »Ja, Sir. Er sah gut aus. Er ist überhaupt ein guter Mann, ein wunderbarer Mann.«

»Das ist er, Sarah, ein wirklich wunderbarer Mann, und wissen Sie was? Obwohl die Mädchen hübsch aussahen in ihren Kleidern, war es sehr weise von Anita, auf den ganzen Firlefanz mit Spitzen und langen Schleppen zu verzichten, denn sie wußte, daß Marie Anne, da sie bereits Mutter war, nicht in Weiß gehen würde. Und mein Enkel Patrick, mein lieber Patrick, mit seinem immer freundlichen Gesicht, sah aus, als würde er auf Wolken schweben. Was Don angeht, habe ich noch nie einen Mann gesehen, der stolzer einhergeschritten wäre. Und wissen Sie noch etwas? Die Hälfte der Menge, die draußen stand, um die Doppelhochzeit zu sehen, war gekommen, wie ich aus verläßlicher Quelle unten im Haus weiß, um einen Blick auf den Gebrandmarkten zu werfen. Und was bekamen sie zu sehen? Einen gutaussehenden Mann mit etwas längerem blonden Haar und einer kaum sichtbaren Maske, die genau auf die Farbe seiner Haut abgestimmt war. Haben Sie Don gesehen, als er durch den Mittelgang kam und dem jungen Burschen im Rollstuhl die Hand gab, und anschließend seinen Trauzeugen, diesen Arzt, der das gleiche tat?«

»Ja, ja, ich habe alles gesehen, Sir. Und dann erinnere ich mich an Marie Anne, wie sie mir zum ersten Mal erzählte, daß ihr Brautkleid in französischem Beige sein würde. Ich dachte, du liebe Güte! Wie wird sie darin aussehen? Aber wie sah sie aus? So ein Kleid hat es noch nicht gegeben. Ich hätte nie geglaubt, wie wunderbar Beige wirken kann. Manchmal, wenn das Licht richtig fiel, schimmerte der Stoff wie Perlmutt.«

»Ja, ich weiß. Marie Anne hat das Kleid gestern abend für mich angezogen, oder war es vorgestern?« Jetzt lachte Emanuel. »Und es war in diesem zarten Blau abgesetzt. Dann an ihrem Hinterkopf dieses kleine Hütchen mit den Vergißmeinnicht. Zauberhaft, wirklich zauberhaft, dieser Anblick. Und dann Evelyn. Auch sie sah wunderbar und strahlend aus, und sie war überhaupt nicht eifersüchtig auf die Pracht, die bei ihrer eigenen Hochzeit gefehlt hatte. Sie ist so glücklich mit ihrem Mann und über das Kind, das demnächst kommen wird. Aber ich sprach über das Gefühl, das ich hatte, als Marie Anne die Altarstufen herunterkam, denn als sie an mir vorbeiging, blickte sie mich an, und in ihrem Gesicht stand reine Liebe, ja wirklich, reine Liebe.« Emanuel atmete tief ein und hob die Stimme. »Nicht, daß es bei meiner verstorbenen Frau anders gewesen wäre. Ich habe sie geliebt, zutiefst geliebt. Aber, Sarah, es gibt so viele verschiedene Arten der Liebe und in so mannigfachen Abstufungen. Wissen Sie, auch Freundlichkeit ist für mich eine Form der Liebe, und schon vor langer Zeit habe ich in der kleinen Mary Anne, die sie damals war, die gleichen Züge erkannt, die auch ich besitze … denn ich habe nie eine gute Tat vergessen, die man mir erwiesen hat, aber auch keine der schlechten. Und beweist Marie Anne ihr freundliches Wesen nicht dadurch, daß sie die erste Woche ihrer Hochzeitsreise in diesem schrecklichen Stadtteil von London verbringen will? Sie und Don fahren heute zu den Brüdern. So ist es doch, Sarah, oder?«

Sarah lachte leise. »Ja, Don wird sie den Brüdern vorführen, und besonders seinem alten Lehrer Bruder Percival. Dann essen sie alle zusammen. Und am Tag darauf, am Samstag, unternehmen sie mit Annie und ihren Sprößlingen eine Bootsfahrt auf der Themse. Natürlich werden sie nicht so zahlreich sein, da die beiden Mädchen hier bei uns sind und Shane in der Klosterschule im Internat ist. Ich werde nie die Gesichter von Margaret und Maureen vergessen, als sie dieses Haus betraten. Maureen war zu überwältigt, um sprechen zu können, aber Margaret sagte: ›He! Tante Sarah, das ist ja, als käme man in den Himmel.‹ Die Einladung, Marie Annes Brautjungfern zu sein, kam für die beiden tatsächlich wie ein Geschenk des Himmels. Oh, sie haben während dieser letzten Tage den Spaß ihres Lebens gehabt. Ganz bestimmt wollen sie morgen nicht fort, zurück in dieses Viertel, in das Viertel, in dem Marie Anne unbedingt die erste Woche nach der Hochzeit verbringen will. Oh, aber wenn Marie Anne und Don Ernie's Eating House besuchen, wäre ich wirklich gern dabei. Ich wünschte, ich könnte Mrs. Evertons Gesicht sehen. Und ich weiß, sie wird Marie Anne dazu bringen, auf dem Klavier zu spielen. Und dann füttert sie die beiden mit Wurst und Kartoffelbrei oder Pastete mit Erbsen, und natürlich gibt es Bier ... o ja, auch Bier. Dort habe ich hinter dem Tresen am Zapfhahn gestanden, Sie erinnern sich, Sir? Ich habe Ihnen davon erzählt.«

»Ja, das haben Sie. Aber ich kann Sie mir hinter einem Tresen gar nicht vorstellen.«

»Oh, es gibt schlimmere Orte, um zu arbeiten. Das kann ich Ihnen sagen, Sir! Viel schlimmere. Aber warten Sie erst, bis sie ihm Paddys Emporium zeigt. Marie Anne ist nämlich sicher, daß Don noch nie dort gewesen ist, obwohl er das Stadtviertel gut kennt. Anschließend werden sie beim Daily Reporter vorbeigehen. Diese Zeitungsleute werden nicht schlecht staunen, vor allem, wenn sie Don sehen, denn ganz bestimmt wittern sie eine Story, und sie werden versuchen, ihn zum Reden zu bringen. Aber Don ist klug. Auf jeden Fall ist es so, daß Marie Anne die Ausflüge tagsüber aussuchen durfte, während Don sich um die Abende kümmert. Er hat für jeden Abend etwas anderes ausgesucht, Theater, Varieté, Konzert, etwas in der Art.«

»Nun, darüber bin ich froh, denn solche Unternehmungen passen besser zu dem Grand Hotel, in dem ich für sie Zimmer habe reservieren lassen. Ich frage mich, was der Hoteldirektor zu ihren Ausflügen tagsüber sagen wird? Wahrscheinlich läßt er sie entlausen, bevor sie sein Haus wieder betreten dürfen. Und was halten Sie davon, daß die beiden in der zweiten Woche nach Paris fahren? Es wäre doch ein komischer Zufall, wenn sie dort Pat und Anita treffen.«

»Ja, Sir. Das wäre es. Aber die Welt ist klein. Und ganz gleich, wohin sie fahren, sie sind auf jeden Fall zusammen, und das ist alles, was sie wollen. Zusammensein.« Als Sarahs Stimme sank, nahm Emanuel ihre Hand und fragte: »Empfinden Sie tief in sich denn gar keinen Schmerz, Sarah?«

»Nein! Nein!« kam ihre rasche Antwort. »Überhaupt nicht, Sir. Er ist mein Freund und wird es immer bleiben. Das bedeutet mir sehr viel. Und Marie Anne ist meine Tochter. Es kommt mir seltsam vor, aber ich habe nie daran gedacht, daß ich einmal heiraten könnte. Nein, ich wollte gar nicht. Drüben in Irland habe ich genug gesehen, was kinderreiche Familien angeht, und dann Annies ganze Sippe. Ich wußte immer, das war nicht mein Fall. Aber Marie Anne war schon fast erwachsen, als sie in mein Leben trat und meine Liebe und Fürsorge brauchte, nachdem sie Ihre und die von Pat nicht mehr hatte. Wenn ich zurückblicke, weiß ich, daß ich sie von Anfang an in mein Herz geschlossen habe. Sie sagen, es gibt viele Arten der Liebe, Sir. Nun, bei mir steht an erster Stelle Marie Anne. Danach kommt die Liebe, die es sonst noch in meinem Leben gibt, und Freundschaft, wie ich bereits erwähnte. Und das ist etwas Wertvolles, denn, wissen Sie, romantische Liebe, ganz gleich, wie groß sie ist, muß abkühlen und sich dem Leben anpassen, vor allem, wenn Kinder da sind. Ich habe eine Theorie, Sir, die vielleicht verrückt klingt, aber ich habe gesehen, daß sie stimmt, in meiner Familie zu Hause und überall sonst. Wenn ein Kind auf die Welt kommt, verliert der Mann genau den Teil seiner Frau, den sie, ob bewußt oder unbewußt, dem Kind gegeben hat. Das mag sich komisch anhören, aber so sehe ich die Sache.«

Als Emanuel sie im Liegen ansah, ohne zu sprechen, sagte Sarah: »Sie sind müde, Sir. Ich werde Sie jetzt allein lassen, damit Sie zu Bett gehen können.«

»Ich finde es sehr bequem, hier zu liegen, Sarah. Der Stuhl ist so gut wie jedes Bett. Wenn sie nur den Funkenschutz vor das Feuer stellen, mache ich es mir hier bequem. Aber vorher möchte ich Ihnen gern noch etwas sagen. Wahrscheinlich werde ich es später noch einmal ansprechen, wer weiß? Aber heute ist eine besondere Nacht, in der irgendein Zauber liegt. Mein jüngster Enkel hat geheiratet, ebenso meine jüngste Enkelin. Ich bin sicher, es hat noch nie eine Doppelhochzeit wie diese gegeben, und solch eine Hochzeit wird es auch nie wieder geben. Anita und Pat wurden vereint im Bund der Ehe, so wie Don und Marie Anne, und beide Paare von Anitas Bruder, diesem liebenswerten jungen Priester. Und das Glück stand in so vielen Gesichtern, wie ich es mein ganzes Leben nicht gesehen habe. Besonders glücklich hat mich gemacht, daß auch die Frau anwesend war, die mein Sohn heiraten wird, sobald er frei ist. Sie hat mir sehr gefallen, so freundlich und gescheit, wie sie war, warmherzig, würden Sie es nennen. Und ich bin sicher, daß sie aus The Manor wieder ein richtiges Zuhause macht, nach den vielen Jahren, die vergangen sind, seit ich damals meine Frau als Braut dorthin führte. Doch jetzt zu dem, was ich eigentlich sagen wollte, Sarah, und zwar zu Ihnen. Ob Sie sich dessen bewußt sind oder nicht, meine Liebe, Sie haben etwas an sich, das jedes Leben beeinflußt, mit dem Sie in Berührung kommen. Absichtlich oder unabsichtlich verändern Sie die Menschen. Ich habe versucht, diese besondere Tugend an Ihnen zu bestimmen, und ihr viele Namen gegeben, aber ich glaube, am einfachsten und treffendsten läßt sie sich als angeborene Freundlichkeit beschreiben. Sie scheinen zu wissen, was andere brauchen. Bei mir wußten Sie sofort, daß ich mich nach ein wenig Heiterkeit, Vergnügen oder, sagen wir, sogar

Glück in meinen letzten Altersjahren sehnte, denn in meiner Umgebung oder bei den Menschen, die täglich um mich waren, konnte ich nichts davon finden. Sehen Sie, die Helligkeit, die Marie Anne für mich ausstrahlte, verschwand, als sie nach London ging, und ich bezweifle, daß diese strahlende Sonne jemals wieder für mich geschienen hätte, wäre sie allein zurückgekehrt. Aber sie brachte Sie in dieses Haus. Oder besser gesagt, Marie Anne erpreßte mich, Sie mitzunehmen. Und Gott sei Dank tat sie es, denn ... nun, hiermit komme ich zu dem, was ich Ihnen sagen möchte. Wären Sie, meine Liebe, zehn Jahre früher in mein Leben getreten, als ich noch über mehr Vitalität verfügte, hätte ich Sie, und das dürfen Sie mir glauben« – an dieser Stelle nahm Emanuel Sarahs Hand und hielt sie fest –, »hätte ich Sie gebeten, meine Frau zu werden. Ja, das hätte ich. Und Konventionen und gesellschaftliche Spielregeln wären mir gleichgültig gewesen, denn für mich sind Sie eine ganz besondere Frau, wie es keine unter Tausenden gibt, Sarah. Vielleicht hätten Sie mich nie geliebt, wie Sie Don lieben, aber wir wären einander gute Gefährten gewesen, liebevolle Gefährten. Ja, das wäre wir. Oh, meine liebe Sarah, meine geliebte Sarah, nicht weinen, nein, weinen Sie nicht.«

»Ich w-weine überhaupt nicht, Sir. Im Winter bekomme ich immer Heuschnupfen.«

Emanuel begann zu lachen. »Sehen Sie, das ist einer der Gründe, warum ich Sie immer in meiner Nähe haben wollte. Sie bringen mich zum Lachen. Nicht jeder besitzt diese Gabe, aber Sie glauben mir doch, was ich sage, Sarah?«

Es dauerte eine Zeitlang, bis Sarah antworten konnte, und dann sagte sie leise: »Ja, Sir. Ich glaube Ihnen, und hätten Sie mich gefragt, hätte ich ja gesagt.« Nun lächelte sie unter Tränen. »Das heißt, nachdem ich mich wieder vom Boden erhoben hätte. Dann hätte ich einfach und aufrichtig geantwortet: ›Ja, Emanuel, ich will Ihre Frau werden, und mit der Zeit werde ich Sie lieben lernen.‹ Das wären meine Worte an Sie gewesen. Aber heute, Sir, kann ich sagen, auch ohne Heiratsantrag, daß ich Liebe für Sie empfinde. Sie ist hoch erhaben über die Konventionen, von denen wir sprachen, und daher bin ich bereit, Ihnen bis ans Ende Ihrer Tage zu dienen, oder bis meine Tage gezählt sind.«

»O Sarah! Sarah.« Emanuel streckte beide Hände aus, zog ihr Gesicht zu sich heran und küßte sie sanft auf den Mund. Dann sagte er: »Dieser Kuß mag von den Lippen eines alten Mannes kommen, aber er entspringt einem jungen und dankbaren Herzen. Gute Nacht, meine liebe Foggerty, und danke. Und wenn ich Sie morgen wieder reize, Ihre unverschämten Bemerkungen zu machen, antworten Sie wie gewohnt, während wir uns beide bewußt sind, daß wir ein Geheimnis miteinander teilen, von dem niemand sonst etwas weiß. Gute Nacht, meine späte Liebe.«

Langsam löste Sarah ihre Hände von den seinen, und als sie aufstand, konnte sie weder Emanuel noch den Feuerschutz erkennen, den sie um die noch immer glühenden Kohlen stellte. Auch als sie sich an der Schlafzimmertür noch einmal zu Emanuel umwandte, sah sie ihn nicht, ebensowenig wie seine erhobene Hand, so gleißend hell erstrahlte diese Liebe, die ihr Herz ergriffen hatte und alle anderen Lieben unwichtig machte.

HEYNE BÜCHER

Johanna Carlany

Keiner schlafe

01/9850

Er ist charmant, fröhlich, intelligent. Niemand ahnt, daß er ein entsetzliches Geheimnis in sich trägt – ein Geheimnis, das nicht einmal er selbst kennt. Doch dann holt der Schatten der Vergangenheit ihn ein. Das Unfaßbare geschieht.

»Ein tiefbewegender, großer Tatsachenroman.«
BERLINER MORGENPOST

»Ein Roman, der unter die Haut geht.«
WELT DER FRAU

Heyne-Taschenbücher